高建群全集

最后一个匈奴

高建群 著

陕西师范大学出版总社

图书代号：WX20N2333

图书在版编目（CIP）数据

最后一个匈奴/高建群著．—西安：陕西师范大学出版总社有限公司，2021.1（2022.9重印）
（高建群全集）
ISBN 978-7-5695-2041-5

Ⅰ.①最… Ⅱ.①高… Ⅲ.①长篇小说—中国—当代 Ⅳ.①I247.5

中国版本图书馆CIP数据核字（2020）第256866号

最后一个匈奴
ZUIHOU YI GE XIONGNU

高建群 著

出 版 人	刘东风
总 策 划	孙留伟
责任编辑	杨 杰
责任校对	庄婧卿
出版发行	陕西师范大学出版总社
	（西安市长安南路199号 邮编710062）
网　　址	http://www.snupg.com
印　　刷	北京天宇万达印刷有限公司
开　　本	880 mm×1230 mm 1/32
印　　张	19.75
插　　页	2
字　　数	476千
版　　次	2021年1月第1版
印　　次	2022年9月第2次印刷
书　　号	ISBN 978-7-5695-2041-5
定　　价	78.00元

读者购书、书店添货或发现印刷装订问题，请与本公司营销部联系、调换。
电话：（029）85307864　85303629　传真：（029）85303879

总　　序

　　文稿一旦变成铅字，一旦成为一本装帧得或粗糙或精美的书本，那它就是一个独立的存在了。它将离你而去。它将行走于世间。它将开始它自己的宿命。它或被读者供之于殿堂，视为经典，视为对这个时代的一份备忘录；或被读者弃之于茅厕；或被垃圾处理厂重新化为纸浆，以期待新的人在上面书写新的东西。凡此种种，那就看这本书它自己的命运了。

　　这时，于作者本人来说，倒是没有太大的干系了。于是他成了一个旁观者。他和这本书唯一的联系是，那书本的额头上，还顶着他卑微的名字。知道《一千零一夜》中的《渔夫和魔鬼的故事》吗？渔夫打开铅封的所罗门王的瓶子，于是一缕青烟腾起，魔鬼从瓶子里走出来，开始在世界上游荡，开始在暗夜里敲打你的门扉。渔夫这时候唯一能做的事情，是一手拿着空瓶子，一手捏着瓶子盖儿，傻乎乎地看着他放出的魔鬼，横行于世界。

　　此一刻，在这二十五卷本的《高建群全集》即将付梓出版之际，我感到我的已日渐衰老的身躯，便宛如那个已经被掏空的——或者换言之——魔鬼已经离你而去的空瓶子一样。此一刻，我是多么的虚弱而疲惫呀。

人生一场大梦，世事几度秋凉。一想到这个名叫高建群的写作者，在有限的人生岁月中，竟然写出这么多的、车载斗量的文字，我就有些惊讶。一切都宛如一场梦魇！这是一笔一画写出来的呀！如果我不援笔写出，它们将胎死腹中。但是很好，我把它们写出来了，把它们落实到了纸上。

那每一本书的写作过程，都是作者的一部精神受难史。

建于西安航空学院的高建群文学艺术馆，要我给一进馆的墙壁上写一段话，于是我思忖了一个星期，最后选定将帕乌斯托夫斯基《金蔷薇》中的一段话，写在那上面。那么请允许我，也将这一段话写在这里：

> 是什么东西迫使一个作家，从事这种庄严的但却又是异常艰辛的劳动呢？首先是心灵的震撼，是良心的声音。不允许一个写作者在这块土地上，像谎花一样虚度一生，而不把洋溢在他心中的，那种庞杂的感情，慷慨地献给人类。

谎花是一种虽然开放得十分艳丽，但是花落之后底部不会坐上果实的花。植物学上叫它"雄花"，民间则叫它"谎花"。

我们光荣的乡贤，以大半辈子的人生履历，驰骋于京华批评界，晚年则琴书卒岁，归老北方的阎纲老先生说：

> 相形于当代其他作家，高建群是一个马拉松式的长跑者，他以六十年为一个单元，在自己的斗室里，像小孩子玩积木一样，一砖一石地建筑着自己的艺术帝国。他有耐性，有定力。喧嚣的世界在他面前，徒唤其何。

当我听到阎老的这段话时，我在那一刻真的很感动。感动的原因是世界上还有人在关注着这个不善经营不懂交际的我。诗人殷夫说："我在无数人的心灵中摸索，摸索到的是一颗颗冷酷的心！"现在我知道了，长者们一直作为艺术良心站在那里，为当代中国文学保留着它最后的尊严。

"有些故事还没讲完那就算了吧！"这是一首流行歌曲里的话，如果这个名叫《总序》的文字，需要拿出来单独发表的话，建议用这句话作为标题。

我们这一代人行将老去，这场宴席将接待下一批饕餮客！人在吃完宴席后，要懂得把碗放下，是不是这样？！

2020年10月11日早晨6点
写于西安

前言（一）
我建造了一座纪念碑

这本书首版时我三十九岁。如今这一次再版，我就要过六十二岁的生日了。唉，二十多年来我在成长、在经历，这本书也在成长、在经历。它刊出了二百多万册，它影响了整整一代人，它迄今为止还被认为是新时期长篇小说创作的重要收获。尤其是1993年5月20日北京《最后一个匈奴》座谈会的召开，引发了中国文坛的"陕军东征"现象。文学史是绕不开这一页的。那是纸质读物的最后辉煌。

我多次说过，作品一经出版，那么它便成为一个独立物，它便有了它自己的命运，或荣或辱，那都是它自己的事情。作为原作者，他这时候唯一应该做的事情，就是站在阳台上，叼着一支烟，带着恶意的微笑，看着自己亲手制造出来的魔鬼，夜半更深，去敲击千家万户的门扉。

这本书最初由作家出版社出版。尊敬的朱珩青女士给我写信说，能写出《遥远的白房子》这样惊世骇俗的中篇的人，如果让他写长篇，会是一种怎样的景象呢？这话给我以巨大的激励。该书给作家出版社带来了颇为丰厚的收益，这叫我觉得给朱老师有了一个交代。该小说继而由北京十月文艺出版社再版，并由《十月》杂志和《长篇小说选刊》刊出。继而，该书又以现当代长篇小说经典的面目，在长江文艺出版社行走了五年。如今它再回北京十月文艺出版社，也就是读者朋友们所看到的这个2016年新版。

另外，为配合电视剧的播出，陕西人民出版社曾将《最后一个匈奴》《最后的民间》《最后的远行》以"大西北三部曲"为名，出过一个版本。再另外，台湾联合报前主编陈晓琳先生，主持我的七部长篇的出版，《最后一个匈奴》也位列其中。

中央电视台将这部小说改编成三十集电视连续剧《盘龙卧虎高山顶》，播出后颇获好评。我的母亲不识字，我都写了一大堆书了，母亲一个字也没有看过。该电视剧播出时，母亲端着个小凳，坐在电视机前，脸上笑开了花。母亲有心脏病，每年一冬一春，要住一回院，这年春上，光顾看电视剧，连住院的事都忘了。对于一个文人，一个读书人、写书人，这是生活给他的最高褒奖。

央视著名制片人、作家李功达对我说：如果不把高老师《最后一个匈奴》这部中国文学的红色经典，变成一部电视剧，那是我们电视人的羞愧。他的话叫我感动。而在拍摄过程中，我看到自己作品那些虚构的人物，经过演员的二度创作，变成活生生的艺术形象。唯一叫人遗憾的，是名字的改变。播出前，国家新闻出版广电总局打来电话说，片名中最好不要出现"匈奴"这个字眼，接电话的我顺便说出一句著名的陕北民歌歌词，"盘龙卧虎高山顶"。现在看来，名字的改变对收视率还是有一定影响的。谨赘言如上。

农历乙未年腊月二十七于西安

前言（二）
有一个堂吉诃德出现了……

前头已经没有路了，那么你还要走吗？我的建议：喘口气，歇一歇，然后折身回去！

哦，前头已经没有路了！那么前头是什么呢？哦，好像是一片坟地！

是的，是一片坟地，一片凄凉的坟场。普希金在他的《驿站长》的结束部分，说，我生平从未见过这样凄凉的坟地。光秃秃的，有几棵没有叶子的老树，立在那里，树的四周有乌鸦在绕树三匝，那乌鸦的叫声更给这黄昏增加了几分凄清。

普希金我读过。《驿站长》也是我最喜欢的一部小说。我记得我说过这样的话：我的母亲不识字，我都写了三十本书了，母亲却一个字都没有看过，这叫我很遗憾。我想，等我有一天有了点闲暇，我要抽出时间来，坐到母亲的膝前，将那些世界上最好的小说读给她听。我不读我的，我要读的第一个小说，正是普希金的《驿站长》。

那确实是一个好小说，写的是一个小人物的命运。驿站长的女儿被路经驿站的沙俄军官拐走了。那女孩不像我们读者所推理的那样被始乱终弃，最终流落莫斯科街头，而是成为贵妇人，有了一个好结局。但是，驿站长，可怜的驿站长，他却被这结局击倒了。真是很奇怪的一件事。

我记得,在普希金的小说中,驿站长悲惨地死去,成为那驿站旁凄凉坟地的一抔土。普希金在小说结束时说,我花了几个卢布,请村里一个独眼的小男孩带路,来到墓地,来到那驿站长的坟前,为这位故人洒一掬泪。

你记得很准确,是这样的。小说以"谁没有咒骂过驿站长"开头,以"我已经不心痛付出去的那几个卢布"作为结束。

我明白了,你是将过客的我,所要穿越的这块墓地,和那普希金式的、驿站长式的墓地联系在了一起!

是的,联系在了一起!不论是大人物,还是小人物,他们都该有墓地,那是生命的休止符。

荒草一年一年发生,隆起的土包会迅速地被岁月抚平。

那么就此为止,我不该走了吗?这个过客将在这里停住脚步吗?

正是这个意思!

那么墓地的尽头,或者换言之,当你穿越墓地之后,展现在你眼前的,那一面是怎样的风景呢?

那地方谁也没有去过!是的,谁也没有去过。那地方为黑暗所遮掩,为传说所遮掩。理智的克制的人,是不会冒险去那里的!

难道在村子里,就没有一个人去过那坟地的后边吗?比如一个小男孩,爱动的小男孩,爱胡乱想、相信这个世界有奇迹的小男孩,那普希金式的独眼的小男孩,他也许会去的!

我赞赏你的想象力。村里确实有一个小男孩去过。黄昏了,妈妈喊他吃饭,喊了很久,暮色中,他从坟地的另一头,一脸落寞地回来了!

他告诉过村上的人那坟地的另一头有什么吗?我想应该有的,即便是无垠的旷野,是没膝的蒿草,是大车轮子一样的通红夕阳的沉落处，是一眼千年不涸的泉子，是倚门而立的怨妇，它总该有！

你也许会失望的。小男孩说，那坟地的另一头，空荡荡，什么也没有，只有几朵野菊花，在寂寞地开放着。由于没有人去光顾它们、注视它们、鼓励它们，它们开放得并不热烈。

我不会失望！有那几束菊花，这就足够了。它足够点缀这个过客凄凉的长途了。

这么说，异乡的远行客，你真的要不顾阻拦，一意孤行，去穿越这片坟地了。

是的，我要穿越。我要穿过坟地去，在穿越的途中，向路经的每一件景物注目以礼。我要寻找那几束菊花，看它是不是还每年定期开放。

那好吧！且让我热烈地说，激情地说，用世界上最动听的声音说，这个世界上，终于有一个人要穿越墓地了。这是我们中的一个人，在这个平凡的世界上，有一个堂吉诃德出现了。让我祝福你好运。

不要那么说，不要给我那么多压力。人类的浪漫曲已经唱完了。我只是一个小人物，一个疲倦的旅者，一个哪里天黑哪里歇的过客。权且把我当作一个孩子吧，当作那个普希金式的独眼的男孩，那个曾经到过墓地另一头的咱们村子的男孩。我只有一个卑微的想法，想到墓地的另一面去看一看，有没有野菊花，倒在其次。

当我的七本主要作品，行将在台湾付梓出版时，谨以以上的话语，表达我此刻的心情。谨向海水簇拥着的那个岛，向每一位高贵的读者，献上我的敬意。我爱你们，我的心中此一刻被一种宗教般的悲悯感情填满，我爱你们，这人类族群的一分子，我的居住在海上的兄弟姊妹！

（本文是作者为《最后一个匈奴》在台湾出版发行时撰写的前言）

目录
CONTENTS

楔子 / 001

上卷 / 017

下卷 / 315

尾声 / 585

后记 / 599

修订版后记 / 603

高建群小传 / 606

高建群履历 / 607

高建群创作年表 / 608

社会评价 / 614

楔　子

阿提拉羊皮书

导言

匈奴民族的历史，是中国历史的一部分，是世界历史的一部分，是人类共有的珍贵记忆。

第一节 独耳黑狼传说

一只红海公狼与一只黑海母狼交配，生下一只黑狼。黑狼目光炯炯，毛色如漆，长嗥着在西域大地游荡。这一日，匈奴头曼单于漂亮的妻子，午睡中，感到有一只黑狼钻进了她的牙帐。她惊叫一声。闻讯赶来的头曼单于，挑刀进帐，果然看见有一只黑狼。头曼手起刀落，向黑狼的脑袋劈去，黑狼的脑袋一偏，一只耳朵被削掉了。黑狼尖叫着，冲出帐篷，跑进黑森林里了。十月怀胎，头曼的妻子生下一位大英雄，这就是天之骄子冒顿。

第二节　冒顿大帝的英雄业绩

　　头曼单于死后，冒顿杀了钦定的继承人弟弟胡月，成为匈奴大单于。那个或真或假的独耳黑狼传说，令冒顿着迷，他在他的令旗上画了匹独耳黑狼，作为令旗。这就是所谓的猎猎狼旗。狼旗所指，冒顿迅速地统一了匈奴各部落，接着又一统西域一十六国。其间，冒顿先是在山西雁北地区，将汉高祖刘邦的三十万大军包围。刘邦全军覆没，只带几百人逃到白登山上。是夜，刘邦买通了单于的妻子，才得以穿上士兵的衣服，从重重包围中逃脱。这就是中国史书上的汉高祖白登山之围。冒顿大帝又挥着他的猎猎狼旗，将大月氏王的头颅割下，镶上金银，挂在马鞍上充当他的酒具。冒顿还给汉文帝上书说，西域一十六国已尽在匈奴人的铁骑胡尘下，要求分疆而治。这就是著名的《冒顿文书》。正是因为这个《冒顿文书》，才令汉王室知道了西域尚有那么辽阔的地域，并令汉中人张骞去探个究竟。狂妄的冒顿大帝还有一句著名的话，那就是：我匈奴人的牛羊吃草到哪里，哪里就是匈奴人的疆界。公元前174年冬天，冒顿死，传说葬于天鹅湖中。下葬时成千上万只白天鹅遮蔽湖面，久久不散。

第三节　呼韩邪单于、郅支单于

　　公元前45年左右，匈奴人分裂为两个大的部落。一个部落以今天的包头（当时叫九原郡）为中心，史称南匈奴，匈奴王是呼韩邪。另一个部落当在今天蒙古国的鄂尔浑河流域一带，史称北匈奴或西匈奴，匈奴王是郅支。两个单于都想统一匈奴草原，这样便每有战事发生。呼韩邪大约是一个有心计的人，他曾两次前往长安城求亲。这样，他便迎得了后宫美人王昭君出塞。

第四节　一个女人改变了匈奴人的历史

昭君美人这一天正在后宫闷坐，听得未央宫外马蹄嘚嘚胡笳声声，于是惨然一笑说："迎接我的人来了。"于是起身走出门外，主动请缨，要求下嫁匈奴。昭君是一位绝色的江南女子，倾国倾城，入宫已经很久了，却还没有得到汉元帝的宠幸，是个处女。这其中有一个原因。后宫中的美人实在是太多，汉元帝让宫廷画师毛延寿，将她们画成画像，供他每晚选择歇息处。王昭君自恃美貌，不愿贿赂画师，因此毛延寿将她画成了一个丑女。听说这个叫王嫱的丑妇愿意下嫁匈奴，也算资源利用，汉元帝也就是送呼韩邪单于一个人情，于是他给昭君封了一个名分，让她远去。待面见了昭君，汉元帝见竟是这样一个绝色美人，有些悔意，但是话既然已经出口，也就不好更改了。待迎亲的车马一走，元帝问清缘由，便将画师毛延寿杀了。

昭君从子午岭山脊的秦直道，横穿陕北高原，渡黄河，抵九原郡。先嫁呼韩邪单于，呼死后，再嫁他的继位者，接着，又嫁他的继位者的继位者。这就是昭君三嫁的故事。

昭君出塞，这样，南匈奴从理论上讲便成为汉王朝的附属国。汉王朝将郡治设在了九原。失势的北匈奴割袂断义，逐渐远离定居文明的地区，开始他们悲壮的迁徙。

第五节　南匈奴的内附和北匈奴的迁徙

南匈奴从汉光武帝开始，从长城线外迁入长城线内，开始定居。这叫"内附"。朝廷在山西境内设河东六郡，安置匈奴。

在汉王室与南匈奴夹击下的失败者郅支单于，则率领他的北匈奴部落缓慢地向西方迁徙。这支匈奴在未来的年代里将要出现一位阿提拉大英雄,并在多瑙河畔建立他的匈奴大汉国。但是此刻,他们向西方的行走仅仅是去赶那一条条的河流和草场,以便生息。

公元前36年,汉王室的一个叫陈汤的副校尉,率领一支小部队在尾随了郅支单于很久之后,在巴尔喀什湖流域的一次突袭中,将郅支单于斩首。中国史书关于这支匈奴部落的记载,到此为止。要知道他们后来的经历,得在别的文明板块的史书中去寻找。

第六节　大迁徙记

从郅支之死到阿提拉出世,这中间的几百年时间,对我们来说是为黑暗遮掩、混沌不清的。谁也不知道这支匈奴人是怎样穿越险峻的高山和湍急的河流完成这一场洲际大迁徙的。仅就河流而论,他们穿越了阿姆河、锡尔河,穿越了伏尔加河、顿河、库班河、第聂伯河,穿越了多瑙河,穿越了莱茵河。他们穿越的路程较之《圣经·出埃及记》中的以色列人,要漫长上许多倍。他们是如何穿越的,多少人死在了路途,又有多少人在路途上出生,这一股洪水裹挟了多少人一起走,他们又将多少人留在了路经的地方。这些都是谜。土耳其的史书,俄罗斯的史书,阿拉伯的史书,西方人的史书,曾经零星地记载过这些伟大迁徙者的蛛丝马迹。换言之,这些史书只是在记载他们民族的故事时,由于这些草原来客的出现,楔入了他们的文明板块边缘,于是偶尔地给一些零星的笔墨。北匈奴人在黑海和里海,勾留过相当一段时间,后来由于这里的盐碱、干旱和极其恶劣的气候,才不得不拔起营帐,向更湿润的西方继续走。匈牙利人裴多菲在他的民族史诗中吟唱道:我的光荣的祖先呐,你们如何在那遥远的年代里,从东方,从黑海和里海,迁徙到水草丰美的多瑙河边，建立起我们的公国。

每天，那像橘红色大车轮子一样停驻在西地平线上的落日，一定给过这些草原子民许多的想象。当疲惫的马蹄和吱哑的车轮向前行驶时，他们并没有目的地。目的只是远处的水草。逐水草而居是这些草原子民的生存法则。他们就这样一段一段地挪，一直走了遥远的路。是夜，迁徙者围成一个圆。圆心生起篝火，妇孺们留在垓心，强壮的士兵则枕戈待旦，一直到天明。

第七节　欧亚大平原

从世界东方的首都长安，到世界西方的首都罗马，这中间漫长的地带，被史学家称之为欧亚大平原。这广阔无垠的地域为戈壁、沙漠、草原、河流、森林、高山所充填。在这块坦荡的土地上，游荡着许多的游牧民族，他们像一锅开了锅的水一样，周期性地或向东方的长安、或向西方的罗马涌动，每每掀起滔天大浪。

第八节　西方人第一眼中的匈奴人

公元374年的时候，匈奴人这一支洪流，缠裹着欧亚大平原几乎所有的游牧民族，突然出现在多瑙河畔。一位西方传教士，曾经作为客人，走入过匈奴人的帐篷。他为我们详尽地描述了这些引起欧洲大陆强烈震动的草原来客的形象。这是迄今见到的对匈奴人最详尽的描写。当然，文字中包含了一个优越的定居文明对这些迁徙者的许多轻蔑和贬低。但是，它毕竟透露了一些真实的信息。

文字说："匈奴人在残暴与野蛮方面是超过了人们所能设想的。他们戳破自己小孩的面颊，使长成瘢疤以防胡须生长。他们有粗矮的体格,两个长大的胳膊,和一个很大的脑袋。他们的外表是可怕的。而且他们像畜生般地生活着。他们的食物没有被烧煮和加调料,他们吃野草根和马鞍压软了的肉。他们不知道犁的使用,不知道定居的房屋、土房或木屋。他们是永远的游牧者,从幼小的时候就习惯了冷、饥、渴。他们的牧群随着他们迁徙,他们拽着装载他们家属的大车。是在这上面,他们的妻子纺着线和缝制他们的衣服,生育和抚养他们的孩子一直到成年。你问这些人是从哪里来,在哪里出生,他们是不知道的。他们的衣服包括一件麻料下衣,一件用野鼠皮缝制在一起的宽袖上衣。暗色的下衣腐烂在他们身上。他们除了不穿它时从来不知道更换。一个有前檐的帽或一个帽顶堆在后面的无檐的帽,加上缠在他们的长毛腿周围的山羊皮,这就配备全了他们的行装。他们的没有式样和大小的鞋子不让他们走路。作为步兵他们完全不适宜于作战,但只要一跨上马,则我们会说他们是钉在马背上的。他们的马是小而难看的。但它不知道疲乏,走时像闪电一般。是在马上度过他们的一生。有时骑着,有时侧身坐在马背上像妇女一样。他们在马背上开会、做买卖、吃、喝,甚至于把前身倒在马颈上睡觉。在战场上,他们袭击敌人时会发出可怕的叫声。如果发现有抵抗,他们很快地逃走,但以同样的速度再回来时,则一直向前冲击,推倒他们面前的一切障碍。他们不知道如何攻下一个要塞和击破一个防御的阵地。但他们的射击术是无可比拟的,他们能从惊人的距离射出他们似铁一样坚硬和能致命的尖骨头制的箭。"

第九节　阿提拉

独眼的女萨满站在喀尔巴阡山上,向上苍祷告。她说:"赐一位英雄给匈奴草原吧！我们将服从他和敬畏他，并尊称他为'天之骄子'！"在女萨满的祷告声中，世界的伟大征服者阿提拉诞生了。那时，进入匈牙利草原的匈奴人分成三个部落，分别由三兄弟统治，他们是罗干思、孟卓克及韩克答儿，他们之后，统治者则是罗卓克的两个儿子布列达和阿提拉，但很快后者把前者淘汰了。

大单于阿提拉出现在多瑙河左右岸。他中等身材，粗鲁扁平的头，强壮的身材，短腿带一些罗圈，鼻子有些塌，眼珠深陷。看见过他的当地人说，当他站在你面前的时候，他是凡人，而当他跨上那匹鞍上挂着骷髅头酒具的马、挥舞着独耳黑狼令旗时，他显得高大和令人恐惧。他们还说，当他的目光越过多瑙河蓝色的波浪，专注地注视着丰饶的欧罗巴大陆时，从山洞一样深陷的眼眶里射出尖锐的视力，能把最远的东西收入视线中。

他们还说，阿提拉在征服欧洲，并把欧罗巴变成一片废墟、一片匈奴人的大牧场的时候，采取的是群狼战术。你见过一群饥渴难忍的草原狼扑向一头狮子时的情景吗？阿提拉率领他的草原上的兄弟们，扑向欧罗巴一座又一座城郭时，采取的正是这种战术。

第十节　那时中国、世界正在发生的事情

阿提拉对女萨满说："你的独眼，向我们的来路上看，看遥远的东方，我们的故乡地，正在发生什么样的事情。尤其，那被称为南匈奴的，已经在陕北高原、在山西雁北、在黄河河套地区安定下来的兄弟，他们现在在干什么？"

女萨满只有一只独眼。她不能有第二只，如果有两只，那就太可怕了，那她就是全知全觉了。所以她只能有一只。女萨满此刻亮起她的独眼，朝东方注视了很久，最后说——

内附的南匈奴并没有能安定多长，便开始一场更为激烈的骚动。这就是中国史书上所说的"五胡十六国"之乱。这个时代的开始，是以被安置在山西离石地区的匈奴左贤王刘渊建立匈奴汉国为开始的。接着，被安置在陕西黄陵的匈奴右贤王曹毅起事。曹毅的起事并没有多大势力，但是，刘渊的继位者，他的儿子刘聪，迅速地占领了西晋的首都洛阳，随后又占领了帝王之都长安。接着，一个从山西大同游牧过来的枭雄赫连勃勃，又在陕北北部筑起统万城，建立起大夏国政权。赫连勃勃被认为是出塞美人王昭君的直系后裔之一。

第十一节　那时罗马城正在发生的事情

听完萨满的话，阿提拉明白了，他也应当在这多瑙河边，建立一个匈奴汉国，或者更具东方色彩，叫大汉国。于是他号令属下开始张罗这件事。接着，他又面孔转向西边，问萨满罗马城里正在发生什么事情。

女萨满说，罗马城现在一片混乱。知道城池将不可避免地要陷入阿提拉之手，于是，罗马皇帝仓皇逃走了，现在，偌大的城市由罗马大主教临时管理着。女萨满还说，她在罗马的皇宫中，看到了一件稀罕事，一位高贵的罗马公主，正在梳妆。她是赤身裸体的，她身边服侍她的二十四个宫女也是赤身裸体的。她是真正的公主，肌肤像大理石一样雪白，蓝色的血在肌肤下面流着，她的眼珠是蓝色，头发则像阳光洒在秋天的牧草上一样金碧辉煌。

说到这里，女萨满停顿了一下。急不可待的阿提拉继续问，于是女萨满说，她看见有十二个宫女正在为她梳头，金黄色的头发梳得像金瀑布，而同时又有十二个宫女正在将她的阴毛编成辫子。那长长的阴毛也是金黄色的，宫女们将它辫成一个一个麦穗状。而公主本人，则懒洋洋地躺在天鹅绒卧榻上，听任摆布。"她是真正的公主，而绝对不是汉元帝赐给呼韩邪单于的那个赝品！"女萨满最后总结说。

"她该有个名字的！"阿提拉嘟囔道。

"她有名字，叫敬诺利亚！"女萨满回答。

第十二节　阿提拉向罗马帝国宣战

公元441年，阿提拉在今天的布达佩斯，建立匈奴汉国，接着向东罗马帝国宣战。他先后征服了阿兰人、东哥特人、西哥特人、日耳曼人、高卢人，占据了今天欧洲的大部分地区。在灭掉了东罗马帝国，摧毁了君士坦丁堡以后，阿提拉率领他的乌合之众，强渡莱茵河，向西方基督教世界的首都罗马进军。

强渡莱茵河的战斗大约是人类至那个时候所经历的最惨烈的一次战斗。士兵驱赶着马，跳进河里，马向对岸游去。有的士兵是骑在马背上的，而更多的是拽着马尾巴游过去的。马的尸体和人的尸体将莱茵河填满，鲜血则将河水染成猩红色。

最后，在夺取了米兰和巴威亚这些意大利城市之后，阿提拉率领他的大军，将罗马城铁桶一般围住。这是公元452年的事。

第十三节　另一个女人又一次地改变了匈奴的历史

眼见得西方基督教世界大厦将倾，这时罗马教皇利奥一世站了出来。这是西方宗教史上一位有名的教皇，曾为基督教的传播和在西方确立主流地位立下了功勋。阿提拉大兵压境，罗马皇帝瓦棱拈帝三世逃走，于是他便承担起守城的任务。眼见得城池将破，主教于是星夜化装出城，来到阿提拉的营帐，面见阿提拉，试图说动他撤军。

主教提议用罗马满城的珠宝，来供奉他。阿提拉听了面无表情。主教又提议愿意用他的人头来换取阿提拉撤军。阿提拉听了，瞅瞅主教的白发，仍然面无表情。最后，在利奥沮丧地就要离开时，阿提拉的嘴唇动了一下，嘟囔出了四个字：敬诺利亚！主教听了，兴奋得就要发疯了："敬诺利亚！敬诺利亚！罗马城得救了！"

主教赶回了罗马城，并在第二天早晨的时候，赶到皇宫，晋见罗马皇帝的妹妹敬诺利亚。敬诺利亚公主赤身裸体，正在以我们曾经透过女萨满的眼睛看到过的情形那样用头发和阴毛梳辫子。听主教来访，她于是让人往身上披上一件蝉翼般的中国丝绸制品。

"男人们都到哪里去了，难道，要我一个柔弱女人，去承担这一段历史，去承担阿提拉三十万军带来的这一支洪流吗？"听完红衣大主教的话，敬诺利亚说。

"是的，你必须承担，这是责任！你将因此而不朽！西方史上将刻上敬诺利亚这个光荣的名字！"大主教说。

"那么，准备吧！"敬诺利亚叹息了一声。

罗马城外的帐篷中，敬诺利亚公主身上的披风，倏然落地。她说："过来吧，亚洲高原上的牧羊人。用你的舌头和牙齿，解开这些麦穗吧！我其实一直在等着你的到来！我明白自己此生注定将有不平凡的命运！"

婚礼完毕之后，阿提拉带着敬诺利亚公主，再渡莱茵河和多瑙河，重新回到匈牙利草原上。而在第二年，他死于那里。

葬礼上，士兵们搬来许多的石块，将阿提拉大帝的坟墓堆成一座石山。这是荣誉，一个石块表明他生前杀过一个敌人，那石块代表敌人的头颅。

第十四节　阿提拉之死

匈奴末代大单于阿提拉，是在公元453年，即婚后的第二年死去的。他死时正值盛年。按说，以他的年龄和身体状况，还应当再活一些年的。是他的妻子，罗马公主敬诺利亚害死他的吗？这是阿提拉死因中的一个说法。传说在匈牙利草原上，有一种鸩鸟，它的羽毛是极毒的。而敬诺利亚公主高绾的发髻上，就插着这样一根羽毛。每天，当阿提拉喝酒时，公主便将羽毛轻轻地在他的酒面上掠一下。而我们知道，阿提拉以及他的那些草原兄弟，都是些嗜酒如命的人。这样，阿提拉便在抱着骷髅头酒具，在一次一次的饮酒中，最后慢性中毒而亡。

但是，上面的说法仅仅只是一种说法，以阿提拉死去之后敬诺利亚的行径来看，她则是一位高贵的女性。阿提拉失败了，他的那些追随者如鸟兽散了，罗马城和欧罗巴取得了胜利。罗马人要将敬诺利亚当作一位女英雄，迎回罗马城去，但是敬诺利亚拒绝了。她此生再没有迈进罗马城一步，而是回到了她的故乡日耳曼。她还乞求这个世界忘掉她的名字。

第十五节　阿提拉的儿子们

敬诺利亚在阿提拉死的时候，已经怀孕。她怀的是阿提拉的儿子。阿提拉死后，她让阿提拉的宰相，一个欧罗巴人，带着她离开了匈牙利草原。后来，儿子用剖宫产生出，敬诺利亚则因儿子出生时出血过多而死。儿子取名叫恺撒，即希腊语剖宫产而生的意思。恺撒后来做了西罗马的皇帝，并与东罗马对峙了许多年。皇帝的身世一栏，则用着这位宰相的儿子的名分。

随着这个混杂的阿提拉帝国的倒塌，在东哥特人与格比德人的叛变中，阿提拉的长子被杀。他的另一个儿子腾吉齐克，当时重新回到了俄罗斯草原，后来，在集聚力量，准备仿效阿提拉重新开始一场西征的时候，在多瑙河下游与东罗马帝国作战时战败被杀。公元468年的时候，腾吉齐克的人头，曾被悬挂在君士坦丁堡马戏场里，任人指点，任人嘲笑。

在参加完君士坦丁堡马戏场的狂欢之后，高贵的游客们会在临走前，在腾吉齐克那日渐风干的头颅前停驻片刻。他们会指着那头颅说："这是一个从亚洲高原过来的野蛮人的头颅，他的父亲叫阿提拉，他的曾祖叫郅支与呼韩邪，他的远祖叫冒顿，他们的故事将成为欧罗巴人世世代代的谈资和笑料。"

阿提拉另外的儿子们，则融入当地，消失在人群中了。因此这里也就省略掉了记述他们那平庸的名字。

至此，人类历史上一个强悍的、震动了东西方世界基础的马背民族，退出了历史的舞台。他们那驰骋的身影，那猎猎狼旗，那女萨满的祷告声，也只作为人们的记忆留存。自然，他们那沸腾的血液，还在今天的一些人类族群中流淌着，但这与"匈奴"这个称谓已经没有丝毫关系了。

第十六节　阿提拉羊皮书的由来

匈奴人没有文字，而没有文字也就等于没有可供记忆的历史。所以，当阿提拉弥留之际，他一边用手抚摸着敬诺利亚阴毛上的麦穗，一边让他的宰相，那位欧洲人，在一张羊皮上记载上他所知道的匈奴历史。他要求这羊皮书用《圣经》体例和史诗风格来书写。阿提拉羊皮书已经失传。

第十七节　最后一个匈奴

自那以后千百年来，从东方到西方，在辽阔的欧亚大平原上，每当有一只羊羔出生的时候，主人要做的第一件事情就是掀起它柔软的皮毛，看那羊皮上有没有文字。遗憾的是，千百年来，这样的事情一次也没有出现过。

这是不可靠的。因为奇迹是越来越少了。但是，让我们换另一种思维来谈这件事，来向光荣的历史致敬，并为今天的时代气息服务，则是有可能的。

那就是，在匈奴人堪称悲壮堪称恢宏的大迁徙中，一定会有人掉队的，于是他便永远地羁留在了他所路经的地方。

我们把那掉队的匈奴士兵叫最后一个匈奴。我们把他落脚的那个地方选定在陕北高原。我们相信那不羁的"胡羯之血"（陈寅恪先生语）会一直澎湃到今天的世纪。

上 卷

第一章

高高的山峁上，一个小女子吆着牛在踩场。小女子穿了一件红衫子。衫子刚刚在沟底的水里摆过，还没干透，因此在高原八月的阳光下，红得十分亮眼；小风一吹，简直像一面迎风招展的旗帜。

那时的高原，还没有现在这么古老，这么陈迹四布，这么支离破碎。那时的踩场号子，也没有现在这么圆润和婉转。号子是从嗓门里直通通地伸展出来的，以"呃"作为整个号子的唯一的歌词。

山坡下是一条小河，小河旁是一个普通的陕北高原村落。村子叫吴儿堡。

吴儿堡记载着匈奴人一段可资骄傲的征服史。匈奴的铁骑曾越过长城线南下中原，深入到内地的某一个地方，陷州掠县，掳掠回来一批汉民百姓。俘虏中那些稍有姿色的女性，被挑拣出来，充当了军妓；上乘的，则扩充了贵族阶层的内府；剩下这些粗糙的，便被赶到这一处人烟稀少的地方，筑起一座类似今天的集中营之类的村落，供其居住，取名就叫"吴儿堡"。

不独独这一处，陕北高原与鄂尔多斯高原接壤地带，这样的吴儿堡有许多座。后世的诗人以诗记史，曾发出过"匈奴高筑吴儿堡"的叹喟。而这"吴儿"，并非仅仅是指今日的吴越一带的人。匈奴泛指它掳来的汉民百姓为"吴人"。

吴儿堡的第二代、第三代产生了，强劲的高原风吹得细皮嫩肉开始变得粗壮和强健起来，汨汨的山泉膨胀了哺育者的奶头。他们在山坡、山峁上播种下糜谷和荞麦，他们在川道里播种下玉米和麻籽，他们在地头和炕头上播种下爱情。温柔而惆怅的江南名曲《好一朵茉莉花》经高原的熏风洗礼，现在变成了一曲清亮尖利的响遏行云的高原野调，而"坐水船"这种在春节秧歌中举行的活动，有理由相信是他们对江南水乡生活的一种怀念和祭奠。

小女子喊着号子。成熟的庄稼摊在山顶的一块空地上，阳光晒得庄稼发烫。一群牛迈着碎步，缓慢地顺着场转圈子。牛蹄到处，颗粒纷纷从穗子上落下。小女子的一只手拿着鞭子，另一只手提一把笊篱，防止某一头牛尾巴突然翘起，拉下屎来。

她的号子声充满了一种自怨自叹。天十分高，云彩在地与天相接的远方浮游；地十分阔，静静的高原上不见一个人影。因此她可以自由自在地咏叹，而不必担心有人说她失态。

从很小的时候开始打牛屁股起，她就习惯了这种喊法。喊声从童音一直变成现在这少女的声音。陕北人将这种喊法又叫"喊山"。这喊法除了服务于耪地、踩场、拦羊这些世俗的用途外，其要旨却在于消除内心的寂寞与恐惧，用一声声大呐二喊，向这麻木的、无声无息的、怪兽一般的高原宣战。

凝固的高原以永恒的耐心缄默不语，似乎在昏睡，而委实是在侵吞，侵吞着任何一种禽或者兽的情感，侵吞着芸芸众生的情感。

似乎它在完成一件神圣的工作，要让不幸落入它口中的一切生物都在此麻木，在此失却生命的活跃，从而成为无生物或类无生物。

但是太阳在头顶灼热地照耀着，日复一日地催种催收。按照拜伦勋爵的说法，太阳使少女早熟，太阳猛烈炙烤的地方的女人多情，太阳决不肯放过我们无依无靠的躯壳，它要将它烤炙，烘焙，使之燃烧。拜伦勋爵是对的，在关于女人方面他确实比我们懂得多，因为眼下，正如他所说，在秋日阳光的照耀下，在成熟的五谷那醉人的香味中，在红衫子那炫目的光彩里，小女子突然感到额头发烧，旋即产生了一种眩晕的感觉。

身体中一种神秘的力量出现了，生命中那种开花结果的欲望抬头。但是她并没有意识到这是怎么回事，她只是感到眩晕。她在被阳光晒热，被牛蹄踩软的草堆上稍稍靠了会儿，打了个盹。她做了一个梦，少女的梦总是美好的，秘不可宣的，但是她立即醒了，因为现实比梦境更美丽。

那头牛趁她做梦的一刻，也四蹄站立，合上眼皮，打了个盹。现在，它以吃惊的目光，看着醒来的女主人：面颊绯红，神采飞扬，鞭梢在空中啪啪直响。顺应了主人的愿望，它的四蹄如花般翻起落下，急促如雨。

同样是那以"呃"作为唯一歌词的号子声，现在除却了沉思、孤独和孤苦无告的成分，而变得欢快和亢奋，宛如一种情绪的宣泄。

号子在高原持久地回荡着。"呃——""呃——"，从一个山峁跳跃到另一个山峁，从一个山洼又折回到另一个山洼。

这时候，在陕北高原与鄂尔多斯高原接壤地带，黄尘满天，一支队伍正走在迁徙的途中。戴着甲胄的士兵开路和殿后，妇女、儿童和老人夹在中间。马背上驮着嗷嗷待哺的儿童，大轱辘车上载着老人和孕妇。一群驮牛，驮着帐篷的柳条支架，排成一行；支架从牛背的两边分开，宛如大雁的一对翅膀。一个千户长模样的人，骑着马，提着刀，来来回回地督促着，他的刀的横面，有时会毫不留情地拍在某一个落伍者的脊背上。

这是从陕北北部边缘向远方迁徙的最后一批匈奴。他们庞大的部落将流向何方，他们的大镰将在哪一块土地上收割牧草和五谷，连他们自己也不知道；甚至，今夜，他们将在哪里燃起篝火，支起帐篷，也是一个未知数。

匈奴人就这样在某一个年代里，神秘地从中国北方的原野上消失了。他们去向哪里，踪迹如何，去问中亚细亚栗色的土地，去问外高加索陡峭的群山，去问黑海、里海那荒凉的碱滩和暗蓝色的波涛吧！关于他们迁徙的过程，我们什么也不知道，我们只知道，在许多许多年之后，在多瑙河畔，欧洲的腹心地带，出现了一个黄种人的国家，而他们后裔中的一个，怀着一种惆怅而豪迈的心情，吟唱道：我的光荣的祖先，在那遥远的年代里，你们怎样从中亚细亚，迁徙到酷热、干燥的黑海、里海碱滩，最后，寻找到一块水草丰茂的土地，定居和建邦在多瑙河畔？这位行吟诗人叫裴多菲，一个鼎鼎大名的人。

在迁徙者的队伍中，有一位年轻士兵的马蹄慢了下来。他受到了号子声的诱惑。从低处往高处看，他看见了土黄色的高原之巅，招展着的那一领红衫子。

年轻士兵偷偷地出了队列，靠几钵沙蒿、一片芨芨草滩，最后是一道沟梁的掩护，他终于脱离了队伍。

一个时辰以后，少女的号子声戛然而止。在场边，在简陋的茅棚里，在被牛蹄踩得绵软的一团糜谷秆上面，发生了一件男男女女之间迟早要发生的事情。

是强迫，还是自愿，我们无从知道。杨氏家谱也没有对这件事做任何记载。未来的某一天，家族后裔中有个叫杨岸乡的人，刨开祖坟，他看到的也仅仅只是这两个风流罪人的累累白骨，而无法从这白骨中推测出那野合的根由。

然而我想，我们也不必为那年代久远的这桩事情而去问个明白。也许是强迫的，因为当这桩事结束之后，女子披散着头发，提着裤子，疯也似的向山下跑去，去告诉她的妈妈；而青年士兵，他的马是四条腿，所以他赶到了姑娘前边，并且在山路上跪了下来。当然也许是自愿的，正如人们通常所说的那种"一拍即合"，因为，姑娘的号子声中原先有一种无所着落的孤独感和亢奋情绪，现在则充实而满足。可是我们并不排斥第三种可能，这就是半推半就。我们知道，世界上这类事情，以半推半就的形式发生者居多——她在说"不"的同时，却解开了自己的红裤带；女人在这种时候，她的天性中的聪明和狡黠的成分，总令人叹为观止。

场总是要踩完的。在经历了几个尽情欢乐的白日之后，姑娘赶着牛群回到了村子。

这期间发生了一件重要的事情。青年士兵的坐骑跑了。坐骑被拴在场边的一棵老杜梨树上。坐骑早就为主人莫名其妙的举动感到恼火，长期以来养成的群居习惯，又使它思念朝夕相处的伙伴们，加之，对远方的渴望，对冒险的渴望，对应接不暇的新生活的渴望，终于驱使它在某一天夜里挣脱了缰绳，鼻子嗅地，向迁徙的队伍追去。

见到马，年轻士兵的父母以为儿子遇到了不测，这在当时是常有的事。匈奴部落为失去一位勇敢的士兵而叹息。但是叹息一阵就过去了，还有更重要的事情在等待他们去做。一个更为年轻的匈奴人，骑上这匹马，弥补了这个空缺。

注视着拴马的那一棵空荡荡的老杜梨树，年轻士兵在这一刻感到了一丝悔意和痛苦。他长久地站在山峁上，注视着那早已不见踪影的部落的队伍。他感到一种牵肠挂肚的痛苦；但是此刻他还没有料到，他将永远离开马背上的民族。

场上的工作完成了。谷草在场边堆成一个小塔；打出的糜谷驮在牛背上，女子回到了村上。青年士兵暂时居住在场边的那间茅棚里，那个他第一次惹祸的地方。不过每天夜里，在黑暗的掩护下，他总要想法潜入村子，他没有办法不这样做。

荒落的陕北山村，能够提供许多可供幽会之处。现在人们收集的陕北民歌，字里行间，不时就蹦出这方面的字眼来，而类似草窑、硷道、墙角、圪崂这些字眼，一旦从那些情人们的口中绵绵唱出，马上便具有一种缠绵悱恻的味道，如果再配上那代代传唱不息的诸如"黑灯瞎火没月亮，小心踩在狗身上""半夜来了黎明走，哥哥像个偷吃狗"的民歌，于是便给这荒落的土地和这荒落的去处，罩上一层撩人的玫瑰色。

吴儿堡一如当初。匈奴人的迁徙并没有给他们以太大的震动，水乡的灵秀之气现在已经为高原的迟钝和耐性所取代。族长依旧以警觉的目光注视着这一支人类族群的生息和繁衍，春耕与秋收。报警的大钟依旧悬挂在村口的老槐树上，随时准备当当敲响。石匠依旧昼夜不息地丁当有声，为未生者凿着石锁，为将死者凿着石碑。

"当当当"的钟声在某一天夜里突然敲响。随后，村头的那棵古槐下被人群、火把、灯笼、农具填满。年轻的匈奴士兵被反剪双手，吊在古槐一支粗壮的横枝上。

年轻人，他太不谨慎了。他的遭遇给后世以鉴戒，所以那些后来的偷情者们，在耳鬓厮磨之际，总要这样劝诫：

鸡叫头绽黑洞洞，
叫哥哥快起身，
操心扬下名。

鸡叫二绽天放亮，
叫哥哥快起床，
当心人丧扬。

鸡叫三绽天大明，
叫哥哥快起身，
操心人捉定。

叫一声妹妹你是听，
你不给哥哥拿主意，
哥哥不起身。

叫一声哥哥你听话，
你的主意自己拿，
叫妹妹做甚嘛？

灯笼和火把扔在了地上，上边又加了些垛在村边的硬柴和庄稼秆，于是火光和浓烟一瞬间罩满了半条川道。

刽子手开始在河边的沙石上磨砍刀，声音沙沙作响，令人胆寒。

留着长胡子的族长，声泪俱下，正在历数匈奴人的罪恶。

年轻的匈奴士兵垂着头，他的苍白的面孔流露出胆怯和羞愧。但是，沙沙的磨刀声唤起了他胸中的某种勇敢精神，他慢慢地抬起头来，开始直视这一团团火光和忽明忽暗的火光中那激动愤怒的人群；任灰烬飘落在眼睫毛上，眼睛也不眨一下。他的嘴角开始挂上一丝傲慢和居高临下的微笑，好像是说："你们曾经沦落为匈奴人的奴隶，不是吗？"这种微笑和他的年龄如此不相称，也许，迫临的死亡加速了他的成长过程。

匈奴的微笑激怒了所有的人。开始有人将抽牛的鞭子一下一下往匈奴的身上抽。抽鞭子的都是些打牛的好手，因此鞭子落在匈奴身上后，声音虽然不大，力量却很足，鞭花不是爆在空中，而是结结实实落在肉上，于是一鞭子下去，不是拽下一块衣服，便是在皮肉上勒一道深渠。

鞭子没有能令匈奴屈服，这使大家都有一些泄气。人们将目光转向了刽子手，希望他的砍刀快点磨好。

突然人群中出现了一阵骚动。年轻匈奴的高傲的微笑还停留在半边脸上，突然凝固了，变成一丝恐怖和羞怯。

一位披头散发的女子分开人群，走到族长跟前，双膝一屈，跪下来。她的头发上沾满了草屑，红裤带也没有系好，有一截头儿露在了大襟袄的外边。

族长半带蔑视半带愤怒地哼了一声，转过脸去。

女子见族长不理，继而又跪向大家。她声泪俱下，申诉了一千条不要杀死青年士兵的理由，但是都不能令大家原谅。如果她交往的是吴儿堡的一位青年，而不是匈奴人的话，这事本来还有宽宥的余地，不幸的是她恰恰选择了一个匈奴，一个吴儿堡的敌人。于是，女子请求将她和这青年士兵一起处死。她说，既然他们曾一同分享过快乐，那么，他们理应一同遭难。女子的请求得到了同意。尤其是她的那些女伴们，她们注视着被火光照耀的青年士兵那一明一暗的英俊面孔，也许心里在说："为什么不是我？为什么不是我？"此刻，在沙沙的磨刀声中，她们的心中，充满了一种女人才有的残酷的快乐。

女子和青年士兵吊在了一起。

一个好事的青年，在女子吊起来之后，将她推了一把，于是女子的身体荡过去，碰在了匈奴士兵的身上，旋即又分开了。

当他们第二次荡在一起的时候，女子附在青年士兵的耳根说："我有孕了。怀孕了，明白吗？怀的是你的孩子！"

"是吗？"匈奴士兵听了这话，脸上显出一丝凄楚的微笑。

女子的声音也许大了点，所以被周围的人们听见了。族长年纪大了，但是耳朵并不背，他也听见了女子的声音。为了证实自己的耳朵，他又追问了一句："你说什么，能不能声音大一点？"

女子毫不脸红地重复了一遍。

当人们明白女子已经怀孕时，四周静下来。这样，要处死的就不是两个人，而是三个人了。

刽子手也停止了磨刀。沙沙的音乐一旦停止，四周的杀气立即减弱了许多。

族长立即意识到了这一点，他命令刽子手继续磨刀，他说，他生平还从未改变过主意。

就在族长说话的当儿，人群中传来一阵奇异的音乐声。这种奇异的声音由一种据说是麒麟角制成的乐器吹奏出来的，拥有这种乐器的往往是巫婆或者巫师。这种乐器据信现在已经失传，即使没有失传，也已经由于原材料无从寻找，从而转化为羊角、牛角之类的赝品了。

吹这种乐器的是一位巫师兼医师之类的老女人，或者说，是一个接生婆。当然，她同时是一个剪纸艺术家，每有孩子出生，她要做的第一件事情，是用剪刀将布帛，将树叶，或者说将当时已经制造出来的纸张，剪成一个"抓髻娃娃"的图案，贴在这家窑洞的墙壁上、炕围上。

在这荒凉得难以生存的地方，对生命的崇拜高于一切，人种灭绝、香火不续被看作是大逆不道的事情。从黄帝部落在这一带游牧时候起，接生婆这种古老的行业便开始确立起它的权威位置，并且一直以一种神秘之力庇护着这一方苍生，以一种原始的狂热和虔诚在进行着催种催收。

这是一位陕北高原上的土著居民，黄帝部落在向南方长江流域开发时留在这里看护本土看护轩辕陵墓的子民。这个接生婆，她刚刚在前庄接生回来，又要到后庄，恰好在这个时候赶到了这里，并且清清楚楚地听到了两个风流罪人刚才的对话。当然也许不是巧遇。孕妇们总把自己生育的时间调节到晚上，以便让农耕或者狩猎的丈夫回到身边，让自己在经受肉体痛苦的同时，让丈夫也经受精神上的痛苦，然后一并迎接那个神圣的时刻，所以，为接生婆的职责所驱使，她总是彻夜彻夜地在大地上游荡，而把睡眠放在白天。加之，我们知道了，她同时是巫婆，吴儿堡地面冲天的火光和喧嚣的人群，不能不惊动自称可以感知一切的她。

奇妙的音乐弥漫在空中，空气中的杀气渐渐收敛。不知谁给篝火中添了一些柏树枝，于是有一种浓郁的香味弥漫开来，与音乐掺和在一起。雾气渐渐升腾，空气潮湿得仿佛要滴血。在奇妙的音乐和奇异的柏香中，人群渐渐地跪了下来，带头的是族长，这长面大髯的老者。

在一群凝固了的人群中，接生婆开始扭动腰肢，翩翩起舞。麒麟角已经从嘴边卸了下来，作为装饰品插进脑后的发络里，她现在是用嘴说着谁也不懂的话，并且在做着人人都明白其内涵的动作。在这魂灵附体般的扭动中，她还顺便扭到吊着的一对青年男女跟前,拍拍他们的腮帮,掰掰他们的牙齿,并且毫无顾忌地揭开他们的衣服,看了看身体中的隐秘部分。

最后,她在一堆最旺的火堆旁停了下来,解开她黑色大襟上衣的纽扣。衣襟霍地亮开,于是,人们看见,在她塌陷的奶头和松弛的肚皮上边,罩着一件红裹肚。

红裹肚的正中有一个口袋。她先从口袋里摸出一只鹿角,握在左手,又摸出一柄铜刀,握在右手,于是,随着刀子刮落鹿角,粉末纷纷扬扬地向人群中撒来。粉末落在了人们的身上脸上,有一些粉末被风吹在了火堆里,于是空气中有一种焦煳的腥味。

铜刀和鹿角,都是接生婆常备的工具。铜刀不用说了,我们每个人来到这世界上,最初都不免要受这么一刀,只是刀子后来换成剪子而已。鹿角据说是一种催奶的良药。初生的孕妇,喝几碗用鹿角粉末冲下的热汤,奶水就会像泉水一样涌流。这种原始的催奶方法,据信现在在一些缺医少药的偏远地区,还没有失去用场。说一句不怕读者见笑的话,作者的妊娠的母亲,当初就是喝了这种汤,从而为婴儿期的我提供奶水的。

当接生婆认为她的鹿角粉末,已经像她的音乐一样,足以征服和麻醉在场的每一个人时,她停止了她的耕云播雨。她停顿了一下,将铜刀和鹿角装进了裹肚,然后就势用手拽了拽裹肚的边儿,使之平整。

就在她念念有词的当儿,就在火光熊熊的照耀下,裹肚开始显示出一些模糊的影子。慢慢地,可以看出来了,这是一幅绣锦,上边有山有水,有人有树。熟悉的人们知道,接生婆又要开始她梦呓般的谈话了。

那是一个故事,一个地老天荒的故事——

由于发生了一场灾难,什么灾难呢,已经记不得了。或许是滔滔洪水突然从海中溢出，淹没了世界；或许是羿射落的九颗太阳突然掉在了大地上，一瞬间玉石俱焚；或许是后来人们所说的不明飞行物的缘故。总之，地球上遇到了空前的灾难，人类从地球上几乎绝迹了，只剩下两个人。虽然这两个人是一男一女，但是，他们是兄妹。兄妹之间是不能通婚的，他们懂得这一点，因此，他们相敬如宾。时光在流逝，他们在迅速地衰老。看到世界荒凉的今天和它的黑暗远景，他们不知道怎么办才好，他们无能为力，他们只有躲在一架山头上哭泣。

突然，一种神秘的力量说："你们结婚吧，为人类的最高利益，为了种族的繁衍！"

兄妹俩异口同声地说："我们不能结婚，我们怕人耻笑！"

神秘之力宽厚地笑了，他说："世界上只剩下你们两个人了。你们不笑话自己，是没有人能够耻笑的！"

"我们怕生出某种怪物！"

"这倒是个问题！"神秘之力沉吟了半天，最后说，"那么，让我们听从天意吧，现在，在你们各人的屁股底下，坐着一个磨面的砬扇，上扇为阳，下扇为阴，你们搬动它，让它们向山下滚去。如果它们落在山下时，重合在了一起，那你们就结婚吧；如果两个砬扇像现在这样分开着，那么天意注定人类当灭，它将塑造另外的灵性。"

神秘之力的声音消失了。兄妹俩站起来，停止了哭泣，他们每人扛起一面砬扇，向山下滚去。砬扇在山坡上颠动着，一直滚到了沟底。最后，在一泓浅水边，它们严严实实地重合在一起。

兄妹俩不相信自己的眼睛。在淡淡的哀伤的落日下，他们来到了沟底，来到了砬扇旁边。砬扇果然重合在一起，现在，他们终于明白了现实所赋予他们的那可怕的命运。于是，女人害羞地但却是勇敢地撩起了自己的裙裾。

在整个交媾的过程中,他们感到一种刻骨铭心的快感。这种快感除了事情本身的原因之外,另一半是由于乱伦而产生的罪恶感引起的。

事情结束之后,在他们的身下,在一片压平的草地上,留下星星点点殷红的鲜血。大地仿佛在震颤,万物开始苏醒,青草又繁茂地生长起来,野花开始热烈地开放,河流开始淙淙流淌,阳光也不再悲哀。一言以蔽之,一切又恢复了灵性。

在接生婆的裹肚上,那一对男女的身子快乐地扭在一起。他们的上半身是人面人身,下半身则是蛇尾。人身面对面,蛇尾则交缠在一起。如果这些吴儿堡村民有知识的话,他们会知道,这就是那著名的《伏羲女娲交媾图》,中华民族最早的生殖崇拜图腾。而未来的某一天,当后世的人们千辛万苦,破译出人类遗传基因密码时,他们排列出的那个被称为"人类基因密码图",或俗称叫"蝌蚪图"的东西,正是这个。不过,不知道也不要紧,在这里,面对这裹肚,以及它上面的图案,仅仅有一种敬畏感就够了。

果然,接生婆又不厌其烦地讲述了上边那个故事。在讲故事的途中,她的那只鹰隼般的独眼闪闪发光,她的黑色的夜行装也在火光的照耀下闪闪发亮。

最后,像出现时那样突然一样,在人们的不知不觉中,她突然地走开了。麒麟角吹出的音乐声隐隐远去。

女子的父母现在找到了为女儿辩解的理由,他们双双跪下来,乞求族长饶恕女儿的过失,尤其是,不应当伤害那个还没有出世的小生命。因为他是无罪的。

接生婆的出现给人们带来了一丝莫名其妙的不安,现在,开始活跃起来的人们,已经没有人再义愤填膺了,就连族长那素来果敢的眼神中，现在也闪烁着一丝惶惑。

女子的父母抓住这个机会，号天呼地。

族长和村子里的几个长辈，讨论了三天三夜，最后决定放掉这一对男女，让他们远走高飞，从此不准回到这个村子。

不过放的前提是一个十分重要的条件。

族长当初的慷慨激昂，如今已经变成声音沙哑的嘶喊。

他接过了在沙石上磨了几天、现在已经变得雪亮的砍刀。他将砍刀在手中挥舞着。他命令脱下女子和那青年匈奴的鞋子。

他请人注意两人的脚的小拇指头，男的看左脚，女的看右脚。

汉人的脚指头，小拇指的指甲盖，通常分裂为两半。不过两半不成比例，一半大得多，一半很小，不注意是很难发现的。异民族的脚趾的小拇指头，则是完整光滑的一块。

接着，族长又脱下自己的鞋，抚摸着自己的脚趾。所有在场的人都像他那样做了。他跪下来，将鞋举过头顶，泪流满面地说："保佑我们吧，皇天后土！保佑我们种族的纯洁，保佑我们在这荒凉而偏僻的地方，生生不息吧！"

然后，他用脚趿上鞋子，转过身，对着两个罪人，面色严峻得可怕。他说：

"这把砍刀没有白磨。你们带上它。它就是吴儿堡的象征，也就是我的象征。当你们的孩子出生了，你们要做的第一件事情，就是看看这孩子的脚趾。如果小脚趾的指甲盖是两半，那就说明我们的祈祷起了作用，那就要好好地抚养他；如果指甲盖是圆的，那么，这把刀就是为他预备的。明白吗？"

吊在树上的两个罪人点点头。

族长砍刀向空中一挥。砍刀到处，两条绳索断了。

族长割下一片衣襟，裹住刀，扔到两位罪人面前，然后，头也不回地走了。

两位罪人离开了村子。有一头黄牛愿意跟着他们去。哀伤的母亲于是扛来一个褡裢，放在黄牛背上。褡裢的一头驮着脱去谷糠的九谷米，这是他们今冬与明春的口粮；褡裢的另一头驮着没有脱壳的谷子，这是为他们预备的籽种。

他们就这样离开了村子。

他们走呀走，不知走了多少里路程，来到一架山前。坡底有一泓浅水，坡上生长着杂树野花，头顶上的山梁，像一个弓形的脊梁一样，正在托起缓缓坠落的红日。而在山峁上，生长着一棵高大的杜梨树。经霜的杜梨果已经变成赭红或者酱紫，成群的喜鹊和乌鸦在枝头栖息着。

眼前的情景似曾相识。他们终于记起来了，这正是接生婆的红裹肚上的图案所昭示的地方。于是，他们决定在这里定居。他们有幸在荆棘丛中找到一孔早已废弃的洞穴。洞穴的墙壁上悬挂的兽皮和地面上的兽骨，以及墙壁上无法破译的壁画，表示这个窑洞已经十分古老。

到了瓜熟蒂落的时候，一个男婴在土窑洞里降生了。婴儿通体粉红，十分健壮。他的最初的啼哭中便有一种草原的辽阔和高原的粗犷。

母亲刚刚经历了分娩的痛苦，现在面色苍白，正趴在炕沿上喘息。婴儿的叫声使她的痛苦减弱了，好久好久，她才明白自己已干了一件多么伟大的事情。她为丈夫理了理自己有些蓬乱的头发，她为儿子揉了揉自己开始发胀的奶头。她嘴角抽动了一下，笑了，眼睛里恐怖已经过去，开始出现母亲的柔情和妻子的羞涩。

父亲搓了搓手上的老茧，俯下身子，溺爱地将婴儿搂在怀里。他的手有些颤抖，他的因为劳累过度而显得疲惫的身体，此刻，也处在一种欣喜的痉挛中。

婴儿的身上裹了张羊皮。他的小脚丫子一蹬，脚趾露在了外边。

注视着婴儿的脚趾，父亲的眼神一下子直了。他的脸渐渐变色，最后完全阴沉了下来。

婴儿的左脚的小拇指的指甲盖光光的，红红的，骨质还没有变硬，但是十分明显，这是完整的一个指甲盖。

父亲没有忘记自己曾是一名勇士，他现在要把自己的诺言兑现。他用平静的面孔掩盖住内心的痛苦，将孩子轻轻地放在炕边，亲了亲，然后，从墙壁上取下了那柄砍刀。

他用手试了试刀锋，砍刀依然锋利如初。

他走到炕边，跪下来，将砍刀双手举过头顶。

"亲爱的妻子，请你看看孩子的脚趾吧！惩罚我们的时刻终于到了。请你成全我，我要用事实来证明，我是一个信守诺言的人。现在，请你以吴儿堡的名义，处死这个匈奴人的婴儿吧！"

匈奴士兵久久没有抬头。当他终于抬起头来时，看见他的亲爱的妻子，把孩子搂在怀里，解开衣襟，正在给他喂奶。她掐他，咬他，拧他，百般的温柔和百般的痛苦，交织在一位年轻母亲的心中。

"如果有报应，就让报应来吧！孩子是我的，谁也不能动他。要知道，是孩子救了我们，没有他，我们早就被处死在老槐树底下了。"年轻的母亲这样说。

丈夫深深地喘了口气，提上砍刀，走出了家门。他是去设套鹿的套子，想弄了鹿角来，为妻子催奶。

冒着得到报应的危险和深深的歉疚之情，他们留下了这个孩子。稍稍使他们得到安慰的是，第二年他们又得到了一个男丁，这个男丁的那个脚指甲明显地分成两半。

时光流逝。一些年后，他们已经有了许多儿女，而这些儿女开始到了婚配的年龄。于是他们想起了吴儿堡，他们希望当年的火气能随着岁月而冰释。他们都已经进入了老年（那时候四十岁以上便叫老年），并且都有了老年人的思考，他们觉得大可不必对一切事情都大动肝火，一切事情的发展都有个来龙去脉，所以一切都是顺理成章的，包括他们的浪漫爱情。有一天夜里，老夫老妻忆起了旧事。大儿子已经熟睡，他们长久地注视着他的面孔，他的马鬃般卷曲的头发，深邃的眼眶，以及直挺的鼻梁，一想到当年也许一念之差，世界上便会失去这样一个健壮而漂亮的青年时，他们一阵后怕。

吴儿堡展现在他们面前。在他们与世隔绝的年代里，这里发生了不止一次的战争。而最近的一次，使这里成为无人区。饭还在锅里，发酵之后，重新收缩，变成干巴贴在锅底。看家狗像游魂一样在空空如也的村里转悠、哭泣。蚂蚁在碾盘中心的木轴上做窝。一丛丛黄蒿在大路上、院落里、畔上生长了出来，整个村庄淹没在齐人高的蒿草里。

在这以后漫长的岁月里，还将发生许多重要的事情。而最重要的事情，当然是战争。仅就陕北高原而论，战争又以民族之间的拉锯战为主。匈奴之后，也许会有稽胡；稽胡之后，也许会有吹着羌管、顺着无定河川湍湍而来的党项；党项之后，安宁不了多久，成古思汗的铁骑又会越过长城线而来……但研究这些是头脑光光的学者们的事情，作为我们，更关心的是人的命运，是人的心灵的编年史，我们已经感到，在历史的空气中逗留得太久了。

只有那棵古槐还活着，并且在吸收了殉难者的血液后，开始变得枝叶婆娑。那口大钟还悬挂在槐树的横枝上，并且敲起来声音依旧洪亮。归来的人们，他们准备了很久的解释不知向谁诉说，于是只好向古槐倾诉；他们酝酿了太久的思亲之情没法倾泻，于是只好使劲敲响那口传播四方的大钟。

他们找到了家里那三孔土窑,住了进去。他们将锅洗干净,重新燃起炊烟。他们将生锈的犁铧擦拭干净,扛着犁杖走向山冈。他们像初民驯服野兽一样,重新与狗建立感情。他们决定将村子重新叫作吴儿堡,遥远的江南对他们来说已经淡漠,而远迁的匈奴如今也不知道流落到了何方,他们所以启用旧名,是为了纪念那些因为他们而曾经在大槐树下聚集过的人们。他们开始重新建立家谱,这时候女子记起自家姓杨。

两位老人不久就过世了。顺应他们的愿望,他们的尸体被抬上山,埋在当年牛踩场的地方,所以,后世之后,代代的陕北人将死亡叫作"上山"。

第二章

"那已经是很久很久以前的事了!"

对于吴儿堡的居民,对于自那两个风流罪人而开始的这个家族,对于这块在岁月的冲刷之下,愈来愈见贫瘠的高原来说,每当提起这个凄清而又美丽的家族故事时,叙述者总要以这样的叹喟作为结束语。

它的真实与否,他们认为这是不重要的。单调而寂寥的景色,贫困而闭塞的生活,给代代的陕北儿女以梦想。而这个玫瑰色的家族故事,很大程度上是他们梦想的产物,是他们试图给这个默默无闻的家族,给家族所占据的这一块凄凉的黄土地,罩上一层光晕。

然而这个家族故事,也许是对这一方人种形成的一个唯一的解释,因为在吴儿堡以及方圆地面,一个生气勃勃的人种成长起来。男人们长着颀长高大的身材,长条脸,白净面皮,宽阔前额,浓重的眉毛下一双深邃的眼睛,他们的鼻梁总是很高很直,从而衬托出眼睛更为深邃,他们的长长的腮帮在年轻时光滑而俊美,而在长出络腮胡子以后,又显得威仪而高傲。他们衣衫褴褛,冬天,常常是一领磨得半光的羊皮袄,袄上的羊毛里藏着虱子和苍耳,随着走动,给空气中留下淡淡的膻味;夏天,则是一领粗布做的半衫,胸部敞着。他们的头上,永远蒙一条脏了吧唧的白羊肚手巾,脚下,则是一双百衲鞋。没有人注意到他们的脚趾,但是想来,那脚趾也许是完整而光滑的一块,也许会不规则地分裂为两半。而一般说来,分裂为两半的脚趾的这位后裔,通常,他对土地表现出了更多的爱恋,他生性温顺,用一句大家都在说的话说就是"随遇而安",或者"知足常乐"。而那些脚趾光滑的后裔,他们的性格像他们那眉眼分明的面孔一样,身上则更多地呈现出一种桀骜不驯的成分,他们永远不安生,渴望着不平凡的际遇和不平凡的人生,他们对土地表现出一种淡漠,所以厮守它只是因为需要它来提供维系生命的五谷杂粮,他们做起事来不循常规,按老百姓骂牲口的话来说就是"不踏犁沟",他们在人生的最初阶段总是雄心勃勃,目空天下,而最后总是以脱离不了生活的束缚,从而重重地跌落在黄土地上,沦落为穷得叮当响的穷光蛋作为结束。

在成为穷人之后,他们的性格通常分裂为两种:一种是成为乞丐,一种是成为"黑皮"。

有理由相信,在陕北,在那"下南路"或者"走西口"的朝朝代代的乞丐队伍中,有一部分人确实是乞丐。而有一部分,他的家里,并没有沦落到需要走万里路、吃百家饭才能生存的地步。这些人成为乞丐,很大程度上,是天性中一种渴望游历、渴望走动的愿望的驱使。一年农耕下来,最后一次在农耕的这块土地上,伸一伸腰,吐一口唾沫,诅咒一句这离不得见不得恨不能爱不能的黄土地,然后仰天望着高原辽远的天空,流浪的白云,于是眼眶里突然涌出两行热泪。他们胸中于是激荡起那古老的激情，那"天苍苍，野茫茫，风吹草低见牛羊"的异样的歌声，那金戈铁马的岁月，于是他要出去走一走了，"下一趟南路"或者"上一趟西口"。他的脖子上挂一杆唢呐，一路吹打，经过一个又一个村庄，经过一户又一户人家，虽然没有嗒嗒的马蹄为伴，没有啸啸的杀声为伴，但是一年一度的游历仍然给他那不羁的灵魂以满足。怎么说呢？如果有了第一次伸手——在饥饿与自尊心，再加上游历的渴望这诸种因素反复较量之后，而终于伸出手以后，那以后的乞丐生涯，却是一件十分快活的事情，或者说一种令人羡慕的职业。

但是，这种令人羡慕的职业只能一年一度，时间也只限定在秋庄稼收割以后到年关来临这一段。然后，其余的时间，仍然必须厮守家门口那块必须春种秋收的土地，这时候他就只是一位地道的农民了。没有了幻想，没有了激情，填满他脑子里的是荞麦、糜子、谷子、洋芋、高粱、黑豆这些概念，和单调荒凉的土地，以及没有任何内容的天空。

一个陕北籍的乞丐，当他一个人行走在这前不着村、后不着店的迢遥山路上的时候，他在想什么呢？他也许在此刻，将自己想象成一个帝王，而身边拥拥挤挤、滚滚而来的蜡黄色的山头、山峁、山梁，是他麾下的十万方阵，而那沟里，一棵挺拔的白桦，或者山峁上，一棵兀立的杜梨树，那是他招之而来呼之而去的妻妾。他这种想法是有根据的，因为在五百年前，一个叫李自成的和他一样走在山路上的人，曾经骑着他的铁青马横行天下。当然此刻，也许他并不去遐想，而是扯开嗓子，在惊天动地地呐喊着，用他的拦羊嗓子回牛声。如果偶然遇见一个人，这个人不解地望着他，为他的由衷的欢乐而莫名其妙，那么，他会用歌声回答：穷欢乐，富忧愁，讨吃的不唱怕干愁！

前边说了，那些脚趾光滑的后裔，由于他们心比天高、命比纸薄，有些人往往会沦落为乞丐，而另一些人则会成为"黑皮"。

"黑皮"是一句陕北方言。它的意思，大致与"泼皮"相近，也就是说，是无赖；但是在无赖的特征中，又增加了一点悍勇。他们不纯粹是那种永远涎着面皮、没头没脸无名无姓的宵小之辈，他们通常也讲道理，当然讲的都是歪理，他们在人前仍然露出某种强悍，但是这种强悍，却明显地带有霸道的成分，从这一点来说，他们的某些方面又像恶棍。但是公允地讲来，他们不是恶棍，他们天性中还残留着某种为善的成分。总之，他们叫什么，也许准确一点说，是无赖与恶棍的混合物，是这块贫瘠之地生出的带几分奇异色彩的恶之花。

他们轻易不与凡人搭话，不去惹是生非，但是只要谁惹恼了他们，他们便会出来和谁玩命。或者动刀子，或者去堵谁家半山腰上那出烟的烟囱，或者改动水路，让山水从这家窑背上滚下来，或者打发自家的婆姨，脱成光屁股，睡在仇家的炕上。他们需要黑皮这种恶名，认为在弱肉强食的世界上，这种恶名足以使他们立足和立于不败之地。他们把与人拼命叫"扬灰气"。届时，他们装疯卖傻，众人面前把自己装扮成一个"灰汉"，让人怯其三分。如果灰气扬出去了，从此他们便奠定了在一村一乡的地位；如果灰气没有扬出去，也就是说，恶人还须恶人治，他们遇见了一个更为强硬的对手，于是乎便闭门不出，鼓鼓的肚子软软塌下来。不久，在乞丐的队伍中，便可以看见他佝偻的身影。

县志中，将这种黑皮叫"刁民"。历朝历代的县志，修志的老先生常以感慨的口吻，谈起"刁民甚多"这个话题。这种黑皮是一窝一窝地聚的，往往在某一个地方，会成为一种风气，所以修志的老先生又会在"刁民甚多"这句话前面，加上"民风强悍"四个字。顺便说一句，每遇天下大乱，这些黑皮，往往会成为啸聚山林的刁顽盗寇或大智大勇的领军之将，从而令世人对"黑皮"这色人等，畏惧之外又加上几分欣赏，更不敢说小觑了。

那么女人怎么样呢？那两股鲜血的交融，在培育出男人的同时当然要培育出女人。它给予了男人那样奇异的面孔和奇形怪状的思想，那么，它将给女人以什么样的影响呢？

在吴儿堡以及方圆地面，在这个生机勃勃的家族中，鲜艳而美丽的女人，像庄稼一样一茬一茬地生长起来。她们有着乌黑的头发，白皙的面孔，鲜红的嘴唇，修长的身材。她们像一朵一朵野花零散地开放在陕北的沟沟岔岔。她们的脸型同样呈现出颀长，眉眼分明，但是不像男人那样有棱有角，而是十分柔和。她们炭一样黝黑的眉毛下通常有一双热烈的黑白分明的大眼睛，这双大眼睛毫不畏惧毫不忌惮地望着你，哪怕是生人也敢向他倾吐爱情。她们的身材——那是怎样的亭亭玉立的身材呀，两条细长的腿，和同样细长的腰身，雪白的白天鹅一样的脸颈，擎起一颗黑发飘飘的秀美的头。她们的衣衫通常是简朴的或者说是褴褛的，顶多在逢年过节的时候，添置上一件红颜色的衫子。一双天足，一双也许小时候缠过、后来又放开的秀美的双脚；一根红裤带衿在腰里，红裤带的头儿越过大襟袄的袄襟，将半寸长的一截露在衣服外面。那褴褛的衣衫裹不住青春勃发的身子，有时候，衣服上会有一个破洞，于是露出一块细腻白皙的皮肤。

在这样呆板而贫瘠的土地上，在五谷杂粮和酸白菜的营养下，生活竟能源源不断地奉献出这样的女儿家，这情形真令人惊异。而尤其令人惊异的是，她们的投手举足，她们的言谈举止，她们的一笑一颦，丝毫不能令人看出，她们是粗野的农夫的女儿；那分明是一位不幸流落民间的高雅的公主哪！一代一代的陕北民歌，以持久的热情来礼赞这黄土地上的女儿家。"五谷子田苗子唯有高粱高,一十三省的女儿哟就数兰花花好",这流传久远的歌谣,只是千百首赞歌中的一支而已。"妹子好来实在是个好,走起路来好像水上漂",人们选择这样的比喻赞美一个陕北女子的走势,而如果这歌谣变成俚语,让浪漫变成诙谐,那话该是这样说:"穿得飘,走得快,肚子里装着酸白菜。"

美丽的副产品是多情。

阳光在空中火辣辣照耀着、催促着庄稼和女人一起走向成熟。庄稼成熟的标志是花朵变成了果实,而女人成熟的标志是开始唱酸曲了。她站在高高的山峁上,对着呆板而冰冷的黄土地唱,她用"我穿红鞋我好看,与你别人毬相干"来回敬小伙子们的目光中那怯生生的探询。她站在家门口的畔上,对着门前的大路唱。她用"是我的朋友你招一招手,不是我的朋友走你的路"来扰乱脚夫那平静的心灵。她也许开始交朋友了,也许不至于如此,但是她的心灵,一定不会安静。"六月的黄河十二月的风,老祖先留下个人爱人!"她渴望着爱人和被人爱,她渴望着陕北民歌中那些叙事诗式的爱情故事在她身上得到一次重复,她蔑视名声,蔑视这种半饥半饱的生活,她惊惧于高原这种无声无息的寂寞和昏昏欲睡的日月,于是不惜由自己引起一场风波,不惜在已经多得不可胜数的民歌中,再增加让自己成为主角的一首。后来,她们匆匆出嫁了,四十块大洋的聘礼,一顶花轿,结束了少女自由的身子和自由的梦,开始生育了,开始奶孩子,开始用那山泉一样的乳汁哺育新的一代土地的奴隶。她们终于安生了下来,习惯了单调的风景,习惯了在丈夫的臂腕上酣睡,接着她们又意识到了责任,因为新的一代成长起来了,需要为他们的生计和将来的婚嫁准备,于是她长长地叹息了一声,在叹息的同时她变成了陕北婆姨。

但是那酸曲将永远停挂在她的嘴边，作为她苦难生活的一份儿稀释剂，作为她对少女生活的最后一点记忆，作为她对平凡的命运的最后一丝仅仅是语言上的抗争。她端着簸箕，站在畔上，大声地唱着，这时候的她，已经不屑于唱那些没有实际内容的浪漫曲了，她的歌词变得猥亵和质朴，声声都是那些隐秘的情事，声声都是那些难以启齿的脏话。这些话通常是难以说出的，但是，当它们作为歌儿唱出来时，在听众眼里，她们一半把这当作吐露心声，一半把这当作艺术表现，因此，便宽容地接受了它。甚至那些听众还这样认为：那些"做"的人心灵得到了某种满足，因此她们在人前总是缄口不谈，作古正经，那些没有"做"的人无法得到排遣，于是时常在嘴边上过生日，她们说儿话不干儿事，她们像母狼一样站在畔上号叫，其实是一种饥饿的表现。

那么这个时期的酸曲都是一些什么呢？"白格生生的大腿水格灵灵的屄。这么好的东西还活不下个你！""隔窗子听见脚步响，一舌头舔破两层窗！""墙头上跑马还嫌低，面对面睡上还想你！""你要来你一个人来，一副家具我倒不开！"婆姨们站在畔上，歌唱着，用这种假想的情人和假想的情节自娱，安抚自己孤独的灵魂，刺激自己生存下去的欲望，并且希望黄土地的山山峁峁，因了这撩拨人心的歌声，不再单调和寂寥。如果说上面的酸曲因了信天游格式的艺术处理，毕竟还可以作为半艺术品看待，那么，另外一些酸曲，则纯粹是些不堪入耳的东西了，例如《舅舅榨外甥》，例如《公公烧媳妇》，例如《干大烧干女》，例如《坠金扇》，等等，这些叙事诗般的酸曲，毫不遮掩毫不羞涩地叙述下一次一次房事的过程，并且由于当事人之间的特殊身份，从而产生了一种难以言传的暧昧成分和谐谑效果。所有的民歌收集者们，在整理这些东西时，都仅仅只录用第一段歌词，不待情节进入纵深，便戛然打住，接下来是一个括号，括号里通常是这样一句话："其余十段或十三段歌词从略"。沿袭此例，我们的叙述，也明智地在这里打住。

哎哟哟，我们以这样的笔墨，奉献给黄土地上那鲜艳而美丽的婆姨女子们么？其实，很大程度上，她们是些行为规范举止端良的农家女子，她们是忠于职守的妻子和母亲，她们是黄土地上永远不知疲倦的耕耘者，借助她们的肚皮和异常强盛的繁殖能力，一窝一窝的儿女从窑洞里爬出来，踏上山路。那么，我们是怎么了，我们一定是受了代代传唱不息的酸曲的错误诱引，再加上无凭的想象，将她们仅仅停留在嘴边的故事，看成了正在发生的真实。

女子大了，便要嫁人，或嫁到前庄，或嫁到后庄，或不知哪辈烧了高香，嫁给一个大户人家，被带进锦绣繁华的肤施城，或者受了大路上过来的赶脚汉的勾引，加入赶牲灵的队伍，被带进那荒凉的北草地。总之，那遥远年代的两个罪人，他们的血脉靠了一代一代女儿的婚嫁，像纷纷扬扬的种子，以吴儿堡为中心，成一个扇面，向四周辐射和播撒。我们无法说清，这个生机勃勃的家族，它究竟有多少传人，因为年代过于久远，还因为根本无法考证，久远得正如每一个叙述家族故事的人，在叙述完后总要发的那句感慨一样——"那已经是很久很久以前的事了！"而考证则是一件愚蠢的事情，原因我们上边已经说了。

但是吴儿堡还在。那两个风流罪人重返吴儿堡后，寻找到了自家的那三孔窑洞，并且从那里开始后来的故事；到了20世纪，那三孔窑洞依然存在，而且那窑洞里居住着的杨姓居民，正是自那两个罪人开始的他们的直系后裔。因此，越过漫长的历史空间，我们不妨把这家的成年的男人和未成年的男人，看作是那最后一个匈奴，看作是他们打发到20世纪的一个家族代表。何况，我们能够说得出口的是，从杨干大到杨作新，从杨作新到杨岸乡，在人类20世纪这个经典时间里，他们或多或少都有一些值得一提的表现，他们或多或少地深入进了20世纪的政治生活，并且在人们的记忆中留下自己的名字。他们涉及了20世纪许多重大事件，而亲爱的读者知道，20世纪，在中国，陕北是个不可忽视的地方。至于他们是谁，他们的脚指甲是光滑的一块还是不规则的两半，原谅小说家，他没有脱下他们的鞋子去看，而且，他认为这件事本身也没有什么大的意义，或者说，无关宏旨。

那三孔窑洞坐落在一架大山伸向川道的一条山腿上。有一条劳动时踏出的小路，顺着山腿，蜿蜿蜒蜒，一直通向山顶。窑洞在村子的南头。经年累月的烟熏火燎，窑洞的墙壁已经变得乌黑。窑洞前边是一块小小的平地，那叫畔，也就是我们所说的陕北女人端着簸箕站在那里唱情歌的地方。畔上有一面硷子，一个不大的羊栅，靠近坡洼边还有几畦菜地。

自南向北，吴儿堡这个几十户人家的小村，坐落在山坡与川道接壤处的一个阳洼上。当年集中营式的建筑布局，如今已经让位于一种零散的错落有致的布局，整个村庄，顺着川道，稀稀拉拉，有一里多长。

秋庄稼已经完全收割完毕，碾打完毕，颗粒归仓了。按照往年的习惯，这家的主人杨干大，这时候该做的事情，是脖子上挎一杆唢呐，肩膀上搭一条褡裢，下趟南路，他要去进行那我们已经知道的、令人羡慕的职业去了。可是，此刻，在绵绵的秋思中，在天空中掠过的大雁的一声声啼叫中，这个蹲在畔上擦着铜唢呐的汉子，擦着擦着，他的动作缓慢了下来，他想起了一桩心事。

其实，这桩心事很简单：他想让九岁的杨作新上学。他听人说了，前庄办起了一所新学，学费不算太高，教书先生也识文达礼，村上几户有见识的人家，已经把自己的孩子送去上学了，因此，他想起了自己在山上拦羊的孩子。他觉得自己已经半截入土了，应该拿出自己的全部力量，为孩子的前程着想。他不想让孩子一生都像他那样，跟着羊屁股或牛屁股后边转悠，拿着拦羊铲或吆牛的鞭子。其实，他的宏大抱负也十分简单和可怜，他只想让孩子识几个字，长大后或者当个教书先生，或者在镇上谋一碗公饭，或者至少，会帮助他记记收入和支出，而家里过年时的对联，也不必用一只小碗蘸上墨汁，在红纸上扣坨坨了。

但是，上学需要花销，而对一个农家来说，供一个学生，就意味着需要拿出全部的积蓄，需要在以后的日子中节衣缩食，勒紧裤带。穷虽然穷，杨干大还是有一点家底的，然而，这点积蓄是为了别的用场，积攒它，绝对不是为了有朝一日杨作新上学。

杨干大想攒足够的钱后，为祖上传下的这三面土窑接上石口。为窑洞接上石口，这是老几辈人的愿望。在乡间，衡量一户人家的光景怎样，其中紧要的一条，就是看他能不能住上接口石窑。杨家自那两个风流罪人开始，也许代代都有这个打算，但是都落了空。攒下一点积蓄，刚想乍舞，不是遇上天灾，就是遇上儿婚女嫁的大事。天灾还有个深浅，婚姻这事，真是个填不满的坑，通常贴上所有的积蓄，还要背上些债务，然后媳妇过门，慢慢地还。债刚还完，儿女一个跟一个地长大，儿子要聘礼，女子要嫁妆，圈窑的事，眼看就要变成现实，又黄汤了。

杨干大的本名叫杨贵儿。媳妇过门那阵，媒人哄新媳妇，说杨家有三口接口石窑，新媳妇一听，欢天喜地地过了门。轿子落地，新媳妇挑起红盖头偷偷一看，哪里有什么接口石窑，分明是三孔烟熏火燎的黑窟窿，媳妇当时就哭了，泪水打湿了红盖头。事后，杨干大解释说，确实有过接口的打算，只是，结婚时四十块大洋做聘礼，他的力量已经耗干，再没有力气圈窑了，不过，他有一身的力气，只要夫妻齐心合力，男耕女织，再加上锅里一口碗里一口地省，要不了几年，就可以住上了。新媳妇听了，才止住了哽咽，转而，恨起要聘礼的娘家来，她发誓说自己三年不登娘家的门。她还要求自己掌管家事，她说，男人是个钯钯，女人是个箱箱，不怕钯钯没齿，就怕箱箱没底，她保证管好这个家，为有朝一日的三孔接口石窑着想。杨干大应允了她。

新媳妇跟杨干大解释说，住什么她倒不在乎，瞎好有个狗刨的窝就行，娘家的日子比这儿还苦，她只是为了争个脸面，村上的同年等岁的姑娘们，听说她嫁了户好人家，光光堂堂的三面接口石窑，都羡慕死了，如今，她美也美过了，能也能过了，谁知，说过的话，现在跌在了地上。往后，见了那些姊妹们，叫她的脸往哪里搁呢？杨干大听了，深深地叹了口气，他勒了勒裤带，对新媳妇说：我说话算数，接口石窑，我要在自个手里，把它圈起来！

如今，积蓄差不多快够了，如果明年风调雨顺，秋庄稼下来，也许就能乍舞了，可是，杨干大有了另外的心思。凭一个庄稼人的直觉和理智，他明白自己的抉择是正确的，然而，他记起他给婆姨说过的话，他想起他和婆姨这些年来的苦苦奋斗，他不知道这件事该怎样向婆姨开口。于是他没有心思再擦唢呐了，他将擦得明晃晃的唢呐提在手里，进了正窑，将它仍旧挂在墙上的钉子上。

婆姨正盘腿坐在炕上，纳鞋底。他瞅了婆姨一眼，走到炕边，屁股担在炕沿上，一横身子，上了炕。他走到窑掌墙壁正中的那个窑窝跟前，揭起缦着窑窝的一块粗布，然后两只手小心翼翼地向窑窝里，搬出一个瓦罐。

"不要看了！不够圈窑的。我昨晚上刚数过，五个袁大头，五个孙大头，二百零三个大铜圆，七十个小铜圆，剩下的，是一堆麻麻钱！"婆姨见杨干大搬出了瓦罐，看了他一眼，说。她继续干着她手里的活。她是在给杨作新纳鞋底。拦羊娃整天上坡溜圪，一个月得一双鞋。

杨干大没有理会婆姨的话，他还是将瓦罐搬出来，小心翼翼地将里边盛的东西"呛啷呛啷"倒在沙毡上，然后一样一摊，细细地数起来，甚至连麻麻钱那些"乾隆通宝""道光通宝""光绪通宝"这些字样不同的，也分摊另放。最后，他伸了伸疲劳过度的腰，是的，这些钱准确的数目，正如婆姨方才向他通报的那样，而且，这些钱，为三孔窑洞接口，确实也差一点。为土窑接一个石口，并不比另圈一面全新的石窑便宜，因为石窑的窑腿细，省工省料，而土窑的窑腿粗，一孔窑与一孔窑之间的间隔又大，因此，要想将窑面齐刷刷地贴上一层细石料，用料和工程量也是不小的。杨干大想到这里，叹了口气。

"村上老五家的小子上了新学，你知道吗？"杨干大试探着问婆姨。

"听说了！"婆姨答道。

"听说，有多几家都在乍舞，也想让孩子去上！"杨干大又说。

"各家有各家的光景，各人有各人的算计！"婆姨仍然淡淡地回答。

"你是在给新儿纳鞋底吧。这孩子，越大越费，一双鞋，不等一个月，前边就开了蛤蟆口，露出了脚指头！"杨干大这时转变了话题。

听说提到他们的儿子，婆姨脸上露出了笑容。她抿着嘴笑了笑，没有言传。

杨干大继续说："新儿他妈，你说，咱们的光景也不薄，说起话来，也是个人前的人，那别人家的孩子能上学，咱们新儿，是不是也背上它一回书包？"

"你看着办吧！你是掌柜的，杨家的主意得你拿。"

"这么说，你同意了？"杨干大一听婆姨这话，高兴得差点要喊出来。

"新儿也是我的孩子么，他成龙变虎，我比你还要高兴！"

"我的好婆姨！"杨干大一阵高兴，他想不到这个问题竟这样轻而易举地解决了。他拉住婆姨的手，真想咬她一口。

"小心针扎了你的手！"羞红着脸的婆姨说，"你就是心偏，光记着新儿，根本心里就没有蛾子。"

婆姨要杨干大赶快把瓦罐收拾起来，她说他是穷命，腰里有了两个，就烧得不得了了，显富，还不赶快藏起来，当心过路人听见了响声，晚上来撬门。

杨干大应承着，他捡起这些摞成一堆一堆的银钱，往瓦罐里放。可是，在放的途中，又记起了圈窑的事，婆姨这样痛快地答应了，这使他感到意外，同时，也令他感到自己对不起婆姨，对不起自己当年结婚时许下的口愿，于是他对婆姨说：

"上学自然是好事，可是，新儿一上学，圈窑的事就得往后搁一搁了。孩子上学要花销。新儿他娘，不知你想到这一层没有？"

"想到了！"

"要不，让孩子学吹手吧。'种麦不如种黑豆，念书不如学吹手'，孩子学成了吹手，也是风风光光，吃香喝辣的一辈子，且省下了上学的开销，这样，圈窑的事也误不了。咋样，你说哩？"

"不！当那低三下四的吹手干啥，坏了门风，还是让孩子上学吧！窑不圈了，新儿学成了本事，成了人前的人，比留给他三孔接口石窑，要体面得多。再说，他有本事，他手里把这窑圈起来，不就得了！"

"好婆姨，你真有见识！"

杨干大这回彻底是高兴了。他把瓦罐重新放到窑窝里，又用布缦遮好，然后溜下了炕。"我出去说个话。"他对婆姨说。接着他出了门，下了坡坎。他的五岁的小女儿杨蛾子，正和一群女孩子在畔下面的官道上跳方。他喊叫了两句，让她把裤子提起来，把裤带袢好，不要让裤裆吊在半胯里，这么大的女孩子了，不像个女儿家的样。他在喊叫的同时，扬起头来，朝山头上看了看，看那在山上拦羊的杨作新，随后，他就到孩子已经上学的那家，打问情况去了。

通往山顶的那条又细又长的小路，千百年来被人的脚步千百次地踏过，被牛的蹄子驴的蹄子羊的蹄子千百次地踩过，小路十分光滑和坚硬，像一条白色的带子，穿过弓一样的山脊。路旁生长着牛蒡草和一丛丛的马莲草。小路尽头，是那棵杜梨树。杜梨树已经十分古老，斑驳的树皮，粗壮的树身，伞一样的华盖。树上，有一个半大孩子，倚在靠近树梢的枝丫上，正在摘杜梨果吃。这是杨作新。

树上的杜梨果很密，一圪一圪的，不过这些还都是青的，或者褚红色的，也就是说，还没有完全熟透。熟透的杜梨果，是酱紫色的，或者粗粗一看，像是纯粹的黑色。这酱紫色的杜梨果很甜，果子像豌豆粒那么大，里边有一个核儿，核儿和皮的中间，是一层薄薄的蜜一样的果肉。

有几只乌鸦也在树上落着，和这孩子抢食吃。乌鸦的身子轻，眼睛尖，鼻子灵，因此，那些最先成熟的杜梨果，往往被它们先吃了。它们能够在绕着树飞的同时，轻而易举地找到那些熟得快要落下来的果子，哪怕果子在树梢上。它们落在树梢上，晃晃悠悠地，用嘴鹐着。

好在经了一场霜后，杜梨果在大批地成熟，所以孩子在每天拦羊的时候，攀上这棵巨人一样的树，树上总有孩子吃的。而且他灵活的身姿，也确实不亚于乌鸦，他也能够爬到晃晃悠悠的树梢上去。

孩子最爱吃的，是那些乌鸦用嘴鹐过，但没有吃净的杜梨果，这种果子最甜，甜得舌根发麻，一填进嘴里，果子就化了，只剩下一个核儿。

山峁的背面更为陡峭的山坡上，是一群零零星星吃草的羊只。山坡太陡，不能用作耕地，因此它荒芜着，长着蒿草和狼牙刺，还有一些不知名的野草，而靠崖畔的地方，开着几束秋菊，黄蜡蜡的，十分耀眼。"春放一条鞭，秋放满天星"，按照父亲的教诲，秋天，羊只赶到山上以后，你只需站在高处，眺着它们，让它们安安静静、自由自在地吃草，不乱跑，不跌进天窖，不让野物作践，就行了。秋天各种草都已经结籽，羊吃了上膘。这个季节是拦羊娃的好日子，满山的野果都可以吃了；也是羊的好日子，它们每天都能吃个肚子圆。

这个半大孩子，一边在树上摘着野果吃，一边叨空照看羊只，他不知道，此刻，在吴儿堡的家里，他的父亲和母亲，正在进行着关于他的前途的谈话。

巨掌一样的杜梨树，将这孩子高高地托起。因此这孩子的眼界十分开阔。山头一个一个，像牛头一样，挤挤拥拥，从他的脚下开始，一直排列到遥远的天边。天十分高，十分蓝，十分洁净，那遥远的天边，停驻着一层层一列列云彩。云彩迎着阳光的一面，洁白得好像绵羊毛，背着阳光的一面，则是褐色，或者瓦灰色，好像山羊的颜色。在这空旷的高原上，在这自由自在的生活中，在饱餐了一顿甜甜的杜梨果以后，这孩子突然觉得自己幸福极了，滋润极了。他想唱歌，可是他年纪还小，还不会唱歌，不论是那些曲调悠扬的信天游，或者那些趣味无穷的酸曲，都与他无缘，于是，他按捺不住,扬起脖子,大呐二喊起来。

随着孩子的呐喊,四面八方的"崖娃娃",也随之应和。"我想吃肉——",孩子大声地喊,喊声刚落,喊声碰到四面的山崖上,折射回来,于是,"我想吃肉——""我想吃肉——",一声接一声,重重叠叠,前呼后应,此起彼伏,惊得野雀子盲无目标地乱飞,震得崖壁上的土块簌簌地往下掉。

孩子在这一刻觉得自己伟大极了。于是他又撕开嗓子,喊道"我想尿尿——",忠于职守的"崖娃娃",立即回应:"我想尿尿——""我想尿尿——"。

"崖娃娃,我操你妈——",孩子不等前一声平息,接着又喊了一句。他估摸这回"崖娃娃"不会跟上应和了,因为这是骂它们的话,它们不会那么傻。谁知,孩子的话音刚落,"崖娃娃"便毫不脸红地跟着呼应起来。而且,由于这一次的字数多一些,四面回声重叠起来,好像轰隆轰隆的雷声。

这时候,突然有一阵嘹亮的唢呐声响起来。最初,孩子以为这仍然是"崖娃娃"在造怪,直到后来,回声慢慢地停息以后,而那唢呐声却更为嘹亮地吹奏起来,于是孩子明白了,是谁家迎亲,或者谁家送女,或者谁家在抬埋死人哩。

孩子仍然攀在高高的树顶上。他腾出一只手,搭在额颅上,顺着响器响起的方向望了望。孩子看见有一顶轿子,几个吹鼓手,还有一些骑高脚牲口的,骑小毛驴的,从远处的川道上,自北向南,向吴儿堡方向而来。"这是谁家结婚?"孩子想。

按说,吴儿堡无论谁家结婚,那在村里都是一等一的大事,半月二十天以前,村上就该吵红了的。迎亲这天,族里乡亲,都会赶去帮忙或者庆贺,而对于孩子来说,这一刻,无疑是他们红火热闹的一个节日。大家会早早地挤到主家门口,眼馋地往窑里张望,或者聚在人家门口玩耍；遇到主人心情好，说不定会抓一把刚刚炒熟的南瓜子，塞到你的手里。待到那鞭炮响起，胆大的孩子，会在爆竹声声、纸屑飞扬、烟火四溅时，抱着头，去抢那些没有来得及响或者攒眼了的炮仗。先用脚将炮仗在地上蹭一蹭，保险了，再用手去捡；当然，有时候，炮仗会在小孩的手中爆响，炸得他满手硝烟。

孩子瞅着，看这一行人在谁家落脚。

谁知，迎亲的队伍仅仅是穿过村子而已。"这肯定是一户大户人家成亲，好排场呀！"孩子想。遇一个村子，这一行人便要吹一阵唢呐，炫耀一阵，过了村子，便又偃旗息鼓，匆匆赶路了。唢呐声停息了，大路上难得的这几个行人，现在也不见了踪影，四周变得空荡荡的。高原重新恢复它死一般的静寂。静寂得叫人难受。

孩子瞅得那一行人转过山峁，消失了，才回过神来。他感到在这荒山野圪垯有些孤单，就没有心思再吃杜梨果了，也没有心思像个憨憨一样大吶二喊了。他拍了拍自己圆滚滚的肚皮，用两手抱住树身，哧溜一声，溜下树来。

吴儿堡开始升起了炊烟。

孩子挥动牧羊铲，铲起土块，站在高坡上，向四下里甩着，开始将羊只归拢在一起。后来，他便赶着羊，缓慢地向山下走去。

第三章

　　孩子眼中看见的那一行人，确实是一支迎亲的队伍。轿子里坐着的，自然是新媳妇。前边骑着高头大马，头戴瓜皮帽，胸前斜挎一绺红绸的，是新郎官。新郎官骑马在前边引路，后边是花轿，簇拥着花轿的是吹鼓手们，再后边，一群骑着小毛驴和大走骡的婆姨们，有的是新郎家派来的迎新的，有的是新娘家派出的送女客。

　　这一行人从一个叫袁家村的地方出发，顺着这条赶牲灵的道路，晓行夜宿，赶往一个叫黑家堡的村子。也就是说，袁家村的女子嫁给了黑家堡一户人家，或者说，黑家堡的小子，娶了袁家村的女子。千里姻缘一线牵，这两个陕北著名的高门大户，千里结亲，从而生发出许多的故事。

　　新媳妇姓白，在娘家时，她的大名叫白玉娥。正像前边我们以礼赞式的口吻讲述那些黄土地上的风流女子的情形一样，她做女的时候，便是方圆几十里地面的一个人物梢子。小巧的身材，半大的小脚，浑身的皮肤像小蒜骨朵儿一样白皙，夏天，她穿一身白洋布衫子，一双红鞋，往村口一站，惹得远远近近的小伙子，眼睛都直了。"女要俏，一身孝"。小伙子们扯着脖子，站在远处骚情："你穿红鞋畔上站，把我们年轻人的心扰乱！"女子则抿嘴一笑，仍然用信天游回敬："我穿红鞋我好看，与你别人毬相干！"

这白姓在陕北是一个著名的家族。在我们的小说以后将要叙述的那些年月里，时势造英雄，从这个家族中，将不断有重要的人物出现，并且伴随着革命的发展，显赫于中国的政治舞台。1936年11月，20世纪中国最重要和最有影响力的人物毛泽东，正是在这白姓人家的炕桌上，由黑白氏十二岁的儿子研墨，写下那首不可一世的抒怀之作《沁园春·雪》的。当然，这些都是以后的事了。这当儿，我们叙述的是小美人白玉娥。"这小女子长得真叫人心疼，将来长大了，不知道要害多少男人哩！"村上人这样说。这话其实不含贬义，更多的是一种赞美。话说随着这女子渐渐长大，出脱得一表人才，四乡里登门求亲的，源源不断，几乎要踢塌了门槛，可是，这女子心高气盛，硬是一个也不搭眼。眼看女儿渐渐长大，快要变成老闺女，且不断有闲言碎语传出，爹娘正在发愁。一个骑高头大马的壮汉，从北草地归来，路经袁家村，一眼就看中了这女子。尽管这大汉面黑如漆，脸上且有几颗大白麻子，谁知，四目相对，眉目传情，这女子却看中了这壮汉。后来这壮汉三匹大走骡，驮着聘礼，上门求亲，白家一打问，这壮汉姓黑，这黑家也不是没名没姓的人，于是在征求女子意见后，慨然应允。女子的脚一踏进花轿，从此，白玉娥这个名字便消失了，她开始称黑白氏。

陕北高原最后一场民族之间的战争，发生在清同治六年，这就是那场为史学家所讳莫如深的回汉战争。现今的说法称那场战争是回族百姓不满于清廷封建统治者的压迫，而举行的回民起义，而陕甘一带的百姓,仍然沿袭陈旧的说法,称那场战争为"回回乱"或者"跑回回"。

羌笛羼鼓起自贺兰山,尔后,大军一路掩杀,顺河套进入陕北高原。进入陕北后,大军分成几股,一股顺宁塞川而下,直取肤施城,一股自鱼河堡进入无定河流域,一股沿着古老的秦直道,兵逼长安。刹那间陕北大地血流成河,横尸遍野,大一点的川道,都成为无人区。大军所到之处,夺州掠县,锐不可当,短短三个月时间,陕北高原大部分县城,包括当时的政治经济军事文化中心肤施,同时沦陷。各县旧县志,对这一场战乱,都做了详尽的记载。记史之外,县志中都列着长长的一串烈妇烈女和以身殉职的官员的名单。而时至今日,陕北高原,那些茂密的次生林地带,那些荒凉偏僻的荒沟野岔,常常会发现一个村落的遗址,或者几孔半塌的窑洞和窑洞前面的石碇石碾,相信这些废墟正是战乱的产物。据说,闻名遐迩的南泥湾,战乱前乃是一个繁华的村镇,战乱使这里成为无人区,于是蒿草、狼牙刺、马茹子、黑刺,乃至一兜一兜的背搭杨和榆树,茂盛地生长起来,于是给整整七十年后的三五九旅屯垦南泥湾,准备了条件。

上面谈到同治六年的那场战乱,并不是为了别的,单为了说一说黑大头,也就是胸前挎着红绸带的这个新郎官。

"回回乱"那阵,黑大头的爷爷,正是这支队伍中一个手执砍刀的凶猛异常的小头目,后来战事罢后,好像大海退潮一样,这一股子决堤的狂澜,慢慢地缩回了海心,重归于朔方。然而,黑大头的爷爷没有跟着溃败的队伍回去,他像一滴走失了的水滴一样,被这厚厚的黄土吸收了。同时留下的还有黑家的一伙兵丁和家眷,他们在延河快要注入黄河的地方,选择了一块宽阔的川面。他们要做的第一件事情,是将包袱里抢掠来的财宝深深地埋藏起来;要做的第二件事情，是破土动工，修建一个叫黑家堡的村子；要做的第三件事情，是开始耕种这块无人区中荒芜了的土地。随后，一些难民也陆陆续续来到这里，住进了黑家堡，难民们有的租黑家的川地种，有的则把目标对准了荒山，在那里开垦生荒地或者撂荒地。当做完这三件事情以后，下来，黑大头的爷爷，就将自己的族籍改为汉族了，以免招人耳目，以便在这块土地上世世代代安生地生存。

黑大头的爷爷将这一切安顿好了后，还没等享两天清福，就双腿一蹬，死了。饮马长城窟，水寒伤马骨，水在伤马骨的同时也伤了骑手的骨头，黑大头的爷爷在戎马生涯中，中了寒气，后来生了一种我们今天称之为类风湿的疾病，他的握过砍刀的手指后来缩成一团，像鸡爪子，而那风湿渐渐侵入心脏，直到有一天不可救药。

黑大头的父亲是个败家子。他又嫖又赌又抽洋烟，因此土地在迅速地减少，地底下埋藏的私财也被他倒腾得剩下不多了。四乡里到处拈花惹草，这样，结下了不少仇家，黑家堡方圆左近，不少人扬言要索他的性命。有一次，他去城里，也是合该有事，他在城里耽搁久了，折身回家时，天已经擦黑。回家要经过一个险要的地方叫老虎崾岘。他叼着一根烟袋，正走着，迎面过来一个人。那人掏出烟袋，要和他对火。他有点不愿意，但还是将烟袋凑过去了。那人将烟锅点着，狠劲地抽了两口，火燃处，仔细看清了仇家的面孔，于是肩膀轻轻一扛，将他掀下悬崖。黑大头的父亲在掉下悬崖的一刻，才明白这是个苦主儿。只见那苦主儿哈哈大笑：｜年等你个闰腊月，谋了很久，这一回算是谋成了。

父亲一死，这一份家当便落在了黑大头手里。这黑家王朝三世，三年五载后，长成了一个五大三粗、腰圆膀宽的壮汉。一张盆盆脸，黑漆一般，一出汗便黑得闪闪发亮。脸上几颗大麻子，一颗点缀在鼻梁凹里，一颗点缀在左脸脸颊上，还有一颗，隐现在脖子上的衣领间。一颗硕大无朋的头颅，通常总剃得精光，光头上蒙一领羊肚手巾。对襟衫子，粗壮的腰间，一条丈二粗布做成的腰带，缠了三匝。脚下，一双百衲鞋，走起路来，踩得地皮震天价响。生人见了，都禁不住喝一声彩，说做个土财主，委屈了这半截黑塔一样的坯子，要是生在乱世，这肯定是个英雄的角色哩。

　　黑大头别看生得面恶，却为人良善，深通事理。他主事不久，便刹住了正在走向败落的家境。俗话说，船破还有三千六百个钉子哩，因此这黑家，在黑家堡还算首富，在这条川道里，也算得上一户叫得响的人家。父亲那许多恶习，除赌博一项外，其余的，黑大头都不再沾边，一副烟枪，扔到了河里，平日见了挤眉弄眼的女子，也懂得自重，不去招惹是非。黑大头的父亲既死，那众多仇家，叫一声"冤各有头，债各有主"，对黑家的怨恨自然松动了许多，如今见黑大头生得令人先有三分怯意，又在乡间熬得了好乡俗，于是偃旗息鼓，不再惹这黑家三世了。

　　父亲的基因当然要有一点遗传。赌博、嫖女人、抽洋烟三宗事情，黑大头三中取一，迷上赌博。记得谁说过，人的一生，迷恋上了一件事情，便往往会栽在这件事手里。这话不假，黑大头将来的落草为寇，并且血淋淋的人头挂在丹州城上，究其根由，都不能不说缘由"赌博"二字而起。这些当然是后话了。后话放在后面说。

　　越穷的地方赌博之风越盛，这大约是个规律。乞丐的想象力最丰富，他可以想象世界上的一切财富都为自己所拥有。赌博汉也是这样，赌博刺激了人们贫乏的想象，而且这想象极有可能在一瞬间变成真实。所以穷汉爱赌，赌得昏天黑地，赌得卖了房子，卖了地，卖了老婆，卖了还未成年的女子，到了这种田地，还要继续赌，直到有一天，债台高筑，走投无路，于是解下布腰带，找一个歪脖树，去做吊死鬼了事。赌博场上的昏天黑地，财产的忽聚忽散，命运的大喜大悲，不独刺激穷人，对富人也是一个刺激。富人不像穷人赢得起输不起，他们不管怎么说，身后虽不是金山银山，但是总有家底垫着，所以他们的跃跃欲试多是寻求消遣和刺激。他们也是人，空旷寂寞的高原环境同样使他们寂寞难挨，人闲生余事，驴闲啃槽帮，所以一经人勾引，偶尔涉足赌博场上，经历一番后，往往接下来就是狂热地迷恋此道了。而且他们毕竟还有一些财力做后盾，因此赌注下得畅快，出梢出得畅快，召集场子也容易一些，顺耳的话也听得多一些。加之事情也有一些奇怪，有钱的人越能赢钱，没钱的人，即便狗尿到头上依旧背运，即便回去摸老婆两下裤裆依旧改变不了倒霉的手气，于是一点点甜头的刺激，就使那些富人更加乐此不疲了。当然，也有见了赌博场绕道走的人，这些人往往是那些家境中等的殷实人家，就是说不穷也不富，在他们那里，每一个铜板都是在手里攥得冒出汗来，方才撒手，家里吃过用过，一年下来，刚好两相抵消，因此没有余钱拿出来赌博，对于房子、田地和老婆，也心疼得当成自己的命根子，心尖尖，绝不拿来与人去争个高低，担那不知深浅的风险。所以通常，赌博只在穷人和富人圈子里盛行，于他们，是敬而远之的。

陕北民间的赌博，形式各异，五花八门，不过通常通行的是两种，一种叫"梦和"，一种叫"押明宝"。这"梦和"细说起来，和现今通行的麻将差不多，也是条饼万，条饼万之外，也有一些闲牌，不过那闲牌不叫东西南北风，白板加红中。闲牌只有三种，一种叫"老钱"，一种叫"紫花"，一种叫"独留"。这牌也不像麻将那样用胶木或硬塑做成，而是纸的，用麻纸一张一张胶起，裁成一寸宽三寸长大小，上面再用石印工艺印上各种符号，就可以使用了。所以这种赌博形式又叫"抹纸牌"。陕北民歌《光棍抹牌》，说的大约就是这种形式的赌博吧，那里面有"吃七万来打八万，为什么打下去二万官",还有"吃七棍来打八棍,倒不如老娘的一条棍"的话,七万八万二万,令我们想起麻将牌,七棍八棍也是如此,那"老娘的一条棍",大约是说,赌博汉的老婆,手提一条棍,来打自己的丈夫,搅乱场合吧。那"梦和"通常由三人来耍,另外一人,站在一旁,手握一张纸牌,准备揭"梦"。"梦和"的叫法,大约就是由此而来。赌的方法,一条一万九饼算一和,二条二万八饼算一和,三条三万七饼算一和,依此类推,下来又分"大驾""卤头"等等,很复杂,远非三言两语所能说清。

另一种赌博方法叫"押明宝",要赌的人两个以上,以至多到无数,都可以耍。有个"宝芯",外边的叫"宝壳"。要赌的时候,用一只手握着宝盒,在扣宝盒的一刹那,用握宝盒的这只手的小拇指或无名指将宝芯迅速地转动起来,然后捂严。等估摸着宝芯停止转动了,就可以去猜。宝芯是个像"丙"字,又像"人"形的方状颗粒,一面是红的,一面是黑的。这制造宝芯的方法,仍然是因陋就简,截一节上等的枣木,磨成小拇指蛋大小的颗粒,然后在木头上勒上壕壕,再在壕壕里糊上黑布或红布,于是便做成了一个魔力无边的宝芯。赌的时候,押在红的一方为大赢,押在黑的一方为大输,押在红的边角上或黑的边角上,为小赢或小输。赌资不限,由双方议定,或一头黄牛,或两亩川地,或两块现大洋,或者几个麻麻钱几个铜圆,或像前面所说,押在上边的是老婆孩子,这要视赌博者的实力和当时的心思、情势而定。赌时,随着宝盒往上一举,好像一声命令,所有的参与者和围观者的头都一齐向上扬起,眼神中充满了狂热和期待、恐惧和惶惑。随着宝盒往下一落,款款地放在铺着小毡的地上,所有的人又同时将头低下,四周顿时静得鸦雀无声,单等宝盒揭开,决定命运的那一刻的到来。宝盒揭开,总有赢家,总有输家,有笑得发了疯的,有哭得号天呼地的,于是满场一阵骚动。

黑大头是赌博场上的常客，这两种赌博形式，他都可以称之为其间的高手。黑家堡一带，"押明宝"的人群中，常常可以看见他魁梧的影子；好像他不在场，场合就少了热闹。那种文绉绉的"梦和"，尽管不合他的脾胃，但是寒冬腊月，三个人聚在一起，再找一个"坐梦"的，腰里摸出一把纸牌，便也凑合着过一阵赌瘾。两种赌博形式之外，摸花花、掀棋棋、顶棍、掷骰子、推牌九，等等，他也都无有不会，无有不精，人来世上走一遭，萝卜青菜，各有所爱，而对于黑大头来说，似乎他此生此世，就是为"赌博"二字，走这一遭的。

　　赌博的各种花样，上面挑出两种，就近详谈，一则这两种在陕北乡间，通俗可见，是比较主要的赌博形式，二则黑大头将来的两场事变，其间契机，正是因了这一是"梦和"一是"押明宝"的两场赌博，所以这个交代，不算浪费笔墨。

　　赌博场上好久不见了黑大头的踪影，人们正感到纳闷，不承想，黑大头去了趟北草地，从北草地回来不久，又吹吹打打，一路张扬，从上头领回来一个俊俏的小媳妇。村上人见了，都说这女子真美，美得叫人不敢正眼看她，这哪里是我们的邻居，这分明是从民歌中走出来的人儿么。随后有人说，这女子是黑大头在走西口路上拐骗来的那种暧昧小店中的店家女，这女子原来是个打牙牌①的。又有人说，是黑大头在北草地，耍了一场大赌，这女子，是赢回来的。黑大头听了，哈哈一笑，他说："事情有大有小，赌博是一件小事，前输后赢，前赢后输，逢场作戏，图个热闹红火而已，这婚

---

① 打牙牌：打牙牌是怎么回事，有一首陕北民歌，可资参考——三月四月桃杏花儿开，桃花杏花李子花儿开，小妹妹挂招牌。招牌挂在大门外，有钱无钱你只管来，小妹妹初开怀。七八十老汉来摘我的花，手拿上大洋钱我不要他，我骂你老王八。十二三岁小孩来采我的花，搂在怀里叫一声妈，我嫌你小娃娃。十七八小后生来采我的花，三百铜钱不要它，我和他细玩耍。

姻却是一件大事，马虎不得，黑白氏，是我明媒正娶，好人家的闺女，诸位，知道无定河边那有名的白家么？"众人听了，都说有福之人不在忙，无福之人忙断肠，黑大头平日淡于此事，想不到一旦掐花，就掐那花的顶子，于是回家后对着自己的粗俗婆姨，骂上几句，瞧这儿也不顺眼，那儿也不耐看，骂过以后，时间一久，见惯不怪，渐渐地，觉得黑白氏也无非如此，自己的婆姨也是那么回事，黑天油灯一吹，搂在怀里，一样的东西，而且轻车熟路，于是这黑白氏带来的惊动，日子久了，也就淡了。

黑大头注视着婆姨骚狐子一样的小俏脸儿，看不够，爱不够，亲不够，于是整天厮守着婆姨，大门不出，二门不迈。前面说了，美丽的副产品是多情，这黑白氏也到了瓜熟蒂落的年龄，加之平日接受了那些酸曲的调养，听惯了小伙子们的风言浪语的挑逗，一遇上黑大头这样的强壮男人，一时间千媚百娇，水性柔情，缠绵不已，直喜得黑大头连声夸赞，婆姨"好手段"。这"好手段"是一句私房里说的话，陕北话中，这话用给女人，就单指那一类事了。这话成为一句专有名词，最初，也许还是女人们创造出来的，陕北民歌中，"你不知道姐姐的好手段"一句，也许是它最初的出处。

两个人干柴烈火，大约有半年。半年以后，黑大头就慢慢淡了，他又怀念起那些赌博场上的朋友们了。朋友们难得地见黑大头一面，见了，也就用各种各样的话激他，奚落他，说他瘦了，身子空了，说自从黑白氏过门，他的魂儿便被勾去了，说他从此以后，便被牢牢地拴在老婆的红裤带上了。

话说得多了，终于说得黑大头心动。于是他不顾黑白氏的阻拦，又下赌场。最初，他告诫自己，要有节制，娶媳妇的汉子了，不可不顾这个家，可是一入赌场，三两个场合下来，就脑昏了，或是输红了眼，或是赢红了眼，于是一抹心思，全抛到赌场上去。

家里留下个黑白氏，夜夜对着孤灯流泪，搂着枕头睡觉，口里埋怨道："好你个黑大头，爱时搂在怀里，恨时掀到崖里，我要到娘家去，告你个不务正业。"有时，适逢黑大头在家，听了这话，笑一笑，算是赔个不是，要么，亲热上一回，算是安慰黑白氏，过后，照旧上镇下集，一四七，二五八，三六九，一回回地赶场合，把个黑白氏仍旧冷落在家里。

黑家的土地，大部分租给了佃户，自己家里，只留下一小部分。家里雇了两个长工，农忙时下地干活，农闲时屋里打杂。这两个长工，其名不详，我们权且叫他们张三李四吧，谁叫这两个人名突然溜到了叙述者的笔下。屋里过于冷落，有时候，黑白氏按捺不住，说些双关语，或者使出女人家的伎俩，向这两个后生频频使些眼色，并且借哼小曲的机会哼出"不图银钱图红火"的意思。然而这张三李四，都是些本分人，遵守着给人揽工时要惜自己力气的遗训，不是东家吩咐的事情，懒得去做。加之人穷志短，生性懦弱，纵有这个意思，也惧于黑大头那一副黑青脸，不敢造次。更何况家里还有妻小，出来揽活时，妻子千叮咛万嘱咐，要他们不要去眼热人家婆姨，时时记着自己的热炕头才对。所以黑白氏眼色也使了，小曲也唱了，但是眼色白使，小曲白唱，这张三李四好像两截木头，一对呆子，白日爬起来干活，晚上脱裤子睡觉，听任黑白氏打情骂俏，全不埋这个茬儿。气得黑白氏又羞又恼，大眼瞪小眼，没个良法。天长日久，黑白氏想转了，觉得这事只怪自己男人，一个萝卜一个坑，怨人家张三李四鸟事，加之见这两个长工人不但本分，做活也勤勉，将心比心，觉得揽工汉也委实可怜，于是便不再纠缠，依旧对着孤灯流泪，夜夜搂自己的枕头去了。

黑大头赌兴正浓，三天一小聚，五天一大聚，只图自个痛快。后来名声也越传越远，四近八乡，都知道黑家堡出了个赌头，甚至有远道的客人，慕名而来，来到黑家堡，不为见个高低，但为切磋赌艺。大凡世间大小事情，干到精深处，便成为一种艺术。此时此刻的黑大头，就是这种感觉，而远处的赌头们趋之若鹜纷至沓来，也令他脸上生辉，觉得自己的存在风光了这一处地面。

大凡坠入此道，沉湎于其间，不出三年五载，一副家当便会输个精光。俗话说，"久在江边站，哪有不湿鞋"，今年不输，明年输，这一阵子不输，过一阵子输，总有一天，会背时倒运的，到时候手气不逮，喝口凉水也塞牙缝，一场输了，不甘示弱，又赌一场，直到丧失理智，越捞越深，终于到了某一天倾家荡产的地步。

然而却也忒怪，黑大头耍赌，三年五载下来，细细推算，竟是个收支平衡的局面。其实，平心而论，他是赢的机会多，输的机会少。黑大头手大，一旦赢了，觉得这是个凭空叼来的钱，不花白不花，于是邀来一群赌友，由他出资，大碗喝酒，大口吃肉，热闹上一回。遇上输了，乌青着脸儿，自认晦气，往地上吐两口唾沫，抬脚一走了事。大家见黑大头赢多输少，最初有点狐疑，疑心他在赌具上做了手脚。黑大头有了察觉，找一个合适的机会，半碗烧酒下肚，拍拍胸膛，叫道："大丈夫做事，赢得起输得起，赢得光光堂堂，输得体体面面，那种小人做事，向来没有我黑大头的份儿！"众人听了，不再疑惑。后来日子久了，见黑大头果然是手气特好，赌艺高超，并无半点作弊的征状，加之黑大头的仗义疏财，请吃请喝，即便令那些输家，也不得不把倒霉的原因号在自己头上，而绝不跟黑大头有半点为难。

赌博这项伟大的事业在进行着，吃喝拉撒睡之外，这成了黑大头生活的最主要的内容。黑白氏自夜夜抱她的枕头，张三李四自东山日头背到西山，揽他们的长活，黑大头自走东串西，赶他的场合。各行其是，各不相碍。生活在进行着，一切都相安无事，可是事情要来，却一齐来。不久后发生了几桩事情，第一桩是好事，第二桩也是好事，至于第三桩，却是一场天大的祸灾了，从而害得黑大头有国难奔有家难投，只得啸聚后九天，落草为寇，成为陕北地面，一个尽人皆知的山大王。

冬天来临，一场大雪封盖了陕北高原的山山峁峁，四野一片银装素裹。雪落在地上，坐住了，这便闲坏了一年中死抠在土地上的农人们，于是草窑里，热炕头，赌博由平日有闲工夫的几个人的事，现在成了一伙人的事。此刻的黑大头，如鱼得水，踩着一双百衲鞋，走东串西，夜夜不着家。一天夜里，场合散了，大约是后半夜光景吧，黑大头踩着积雪，深一脚浅一脚回到黑家堡，正待敲门，却见门道里，蜷曲着一条大汉。黑大头吓了一跳，以为这是歹人。黑大头生来胆大，于是上前，踢了那人两脚。那人醒了，黑大头细细盘问，听出是关中口音，原来，这个后生是个踌躇满志的青年军官，他孤身一人，背了干粮，穿越陕北高原，体察民情，考察社会，磨砺斗志，不承想，到了陕北，水土不服，加之衣着单薄，抗御不了漫天大雪刺骨寒气，于是得了伤寒。这天夜里，走到黑家堡，进了这个高门大户，未及叫门，就晕倒过去。惺惺惜惺惺，黑大头平日，也以一方豪杰自居，这时听了关中后生的话，明白这后生日后一定不是个久居人下之人，于是说道："秦琼卖马杨志卖刀，韩信吃嗟米之食，一文钱难倒英雄汉，谁没有个三长两短，谁出门也不能把自己的窑背在背上。这样吧，老弟若不嫌弃，便在在下的寒舍里，将息几日，等能行动了，或回关中，或去北草地，到时你自便吧。"后生听了，叫声"惭愧"，只得应承下来。于是黑大头伸出两个巴掌，开始使劲拍打门环。门环响过一阵后，张三李四，披上衣服，争着前来开门。门开处，黑大头指着地上这条大汉，对两个伙计说：将这位客人抬到你们窑里，好生照看，这是我的朋友，不可慢待于他。张三李四听了，赶快上前，一人搀起大汉的一只胳膊，抬进暖窑，那大汉好生沉重，两个伙计只得暗暗用力，生怕掌柜的看出他们力气不足，来年不再雇他们了。那黑白氏，听见响动，也穿上一件狐皮坎肩，整修一番，出了窑门。黑大头见了，盼咐婆姨赶快烧汤做饭。黑白氏天生爱热闹红火，听了命令，也就喜颠颠地做饭去了。自此，那青年后生便在黑大头家，住了半月有余，赌瘾极重的黑大头，竟耐着性子，陪了这后生半月。那黑白氏，平日最敬重那有男子气概的人，对这后生，也是小心服侍，礼节周到。至于张三李四，前村请郎中，后村请巫神，也是忙活得不停点儿。黑大头与那青年后生长谈，谈得投机，于是盼咐拦羊娃，捉住自己羊群中的一只黑羊蝎子，开肠破肚，熬进锅，尽心款待。十五天头上，那青年后生的病好了，两人竟有恋恋不舍之意。就连黑白氏，亦觉得难分难舍，不过她到底是大家闺秀，有黑大头在场，留恋之意，不表现在脸上。梁园虽好，不是久恋之家，那后生见自己能动身行走了，于是露出走的意思，说前面路程正远，不敢耽搁，他还想去北草地，走上一趟。黑大头见了，也就不再强留，于是临行之日，薄酒饯行，行前，脱下自己的二毛子皮袄，给那后生披上。后生出了院门，上了官道，突然转过身子，跪倒在地，说："鄙人姓杨，叫虎城，关中东府蒲城人氏。来日方长，日后，也许我会找个回报你的机会的。"说完，站起身子，车转身，顶着漫天大雪，款款而去。留下黑大头，在门道上，惆怅了很久，直到黑白氏像个猫儿样，钻进他的怀里，他才省悟过来。

　　黑白氏像个猫儿，钻进男人怀里，掰住他的肩膀，神秘地说，她有个天大的事儿，要告诉男人。黑大头听了，淡淡一笑，他轻轻地理着婆姨高绾的云髻，笑道："有什么大事儿，莫非是想给我娶个二房不成！"黑白氏听了，用食指指着黑大头的眉眼，骂一句"烧脑汉",她说,这件事确实非同小可,什么事呢?是她好长时间不来红了。黑大头听了这话,还是不明白。黑白氏于是抓住黑大头的左手,让他在自己的小腹上摸,并且问,她的小腹是不是鼓起来了。黑大头听了,摸一摸,见婆姨的小腹果然磁磁地鼓着。"有喜了?"他笑着问。黑白氏点点头,一副得意的样子。"几个月了?""好几个月了!""你怎么不早说?""你整天不着家,我到哪里找你去说?即便见了你,心里除了气还是气,哪有心思说这个。"黑白氏说到这里,想起往日受的种种委屈,眼泪止不住汩汩地流下来。黑大头外形粗鲁,心肠却细,如今见了婆姨的这两行眼泪,心先软了半截,继而想起平日的所作所为,一时间也觉得自己太不像话了。于是便对婆姨说:"赌博场上,迟早得栽,现在洗手吧,回家来陪着你,过咱们的安生日子!"婆姨说:"你是在拐哄我!"黑大头跺着脚说:"谁拐哄,吐黑血死在五黄六月里!"黑大头话没说完,婆姨早捂住了他的嘴,婆姨嫌他发的咒太凶,折自己的阳寿。黑大头叹口气,轻轻抱起自家婆姨,像抱一个孩子似的,抱回暖窑里去了。

　　黑大头说到做到,从此以后,一直到这年的大年三十,紧闭大门,足不出户,整天只守着个黑白氏,目不转睛地瞅着她的肚子渐渐隆起,身子日益显形。冬天的日子,昼短夜长,白日太阳接近中午了,才在头顶上象征性地照一阵儿,未及后半晌,就又隐在又高又远的天空后边去了,晚上是漫漫长夜,鸡不叫,狗不咬,整个山乡,处在一种蛮荒一样的死寂中,令人压抑。这情景,喜欢坏了黑白氏,因为黑大头浪子回头,又半步不拉地厮守她了。她把这好运归结为肚子里的婴儿的缘故,于是起坐辗转,倍加小心,两只细手儿除了吃饭,其余要做的事情,就是搂住自己的肚子,护住那即将面世的小生命。有时情绪上来了,还轻轻揉着肚皮。嘴里"心尖尖""肉蛋蛋"地叫着,好像那孩子能够听见似的。这寂寞难耐的光景,却苦坏了黑大头,他往日外边浪荡惯了,抬手举足,呼风唤雨,如今却是一只老虎,被无形的链子锁在了家里,动弹不得,呼啸不得,心里那份难受劲,就甭提了。赌惯了的手直发痒痒,于是他从袖筒里抽出手来,往手心上吐两口唾沫,在院子那块碾盘上磨着,直磨得手指发麻、发红,疼痛起来,才算罢休。手不痒了,但是更痒的地方在心里,俗话说"心痒难挠",心是自家的,挠又挠不成,捶又捶不得,于是只好绕着院子转圈圈,转完圈圈,又回到暖窑里,去瞅自家的婆姨。

那黑白氏隔着窗子,看见丈夫的猴急了的样子,觉得好笑,说人高马大的汉子了,竟然管不住自己的两只手,不如拔根毬毛,吊死算了。黑大头听了这话,甚是气恼,本想给黑白氏一顿,又想到她肚子里的孩子,忍忍气,只好作罢。他明白黑白氏所以敢如此造次,是因为肚子怀着孩子,说得起话了,这叫"使势"。黑白氏奚落了半天,见黑大头只是鼓鼓眼睛,并不接茬,也觉没趣,就不再言语了。日子一长,好心肠的女人,竟又可怜起黑大头来,于是反而劝他,出去赌上一回,再弯转回来陪她。黑大头听了,眼睛亮了一下,闪了几星火花,但又立即暗淡了下来。他没有听婆姨的话。

那些平日的赌友们,场合上不见了黑大头的踪影,最初以为他又上北草地去了,后来听说,他躲在家里守老婆,于是三个一群、五个一伙,整天来骚扰,把个大门的门环,拍得啪啪山响。黑大头见了旧日朋友,总是让进窑里,好吃好喝,尽心款待,只是缄口不提"赌博"二字,那些赌友们刚要提起,早被个利嘴伶齿的黑白氏顶了回去。大家见了黑白氏的大肚子,说一声"母鸡下蛋,公鸡罩窝",这倒是件新鲜事,说完抹抹嘴巴,拍拍屁股,只好走了。那些赌友们来过几茬后,便不再来了,原来他们自去过黑家之后,赌博场上，手气一下子背了，小赌小输，大赌大输，大家坐在一起，摇头叹气，说不知得罪了哪路神神，后来，追究根源，竟把账算在了黑白氏的大肚子上，说是这女人的脏血带来的晦气。从此大家虽然贪图吃喝，却也不敢再冒昧登门，就是路经黑家堡，也绕道走了。

黑白氏见男人实在可怜，于是瞪着眼睛，支起耳朵，希望门环再度响起，那时，即便在家里设个场合，让黑大头过过赌瘾，她也情愿。可是左等右等，就是不见门环响起，她还不知道那些人是嫌弃她，她在心里骂着：这些倒霉鬼们，不知跑到哪里去了。却说这一天，黑白氏隔着窗户，照见两个揽工汉，正在院子扫雪，突然眼前一亮，将这张三李四，叫到自己正窑里，问他们可会"梦和"，如果会，不妨放下手中扫把，陪掌柜的耍上一回。

那张三李四听了，受宠若惊。前边说了，这两个人都是正儿八经的老实受苦人，平日与赌博场一向无缘，但是由于是给黑家揽活，耳濡目染，对各种赌技，也说得上略知一二，有时黑白氏使起性子，叫他俩去赌博场上寻那黑大头回来。他俩去了那种场合，混进人堆里，伸长脖子看潮涨潮落，财聚财散，心里也痒痒的，常常有跃跃欲试的念头，奈何囊中羞涩，纵有念头，不敢乍舞，只有看热闹的份儿，没有身临其境的快感。今天，听了女主人的话，两个互相看了一眼，齐声说道：会是会，只是没有银钱，只能干耍而已。所谓干耍，就是没有赌资，纯粹的游戏了。黑白氏听了，说，干耍就干耍，只为消遣，难道财大气粗的黑家，还能去揭穷汉锅里的米汤皮不成。就这样说定了，然后黑白氏叫住外边院子里正在转磨的黑大头。

黑大头见了这样的场合，曾经沧海难为水，有几分不情愿就范，但是碍着婆姨的一片热心，于是回到窑里，脱了鞋子，上到炕上。那张李二位，也脱了鞋子，上到炕上。炕很热，一床紫花大被,盖住四个人的膝盖,那牌就放在被子的上边。黑大头和两个伙计玩耍,黑白氏正襟危坐,充当"揭梦"的角色。这样耍了几回,抑或是黑大头觉得这是小孩子的游戏,耍不上劲,抑或是正如那些赌汉们所说,有大肚子婆姨妨着,总之,连耍连输。那两个伙计,倒是鸿运高照,赢得气也喘不过来,心想,这桩事情,比起揽工轻松多了,若这次不是干耍,现在腰里的银钱,恐怕沉甸甸的了。

要罢几回后,那两个伙计还在兴头上,黑大头却把牌一整,说声算了。原来这赌博本身,其间并没有多少可资留恋的成分,值得留恋的全在那输输赢赢的金钱过往上,如没有赌资,这种"梦和"纯粹成为游戏性质,稀汤寡水,味同嚼蜡了。

虽然一起耍牌,毕竟有尊卑之分,两个伙计见主家说声算了,于是也就只好作罢,重新回到院子,抱自己的芨芨草扫把扫去了。扫雪途中,两人不谋而合,说等年底工钱下来,有了赌资,和这黑大头,赌上一回,人无外财不富,马无夜草不肥,到时候赢上一袋子银洋,也好叫自己的老婆娃娃,过两天好日子。

说话间,年关到了,宁穷一年,不穷一天,家家贴对联,贴门神,铰窗花,请灶王爷,乍舞着过大年了。小伙子要炮仗,姑娘要花袄。这炮仗一旦到手,拆开长鞭,摘下几个零星的,先捏在手里,响了起来。姑娘的花袄,不等年三十,也羞答答地,一步三顾盼穿在身上。两个伙计也准备打道回府,回家与家人团聚,等过了正月十五,再来揽活。黑大头拿出响当当二十块大洋,分成两拨,用红纸包了,交给伙计,算是这一年的工钱。张三李四拿了工钱,在手里掂了掂,踟蹰趑趄,却不动身。黑大头说:该起身了吧,快去置些年货,回家去吧!谁知张三李四听了,还是笑一笑,不动身。黑大头见了,以为两个伙计嫌钱少,于是黑下脸来,就要发作。不料想张三李四提出,要用这工钱作为赌注,设个场合,与黑大头赌上一回。黑大头听了,哈哈大笑,劝他们趁早回心,绝了这个念头,有的人是像鸡一样,从地里刨着吃的,有的人长着神仙手,从空中叼着吃的,至于他们,黑大头认为,还是安于本分为好。张三李四听了,以为黑大头怯阵,于是益发不肯罢休。黑大头见了,说一声:"罢罢罢,回窑里设场合吧!"

还是那一天的情景,一床紫花被,将四个人的膝盖盖定,一副麻纸牌,放在紫花被正中。仍然是三个人聚赌,日益举步维艰的黑白氏,充当这"揭梦"的角色。一条一饼九万算一和,二条二饼八万算一和,三条三饼七万算一和,如此等等。所不同的是,两个伙计都把自己的十块大洋,立一个柱子形的模样,放在炕上的背墙上。而黑大头的银洋,车载斗量,他从地上抱起一个坛子,也威赫赫地立在炕圪崂里,惹得两个伙计眼热。两个伙计这次是失算了。那黑大头见了这正式场合,全不是上次那漫不经心的模样。他双目赤热,精神亢奋,反应敏捷,那两个没有见过世面的伙计,哪里是他的对手。这样不出三圈,张三李四眼睁睁地看着刚才还属于自己的十块大洋,现在长腿回到了黑大头的坛子里去了。

张三李四到了这种地步,连连叫苦,后悔不迭。人穷志短,马瘦毛长,于是涎着面皮,提出由黑大头借他们一点赌钱,再赌上一阵,看有没有捞回来的希望。黑大头听了,笑一笑,便又从坛子里摸出一把大洋,放在二位跟前,重开局面。谁知过了一阵,这些银洋,又像长着腿儿一样,回到黑大头坛子里去了。如此往复几次,黑大头将纸牌一整,说声:"散场吧,二位今日手气不佳,改日再捞吧!"两个听了,不肯罢休,提出家里有窑,有老婆孩子,愿意贴上它和他们,再赌一回。黑大头没有搭茬,他站起身子,正色说:还不走人,莫非真要倾家荡产,才肯罢休不成。黑大头还说,看在往日的情分上,那所欠的赌资,不要了,明年继续来黑家堡干活吧！

话说到这个份儿上,张三李四只好溜下炕来,趿上鞋子,背上空荡荡的褡裢,回家去了。黑白氏心肠软,看到两个伙计失魂落魄的样子,有些于心不忍,想喊住他们,听见黑大头咳嗽了一声,她没有敢喊。

正是大冬天的情景,大雪封闭了山路,四野寒气逼人。两个伙计,原来是山那边一个村子的,两人踩着没膝的大雪,翻过老虎崾岘,向家里走去。最初,想到黑大头赦免了他们后来所欠的银两,还觉得自己占了便宜,但是离家越近,心里越翻腾得厉害,想起一家老小,此刻正在家里,望眼欲穿,等自己拿着工钱回家过年,现在自己两手空空,回家见了老婆孩子,如何交代。想着想着,又不由得怨恨起黑大头来。怨罢黑大头,想想这也怪不得他,全是自己多事,一时昏了头,要去上那个抬杆。想来想去,千错万错都错在自己头上,于是不由得以掌击额,痛骂自己一顿。

骂完了,还是解决不了问题,两人想了想,于是决定一死了之。恰好这老虎崾岘,有一棵歪脖子树儿,两人对着树说,借个光儿,成全我们的好事吧！说完,各人解下自己的腰带,一头搭在树上,一头绾一个活套儿,就要将自己的脖子往里面塞。套着套着,张三翻心了。说道赤条条的一个汉子,去干这妇道人家的勾当,即使死了,也落了一场笑话,好死不如赖活着,咱们不如另打个主意吧！李四听了,也觉得这话有些道理。于是两人停止了手头上正在做的事情,又商议起来,商议的结果,决定做个剪径贼,就在这老虎崾岘上,干一桩买卖,然后回家过年。主意定了,两人便在老虎崾岘,找个去处,躲起来,单等第一个送命的上来。

说来也巧,不多一会儿,自山路那边,一个半大小子,背着个褡裢,咿咿呀呀地唱着,走了过来。两人见那小子穿戴的还算齐整，肩上的褡裢，也沉甸甸的，于是互相招呼了一声，从畔上一跃，跳下山路，一前一后，截住了那小子。那小子见了，吃了一惊，赶快跪在地上讨饶。张三听了，并不搭话，上前一脚踢翻了那小子，伸手抢过褡裢，手伸进去一摸，原来，你道怎样？那褡裢里装的，却是几张瓦片，几块半截砖头。张三李四，正感诧异，只见那倒在地上的后生，将手伸进嘴里，打起一声刺耳的口哨来。待他们回过神后，只见崾岘那边，赶来一群莽汉，铁桶一般，将二人团团围定。

这真是鲁班门前弄大斧。原来，张三李四遇到的，是一伙真强盗。前边走的这个叫眼线，后边跟着的是强盗拨儿。他们此行的目标是黑家堡。年关将临，强盗们也感到年关难过，于是冒着严寒，出来打些食吃。前边的眼线儿，要去黑家堡，刺探一番，找一个好下手又有点油水的主儿，像《阿里巴巴和四十大盗》里所说的那样，用女人裁衣服画线的粉笔团儿，在这家大门上画一个圈儿，夜深人静时，这一伙强盗，便就循着粉笔圈儿，找这家下手了。通常最初是偷鸡摸狗式的巧取，巧取不成，再明火执仗地打家劫舍。不承想还未到达目的地，便在老虎崾岘，被两个乡下人拦住了。

张三李四从未见过这阵势，吓得筛糠一般软作一团。强盗头儿令人搜身，搜了半天，身上空无分文，强盗头儿连声叫道"晦气"，遂叫人剥了张三李四的衣服，令喽啰中衣着单薄些的穿了，然后用枪指了指二人的额颅，叫他们趁早滚蛋。

张三李四，赤条条趴在雪地里，这时筛得更厉害了，连声叫着"山大王饶命"。后来看着，强盗们并没有要自己命的意思，胆壮起来，于是叩头祷告，希望能将衣服还给他们。那张三李四二位，事事由张三出头，这时候，看着自己的一副可怜相，张三心想，一不做二不休，既然到了这个份儿上，那么，入了这伙强盗，过两天快活日子，也算不枉人世上走了一遭。想到这里，便抱住强盗头儿的一条腿，请求入伙。那李四本来是个没主见的人，见张三这样，也就抱住了强盗头儿的另一条腿。强盗头儿见了，细问了两句，知道了他们是黑家堡一户大户的长工，于是提出，入伙可以，不过今天夜里，你们那个掌柜的家，该是咱们下手的地方了。二人听了，沉吟半晌，也就答应了下来，于是强盗头儿，吩咐将二人的衣服，仍旧还给他们，然后一拨人马，慢慢吞吞，奔黑家堡而来。

那一天夜里，黑大头正在酣睡之际，突然一阵异样的响声，将他惊醒。黑大头喝问了一声，不见有人搭话，便披了衣服，溜下炕来，推开窑门。刚一出门，立即被绳索绊倒，接着闯来两个莽汉，将黑大头绑了。黑白氏在窑里听到响动，隔着窗子一看，吓得杀猪一般地号叫起来。黑大头喊道：不要叫，不要叫，孩子要紧。话未说完，强盗头儿抹下自己头上的羊肚手巾，一下堵住了他的嘴巴。黑大头反身踢了那强盗头儿一脚，将他踢倒在地，待要继续挣扎，那强盗头儿从腰间掏出八音子手枪，擦着黑大头的头皮，放了一枪。黑大头见了，明白自己是遇了一伙盗匪，也就不再动弹了。

由张三李四带路，强盗们起出了一些浮财，包括盛银子的那个黑坛子在内。按照张三李四的说法，黑家家境殷实，肯定还有大宗财宝，不知被藏在哪里去了，需要细细查找才对。强盗们问黑白氏，黑白氏吓得蜷作一团，抽抽泣泣，说不出话来。待要问黑大头，谁知这时候灯笼火把，人声嚷嚷，黑家堡的住户，听到枪声，纷纷闻声赶来。强盗头见了，说声此时不走，更待何时，便打一声呼哨，用枪押了黑大头，一溜烟走了。围上来的人们，见强盗们带枪支，也都像被定身法定住了一样，张口结舌，不敢动弹了。

不说黑白氏在家里号天哭地，而那一杆乡亲，一面拿些好听的话安慰她，一面连黑搭夜，赶去告官。单说这一伙强盗，押了黑大头，出了黑家堡，上了老虎崾岘，回到自己的老巢。老巢在一面悬崖中间，一个孤零零的山崖窑里，外边一个小小的口儿，里边却是一个宽敞的下处。回到崖窑，强盗们掏出银钱，忙着分赃，好回家与妻子儿女过年。那强盗头子，瞅了一眼地上捆着的黑大头，对下属说，找到这个有钱的主儿了，务必啃干净了才能罢休，不如写一个帖儿，下到黑家堡，要那黑白氏，打发人送上三千块大洋，来赎男人；时间限在三天，三天头上，不见取钱赎人，那时再撕票不迟。众人听了，都道这个主意不错。不错是不错，可是叫谁去下这个帖儿，大家面面相觑，都有几分怯意：昨天夜里，一场事故，惊动了黑家堡，这一阵子，正不知那里做些什么安排，如今要去，很大程度上有些自投罗网的意思。于是大家的目光，最后落在了张三李四身上。那强盗头儿，亦是这个意思，遂叫来张三李四听话。

昨天夜里，灯光恍惚，黑大头早就觉得带着面罩的人影中，有两个像他的伙计，现在张三李四来到自己跟前，看得真切，认定了，于是圆睁怪眼，破口大骂起来。张三李四自知理亏，羞羞惭惭，不敢抬头。原来，昨日格场合结束以后，张三李四前脚刚走，黑大头便令拦羊娃揣了二人的工钱，后边去撵。那拦羊娃整天上山溜抓，熟悉地理，就挑了一条羊肠小道，径直去了张三李四家，给了工钱，说张三李四正在路上走着，不必担心。那张三李四走的是骡马大道，丝毫不知道黑大头这番义举，一路上真是错怪了他。如今，这桩事儿说开，张三李四听了，更是羞得无地自容。

强盗头儿见了，令人仍将毛巾塞住黑大头的嘴巴，然后草草地写成一个帖子，交给张三李四，要他们火速前往黑家堡，去送这封生死文书。两人不敢抗命，接过帖儿，唯唯诺诺地退了。

那张三李四没有回黑家堡，而是揣了抢掠来的银两，先回了一趟自己的家里。回到家里，看见妻子儿女，安居乐业，贴门神，铰窗花，置办年货，正乍舞着过年，想起自己这一天一夜经历的事情，好似做梦一般，禁不住诸多感慨。黑大头果然没有诳他们，工钱昨日格已送回来了。婆姨正担心着，不知自家男人为甚今天才回家。张三李四支吾其词，不置可否，怀里掏出银两，交给婆姨；婆姨问起银两的来路，他们更不敢说了，用两句哈哈搪塞过去。张三李四思前虑后，觉得这黑家堡再不能去了，有何面目去见黑白氏，想来想去，把个帖子偷偷地塞进灶火烧了。两人守着自家婆姨，过了一夜，第二天找个托词，告别家小，来到这崖窑里复命，撒谎说，帖子送到了。强盗头儿听了，也就深信不疑。

三天头上，仍不见送钱赎人的，风雪大道上，路断人稀，一点响动也没有。看来这黑大头的死期，也就在今天了。在这一点上，强盗们绝不手软，倘若一时手软，坏了名声，以后再干这类绑票的勾当，就不那么顺手了。黑大头被捆在那里，暗暗叫苦，埋怨黑白氏不通事理，把个银钱看得比他的人头还重。

三天期限一到，强盗头儿吩咐，将黑大头押出崖窑，捆在外边那棵歪脖子树上，开刀问斩。强盗们听了，扯胳膊的扯胳膊，拽腿的拽腿，将个黑大头抬出崖窑，然后牛皮绳子，左一道右一道，牢牢地捆在了树上。一个强盗提了鬼头刀，就要下手。

黑大头要想喊叫，嘴被堵着，要想挣扎，胳膊腿儿被捆着，看那鬼头刀，带着风声，就要落在自己脖子上了，只得闭着眼睛等死。此时此刻，心中只惦着黑白氏和她肚子里那个未出世的小生命，想到没有了他，他们娘儿俩以后如何在这个世界立脚，继而想到自己，心中懊悔道：你黑大头平日也算是个有头有脸的人，想不到虎落平川，今天栽到一群毛贼手里；人固有一死，只是这等死法，实实地叫人不甘心呀！

正当黑大头胡思乱想之际，正当这鬼头刀带着风声呼呼落下之际，只见老虎嵝岘的风雪大道上，有一个过路的客人，站在那里呐喊。

强盗头儿听了，只以为是那赎身的人来了，于是叫鬼头刀先不要砍下去，待他听上一听。大家凝神屏气，细细一听，原来是个过路的客人，在那里见了山上杀人，于是喊叫不停。强盗头儿见了，朝山下吼道："我们自干我们的营生，你自行你的大道，两不相碍，不要在那里穷聒噪，莫不是要给这黑大头，做个伴儿不成？"

那客人听了，却不害怕，反而一步一步地挨上山来。走到近前，强盗头儿定睛一看，原来是个文弱书生，论年纪也不过十五六岁，穿一件青布衫子，怀里抱一个书包，里面装着几本砖头一样的书籍。

强盗头儿见了，觉得好笑；就连捆在树上的黑大头，见了书生这弱不禁风的样子，也觉得他有点太自不量力了，敢招惹这种是非。

那书生径直走到树跟前，站定，朗声说道："天下事情，遇婚姻说合，遇冤仇说散，这位大哥，纵有什么不对的地方，也该叫他将功补过才对，何必这样将事情做到死处，要知道人头一旦落地，就再也长不出来了！"

强盗们听了，发一声喊，要将这个不识好歹的角色，也一齐砍了。强盗头儿抬一抬手，止住了众喽啰的聒噪，然后请这乳臭未干的书生，赶快上路，回家去吊老娘的奶子去吧。谁知那后生仍然不走，看来这桩闲事，非管到底了。原来这强盗们，也不轻易杀人，杀这黑大头，细细算来，还是首例，先前虽然也有几条人命，那都是在行劫之间，互相打斗，误伤致死，因此此刻，强盗头儿见这呆子这般纠缠，心里也有几分不想杀那黑大头，于是便快人快语，将这一疙瘩事情和盘端了出来。

那强盗头儿说，天下的五谷，原来养活天下的众生的，有的人家中攒着金山银海，有的人却饿着肚子，他们这只是想从黑财主那里讨一口饭吃而已，可是这黑大头，硬是惜财如命，宁肯不要自己的人头，也不愿意配合配合他们的行动。

书生听了，说道，这样说来，就是黑大头的不对了。这钱财本是身外之物，活不带来死不带去，既然这些弟兄们执意要取，就双手一拱，送给他们算了，捡一条人命，才是正主意，俗话说"拆财消灾"，银钱在世上走着哩，今天转出去，明天再转回来，不就是了。

强盗头儿听了，觉得这些话倒也顺耳，不由得眉开眼笑。那书生抓住这个机会，于是劝他，何不放了黑大头，由他带路，去起那些财物，黑大头得了命，他们得了财物，这件事情一过，从此两不相扰，打了照面，也装作不认得就是了。

众喽啰听了这话，齐声喝彩，觉得这真是个好主意。那强盗头儿也点头称是，于是为了稳妥，叫人扯掉黑大头口中的毛巾，问刚才他们的那一番谈话，他听见了吗？黑大头点点头，表示听见了；又问他愿不愿意这样做，黑大头点点头，表示愿意这样做。

强盗头儿接着问第三个问题：他担心事情过后，黑大头去报官，从而捣了他们的老巢。黑大头这回开口了，他说自己向来与官家无缘，自己的事情总是自己解决。强盗头儿见说，放了心，吩咐手下给黑大头松绑，从那棵树上解下来；不过身上的火绳子仍然紧绷绷地捆着。

强盗们将黑大头重新拽到崖窑时，只待天黑，便去实施他们的下一步行动。黑大头临进崖窑前，转过脸，冲这书生点颔致意，书生笑了笑，算是回答。

书生站在山坡上，冲强盗头儿拱拱手说，他该走了。强盗头儿听了，竟有几分留恋，他的手下，都是一些莽汉，今天见了这个知书达理的人，真有几分喜欢；于是嘴唇动了动，想请那书生入伙；谁知搭眼看时，那书生已经像一个爬惯了山路的拦羊娃一样，一耸一耸，飘出几十丈开外了。这时他才记起，忘了问这过路客人的名字。

第四章

那文弱书生是谁？强盗头儿忘了请教姓名，正在懊悔，不过聪明的读者，见书生上山溜圪抓那疾步如飞的样子，会断定他是拦羊娃出身，继而，对于他是谁，就有几分估摸了。

那一年杨作新丢掉拦羊铲，背起书包上学，掐指算来，到如今已经整整六年。六年间，黑大头在赌博场上，黑天昏地地度日月的时候，他正在学堂里上学。先在前庄上了四年初小，又在县城里上了两年高小。高小毕业，回到家里。杨作新的启蒙老师，姓杜，人称杜先生，是个北京大学毕业的大知识分子，温文尔雅，知识渊博，杨作新深受其人的影响。杨作新高小毕业的这一年，省上在肤施城里酝酿成立省立肤施中学事宜，其时正值国共合作期间，国民党推荐了几位校董，共产党推荐了一名校长和几个国文教员，担任筹备工作。原来这杜先生，是一个大共产党，这次，被组织推荐为省立肤施中学的校长。得到通知时，他还在前庄小学。正要动身启程之际，恰逢以前的学生杨作新来看他，天寒地冻，道路上也不安宁，因此杨作新自告奋勇，愿意陪老师去一趟肤施城。

到了肤施城里，山沟里长大的杨作新，初次见了这花团锦簇般的地方，十分留恋。城里比不得乡间，街道又宽又平，铺子一家挨着一家，那些来来往往的男人们，琉璃皮张的，长袍马褂、中山服、西装，他们的头发，也和乡间的不一样，光滑得可以跌倒蝇子滑倒虱；城里的女人们，穿着旗袍，高绾着头发，嘴唇上，就像家里那只爱偷吃的拦羊狗，总是红滋滋的，脚下踩着高跟鞋，像乡间闹社火时踩着的高跷。没有见过世面的杨作新，看着看着，都有些呆了。这时候想起自家的吴儿堡，想起一辈子打牛后截的杨干大，才明白了乡下受苦人的可怜和卑微。

这时大约正是20世纪20年代的中期，国共合作之际，街上"要求光明，要求进步，要求国家强盛，打倒土豪劣绅，打倒军阀割据"的口号声不绝于耳。正在街上走着，迎面就会过来一支游行队伍，锣鼓声、鞭炮声、口号声，震得满街筒子响，有多面彩旗招展，遮蔽了半边天空，一个剪着短发的小姑娘，像天女散花一样，将印着革命内容的传单，往人群中间撒。游行队伍走到人多的地方，往往就会停下来，队伍中走出一个青布长衫模样的人，站在那里，宣传共产主义主张，宣传国家兴亡、匹夫有责的道理，并且掰着指头，历数自1840年鸦片战争以来，帝国主义列强对中国犯下的种种罪行，和中国人民所受的种种凌辱。

杨作新的老师杜先生，就是共产党方面这些活动的组织者和领导者。而且，在街头集会上，杜先生有时也登台演讲。站在一旁的杨作新，看到平日温文尔雅的老师，现在那神采飞扬、口若悬河的样子，羡慕死了，崇拜死了。因此回到老师的住处后，他提出要跟老师走，他觉得共产党那些主张，是真正为穷人的，天下兴亡，匹夫有责,他愿意追随在杜先生的鞍前马后,也闹腾一番事业。杜先生听了,很喜欢他的抱负,但是说,人要在社会立足,得先有个衣食饭碗才行,杨作新还小,是不是等省立肤施中学办起来后,他先来上学,再增长增长见识,革命是件长期的艰苦的工作,既有轰轰烈烈,也有扎扎实实,重要的在于唤醒民众,让他们意识到自己的悲惨处境和卑微地位,建立起自己的自立意识,变自在的阶级为自为的阶级。从这一点上说,他们现在要做的只是初步的启蒙工作,漫长的战斗还在后边,而且——杜先生谈到这里,停顿了一下,也许他这时候已经意识到,这种轰轰烈烈的举动后面,潜伏着危机,"明知不是伴,事急且相随",国共之间,由于政治目标的不同,各自代表利益的不同,迟早要分手的,而一旦分手,随之而来的便会是一场大厮杀了。

杨作新当然不懂得这些。不过,对于杜先生提出的上学的事,他倒是十分乐意。杜先生见他同意了,就说,考试前,他会让人给杨作新捎话的,以杨作新的学习成绩,考上的可能性是很大的。最后,师生握手道别了,年关将临,杨作新需要赶回家去,他不能丢下家人,惹他们惦念。行前,杜先生从身上掏出两块大洋,要他给父亲打点酒,给妻子买点花布什么的。杨作新听到杜先生提到自己的妻子,脸红了。他摆摆手,说不要先生破费,他只是想带先生的几本书,回去看看。杜先生听了,让他自个上书架前去挑。杨作新挑了半天,拿了一本《共产党宣言》和其他几本小册子,很仔细地装进书包,起身告辞。

从肤施城到吴儿堡,紧赶慢赶,需要三天的路程。杨作新思家心切,踏着风雪大道,只顾前行,想不到在老虎崾岘,遇到了强盗们处决黑大头这桩事儿。说起来也是缘分,黑大头命不该绝,如果杨作新早走上半个时辰或者迟走上半个时辰,也就不会在那里遇见他们。话又说回来，即便遇见，倘若杨作新是个怕事的人，也绝不去揽这个闲瓷器。也是他少年气盛，初生牛犊不怕虎，才斗着胆子，鬼头刀下，救出黑大头一条性命。事后想来，杨作新也是一阵后怕。

至于黑大头，是否肯这样乖乖地就范，领着强盗们，去起出自家的财物，那就不关杨作新的事了。也许捆在树上的那一会儿，黑大头确实是实心实意，纵然落到倾家荡产的地步，保住自己的脑袋要紧；也许一踏进黑家堡，进了那个独门小院，一想到祖上传下来的家业，就要败在自己手里，黑大头又会翻心。究竟如何，后面再做交代。

需要提及一笔的是，这杨家与黑家，从此便结下了扯不断的缘分，一直到杨作新的儿子杨岸乡、黑大头的儿子黑寿山手里，缘分仍然不绝。

杨作新离了老虎崾岘，顶着寒风，快步前行，第二天天擦黑时，回到了吴儿堡。杨干大和杨干妈，见儿子回来了，一颗心放了下来。杨作新的媳妇灯草，听见正窑里有了响动，听见了男人的声音，也赶了过来，推开门后，胆怯地站在杨作新身边。灯草人生得老实，褐色皮肤，厚厚的嘴唇，笨嘴拙舌的不会说话，见男人回来了，心里欢喜，当着高堂父母的面，又不敢把喜色露在脸上，于是就在那里傻站着。最活跃的要数杨蛾子了，她一蹿趴上了哥哥的肩头，打问着城里的种种事情。算起来，杨蛾子已经十一岁，她出脱成了一个俊俏的小姑娘，白净面皮，瓜子脸儿，脸上一双忽闪忽闪的大眼睛，她的头上，也早沾了过年的喜气，头上一根独辫子，辫梢上扎着一束红头绳。

杨蛾子抱柴，灯草做饭。随着灶火里的柴火噼噼啪啪响起，随着锅里的热气弥漫了整个窑洞，经历了寒风浸染、旅途劳顿的杨作新，面颊上感到暖融融的。关起柴扉成一统，农家也有农家的欢乐。那灯草虽然人生得粗俗、木讷，干起活来，窑里窑外，却是一把好手。人能干又不招惹是非，这正是杨干大、杨干妈心目中的标准媳妇。这一次给杨作新做的是杂面。只见灯草绾起袖子，用一个黑色的小坛子，三梿两梿子，和好面，然后将面揉成一团儿，放在案上，摸起擀杖，呼呼的一声接一声地擀开了。灯草擀面，杨蛾子捞酸菜，做汤。面擀好了，灯草将薄得像纸一样的面叶，叠好，然后拿出一个两头有把的刀，细细地切了起来。一会儿工夫，一粗瓷老碗热气腾腾的杂面，就端上来了。而杨蛾子的汤也已经做好。将那个和面的小坛子洗干净，汤就盛在坛子里边，汤里有一把勺子，杨蛾子将酸菜汤，浇在杂面上。另外，还有捞出来的一些酸菜，切成生的，里面伴了些切碎的干辣椒、红葱，盛在一个小碟里，也端了上来。杨作新让了让父母，算是礼节，然后端起大碗，吸溜吸溜地吃起来，直到将碗里的杂面，坛里的菜汤，碟里的小菜，全部打扫干净，才算住手。吃完饭，他的头上热汗直冒，舌根辣得发麻，不停地咂着嘴巴，回味无穷。

一番风卷残云之后，灯草开始收拾碗筷。杨干妈说了句，杨蛾子，帮嫂子洗涮。灯草说，小姑子就不用动手了。说完，将锅碗瓢勺收拾干净，酸菜缸的盖儿盖好，案子抹了一遍，地扫了一遍，然后站起身，向杨干大杨干妈道一声安宁，又瞅了杨作新一眼，回自家窑里去了。

杨作新却没有丝毫要走的意思，他脱了鞋子，一横身，坐在了炕上。接着，把脚塞进母亲和妹妹盖着的那个薄褥子里。炕真热，热得人不得不随时欠起屁股。母亲和妹妹跟前放一个笸箩，笸箩里放些玉米棒子，她俩正在搓着玉米，于是杨作新也凑上去，和她们一起搓。"你的肉皮嫩！"杨干妈说，"用这个戳子戳渠渠吧！"那戳子是个比捅火棍小些的铁条，一头是环，一头是个尖儿，用它在玉米棒子中间，戳开几行，然后这玉米棒子就好搓了。

父亲杨干大一个人盘腿坐在油灯跟前，脱下身上的老羊皮袄，正在逮虱子。这是他除了劳动以外，唯一的一件嗜好。他身上的虱子真多，一窝一窝的，有些虱子简直成了精，会长上翅膀飞，像小咬似的。杨干大的眼睛已经不行了，尽管就着油灯，尽管他的眼睛快要碰到皮袄了，可是眼睛只是象征性地看着，他不是用眼睛在瞅，而是用指头在摸。好在这皮袄就是一个生产虱子的宝库，所以两个指头一捏，总能手到擒来。抓住一个了，两个大拇指的指甲盖一挤，"啪"的一声，虱子的肚子破了，指甲盖上留下两滴鲜血。还有些虱子吃得过饱，挤时声音清脆，如果脸凑得太近，会有血星溅到脸上来的。杨干大挤虱子，挤到高兴的时候，会捉住一个，填到自己嘴里，"嘎嘣"一声，咬出响；他说这虱子是一味中药，大补，本来就是自己身上的血水子嘛。

小时候，杨作新就常常蹲在父亲身边，看他捉虱子。这时，又看到这一幕情景，他在心里可怜父亲。他本来留下来，是想和老人商量去肤施上学的事，可是看到父亲核桃一样布满皱纹的脸，和逐渐佝偻下来的身子，他不敢开口了。

杨蛾子又央哥哥讲城里的事情。于是，杨作新先丢开自己的心思，讲起了这次进肤施城的所见所闻。讲到肤施城的雄伟繁华，讲到共产党、国民党这些新名词，讲到杜先生站在肤施城头振臂一呼应者云集的情景，讲到他见到的那个短发的女宣传员天女散花样的神气。当然，还谈到那些头发光光的男人和穿着旗袍的女人。末了，记起路上救黑大头的事情，便也细说了一遍。

杨蛾子一直是她的哥哥的崇拜者。哥哥讲那些事情，她一样也没听过，简直像天书里写的一样。以女孩子的心理，她尤其注意到了杨作新谈到的女性。她真羡慕那剪着短发的女孩子，可惜她没钱念书，要不，说不定也会像她们一样的。她当然不是怨父亲偏心眼，只让杨作新没完没了地念书，而不让她跨进学校一步，她是女孩子，从来就没有产生过和哥哥攀比的意思。琢磨完了女宣传员，她又琢磨那些抹着红嘴唇、穿着旗袍的女人了，这时她在哥哥的话中发现了破绽。她说，大冷天的，那些婆姨女子，真的敢精腿把子，在露天地走，她们不怕冷？杨作新回答说，这是真的，他亲眼看见的。杨蛾子还是不信，说哥哥喧谎。

杨干大这时打断了杨蛾子的话，他说杨作新说的是实情，他年轻的时候，年年下南路，见的世面大着哩，肤施城里，大街小巷闭着眼睛都能摸到。他说城里的女人，都是妖精托生的，穿旗袍算什么，有时候用一块一尺长的白洋布，束在腰里，就在街上摇身子摆浪地走开了；往下一蹲，胯骨都露在了外面。杨蛾子听了，惊得伸了一下舌头，她说，那她们是没钱扯布吧。杨干大说不是，她们有的是钱，一坛子一坛子的，她们露出精腿把子，是给男人骚情呢!

说完"骚情"这两个字，杨干大觉得，不应该把这样的话，当着小女儿的面说，她已经懂事了。于是他不再言语，又低头逮虱子。场合不对，如果是和那一班子老弟兄们在一起，谁激他一下，说不定他会讲出在肤施城里，自己圪蹴在街道旁边，侧着头，看那些穿裙子飘飘忽忽过去的婆姨女子们的故事；他是看她们的裙子里边有些啥，有没有穿半裤。讲到热闹处，他还会讲起自己那次逛妓院的经过。那是他一生中唯一一件伟大的业绩，一次离经叛道的行动，一次拿钱去派不该去派的用场。他这人也真是不经摔打，仅仅那么一次，他便染上了疾病，腰下那件东西，又红又肿，硬邦邦的，怎么也下不去。后来回到家里，听了一个过路郎中的偏方，用一根大萝卜将中间掏空，放在火里烤熟，趁热统在那东西上，才算软了下来，把那病治了。杨干妈没有见过世面，不知道自家男人得了什么怪病，急得团团转，就是没有想到这上头去。

杨干大想着自己年轻时的荒唐事儿，嘴角里泛着笑容，美滋滋地逮着虱子。这时，他记起了刚才儿子谈的，老虎崾岘上救什么人的事，于是咳嗽了一声，拿出比杨作新多吃几斤盐、多过几座桥、多晒几年太阳的派头，对儿子说，该管的事情要管，不该管的事情不要管，为人莫要强出头，你小子还没有招上祸哩，不知道世事的深浅；你这条小命丢了，不要紧，我们这两个棺材瓢子，将来谁抬埋上山哩！

杨蛾子却不同意父亲的话，她说哥哥只身孤胆，敢去戳那个马蜂窝，是个大英雄，大路不平众人铲，行侠好义的故事，父亲不是成天说起么。

老猫不欺鼠了。杨干大见女儿竟敢跟自己提出异议，本想反驳几句，但是没了力气，便停止了声响。

关于共产党，关于国民党，关于杨作新以按捺不住的热情谈到的肤施城里的那些游行和集会，大家都没有发表什么感想。那毕竟是太遥远的事情，起码一时半刻，还不会影响到吴儿堡，进入他们单调、贫乏和自我感觉良好的生活。

但是雷声在远处轰隆轰隆地响着，历史在前进，时间的流程在继续。20世纪对于人类历史进程，尤其对于闭塞的陕北高原来说，是个可资纪念的伟人世纪，时间进程中的经典时间。千里的雷声万里的闪，那雷声终将以持久的轰鸣，好像"崖娃娃"掀起的回声，响彻陕北高原的每处山谷，而在这波澜壮阔的改天换地中，每一个人的命运，都不可避免地要受到影响，都或多或少地将得到改变。

夜已经深了。一直没有说话的杨干妈，督促儿子回窑去睡觉。杨作新想到该说的事情还没有说，踟踟躇躇，不愿意走。母亲见了，将笸箩一推，说，今晚就搓到这里吧，该收拾摊场了。杨作新

上卷·第四章　087

见母亲这样，只好起身。母亲对杨作新说，对灯草好一点，人家和杨作新一年结婚的，现在娃娃都满炕爬了。杨作新听了，"嗯"了一声，算是对这句话的回应。

杨作新十三岁上结的婚。在当时的陕北，这个年龄结婚，不算太大，也不算太小。那一年他初小刚刚毕业。十三岁的他，在村上已经算是个人物了。和他一起上学的几个孩子，都先后中途辍学，只有他一个上完了四年，因此他可以说是村里第一个读书人。过去村里，没有读书人，逢年过节，大家嫌门上不贴对联，不吉利，要贴，又没有人会写，于是只好在红纸上，用碗底蘸些墨汁，拓上一溜坨坨。自从有了杨作新，一个村子的对联，由他包了。遇到红白喜事，为"上山"的老人写一个"驾鹤西游"，为结婚的新人写一个"天作之合"；春节对联，"向阳门第春常在，积善人家庆有余"之类老掉牙的东西，还有为拴驴拴牛的槽头写的"槽头兴旺"，为石砌矮墙上写的"抬头见喜"，为灶王爷写的"上天言好事，下地呈吉祥"，等等，这些，都是杜先生教诲有方，杨作新寒窗苦读的结果。每当杨作新提笔龙飞凤舞时，站在一旁的杨干大，脸上不觉露出得意之色，心想这学算是上对了，这钱花得不冤。

杨作新博闻强记，过目不忘，上学期间，搜搜腾腾，从杜先生那里，从周围村子里，借得不少古书新书来看。那古书中，四部古典名著，不但看过，而且烂熟于胸，名著之外，一些二三流的书籍，《七侠五义》《七剑十三侠》《七子十三生》《五女兴唐传》《济公传》《薛仁贵征东》《薛丁山征西》等等，也都能讲出一个大概。村上人们，闲来无事，常听一个瞎子讲古朝。那瞎子自然大字不识一个，只是年轻时走南闯北，凭着一副好记性，从说书人那里，窃得一些东西，再依样画葫芦，加上自己的合理想象，核桃枣儿一股脑儿倒给乡亲们而已。小时候，杨作新便常是这瞎子的听客，如今看了古书，才知道这些英雄美人，演义传说，古书中都有。乡下人听古朝，一为听，二为聚在一起，挤热窝，所以杨作新闲来无事，也依旧常去那里，而且从不显山露水。只是有一次，瞎子讲到要紧处，大约是薛仁贵兵困锁阳城，二路元帅薛丁山赶去解围，一路上接连接收樊梨花、苏金定、窦仙童三个奇女子做老婆的故事，其间一个启承转换的要紧关节，突然讲不上来，正要发挥想象，瞎编，这杨作新在旁边，情不自禁，提示了一句。瞎子听了，知道这小后生肚子里有货，只是碍着人多，不露声色。场合散了以后，瞎子赶到杨干大家，登门讨教，不耻下问。害得杨作新一张小白脸涨得通红，说声"折煞我也"，不肯指点。后来见瞎子确实是一片诚意，只好敷衍一番。从此瞎子说古朝，有了疑难处，便来讨教，技艺自然提高不少。村上人知道了其中原委，想不到他们的无所不知的瞎子，竟然投师到小小杨家小子的门下，从此对这后生，更是刮目相看了。

从此杨作新乡间秀才的名分，正式奠定。杨干大眼皮浅，见了儿子这样，觉得已经成龙成凤，修成正果了，从此便盘算着，儿子初小毕业后，回到家里，帮他务农的事。尽管杜先生一再怂恿，甚至不惜亲自到家里为杨作新说情，可是杨干大硬是不给面子。杨干大觉得，为儿子讨个媳妇，便可以把他拴住了，于是便和婆姨商量，乍舞着为他问媳妇的事。

话已说出，左邻右舍便都知道了，大家悄悄地张罗，只是瞒着杨作新一人。杨作新上学回来，村里那些大姑娘小媳妇，常常用手刮着脸，羞他，称他快做小女婿了，杨作新听了，莫名其妙。前面讲过，吴儿堡杨氏一脉，尽出自那遥远年代的两个风流罪人，因此村上的小媳妇，称他阿叔。按照乡俗，大嫂子可以耍戏阿叔。于是她们当着他的面，常说些叫他面红耳赤的话。有时候，一个小媳妇骑着毛驴熬娘家，远远地照见杨作新背着书包过来了，于是鞋跟往驴肚子上一磕，一只红鞋掉在了路上。小媳妇"哎哟"一声，撒声娇，唤阿叔子来捡。对于杨作新，碍着他是个念书娃，她们还不敢过于造次，倘若是村上那些拌嘴惯了的拦羊娃之类，一群小媳妇，竟敢一拥而上，把他的裤带解下来，把光光的头按到裤裆里，再把大裆裤扎紧，让他来个"老头看瓜"。对待阿叔是这样，对待阿伯子，则正经得叫人难受，正像前面所叙那放肆得叫人无法容忍的一样。按照乡俗，对待阿伯子，小媳妇需要敬而远之，甚至一生也不能和他说一句话。

　　杨作新问媳妇的消息传出，村里那些出了五服的杨门的大姑娘们，也猛然发现身边这个小书生长大了，到了该婚该娶的年龄了，于是纷纷动开了心思。或者纳上一双绣花的袜底，悄悄地塞到杨作新手里，并且逼着杨作新赶快脱下鞋子，垫在里边，免得别人问起。或者从垴畔上用棍子打下一把酸枣，瞅瞅四下没人，塞进他的书包里。生活中骤然起了变化，变化得叫杨作新莫名其妙，他回去问父亲杨干大，父亲说，少跟那些死婆姨烂女子来往，他问母亲，母亲只是笑而不答。

　　说一千道一万，主意最后得由杨干大拿，而在决定这些家庭大事时，杨干大又总是以婆姨的意见为意见。其实，杨干妈早就心里有了合适的人选了，任凭媒人跑断腿，踢烂门槛，磨破嘴皮，任凭那些杨门出了五服的大姑娘甜甜地向她讨殷勤，她只是虚于应酬。原来，她瞅下了自己的一个娘家侄女，叫灯草的。她喜欢灯草本分、老成和勤快。杨干大见过这灯草一面，他觉得粗糙的灯草配不上细皮嫩肉的杨作新，金瓜配银瓜，西葫芦配南瓜，起码要人能看过眼才行。杨干大提到灯草嘴唇厚，杨干妈说，嘴唇厚说明她人老实，杨干大提到她脸黑，杨干妈说"黑是黑，本颜色"，杨干大提到她大屁股，杨干妈说屁股大好养娃娃。杨干大见杨干妈是铁了心了，于是也就不再表示异议。

吴儿堡这边打发媒人去说，灯草的父母那边，听了提亲的事，慨然应允。不久后庄传回话来，一切按规程办。按规程办就是要出四十块大洋的聘礼，这在当时是个公价，人们不提钱的事，嫌那搪口，只说按规程办，也就是说要出四十块聘礼了。灯草的父母，提这个条件也不算越外，因为不论是找谁家闺女，都不免要出这一身水，而且只能往上不能往下。聘礼出得少了，乡下人会有闲话，说这女子不值钱，恐怕是做下什么非嫁不可的事情了，或者是个"石女"①。

四十块大洋可不是小数目，这几年杨作新上学，家里的一点积蓄已经告罄，现在仅仅能维持着不饿肚子的生活。可是不出这聘礼又不行，咋办？想要告借，没个借处，想要去抢，没那个胆量，想要去偷，又舍不下身子，杨干大圪蹴在畔上，唉声叹气一阵，最后不得不把目光盯在杨蛾子身上。

"家里对蛾子欠得太多！"杨干妈说。家里尤其是杨干大，从没把这个女孩儿当个人儿，好像她是风吹大的，雨打大的。那一年有了杨作新，杨干大专门背了一背狼牙刺硬柴，送到镇上药铺，央药铺先生给孩子起了个"杨作新"的大名。到了蛾子手里，孩子一岁了，还没有名字。"你倒是到镇上跑一趟呀！"杨干妈说男人。杨干大这时正在吃饭，米汤碗里，扑扇扇落下个麦蛾儿。杨干大信手把蛾子挑出来，说道："女娃娃家，好赖有个叫上的，就行了，这孩子，就叫她'蛾子'吧！"杨蛾子的大名，就是由此得来的。

心疼归心疼，杨家要过四十块大洋这个门槛，还得靠杨蛾子

---

① 石女：指生殖系统有毛病，不能过性生活或不能生育的女性。

了。杨干大和杨干妈,窃窃私语了几天,于是找来了媒人,在远处一个村子里,草草地为蛾子定了一门亲,说好等杨蛾子十三岁完灯①以后,再过门。杨蛾子的四十块聘礼一到,红封拆也没拆,杨干大就打发媒人,给后庄送去。聘礼到了,这门亲事算正式定了下来,后庄那边,收拾停当,只等吴儿堡这边选个良辰吉日,花轿抬人了。

这一切杨作新都不知道。人往高处走,水往低处流,此时的杨作新,心高气盛,一抹心思,只想效仿杜先生,念完初小,再念高小,高小完了上中学,中学完了上大学,"天生我材必有用""天生此物为大用",这些古人今人的句子,总不时盘桓在脑际。

这一天,前庄小学第一届学生毕业,杨作新揣了一份盖着杜先生私章的毕业文凭,兴冲冲回到家里,双手递给父亲。父亲一看,自然欢喜。也许是为了喜上加喜,父亲杨干大这时将自己这些天的操劳婚事,和盘托出,并且说你小子算是有福气,一切都由爹娘操办着,唾手可得,不像他那一阵,爹娘早死,一切都得自己操办。杨作新听了,吃了一惊,年纪这么小就结婚,同学们见了,一定笑话,那杜先生说不定也会笑话他的,于是使起性子来,说他不要媳妇。杨干大本来正美滋滋地准备听儿子说几句感激的话,想不到儿子这样不识抬举,热脸碰上了个冷屁股,真可怜了父母的一片苦心了。杨干大登时恼了,弯腰从脚上取下鞋子,冲着杨作新的屁股,狠狠地打起来。

按照常规,老子打儿子,儿子抬腿一跑了事,可是杨作新是个犟板筋,任杨干大的鞋底砰砰啪啪地打着屁股,他既不逃跑,也不

---

① 完灯:农村风俗,孩子自一岁起,年年过春节时,由母舅送灯笼,直到十三岁。最后一次送灯笼叫"完灯",最为隆重。完灯以后,表示这孩子已经成人,不必再由舅家监护了。

告饶,并且嘴里还不停点儿地念叨着"我不要媳妇,我要上学"之类的话。从山上挖小蒜回来的杨蛾子,看到这阵势,吓哭了。她去拉父亲,于是父亲在打杨作新的同时,也给了她两鞋底。她见父亲这回是动了真怒,赶紧跑进窑里喊妈妈去。杨干妈从窑里出来,数落了儿子两句,要他给父亲回话。接着又说男人:今天是儿子高兴的日子,如今是民国了,不兴科举,要么,儿子的这张文凭在手,该是个秀才,喜都喜不过来,还打他。

杨作新见惊动了母亲,又见父亲像被人刨了祖坟一样气急败坏,一副可怜巴巴的样子,实在于心不忍,于是低下头来,张口叫一声"大",算是认错。杨干大身上早没有劲儿了,有了这个台阶,也就就坡下驴,把鞋往地上一扔,趿在脚上,然后蹲在畔上,抽他的闷烟去了。

婚事还得进行,而且事不宜迟;定了亲不结婚,逢年过节,便还要破费,带着像样的礼品去看丈人。所以杨作新回家以后,不多日子,杨干大便给他把婚完了。正如那陕北民歌唱的那样:正月里说媒二月里定,三月里送大钱四月里迎。一顶花轿,伴着吹鼓手凄凉的唢呐声,灯草儿嫁到了吴儿堡。

如果杨作新坚决抗婚,这桩婚事说不定就此吹了。可是在挨打以后的这一段时间,三件事使杨作新的口气有了松动,或者说勉强地承认了这桩婚事。一件事是,杨作新去前庄小学杜先生那里,谈这件事情,讨主意,进了窑门,却见一个小脚的老妈妈,在杜先生窑里待着。开始,杨作新以为这是杜先生的母亲,看看不像,一问,才知道是杜师母,也就是杜先生的妻子。杜先生也是十三上结的婚,家里为他找了个大姑娘,为的是"女大三,抱金砖"。"糟糠之妻不下堂",杜先生和他的妻子,相敬如宾,许多年了,这次,妻子惦念丈夫,专程骑毛驴从肤施城赶来看他。这事让杨作新开了眼界，知道凡事不可强求，该凑合的时候就得凑合，于是躬身给杜师母道了声"安宁"，打道回府了。这是第一件。第二件，是杨作新和杨干大之间，在"上学"与"结婚"这两宗事上，彼此都做出了些妥协。也就是说，只要杨作新结婚，父亲就同意他去县城上学，只是，家中已经空空如也，这学费问题，无从解决。在学费问题上，是杜先生慷慨解囊的，他表示一切学杂费用，由他担承，这样，杨干大也就无话可说了。第三件事情最令杨作新动情。他这时候知道了父亲已经送出了四十块钱聘礼，而这四十块钱，是将杨蛾子许配给人家，换回来的。听到这话，一时间他无地自容，不由得掉下几滴眼泪来。看到天真烂漫的妹妹，还一点不知道这件事，正在窑外快乐地玩耍时，他痛苦地感到自己对不起妹妹。按照乡下约定俗成的规程，如果男方拒婚，那么这聘礼一个子儿也要不回来，全归了女方，而且乡下人还要指脊梁骨，说男方这家仗着有钱，欺侮人家女孩儿，坏人家的名声。如果女方提出退婚，那么一个子儿不少，得吐出来。这叫道理。知道了这一切，杨作新才明白，父亲那一天为什么要动那么大的肝火。"罢罢罢，"他说，"办事吧！"

于是，一顶花轿，灯草儿来到了杨家。这女子的命也真苦，有了前面那些疙疙瘩瘩，她和杨作新，本来就已经结成了没见面的仇人，待到花轿进门，揭开盖头，她一副粗手大脚的样子，更丝毫引不起杨作新的心疼和喜欢。洞房花烛夜，金榜题名时，人生的两大得意事，现在都让这杨作新遇上了，可是他仍然闷闷不乐。一面炕上睡了很久，夫妻之间，还没有在一起干过男女在一起应该干的那种事情。灯草心里有苦，只是偷偷地抹眼泪，无法启齿给人说，于是回趟娘家，诉说给妈妈。妈妈说，许是这孩子还小，不懂得这些，灯草得点拨点拨才对。灯草讨了主意，回到吴儿堡，见了杨作新,脸先红了,笨嘴拙舌,不知如何点拨才对。待到炕刚刚睡热,窗棂上的窗花还新着,一纸通知下来,杨作新考上高小了,他得打点行装,去县城上学,于是灯草噙着眼泪,送男人上路。杨作新不要她去送,要她回窑里待着,于是可怜的新人儿,只得回到窑里,隔着门缝儿,眼巴巴地看杨作新渐渐远去。

杨作新在县城上了两年学,于我们说话的这个年头,又回到了吴儿堡。书念得多了,比起原先的精灵剔透,又显得有了一丝呆气。这叫书呆子。杨干大见了,暗暗叫苦,心想凡事得有个节制,做过头了就是不好。他对杨作新说,这下该收心了吧!回家过安生日子吧,你妈想孙子,都快要想疯了,看见人家的孩子,抱在怀里舍不得给。杨作新点点头。最欢喜的当然是灯草儿,守着活寡的她,偷偷地瞅着自家男人,抿着嘴笑。这时候杜先生要回肤施城,杨作新提出,要送杜先生一程,杨干大说,受人之恩,理应找个机会报答,你就去吧!其实杨干大的心里,还有一层意思,众人都看见了,吴儿堡方圆一带,就杨作新的墨水儿喝得多,杜先生一走,这前庄小学校长的职位该摊给他儿子了,因此去送杜先生,也有这个意思在内。

于是就有了我们前边所说的杨作新南下肤施城,以及城中所见、路上所遇的种种遭遇。话说这一天夜里,搓完玉米,拉完家常,杨作新本来还想提提去上省立肤施中学的事,看到话题很难引到这上边来,且母亲又一再督促他回窑睡觉,于是只好停下手中活计,回到自家窑里。

杨作新住在左首的那孔窑洞里,那里原来堆放的是杂物、粮囤之类,后来腾出,做了新房。右首的那孔窑洞,前半边做的是驴圈,后半边靠窑掌的地方搭了个鸡架,驴守着鸡,不怕黄鼠狼来拉。

灯草儿正在油灯下,剪窗花。别看她人生得粗糙,却长着一双巧手。年关到了,村上不少人家,来央她剪窗花,剪门神,现在她已经把该支应的门户都支应了,目下是在给自家剪。剪的是一对门神,右首秦叔宝,左首黑敬德,三张纸塌在一起铰,铰完后再分开。过年期间,这三幅门神,就将贴在杨家的三孔窑洞的门扇上。不过,灯草儿最擅长铰的,是一个叫"抓髻娃娃"的图案,这是一幅从远古流传下来的著名陕北民间剪纸。一群抓髻娃娃,手拉着手,站成一排,对着世界歌唱。这种图案,往往是给那些添了丁口的人家剪的。将这抓髻娃娃,贴在坐月子的婆姨的窑里,据说可以辟邪。可怜灯草儿,不知为多少人家剪过这种图案,却没有一幅是为自己剪的,想来真是一件伤感的事。

炕烧得很热,被子已经铺好,两个枕头,一床被子,看来,灯草真像她母亲教诲的那样,想"点拨点拨"杨作新了。

炕上有一些剪好的剪纸,是几只大老虎,这些大老虎是镇符,将来要随便贴到墙壁的什么地方去。杨作新拣起一幅剪纸看了看,见老虎的尾巴上,挑着一轮太阳,他觉得好奇,又拿起另一只老虎来看,看见老虎的屁股上,却是个有孔的麻麻钱。他不明白这太阳老虎和麻麻钱老虎,有什么不同,于是便问灯草。灯草说,那尻子上有太阳的老虎,是公老虎,尻子上有麻麻钱的老虎,是母老虎。杨作新听了,有了兴趣,问这老虎身上的记号,可是她想出来的。灯草说,老辈子传下来的,都这么铰,她也解不下其间的道理。杨作新见说是老辈子传下来的,益发觉得诧异,他捡起这些老虎,又仔细端详了一番:阳生火,火为阳,这太阳老虎指的是雄性,细细想来,也不难理解,那麻麻钱老虎是怎么回事呢?他想起刘禹锡的两句诗:石头城上旧时月,夜深还过女墙来。旧时的人们,将这种中间有孔的照墙,叫女墙,大约是取它类似女性的生殖器吧,这样说来，这个有孔的麻麻钱，在这里大约也是这个意思。

杨作新越想越深，想得都有些呆了，他想这些古老的东西里面，到处埋藏着大神秘，如果有人细细研究，也许会是一门学问。

获得性有遗传的可能性，杨作新此时此境的思考，许多年后，在他的儿子杨岸乡身上得到了实现，并且杨岸乡以自己的深入思考，穷追不舍，破译出一个又一个属于民族的古老奥秘，给那时的艺术界和史学界，带来一场大惊异。而因剪纸而起，引发出天才的毕加索式的剪纸女孩的早夭，光彩照人的丹华姑娘的出走，以及头脑光光的老研究员的踏勘高原，特别是后来的巴黎相会等等故事。不过那些都是后话，此处不提，以后再说；何况此时此境，也不是说这话的时候。

此时的灯草儿，棉袄上罩了一件大红的衫子，映得脸上红堂堂的；冬天太阳不毒，再加上不下地了，脸也捂得白了些。她比杨作新大几岁，身材已经丰满，胸膛前鼓鼓的，隐隐约约现出两个奶头的形状。没有了公爹公婆在身边，这灯草儿也就少了许多拘束，柔情蜜意，也敢往脸上带了。见男人呆呆地瞅着她看，灯草儿嫣然一笑，她麻利地将这些凶神恶煞般的门神，剪好，扔到一边去，然后征求男人的意见，看是不是睡觉。

"睡吧！"杨作新应了一声。

"吹不吹灯？"灯草儿问。

"甭吹灯，我还想看会儿书！"杨作新回答。说着，拉出一床被子，铺开来，捡起一个枕头，支在胳肢窝，看起书来。

灯草见了，脸上的光彩一下子没了。她想了想，将那条在炕上焙热了的被子给杨作新盖上，自己拉过刚才杨作新展开的那条，脱了衣服，先睡了。杨作新一边读，不觉轻声念起来："一个幽灵，共产主义的幽灵，在欧洲大地上徘徊。旧欧洲的一切势力，教皇和沙皇、梅特涅和基佐,都为惧怕这个幽灵,而结成了广泛的神圣同盟……"

正在念着,杨作新听到窑里,有一种异样的声音,像是人在抽泣。他停止了念书,一听,这声音是从灯草那里传来的。"你怎么了?"他问灯草。见灯草不吱声,就倒转身子来,离开灯盏,到了灯草这头。只见灯草用被子蒙着头,那声音确实是她的。灯草还在抽泣,被子一颤一颤的。

杨作新感到纳闷。他俯下身子,去揭灯草的被子,谁知灯草用手抓着被子沿儿,死活不放。杨作新到底力大,他还是把被子揭开了。只见灯草儿,头发贴在脸上,满脸是泪,哭得像个泪人儿样,胸前的红裹兜,也湿了一片。

"谁欺侮你了?"杨作新问。

灯草儿哽咽着说:"谁欺侮我了,你还不知道!你明知故问。"

"到底怎么回事?"杨作新还是不明白。

灯草说:"结婚几年了,你不跟我睡觉。你欺侮我,看不上我。你的魂,不知让哪个狐狸精勾去了!"说完,越发冤枉得哭起来。

杨作新眼前一亮,心口突突突地跳起来。

没容他细想,灯草突然坐起,一把搂住杨作新的腰,转身把他压在自己身子底下。继而,腾出两手,搂住杨作新的脖子,搂得他喘不过气来。一会儿,又就地打个滚儿,让杨作新压在自己身上。

一直守着空房,偷偷唱着凄凉的民歌的灯草儿,这个晚上,勇敢地占有了自己的男人。灯草唱的那首凄凉的民歌是这样的:昨晚上奴家做了一个梦,梦见哥哥上了奴的身,赶紧把腰搂定,醒来是一场空。

两个人就这样睡在一个被窝里,并且枕在一个枕头上了。陕北大地寒冷的冬夜哟，在土窑洞里，在石板炕上，痛苦与欢乐，歌声与呻吟声，伤心的眼泪和欢笑的眼泪，交织在一起，组成了一幅人生的受难图和欢乐图，一曲交响乐。在苦焦的陕北大地上，在人类苦难而又漫长的行程中，性的快乐成了他们苦难生活的一份儿稀释剂，也许，正是那种刻骨铭心的性的快乐，才使男人多情和女人怀春，才使因为劳动而疲惫得腰都直不起了的男人和心中愁肠百结的女人，夜晚还要进入一回那似神非仙说幻不幻的神秘境界。它成了人类生生不息的最牢固的保障。

灯草儿突然呢喃有声，她对趴在身上的男人说，去把灯吹谢吧，亮着灯来，她害羞！……

第二天早晨，一种不可遏制的喜气，在灯草儿的脸上荡漾开来。她的脸颊绯红。她走起路来，步履踏实地落在地上，显出某种满足，脚步较前一天，隐约地呈现出外八字形，不过不细心的人是看不出来的。她的胸脯，也稍稍比前一天高了一些。这些，细心的杨干妈都看到了。当灯草走到锅台跟前，正要生火做饭时，她说她亲自来，今天是大年三十了，她要拿出手艺，擀长长的"拴魂面"给全家吃。接着她唤起还在睡懒觉的杨蛾子，叫她到窑外抱柴。

杨作新写对联，灯草儿贴门神。这年大年三十晚上，全家聚在正窑里，欢乐地熬了一个通宵。通家和睦、合家团圆，一派天伦之乐。喜得杨干大和杨干妈，竟也像孩子一样笑得合不拢嘴。杨干大说，他这才算是活成人了！大年初二，按照乡俗，灯草儿骑着驴，杨作新牵着缰，回了一趟后庄。杨作新提上两瓶酒，一根羊腿，去拜见了丈人丈母，和灯草那些猴弟弟、他的小舅子们。

过完节，一个月之后，肤施城杜先生那里捎下话来，要杨作新赶去报考、入学。事已至此，杨作新不得不说。父亲杨干大听了，竟一下子衰老了许多，他没有骂儿子，也没有再脱脚下的鞋，只是问了一问：你能不去吗？大从来不求人，这次弯下腰求一回你！杨作新听了，坚决地摇摇头。杨干大于是一跺脚，披上羊皮袄，听瞎子说书去了。母亲号啕大哭，坐在了地上，哭得杨作新一阵阵心酸。倒是杨蛾子开通，背过父母，她向哥哥伸出大拇指，说杨作新像个闹世事的男人。

临走的这一夜，夫妻之间，又说了不少的情话。灯草儿几次想告诉杨作新，她这个月没有来红，怕是有喜了，苗苗在肚里扎了根。可是没有十成把握，她没有说。对于杨作新去肤施城，她虽然舍不得，但是也没有过分阻挡的意思，她觉得男人们做事，自有他的道理，如果能回头，那敢情好，如果执意要去，那未尝不是一件好事。这一夜，她枕着男人的臂膀，偎在男人怀里，睡得很香甜。

第二天，杨作新就匆匆上路了。

第五章

就在杨作新与灯草儿亲近的那一夜,黑大头由一伙强盗押着,去黑家堡,去起自家的财宝。

苍茫的陕北大地,积雪在它的上边堆了一尺多厚,大地上的所有生灵,都因为惧怕寒冷,缩回自己那个被称为"窝"或者家的地方,兔子、黄羊、山鸡、豹子、蚂蚁、长虫,等等,再加上人类;荒原上,只偶尔有一声饿狼凄厉的长嗥,它是在因为饥饿而号叫,还是在求偶,或者在呼唤迟迟未归的儿女,不得而知。天很黑,正像人们通常所说的伸手不见五指那样。天上有几颗时隐时现的星星,好像微弱的蜡烛,哈一口气,它就会熄灭似的。地下只有白雪轻微的反光,借着反光,勉强可以看见脚下的道路。

比起上一次夜闯黑家堡,强盗头儿心里多了几分踏实,因为这一次是由主家领着,去起他自家的财宝,所以从某种意义上来说,这是一件合法的事情,尽管这合法的本身,是由于鬼头刀的作用,但毕竟比起上一次，名正言顺了许多。上一次是"豪夺"，这一次是"巧取"。

黑大头默不作声，走在一干人马的前边。事先，他已经跟强盗头儿讲好，这次行动，不要惊扰了黑白氏。强盗们只为谋利，并无害命的意思，这个条件自然满口应诺。此一刻，走在路上的黑大头，惦念的还是黑白氏，他想那个孩子该出生了吧，他不能总在娘肚子里待着。尽管黑白氏贪图家业，不愿出水救他，但毕竟夫妻一场，况且肚子里还有黑家的一条根，所以心疼的成分，比怨恨的成分多些。

此刻的黑家大院里，黑白氏正在生产。几天前那一场惊吓，提前了婴儿出世的时间。

黑大头一被捉去，黑白氏便没了主心骨，尽管有好事的跑去报了官，可是主事的都回家过年去了。县衙门留下话，说过罢年再说。黑白氏见状，就想回娘家去，奈何娘家离这儿太远，天寒地冻的，没法走，加上不知道黑大头的死活，她心里也实在放心不下。犹豫了几天，肚子疼了起来，好在族里，还有些叔伯兄弟，大嫂大婶，大家知道她要生了，于是请了个接生婆来，再加上几个女流之辈，守候在跟前，等着婴儿出生。

"人生人，怕死人！"这天，到了半夜，黑白氏的肚子，疼得一阵紧似一阵，本来粉白的一张小脸儿，拘得乌青。她蓬头散发，下身脱得精光，在炕上乱滚。她一边在炕上滚着，一边骂黑大头，原因是那黑大头使她遭的这份罪。骂着骂着，想起黑大头如今的不知死活，又惦记起男人来，越发哭个不停，骂个不停，不过这回是骂强盗们了。

接生婆坐在炕沿，冷静地看着黑白氏打滚，她说这样好，挣扎一番，阴门就张开了。约有半个时辰，看看黑白氏力气渐渐用尽，颠簸得不像先前那样疯狂了,她要黑白氏直起身来,圪蹴在炕上。她说羊水已经破了,该生了。蜷作一团的黑白氏,嫌肚子疼,不愿意圪蹴。接生婆虎着脸,狠狠地袭了黑白氏两耳掴,黑白氏见了,只得哆哆嗦嗦地直起身子,半跪下来。

"用劲!憋住气,用劲!"接生婆指导说。

黑白氏不知道怎么用劲,接生婆指着她肚脐窝说,这里用劲,憋住气,往回缩肚子。

哆哆嗦嗦的黑白氏,牙齿打战,嘴唇发抖,怎么也憋不住气,怎么也指挥不动自己鼓鼓的肚子,气得接生婆忍不住又提起了手掌。

黑白氏见了,号啕大哭起来:"我再也不生了,我再也不干那事儿了!"

这一哭不打紧,只觉得地崩天裂的一阵眩晕,肚子突然往下坠了一下,接着听见接生婆欣喜的叫声:"看见头了。头露出来了,一头黑发!"

"是吗?"黑白氏呻吟着问,"讨债鬼,你把娘害苦了!"

"再努一把劲,孩子他娘!"接生婆继续指挥。这时,她的语言已经没有刚才那么严厉了,因为看来婴儿正常,母亲也没有大的危险了。

这时候,大门外传来了一阵紧促的叩击门环的声音。

满脸虚汗的黑白氏,脸上突然显出一种异样的表情,她用手指着门外说,快去开门,她听出了敲门声,孩子他大回来了!

黑大头身不由己,由一群强盗押着,进了黑家大院。开门的是来侍候黑白氏的一位族里娘婶,见了这黑压压的一拨人,吓得扭头就跑,跑回正窑,反身关上门,又用身子顶住。黑白氏在呻吟的同时,腾出口,问她外边怎么回事,她脸色煞白,说不出话。其实也不用问了,门外燃起火把,窗户纸映出人影幢幢;步履凌乱,人群穿梭,大约有十几位。见此情景,黑白氏也明白个大概了。

一会儿,只听窗台底下,黑大头在唤婆姨,黑白氏听了,赶快应声。只听黑大头讲道,今夜所来,是一群黑道上的朋友,只为钱财,不为人命,他将小心地服侍他们,起出钱财后,他们上路,他自然落个没事,那时再回窑里与婆姨拉话。

黑白氏在屋里听了,带着哭声,说道,钱财乃身外之物,由他们去取,只要落个囫囵人回来,就是大幸。

黑大头在屋外听了,尽管心中已另有盘算,但是还是感激婆姨的见识。他要婆姨关好窑门,不要出来,任凭屋外地陷天塌,都不要迈出窑门半步。

这时接生婆隔着窗户,插了句话,说窑里正在死人哩,不要惊扰。"窑里如何死人?"黑大头听了这话,不解地问。那黑白氏说,不是死人,是生人,她正在生,头已经出来了。接生婆听了,纠正说,肩膀已经出来了,再努一努,就落生了。

这时,那强盗头儿,早已不耐烦黑大头这番婆婆妈妈、儿女情长,他朝黑大头屁股上踢了一脚,要他"仙人指路",快点说出埋藏财宝的地方。他说弟兄们都在露天地站着,冻得受不了了。

于是,黑大头只好离开了窗台,领着众强盗,先来到院子里那棵枣树下,用脚跺了一跺,示意这下面有一罐金元宝。强盗头儿遂吩咐两个喽啰,按黑大头所示,从跺脚的这个地方,往下挖。随后,黑大头又来到台沿跟前,从北墙根算起,向南丈量了七步,接着用脚跺了跺,示意这下面也有东西。就这样,一会儿工夫,强盗们已经各就各位了,除两个把门的强盗外,黑大头的屁股后边,只剩下一个强盗头儿,和一个小强盗。那个小强盗,也就是张三李四那天不知好歹冲犯的那位。

最后,黑大头领着强盗头儿和这个小强盗,来到院子的一角,一个大碾盘跟前,用脚踢了踢碾盘,告诉强盗,这碾盘下边,是个窨子,原先是放洋芋红薯的,爷爷临死前,将窨子封了,老辈子传下来的古董,大约都在这窨子里。

你道黑大头为什么只用脚踢,不用手指,原来强盗头儿生性多疑,把个黑大头,仍然反剪着手,五花大绑地捆着。他见黑大头满身牛力,担心一旦松了手脚,管束不住。而刚才那黑白氏听见的敲门声,非并黑大头,乃张三李四所为。

强盗头儿令那个力气还没有长圆的小强盗,去掀那面碾盘。那小强盗将火把交给强盗头儿,腾出双手,猫着腰去揭,可是力气使尽,那碾盘却像生了根一样,纹丝不动。强盗头儿见了,将枪往腰里一插,火把把儿往嘴里一噙,也俯下身子去揭。两人合力,那碾盘只稍稍动了一下,仍然严严实实地罩住窨子口。

"这碾盘是死的?"强盗头儿罢了手,狐疑地问。

"是活的!"黑大头答。

"你原先动过它?"

"动过!"

"看来,解铃还得系铃人,老兄,劳驾你这主家,来掀这块石头吧!"强盗头儿说着,依旧从腰里掏出枪,指着黑大头的脑袋。

"朋友,正应了解铃系铃这句话,"黑大头说,"劳驾,先把我身上这吊死鬼绳子摘了。"

强盗头儿得宝心切,未及细做考虑,就令那小强盗,迅速地解下绳索。小强盗干起这类活,手脚倒也利索,三拽两拽,就将绳索解开了。

黑大头没了绳索捆绑,身上轻松了许多,随之两臂张开,抡了抡发麻的胳膊,然后顺着碾盘,转了三圈,选定一个位置。只见他两脚蹬地，两手抠住碾盘沿儿，运足力气，大喝一声"起"，偌大个碾盘，被直直地翻起；再一使力，碾盘底朝天，翻了过去。

"掌柜的好神力！"强盗头儿忍不住赞道。碾盘下边，果然是个黑洞洞的窨子口。

强盗头儿见了，大喜，点颔示意，要那小强盗，打着火把下去。小强盗见了这黑幽幽的洞，有些发怵，强盗头儿"嗯"了一声，小强盗出于无奈，只得硬着头皮下去。这种窨子，也就是丈二深左右，农家贮藏过冬的蔬菜用的，壁筒上，用小镢掏出一个一个的蹬窝，因此上上下下，也不算太不方便。小强盗脚蹬蹬窝，胳膊肘儿撑着洞壁，手里打着火把，一步一惊，到了窨子底儿。

黑大头在上面喊道："你四壁敲敲，哪儿的土薄，有嗡声，那里就是个封死的拐窑，捅开土，钻进去，就能看见货了。"

这时候院子里那些强盗，两人一摊，正在挖宝。十冬腊月，地硬如铁，镢头挖下去，一镢一个白印。强盗们个个干得头上冒起热汗，手上虎口震裂。看来世界上干什么事都不容易，做强盗也不容易。

一会儿工夫，只见钻进窨子里的那个小强盗，在地底下惊喜地叫着：找到了，找到了，一溜儿十个坛子，个个装得满满的。强盗头儿听了，忍俊不禁，也伸出脑袋，趴在窨子口上往下看。

黑大头早就瞅准了一把镢头——刚才小强盗下窨子前，丢在口上的那把。这时，见机会来了，一猫腰，伸手捉住镢头，叫一声："对不起了！"抡圆镢头，朝强盗头儿头上砸来。强盗头儿感到脑后生风，正想躲避，谁知镢头来得太快，脑袋碰到镢背上，登时脑浆四溅，人没气了。

黑大头顺手从他手里叼出枪来，怕他不死，又提起腿，掀进窨子里了。窨子里的那个小强盗，不知道上边发生了什么事情，开始只见有星星点点的雨丝落下来，黏糊糊的，不知道这是脑浆，接着一个口袋一样的东西落下来，砸到他头上，并且砸灭了火把，他伸手摸了一下，却是个死人。小强盗于是在窨子底下，没命地喊叫起来。

黑大头对那强盗头，仍有几分畏惧，怕他死而复生，于是仍旧揭起碾盘，将窨子口盖严。

那一帮正在掏地的强盗们，听到响动，停了下来。天确实有些黑，他们对院子里业已发生的一切，有所觉察，但是不甚清楚。

正在此时，从窑里传来一阵婴儿清亮的哭声，接生婆隔着窗子，叫道："黑家掌柜的，恭喜你，添了一口丁了！"

黑大头听了，一喜一惊，喜的是如此狼狈之时，黑家喜得虎子，传宗接代有人了，惊的是，强盗们马上就会察觉，到时不但自己性命难保，屋里的弱妻幼子，也难免遭到侵害。想到这里，先下手为强，一个箭步，跑向窑门口，护定窑门，然后举起手枪，"啪"地放了一枪。

你道黑大头为何如此胆大妄为，竟敢英雄孤胆，一个人和这群亡命徒作对。原来他瞅见这群强盗，拿的都是冷兵器，只这强盗头儿一人，有一把手枪。他怕的就是这把手枪，手枪一旦到手，便什么也不怕了；即便手枪没有到手，只要那些强盗们没了手枪，他敌他们三个五个，倒也不在话下。还有令黑大头胆壮的一条埋由是，这几天来他和张三李四，眉来眼去，已经有一些默契，他看见这两个伙计，已经露出羞愧之意，于是料定一旦他占了上风，这两个家伙一定倒戈。话虽这样说，黑大头此举，毕竟还是虎口拔牙，风险成分居多。

听了枪响，强盗们扔了镢头，拾起兵器，见响枪的是黑大头，不是他们的头儿，心中已明白了大半，于是发个喊声，一步一步，围拢上来。

黑大头在台沿上站定,朗声说道,冤各有头,债各有主,那强盗头儿带人夜入民宅,欺压良善,如今已经被他拾掇了;一切冤仇都在强盗头儿身上,与诸位朋友无关,各位如果识相,赶快离开这是非之地,世界之大,去另寻个吃食的地方;如果还要扑上来做抢,他手中的枪不认人,来一个打一个,来两个打一双。

众强盗听了,登时傻了眼儿,提着刀,在那里愣愣地站定。

倒是这张三李四,见了这般情景,扑通一声跪了下来。他们到底是黑家原来的伙计,听惯了黑大头的驱使,再加上羞愧难当,一进大院,早就有了这个心思。这时,跪在地上,捣蒜一样地叩头,说从此改邪归正,完了这事,明年,还求主子开恩,再来黑家搭伙计,熬长活。

至此,黑大头心想,局势已定了八分了,心中不由得轻松了一些。

那些强盗们,见张三李四,先跪倒在地,长别人志气,灭自个威风,心中有几分怨恨。奈何势力已经单薄,不似前番模样了,于是只得先把这口气咽下。

黑大头本来想等这些强盗们抬脚走人。谁知,他们窃窃私议一番后,竟效仿张三李四,齐刷刷地跪了下来。其中一个年长的说,他们本来是破了产的农民,赌光了的赌棍,输了胆的黑皮,生计无着,才做了这千人骂万人嫌的腌臜勾当,如今黑大头杀了他们的头儿,坏了他们的衣食饭碗,以后这生计如何着落,这寒冬腊月,叫他们哪里谋生。

黑大头听了,觉得这话也有一番道理,于是沉吟不语。

又是那老者出头说,黑家掌柜既然杀了他们的头儿,那么不妨一不做、二不休,弃了这一院庄基,万贯家产,随他们去,当他们的头儿,如何?

黑大头听了,冷笑道:我一个良民百姓,有家有业,有头有脸,去做这打家劫舍的强盗,那不辱没了祖先!

那帮强盗见了,除张三李四以外,剩下的又都站了起来,重新横刀相向。他们说,既然黑大头执意不肯,那么今天,他们就只有拼你死我活,把黑家堡搅个热火朝天了,横竖是个死,死在黑大头枪下,也不算冤!

事情会有这样一个结局,这是黑大头始料不及的。这回轮到他没有主意了。婴儿又在窑里哭起来,于是他想起黑白氏。他隔着窗户,征求婆姨的意见。原来那院子里的谈话,黑白氏都听见了,这时她说,当今世事,一天天地乱了,什么事儿不是人干的,做强盗也可以,只是要做个义盗,不能干这偷鸡摸狗、伤天害理的勾当,她的家乡,那个李闯,当年起事,最初不也是被人们唤作强盗吗?

一句话提醒了黑大头。他盘算了一下,清清嗓子,对院子里的一伙人说,要他做这头儿也行,只是得依他三件事情。

强盗们听了,七嘴八舌地说,你黑家掌柜就说吧,只要你落草,别说三件,就是三十件,我们也依得。

"第一件,"黑大头亮开一个指头,说道,"人生一世,草木一秋,好赖都是个活人哩,只是,不能干那些偷鸡摸狗、伤天害理的勾当,想咱们的乡党,安塞的高迎祥、米脂的李自成、肤施的张献忠、丹州的罗汝才,当年何等英雄模样,咱们要做个强人,就要做这号强人。因此么,咱们要立个旗号,叫自卫团,完了我到县里,讨个委任状,从此咱这一干人马,专为维护一方安宁,如何?"

众人听了,都喝一声彩,说言之有理。

"这第二件事情,"黑大头亮起两根指头,说道,"既然大家拥戴我为头领,那么这窑里的黑白氏,就是你们的嫂夫人,那正在啼哭的孩子,就是你们的少主。你们从此要敬她,敬她如同敬我,如何?"

众人听了,都说这是行道上的规程,不必头领说了,他们自然晓得。

"那第三件事情,"黑大头亮出第三根指头,眼睛瞅着旁边提鬼头刀的那位,"这位弟兄,三番五次,要结果我的性命,那天老虎崾岘,不是那白面书生的一声吆喝,我早做了刀下鬼了。卧榻之前,岂容他人酣睡,若要我做这个头领,就得委屈他了。大路朝天,请君自便吧!"

那些强盗们听了,面面相觑,不知如何是好。正待跪下,为这位兄弟求情,谁知那人却也是个硬汉,竟一声不响,提起刀来,兀自走了。

至此,一场风波告一段落。

那黑大头,先不急着回窑,去看那弱妻稚子,而是径直走到碾盘跟前,揭起碾盘。强盗头儿早已死了,那小强盗,顺着蹬窝,早到了窨子口,只是头上顶着石板,不能出来,只在那里干叫着。出了窨子,见了黑大头,想不到这片刻工夫,江山易主。那也是个乖巧玲珑的人,听了众人叙说缘故,扑到黑大头跟前,纳头便拜,黑大头将他双手扶起,觉得他瘦骨嶙峋,倒也十分可怜。

黑家有一溜儿闲置的空窑,打扫一番,便由这余下的强盗们住了。那张三李四,轻车熟路,生火为大家驱寒做饭。黑大头见一切都安排停当,又到各个窑里,查看了一番,这才回到自己正窑。

进了窑门,夫妻见了,四目相对,默默无语。黑大头俯身抱起婴儿,看了几眼,竟忍不住掉下几滴英雄泪来。那几个前来帮忙的族里的婆姨,出语匆匆,说声"珍重",一个个就都溜出屋去。

那接生婆儿，完成了自己的工作之后，没有了刚才的行业优势和使命感，此刻也有几分胆怯，巴不得早一点接过红包，一走了事，这时，也掂着红包，走了。

窑里只剩下夫妇二人。黑白氏新生了孩子，身体虚弱，黑大头扶她躺好，盖上被子，又抱起婴儿，放在婆姨跟前，然后，跑到窑外，往炕洞里填了两抱玉米秆儿，免得婆姨受凉。完成这一切后，他便守着黑白氏，一夜未曾合眼。

第二天早晨，黑大头草书了两份文书，一份交给张三，要他火速前往袁家村，请丈母娘来伺候月子，一份交给李四，要他去县政府，递上文书，申请黑大头办自卫团一事。尔后，便令其余的弟兄，在窑内歇息，不得出门扰民。

天黑以后，李四回来了，说县政府衙门紧闭，上至县长，下至守门的，都回家过年去了，他打问了一下，街上人说，得过了正月十五，元宵节后，衙门里才有人理事。黑大头听了，也没有什么好办法，只得安抚众位兄弟，在他家里，等到正月十五以后，再做主张。

那张三倒是能干，几天以后，一头毛驴，驮回来个黑白氏的老娘。母女相见，自然是一场痛哭，随后，黑白氏的母亲，细心地伺候坐月子婆姨，照顾外孙。从而令黑大头，少了许多的担忧。

那天夜里，黑家大院，又是灯笼火把，又是枪声，你道黑家堡，为何鸡不鸣，犬不惊，没有一丝响动。原来经了前一场风波，村上的人们，早已输了胆儿，虽然同宗同姓，但是毕竟已分门另户，各人自扫门前雪，所以任凭黑家大院，纵有天大的风波，大家只是支棱着耳朵，关紧窑门，听着外边动静。等到这几个伺候月子的婆姨，脱了身子，回去一说，大家才知道，黑家大掌柜的，如今已经成了强盗头儿，于是一传十、十传百，适逢过

上卷·第五章

年大家走亲访友,于是整个这一条川道,就都知道了;甚至传到城里,惊动了官家。

外边沸沸扬扬,黑大头却还不知道,只等正月十五一过,他亲自上城,去申请委任状。黑家堡里,人人见了躲他,他以为这是怕事,知道他家里住了一班强盗的缘故,不知道这其实是在躲他。

正月十五一过,黑大头备了三百块大洋,骑着一匹大走骡,穿了身干净衣服,收拾了头发胡子,光着脑袋,径奔县政府。刚进了县衙大堂,就被埋伏在四周的兵丁们捉了,黑大头刚要分辩,年轻的学生县长,指着黑大头,骂他勾结盗匪,滋扰乡里,说罢不由分辩,吩咐将他押进死牢里,随后,令县民团一干人马,前往黑家堡,捉那还在黑家大院里,等候佳音的强盗们去了。

黑大头自投罗网,心中叫苦不迭,懊悔不及,只巴望那些强盗们,能够逃生,如今不论怎样,从名分上说,他是他们的头领了。

黑大头的担心是多余了。县民团的队伍,刚一在川道里露头,早被站在窑顶上的强盗们看见了。这也是他们多年来养成的习惯,扎在哪里,总要派个哨,观察四周动向,并且选好逃跑的道路。黑大头一去,迟迟不归,大家心中早已有了几分疑惑,所以格外警惕。

强盗们立即拔营起寨,顺着垴畔,上了后山。行前,他们请黑白氏并婴儿,连同黑白氏的母亲,随他们一起走。黑白氏不从,她从屁股底下,摸出那只手枪,说是黑大头上城时,托她保管,现在还给你们吧。强盗们接过手枪,说道,前面黑头领说的那约法三章,里面正有照顾黑白氏并婴儿这一条,如果黑白氏执意不走,他们也就不走了,反正他们的命也不值钱。黑白氏听了,只好噙着眼泪,抱着未满月的孩子,连同老母,随他们一起走。强盗们倒也仁义,备了一头毛驴,由黑白氏的母亲骑着;老人家的怀里抱着婴儿。上山途中，见黑白氏气喘吁吁，其中一个身体强壮的，俯下身子，让黑白氏趴在背上，一溜烟地向山上奔去。

民团来到黑家堡，黑家大院，楼门大开，院中空荡荡的已不见一人。仰头向山上望去，只见一帮强盗，背着一个穿红袄的女人，站在山顶，正向山下望着。团丁们顺过枪来，担在矮墙上，朝山上放了几枪。那一干人马，转到山后，顺一条山路，走到邻县境内去了。

民团在窑里搜索一阵，一无所获，见一个窨子口开着，下去看了看，只一具血肉模糊的尸体，直挺挺地栽在窨子底下，已经冻硬。天寒地冻，民团头领觉得可以回去交差了，于是带着团丁，浩浩荡荡地返回县城。

这天夜里，一群强盗，仗着这杆手枪，冲入县城死监，救出黑大头。至此，黑大头算是铁了心了，心甘情愿，做了首领。黑大头后来势力渐重，招兵买马，招降纳叛，占据黄河岸边一个险要的去处后九天，成为陕北地面一个尽人皆知的草头王、侠义客。再后来，丹州城下黑大头毙命，那一支武装，被陕北红军收编，成为红军初创时期的一部分，其间许多人物，竟成为人民解放军的高级将领。这些当然是后话了。

黑大头的队伍，似盗非盗，似兵非兵，当地老百姓们，称他们为"双枪队"，意即手中执有两杆枪，一支快枪，一支烟枪。所以本文为了叙述的方便，从现在起，也就称他们为"双枪队"了。

黑家堡再也不能回去。这一夜，双枪队仍回到老虎崾岘，在那个崖窑里安歇。将息几日后，黑大头想起家中窨子里，那十坛财宝，不知还在不在，队伍要扩充枪支，提供给养，非这些钱不可。于是派了一名队员，上城里打探消息，探子回来，说民团空手而去，空手而回，并没有提财宝的事。黑大头听了，心中一喜，这天夜里，遂留下两人看家，照护黑白氏三位，其余弟兄，随黑大头赶往黑家堡，去取财物。算起来，这是三进黑家堡了。

黑大头领了众弟兄，进了黑家大院，直奔那眼窨子。原来黑家的财物，拢共只有这些。枣树下的，台阶下的，其实都是黑大头当时为分散兵力，所用的计策。仍旧由那个青年后生先下窨子，只见他下去一阵，传上话来，说那拐窑里，空空如也，坛坛罐罐还在，只是财宝，一丁点儿也没有了。

众人见了，都纳闷起来，连黑大头也觉得这事过于蹊跷。一行人灰塌塌，只好打道回府。路上，黑大头眼前一亮，突然明白了财宝的去处。他想那天夜里，他和强盗头儿，在窨子口上，耽搁那一阵子时，屋里几个伺候月子的婆姨，肯定听到了什么。如果这财宝不是民团所拿，就是她们的家人了。于是停住脚步，指了指村中的几户人家的大门，命令队员们去把这几家的掌柜的，抓到黑家大院问话。

那几户人家，都是黑大头的近亲，如果不是近亲，也不会那天晚上来照看黑白氏。然而事已至此，黑大头也顾不得这么多了。各家的掌柜的都被抓了来，黑大头先是好言相告，要他们交出拿走的财物。众人装聋卖哑，佯装不知，其中一个白胡子老汉，按辈分算来，还是黑大头的伯伯，他拿出自己伯伯的架子，反而骂黑大头勾结盗匪，辱没祖先。惹得黑大头一时性起，喝令将这族里伯伯，吊在大门的门梁上，死劲地往死打。那个白胡子老汉，原来不经打，鞭子一抽，他就核桃枣儿，一股脑儿地倒出来了。众人见了，个个惧怕，明白不义之财不可取，今天要过这个门槛，非得交出财物不可了，于是纷纷跪下，承认他们偷了财物。

取出财物，兄弟们背着，离开黑家堡，至此，黑大头算是彻底断了后路。黑家堡那些族里乡亲，第二天就从家谱上将黑大头一笔勾销了。

那眼窨子做了强盗头儿的葬身之处。念及共事一场，大家推倒半面矮墙，将窨子埋了，算是让他入土为安。

到了崖窑，黑大头看了看地形，觉得这里纵深太浅，一经发现，民团将崖窑四面包围，虽说进攻不易，但是围上个十天半月，崖窑里没了粮食和水，就只有坐而待毙的份儿了，于是提出，弃了崖窑，沿延河往下，另寻去处。

这期间，与民团干了几仗，互有死伤。后来，双枪队且战且退，来到黄河岸边一处地方。这地方叫后九天，突兀的一座大山，立在群山中间，地势险要，易守难攻。双枪队占了后九天，层层设防，民团攻了几次，因为地势不利，都没有攻破，只好撤兵，准备回去后从长计议。

黑大头得到喘息之机，赶快壮大队伍，搜集民间流散的枪支，并前往山西太原兵工厂，购买军火，准备应付事变。

后九天从山根到山顶，十几里山路，设了九个卡子。山顶上那座山神庙，做了黑大头的司令部，黑白氏等一干家眷，住在偏殿里。队伍又雇了些民工，在山顶平坦些的地方，盖起一溜营房，填沟削山，劈了一个操场。队伍开始操练，一切按旧军队中的队列条令训导，俨然是一支队伍了。

山神庙的正殿里，摆了一把太师椅，太帅椅旁边的影壁上，黑大头请人画了一只老虎。老虎旁边，题诗一首，诗云：自古英雄冒险艰，历经艰辛始还山，世间多少不平事，尽在回首一啸间。

后来西安城里，杨虎城、李虎臣与陕西军阀刘振华血战，曾下了帖子，请黑大头带领双枪队前去助战。你道这杨虎城是谁，原来就是当年在黑家堡，黑大头救下的那位。二虎守长安，黑大头鼎力相助，双枪队战功累累。战事结束后，双枪队被收编为国民党军队，黑大头被委任为营长，蒋介石怕杨虎城势力太重，遂将黑大头部，调江南某地驻防。到了1927年，国共反目，上海事变、武汉事变、长沙事变接踵爆发，黑大头因不满时局，遂带领双枪队，集体开小差，又回到陕北，重占后九天，继续做起天不收地不管的山大王。不过这支队伍，从名分上讲，仍算国民党队伍，至少是它的头领黑大头这样认为；只是不听国民党政府的调遣，国民党政府也不承认他们而已。

第六章

　　杨作新进了肤施城，考入省立肤施中学。其时，正是大革命风起云涌之时，举国上下，赤色的旗帜飞扬，革命成为一种风尚，一种时髦，一种表示追随时代新潮流的举动。这其间自然不乏中坚分子，不乏以满腔的热情拥抱革命、欢呼万岁的青年，不乏从土地上直起身子来，开始自身觉醒的农民，但是对相当一批人来说，他们所以被卷进去，只因为这是一股历史潮流，他们不愿意被排斥在潮流之外。

　　肤施城是陕北高原的政治、经济、军事、文化中心，大革命自然在这座城市，表现得更为活跃，而省立肤施中学，又称省立第四中学的这座新学府，由于有杜先生担任校长，由于有一群共产党人担任教师，由于学生大部分都是追求上进，追求光明，追求进步的青年，因此，它成为大革命在陕北的中心中的中心。学校成立了党支部，一批又一批学生在镰刀斧头旗帜下举起手臂，从这里走向革命。

由于肤施城内共产党还没有设立市支部，所以肤施中学支部，便代表共产党方面，与国民党肤施市党部一起，从理论上讲，共同管理肤施城，肤施中学支部书记杜先生，已在国民党内，担任了个市党部宣传部长的头衔。

在镰刀斧头旗帜下举起手臂的就有杨作新。那真是一个令人激动不安的年代呀！以革命的名义，在镰刀斧头旗帜下聚集起一批热血青年，他们信奉马克思的学说，他们以北方邻居作为榜样，他们怀着对这个古老民族最善良最美好的祝愿，期望着天上的革命和地上的革命在某一个玫瑰色的早晨降临，他们挥动着五颜六色的小旗子，赶到乡下去，唤醒民众，他们自信得可怕，觉得上帝已经死了，自己就是上帝，就是盗天火给人间的普罗米修斯。

杨作新在这种忘我的年代里，在繁忙的革命工作中，如鱼得水，他成为这一茬人中的活跃分子，中坚分子。在革命工作之余，他也没有忘记自己的学业，他天资过人，加之在过去的学习中，打下了比较牢靠的基础，因此，在学习上，他也是班上，甚至是全校中最好的，这样，他便受到了同学们的拥戴和敬意。

杨作新的发育已经成熟，他的相貌，正如我们在前边介绍过的这个家族的特征：白净面皮，浓黑的两道炭眉，眼眶很深，鼻梁高挺，长腮帮、高颧骨，稍稍带上点络腮胡子。他的个子也长高了许多，身材异常端正。用一句大家都在说的话说，就是"身材修长，富有线条"。他三冬六夏，总是穿一件青布长衫，腋下夹一本书，眼睛看书看得多了，有点近视，配了一副眼镜戴着，因此看起来，一副温文尔雅的样子。

那个遥远的吴儿堡，他的爹娘，他的灯草儿，他的杨娥子，在记忆中愈来愈模糊了，上学两年中，尽管有过几个假期，但他都是在肤施城里度过的，因为有那么多工作需要他做。

上学期间，杨干大曾捎来一封信，信中除了"见信如面"这类的客套外，只说了一件事，就是灯草快坐月子了，如果杨作新有空，他能够请个假，回一趟家。灯草其实也没说什么，她说杨作新谋的是大事，不要去打搅他。要杨作新回来，是他和杨干妈的意思。

这时候，怎么说呢？班上有个女同学，正在进攻杨作新。这女同学就是杨作新上一次进城时，看见的撒传单的那位。这是城里的一位富商的女儿，富商叫"赵半城"，同学们将这位时髦的剪着短发的女学友，称为"密斯赵"。接到信后，杨作新一时拿不定主意，他从眼前轰轰烈烈的世界中抽身出来，思绪暂时地回到了一下吴儿堡。往事历历，他在这一刻怀念起吴儿堡来了，他想父亲一定更为苍老了，那蛾子，大约也知道自己已经是以四十块大洋许人了，如果那男人好，那么这一切万事皆休，如果那男人不好，那杨作新将永远不会安宁的，他将会谴责自己。他当然也想到了灯草，想到她挺着大肚子时的样子，他觉得这女人很可怜，他记起了她对他笑的样子了，待她的面孔渐渐浮现出来，他又觉得她很粗俗。

"密斯赵"见到这封信，觉得她所崇拜的这个农村学生不但结了婚，而且将要有孩子，真是不可思议：他年龄还这么小！不过她仍然没有放弃自己的追求，反而，怎么说呢？更为热烈了一些。因为，她认为，作为一个新女性来说，这样面对挑战，更有滋味，而且，她觉得自己也是在拯救杨作新，她认为杨作新的婚姻是个般配的，甚至是不幸的，她要以自己的千金之身，来进行一次拯救杨作新、反对包办买卖婚姻的革命。

杨作新拿着家信去找杜先生请假，"密斯赵"阻止了他。"密斯赵"讥笑他说，虽然他的手里，老拿着一本《共产党宣言》，可是，他在一边向别人讲着"与一切传统观念决裂"的同时，却容忍自己家里，有个包办买卖婚姻的妻子，而这包办婚姻的产物，还在继续扩大她的战果。她说杨作新从骨子里来讲，其实不是一个新潮青年，他不敢面对这自由的真正的爱情，不带任何附加条件，以双方彼此愉悦为目的的爱情，当爱情向他召唤时，他却像鸵鸟一样，将头埋进沙漠里去了。

"密斯赵"在讲的同时，她哭了。女人的哭泣最令人怜悯，何况杨作新是个软心肠的人，于是他掏出手绢，给这位女同胞拭泪。正像电影中所说的那样，在拭泪的同时，"密斯赵"支持不住，倒进了他的怀里。开始，他还用手想将她推开，但是，她撒娇似的紧紧地掰住了他的肩膀，没奈何，杨作新只好将她抱紧。"原来城里女人的腰身这么绵软，胸部像安了一个弹簧一样，轻轻一撞，便有两团热辣、软乎的东西，吸住了你的力量。"杨作新想。

杨作新没有回家，也没有给家里回信，而灯草儿的情况如何，杨干大也没有再来信说。这时杨作新受杜先生的委托，作为肤施市的代表，前往省城参加省第一次农民代表大会，灯草儿的事儿，便忘到了脑后。后来听人说，灯草儿那次生产，小月了，孩子没有落下，杨作新听了，非但没有痛苦，反而觉得轻松了一些。

那"密斯赵"是个任性惯了的娇小姐，认定了杨作新，非要从那个没见面的仇人那里，把这个心上人抢过来不可。她和杨作新出出进进校园，有时还请他到家中吃饭。双方关系亲密，自然引起了城里和学校里的一些议论。"密斯赵"听了，觉得自己也成了大家注意的人物，心中颇为得意，更加穷追不舍，如影随形。"密斯赵"的父亲"赵半城"，原来并不赞同女儿的想法，后来见革命的气势越闹越大，这杨作新通过几次接触，虽说是贫寒出身，但是谈吐不凡，是个前途不可限量的角色，加之，杨作新去了趟省城，回来又是演讲，又是报告，这"赵半城"见了，心中也有几分得意。于是慨然应允，只是，杨作新要娶他的女儿，须得先写个"休书"，将乡下的妻子，休了才好，他不能让自己的掌上明珠，去给人家做二房，让肤施城里，左邻右舍笑话。"这事好办！""密斯赵"说，事情全包在她一人身上了。从此整天在杨作新身边吹风，并且使出女人的种种小伎俩儿，一会儿温柔似水，一会儿冷若冰霜，使得杨作新不得不束手就范。终于有一天，杨作新长叹一声，说道："委屈你了，灯草儿！"遂拿起笔来，蘸饱墨汁，写下一封"休书"。"休书"送出之日，"密斯赵"便和杨作新，举行了"订婚"典礼，说好毕业之后，正式完婚。

说话间到了1927年，也就是杨作新中学毕业的那一年。这一年，是中国20世纪史上一个重要年份。杜先生先前忧虑的不幸变成了现实。这一切都是通过一个叫蒋介石的人来完成的。国共合作破裂，蒋介石一夜之间，抹下面孔，反目为仇，开始在国共合作的所有地方，对中国共产党人，大肆杀戮。

时局变化得这样快，快得令人瞠目结舌。腥风血雨自然也飘到了肤施城。消息传来，肤施城里，人心浮动，街道里一刹那间冷落了起来。那时，虽然国民政府，名义上在全国实行着统治，但是各地的小军阀，听则听，不听则不听，都有一定的独立性。因此，当时统治陕北的军阀，按兵不动，坐观时局变化。省立肤施中学，照常上课，学生们准备毕业；只是当初的红火热闹景象，一去不复返了。杜先生衣冠周正，每天倒背着双手，沉默不语，在校园里转来转去。平日那些出头露面多些的共产党活跃分子，也人人自危，知道有事情要发生，但不知道在哪一天发生。

有一天，"密斯赵"的父亲"赵半城"，推说有病，让女儿请个假，回家陪他。杨作新见未婚妻没有来上课，问过老师，知道"赵半城"病了。于是中午吃过饭后，买了点糕点，来到赵家探望。自从时局发生变化后,"赵半城"对杨作新的态度明显地冷淡下来,杨作新如此乖巧的人,如何不会有所觉察,只是时局变化后,那"密斯赵"小姐,倒是慷慨悲凉,说道"投身革命即为家",可惜历史不给她一个机会,要么她学学秋瑾女侠,写上一幅"秋风秋雨愁煞人"的条幅留给后世,从而让自己进入青史,让自己的遗言进教科书。杨作新听了,觉得这虽然是大话,可是此时此境,这大话也毕竟令人感到可爱,所以这次去赵家,不是为了丈人,是为了未婚妻。

来到赵家门口,只见大门紧关着,杨作新有点诧异。敲开门,见"赵半城"好好的,端坐在太师椅上,并没有半点有病的迹象,而"密斯赵"小姐,趴在那张八仙桌上,眼泪汪汪的,好像刚刚哭过。杨作新更感诧异,正要动问,只听学校方向,砰砰啪啪响起了枪声。

听到枪声,杨作新明白了大半,"这些龟儿子,他们下手了!"杨作新骂道。骂完,他放下糕点,车转身子,就要回学校去。"密斯赵"见杨作新要走,也跑过来拉住杨作新的手,要和他一起走。

"你给我回来!""赵半城"吼道。"这次通缉的人中,第一位是杜校长。第二个就是你,你知道吗?"

"原来你知道这次逮人?"杨作新转过脸也喊道。

"赵半城"没有回答他的话,他令人把楼门关死,屋里的人一个也不准出来。他不是担心杨作新有个三长两短,而是心疼自己的女儿。他明白杨作新要是跑出去了,女儿说不定也会不顾性命跟他一起出去。对于这门亲事,他现在已经准备悔约,可是能不能做到,还得看女儿的态度。

杨作新在赵家,躲了七天。这七天,肤施城里,发生了正如在历史教科书里记载的在上海,在武汉,在长沙,在中国的其他地方发生的一样的事情，而且由于本地军阀更为凶残，因此，这类事情发生得也就更为残酷和残忍。相应的，共产党人表现得也更为壮烈。杜先生和学校里的一些抛头露面多一些的学生，都被逮捕，有的枪决了，有的判了徒刑，而首犯杜先生，被敌人脱光衣服，打得遍体鳞伤，尔后，捆在肤施城的北城门口，一则以正视听，二则，引诱来救援的人落网。

杨作新在赵家，听到这些消息，急得眼珠都要蹦出来了。他想上街去看一看，可是，"密斯赵"告诉他，他也是敌人追拿的首犯，街上贴满了通缉他的告示。于是杨作新央求，到北城门口，看看杜先生的情况。"密斯赵"原来不过是个群众，用敌人的话说就是"胁从"，加之她是赵富豪的千金，因此，还可以到城里走动走动。她出去探听了一回，回来眼仁红红的，眼眶都肿了。她说是杜校长被敌人捆在那里，嘴里仍不停地大骂国民党，宣传共产主义主张，他的身上，到处是血，这季节正是秋天，他身上落满了苍蝇，一窝窝地，在他身上攒。他手脚被捆着，无法打，那苍蝇在他身上下蛆，蛆白花花的，满身乱爬，啃着他身上的肉，脖子上，连锁骨都能看见了。

杨作新听了，两眼冒火，咬牙切齿，嚷着要去救先生。"密斯赵"说，好几个同学，也都是去救先生，被敌人捉去了，看来这是圈套，她去看杜先生时，几个贼眉鼠眼的人，一直瞅她，事情到了这个节骨眼上，保住一个人是一个人，他如果想要报仇，现在是不该去的。杨作新听了，觉得她的话也有道理。

七天头上，杨作新执意要走。"密斯赵"给他换上一身农民装扮，脸上抹了些灰，头上顶一顶草帽，那眼镜，自然是摘去了，因为太显眼。临走时，"密斯赵"哭成个泪人儿一样，她说既然杨作新执意要走，她也不便阻拦，再说，待在城里也确实很危险，只是,她要等杨作新,这一辈子,她是非杨作新不嫁了。杨作新听了,淡淡地说,这七天来,他翻来覆去地想了想,觉得自己还是和灯草儿般配,如果说灯草儿没有接到那一份休书,或者说,接到休书后,还没有来得及走,那么他这辈子,还是和灯草儿过。他要"密斯赵"另找个般配的人家,忘记他吧。他会记得她的,并且感激她曾经给予他的温情和帮助。"密斯赵"听了,更加伤感。她吻了一下杨作新,吻得很长久,算是用吻和心爱的人儿告别。

赵富豪听说杨作新要走,又听说杨作新主动提出毁约,觉得除了一件累赘,斩断了自己和革命的最后一点联系,心中自然高兴。杨作新行前,他告诫杨作新,出城时最好走东门,因为北门口,岗哨林立,盘查甚紧。杨作新听了,嘴里答应,出了赵家大门后,却直奔北门。"密斯赵"明白,他是想最后一眼看看自己亲爱的导师。

杜先生果然被捆在城门洞的旁边。较之"密斯赵"所说,这时的景象,更加令人惨不忍睹。秋蝇猖狂地在他周围飞来飞去,哄的一声飞了,又哄的一声落下。他身上的肉,几乎都被蛆啃完了,只剩下白花花的一具骨骼。人只剩下最后一口气。眼睛还睁着,并且亮得怕人。那眼神中,显示一种对信念的执着和人格的崇高,好像说,你们可以杀死我,但是杀不死我的信念。你们可以打倒我的身体,但是打不倒我的思想。杨作新盯着杜先生,看得有些呆了,他在这一刻,血往上涌,他对自己说,也对整个世界说:不管这个共产主义运动,将来的前景如何,命运如何,胜利或者失败,短暂的风行或者垂之久远,那些在这个过程中,为之奋斗过的人们,可歌可泣的事情,它永远值得纪念,它有资格写进人类那些辉煌的最重要的一页中,它是人类在寻找最合理的社会秩序和生存环境中,一次伟大的尝试。在这一刻,他觉得自己的胸襟开阔了许多,思想深刻和成熟了许多。

他不忍心离开这北城门口，不忍心离开他的导师。他甚至想舍身一搏，把他从目前的状况中救出来。但是，那眼睛认出了他。那眼睛笑了，笑得那么热烈和真诚。也许，他本来还想说什么，只是已经没有嘴唇了，于是他没有说话。好像专为了等杨作新，那眼睛才没有闭合，现在，见了杨作新，那眼睛溘然闭合了。随着眼睫毛的不再眨动，苍蝇嗡的一声围上去，蛆也开始爬在了上边。七天来，想那眼睫毛，一定是一直不停地眨动着，眼睛才没有被侵害。而现在，杜先生咽下了最后一口气。

杨作新默默地走了，已经有几个贼眉鼠眼的人注意到了他，他不得不走。他缓步离开北门口，一会儿，人迹渐稀，他就迈开大步，直奔吴儿堡方向而去。

正值秋天，陕北一年中最好的季节，大自然在这个季节里，一改往日的吝啬，将其惊世骇俗的美，展现给人看。几场秋霜以后，天底下所有的绿色，在同一刻变成了红色，红得像血，像一面面耀眼的旗帜。山杨、背搭杨、白杨、红柳、白柳、塞上柳，还有白桦树、枫树、杜梨树、洋槐树、槐树，还有种种灌木：狼牙刺、酸枣刺、栒子木、减子木、马茹子、荆条、柠条，以及各样的谷物，各样的杂草，好像谁用红颜色染过它们一样，原来翠绿的叶子，此刻都变红了。令人心醉的红色，点缀着高原的山山岭岭，而高原那黄蜡蜡的底色，充填其间。在阳光下，这高原秋日的景色，仿佛一幅图画。

庄稼已经一块接一块地成熟了。最早成熟的是"黄落散"糜子，它披散着头，一株一株地栽在地上，在风中摇曳，不时有颗粒摇落下来。接着成熟的是玉米，它多种在河堤地和川道里，农人们将它连根砍下来，栽成一个一个的垛子，准备农闲时再剥它。糜子的姊妹，谷子也成熟了，狼尾巴谷子或者狗尾巴谷子，有的扬着头,有的低着头,也在等待着收割,农人们将谷穗割下来,一背一背地从山上往下背。最后成熟的大约是荞麦吧,它种在山的最高处,种在山顶的"和尚"头上。荞麦还没有收割,或者说农人们正准备收割。它们红红的秆子,像淤血,红红的叶子,像枫叶一样鲜艳,至于,它的果实,那"三十三颗荞麦九十九道棱",至今还被那也变成红色的壳包着,它们在抓紧这最后的光阴,接收阳光和养料,充实自己。

走在山路上,回到了不因时代沧桑、不因人事变更而永远处之泰然的大自然的怀抱中,杨作新压抑的心境,稍稍感到轻松了一点。游荡不定的山间空气中,有一种成熟了的庄稼的香味儿和牧放过羊群的山冈释放出的膻味儿,这味儿令杨作新感到亲切,也唤起了他对吴儿堡的一种深沉的感情。

从那高高的山岭上,一声苍凉的信天游起了,随后,会有一个年轻的媳妇,穿一件红得耀眼的大襟衫子,骑着一头毛驴,从山岭上走下来,或者说从云彩中飘下来。杨作新脚下这条路,正是那陕北民歌中,反复提到的那走西口的道路,那布满传说和歌谣的道路,那赶牲灵的脚夫和村口畔上守望着的女子唱出的道路。

走在这样的道路上,处在这如诗如画的意境中,杨作新对他的陕北,产生了一种最奇异的感觉。但是,随着脚步渐渐走近吴儿堡。这罗曼蒂克的情绪消失了。他想到灯草儿,他不知灯草儿还在不在吴儿堡,他不知道见了杨干大杨干妈,还有杨蛾子,他该怎样说。

杨干大杨干妈,见到儿子回来,最先是一阵欣喜,肤施城内风声鹤唳,消息竟也传到了乡间。原来,在大革命接近尾声时,连偏远的山乡吴儿堡,也成立了农民协会,现在农民协会自然成了禁物,由农民协会的命运,继而想起心高气傲的儿子,杨干大自然担心,后来又听说那肤施城里,杀人如麻,人头乱滚,而杨作新也在被逮被杀之列，老两口的心中更是惦念。如今，见儿子回来了，虽然有些灰塌塌，可是胳膊腿儿一件也不缺，老两口于是放下心来。放下心以后，想起儿子休妻这件事，又恨起他来，于是把心疼和痛爱埋在心里，板起一副面孔。

杨作新不敢问灯草儿的情况，他问杨蛾子哪里去了。杨干大顿了顿，慢腾腾地说，上山背庄稼去了。他要去接杨蛾子，杨干大说，省事些吧，回窑里躲着，当心让人见了，告发你。

这样，杨作新回到自家窑里。窑门虚掩着，他轻轻把它推开。他想，灯草儿也许还会在窑里，但是，当他抹了抹了眼睛，习惯了窑里的光线后，看见窑洞里空空如也，什么也没有，只有他和灯草儿伙盖过的那床被子，还整整齐齐地叠成一长溜，摞在炕圪捞。

灯草儿早就走了。休书一到，灯草儿哭成了个泪人儿。杨干大说，我娃不要走，留下来，等杨作新回来，我和他理论，非打断他的狗腿不行。杨干妈说，既然做不成媳妇，你就做我的干女儿，这孔窑洞就是你的，妈做主！灯草儿听了，光哭不言传。好事不出门，恶事传千里。几天后，后庄知道了消息，灯草儿那一班猴弟弟们，打上门来，杨干大羞得不敢见人，躲出去了，这伙人闯进窑里，打烂了腌菜缸、面瓮、做饭锅，临走时，又牵上杨家的毛驴，将被子往驴上一搭，驮上灯草儿走了。灯草儿拦着不让砸，拽着不肯走，气得她的一群弟弟说，人家把你不当人，你还护人家哩。最后灯草儿硬是从驴背上，取下那条他们伙盖过的结婚被子，拿回窑里，叠好，给杨作新留下。

农忙时节，饭食简单，不过，杨家因为儿子的归来，特意杀了一只母鸡。冬公鸡，夏母鸡，这个季节的母鸡还算肥，鸡肚子里有不少小鸡蛋，杨干妈也真舍得。吃饭的时候，杨作新吞吞吐吐，终于接触到了那难堪的话题。他问灯草儿怎样了，是不是走了，在哪里落脚。

杨干大见说,长长地叹了口气,别过脸去,他不屑于回答杨作新的问话。杨干妈按捺不住,她说,灯草儿走了,回到娘家,不出一个月,就四十块大洋,寻了个主,现在恐怕该"有"了吧。杨干妈说的这个"有",是肚子里边有孩子的意思,她一直盼着个孩子。杨干妈还说,灯草儿前一次四十块大洋聘礼,给大弟弟问了个媳妇,第二次的四十块大洋聘礼,给二弟弟问了个媳妇,别问人家了,活得挺好,包括你杨作新,把银钱用脚踢,细皮嫩肉的,装了一肚子书,也没有吃亏,可怜只可怜了她的蛾子,苦命的蛾子哪。

提到杨蛾子,杨干妈的眼圈红了,不断地用围裙擦眼泪。杨干大又长长地叹了口气。杨作新想,自己担心的事情终于发生了,他刚想问个究竟,只听杨蛾子说:"妈,别提那件恼人的事了,哥刚从杀人场捡条命回来,咱们得高高兴兴才对。"

原来杨蛾子已经完婚,她嫁去的那个村子离肤施城不远,大约就是四五十里山路,村名叫花柳村。肤施城里的妓女、暗娼,很多都是这个村子提供的。怪只怪杨干大急于要得人家的四十块聘礼,没有踏摸清楚,就轻易将女儿许人了。杨蛾子过门三天,那家秃子丈夫就骗她出去走一趟肤施城,幸亏是同村的受苦受难的姐妹,将消息透露给了她,说那秃子,在城里已经找好了宿处,只待她去,女人做暗娼,男人收钱。杨蛾子听了,如五雷轰顶,夹了个小包袱,翻山越岭,跑回了娘家。那家见没了人,当然不肯罢休,三天两头,来吴儿堡要人。后来见杨蛾子态度坚决,一听回花柳村就要抹脖子,知道人是回不去了,就提出要那四十块礼钱。

这天夜里,在那个偏窑里,杨作新久久不能入睡。他一会儿想起杨蛾子,一会儿想起灯草儿,一会儿想起肤施城北门口杜先生那惨不忍睹的情景,一会儿又想起了"密斯赵"。他觉得自己欠亲人们和朋友们的太多了,他真恨不得揪下自己的一撮头发,可是细细想来,他又觉得自己并没有做错什么。他想大哭一场,他觉得这个世界没有理论和公正。

灯草儿留下的这条被子,有很多虱子。杨作新已经不习惯被虱子咬了,盖着被子,里面咕咕容容的,间或有虱子叮他一口,他觉得心里很龌龊,就点亮油灯,逮起虱子来。俗话说:"饿不死的兵,冻不死的虱。"其实虱也是饿不死的,饿得只剩下一层雪亮的白皮,但一遇见人的体温,它马上就苏醒过来,而且会以十倍的疯狂,以饥不择食的吃相,先饱餐一顿人血。这些虱子原来是灯草儿饲养的,现在轮着他饲养,这种联想令他想到了那位朴实的农家女人,他的前妻灯草儿。他就着油灯,逮着虱子,虱子一只一只,顺被缝儿趴着,由于虱子没有吃到人血,皮是白的,和被里的颜色一样,他有些看不清,于是戴上了眼镜。

第二天,按照杨干大的嘱咐,杨作新一个人躲在偏窑里,看了一天书,到了下午,由于昨天晚上没有休息好,他有些困,便和衣躺着,迷糊了一阵。忽然,他听到了外边有喊叫和厮打的声音,吃了一惊,下炕透过门缝一看,原来是一个长得像大孩子一般高矮的秃男人,正在和他的父亲厮打。杨干大老了,全不似那二年时候,他一动也不动,佝偻着腰,被那男人拖着领口,在院里拉磨儿。杨干妈拿着喂猪的木勺子,在那人背上捶打着,那人还是不松手。杨蛾子则捂着脸,忔蹴在咔哭。杨作新见了,明白这秃子是谁了,他挽起袖子,顺手摸了一把镢头,大吼一声,冲了出去。

那秃子正在要黑皮,见一个高大汉子,冷不丁地自天而降,抡圆一把老镢头,朝他脑门上砸来,吓了一大跳,丢开杨干大,撒开脚丫,扭头就跑,跑了十来步,见那汉子没有追来,就停住了。秃子站在那里,惊悸未定,回过头看着,估摸着这是谁。

杨作新俯下身子，将父亲扶起来。

杨干大刚才没有动肝火，现在见杨作新跑出来了，一下子动了肝火。他指了指窑洞，让杨作新赶快回窑里去，他不该忘记他的嘱咐。

那秃子现在明白这戴着眼镜、穿着一身学生服的人是谁了。他站在原地，冷笑了两声，说："哼，要人，你们不给，要钱，你们赖账，好吧，我现在人也不要，钱也不要了。你是杨家大小子，我认得你，肤施城中，到处都贴着捉拿你的告示，告发者，赏大洋一百块。不是亲家，便是仇家，赶明儿个，我到县衙门告你去，去得那一百块大洋吧！"

杨蛾子见秃子说，从畔上直起身子，可怜巴巴地叫了一声"秃子"，她想替哥哥说情。

杨作新截住了妹妹的话头，他一手拿镢，一手指着秃子说："好你个秃子，你敢告发老子。钱我给，一有就给你，你敢告发，老子和你没个完，老子后边站着共产党，共产党一定要和你算账的！"

谁知秃子听了，哈哈大笑说："好你个杨家小子，你拿共产党唬人，你瞅瞅今儿个的太阳，看照的是谁家的门楼。共产党早就被杀完了。头发泥了墙，人皮缦了鼓了！"

杨作新听了，怒火中烧，挥动镢头，又赶了过去，那秃子见了，一溜烟地跑了。

秃子一走，全家人面面相觑。杨干大说：瞎子毒，跛子鬼，秃子天生心眼狠，这秃子不是一个好东西，他说到做到，看来杨作新得到外边躲一躲了。杨作新也觉得父亲的话有道理，于是收拾了一下，那天夜里，到前庄小学去了，去和那里一位年轻老师做伴儿。

躲了几天，杨作新一看，没有动静，心里不免松懈下来，想那秃子也不至于这么坏，干这种伤天害理的勾当，于是瞅了个天黑，又回到了吴儿堡。

却说当夜无事，杨作新在自家窑里，安安稳稳地睡了一觉。事情发生在第二天早晨。

第二天早晨，太阳刚刚冒红，杨蛾子到畔上抱柴拢火，抬眼一看，突然看见从对面的山梁上，黄蜡蜡地下来一群穿老虎皮的保安团士兵。队伍悄没声息，鸡不叫，狗不咬，不紧不慢地朝吴儿堡摸来。杨蛾子站在那里，细细地瞅了一阵，从那一群老虎皮中，瞅见了一个身穿老百姓服装，头脑闪闪发亮的人，于是她大声喊了一声，哗地把怀里的柴火扔了，跑回了窑里。

天杀五雷轰的秃子，挨枪子挨炮子的秃子，他果然说到做到了。

太阳柔和的光线正好照在杨家窑院上。从对面山梁上朝这边望，杨家有个大小的动静，山梁上都能够看得见，因此，刚才杨蛾子的失态，敌人肯定是看见了。敌人现在不再是慢腾腾的了，而是挥舞着枪，加快了脚步。

杨家窑里，现在是乱成了一锅粥，大家一个个变脸失色，不知道该怎么办好。

杨作新说，让他走，现在跑还来得及，敌人是为他一个来的，他不能连累家人。说完，扣了扣衣服扣子，正了正眼镜，就要往外冲。

杨干大说：跑，你往哪里跑！往垴畔上，光秃秃的山上，连个兔子都藏不住，你快还是枪子快；往前庄跑，敌人正是从山梁上下来，从前庄那条路进村的，刚好堵了你个窝。只有往后庄跑这一条路子，可是出了村了，就得翻一道梁，敌人又不是没长眼睛，你上梁，敌人就会看见的。

杨蛾子听父亲这样说，觉得哥哥这一次是在劫难逃了，她哭了起来。她说：让她跟秃子走吧，是火坑也去跳，只要能保住哥哥。杨干大打断了女儿的话，叫她不要在这里乱上加乱了，她现在应该做的事情，是把妈妈的那件补丁衣服套在外边，再到灶火里抓两把灰，抹在脸上。

杨干妈急得说不出话，她扯着杨作新的衣襟，眼泪簌簌地滚着。

这时候，狗开始咬起来，一只狗咬，满村的狗都齐声应和。看来，敌人已经下了山梁，进入川道，眼看就要接近村子了。

杨干大这时有了主意。他叫杨作新将那件学生服脱下来，让他穿上，又从杨作新眼睛上摘下眼镜，戴在自己的眼睛上。衣服穿上后，长是长了点，不过还凑合，眼镜戴上后，却天晕地转的，这是副近视镜，杨干大只好把它卸下来，握在手里。

那些匪兵们已经下了川道，这个空儿，杨家窑院发生的事情，他们看不见了。杨家一家，来到院子，院子里有几个空着的粮食囤，杨干大叫杨作新掀起一块盖囤的石板，钻进囤里，然后将石板盖严。干完这些后，他给杨家母女，嘱咐了两句，就头上搭了顶草帽，猫着腰，下了畔，穿过村子，向后庄方向奔去。

杨干大前脚刚走，敌人后脚就到了。秃子带路，敌人直扑杨作新的窑洞。窑洞里没有，就奔正窑，正窑里也扑了个空，就又奔到那个用作牲口圈的偏窑里。窑里驴已经没有了，满架的鸡，懒得还没有下架，这时候，扑扑棱棱，尖叫着飞出来，窑院里登时乱了。

杨蛾子在正窑里，踢踢踏踏地拉风匣，低着头。杨干妈坐在炕边，正在捡米，准备下锅。

敌人把三孔窑，翻了个底朝天，也没有见杨作新的影子，就问杨干妈。杨干妈答道：儿子上肤施城去了，大家都知道；他根本就没有回来，这么个大活人，哪里藏得住他。敌人又问杨干大哪里去了，杨干妈说，一早就下地去了，受苦人，还能到哪里去。敌人见杨干妈的口封得严严实实，那保安团长，便将目光投向秃子。

"日怪！"秃子摸着头说，"那杨作新肯定是回来了，那天我见过。就是刚才，咱们在山梁上那会儿，我也瞅见，从偏窑里跑到正窑里的,好像是他,阳光一照,眼镜片儿一闪一闪的。"

秃子重转回到杨作新住的窑里,翻腾了一阵,从炕洞里掏出两本书,其中一本正是《共产党宣言》,当年杜先生送给杨作新的那本。秃子得了书,喜滋滋地跑出来。摇晃着书说:"你看,我说回来了,你们不信,还有杨作新写的读书笔记,上面有时间,就是这几天哩!"

保安团长拿过书来,翻了翻,这回他是彻底相信了。他冷笑了两声,对匪兵们说:"搜!从杨家开始,挨门挨户地搜,我不相信,吴儿堡就这么几个土窑窑,那杨作新能藏在哪里!"说完,他朝院子里打量了一下,示意几个匪兵去搜羊圈,几个匪兵去搜那粮食囤子。

窑里的杨干妈,这时披散着头发,从窑里一扑跑了出来。她一把解开红裤带,脱成了精尻子,然后呐喊着:乡亲们快来呀,杨家要出人命了,保安团大天白日,糟蹋妇女了。一边喊着,一边像个疯子一样,在地上打滚,裤子吊在小腿上,她也不顾。

滚了几滚,滚到了保安团长的脚下,伸手抱住了那条扎着裹缠的腿,死死不放。保安团长踢了两脚,也没能将她踢开。

杨蛾子见了母亲这样,走到窑门口,一手扶着门框嘴里喊着"妈妈"。她这时候只会哭。

那些奉命去搜索羊圈和囤子的匪兵,见了这场景,都停住了脚步。

保安团长让他们照旧去搜查,不要管这娘儿们的"耍黑皮"。他觉得这婆姨这么不顾面皮地撒泼,是一种心虚的表现。

窑院里发生的一切,躲在囤子里的杨作新都看到了。他几次真想直起身子,揭开石板,走出来,可是理智告诉他,不能出来,亲人们之所以这样做,都是为了他不被敌人抓去,他如果出来了,他对亲人无法交代。

上卷・第六章　133

杨作新在囤子里，又气又怕，哆嗦得厉害。这个囤子，是一个陈年老囤，囤里有一窝老鼠。老鼠早就算计好，新粮该入囤了，因此赶在新粮入囤前，抱了一窝儿仔。这时的杨作新，不小心踩在老鼠身上，于是一窝老鼠，吱吱吱地叫起来。还有一只眼睛也没有睁开的小老鼠，从囤缝里钻出来，跑到了外面。

老鼠的叫声，那两个匪兵没有听到，因为杨干妈正在号叫，可是这只钻出囤子的小老鼠，他们看到了。他们觉得很稀罕，继而觉得这个囤子很可疑，就将注意力，放在这个囤子上，慢慢地围拢来，端起刺刀，拉开架势，要往这囤子里刺。

正在这时，秃子突然站在畔上，大声地叫喊起来："那不是杨作新！那不是杨作新！"

听到喊声，匪兵们停了下来。就连杨干妈，也一愣丁，停止了号叫。那保安团长，顺势抽出自己的脚，来到了畔上。保安团长顺着秃子手指的方向，搭眼一望。果然，有个人，正在通往后庄的山梁上，一颠一颠地跑着。

那人戴一顶草帽，穿一件庄稼人从来不穿的学生服。他在跑的途中，停顿了一下，朝杨家窑院望了望，正如秃子所说，那人戴着眼镜，在望的时候，眼镜片儿正对着这边，阳光下一闪一闪的，像个镜子。

"哈哈哈，这叫敲山镇虎，拨草寻蛇，咱们刚一开始搜查，杨作新见躲不住，就想揭瓦了。拿枪来！"保安团长说着，从一个士兵手里，接过步枪。他立在畔上，细细地瞄了一阵。只听"啪"的一声，接着，窑院里传来一阵欢呼声。

"打中了！打中了！"匪兵们喊道。

喊完，他们一窝蜂似的向后庄方向跑去。

随着乱糟糟的脚步声、呐喊声渐渐远去，杨家窑院出现了死一般的寂静。

蛾子跑过来，捡起裤带，递给母亲。杨干妈接过裤带，一边提裤子，一边往畔上走。她往远处眺了一下，对蛾子说：赶快叫你哥，现在走正是时候！

杨作新揭开石板，从囤子里探身出来。他走到母亲跟前，"扑通"一声跪下来，叫一声："妈，我欠你的债，该怎么还清。"

杨干妈说："都到了啥时候了，还说这些没有用的话，杨家就你这一条根，到咱手里断了香烟，我们将来见了祖先，也没个交代。"她要杨作新快跑，趁敌人往后庄方向跑了，他这时往前庄方向跑，捡一条命要紧。

"那我大呢？"杨作新问。

杨干妈不言传。杨作新顺着母亲的目光，往后庄方向一看，只见黄蜡蜡的山梁上，杨干大一颠一颠，像一只被打伤翅膀的鹰，中了枪子的兔子，正艰难地向山顶攀着。

"不要管你大！你是个孝子，就快跑！"杨干妈说。

杨作新不忍心走。

杨干妈捡起一把扫地的笤帚，来打杨作新，要他快跑。

"大呀！"杨作新叫了一声，扭头要跑。

杨蛾子赶过来，她从家里拿了些馍，放在褡裢里，让哥哥背上。

话分两头，不说杨作新接了褡裢，顺着川道，大步流星地赶路，却说那一群匪兵，追出村子，见前边的那个人，上到山梁上以后，离了道路，径直向山顶奔去。那人明显地受了伤，拖着一条腿跑。一个匪兵要举枪瞄准，保安团长制止住了，说要抓活的。

那人上了山顶，摇晃了两下，便不见了。黄土地上，斑斑点点，一路血迹。匪兵们顺着血迹，追到山顶，站定。只见山上的那边，是一面更为陡峭的山坡，那人顺着山势，一直滚了下去，现在落在了半山腰的一个平台上。匪兵们在山顶，捡到了那副眼镜，眼镜断了一条腿，保安团长觉得这洋玩意还不错，就装到自己的口袋里。

匪兵们吆喝着，分成几拨，接近了平台上的那个人。只见那人蜷曲在那里，浑身是血，一顶草帽，将头遮得严严实实。围定以后，一个匪兵大着胆子，用枪刺挑了一下草帽。草帽掀开，匪兵们都愣住了，只见那人少说也有五六十岁光景，头上一头灰白头发，缺血的脸皱得像个老核桃，他枯瘦的手，正捂着大腿上那个枪眼，枪眼里大约血已经流完了，现在正冒着血沫子。这哪里是杨作新呀！

秃子认出了这是杨干大。见了这血肉模糊的情景，他害怕了，直往人背后躲，一边躲一边说：上当了！上当了！

保安团长明白了是怎么回事。眼前的情景，大约也使他有了些感慨，他没有说话，捡起了帽子，重新给杨干大盖上，然后挥了挥手，命令士兵们回身。

回到杨家院子里，那杨作新早已不知去向，匪兵们于是抓了几只鸡，回去复命了。

临走时，秃子抓住保安团长的衣襟，要那一百块大洋的赏钱。保安团长一挥手，打开了秃子的手，他说：人连个面都没有碰到，还谈什么赏钱，害得弟兄们起五更熬半夜，跑断了两条腿，来抓什么共产党，不寻你秃子的事，就算便宜了你。说着挥了挥手，命团丁们开拨。

秃子眼睁睁地看着一群老虎皮走了，没了辙，他转过身子，对窑院站着的两个女人说，咱们的事情还没完，四十块大洋还得要，你们等着。说完，听到吴儿堡庄子里，已经有了聒噪声，匪兵们一走，乡亲们敢出头了。秃子怕再耽搁下去吃亏，就尾随着保安团跑了。

这时候，乡亲们已经围上来了。杨干妈软成一摊，不能动弹，大家七手八脚地把她抬进了窑里。杨干妈说："别管我，蛾子，快，快领上乡亲们去后山上，寻你大！"

后山上有个放羊的，叫"憨憨"。当年，这群村子里伙养的羊，就是杨作新放的。杨作新上学后，放羊铲留给了"憨憨"。"憨憨"的名字叫"憨憨"，实际上人也不憨。这时候，放羊的憨憨见羊围着一样东西，围成一圈，死死不走，到跟前一看，原来是个人，是杨干大，就丢了放羊铲，背起杨干大，翻过山，下了村子。

当天晚上，在杨家正窑里，杨干大说了一夜胡话，天快亮时，断了气。正像那首著名的陕北民歌说的那样：月亮落了还有一口气，太阳出来照尸体。

杨干大糊涂了一夜，临死前却猛然眼神发亮，异样地精明起来。对着守在自己身边的两个女人，他说，他对不起她们，他欠她们的债。他说，他答应过婆姨，那三面接口石窑的事，但是，看来是说下空话了，这事将来得告诉杨作新，让他圈，还有，他说他对不住蛾子，他害了娃娃，他让杨干妈将来告诉杨作新，要他好好地招呼妹妹，踏摸准了，给蛾子物色一户人家。最后，杨干大感慨地说：杨作新虽然不是一个孝子，但他是一个闹世事的人，乱江山的人，杨家人老几辈，还没有这么个成龙变虎的人物，没想到在他手里出了。想到这一点，他很满足。

说完以后，杨干大就双腿一蹬，咽了气。随后，一个女人尖厉的声音，一个女人嘶哑的声音，好像两部合唱，一声接一声，划破了这陕北高原沉沉的夜空。吴儿堡的人们，听到哭声，都知道杨干大死了，老人们噙着眼泪说：他这下好了，不用再受苦了！

第七章

　　1927年之后，形势迫使中国共产党人，必须建立自己的武装，并且将武装斗争形式，作为以后一段为期不短的时期的头等任务。在陕北地区，亦是如此。遵照上级的指示，革命从合法斗争转入地下，由配合协助国民党巩固政权转为开展独立的武装斗争，以夺取政权为斗争目的。

　　其实，早在1926年，在陕北，就有一支由共产党人控制的队伍。带兵人叫谢子长，安定县枣树坪人，太原兵学院毕业，他在家乡先担任安定县民团团总，继而将这支队伍改变成分，成为一支革命武装。到了1927年之后，有个陕北籍黄埔军校的毕业生、共产党员刘志丹，也回到家乡，拉起武装。刘家是当地的一家富户，刘志丹瞒着父亲，动用家产，置办枪支，招募人员。有一则笑话，说是刘志丹动员他家的两个长工参加红军游击队，两个长工问，参加游击队有什么好处？刘志丹说，欠地主老财的债，就不用还了。原来这两个长工,正是欠了刘家的债,来揽活顶工的。听了刘志丹的话,他们说,那我们欠你家的债,也不用还了?刘志丹回答:那当然!长工听了,于是跟上刘志丹跑了,参加红军游击队去了。气得刘志丹的父亲在家里害了一场病。

著名的传记文学作家埃德加·斯诺,在他的《西行漫记》中,曾称这两位陕北红军领袖人物为现代罗宾汉。

刘谢二位,各领一支队伍,互为犄角,形成了共产党人在陕北的武装割据局面。但是这种局面,并没有维持多久,就在国民党的四面围击下,连遭败绩。于是,他们只好带着中坚分子,利用国民党军队内的各种派系和自己的一些旧关系,四处躲藏,并伺机再树旗帜。1929年,两军联合行动,并有陕西境内的其他各路武装力量参加,组织了继南昌起义、秋收起义、广州起义、左右江起义后,西北地区最大的一次共产党领导的武装起义,这就是"渭华暴动"。渭华暴动失败后,两人各带残部,重返陕北,直到1930年前后,才各自巩固了一块根据地,并拥有了相当规模的武装。刘志丹领导的这块,叫陕北根据地,首府设在永宁山;谢子长领导的这块,叫陕甘边根据地,首府设在南梁。

当时的陕北民间,是什么样子呢?从1927年到1929年,整个北中国赤地千里,连年大旱,这就是中国现代史上那场至今令人谈而色变的大年馑,民间管这次年馑叫"民国十八年大旱"。贫瘠荒凉的陕北地区,较之别的地方,更是经不起这一次折腾。民间歌谣中:"人吃人,狗吃狗,舅舅锅里熬外甥,丈人锅里煮女婿",就是对那场悲惨图景的真实写照。老年人说,比起明末清初那场惹得李自成举旗造反的大旱灾,这次的似乎更邪乎。

斯诺以一个目击者的身份和诚实的笔触,记下了那场大饥馑的情景。此刻,叙述者觉得,他除了老老实实地引用斯诺先生提供的这些细节和数字以外，别无他法，因为既要不用这个现成的材料，又要达到同样的效果，显然是不可能做到的。

斯诺在《西行漫记》中，同样也引用了国际联盟派给蒋介石担任卫生顾问的一名著名卫生专家的资料。那位专家指出：他弄到的数字证明，在大灾荒期间，陕西有一个县，死的就有百分之五十二的人口；另一个县死的是百分之七十五；如此等等。据官方统计，单在甘肃一省就饿死两百万人——约占人口总数的百分之二十。

"你有没有见到一个人——"斯诺先生这样说，"一个辛勤劳动，'奉公守法'，于人无犯的好人——一个多月没有吃饭了？这种景象真是令人惨不忍睹。挂在他身上快要死去的皮肉打着皱褶；你可以一清二楚地看到他身上的每一根骨头；他的眼光茫然无神；他即使是个二十岁的青年，行动起来也像个干瘪的老太婆，一步一迈，走不动路。他早已卖了妻鬻了女，那还算是他的运气。他把什么都已卖了——房上的木梁，身上的衣服，有时甚至卖了最后一块遮羞布，他在烈日下摇摇晃晃，睾丸软软地挂在那里像干瘪的橄榄核儿——这是最后一个严峻的嘲弄，提醒你他原来是个人！"

斯诺先生继续写道："儿童们更加可怜，他们细小的骨骼弯曲变形，关节突出，骨瘦如柴，鼓起的肚皮由于塞满了树皮锯末像生了肿瘤一样。女人们躺在角落里等死，屁股上没有肉，瘦骨嶙峋，乳房干瘪下垂，像空口袋一样。但是，女人和姑娘毕竟不多，大多数不是死了，就是给卖了。"

他接着写道："我并不想要危言耸听。这些现象都是我亲眼看到而且永远不会忘记的。在灾荒中，千百万的人就这样死了，今天还有成千上万的人这样死去。我在沙拉子街上看到过新尸；在农村里，我看到过万人坑里一层层盖着几十个这种灾荒和时疫的受害者。但是这毕竟还不是最叫人吃惊的。叫人吃惊的是，在许多的城市里，仍有许多有钱人、囤积大米小麦的富人、地主老财，他们有武装警卫保护着，他们在大发其财。叫人吃惊的事情是，在城市里，做官的与歌妓舞女跳舞打麻将；在北京天津等地，有千千万万吨的麦子小米，那是赈灾委员会收集的(大部分来自国外的捐献)，可是却不能运去救济灾民……在灾情最甚的时候，赈灾委员会决定(用美国经费)修一条大渠灌溉一些缺水的土地。官员们欣然合作——立刻开始以几分钱一亩的低价收购了灌溉区的所有土地。一群贪心的兀鹰飞降这个黑暗的国家，以欠租或几个铜板大批收购饥饿农民手中的土地，然后等待雨晴后出租给佃户。"

那天，杨作新撒开双脚，一口气跑出五里多路，然后离开川道，上了山。山上有那些拦羊孩子、种地农民修的避雨的小土窑。他找了一个土窑，躲了进去，歇了歇脚，吃了点干粮，继续赶路。川道里他不敢走了，怕敌人设卡堵他，于是翻山越岭，专拣那些拦羊娃踩出的羊肠小道。

天下之大，他不知道何处可容此身。只是听任两条腿带着他走。一日，他登上一座山头，见眼前突兀地出现了一座气象森森的城市，三山对峙，二水交流，腾出川道里一块宽阔的三角洲，造就这荒原上一块锦绣繁华地面。这些天满目所见，都是荒山秃岭，野物成群，今天搭眼见了这个去处，不由得吃了一惊。再细细看时，见东边山的一条山腿上，立着一座宝塔，他明白了，原来双脚又将自己带进了是非之地肤施城。

冒着生命危险，他下了山，自北城门进入肤施。北城门口，较之当初的戒备森严，剑拔弩张的气氛，松动了许多。原来绑过杜先生的地方，现在一溜摆小摊的，在那吆喝叫卖。城门上，捉拿杨作新的告示还在，只是它的角角边边，已经被大力丸和专治女人月经不调和男人的举而不坚、坚而不久以及淋病之类的告示所侵吞，原先的那张，倒不怎么醒目了。杨作新冷笑了一声，把头往脖子里缩了缩，昂然入城。看守城门的士兵，对这个蓬头垢面的乡里人，正眼也没看一下，只顾在那里丢盹。

肤施城里，照旧繁华热闹，各种字号儿一律开张。婆姨们依旧穿着露出腿把子的旗袍或裙子，嘴唇抹得血红；男人们依旧西装革履，梳着一头跌倒蝇子滑倒虱的头发，好像世界上从来没有发生过什么似的。这不由使杨作新长发一声感慨。

他在省立肤施中学的围墙外边溜达了半天，想找一个熟人问问情况。他想去找组织，国民党反动派刀子再快，也不能把共产党一个个都杀绝吧，他想。操场上，一群学生正在上体育课。体育老师是个好人，他正穿个半裤，领一群学生跑步。于是，杨作新把头露出围墙，轻轻唤他。体育老师瞅见杨作新，脸色变了，他喊了一声："立定！解散！"让学生自由活动，然后去到围墙跟前，匆匆地说："你好大的胆子，还敢在这里溜达，军警们住在学校里，整天喊着要抓你哩。"杨作新笑了笑，向他打问那些熟悉的老师和同学的情况。体育老师说，有的死了，有的跑了，你要找他们，到北边去找吧，听说谢子长扯旗造反，在北边举行了"清涧起义"，占了好几座县城，肤施城里，都吵红了。杨作新听了，一阵高兴，他刚张口要说声"谢谢"，只见那体育老师已经匆匆地离开了矮墙。

杨作新堵在胸口的一股恶气，听了这话后，松动了一些。他觉得轻松了点，决定立即就离开肤施城，到北边去寻队伍。行前，有一件事情，他还觉得心里不踏实。他想去看一个人，可人家是豪门大户，又怕惊动了官家，犹豫不决。恰好街道旁有一家陕北小吃，他要了一碗"荞面饸饹羊腥汤"，低头吃起来。旁边桌子上，有两个闲人在拉话，拉的内容，正是安定谢子长游击队谋反的事情，说那谢子长骁勇异常，号称"拼命三郎"，手下人马，也都是些"挣破脑"的角色，这次肤施城里的国民党军队倾巢出动，前去弹压，谁胜谁负，还在两可之间。拉着拉着，话题变了，拉到了城里"赵半城"的千金结婚的事，说那真叫个排场，喜事还没办，倒先有几家，办起了丧事，街面上铺子，挨着收礼，闹得肤施城里人人怨气冲天。杨作新听了，插了句话，问那"赵半城"千金所嫁何人，两个拉话的抬头看了他一眼，好像吃惊他连这个都不知道，他们用手在脖子上比画了一下，说：警察局长，专割人脑袋的，明白吗？杨作新又问：那赵家小姐，就肯就范？两个人听了，说：听说赵家小姐哭哭啼啼地说要逃婚，可是"赵半城"是铁了心，他已经受了警察局长大礼，只等围剿谢子长回来，就办喜事哩。杨作新听了，冷冷一笑，不再言语，也绝了去看那"密斯赵"的念头。

杨作新将那碗饸饹，三下两下，刨进喉咙，又端起碗，扬起脖子，将汤喝净，然后起身，天黑时混出了肤施城，朝北边清涧方向一路走去。一想到前面有个谢子长，挥着驳壳枪，替穷人出头，心中不觉胆壮了许多。

临近清涧地面，只见官道上，迎面走来了一批一批逃难的。逃难的见了杨作新，都嚷道：后生，再不敢往前走了，清涧城里，一场恶战，胜了个井岳秀，败了个谢子长；如今，清涧城里，那国民党军队，见了不顺眼的人，问也不问，挥刀就砍，清涧城里，人都跑得差不多了。杨作新问起谢子长的下落，人们都摇头，有的说他被打死了，有的说率领残部跑向了北草地，可是都是听说，活不见人，死不见尸，传言而已。

没奈何，杨作新只好就近找个地方，给人家揽起短工，先隐住自己的身子。

半年之后，谢子长东山再起，杨作新这回得了确切消息，辞了东家，星夜北上，终于在一片老山林里，见到了这陕北百姓都称作

"谢青天"的谢总指挥。谢子长长条脸儿，面皮白净，异常明亮的两个眼睛，粗粗一看，竟与杨作新的相貌有几分相似，不同的是腰间多了根武装带，武装带上插着两把驳壳枪。谢子长见了杨作新，自然欢喜，谈到革命烈士杜先生的壮烈牺牲，也都不胜感慨。随后，杨作新便在谢子长麾下了。

这时，黑大头已从南方某地不辞而别，率领旧部，回到陕北，重占后九天。

红军游击队势单力薄，要想发展，一条道路是招募贫苦农民加入队伍，一条道路是派人混入国民党队伍，或在土匪队伍策动起义，发动兵变，借以扩充武装。有一天，谢子长得知，后九天的黑大头，急于想找到一名懂文化的教员，训练他的一群乌合之众，于是与杨作新商议，决定派杨作新只身前往后九天，混入黑大头的双枪队，伺机组织兵变。如果能策动黑大头起义，举起革命旗帜，最好；若不行，就杀了黑大头，收编这支队伍。杨作新见说，谈起他与黑大头曾有过一面之缘。总指挥听了，自然高兴，说既然如此，这件事成功了大半了。于是杨作新乔装打扮了一番，换上一身青布长衫，配了副近视镜，打扮成个教书先生模样，辞了谢子长，顺黄河岸边，直奔后九天。

当时的陕北，武装势力大约有四股。一股是国民党军队，它武器精良，训练有素，兵多将广，占据着肤施城及陕北各县县城，依靠政府提供给养，算是官军，兼有各县保安团和一些乡镇的民团为其羽翼。一股是共产党领导的红军游击队，它给养缺乏，武器简陋，人员大都是破产了的农民和1927年国民党大屠杀时漏网的早期共产党员。红军游击队一般在那些偏远贫瘠的山区活动。第三股武装力量是土匪。乱世出英雄，陕北地区，历来匪患不断，遇这乱世，土匪更为猖獗，他们啸聚山林，占山为王，打起仗来，个个都是亡命之徒，国民党只顾与共产党打仗，腾不出手来对付他们，从而使陕北各地，土匪势力日盛。还有一股势力是哥老会，这是一个古老的秘密社团组织，教规甚严，会友大都是些有财力有势力或有膂力的不寻常人物，平日不显山露水，一遇事情，帖子传出，霎时间便汇成一支武装力量。

黑大头的后九天武装，却独立于这四股之外，又兼有这四股的特点。从名号上讲，黑大头一直打着国民党军队的旗号，以官军自居，可惜国民党政府不承认他，并时时窥视，准备下手。对于共产党的举动，黑大头表示了道义上的同情，容纳那些被国民党四处追赶无处藏身的共产党人，到他的山上避难，也从不参与围剿红军游击队的活动，但是他的进步行动只到此为止，绝不允许共产党吞并他，坏了众弟兄的饭碗。对于土匪武装，黑大头上山后，便设下大筵，聘请各路神仙上山，换了帖儿，拜上金兰之交，说好一有事情，互相照应，但是黑大头做事，却从没有那些土匪的行径。至于哥老会，黑大头时常从哥老会那里得到财力的扶持支援，人前场面上的事情，也仰仗哥老会出面通融。

黑大头独居后九天，我行我素，桀骜不驯。卧榻之下，岂容他人酣睡，国民党政府对他的百十号枪，早有窥测之意，所以迟迟不敢动他，是碍着一个人。这个人就是当时的陕西督军杨虎城。

前面说了，杨虎城曾与这黑大头，有过一段交谊，他不断地捎话，询问黑大头的事情，有时还捎上一捆枪支，以示关怀。而黑大头所以有恃无恐，一定程度上，也觉得背后有杨督军撑腰。

杨作新走了几日，进入丹州县境，转过一个弯子，猛抬头，见眼前突兀地起了一座大山。陕北的山，多为天雨割裂黄土囤积形成的较为低矮的土山，独这一带的山，都是石山，树木蓊郁，怪石嶙峋，一股清流自山中奔涌而出。杨作新数了数，见这石山共有九座,一座挨一座,连环套儿一般,层层递进。那最高的一座山,仿佛在半天云雾之中,搭眼望去,只见红砖青瓦,一座山神大殿,隐约传来士兵操练的声音。杨作新对自个说,后九天到了。

来到山下,见一个酒店。杨作新明白这是后九天开的,于是见了掌柜,通报了姓名,说他是黑旅长的一位故人,要去山上看他。掌柜的听了,并不搭话,只管拿好酒好菜款待他。酒菜上来,杨作新狼吞虎咽,牛吃马饮之际,那掌柜的抽身出去了。一会儿,掌柜的回来了,说山上传下号令,叫杨作新上去。

双手被绑,一块黑布蒙住眼睛,杨作新被两个双枪队士兵押着,直上后九天。原来这九座山头,一座一层天,每一层天,都是一个一夫当关、万夫莫开的紧要去处,有一班士兵把守。约有半晌工夫,正当杨作新走得脚跟酸软、大汗淋漓之际,士兵喝令他站定,随之揭了蒙面的黑布,解了身上的绳索。

杨作新揉了揉眼睛,只见脚下的地势平缓,原来已经到了山顶。眼前是一座大殿。关于这座大殿,他曾经听老年人说过。据说当年修殿时,用料困难,那大殿顶上的青瓦,是拦羊娃赶着羊群,一羊两瓦,顺着山路上驮上来的。此刻,没容他细想,脚步已经迈入大殿。大殿正中,原先供奉山神的那个地方,如今已被推倒。代替它的,是一把太师椅。太师椅上,坐着一个身穿国民党呢制军服,头脑光光,凶神恶煞般的大汉。杨作新定睛一看,认出这就是他当年在老虎崾岘救出的那汉子。

那汉子背后的墙壁上,挂着一幅《猛虎上山图》,工笔写实,一眼便看出是出自民间艺人之手。图中老虎,脊背上黑一道黄一道,正在归山途中,回眸凝视来路,两眼如同两盏灯笼,两颗张开,露出獠牙,似在咆哮,似在哀叹,旁边一首七言诗,诗云:自古英雄冒险艰,历尽艰辛始还山,世间多少不平事,尽在回头一啸间。

只见那汉子观察了杨作新半晌，突然大吼一声："哪里来的凡夫俗子，竟敢冒本旅长的故人，来这山上滋事？各位，与我拿下，拉出去崩了！"

杨作新听了，并不惊慌，他微微一笑说："黑旅长真是贵人多忘事，不记得五年前老虎崾岘，那个大嗓门的文弱书生了？"

黑大头听了，说道："那老虎崾岘是什么地方，本旅长确实记性不好，不记得它了。本旅长只知道这后九天百十杆长枪短枪、弟兄们的衣食饭碗，全系在我一人身上。见谅了，老弟！各位，怎么还不动手？"

黑大头话音未落，只见他的左右，跳出两个短枪手。那短枪手不奔杨作新，却面对黑大头跪下来，说他们看清了，这个后生，正是当年老虎崾岘救出旅长的书生。

你道这两个伙计是谁？却是当年的黑家伙计张三李四。旁边有当年一起起事的老人手，也就是曾三进黑家堡的那几个强盗，也认出了杨作新。于是，也在旁边聒噪，说这确实是那位，旅长不可错杀了恩人。

"是吗？"黑大头听了，微微一笑，说道，"怪我眼拙，不知是故人来了！老话说：莫放春日等闲过，最难风雨故人来。既是故人，那我这里见礼了！"黑大头继续问道："不知先生此来，有何贵干？是路经，还是长住？是充当什么信使，还是要向我报告什么消息？"

杨作新于是从贴身衣服里，掏出一张信函，说道："听说后九天需要一个文化人，有人荐我来，我也不好推辞，就应允了！"

杨作新双手递上信函，黑大头接了，见是哥老会大掌门的人情，脸色缓和下来，示意杨作新在旁边椅子上坐下。

黑大头说："看来先生是不嫌敝寨简陋了，想要落草，好！只是，凡是上山的人，都要办个见面礼儿，或是提一颗人头来，以示决心，或是带一样见面礼来，以示孝敬。先生虽是我的恩人，但是公是公，私是私，此例不敢破坏！"

杨作新见话说到这个份儿上，明白算是留下他了，脸上不觉露出喜色。他见黑大头这样说，便从褡裢里，掏出两样东西，一样是一副象牙做的麻将牌，一样是一册兵书。

黑大头见了麻将牌，笑了，他说队伍住在南方时，自己曾玩过这东西，较之陕北民间的纸牌，这自然是高雅文明了许多，只是，老百姓们都说他的队伍是双枪队，一杆步枪，一杆烟枪，那么这个文化教员，想叫他的队伍，两杆枪之外，再背上副麻将不成？说是说，随后还是叫人将麻将收起来了。看完麻将后看那册兵书，原来是太原兵学院的一本教材，黑大头翻着看了看，又仔细瞅了杨作新一阵，然后说，好吧，就用它，明日开始，给士兵们上课。说完，吩咐张三李四，将他旁边的那间小屋，收拾了，让杨教员住下。

议事结束，张三李四引路，杨作新来到那间为他安排的房间。原来这是大殿旁边靠近屋檐搭起的一个小屋。打发走了张三李四，杨作新和衣躺在床上，想到黑大头刚才凶神恶煞的样子，心中仍有几分怯意。又想到黑大头不近人情，心中自然也有一些怒火。正在思索之际，只听门外有人敲门。

门开处，竟是黑大头本人。杨作新慌忙让座。谁知那黑大头反身关上门后，扑到杨作新跟前纳头便拜，说道，老虎崾岘一别，他时常派人打探恩人的消息，想不到今天在后九天相遇，老天给了他一个回报的机会。杨作新听了，赶忙扶起黑大头，说道，那都是陈年旧事了，如今投了黑旅长门下，这乱世年间，只图有个安身的地方，混碗饭吃，来日方长，以后还靠他多多包涵。

黑大头坐定，他说道："老弟此来，恐怕不是仅仅为碗饭吃吧?"杨作新听了,搪塞道:"我一个白面书生,手无缚鸡之力,难道还有什么图谋不成?"

"你是共产党!"黑大头哈哈大笑着说。

"何以见得?"杨作新愣住了。

"你给我的那册兵书泄露了天机。"黑大头说道,"那册兵书,是太原兵学院的教材。陕北地面上,当今武人中,上过太原兵学院的只安定谢子长一人。这册书,正是谢子长上学时用过的课本。这谢子长表字德元,你看这书皮上,隐约可见的,正是'谢德元'三个字。"

杨作新听了黑大头这一番话,面如土色,心想这黑大头外貌粗鲁,想不到却是个心细如丝的人。

黑大头见了杨作新的脸色,继续说道:"贤弟不必害怕,大哥我并无歹意。虽说这后九天披的是国民党的一张虎皮,可是谁也知道,我黑大头历来自作主张。我同情共产党,喜欢这些不顾身家性命、敢和当今政府作对的青年学生,当然我永远不会成为共产党。我在南方扎营,那阵兵营里,我就窝藏过几个共产党,就是现在,这后九天,也有几个被国民党赶来这里藏身的共产党。我心中有数,只是没有点破而已。贤弟此来,来得突然,我料定是那一路人派来的,所以不得不防。弄明白了是共产党,心中倒有几分放下心来。只是话要说到明处,贤弟若为这百十杆枪而来,那么大哥我不能留你。款待一段后,以礼相送;如果确实是看得起我黑大头,来此落草,那么从此不分你我,共掌后九天,做一回乱世豪杰,如何?"

杨作新听了,沉吟半晌,只是不言不语。

黑大头见状,明白了几分,想驱赶杨作新下山,念起旧日的情分,于心不忍;留杨作新在山上,心里又不踏实,思前虑后,最后说:"罢罢罢,你就留在山上吧,可是凡事得讲个义气,你贤弟不能做对不起大哥的事!"

杨作新听了,点点头。

一场艰难的谈话结束了,黑大头起身告辞。临走时,口气和缓了一些,说他的孩子五岁了,还没有个大名,明日杨作新务必为他起一个,还说黑白氏说了,要杨作新叼空儿为孩子教几个字儿,本来他想送孩子下山去上学,又怕遇到仇家,被绑了票,这次请文化教员,除了公事以外,其实,教授孩子,也是一桩原因。

杨作新听了,点头应诺。

第八章

这样，杨作新便在后九天安顿下来。在如此兵荒马乱的年月，陕北地面能有这样一个去处，杨作新见了，暗暗称奇。后九天给养来源，一是抢，物色好了为富不仁的大户，近处的，黑大头马鞭指处，不费吹灰之力，便把寨子踩平了，远处的，则派一支奇兵破寨；抢大户之外，就是北往北草地，南去西安，做贩卖大烟土的生意。除了这两宗，我们知道，有时候，他还接受一些地方势力的"赞助"。

第二天，上午上了一个钟点的课程后，杨作新由张二李四顾着，去见黑白氏。想不到在强盗家里，竟藏着这样一个小脚美人，杨作新十分诧异。双方见过面后，黑白氏唤来了儿子。算起来，儿子是年已经五岁了，聪明伶俐，甚是讨人喜欢，那身段面孔，也随黑白氏。儿子还没有个大名，只有个小名叫"月尽"。乡里人把农历腊月的最后一天叫"月尽"，这孩子是腊月三十生的，叫他月尽,该是合适的。奈何这月尽单叫起来,还算顺口,若和姓氏连在一起,便成了"黑月尽"了,既难听,又不吉利,所以为儿子取个大名,一直是黑白氏的一桩心病。

杨作新听了,思索了一阵,说,就叫他"寿山"吧,"黑寿山",名字响亮、富态、吉祥,又和了"后九天"的谐音,不知嫂夫人听了,觉得怎样。

黑白氏听了,将这"寿"字和"山"字拆开来念了几遍,思谋它的意思,又将三个字合在一起,"黑寿山""黑寿山"地念了一阵,然后拍掌说,好,就叫这个名字吧!谁叫他老子姓了这么个百家姓里没有的姓,害得儿子连个名字也难起了。随后,大声唤黑寿山过来,要他给先生叩头。最后,双方说好杨作新每天上完军事课后,再来这里为黑寿山上一个钟点。

不说杨作新在这山上每天小心谨慎、工作勤勉,却说这黑大头自从穿了这身老虎皮后,心想这颗人头,不知将来落在何处,人生在世,当及时行乐才对,于是放松了对自己的管束,重开赌戒。山中事务,除了军情紧急外,一般并不过问,留给手下几个副手处理,自个的身子,整天泡在赌博场上。山上的黑大头属下,一则是些粗鲁之人,赌技不精,二则与黑大头对阵,都有一些怯意。黑大头赌遍后九天无敌手,便常生出没有对手的悲哀,于是有时便乔装打扮一番,去丹州,去肤施城,甚至跨过黄河去山西境内赌上一回。手下人见了,说这样危险,黑大头听了,并不在意。

自杨作新带了这副麻将上来,黑大头来了兴趣,于是邀上几个副手,夜里无事,常常对垒。后来又叫了杨作新。杨作新在肤施城时见人玩过,只略知个大概,可是从未上过这场合,刚想推辞,黑大头脸上露出不高兴的样子,于是只好坐定。杨作新为人乖巧,天资过人,三圈之前,还有一些生疏,不时出错牌张,三圈以后,便驾轻就熟了。黑大头见了，说，你老弟还卖关子，说你不会，真是个不痛快的人！那天夜里，正应了那句老话："初入此道的人手气好"，杨作新想不到自己赢了，临散场的时候，桌上白花花地放着几摞银钱。杨作新不好意思拿，觉得这么多钱，说声赢了，就成自己的了，心里有些不踏实，后来见黑大头输了反而高兴，于是便撩起长衫将这银钱裹了，回到自己屋子。

见杨作新是个对手，黑大头来了兴趣，从此，杨作新便成了黑大头麻将场上的常客。有时三缺一，那黑白氏也来凑凑热闹。这样，杨作新便和黑白氏也熟悉了。山上的人，见杨作新与黑大头关系不薄，于是对他客气了许多，这"文化教员"的称呼，叫着叫着，变成了"文化教官"。

这时，杨作新与山上原先潜伏的几个共产党人，取得了联系。红军游击队那边，也得到了杨作新已经在后九天站稳脚跟的消息，随之送来指示：一旦时机成熟，便与黑大头摊牌，收编这支武装。

这当儿，有一队前往北草地贩烟土的弟兄回来了。行前，杨作新就嘱咐他们，要他们回程时，多转百八十里路，去一趟吴儿堡，打问一下他父亲杨干大的死活，并且给家里捎了一些银两，山下正闹饥馑，他惦念着家人。

那班贩烟土的回来说，银两捎到了，杨干妈和杨蛾子也都平安，只是那天杨干大中了枪子，流血过多，当晚上就死了。

杨作新听了，大哭一场，想来想去，一腔仇恨，记到那秃子身上。又想到如今父亲死了，剩下母亲与妹妹，更没有个依靠，那秃子肯定隔三过五要来欺侮她们娘俩。想着想着，又哭起来。

这时黑大头又打发一个小兵来请杨作新去玩。杨作新摆摆手，说他今天不舒服，这事就免了。不承想一会儿，黑大头亲自来了，问了情况，直气得咬牙切齿，一张大黑脸绷得通红，他说冤各有

上卷・第八章 153

头，债各有主，待他派两个兄弟，将这不知死活的秃子宰了，替杨干大报仇。又说既然杨家母女无依无靠，何不接了她们上山，共享天伦之乐。

杨作新见黑大头一片真心，甚是感动。他说母亲和妹子，就不接她们来住了，只是这秃子，心肠太黑，不杀了他，父亲的魂灵九泉之下不得安宁，母亲和妹妹，也少不了被他骚扰，他请求大哥准他下山一趟，带两杆短枪，了结了这一场冤仇。

黑大头慨然应允，当即唤过张三李四，要他俩陪杨先生下山一趟。接着，又要杨作新带上些盘缠下去，见了杨干妈，替他向老人问个安宁。

杨作新说，大哥的情，我是领了，只是吴儿堡那边，前些天，已将我的一点饷银给家里捎回去了，这次下山，我不想回家，只去那花柳村。不过，盘缠以外，大哥能否再给我四十块大洋，算是蛾子当年的聘礼，咱们把理做在前边，咱还他秃子的钱，他还咱们的人头！

黑大头听了，大叫一声：好！有见识！不愧是杨作新做事！随后令人打点行装，恋恋不舍，将杨作新一直送到山下酒店，说声"快去快回"，挥泪而别。

杨作新见黑大头有了眼泪，自己心中也有几分凄凉，山风一吹，不觉掉下两颗迎风泪来。这时想到组织的指示，想到他与黑大头的情分，心中有点闷闷不乐。

三个打扮成打短工的流浪汉，离了后九天，顺着延河，一直往上，遇到有路的地方走路，遇到没路的地方就蹚水或者翻山。三天头上，到了肤施城附近，那张三李四想进肤施城瞧个新鲜，杨作新怕耽搁了正事，只是不准。三个绕过肤施城，又顺河前行了四十里，见了拦羊娃一打问，拦羊娃说，蹚过河，进了那个拐沟，再前行十五里，就是花柳村了。

进了花柳村，问起秃子。原来这花柳村花柳病流行，村上头上有秃的人，不止那秃子一个，好在其余的秃子虽然是秃子，但名字却不叫秃子，叫秃子的，只有一个，所以杨作新毫不费力地找到了这户人家，走上前去，叩动门环。

秃子家中，秃子不在，只一个老母亲。听说秃子不在，杨作新有些担心，害怕是不是走漏了消息，让这小子跑了，想想他们三人此行机密，不会走漏风声，于是耐着性子，套这老太婆的话，问秃子哪里去。老太婆见这三人来得蹊跷，嘴里只是支吾，不愿说出儿子的下落。杨作新见了，只好说，他就是杨蛾子的哥哥，当年婚事破裂，杨家还欠花柳村四十块聘礼，他如今在外边发了财，是来了结这桩事的。说着，令张三李四，从褡裢里掏出四十块大洋，倒在炕上。那老太婆见了银钱，眉开眼笑，过来就要拾掇。杨作新见了，抢上一步，用手捂住银钱，说声："且慢！"当年这银子，是他亲口向秃子许诺的，此番来，须亲手交给秃子，才算心安。老太婆听了，觉得来人说的话也有道理，未及细想，便说出了她儿子的下落。三人告辞，那张三李四想要收起银两将来交给秃子，杨作新说：免了吧，只怕那秃子，怕是回不来了。三人走后，那老太婆琢磨着杨作新的话，胆战心惊。不提。

原来那秃子去了肤施城，恶习不改，又去干那伤天害理的勾当。当下三人折身回来，到了肤施城下。战乱年间，天刚擦黑，那城门便关了。三人上了山，从山腰间蜿蜒盘桓的城墙上找个缺处，跳了下去。进了城后，杨作新地形熟悉，于是便按那老太婆所说的地址，一路寻找。一会儿，见到一户人家亮着灯光，于是上前敲门。那秃子又在附近农村骗了几个姑娘进城，提供给那些腌臜的人家，做起皮肉生意，捞一点银钱。屋里，一个新来的姑娘，正与房主在讲价钱。原来接待一个客人,从客人身上能得到两块钱,事后按照行规,"房子五毛炕五毛,干妈五毛,你五毛",这就是说,到了姑娘手里,只有五角钱了。姑娘觉得自己做了一回下贱事,只赚得五毛钱,大头全让那房主拿了,心中有些不满。正在这时,听见敲门,秃子笑着说,你看,嫖客来了,一晚上多接几个,这钱不就出来了。说着,便来开门。打开门后,一看一次来了三个,觉得事情有些不对。

那秃子说道:"有姑娘陪你,我出去遛个弯儿再回来!"说着,就想出门。杨作新一挥手,张三李四早把门"嗵"一声关了,然后用脊背抵住门,面对秃子,掏出短枪。

那姑娘和房东老太婆,见了这阵势,吓得躲在炕旮旯,筛糠一般。杨作新说道,他这次是来寻仇,与你们二位无关,兀自躲着,不要声张。两位听了,不住地点头。

安顿停当,杨作新转过脸来,对着地上的秃子喝道:"冤各有头,债各有主,狗日的秃子,你还认识老子吗?"

秃子大着胆子,抬起头瞅了瞅,杨作新没有戴眼镜,他不认识了,于是摇摇头。

杨作新笑道:"咱们还做过一回亲戚呢,你忘了?妹夫连妻哥也不认识了?"

秃子听了,看了看,想起了这是杨作新,知道今天是凶多吉少了,这杨作新是来寻仇,报杨干大的仇的,于是一下子跪在地上,鼻涕一把泪一把,喊叫"干大饶命",并且不住地用两手扇着自己的耳光。

杨作新说:"江湖上有一句话,叫作'杀人偿命,欠债还钱',我这次下山,就是为这八个字而来。先说头一宗事,'欠债还钱',当年杨家,确实欠下你四十块大洋聘礼,杨家迟迟不还,输理了，记得我当时曾许下口愿，将来由我还清。这次，就是欠债还钱来了。"

秃子见说，只是回话，口里不停点地说："不要那钱了，不要那钱了！"

"不要不行！不要这钱，我杨作新便做下了短处，落了个言而无信的名声。告诉你，那四十块大洋，我已经送到花柳村你那老妈妈手里了。"杨作新说完后，接着又说第二宗事情，"了了欠债还钱，现在再理论这杀人偿命。秃子，你这狗日的，你强逼我妹妹为娼，我妹不从，好说好散，也就罢了，退你聘礼就是。可你又勾结官府，捉我，枪打我父亲，害得我杨作新家破人亡，此仇不报，父亲九泉之下，安能瞑目！今天杀了你，也算给社会除了一害，你说哩！"

秃子到如今，自然无话可说，只说他有个老娘，需要颐养天年，要杨作新看到老娘的分上，饶他不死，以后再不敢干这伤天害理的勾当了。

杨作新微微一笑，说："你那老妈，也没长一副好下水，生下你这号害货。我想她有那四十块大洋，够抬埋用的了。"

说完，不再废话，令张三李四，只管动手。

张三李四得令，先一人一脚，将秃子踢翻在地，踩住胸口，然后两杆短枪同时举起来，对准秃子脑袋，只听"啪啪"两声枪响，秃子的秃头，就只剩下半块了。

秃子血旺，那喷溅的鲜血溅了张三李四一身，两人叫一声"晦气"。

至此，大仇已报，杨作新心病即除，便与张三李四，出了这间屋子，仍然顺原来入城的道路，跃过城墙，上了山冈。

上了山后，才见肤施城里，响起"嚯嚯"的哨子声，城里的军警正在集合。张三李四见了，哈哈大笑说："有种的，到后九天来找老子吧！"

杨作新一行，不敢怠慢，顺着山冈，又下到延河河谷，依旧是有路走路，没路时翻山蹚水。走了几日，听到了远处黄河哗啦哗啦的涛声。这就到后九天了。黑大头见了杨作新，自然欢喜，说到近日赌博摊子，高低没个对手，正在思念杨作新，担心他的安全哩。杨作新于是细细述说了复仇经过。黑大头说：不说它了，乍舞咱们的事情吧！说完，赏了张三李四几个银钱，然后拉着杨作新的手，直奔麻将桌。

这样又过了半年。半年间，杨作新与黑大头之间，关系又密切了许多。在这后九天，地位也渐渐显得重要。一帮双枪队士兵，都是些不通文墨之人，幸亏杨作新的指拨，大家都会写自己的名字，有的还会写家信了。那些还不会写信的，有时央到杨先生头上，杨作新也是有求必应。间或，上课的时候，除了认字，除了讲那些军事常识之外，杨作新还叼个空儿，讲一些革命道理。这帮人大部分都是些破产农民，接受革命道理很快，每一个人都有一段上山的痛苦经历，因此，对杨作新的话，深以为是，并且认为杨作新是大秀才，承认了他的号召力。

那黑寿山，学业上也有长进，一册《三字经》背得滚瓜烂熟，杨作新凭着记忆，一天为他布置一首唐诗，他也是过目不忘，一点就会。那黑寿山将学到的唐诗，饭前饭后，给黑白氏背了，黑白氏听了，也只有高兴的份儿，嘴里不停地叫着"山山"，自然对这位杨先生，又器重了许多。

那黑大头，随着时间长了，对杨作新的戒心也渐渐消除。偶尔部下来报，说杨作新课堂上讲些革命的大道理，黑大头听了，也不在意。他料定杨作新只是说说而已，学生出身的，开口闭口不谈个

"主义"什么的,好像就显不出自己有学问。倘若杨作新要颠覆他的江山,他觉得他一是没有这个胆量,二是不会做对不起他大哥的事。黑大头是个精明人,知道他的对头是国民党,迟早有一天,国民党将共产党剿灭后,下一个就轮着他了,而共产党要想吃掉他,对不起,他料他们目前还没有这个胃口。部下见黑大头听了汇报置若罔闻,从此也就懒了,听到什么,只悄悄担心,不再打搅黑大头的清静了。

这时,红军游击队经过几年的艰苦卓绝的斗争,力量不但保存下来,而且还有新的发展。那些偏远山区,又响起了"红军游击队,老谢总指挥"的歌声。适逢大饥馑,坐以待毙的农民纷纷加入红军队伍,红军人数迅速壮大,只是武器无法解决。红军要发展,非得扩充一批精良装备不可。这时,红军游击队辗转来到后九天附近活动,并且通知杨作新,与后九天党小组的同志商议一下,定个日子,里应外合,采取行动。

杨作新明白自己是身负使命而来,从大局考虑,自然应当服从组织决定。但是念起自己与黑大头的情分,看到这世外桃源般的后九天环境,心中确有几分于心不忍。几次谈话,拿话语撩拨黑大头,问他想没想过吃共产党的这碗饭,黑大头麻将打得正热,不及细想,以为这只是杨作新随便问问,也就答道,他和共产党这辈子没个缘分,不要忘了,他上山前是个老财。

山下一天来一道指示催促,山上,杨作新却优柔寡断,不知如何是好。细心的黑白氏,看出他有什么心思,问他,他只是苦笑着摇摇头,不能说出。杨作新这种性格,决定了他将来成不了大事,他自己也知道这一点。可是,没法子,百无一用是书生,杨作新的心肠总是硬不起来。

不久后,发生了一件事情,将杨作新从进退两难的境况下解脱了出来。

一天，丹州城里"秦晋钱庄"的掌柜来到山下，要见黑旅长。黑大头虎踞后九天这些年，常常到山下大赌，这丹州城的钱庄，就是赌场之一。丹州城位于黄河边上，隔一条黄河壶口瀑布，与山西相望，常有山西境内下来的大赌头慕黑大头大名，过黄河一聚。后九天他们不敢来，黑大头也不愿他们来，于是，往往就在这丹州城的秦晋钱庄设局。

这次那掌柜的来，见过礼后，眉飞色舞，说山西境内过来了一个晋商，口口声声，要与黑大头见个高低。

"他拿什么作注？"黑大头听了，问道。

"二十杆汉阳造，枪身锃蓝锃蓝的，被黄油封着，还没使过哩！"大掌柜陕北话夹杂着山西话，殷勤地说。

一听说是枪，黑大头的眼睛亮了，他决心去取这些买卖。于是又问："他下了这么大的稍子，我该下些什么呢？我带两驮子光洋去，怎样？"

那掌柜的笑着说："枪只对你们这些闹枪的人有用，光洋却是通宝，自然你的稍子亮出来赢人了！"

黑大头听了，哈哈大笑。

黑大头旁边站着个杨作新。他见这掌柜的眼睛骨碌碌乱转，仿佛背后有眼，说起话来，只顾顺着杆儿往上爬，断定不是个良善之辈，于是喊道："大哥不可轻率下山，那客商是哪里来的，同行几人，是不是另有图谋，我们尚不清楚，就这样贸然下山，难道不怕遭人暗算！"

掌柜的见杨作新这样说，脸上颜色有些变了，他避开杨作新的锋芒，直接对黑大头说："黑旅长，弟兄我担保，那客商只一个人，就在我店里下榻，一个糟老头子，一走三咳嗽，怕他个鸟！我观察了他三天了，确实是他一人，从山西过来，只身进入陕北的。"

杨作新又问："那一个糟老头子，哪里弄的二十杆钢枪，一定是有些来头的！"

掌柜的庄严答道："这个，我最初也有些疑问，后来细细套问，才知道他有个弟弟，在阎锡山的手下做过军需官的角色，这二十支钢枪，是他私吞的，山西境内不敢露脸儿，所以跨黄河奔陕西来了！"

杨作新还要盘查，黑大头说："贤弟就免了吧！如果是别的什么，去或不去，也就罢了，只是这二十杆汉阳造，大哥我却有些舍不得。若有这二十支枪武装，后九天就会另有一番气象了！"

黑大头说完，不容杨作新分辩，遂吩咐部下，准备轿子、银两下山。

杨作新暗暗叫苦。瞅个没人的机会，一把把那秦晋钱庄的掌柜拽到一个旮旯问道，他到底是哪一路子的，受谁遣使来赚黑大头。那掌柜的听了，只是嬉皮笑脸，打着哈哈。杨作新用枪指着他，正色道："黑大哥若有个三长两短，我不要了你的小命，掏出你的肝花喂狗才怪了！"说完，一甩袖子走了。

第二天，太阳刚冒红，后九天寨子下来一干人马。打头走着的是两个伙计模样的人，这是张三李四。后面是一顶轿子。轿子搭着帘子，不时，有个身穿长袍，头戴礼帽，眼睛上架一副黑镜的人，挑开帘子，探头望望外边，与外边走着的那个账房先生模样的人拉几句话。那轿子里坐着的，正是黑大头；那账房先生模样的，却是杨作新。杨作新知道这一次是龙潭虎穴，所以执意要来，黑大头就依了他。

大轿后边，是两匹大走骡，驮子里驮着的，正是黑大头所说的

"稍子"。

一行人下了后九天，顺着黄河，一路走来，直奔丹州城。不明底细的人看了，只当是那些做大买卖的客商，想不到这光天化日行走的，便是那江洋大盗黑大头。

黑大头、杨作新、张三李四二位，再加上四个抬轿子的，两个牵骡子的，后九天寨子，一共下来了十个人。黑大头暗自思索，这十个人中，除了杨作新有些书呆子气以外，其余九个，都是骁勇异常的心腹，谅小小丹州城，纵然有什么算计于他，也是奈何不得他的。想到这里，心里也有几分坦然。

丹州城，小小的弹丸之地。一座山城，一条河，一架山，仅此而已。一行人来到城下，守城门的平日只对那些衣衫破烂的百姓竖眉横眼，见了这一顶大轿，一干人马，远远地赔着笑脸，打开城门。

黑大头昂然入城。到了秦晋钱庄门口，那掌柜的早就迎候在门口了。黑大头下了轿子，往四边一瞅，见街道里只几个小贩，卖菜的卖菜，买菜的买菜，卖葵花子的卖葵花子，气氛平静，没有什么异样，愈加放心。于是，吩咐将两匹骡子，拴在马桩上，然后由钱庄掌柜陪着，进了店里。

那掌柜的说的糟老头子，正在一张八仙桌上坐着，这时起身站起，一边双手一拱，一边说着"幸会""久仰"之类的客套话。黑大头看那老头，果然正如钱庄掌柜所说，穿一件半素不白的长袍子，瘦骨伶仃，长长的脖项挑着一颗核桃一样的头，腰佝偻着，看来来一阵大风，肯定会把他吹倒。黑大头想，这哪是个活人，分明是一堆骷髅架在一起的，心中不免有些小瞧。

双方见面，闲扯了几句行话，通过姓名，那老头自称"鄙人姓吴"。黑大头心急，急于想看到那二十杆钢枪，于是催促着："亮稍。"看了枪后,确实是货真价实的好枪。接着又看光洋,光洋也都是些响当当硬邦邦的"袁大头"。双方欢喜,接着又谈赌博的方法。最后议定,采用"押明宝"的办法,由那掌柜的执宝盒,摇子,双方下注。

掌柜的见谈妥了,便笑眯眯地从后屋里拿出一副缎子做面,镶着金边的宝盒,说这是新叫人从苏杭一带捎的,还没有用过,今天如此大赌,就用它开张吧,沾些福气。

黑大头见了,说道,将你的新宝盒,先收拾起来吧,以后再用,这次,还是用我这个土的。说着,一亮衣襟,从口袋里掏出那副陕北民间制作的土宝盒。随着衣襟一亮,那腰间的手枪把儿,也露了出来,这其实是给那吴老头和钱庄掌柜看的。钱庄掌柜看了,赶忙点头哈腰,说"就用这副,就用这副"。说着,将他的新宝盒送回屋子去了。

你道这黑大头,为啥对宝盒这样重视,原来他是久经赌场的人,那宝盒中的许多名堂,他如何不晓得。有些宝芯,是灌了铅的,任你怎么摇晃,宝芯停顿的那一刻,灌铅的那面,总在底下。有的宝芯,虽然上面并没做手脚,可是宝芯的一面,是铁的,那摇宝的,手上戴一颗磁铁做的戒指。所以任凭他怎样摇晃,最后,镶铁的这一面总在摇宝人手指这个方向停住。

这时,一直没有说话的吴老头,咳嗽了两声,说道:"这宝盒的事,我依了你,只是,你得依我一件事情。"

"怎么说?"黑人头问。

吴老头说道:"这里人多眼杂,叫当局发现了,我倒没有什么,于你却不好,加之,我是孤身一个,你们却十好几个弟兄,因此咱们得找个僻静严密的去处,一对一,单赌。"

"一对一,这是自然的,"黑大头笑着说,"只是,天黑以前，我还得出城，立马三刻，哪里去找这僻静的去处？"

这时，那钱庄掌柜的放下宝盒出来了，他见两个这样说，就用手指了指里屋说："这里倒也安静，两位若不嫌舍下寒酸，就在屋里搭起场合吧！"

"你看如何？"吴老头问黑大头。

"依你！"黑大头答道。

"痛快！"吴老头微微一笑。

于是钱庄掌柜遂吩咐杨作新一伙人马，在房里饮茶，他领着黑吴二位，一挑门帘，进了里屋。

杨作新放心不下，掏出枪来，打开机头，提在手里，去那里屋巡视了一番。见里屋只一条大炕，炕上一张炕桌，地上，摆了几件茶几碗柜之类的东西，房子也只有一个门，就是直通店里的这个门。他想即便这吴老头有什么算计，谅他再加上那掌柜的也不是对手，况且黑大头的腰里，两支驳壳枪，子弹压得满满的。

杨作新回到店里，揣起枪，坐定饮茶。那钱庄掌柜的吩咐人端来一些酒菜，弟兄们行了六十里山路，有些饥渴，于是狼吞虎咽，只杨作新因肚子里有心思，只轻轻动了下筷子，又放在桌上。

这时，门里突然进来了一群姑娘，不多不少，恰好就是九位，一个一个，前来劝酒。你道这些姑娘是谁，原来紧挨钱庄，是一家妓院，这些姑娘，是那钱庄老板，原先就说定的，一旦安排就绪，酒菜入席，就让这些姑娘前来纠缠。

这些后九天的老少爷们，平日在山上，轻易不见个女人，一副身板，都是被"靠"坏了的。如今见了这水性杨花，又会使手段的下贱女人，身子早就酥了，接过劝酒，送到嘴边，别说是酒，连那酒杯儿也恨不得一口吞下去，一会儿，一个个都有七分醉了。

姑娘们见这些人有了醉意，便尽力撩拨，几句风言浪语，便将除杨作新以外的其余后九天兄弟,都拽到隔壁妓院里去了。

有一个姑娘来纠缠杨作新,杨作新没有搭理。姑娘扭扭身子,要往杨作新膝盖上坐,不承想软软的屁股,碰到了个硬邦邦的东西。姑娘也是见过世面的人,明白这是短枪,心里便有些怯,不敢硬来了。一会儿,那些姑娘一人领着一个出了店门,独有这姑娘没有得手,她又羞又恼,站起身子,扭扭捏捏地走了。

杨作新喝了两声,想止住弟兄们的胡闹,可是酒上了头,谁还听他的。他怕声音大了,惊动了里屋的黑大头,于是只好作罢。只是心里,又加了几分小心,明白今天这件事情是在劫难逃了。

杨作新在店里,听见里屋一会儿是黑大头惊喜的狂叫,一会儿是那吴老头阴阳怪气的低语,心中烦恼,只盼这桩赌局快点结束,只盼那班弟兄们不要延挨太久,云雨过后,赶快折回。他在空荡荡的店里踱了几个来回,于是重新回到自己的座位坐定,喝起闷酒来。

喝酒途中,听到里屋有些异样的响动,再一听,有厮打的声音。杨作新一惊,赶快起身,直奔里屋,这时,已经听见黑大头破口大骂的声音了。

杨作新三脚两步,走到里屋门口,一抬脚,把门关子拦腰踢折,两扇门吱呀一声开了。门开处,只见里屋里,仿佛是从地下,钻出来一屋子国民党士兵,触目所见,黄蜡蜡尽是老虎皮。那些士兵,已经将黑大头的枪下了,手被反剪在了后边,几个大汉,正用膝盖顶着他的脊梁,往紧勒绳子。

杨作新一见,愣了,举着枪,满屋是人,不知该向哪个下手。眼睛瞅那吴老头,那吴老头却早已不知去向。正在踌躇间,只听黑大头,停止了叫骂,吼一声:"贤弟还不快走,去后九天报信。"

杨作新见黑大头已陷囹圄,不愿意走。

黑大头急了，骂道："有后九天在，便有我在，难道你不明白这个道理。谅这一班猴神碎鬼，一时半会儿，还不敢将我怎样，那西安城里，还有杨督军呢，他自会给大哥出头的。"

杨作新听了，只得提了枪，反身向店外跑去。跑出店门，一举手掀翻了一个骡驮子，解开缰绳，骑上大走骡，四蹄如花，飞也似的冲出丹州城去。

杨作新得以解脱，全亏了慌乱中掀翻的那一驮银圆。驮子翻了，银圆掉在了当街，叮叮当当，顺着石板街乱滚，那些撵上来的国民党士兵，见了银圆，只顾猫腰往自己口袋里拾，早把个杨作新忘了，待记起他时，杨作新已出城半里地了。

第九章

杨作新回到山里，一登上后九天大殿，放声大哭。随后，这张三李四二位，也回来了。原来，敌人眼睁睁地看着杨作新四条腿跑了，知道赶也无益，遂折回身子，来到妓院，堵这几位的窝儿。张三李四乖巧，听到门外人声嘈杂，离了被窝，连裤子也没顾上穿，只披了件上衣，上了房顶。看到门外有变，两人心中叫苦不迭，随之从一家房顶蹿到另一家房顶，到了城墙跟前。城门已关，两人就拣了个矮些的地方，跳下城去，回到后九天。

杨作新将丹州城里的事情经过，一一说完，众人听了，都面面相觑，不知如何是好。家有百口，主事一人。平日，大家依赖黑大头惯了，倒也不觉得什么，今儿个少了个黑大头，大家一下子成了没娘的孩子。

杨作新见了，便说道："国民党成心要和咱们结冤家。俗话说，冤家的冤家就是朋友。国民党的冤家是共产党，事已至此，也就只好仰仗共产党的势力，请共产党上山议事了。各位意下如何？"

众人听了，觉得眼下也再没有好的办法，加之，有几位潜伏下来的共产党员，也在一旁鼓动，于是，事情就这样定了。

红军游击队这些天仍在后九天附近活动，得到杨作新的消息，于是派了一名代表上山。

关于黑大头的事，红军游击队已经有所风闻。原来这姓吴的糟老头子，是个有来头的人物，是蒋介石派到陕西的特派员。吴来到陕西后，任国民党省党部主席，专为掣肘杨虎城，上上下下，人称"吴大员"。吴大员来到陕西不久，就听说了黑大头的事，在革命公园里游玩，公园里竖的那个记载"二虎守长安"的功德碑上，也赫然有黑大头的名字，从此认定是杨虎城一党，开始动起他的心思。肤施地面，屡屡传来黑大头杀人越货、滋扰乡里的事，大家只是碍着杨虎城一人，不愿与这黑大头计较，近日，肤施城又传来消息，黑大头手下，后九天三个盗匪，夜入肤施，枪杀人命的事，闹得肤施城里，人人自危。吴大员见来了机会，便悄悄地带了一队亲兵，先到肤施，定下毒计，然后又赶到丹州。所做的事情，一为黑大头，二来也是给杨虎城一个难堪。这些内幕，后九天闭目塞听，黑大头妄自尊大，哪里知道，哪里料到，就是红军游击队，虽然有内线和秘密交通，也只知道那吴大员到了陕北，于是昼夜提防，以防国民党又有新的举动，并没料到吴大员此行是针对黑大头的。

消息探明，后九天大殿，大家一起议事。共产党代表认为，这事宜冷不宜热，宜缓不宜急，想有那杨虎城在，一段时间内，吴大员也不敢将黑大头怎样，须得等防范松了，再去劫狱，这是一条办法。另一条，火速派人去西安见杨虎城，将这消息报杨虎城知道，引起杨吴之争，由杨虎城出面，取保释人。

主意倒是好主意，只是那后九天弟兄，平日粗野惯了，哪有这番细致的想法，一听说让按兵不动，便有些恼火，再加上黑白氏的一声号天哭地，大放悲声，更引得大家同仇敌忾，义愤填膺。满寨上下，对那吴大员，对那丹州城，恨得咬牙切齿，恨不得立即起身，去将那吴大员剁成肉酱，将那丹州城夷为平地。

大家说："黑大哥在丹州城里受难，我们却在这后九天看戏，岂不惹江湖上笑话。日后见了大哥，也不好交代。兵对兵，将对将，先踏平那丹州城，再做道理吧！"

杨作新见事已至此，也就依了众人，当下写下英雄帖，打发精细一些的弟兄，星夜下山，所有陕北地面，凡与后九天有过来往的，各路共产党游击队、各路土匪、哥老会的各个道门，一律发了，言明后九天黑旅长有难，被囚于丹州城里，帖请各路弟兄，务必于三日之内，赶到丹州城下，商议攻打县城，营救黑旅长之事。

那吴大员来到丹州，并没有与当地政府、地方保安团取得联系，原因是怕黑大头在衙门里有眼线，被他知道，机不密，祸先发，误了大事。丹州城里，他只买通那钱庄掌柜一人。乱世年间，那钱庄掌柜下榻的房间，修了个暗道机关，以防不测，这些事外人哪里知道，恰好这次，被这吴大员用了。

吴大员捉了黑大头，事情办得如此顺利，自然高兴，正要押了黑大头，去见丹州县县长，只见一干保安团士兵，已将这钱庄围了。吴大员也不解释，随这一干人等，押了黑大头，直奔县衙。县长见了吴大员，却也认得，国民党省党部主席驾幸这带僻的小县，这可是件破天荒的大事，于是赶快见礼。县长又见捉了黑大头，消除了心中一块隐患，大喜过望，遂将黑大头押入死监，又大设筵席，为吴大员接风。席间，自然不免说些"老人家亲自出马，马到成功"之类的恭维话，吴大员见此行的使命已经完成，心中也不免轻松了许多。

吴大员主张，将黑大头在这丹州城里，就地正法，以震慑四方盗贼。县长听了，只是推辞，说黑大头是个要犯，最好能押到省上正法，如果嫌路途遥远，押到肤施城里正法也行。县长的意思，一是怕杨虎城知道了，与他不得零干，二是担心惹恼了后九天，将来地方治安，更是头疼。吴大员见县长如此胆小怕事，只是冷笑，原来他已调肤施并附近各县地方武装，偷偷向后九天移动，准备伺机拔掉这个钉子，只是这消息，现在还不能向县长透露。

三天头上，黑大头在何处正法，这件事还没有最后议定，突然有守城的士兵，慌慌张张，闯进县衙，说城外黑压压的，不知是哪里的队伍，已经将城，严严实实地围定，口口声声，要叫城里放出黑大头来，否则，将要叫这小小的丹州城，血流漂杵，不留一个活口。

县长听了，胆战心惊，遂邀吴大员，一块上到城墙上观看。上了城墙，搭眼望去，只见丹州城外，二百米开外处，人头攒动，旌旗蔽日，烟雾腾腾，刀枪闪烁。县长见了，吓得面如土色，只是碍于吴大员，不敢过于失态。

那吴大员，见了这阵势，也不免胆怯，后悔自己没有事成之日抽身就走；不过他到底见多识广，虽然胆怯，却不把"胆怯"二字，露在脸上。

吴大员从口袋里，掏出一架单筒望远镜，对着城外，细细地瞅了一阵，突然哈哈大笑。他对那有些魂不附体的县长说："我道这围城的，是哪里的正规武装，闹了半天，却是些毛贼而已。你看他们，虽然人多势众，但是服装各异，衣冠不整，有穿老虎皮的，有穿老羊皮的，有穿粗布长衫的，分明是各地的小股队伍，汇在一起；你再看他们，手中兵器，多是些大刀长矛，只有少量的队伍，装备还算齐整，但军容军纪却极差，袒胸露背的，坐在地上逮虱子的，躺在草窝里抽大烟的，应有尽有，这样的队伍还有战斗力？倒是有几股武装，纪律严明，队伍排列，错落有致，可惜手中，一件重武器也没有，这丹州城墙虽矮，也足以抵挡他们的。"

县长见吴大员这样说了，也有几分胆壮，接过望远镜一看，见城外队伍，果如吴大员所说，于是推测到，那些衣衫不整、冷兵器为主的，大约是各路土匪，那些武器精良，军容散漫，举一杆烟枪吞云吐雾的，大约是后九天双枪队，那军容齐整武器简陋的，大约是红军游击队。

两人正说着，城外的队伍，打来一声冷枪。两人见了，给守城士兵安顿了几句严加防范之类的话，随之回到了县衙。

回到县衙，吴大员吩咐，将他带来的二十杆汉阳造，赠送给县保安团，又将他随身带来的一班士兵，也派上城去督战，这样，丹州城的守备力量，就加强了许多。

城里的百姓，眺见城外，黑压压一片如狼似虎的队伍，仿佛像民间故事中写到的老虎围城的场面，吓得家家反锁了门，躲在家里，并且揭开杜梨木案板，挡在窗户上，以防乱枪射进屋里。

说了城内，再说城外。英雄帖一下，三天头上，各路人手果然都不失约，按期而至。大家聚在一起，谈论攻城事宜，说到协调指挥问题，议论纷纷。只因黑大头不在，如果他在，那这号令各路的指挥，非他莫属了。如今这杨作新，到底资历欠缺，根基不深，红军游击队提议，由他担任指挥，大家听了，虽有一些不服，但想到这本来是后九天的事，他们只是来帮忙的，理应由后九天的人出头才对，于是表示赞成，只是态度并不积极。

议事完毕，开始攻城。攻城几次，双方互有死伤。

原来大家小觑了这丹州城。丹州城城墙虽薄虽矮，但是整个城池，面临一条水，背倚一架山，要想攻城，得穿过河谷一段百米的开阔地。敌人在七郎山的半山腰，修了眼碉堡，碉堡里压了一挺重

上卷·第九章　171

机枪，一旦攻城队伍进了这开阔地，碉堡里的重机枪，便呱呱呱像山鸡一样地叫起来。后九天有两挺轻机枪，红军游击队有一挺，三挺合成一股火力，向碉堡射击，因为距离远了点，仍然压不住那重机枪的火力。

那些土匪武装，平日占山为王，人凭土地虎凭山，全仗了地利之便，张牙舞爪，如今离了高山险要，气焰先弱了一半。土匪最怕见血，他们把见血叫作"见红"。攻城队伍屡有死伤，焉有不流血之理，土匪们见了红，不免有些怯阵，于是只在远处虚张声势，不敢近前，攻城一事，实际上全仗后九天双枪队和红军游击队。

攻城受阻，各路队伍，便在城外就地扎营，生火做饭，准备再战。

这时，杨作新想起城内的黑大头，不知他现在情况如何，有些焦虑。而尤其担心的是，敌人见攻城甚紧，索性一不做二不休，先杀了黑大头，断了攻城队伍的指望。想到这里，想出一条计策，他想那黑大头，若有两支短枪在手，便成了一条龙了，二三十人也近他不得，如果能递给黑大头两支短枪，约好劫狱的时间，到时候双管齐下，一面攻城，一面派人去劫狱，这样，就万无一失了。

想到这里，便唤张三李四过来，附在耳边，安顿了一番。张三李四，前几天因为贪恋女色，没有保护好自己的主子，受到了弟兄们的不少奚落，正在懊悔，听了吩咐，决心戴罪立功。那天夜里，张三李四，除了自己的短枪以外，又挑出两把好使的，压满子弹，揣在腰里，仍旧从那日出城的地方，借助一根绳索，翻入城去。

进了城后，打问出死监的地方，一跃上了房顶，揭开瓦片，细细一瞅，见黑大头戴了脚镣手铐，果然被关在这里。门口有两个哨兵把门，那院子里，也是岗哨林立，戒备森严。

两人轻轻地唤了几声"黑旅长"。黑大头正就着油灯，在瞑目静思，想自己这一生功过，听见唤声，醒了过来，抬头往房上一看，看见了一双人眼，知道是弟兄们来。

那张三，从瓦片的缝隙里，伸出一只手下来，比画了一阵，这是在约定劫狱的时间，黑大头会意，也用手比画了一下，算是明白了。完了以后，张三拿起那两支为黑大头预备的手枪，就要从瓦缝里往下扔。黑大头见了，用手指了指门外打瞌睡的哨兵，又指了指那个直通屋顶的烟囱。

原来这死监，最初大约是一间民房，所以屋子里有炕，有炕也就一定有烟囱。张三见了，将两支手枪，在手里掂了掂，擦着烟囱内壁，一前一后，扔了下去。随之，只听一声响动，那烟囱里扑出一股烟灰，扑了张三一脸。张三李四，屏住呼吸，趴在房上不敢动弹。

哨兵听到响动，站起来，朝屋子瞅了一眼，见黑大头还蜷曲在地上，眯着眼皮，似睡非睡的样子，料定没有发生什么事情，就又坐在了那里去打瞌睡。

张三李四二位，见大功已经告成，可以回去复命了，于是从房顶上爬起来，蹑手蹑脚，准备从原路返回。前面谈过，那烟囱里的烟灰，扑了张三一脸，在扑他脸的同时，自然也没有放过他的眼睛，因此现在，眼神有些朦胧，下脚时，不小心踩在了瓦棱上，只听"嘎嚓"一声响，一片瓦碎了。夜深人静，这响声显得很大。那院子里的岗哨，听到响声，透过夜色往屋顶一看，看见了两个猫着腰的人影，不及细想，平端起枪，就是一个连发。只听"轱辘"一声，屋顶的两个黑影，有一个中了枪子，从屋檐上掉了下来，另一个，张口叫一声"张三哥"，话未落音，也掉下屋檐。

院子里的岗哨，连同那两个把门的哨兵，瞅着这落在地上的黑影，一阵乱枪，将张三李四，打死在地，那身上，少说也有四五十个窟窿。

屋里的黑大头,看着这两个跟了自己多年的弟兄,如今落到这个下场,一阵心酸,掉下泪来。他大声吼道:"吴大员,老子跟你没完!"喊归喊,虎落平阳被犬欺,只是无奈。

瞅着外边一片混乱,无人顾暇他了,黑大头揭下一块炕上铺的石板,从炕与烟囱连接的叫"狗窝"的地方,取出两杆短枪,然后将石板放好。黑大头开始时将枪放在炕洞口,这样用起来顺手就可以拿到,可是想了想,觉得不妥,便解开粗布腰带,从腰带上撕下一绺布条,将两支枪拴了,一左一右,捆在自己交裆里生殖器的根上,然后将大裆裤,穿好,将腰带仍旧扎紧。

枪声惊动了吴大员和丹州县县长,一会儿,两人带了几个随从,匆匆赶来。吴大员掏出手电,照了照院子里两具尸体,吩咐将尸体拉出去埋了,然后,进了黑大头被囚的屋子。

吴大员今天,已非那日所比,那件半青不白的袍子,早脱了,换了一件真丝绒马褂,一只亮晃晃的金表链儿,吊在胸前,头上,戴了一顶硬壳瓜皮帽儿,鼻梁凹里,架一副金丝眼镜。

黑大头见了吴大员,破口大骂,叫道:"你这老狗,我黑大头与你前世无冤,后世无仇,如何设下这条毒计,赚我?"

吴大员捻着胡须,听任黑大头的暴怒,并不搭话,直到黑大头自己也说得没劲了,吴大员才嘿嘿地笑了两声,居高临下地说道:"如何无冤?如何无仇?你目无政府,占山为王,扰乱一方治安。听说你也说过'卧榻之下,岂容他人酣睡'这话,你这后九天,距肤施城仅三百里之遥,距丹州城,仅六十里之遥,不除了你这地方一害,当地治安,如何保障?"

黑大头驳道:"论起你们这些贪官污吏,恶霸豪强,我黑大头算是清白的了。扪心自问,黑大头平生,于家于国,都是问心无愧,不似你们，满嘴的仁义道德，一肚子男盗女娼。今天，此时此刻，我黑大头斗胆说一句狂妄的话：只怕你们捉得我，却不好放人了！"

"此话怎讲？"吴大员故作吃惊地问。

黑大头说道："当今的陕西督军杨虎城，与我有八拜之交，是我的拈香换帖弟兄，这件事，杨将军自会给我出头，到时候，这个摊场，看你们如何收拾？"

吴大员听了，哈哈大笑，说道："黑大头，你死到临头了，还不明白我是谁！我是南京政府派到陕西的特派大员，专为陕西匪患连连、治政不严而来。说穿了，这次捉你，正是为了给杨虎城一个难堪，要不，杀鸡焉用牛刀，我一个堂堂省党部主席，屈就你这荒僻小县！"

黑大头仍然大骂不止，只是听了这话，口气不似先前气盛了。

吴大员听任黑大头叫骂，脸上依旧堆着笑。他对县长说，将这黑旅长的住处，调换一下吧。县长说用不着吧。吴大员说，不然，"双枪队"既然知道了这个地方，有了第一次，就会有第二次，凡事得小心提防才是。县长听了，称赞吴大员考虑周到。

保安团士兵，秉承吴大员旨意，为黑大头调换地方，这事不提。单说那吴大员回到下处，心里总觉不踏实，到了口的肉，让他跑了，岂不前功尽弃，惹人笑话。想来想去，还是决定要将这黑大头赶紧杀了，于是复又穿上衣服，来找县长。县长听了，还是原来的意思，不想为丹州惹事。吴大员说道："城外围城的各路手贼，只为一个黑大头，如今将这黑大头杀了，断了他们的指望，城外气焰，自然减了一半。加之，肤施城内国民党正规军一个团，已出发了几日，眼下，该在后九天打响了。枪声一响，'双枪队'见老巢被抄，自然回师去救，这丹州之围，不用说也就解了，因此，不必多虑。"

县长听了,还是支吾其词。

吴大员见此,虎下脸来,一拍桌子,说道:"先生五百块大洋买下的这把县长交椅,难道不想坐了?"

县长见吴大员的话,说得严厉,不敢违抗,赶快附和赞成。

两人议定,事不宜迟,明日早晨菜市场,开刀问斩。只是今夜,还须保密提防走漏风声。

一夜无话。第二天早晨,县长升堂,命人将黑大头押上来。黑大头见了这个阵势,明白是死在今日了,于是仍旧大骂不止。县长拿出书记官拟好的一份告示,草草地念了一遍,便在黑大头的名讳上,朱笔一勾,然后把朱笔掷在桌上,起身退堂。一个国民党士兵,随之捡起告示,押了黑大头,离了大堂,绑赴菜市场。

众人拥着黑大头行走。前头一个敲锣的,一边敲一边喊:"满城百姓听着,后九天大匪黑大头,被县衙捉拿,开刀问斩,死期就在今日,大家去菜市场看热闹去吧!去得迟了,就没地方了,百年不遇的好戏,不花钱就能看的好戏,大家快去吧!"

黑大头的威名,丹州城里无人不知、无人不晓,听说是处决黑大头,大家虽然害怕,但是出于好奇,还是想看一看。乡下人除了看这一类事情,老实说,一生一世,也没有什么稀罕景可看。这样,冷落的菜市场,打早白晨的,倒聚了不少的人。

远远地,一干人拥着个黑大头来了。那黑大头脚镣手铐,锵锵直响,背上插着一根白杨木标,上面一行大字,身后跟着一群实枪荷弹的士兵,士兵后边,跟着一个蒙住半边脸儿,手提一把鬼头刀的刽子手。那黑大头到了这个境地,仍然雄赳赳、气昂昂,不失绿林豪杰的风采,一颗硕大无朋的脑袋,剃得锃亮,两只大眼,睁得贼圆,嘴角高挑,似露出一丝傲意。人群中,有好事的,喝一声彩,叫道:"二十年后又是一条好汉!"黑大头听了,朝那喊声处，微微点一下下颏，算是感激。

快到菜市场时，黑大头看见街道上，人群已经乱乱的了，于是低声向押着他的军警提出，他想小解一下。那军警听了，以为他胆怯，取笑道："莫非尿了裤子不成？"黑大头听了，默默无语，并不答辩。

眼见来到一个厕所跟前时，黑大头停下，不愿走了。几个人拉他，哪里拉得动。军警们见了，议论不决。有人说，既然他想去，就让他去吧，这是他最后一次上"茅子"了，阎王催命还不催人屙屎哩。有人不同意他去上，说这桩差事，早了结早安宁，谁知这黑大头安的是什么心。双方正在争执，那负责这桩事儿的头儿，大声吆喝起来，要军警们快走。那城外又在响枪，一会儿这事完了，还要上城墙去守城。军警们见说，于是停止争执，推推搡搡，押上黑大头又走。

至此，黑大头明白，裤裆里的两支短枪，已经派不上用场了。于是长叹一声，低下头去。

到了菜市场，停在当街，刽子手反握着刀，走过去，喝令黑大头跪下。黑大头拧着脖颈，至死不跪。不跪也就罢了，刽子手从心里怵他，于是不再勉强，将就着将这桩生活做了算了。

刽子手身矮，无奈，只得踮起脚跟，顺过鬼头刀，使足力气抡圆，朝黑大头脖子上，削去。

刽子手手脚倒还利索，只见鬼头刀到处，黑大头的身子便和头分了家。那人头"笃"的一声掉在了当街上，滚了几滚，站住。那没有了头的半截铁塔似的身子，"呲"的一声，向外冒出一股黑血，黑血喷出两三丈远，仿佛水龙头一般，然后这身子，便慢慢地倾斜，最后像个粮食口袋一样栽倒在地。

刽子手溅了满脸的血，脸色一青一白，四肢有些发软。不待他软瘫在地上，便有一个军警接过他手中刀，又有几个，架着他，先走了。

那负责这桩生活的头儿，先将告示贴在山墙上，然后按照惯例，走到尸首跟前，踢了两脚，防止他不死。身首分家，哪有不死的道理，这头儿所以如此，只是法场惯例。

谁知这一脚下来，脚落处，只听"啪"的一声枪响，吓得这头儿打了个趔趄，回首看看四周，问谁的枪走火了。看看没有谁的枪走火，这头儿觉得纳闷，于是低下身子，轻轻去拨那黑大头的衣服。这一拨，看见了那两把短枪，大张着机头，像两只鸟儿一样卧在黑大头的交裆里，其中一把，枪口尚在冒烟。头儿见了，大惊失色，那些还没有走的军警们，想到刚才黑大头要上茅厕的事，也一阵阵后怕。

军警们战战兢兢地取了手枪，又将这黑大头的头颅，装进一个木笼，回去复命。不提。

却说城外的杨作新，等到天明，不见张三李四的消息，又听到城内乱枪不止，心中十分烦躁。赶紧去和各路头目，商量今天攻城的事，没想到正在商议之间，突然听到有人前来禀报，说黑旅长的人头，被敌人挂在城门楼子上了。大家听了，顾不上开会，匆匆来到前沿阵地，搭眼一看，果见城门楼子上，竖起一根高高的竹竿，竹竿头上，挑着一个木笼。杨作新细看那木笼，认得那木笼里装的，正是黑大头的头颅，虽然脸上没有了血色，但那眼睛依然明亮如旧。杨作新见了，双膝跪倒，失声恸哭，后九天一帮弟兄，见杨作新哭了，也都纷纷跪倒，大哭起来。其余各路队伍，虽然不像后九天人马那样有切肤之痛，但是见那高悬在丹州城的人头，想起黑大头英雄一世，如今遭此下场，也都十分伤感，陪着掉泪。于是刹那间，丹州城外，阴风惨惨，哭声一片。

黑大头一死，激励了城外的各路人马，大家决心同仇敌忾，化悲痛为力量，不顾死伤，一鼓作气拿下丹州城。

这天中午，杨作新一声号令，各路人马，人人拼命，个个争先，直扑丹州城，必欲踩平丹州城而后快。那城外的士旺河，鲜血都将河水染红了，死去的人，人摞人，仿佛麦捆子、谷个子一般。城外的三挺轻机枪，嘎嘎地叫着，与七郎山上的重机枪对阵。

俗话说，一人拼命，万人莫敌，约有两顿饭光景，各路人马中，各有不少人到了城墙根、重机枪射不着的死角，有人带了挠钩绳索，已爬上城头，还有一帮兄弟，人架人，搭成人梯，攀上城头。

就在丹州城立马可破、势在必得之际，只见从后九天方向，有一位留守的兄弟，骑着大青骡，飞也似的跑来。

杨作新见了，叫声"不好"。只见那人滚下鞍来，抱着杨作新一条腿，哭道：肤施城国民党正规军一个团，连同陕北地面各县保安团武装，乘虚攻打后九天，九重山门，已经破了五道了，要大队人马赶快回师去救。

听了这话，杨作新顿顿脚说，山寨事大，安能不救，只是，便宜了这老狗吴大员了。

情况紧急，各路头目，匆匆地碰了一下头，都觉得后九天失守事大，失了这个天险，就等于没有双枪队了；至于黑大头，人死不能复生，留下此仇，慢慢再报不迟。

红军游击队愿意与后九天武装一起，回去救后九天寨了。那些土匪武装，原想杀入城去，大肆抢掠一番，如今见唾手可得的美事，做不成了，有些遗憾。他们说道，这吴大员的性命，包在他们身上了，一定叫他出不了陕北。

陕北南下西安的道路，一般说来有三条，一条是号称"雄关天堑"的金锁关，一条是经黄龙山过白马滩进入关中，一条就是子午岭那条古老的秦直道了。这三条道路上，都有大股土匪。土匪们告诉杨作新，他们决心守住要冲，细心盘查，管叫这吴大员插翅难飞，有腿难逃，到时候，也摘下他一颗人头，挂在西安城的钟楼上，替黑大哥出气。

杨作新听了这话，心里稍稍得到一点安慰，然后与各路头领，见过大礼，说罢"后会有期，来日方长"之类的客套话后，立即率后九天双枪队，会同红军游击队，沿黄河峡谷逆上，直奔后九天。

离后九天还有十多里地时，转过一个弯子，只见那后九天山顶，黑烟升腾，火光熊熊，整个后九天大殿，正在化为灰烬。再看那后九天九重山门之间，黄蜡蜡的，被身穿老虎皮的国民党士兵塞满了，人头攒动，枪刺闪闪，正不知有多少兵众。

大家一见，像泄了气的皮球一样，一个个都软在了路途上，明白寨子已破，归路断了，纵然前去拼命，也只不过是以卵击石，多去送几具尸首而已。

事到如今，对于后九天武装来说，也就只有投共产党游击队这一条路了。

杨作新与红军游击队的负责人，商议了一下，谈妥改编事宜，然后将队伍，拉到一个山坳里，山坳四周，由红军游击队围定。

杨作新站在一块大石头上，简略地谈了当时形势，谈到君子报仇，十年不晚，黑大哥此仇必报的决心，又说了将双枪队改编为红军游击队一个支队的事。那位红军负责人，也站在石头上讲了几句，说愿意投红军的，双手欢迎，愿意回乡种地，甚至到山上为匪的，亦不阻挡，悉听尊便，只是要把枪留下来，红军给发两块响洋上路。

前面说过，早在后九天时，杨作新上课，就时时讲起革命的道理，所以这双枪队士兵，对革命都有一定认识，这时，听了上面的话，纷纷提出，要当红军。队伍中，也有几个人，想就此洗手不干，回去当个安生的农民，红军游击队也就不为难他们，安抚一番，发了盘缠，打发上路。还有几位，包括一名副头，匪气不改，嫌红军游击队生活艰苦，管束又严，还想再找个山头，继续为匪。对于这些人来说，手中钢枪，就是衣食饭碗，因此虽说要走，就是舍不得手中使熟了的家伙，想要闹事，看见四周站定的红军游击队士兵，只得将枪掷在地上，走人。

这当儿，国民党军队已经将后九天寨子摧毁，气势正盛，又向丹州城方向扑来，来解丹州之围。红军游击队见了，将队伍重新编制，编制完毕，避开黄河峡谷，钻进一条拐沟，上山溜圪，前往陕北高原北部高山大壑中去了。

杨作新平日最重义气，这时暂停步子，和几个要回家当农民的弟兄，拱手告别，又和那几个要去当土匪的弟兄，说了几句关于往日情分、去途珍重之类的话。

那要回去重扶犁杖的，感谢安抚，承情走了。那要去继续为匪的，听归听，只是不理，低头自走自的。杨作新见了，叹息一声，遂折身回来，这时队伍已经走远，杨作新便蹬开大步，急急追去。

追了百米远近，忽然听到头顶上，有人喊他名字。抬头一看，只见头顶高高的山峁上，一个少妇人，身上背一个包袱儿，手里牵着个半大孩子，正在唤他，一边唤一边抹着泪水儿。

第十章

那喊杨作新的女人，正是黑白氏，旁边牵的那位，不消说，就是黑寿山了。

后九天寨子被劫，守山的弟兄们悉数战死，如何这手指缝里，跑了个黑白氏和黑寿山。各位，也是这黑白氏命不该绝，那天，她在山上，惦念丈夫的死活，想到各路人马，去那丹州城，业已数日，不见消息，心中着急，便要下山。大家见拦不住她，只好派两个小厮，送她前去，路上，恰好飘了一阵过云雨，一行人便在一个崖根下避雨。这时国民党的大队伍，顺大道浩浩荡荡地过来了，两个小厮一见，安顿黑白氏母子蹲在崖根别动，自己赶快回去报讯。黑白氏和黑寿山蹲在崖根，看着国民党大队伍从眼前一队一列地过去，吓得气都不敢出，过完队伍后，才缓过神来，嫌大路上不安生，上了山。那急行军的队伍，也想不到崖根上蹲着的那两位，一个是后九天的压寨夫人，一个是少主人，侥幸！

当下,杨作新瞅见黑白氏,吃了一惊,赶快扬手,叫她不要喊叫。他瞅了愈走愈远的红军游击队一眼,本来想赶上去,说个话儿,请个假儿,可是赶不上趟了,于是心想:算了吧,先上山看看!

黑白氏见了杨作新,拉住他的手,眼泪簌簌地往下掉。黑白氏说:"好兄弟,寨子是全都完了!"杨作新正想问,黑白氏是如何逃出的,黑白氏却先开了口,问起黑大头的下落。时至今日,黑白氏还不知道,黑大头已死于丹州城,男人几次大难不死,吉人天相,不料这次的门槛这么硬,竟要了他的性命,这点,黑白氏没有料到。

听说男人已经死了,这对黑白氏来说,犹如天塌地陷一般。她要杨作新细细地叙述经过,当听说丈夫的人头,至今还在丹州城城门楼子上高悬时,她哭了,哭过以后,她镇定下来,开始做没有男人的打算。

黑白氏拉过黑寿山,要他跪下,认杨作新做干大。她说从此以后,不准叫杨先生了,要称杨干大。说完,要儿子立刻就叫一声。

黑寿山跪下来,叫了声"杨干大"。

黑白氏接着又说:"我儿哪,从此你父亲成了个没头鬼,满世界乱窜,吆喝着'还我头来',黑大头英雄一世,落得个这样的下场。你能忍心吗?如今后九天树倒猢狲散,死的死,伤的伤,走的走,没有人理这个事了。黑寿山,你是个男子汉,你大的事,你得出头,你去丹州城,将你大的人头取下来,安上,给他一个全尸还家!"

黑寿山听了,不解其意,仍旧跪在那里,望着母亲。就连杨作新,也觉得黑白氏是经了这许多事后,脑子受了刺激,胡言乱语,你想一个五六岁的孩子,如何去那险恶的丹州城,去取那高竿上的人头。

站在山峁上,目标很大,国民党的军队,说声过来,就过来了,处境很是危险,因此杨作新敦促黑白氏赶快离开这里。

黑白氏固执地摇摇头,不理睬杨作新,仍在不停点地敦促儿子。

儿子见了,不知所措,圪膝盖一挪,转过来,抱住了黑白氏的腿,哭泣起来。

黑白氏撩起她的小脚,一脚踢开了儿子。她说:"憨儿,抱我的腿干什么,要抱,去抱你干大的腿。干儿的事就是干大的事,你没这个毯本事,你不会去求你杨干大!"

至此,杨作新才明白,黑白氏转的这个弯子,原来落根在这里。正像第一次见到黑白氏,她的俏丽曾使他吃惊一样,现在,她的聪明又令他暗暗称奇。

原来这世上的女人,因为有男人在,况且这男人是个顶门立户,或者顶天立地的角色,女人于是便像个懒猫一样,平日躲在男人为自己撑起的这一块空间中。有朝一日,男人殁了,这女人,或者一下子软了,成了一个窝囊废,或者因情势所迫,显露出自己的巾帼英雄本色,直到找到保护者为止。

黑寿山得令,从地上爬起,复又抱住了杨作新的腿,嘴里还不停地叫着"杨干大"。孩子因为刚才黑白氏的一脚,栽了个马趴,泪脸儿沾满了黄土,现在泪脸儿伏在杨作新腿上,黄土沾在了杨作新裤子上。

杨作新犯了难。丹州城那龙潭虎穴,他刚刚经历过一次,说实话,此时也有一些胆怯,本想早早地离了这是非之地,随红军游击队去图大业;再说,那经过改编的后九天武装,还需要他的管理,他毕竟和他们踢搅长了,彼此信任;第三,他私自离开队伍,没有打招呼,同志们行军途中,不见了他,肯定是有想法的。想着这些,杨作新站在黄土峁上,沉吟不语。

黑寿山见杨干大低头不语,无动于衷,就摇晃着他的腿,哭得更凶了。

那黑白氏，这时候，倒像个两姓旁人一样，站在旁边，冷冷地看着，且看干儿干大这场戏，如何收场。

"罢罢罢！"孩子的哭声，令杨作新心碎，他一甩袖子，扶起黑寿山，说道："乖娃起来，干大替你揽了这桩事情吧！其实，就是你不说，看见你大的人头挂在那里，我心里也不好受。后九天一场，谁叫我们遇到一起了呢！"说完，看了黑白氏一眼。

黑白氏听了这话，态度才缓和下来，又变成了刚才那可怜兮兮叫人怜惜的模样儿，并且同意离开这黄土峁了。

一行三人，下了山峁，就近处找了户农家，夜晚就歇息在这里。杨作新提出，那娘儿两个，权且在这里暂住，由他去丹州城里，取了人头，再来接他们。黑白氏却说，贤弟只管休息，歇一歇自己鞍马劳顿的身子，去取人头的事，且听她的安排。杨作新听了，于是从农家找了点鸡油，擦了擦熏满硝烟的短枪，蒙头去睡了。

黑白氏的包袱里，原来包着一些贵重的金银，从这一点也可以看出这女人的细心。黑白氏拿出一点，给了这家农户，买下了这家一头毛驴，又为她、杨作新，以及黑寿山，各备了一身农家衣服，收拾停当，才搂着孩子睡去。

第二天一早，通往丹州城的小路上，走过来一个骑着毛驴敖娘家的小媳妇。小媳妇穿一件素花大襟衣服，头上盘着盘龙髻，小脚上蹬着一双白鞋，有个半大孩子，搂着这小媳妇的腰，骑在驴屁股上。前边牵驴的，也是个庄稼汉打扮的后生，头上蒙一条白羊肚子手巾，腰里围一条丈二长粗布扯成的腰带。这个情景，正如陕北民歌中所屡屡赞叹不已的那样——骑驴婆姨赶驴汉，调转你的白脸脸让哥哥看。战乱年间，路上行人稀少，因此这一拨人儿，十分显眼，田野上劳动的人们看了，都忍不住喝一声彩。

说话间到了丹州城。丹州城经历了一场恶战,现在刚刚松弛下来,守城的士兵,眼睛只往黑白氏那安详的俏脸上,多溜了几回,没有注意到杨作新眉宇间的杀气,便胳膊一抬,放行了。进了城后,一行三人,找了个客栈安歇,将毛驴交给店家,草料服侍,不提。

随后,杨作新与黑白氏,拖着个黑寿山,在城里转了一回。城门口有个小饭馆,他们在小饭馆吃饭的时候,隔着窗户,细细地观察了城门楼子上的地形。原来这所谓的城门楼子,是在门洞上边,盖起的一个小小的楼阁。楼阁踢角立兽,列脊摆厦,很有几分古色。楼阁正好架在门洞上边。门洞旁边,有一条砖做的台阶,很窄,通往城墙和门楼。那门楼上边,一根高高的竹竿儿,挑着黑大头的人头,晃晃悠悠的,竹竿下边,一步不离,站着两个哨兵。

黑白氏隔着窗户,见了人头,默默垂泪,那五六岁年纪的黑寿山,见那人头上的眉眼,竟是父亲,不由得大哭起来。黑白氏见了,怕坏了大事,赶紧用袖子抹掉自己脸上的泪花,又伸出巴掌,打了儿子两下,叫他止住哭。

从饭馆掌柜那里,又打问出黑大头那半截身子,被拖上山去,埋在七郎山的一截旧战壕里。当下由那掌柜的,隔着窗户,指了指确切的位置,黑白氏默记在心。

回到客栈,两人商议一番。到了下午,分成两拨,黑白氏领着黑寿山,上山去寻黑大头那半截身子,杨作新则前往秦晋钱庄,去找那钱庄老板寻仇。

做了这么大的事情,那钱庄老板,本该早就卷起家当,离开这是非之地的,只是这天下午,丹州城里,县长设下筵席,为吴大员饯行,席间,吴大员记起了这个老板,也请了他去,要没有这事耽搁,这老板今天也就溜回山西离石了。

这老板在酒席上,承蒙抬爱,受宠若惊,多喝了两杯,眼下,正在屋子一边喝茶,一边哼着山西梆子。听见敲门声响得紧凑,有些犯疑,本不想开。又一想,后九天新败,各人都忙着顾命,谁吃了豹子胆、老虎心,敢此刻到这丹州城寻衅,况且吴大员还在城里。想到这里,便睁着醉眼,哼哼唧唧,一步三摇,前来开门。

门开处,醉眼望去,只见敲门的,是一个庄稼人。钱庄老板正想训斥几句,不料想那人抢先一步,抬脚进门,然后"啪"的一声,将门关了,转过身子,盯住他问道:"掌柜的,你还认得我么?"

一听这话不善,钱庄掌柜细细一瞅,认出了这正是陪黑大头闯丹州城的那个青布长衫。那酒,经这一吓,立即就醒了大半。

钱庄掌柜知道这番是凶多吉少了,于是强作镇定,说有话好说,这间屋子当街,天大的事情,到里屋去谈。说着,自己先扭头向里屋跑去。

杨作新知道里屋有暗道机关,上一次已经吃了一回亏,这次,焉能再上当。好个杨作新,快走两步,赶上前去,飞起一脚,将钱庄老板踢翻在地,复一脚,踩住了他的胸口。

钱庄老板还在号叫着喊"饶命",杨作新不再多费唇舌,从腰里掏出个杀猪刀,像杀猪一样,一手按住人头,一手将刀尖插入钱庄老板的脖子,插透了,左边一按,右边一旋,那颗人头,就握在自个手里了。

杨作新说:"没你这颗人头,我杨作新就出不了丹州城了。"说罢,解下腰带,绽开,将人头裹了,背在背上。屋里晦气太大,杨作新好容易挨到天黑,离开秦晋钱庄,回到客栈。

这天夜里,约莫二更时分,守城门楼子的两个哨兵,看见有一个小媳妇,一扭一扭地闪过山墙,从街道上过来了。小媳妇来到城门洞里,用手拍着门环,叫喊着要出城去。

两位哨兵,用手扶着城墙上的矮墙,说道:"谁家的小嫂子,城里的规矩你不懂吗?天一擦黑,就得关城门,不准出进。当今乱世,城门一开,放进来了共产党,你担当得起吗?"

小媳妇听见有人搭了茬,停止了拍门环,出了门洞,来到当街站定,鼻涕一把泪一把,哭开了,说她的娘家兄弟病了,她来城里抓药,现在,药倒是抓上了,可是出不了城,眼见她的兄弟,这十亩地里一棵苗,现在就要蹬腿咽气了,她却被阻在这里。

守城的士兵,正觉得这一段寂寞的时光难熬,见有人打搅,也觉得开心,就在这城头上,和这小媳妇,斗起嘴来。一个说:"什么娘家兄弟,该不会是你老公吧,老公殁了倒好,从此以后,没人管束你了。"另一个说,他多年行伍出身,干熬着的身子,早就想侍候侍候俏娘们了。

那夜,月亮已经有了,月光很白,照着这小媳妇的一张俏脸儿。

月光下,小媳妇指着城头,回嘴骂道,她要攀上城去,撕破这两个丘八爷的臭嘴。一会儿,想起城外的害了紧病的兄弟,又号啕大哭,并且说,不准她出城,她就撞死在这城门上。

哨兵中年老的一位,这时对那年轻的说:"你去看一看吧。赶走她,当心她真的撞下人命。"

那年轻的哨兵,早就盼着这句话,听了,立即应了一声,然后倒拖着枪,顺着台阶,腾腾腾地跑了下来。

那小媳妇见来人了,非但不跑,反而直往门洞里钻。一会儿工夫,和那哨兵,便在门洞里扭作一团。

那老年哨兵,见年轻哨兵下去了好一阵,还不见上来,又听见门洞里,传来厮打的声音,间或,还有小媳妇的哭声,和喊叫"救命"的声音。

老年哨兵听了,也倒提着枪,下了台阶,他是也想去占一阵便宜,还是想去劝阻年轻士兵,连他自己也不清楚。

老年哨兵刚刚下了台阶，转过弯儿，这时，一个黑影，蹿了出来，三步并作两步，沿着台阶直奔城楼。

这是杨作新。杨作新上了城楼，来到那根竹竿跟前，一使劲，掰弯了竹竿，从竹竿顶上，取下那只木笼。

他打开木笼，从木笼里取下那颗人头，然后从自己背上的包袱里，取下另外一颗，仍旧装在木笼里，关好。

这叫调包计，或者叫狸猫换太子，黑白氏的主意。迄今为止，一切按计划行事。可惜，当杨作新换了人头，又去弯那个竹竿，想将这个木笼重新挂上的时候，过于紧张，用力过猛，那竹竿"啪"的一声，断了。

响声惊动了城门洞的两个哨兵。哨兵吃了一惊，舍了黑白氏，一前一后，跑出城门洞儿。他俩仰头往城墙上一看，看见月光照耀下明晃晃的城头上，别说木笼，连那个挑木笼的竹竿也不见了，倒见有个人影，正在低头忙活什么。

两个哨兵，吆喝着，一边顺台阶往上跑，一边拉动枪栓。

杨作新见状，明白这调包计已经不行了，事情已经败露，本该，杀了这两个哨兵，取出他们身上的钥匙，冲出城去，也是一条办法，可是，黑大头的头，还没有安在他的身上，况且那半大孩子黑寿山，还在客栈里。想到这里，他也不再管那该死的竹竿，从容地将这装着人头的包袱，背在背上，然后手端着枪，顺着台阶走了下来。

杨作新冲着两位哨兵，说道："不是冤家不聚头。两位兄弟，那人头还在木笼里，好端端地放着。我只是个过路客，听说这丹州城严密，想取下人头，和二位耍耍，江湖上传传名字而已。"

"既然手气不顺，我也就绝了这个心思了。二位不必惊慌，人头还在，你们可以交差，不过是要另换个竹竿，将木笼重新挂上而已。怎么样，两位爷们？"

杨作新说着，一边用枪，在两位的脸前比画，一边往后退着，仍旧退到那木笼跟前。

两位哨兵上了城楼，见木笼还在，木笼里的人头还在，心先放下了一半。杨作新见了，又从腰里，掏出些银钱，丢在二位脚下，说道："是朋友，让条道儿，从此两清；不是朋友，今天你死我活，如何？"

两位哨兵听了，互相看了一眼，悄悄地从地上捡起银钱。

杨作新见状暗喜。但他也怕迟延，怕那两个哨兵拿了钱又变卦，于是倒退着步子，下了台阶。

黑白氏早在那山墙头上等候。两人相跟着，便往客栈里匆匆而去。到了客栈里，叫起睡着了的黑寿山，上山去寻那黑大头的半截身子。

白日，黑白氏将该办的事情都办了，现在，道路熟悉，三人来到七郎山上，找到了黑大头那半截身子。黑白氏用一根缝麻袋用的大针，粗针大线，将人头草草地缝在了脖子上。缝好以后，仍旧放在土里，杨作新拿起一把事先准备好的铁锨，将尸体掩埋了，堆起一个土包。土包的一左一右，埋的是张三李四。

至此，黑白氏从荒地里，折来一根旧年的蒿草，掰成三截，权当是香，插在坟头。插好香后，唤过黑寿山过去，跪着给黑大头叩了三个响头。黑白氏跪着叩头，叩着叩着，哭了一声，声音刚刚出口，杨作新咳嗽了一声，黑白氏赶紧捂住了自己的嘴巴。

杨作新站在一旁，看着这孤儿寡母，心中颇有一丝凄然。他默默地对黑大头说："大哥，你该瞑目了，那后九天的兄弟，都有了个好的归宿。钱庄老板那里，仇也报了，如今代替你的，正是他的人头挂在那里。至于那吴大员，他的大限，想来也不远，通往西安的路上,有人在等着他哩!"

这七郎山上,不敢过久延挨,一行三人,当即下了山,重新回到客栈。回到客栈,大家不敢合眼,只等天明以后出城。也不知那两个哨兵,会不会张扬,杨作新想到这时,颇有几分担心。

那两个哨兵,目送着杨作新与黑白氏走远了,才回过头来。今晚这事来得尴尬,两个都有些心慌不定。将银钱塞进兜里,两人去搬弄竹竿,重挂木笼。

竹竿只是从根上断了,重新安上,还可以用,只是短了半尺。挂那人头时,年轻的一位,觉得木笼轻了许多,借着月光一看,不是黑大头的头了,吓得忙唤另一位。

另一位老兵,是个兵痞,他走上前来看了一眼,说:"你瞎说什么,谁说不是的!"又说:"不管它了,挂上得了。咱们不说,谁也不知道,一会儿交给下一班,就没咱们的事了。"两人说着,将那木笼重新挂起,一会儿接班的来了,交过岗,两人回被窝数银钱去了。

到了早晨,城门一开,杨作新赶紧备好驴子,扶黑白氏上驴,又抱起黑寿山,放在驴屁股上,完了,牵着毛驴,上了街道。走到秦晋钱庄门口,只见门口围了一大堆人,说昨晚上这里出了人命,那钱庄老板,叫人杀了,只剩下这下半截身子,满屋寻找,不见了人头。有人正喊要报官。杨作新见了,不敢停留,牵着毛驴,匆匆而过。到了城门洞,一切如故,和昨日进城时,没有什么变化,杨作新壮着胆子,牵着驴,另一只手按着枪,从哨兵跟前大模大样地出了城。出了城后,怕后边有追赶,朝驴屁股上拍了一掌,毛驴撒着欢儿,上了一条山间小路。

却说那城里,左邻右舍见钱庄老板的人头,昨天还好好地长在脖子上,过了一夜,就不见了,心中害怕,有好事的,赶忙去报官。县长见了,带人来勘察了一番,也看不出个究竟,只好叫人将那半截身子埋了,将这钱庄就地查封。

那吴大员定好今日启程,昨天多贪了两杯,起身得迟了点,这时听见外边人声嘈杂,出来看是怎么回事。听说那钱庄老板的人头,说声没了就没了。心中惊疑,又问这钱庄里,可曾丢了什么东西。刚刚勘察回来的县长,回答说,只丢了一颗人头,别的东西,一件没丢。吴大员听了,心中已有几分明白,他要县长到城楼上去看一看,看城楼上挂着的那颗,还是不是黑大头的。

县长换了件衣裳,去了一会儿,回来后又惊又怕,说那城门楼子上竹竿挑着的,果然不是黑大头,而是钱庄老板的人头了,两个哨兵,寸步不离地守在那里,谁竟有这日天的本事,鸡不鸣狗不咬地,就把个人头换了。县长又说,把昨晚上站哨的,唤来,挨个儿问,不信查不出来。吴大员阻止了他,吴大员说,你省事些吧,哨兵一班一班地换,你去问谁去,就是谁手上出的事,谁也不会承认了,再说,这桩事也就不提它了,省得惹人笑话,且让这钱庄老板,李代桃僵,挂在那里,风光上一回吧,反正过上几天,苍蝇一擞,那面目也就看不清了。

县长听了,也觉得这事不提为好,当下省了一桩心事,接下来,又想到这不速之客,能干出这桩事情,那么要取他的人头,也不是太难的事。当时便摸着自己的脖颈,脸色十分难看。

县长的神色,吴大员尽瞧在眼里,老实说,他虽然面皮上不动声色,心里也七上八下的,实在不踏实。他意识到自己该启程了,于是打个哈哈,起身拱手,与县长告别。

吴大员行前,突然想起,那后九天人马,既然和钱庄老板过不去,那么和他,岂能善罢甘休,陕北前往西安的路上,一向不太太平,说不定,有人就在梢林里等着他,准备打黑枪呢。想到这里,遂吩咐随行人员，备一只船只，渡黄河去，过了山西，取道风陵渡回西安。

吴大员棋高一着，跨黄河去了山西，害得山林中那些土匪，张大眼睛等了好多天，直到听说吴大员已在西安露面，才断了这份念想。至于那钱庄老板的人头，却在这丹州城的城门楼子上，挂了很久，直到风干成一个骷髅，才被取下。过往百姓，都知道那上边挂的是谁，于是一边笑那政府，一张大纸糊在脸上，硬装门面，一边指着人头，告诫世人，可不要做那造孽的事情，提防半夜敲门。百姓们评评说说，指指点点，这丹州城城门楼子上的人头，几乎成了丹州一景，就是时至今日，还有人把这当古话说起。

闲言少叙。却说杨作新一行，离了丹州城，惊魂未定。怕后边有敌人追赶，驴蹄翻飞，一路小跑。到了晚上，人困驴乏，一打问，已经到了邻县县境，大家方才心定。

当夜，就在一家行人小店歇息。那黑白氏骑了一天的毛驴，腿脚酥软，驴子站定后，她闪了两闪，竟像长在驴身上一样，下不来了。倒是黑寿山，腿脚麻利，一侧身，溜下了驴背，然后脱了裤子，翘起屁股，叫杨干大看。原来是驴的脊梁杆子，将他的屁股磨破了，红蜡蜡地流血。杨作新拍了一下他的屁股，说看见了，叫他把裤子穿好，然后去驴背上，去取黑白氏。杨作新力大，夹起黑白氏的腰身，轻轻一提，黑白氏便离了驴背，被款款地放在地上，像个木偶人一样站定。

当夜无话，到了第二天，步子就徐缓了下来，骑驴婆姨赶驴汉，沿着那条走西口的道路，穿越陕北高原，向北而行。这是送黑白氏母子，去黑白氏的娘家袁家村。后九天早已成了一片废墟，去不得那里，而黑家堡，因为有当年黑大头吊打伯父的事，归路也断了，想来想去，黑白氏要杨作新送她们母子俩回袁家村去。

七郎山上，安葬了黑大头，不管怎么说，黑大头也算是入土为安、全尸回家了。想到这里，那黑白氏，也觉得自己对得起夫妻一场了，从此不再想他，把一应前尘往事，渐渐丢在脑后。

一路上，走走停停，停停走走，眼前山迎山送，应接不暇，黑白氏久居后九天，好久没有到世界上走走了，看到眼前的景象，她的脸色，也渐渐开朗起来。

从长相上看，那杨作新与黑白氏，倒像是般配的一对儿，一样的修长身材，一样的小白脸儿。心情开朗，遇到有水流的地方，黑白氏说一句"他干大，不忙着赶路"，便勒住驴儿，走到水边。她踩一块列石，打开发髻，散开一头乌云般的黑发，在水里洗了，然后在头上，重新编好盘好。脸也捎带着洗了，洗罢脸后，拿出一点官粉，扑在脸上，于是一张俏脸儿，愈见嫩白。

时至今日，杨作新的力气已经长圆。历经炮火与硝烟的熏烤，他的面容显得有些憔悴，脸上也露出疲惫之色。嘴唇上，鬓角上，开始扎满浓浓的胡须。他的原来笔挺的身板，现在微微有些驼了，两个肩膀，也有些前倾。他穿一件对襟的粗布衫子，腰里围一条腰带，头上，白肚子手巾扎成英雄结。他更多的时间是牵着驴缰行走，不过，遇到山势平缓，道路宽些的地方，他也放了缰绳，让黑白氏拎着，而自己，跟在驴的背后，反剪着双手，身子一闪一闪地走着，像个真正的赶脚汉。

山野寂寥，看不尽的荒山秃岭，走不完的绵长山路，在这样的时候，只有一个人的脚步和一头驴的碎步，清晰地响在山间，于是给人一种空旷感和压抑感。杨作新耐不住这旅途的沉闷和环境的挤压，扯开嗓子，大声地吼叫起来，如果有歌词，这叫"信天游"，如果没有歌词，只一味地号叫，这叫"喊山"。

随着一声号叫，四面山上的"崖娃娃"，齐声应和起来，轰轰隆隆地，一阵接着一阵。

随着喊声四起，黑白氏的情绪也受到了感染，看到身边这个男人在显示力量，发泄情绪，她理解地望着他，并且在抿着嘴笑。年幼的黑寿山，也被这喊声惊动了，他饶有兴趣地支起耳朵听了一阵，也仿效杨干大的样子，喊起来，一边喊一边高声大笑。喊完了，他问杨干大，是什么在回应他。杨作新说，民间的说法，这叫"崖娃娃"，科学的解释，这叫回声，声音碰到四面山上，折了回来。黑白氏听了，笑着纠正说，杨干大说得不对，这既不是"崖娃娃"，也不是回声，小时候她做女的时候，也常常这样喊，一个过路的白云山道人告诉她，这是应声童子，每一面山崖的里边，都站着一个应声童子，等候着回人的话。黑白氏还说，那道人说，你离山崖远一点喊，当心离得近了，被山崖吸了进去，也被留作应声童子。

许是想起做女时的情景吧，黑白氏的脸上，掠过一阵红晕。她本来就是个风流的人儿，自嫁了黑大头，安生了下来，尽一个女人的本分，如今黑大头一死，没有管束，想到自家的自由身子，她不免有些放浪起来。

节令正是阴历五月，山丹丹开花的季节。"山丹丹开花背洼洼红"，在那山冈的背坡上，开着一片山丹丹，红艳艳的。陕北女儿家，有几个不知道这种野花的，黑白氏见了，却明知故问，问这是什么，接着又央他杨干大，采一朵来，她想瞧瞧新鲜。花儿拿到手中，她端详了一阵，便掐去秆儿，插在了鬓边。

杨作新瞅着她往鬓边插花，看得有些出神，他突然想起丹州城门洞里的事，于是问道："嫂子，那天晚上，城门洞里，你没让那两个烧脑小子，占了便宜？"

黑白氏听了，脸色一红，她说："没有，哪能呢，我在裤带上，绾了个死疙瘩！"

杨作新突然觉得自己一个大男人，不该问这话，便止了口。

黑白氏正等着杨作新将这个话题继续拉下去，见杨作新突然停了，不免有些遗憾，只好自己接着往下说。她说，那天夜里，住在小店，裤带上那个死疙瘩，她死活解不开，急得没法，想叫杨作新帮她解，又嫌羞，最后，硬是自己用牙咬着，解开了。

杨作新想到，黑白氏弯着腰，用牙齿咬裤带的样子，一定很有趣，他笑了起来。他轻轻地拍了一下驴背，驴惊叫了一声，步履快了。

当天夜里，歇息在一个叫交口河的行人小店里。这类小店，通常只有一孔窑洞，一面大炕。晚上，一行人洗漱完毕，店家是一个老头，为行人做了一顿可口的面食——荞面饸饹羊腥汤，做完以后，便偎在锅台跟前，早早地睡了。

两边都是大山，中间夹一条清澈的溪流。这家小店，就在溪流的旁边。夜来，明晃晃的一轮大月亮，升起来了，照得半面窗户，一片雪白。杨作新与黑白氏，见老头睡了，也就铺了被子，早早睡觉。原来这种小店，也只有一床被子，被子奇大，可以将整个大炕严严实实地盖满，人称"塌伙被"。早年的这种走西口路上的行人小店，用的都是这种被子、这种大炕，所以并不是这家主人的独出心裁。

往日，睡这种"塌伙被"的时候，总是杨作新在一侧，黑白氏在另一侧，中间夹个半大小子黑寿山。黑大头新丧，一干人还处在悲恸之中，再加上旅途劳顿，心中耽事，所以每日夜里，那黑白氏搂着孩子，一觉天明，其间并没有发生什么事情。

自打后九天寨子，初次见了杨作新，黑白氏心中已暗暗钟情于他，只是碍着个黑大头，不敢造次。如今一路走来，一路上难免碰头磕脚，疯言浪语，也时有点缀，那黑白氏一颗不拘的心，早就野了。

今夜，也是黑白氏有意，她抱起孩子，首先在炕的一侧睡了，孩子放在了炕圪崂，她则横在了炕的中间。杨作新见了，无奈，只得在炕的这侧挨墙睡了。不过，炕很大，叙述者也曾经睡过这种走西口途中行人小店的大炕，赤条条八个后生，头枕炕沿，脚蹬窑掌，辗转反侧，仍有富余，所以，此刻的杨作新，距黑白氏尚有相当距离。

那个开店的老头，蜷曲在灶火口的柴堆上，正在呼呼大睡。门外的溪流，发出淅淅沥沥的声响。月亮不停地移动，慢慢地将它的光芒，漂白了整个半月形的窗户。

黑白氏在哄着儿子入睡，一边哄着，一边蜷起膝盖，将一只小脚，搁在了杨作新的身上。那黑白氏在哄孩子入睡的时候，还不停地哼着酸曲，那酸曲，正是我们前边谈到的撩拨人心的那种——

秃脑小子你赶快睡，
害得你干大活受罪！

黑白氏反复地哼着，哼到"干大"二字时，还不停地用她的小脚，去蹬杨作新。杨作新明白了，这正是所谓的"骚情"，于是佯装不知，听任黑白氏的小蹄儿蹬达。

"干大"这个称谓，在陕北，一般说来，是对有一定的人望的、在社会上有头有脸的男人的一种尊称。当然。这个"干大"有广义和狭义的两种，上面谈的是广义，就狭义而言，"干大"是指两个要好的朋友之间，结成"拜识"，于是他们的子女，称父亲的拜识为"干大"。当然，在一些个别的地方，"干大"这个词儿，还有第三种解释，似乎是暗指母亲的情人。民谣中说，"沙子打墙墙不倒，干大来了狗不咬，姑娘嫁汉娘不恼"，那里面提到的"干大"，大约就是指的母亲的情人吧。

也许,早在那黄土峁上,黑白氏要她的儿子,叩头认杨作新做"干大"的时候,就已经默许下杨作新这第三种意思了。只是杨作新是学堂里长大的,不了解这民间的许多渠渠道道,再加上十里不同俗,吴儿堡地面与袁家村地面,对"干大"的理解不同,所以他只记得这干大的责任,忘了这干大的好处了,时至今日,还不动作,难怪黑白氏着急。

孩子已经熟睡。黑白氏停止了她的催眠曲,她翻转身子,靠在了杨作新这边。

"怎么,我热身子遇上了个冷枕头,热屁股遇上了个冷板凳?"黑白氏微微一笑,说道。

她说完这话,凑上前去,施展手段,将个热烘烘的身子,骑在了杨作新身上。那个小蹄儿一样的小脚,现在不用它了,她伸出手指,轻轻地抚摸着杨作新的眉眼,摸得很细,杨作新只感到,像一股轻柔的风,从他的脸面上轻抚过去。那柔若无骨的手在抚过脸面以后,并没停止,它一直向下摸去,在杨作新的胸脯上,逗留了一阵,又越过胸脯,继续前行,最后她捉住了杨作新腰下的那个东西。那东西已经邦邦硬了,女人见了,微微一笑,在杨作新的嘴上,亲了个口口,然后将那东西,摆弄起来,像摆弄一个玩物,摆弄了一阵,就端起它,熟练地塞到了自己的下处。塞进去后,晃动了两下,觉得舒适了,便停止了晃动,整个身子,像一摊泥一样,摊在了杨作新的身上。

杨作新感到自己,像在云里雾里。一个大活人压在身上,他竟感到轻飘飘得像罩了一团热气。说心里话,他正等着这妖娆的女人,来摆弄自己,谁知道,到了这个火候,那女人,却停止了主动。她认为她应该做的已经完成,她这时做的唯一的一件事情,只是将她的一张小口,温柔地哑着杨作新长满胡子的嘴巴,舌尖儿轻轻试探,而两只手,抓着杨作新的羊粪蛋儿一样的奶奶。

杨作新感到燥热,感到恼怒,感到血液像着了火一样在全身燃烧,他再也不能忍耐,大叫一声,两只手,两只脚,盘住黑白氏,一个打滚,将黑白氏压在了身下。

"你真能行!"女人鼓励道。说着,又用她的尖指甲,在杨作新的奶奶上,死劲地掐了一下。

杨作新感到一阵疼痛,继而是一阵眩晕,继而是一阵刻骨铭心的快感。接着,究竟发生了什么,连他自己也不知道,他只听任本能行事。

在苦役般的人生旅程中,在按照悲观主义者所认为的"生命过程本身就是一次错误,一场与生俱来的痛苦"这句话之后,假如,人生中还有片刻的欢乐,还有忘记了一切忧虑,将整个世界都丢在脑后的时光的话,那就是这销魂的一刻。其实,公允地讲来,这对杨作新是第一次,遥远而寒冷的吴儿堡之夜,他与灯草儿,那只是一次苦涩的义务,是受冥冥之中家族昨日的祈使,去完成一次春种秋收而已,他在那一次丝毫没有体验到什么,也没有产生什么感想。

他觉得自己,时至今日才了解女人,未免有些遗憾。他觉得世界真是奇妙,它让世上有男人和女人,然后再用男人和女人之间的事情,来调节苦役般的人生、凄苦饥寒的生活。如果说对一个女人来说,没有生孩子就表示她没有成熟,那么对一个男人来说,接触一回女人就表示他成熟了一回。"老子不死儿不大",杨干大之死,促使杨作新觉得自己猛然之间长大了,而此刻与黑白氏的接触,又给他带来一种成熟的感觉。他捧着黑白氏的小白脸儿,爱不够,恨不够,亲不够,他忘记了这个晚上有过多少次你来我往和我来你往。

"六月里黄河十二月风,老祖先留下个人爱人!"黑白氏在气喘咻咻的途中，还没忘了哼上这两句陕北民歌野调。

"骑马要骑那花点点，交朋友要交那毛眼眼！"杨作新这样应对。

事情总该有个结束。后来，那个睡在灶火口的老汉，被响动惊醒了，他不满地嘟囔了一声，大约是说，真没个够，你们自己不要紧，被子一扇一扇的，当心把孩子扇腾凉了。老头说完，又沉沉睡去，炕上两个风流人物，登时脸色羞红，相视一笑，亲个口口，才算罢休；彼此分开，黑白氏又去搂她的孩子去了。

第二天早晨，算了店钱，登程上路。他们两个，倒没有感觉什么，倒是这半大小子黑寿山，感觉到母亲和杨干大之间，态度有了变化，平日二位，总是客客气气，相敬如宾。从今天早晨开始，母亲又恢复了往日那懒洋洋、软绵绵的神气，骑在驴上，一会儿说屁股垫，让杨干大拽拽那垫子，一会儿又说山崖上木瓜①熟了，要杨干大去打，颐指气使，呼来唤去，俨然像个"娘娘"。杨干大也放下了平日那大不咧咧的男子汉气派，黑白氏但有吩咐，有求必应，像乖哄一个孩子似的。这是事情的一面，事情的另一面，那杨干大，对母亲说起话来，态度突然随便了许多，粗暴了许多。每逢这时，黑寿山便去瞅母亲的脸色，谁知母亲，非但不恼，脸上反而有一种乐于承受的愉快表情，并有一种异样的神情。两人传情，冷落了一个黑寿山。黑寿山见了，怎么也琢磨不透，心想这大人之间的事情，就是忒怪，仅仅交口河一夜，便发生了这些变化。

一路上男欢女乐，七天行程，倒走了十五天，那黑白氏的包袱皮里，有的是取之不竭的银两，沿途路上，虽说并不太平，可是一听是这几位，那些为匪为盗的恭敬还恭敬不及，哪敢有一丝为难的

---

① 木瓜：学名叫文冠果，陕北高原一种长在崖畔上的灌木型野生植物。

意思。然而道路总有个尽头，逍遥总有个结局，十五天头上，沿着秀延河走过一阵后，拐过一条小沟，远远地便望见了袁家村升起的炊烟。

黑白氏的母亲，见女儿回来了，外孙也回来了，自然欣喜。对这杨干大，看了黑白氏的眼色，更是小脚颠着，跑前跑后，问吃问喝，丝毫不敢慢待。

杨作新在黑白氏娘家，又住了半月。黑白氏有这份情义，一心要留住杨作新；那黑白氏的母亲，见了杨作新长相体体面面，知书达理，人也靠得住，一心也盼女儿能有这么个着落（归宿）；小小的黑寿山，和杨干大混得熟了，也不忍让他离开。

但是杨作新执意要走。在袁家村，他烦躁得一日胜似一日，惦念着队伍和他的同志们，他明白自己不是个安生的人，永远不会成为守着婆姨过安生日子的人，远处的使命在召唤着他，他必须前行。他也不愿意和黑白氏配成夫妻。交口河那一夜是那一夜，配成名义上的夫妻，却是另一回事。他觉得这是黑大哥的婆姨，黑大哥虽说死了，可这婆姨还是他的，他从心理上，无法将她变成自己的婆姨，无法将"黑白氏"变成"杨白氏"。

黑白氏见杨作新主意已定，知道强留无益，倒不如就此分手，给彼此留下一点作念。当下止住了哭声，好酒好菜，小心地侍候杨作新，并且留了他最后一夜。夜来缠绵悱恻中，她对杨作新说，从此她就不再沾男人了，寡妇门前是非多，她要开始过清心寡欲的日月了，余生唯一做的一件事情，就是把黑寿山拉扯大，让他有个出息。

清晨起来，杨作新上路，黑白氏情不自禁，又一次挽留他，说她昨日个，到庙里抽了一签，问行路人的安危，签上说，行路人恐怕有个血光之灾，因此她要杨作新，以后行路做事，尽量护住自己的身子，大丈夫顶天立地，难免会有一些磕绊，该伸当伸，该屈当屈。黑白氏目光之下，其实还是想挽留他，眼中柔情蜜意，杨作新都见了，只是当作没看见，一扭身子，撒了黑白氏的手，大踏步顺着山路走去。

走了不远，听见背后"哇"的一声，黑白氏扶着一棵杜梨树，哭了。杨作新硬了硬心肠，继续前行。

原来，黑白氏娘家的几个弟兄，也都投了红，如今正在红军游击队里干事。所以杨作新，对红军游击队目前的确切位置，也知道得一清二楚，那袁家村，离红军营地也不算太远，步子紧些，一天的光景，就到了。

到了红军游击队驻地，对自己的私自离队，以及这以后事情，杨作新做了解释，并主动做了自我批评。过一段时间后，肤施城地下党组织遭到破坏，急需重建中共肤施地下支部，这样，组织便又派杨作新，重返肤施，名义上是去肤施城外一家小镇，担任小学校长。这是1929年时候的事。

第十一章

杨作新接了指示，也就依依不舍，离开红军游击队，重新换上一件长衫，另配一副二轱辘眼镜戴了，去那肤施城。行到路上，想到离家日久了，不知母亲和杨蛾子现在情况怎样，于是便多绕了一段路程，回了趟吴儿堡。自丹州城到后九天，再到交口河，再到袁家村，再到红军游击队驻地，再到吴儿堡，接下来再去那肤施城，算起来，杨作新这半年，恰好在陕北高原，转了个弓背形的半圆。

这一次行走，没有了黑白氏，于是路途也就多了许多的孤单和寂寞，不过脚步却快了许多。第二口，翻过那架父亲当年掩护他逃跑时走过的山梁，眼前川道渐渐宽阔，一溜儿窑洞，顺山腰摆开，吴儿堡到了。

杨作新家的窑洞在南头。远远地眺见自家那孤零零的三孔土窑，杨作新的心头一阵颤动。这窑洞显得更破旧和古老了，在杨作新在世界上游历了一番后，眼前的窑洞，也不似记忆中的那么高大了,它显得有些寒碜、低矮,仿佛叫它洞穴更合适。令杨作新感动的是,窑门口挂着的那串红辣椒还在,一年一茬,旧的吃了又换新的,它标志着不管怎么说,对于这家窑洞的主人来说,生活在继续着,一年一年地在倒换着步子。

母亲已经老眼昏花,她好久没有认出来儿子。直到官道上的那个行路人,在自家门口站定时,她还以为是过路人要讨水喝,忙着说让她去烧。待那过路人亲亲热热地叫了声"妈",她才醒悟过来。她走过去,像个孩子一样,两只手扳住来人的头,眼睛瞪在脸上,细细地瞅了半天,认出这是杨作新,于是"哇"的一声哭了。一腔热泪像撒珠子一样,跌在杨作新的胸襟,两只又枯又瘦的手,挽住了杨作新的脖子。

"我儿,是你回来了?"母亲问。

"是我,妈!确实是我!"杨作新回答。

杨作新弯下腰,轻轻地托起母亲,将她送回窑里,在炕边上坐定。

母亲只是瞅着杨作新笑,笑得脸都皱成了一朵花。见了儿子,她突然变成了一个爱唠叨的老太婆,她不住点地打问,问杨作新这几年的情况。她还以平静得叫人吃惊的口吻,讲述了杨干大死时的情景。当然,她没有忘记说杨干大死时的嘱托,不过两件嘱托,她只说了一件,就是委托杨作新招呼杨蛾子,至于圈窑那件,她没有说。那是她自己的事,她不好意思说。提起杨蛾子,杨作新问道,她到哪儿去了。母亲说,屋里屋外,现在全靠她了,这不,她和村上的一伙姊妹,上山掏地地菜去了。

正说到这儿,垴畔上响起一串银铃般的笑声。听到笑声,杨干妈说:"你看,死女子回来了!"

杨干妈话音未落,杨蛾子已经下了畔,挎着一只篮子,不停嘴地叫起"哥哥"。杨作新正待起身,蛾子已经抬脚进门。"哥哥！"她又叫了一句。人到了跟前，几年不见，有些怯生，竟在杨作新面前，有些忸怩地站住了。

几年不见，杨蛾子已经发育成一个大姑娘了。她的身上，保留了这个古老家族的所有的遗传优势：端庄、秀丽、美貌、热情，那人儿，仿佛是在黄土圪上，开放着的一朵热烈的野花。她刚刚从山圪上下来，脸色红扑扑的，泛着一层细密的汗珠，散发着一种青春的异样光彩。杨作新见了，不由得从心里赞叹一声，叫一声"好妹妹！"

"蛾子，你咋知道我回来了？"杨作新问。

"咋知道？我在山上挖菜哩，你一从那坡圪上下来，我就瞅见你了，瞧你那走势，我一看，就知道是杨作新。我和姊妹们打赌，说是我哥回来了，她们还不信，说真是杨作新，就把她们挖的菜，都倒给我。我们站在山梁上眺呀眺，直眺到你走进咱家窑院。你瞧，我这满满的一篮地地菜！"

杨作新笑了，杨干妈也笑了。杨作新打心眼里喜欢自己这个妹妹。自从接触了黑白氏后，这个男人的感情，变得细腻了。

杨干妈要蛾子将那地地菜择了，洗干净，今儿个杨作新回来了，她要给他做一顿细饭，用地地菜，掺上干豆角，为儿子包一顿饺子。

在这样的年景，这样的家境，这算是最好的饭食了。杨蛾子将地地菜择净洗净后，又从墙上取下一串干豆角，然后将两样东西放在案上，聚成堆儿，剁了起来；这时候，杨干妈将面也和好了。配好调料的馅儿，还有和好的面团，一起拿到炕上，三口人便盘腿坐在炕上，开始"套窝窝"。陕北人的包饺子，不擀饺子皮，而是从面团上撕下一块面来，在手里丸成蛋蛋，然后用大拇指转呀转，将面蛋套成一个窝窝，把馅儿放进去。这种做法，自然比那饺子皮包的饺子，皮要厚得多，做起来也别扭得多，不过杀猪杀屁股，一人一个杀法,陕北人的包饺子就是这样的。

吃罢饭,见天色还早,杨作新提出,他想到父亲的坟头上看一看,祭奠一下他老人家,并且在坟头上添上把土。母亲说,让蛾子陪你去吧,山上满是荒坟,哪个是哪家的,你不清楚。于是,蛾子陪着哥哥,上了垴畔,沿着那条弓形的山梁,上到山顶,在那棵老杜梨树旁边,在那葬埋着两个古老的风流罪人的那一处坟地里,找到了杨干大的坟茔。

一个普普通通的土堆,简单,平常,要不了多久,如果没有人照管,这坟头就会被黄风和雨水抚平。站在父亲的坟头前,杨作新有许多感慨,父亲的音容笑貌,这一刻,翻江倒海似的涌满了心里。像一个真正的男人那样,像一切为人子者这时候应该想到的那样,杨作新此刻觉得,他欠父亲的太多,或者说父亲给予他的太多。他觉得父亲还没有给他一个偿还的机会,就这样匆匆撒手而去了,实在叫人遗憾。他想到父亲一生一天好日子也没过过,一天福也没享过,眉头的锁结一天也没打开过,这似乎是他的一个失职;而他所从事的事业,正是为了在未来的某一天,让千千万万父亲这样的人能过上好日子,能放开肚皮吃上一顿,能在业余时间除了捉虱子以外,还有另外的精神活动;这一刻他意识到了自己使命的神圣,他的心中除了原先的悲怆之外,又加上了一层崇高的感觉。

他跪了下来,为父亲烧纸,烧完纸,又接过杨蛾子端上山来的一碗凉水。乡里人除了年节,难得见酒,遇到事情,水酒水酒,便以水代酒。杨作新接过水酒,跪在地上,自左至右,将那水酒,成一条直线,洒了三巡。祭奠完了,便将那只盛水的粗瓷大碗,扬手高高举起,"啪"的一声摔在地上。瓷碗顿成碎片。这叫"摔瓦罐",本该是杨干大入土那天,他该做的,现在补上。一切结束后,就又叩了个头,然后一手拄地,站起。

杨蛾子见事毕了，走过来，为哥哥拍拍膝盖上的土。和杨作新的沉重的心情相反，她的态度竟是出奇的平静，宛如母亲对待这件事时的态度一样。时过境迁以后，杨作新时常想到这一点，他认为，是乡下人淡泊惯了，因此对于这生生死死，哪怕是自己最亲近的人的死，也麻木了；后来，在肤施城监狱里，当他自己为自己选定了死期，并且以异常平静的心情，去自行结束生命时，他才幡然省悟：在陕北人的性格中，有一种知生知死的达观意识，他们明白人注定要死亡，一抔黄土对任何人来说都是平等的不可避免的归宿，每一个人闭上眼睛的那一刻便是苦难命运的终结，便是一种得以永恒的幸福的开始，所以应当平静地接受命运，所以应当吹奏起唢呐为上山的人送行才对。

离开坟头，离开乡村公墓，刚刚踏上下山的路，杨蛾子就笑了起来。她的银铃般的笑声回荡在山谷里。苦难的生活还没有磨掉这山野女子的青春的笑声。我不明白姑娘们为什么爱笑。我去请教一位懂得姑娘的专家，他告诉我，姑娘爱笑，就是因为她们想笑。我觉得他的话说得饱含深意。上面这段话是一位前辈作家说的，现在用给我们的杨蛾子，不能说不妥帖。

笑声感染了杨作新，他深深地吸了口山野间的清气，也感到心情愉快起来。前面说了，自从遇见了黑白氏以后，这个男人的感情变得细腻了，当然，他自己并不知道细腻的原因。这时，他告诉了妹妹，在肤施城里，枪杀秃子的事。他问妹妹，事情发生后，花柳村那边，还找没找这边为难。

杨蛾子说，杨作新杀秃子的事，传到乡下，她也知道了，哥哥真是个大男人，说到做到，替杨家出了这口恶气。她还说，事发后，花柳村那边，也没敢到吴儿堡骚扰，大约是慑于杨作新，或者是觉得自己理亏，咽下那口气了。

杨作新这时候记起了父亲的嘱托，他对杨蛾子说，你现在是自由的身子了，该找一个了，是不是已经有了，还瞒着哥哥。

杨蛾子羞红了脸，说她没有——确实没有。闪过年龄了，好小伙子都有了家，没结婚的，她都瞧不上眼。

"莫要心高，就像我！"杨作新说着，想起了老实的灯草儿，心里不是滋味，"你想要一个什么样的，给我说，哥哥帮你找。"

"你的腰里别着手枪吧，哥哥！你刚才叩头的时候，我看见了。"杨蛾子说，"我要找，不图银钱，不图人样，就想找一个，哥哥这样一个拿得起、放得下，站得起、蹲得下，走南闯北的男子汉。"

"好妹妹，你还是心高，像我的禀性一样！"杨作新取笑妹妹。

"哥哥！"杨蛾子难为情地叫了一声。

"我帮你找，我帮你找！遇见那背着短枪、打着裹腿的好小伙子，我抢也要抢一个回来给你！"杨作新赶紧说。

杨蛾子笑了。她有些害羞，于是一个人，飞也似的，顺山梁跑了下来，身后响起一串银铃般的笑声。

杨作新在吴儿堡，盛了三天。三天期间，除祭奠了父亲杨干大以外，他还以一个孝子的身份，叩拜了埋杨干大时，帮过忙的族人，并且托付他们，关照他母亲和妹妹。这件事自不必说，村里人见杨家老大，如今气宇轩昂，成了一代人物，自然满口答应。

三天头上，杨作新辞了母女二位，启程上路。临行前，母亲抹着泪水，又提起抱孙子的事，杨作新这时也猛然感到，这确是一件大事，他满口应承了下来，说有合适的，就成亲。母亲说了，趁她这二年，还没有老得走不动，还能服侍月子，杨作新得把这事抓紧。杨作新听了，又是一阵鸡啄米似的点头。最后，他给家里丢了一点钱，嘱咐妹妹，好生照顾母亲，说罢，终于抽出身子，别了家门。

人世间，总是乡情最浓，那山，那水，那破旧不堪的窑洞，那衣衫褴褛的母亲，那足以引起你童年回忆的每一件物什，它们都带给你一份情感，使你真诚、崇高和善良。而作为游子来说，当他在险恶的世界上游历的时候，他明白，有一处地方，永远在他的世界上存在着的，那就是故乡，无论他在外边闹成了天大的世事，或者在外边一败涂地，头破血流，当他推开吴儿堡那破旧的柴扉，总有滚滚的米汤，灼热的石板炕和亲人的笑脸。你在外边或荣或辱，那是你的事，他们不问这个，他们永远认为你是对的，他们唯一做的事情，就是爱你，无条件地爱你。哦，假如在动荡的世界上，还有一块固定的、永恒不变的东西的话，那就是乡情。

杨作新离了吴儿堡，晓行夜宿，不几日，进了肤施城。肤施城里，时过境迁，认得当年那个激进学生的人不会多了，况且国民党军队在此期间又多次换防，因此杨作新放开胆子，进了北城门。

世事沧桑，这几年，肤施城里人口又增加了许多，也热闹了许多，尽管是战乱加上灾荒，城内的建筑物还是新起了不少。

杨作新在一个小客栈里下榻。洗漱一毕，吃了顿饭后，便将短枪别在腰里，径直来到市场沟一家山货店门口。

山货店生意异常冷落，只一个掌柜的站在柜台里边，向街上张望，见了杨作新，叫一声"发财发财"，算是招呼。

杨作新站定，一只手扶住柜台，另一只插在腰里，回敬一声"彼此彼此"，然后说道："兄弟是从北草地下来的皮货商，这次赶脚，带回来一些上等皮货。"

"都是些什么？"掌柜的问道。

"五十张黑羊皮，五十张白羊皮，外带两领狐皮！"

掌柜的听了，笑起来。笑罢之后，他说："客官是个外行，还是故意逗趣，羊皮不论黑白，只论山羊皮和绵羊皮。"

"此话怎讲？"杨作新问。

掌柜的答道:"山羊皮做穷汉穿的光板子皮袄,绵羊皮做富汉穿的皮大氅!"

杨作新接着说:"山羊皮擀穷汉睡的沙毡,绵羊皮擀富汉睡的绵毡!"

掌柜的说:"正是这样!"杨作新亦回应一句:"正是这样!"说罢,二人击掌,哈哈大笑。暗号对上了,掌柜的四下瞅瞅,说句"屋里说话",杨作新听了,一闪身,进了柜台。

接上头后,杨作新召集支部内部身份没有暴露的同志,开了个紧急会议,传达了上级指示,批评了前一段工作中急躁冒进的情绪,指出在肤施城这样的地方,党组织的活动一定要慎之又慎,宜灰不宜红,宜散不宜聚,首要任务,是保证肤施作为中枢地带,以交通站性质,沟通远在陕北北部边缘的红军游击队和上级的联系,接送过往首长,及时为游击队传递情报等。

安排停当后,杨作新便换了一身干净衣服,装扮成教书先生模样,前往小镇小学就教。这一次,他在小镇,待了好几年时间,一边教书,一边领导肤施城区的地下党活动。他的婚姻问题,也在小镇得到了解决。

学校建在一所旧庙里,刚刚成立,规模很小,教书先生连同这个校长在内,一共三位,所教的学生,年龄大小不一,合起来,也就是四五十人。这里虽是肤施城郊区,却十分落后,农民的生活也很苦,经济的制约,农民们对孩子上学,也不热心。没法子,杨作新只好挨门挨户地去请,好容易收起了几十名学生,于是制订教学规划,安排国语、算术诸类课程,破庙里的钟声,当当当地敲响了。

杨作新是农家出身,知道孩子上学的艰难,对农民的苦处,也不乏深刻了解,所以在教学中,尽心尽力,加之他为人和蔼,学识渊博,所以过了不久,便在这小镇及周围几个有学生的村子,熬上了好乡俗。那些上过一段学的学生，回家后写个对联，记个出入小账，也都没给杨校长丢脸，这样久而久之，学校便巩固下来，并且得到肤施教育局督学的表扬。

那肤施城教育局的督学，你知道是谁？原来这位女士，正是当年与杨作新生别死离的那个"密斯赵"。她嫁给警察局长后，接着又去省城，上了两年大学堂，回到肤施，可以说是肤施城中学识最高的女才人了，所以入了官场，占了督学这个位置。赵督学正当春风得意马蹄疾之时，不料有一喜即有一悲，她的丈夫，警察局长在一次"剿红"时，不幸阵亡，所以，赵督学至今还空守闺房。以她的才貌，来求亲的自然不少，想占便宜的也不少，但是都被她婉拒了，据说她拒绝的自然都是些凡夫俗子，但和肤施城中，几位有权有势的人物，却私下里有些来往，不然如何能久占督学这个位子。说是说，这话也不一定当真。

赵督学来小镇小学视察，眼睛一亮，瞅见了正在操场领学生们跑步的杨作新。虽然杨作新脸上落满风尘，挺直的腰身也稍有一点前倾，已不是当年那个白面书生的模样了，但是赵督学当年动过真情，动过真情自然也就记得实在。她一眼就认出了这就是当年亡命出肤施的那个人，只是碍着还有几位冬烘先生，于是，她只意味深长地瞅了杨作新一眼，并没露出什么。

杨作新也认出了当年的"密斯赵"。他暗暗叫苦。肤施城内，人事沧桑，他知道经过这么多年，能认出他的人，不会多了，入肤施城初始，他怕的就是这个昔日的情人，知道她肯定会认出他来。事已至此，这个早晨，他也就只好硬着头皮，打着哈哈，支应这一伙上峰来的视察大员。那赵督学几次想找一个说话的机会，单独和杨作新拉一拉，杨作新经历了这些年的摔打，也是一个场面上的人物，只是虚应，不给心慌不定的赵督学这个机会。

这赵督学自然不是一般的女子,见了杨作新这样,她于是装作不知。一行人视察了校舍,观摩了杨作新的讲课,就要启程回城时,赵督学说,让各位先走,她还想和杨校长再拉一拉"盐蛹蛹"的事,杨校长除了治学有方以外,视民众如父母,这个"盐蛹蛹"的事,她早就有所风闻,现在,想听杨校长再亲自谈一谈。

一行人走了以后,这赵督学便昂首走进了杨作新的办公室兼寝室。杨作新见她将别人都支应走了,只留下自己一个,料想她没有恶意,起码这次没有恶意,于是也就放下心来。既然赵督学想问问"盐蛹蛹"的事,于是坐定之后,便清清嗓子,讲了起来。

待到坐定,四目相对时,赵督学也早就没了刚才的气势。眼见得杨作新的官样文章,她忍耐了几次,终于忍耐不住,竟鼻子一酸,扑簌簌地掉下几滴眼泪。她掏出手帕,将眼泪擦了,问道:"杨作新,你真的不认得我是谁吗?"

杨作新停止了汇报,故意有些诧异地说:"你是赵督学呀!"

赵督学的脸唰的一下红了,她说:"你只知道你眼前的是赵督学,你就不记得,当年那个剪着短发的,热情洋溢的女学生,那个叫嚷着要学秋瑾,也写出一幅'秋风秋雨愁煞人'条幅的'密斯赵'了。"

"记得,当然记得,不过那都是当年的事了。'行人莫问当年事,故国东来渭水流',那时的少不更事,少年狂热,我们都不要提它了吧!如今,我是国民政府的顺民、模范小学的校长,说穿了,也不过是为了个衣食饭碗而已。我想,你不至于寻我的麻烦吧!即便寻,我想我也不怕,时过境迁,谁也不会把我怎么样的。"

赵督学想不到杨作新这样绝情,也想不到杨作新现在是这样的精神状态,她有些信了。这些年来,她的心里,其实一直有杨作新,她希望他干成一番大事,不管干什么,就是当共产党也行。作为一个女人来说，总是把自己最初钟情的男人，看作整个世界，看作崇拜的偶像，希望有一天，在邂逅的时候，男人骑在一匹高头大马上，以君临万方的姿态降临人间，这时，她将对她身边的人说："瞧，这是我最初的恋人！"

赵督学深深地感慨起来，看见生活将这样一个精力充沛、才华横溢的昔日的英雄，变成了现在的冬烘先生，她甚至有些可怜他了。她开导他说，应当面对生活，尤其对一个男人来说，如果她看见她所爱的一个男人，最后竟在这座破庙里，消磨掉他的生命，直到死亡，她会伤心的。她接着问起杨作新的婚姻，听说杨作新如今还是单身，她很留意，她强调自己目前也是单身。最后，她鼓励杨作新说，在省城上学的时候，她不知道从哪本书上，抄了一句一个外国作家的名言，名言是写给男人的，出言粗鲁，有伤风化之嫌，但是现在就他们两个，因此她斗胆将这名言说出，算是口赠给杨作新吧！

"这句名言是——"赵督学停顿了一下，脸上泛起一阵杨作新曾经熟悉的红晕。她很快地接着说，"这句名言是：'男人的事业在酒杯里，在马背上，在女人的肚皮上！'"说完以后，她镇定了一下自己，然后盯着杨作新看。她毕竟不是当年的"密斯赵"了，经历了社会，经历了人生，经历了婚姻，她已经成了一个干练的女人了。

杨作新迎住了赵督学的热辣辣的目光，并且从她的话语中，也听出了那露骨的暗示。但是他装作困惑不解，他的眼神是迟钝的和惶惑的，而且似乎还有一丝胆怯，其实在他的心中，也翻滚着一股滚烫的激情，故人相见，不管怎么说，那一段感情总是存在过的，并且曾经是那样美好，因此此刻杨作新真想迎上前去，攥起她的手，彼此都卸去伪装，认真地或者轻松地谈一谈。女人先卸去伪装了,但她毕竟是女人,虽然聪明过人,对这个世界毕竟还知之甚浅。杨作新成命在身,不敢有丝毫闪失,对于女人的用情,一时间也难辨真伪,他明白,一定要稳定住自己,不能感情用事,现在唯一的办法,是想法子请这位赵督学上路。于是,好个杨校长,拽拽衣襟,咳嗽了一声,避开赵督学刚才抛过来的话题,又开始汇报起他的"盐蛹蛹"来。

杨作新迟钝的目光本来已经使赵督学难堪,觉得初次相逢,她的话说得多了点,露了点,正有一丝悔意,这时,见杨作新又拉起了那肮脏的"盐蛹蛹",于是有些恼火地打断了他的话。赵督学说:"改天再拉你的'盐蛹蛹'吧!杨作新,你也明白,我不是为这事才在你这里耽搁。我现在要走了,不过,我还会常常来的,或者,将你调到城里的学校去。唉,谁叫咱们曾经有过那一阵子哩!"

女人说到这,眼圈有些红,她掏出一面小镜子,匆匆地收拾了一下,最后,她要起身告辞了。这时,她看见了杨作新叠得有些零乱的被子。"你还没有学会叠被子?"她说,"记得上肤施中学时,我到男生宿舍找你,进了宿舍,第一件事情就是给你将被子整好。我一边整一边说:'我的乖孩子,你什么时候才学会自己管理自己呢!'"

杨作新见女人这样说,学校里的那些日子,顿时历历在目,浮现在了眼前,他觉得他和眼前的这个赵督学,接近了许多。如果赵督学现在能不走,能继续说下去,也许,她将攻破杨作新,他们之间存在的那个鸿沟,起码在这个高原的早晨,会暂时填平,她所期望的那个当年的杨作新,会放下冷漠、戒心和自尊,拜倒在她的石榴裙下。然而,遗憾的是,赵督学没有能够继续说下去,出于一种习惯使然,她现在走到了杨作新的床前,伸出手来,要为杨作新整理被子。

杨作新见状，吓得冒出一身冷汗，刚才那骤然而至的温情，一下子跑到九霄云外去了。原来他的枕头底下，压着那支短枪。前面说了，肤施城距小镇，仅二十华里，敌人的马队十多分钟就可以赶到，平日里，小镇的街道上，一溜一串，南来的、北往的，时常过队伍，所以杨作新不能不防。平日睡觉时，这支短枪老在枕头底下，以防不测，白天就塞进被子里，以备急用。督学一行来视察，已属意外，那赵督学却是故人，则更是意外，如今这督学大人的纤纤玉手，正待揭开被子，则意外之处，又添一层惊惧了。

杨作新一改刚才木讷委琐的样子，一个箭步赶上前去，拦住了赵督学的手，然后赔着笑说："赵督学，咱们为人师表的，你看窗外，有学生在瞅哩！"

赵督学听了，也感到前面的举动，有失督学尊严，于是缩回手，起身告辞。杨作新赶紧打发两个大一点的学生，送赵督学回肤施城去。

"我还会看你来的！"赵督学说。

送走了赵督学，杨作新返回屋子，关了门，将那支短枪，藏进那只随身携带的手提箱里。想一想，觉得放在箱子里，还是不方便，又取出来，重新塞进被子里。收拾停当，锁上门，出来为学生上课。

又过了些日子，相安无事，于是杨作新便安下心来，依旧晨钟暮鼓，度着他的教书先生生涯，不提。

前面三番两次，提到的那个"盐蛹蛹"，到底是怎么回事？原来，杨作新除了教书以外，出于天性使然，为乡亲们办了不少好事，那"盐蛹蛹"的事，只是其中一例。

先生吃饭，没有个专门的灶，只是轮流在学生家中吃派饭。杨作新喜欢吃酸菜，这大约是他小时候养成的习惯。学生家长见他爱吃，便每顿饭都有一碟酸菜侍候，或生调着，或熬成熟菜。却说有一次，做饭的婆姨忙着，或者说杨作新来得早了点，于是他就发个勤快，拿起一双筷子，一只碗，自己去那酸菜缸里捞。面板盖一揭开，只见酸菜缸里，咕容咕容，白花花一层，尽是蛆。那顿饭，尽管切好的酸菜里，主家婆姨还特地泼了些葱花油，可杨作新一筷子也没有动它。第二天学校里一上课，杨作新就给学生们讲了一通卫生和文明的道理，告诉学生，回家闹一场"卫生革命"，从酸菜缸闹起，把酸菜缸里的蛆捞出来，或者干脆，把盐水倒了，另腌。学生们下午来到学校后，告诉杨校长，家里大人们说，那酸菜缸里，不是蛆，是"盐蛹蛹"，酸菜所以好吃，所以不坏，就是因为水里有"盐蛹蛹"。这腌菜水，虽然黑乎乎的看起来恶心，却是他们老几辈人一直用下来的，万万倒不得。杨作新听了，哭笑不得。上课的时候，他做了这样一个实验。他拿起一块肉，放在课桌上。这时正是秋天，一会儿，便飞来苍蝇无数。那苍蝇撒过的肉上，开始有几个白色的小点，小点慢慢地变大，等到下课铃声响起，这些白色小点，已经变成涌涌蠕动的蛆了。杨作新让学生们排成一行，轮流看着，看这桌上的蛆，和他们家酸菜缸里的东西，是不是一样的。学生们看了以后，信了；杨作新告诉他们，回到家后，也仿照他，给父母做这样一个实验。学生回去，照此办理，家长们见了这白花花的蛆，和他们家酸菜缸里的"盐蛹蛹"，确实是一样的，登时恶心起来，纷纷将腌菜水倒掉，把酸菜缸扛到河里去洗，更有恨不得把自己这些年来吃下去的酸菜，也都吐出来的。一时节，小镇及其周围几个村子，倒腌菜水成为一种风气。

赵督学谈起这"盐蛹蛹"，倒给杨作新一个提醒，他虽然明白，赵督学所以缠他，是另外的原因，这"盐蛹蛹"不过是个借口而已，但是，自己在教学中，是不是表现得进步了些，违背了上级制订的"宜灰不宜红"的原则？从此他格外谨慎起来，言谈举止，都思忖再三。那赵督学，接着又来了几次，看来对于杨作新，确有一番旧情，杨作新虽然时时有所冲动，但总是能克制住自己，做到有理有节，不卑不亢。赵督学见杨作新，不似她那天见到时所想象的那么简单，言语过往之间，也多了几分敬重成分，并且重新提出，要将他调往肤施城去。杨作新听了，只是笑着摇头。双方的关系，就这样僵持着。

其实，杨作新何尝不想揭开枕头，亮出短枪，当着昔日的情人，公开自己的身份，告诉她，他杨作新是个什么人。只是，这样做有两种可能，一种是这女人依旧良心未泯，她愿意舍弃自己眼前的荣华富贵，跟定这个共产党，和他一起去经历风风雨雨；另一种可能是这女人突然变了脸色，那样杨作新不但性命难保，更重要的是肤施地区的党的工作将受到严重危害。想来想去，杨作新不敢担这个风险了。

隔墙须有耳，窗外岂无人。这些情形，小镇的人也都瞧在了眼里。他们看见那个态度傲岸、服装鲜艳的年轻女人，三番两次来找杨作新，断定他们的关系非同寻常，男人女人，往一起凑，还有什么好事情？这样他们想到了杨先生原来也不是个不食人间烟火的人。后来他们见杨先生见到那女人后，并不欢喜，脸上常透出闷闷不乐之色，于是他们明白了，事情出在那个女人身上，杨先生只是迫于她是督学，敷衍应付而已，于是从心里可怜起杨先生来。这时，风闻那个女督学，想将杨先生调进城里去，乡亲们听了，有些发怵。担心者一，是怕杨先生走了后，上边派一个只会吃皇粮的校长来，那样，非但误了他们孩子的学业，就连学校能否惨淡经营下去，都是问题。担心者二，既然杨先生不喜欢这位女督学，那么调进城里以后，整天在这女督学的眼皮底下，杨先生胳膊敌不过大腿，难免有一天就范，那岂不欺侮了杨先生。

乡里人有乡里人的思维方法。大家想，就在这小镇方圆，为杨作新物色一个媳妇吧，这样，既留住了杨校长，令他不能远走高飞，不得不终生服务于咱们这个学校，又抵挡住了那妖冶女人，杨作新的床上不空着，她一个有头有脸的人，不至于再往床上挤吧。

乡下人爱热闹红火，这个主意一定，于是就有不少好事者，四处张罗，八方奔走，踢塌了不少家门槛，费了不少唾沫星子，最后，这个以笑谈开始的行动，想不到倒真有了结果。那杨作新，果真在这小镇上，唢呐吹奏，红绸披挂，成就了一桩婚姻，而因为有这桩婚姻，我们这部小说，在杨作新屈死肤施城后，才又有了一个新的主人公，使这部以20世纪高原的世纪史为题材的小说，它的下半部免了断裂之虞。至于那新人是小镇上哪家的女子，下边自有叙述。

农家的女子，十二三岁、十三四岁上，就嫁出去了；有些虽还没有出嫁，却也有了主家——过了财礼，就算人家的人了，现在只不过是娘家代为监护而已。何况这一带时兴"奶头亲"，男孩女孩，还在吃奶的时候，就由父母做主，换过八字定了亲。因此说媳妇这件事，说说容易，真正实施起来，也很费事，搭眼一眺，畔上、窑院里、大路边，穿红挂绿的不少，耀得人眼睛乱乱的，细一打听，不是已经做了媳妇了，就是已经有了主了。大家忙活了一阵，功夫不负有心人，终于为杨先生物色了两个。一个是一条拐沟的闺女，叫荞麦儿，刚从绥米一带逃年馑下来的，一个是本镇的寡妇，叫灵秀儿，男人当兵死了，如今只她一个在家，守着空房。光听名字，我们就知道，这个叫荞麦的，长得粗俗一些，那个叫灵秀的，长得秀气一些。

事情办得妥帖了，才说给杨作新听。杨作新听了，报着嘴笑，把这当作是笑谈。这天下午吃派饭，又轮到那家酸菜缸里有"盐蛹蛹"

的人家了，杨作新明白那"盐蛹蛹"早已除掉，酸菜水也重新换过了，不过进了这家，头皮仍有些发怵。进窑坐定，看到饭菜比往日丰盛了些，不独有酸菜，炕桌上还有一盘肉粉汤，一壶酒。吃饭的人，主家之外，镇上几个好说事故的人①都来了。杨作新见了，有些诧异。吃饭期间，大家又说起了为杨作新问媳妇的事，并且郑重其事地告诉他，一个荞麦，一个灵秀，两个中间，选定哪个是哪个。又有好事者，为杨作新参谋，说荞麦虽说长得次一点，可是个没沾过男人的闺女家；那灵秀儿，结婚才三个月，男人被国民党抓壮丁抓走了，死在外边，没了音讯，她虽然是个二婚，可是人长得体面，大家伙公认的小镇上的人物尖子，俗话说，萝卜青菜，各有所爱，杨作新图个大女子，就找荞麦，图个人样，就找灵秀，主意自己拿。

陕北的大炕，通常给锅台跟炕连接的地方，筑道短墙。这矮墙叫背墙，歇后语"纸糊的背墙——靠不住"里面所说的背墙，即是指此。这背墙上，通常架一块木板，木板的另一头，担在炕靠近窑掌的那面墙上；木板上，便成了一个放着坛坛罐罐，或者箱子，或者一应杂物的地方；木板下边，虽然仍属于炕的一部分，但是相对隐蔽，如果这家主人爱好，给板上缦一道布帘，就又成了一个小小的独立的空间。

这家，正有这样一个去处。那木板上架着箱子，木板下缦道布帘，如今，大家七嘴八舌，说完上面一番话后，然后互相使了一下眼色，就都不说话了，席间出现暂时的冷场，好像为一个重要的行动酝酿气氛似的。稍过片刻，只见这家主人，"刺啦"一声，拉开了布缦，随着响声，炕上所有的人，一齐朝那箱子底下瞅去。杨作新也随着大家的目光瞅去，这一瞅不打紧，登时脸色绯红：原来那箱子底

---

① 好说事故的人：陕北话中指那些凡事爱出头，能舌辩，会说理的人。

下，盘盘脚坐着两个女子，两人正襟危坐，好像两具菩萨，全身不动不摇，只有扑噜扑噜的两只大眼睛，毫不怯生地盯着他看。同在一个炕上，咫尺之间，杨作新竟没有发现这两个大活人，他不免有些惊讶。他细看这两个女人，一个肤色黑一点，粗手大脚，头上梳着一个大辫子，辫根上扎一道红皮绳，他想这是荞麦了。另一个女子，面皮白净，小手小脚小脸儿，头上剪着短发，脸上搽着官粉，他想这是灵秀了。粗一看，这荞麦，与他过去的妻子灯草儿，有点相似，那灵秀，又与那黑白氏有些相似。再细细一看，所谓百人百样，相似固然相似，只是那荞麦，面皮更为黧黑一点，而这灵秀，尽管同样的一张小粉脸儿，却少了黑白氏那大家闺秀的韵致。

众人趁热打铁，发一声喊，说这荞麦灵秀，由你自个儿定，不要不好意思；说一句唐突的话，你要是情愿，将这两个，一并娶了，一个做大，一个做小，也未尝不可以。总之，大家不过是古道热肠，想叫杨校长，成为他们镇上的女婿而已。

事出突然，杨作新一点思想准备也没有。他瞅了众人一眼，又瞅了瞅箱子底下的两个女子，然后说道，乡亲们的一番美意，他心领了，只是他现在还不想谈这类事情，荞麦与灵秀，愿意嫁人的就去嫁，愿意守身子的就去守，不要耽搁了人家吧，也不要把他和这二位扯在一起！说完，一甩袖子，径自去了。

乡亲们见了，觉得自己热屁股遇上了个冷板凳，都有些尴尬。有的人说，人家不承你这个美意，何必自讨没趣，去磨这个闲牙；有的却觉得，煽腾起这事了，索性一不做二不休，为人为到底，送佛送到西。大家打听到杨作新是个孝子，于是合计一番，派了个办事牢靠的人，一头毛驴，从吴儿堡请来了杨老太太。

杨老太太一听这事，登时乐了，不顾路途遥远，骑着毛驴，从吴儿堡乐颠颠地来到小镇。杨老太太下了毛驴，不奔那破庙学校去见儿子，却要吃驴的，领着她先去相媳妇。见了灵秀儿，看见灵秀儿搽着官粉、打着胭脂、梳着油头、穿着洋布袜子红缎鞋的样子，先有几分不悦。一打问，又是个正守空房的寡妇，杨老太太心想，寡妇人家，正该门户紧闭，衣着俭朴，防止人家说长道短才对，这番打扮，肯定不是个省油的灯，于是，一个心眼，将灵秀儿排在了圈外。其实这灵秀儿的一身装束，正是为杨作新打扮的，想不到弄巧成拙，杨作新没见到，倒让这横挑鼻子竖挑眼的杨老太太遇上了。看完灵秀儿，又看荞麦。荞麦老实，见了杨老太太，不似灵秀儿那样伶牙俐齿，家里也穷。谁知杨老太太见了，却中意这个，其中的道理，大约与当年选后庄的灯草儿时的考虑一样。而且这荞麦，较之灯草儿，还有一个优势，就是胯骨很大。杨老太太始终认为，胯骨大的女人，容易坐住孩子，就像有的花容易坐住果一样，她娘家就有这么一个女人，一年一个，一气生了十三四个，当然对杨作新，她也没有这个奢想，但是，起码，你杨作新得为杨家，留下一个男丁才对。

杨老太太大包大揽，将这桩婚事说死了，嘱咐镇上的人准备办事，然后才下了毛驴，拖着两条又酸又乏的腿，颤巍巍地踏进了小镇小学。杨老太太准备，一旦杨作新不愿意，她就拼了老命，你死我活地和杨作新大干一番。

那天晚上回到学校，杨作新早早就睡了。躺在床上，前思后想，睡不着，将思绪理了理，这时才明白，他仍在惦念着黑白氏，惦念着在父口河的那个月夜，叫他懂得女人的那个女人，但凡遇见女子，尤其是提到婚姻这档事时，他总拿出个黑白氏和人家比较，他不了解一方水土养一方物，黑白氏的人样、禀性，只出在无定河流域。那一块地面，是曾经出过美女貂蝉的地方呀。

世界上事情，偏偏都遇到了一起。第二天早晨，那个衣冠楚楚、洋味儿十足的赵督学，也赶到学校里凑热闹来了。她当然不知道小镇上目前正在发生的事情,镇上的人也不会告诉她。她来找杨作新,纯粹是想来看他一眼,大约她的生活除了抛头露面的时间以外,一个人独处的时候,也很空虚,她需要一个她做女时就认识她的人,来和她拉一拉她做女时的事情。或者,如前所说,她还爱着杨作新,她想培养杨作新按她的标准振作起来。或者,她的自尊心在杨作新的面前碰了壁,从而激起了她的好胜心和好奇心,她想得到他,哪怕是片刻的工夫。总之,一位地位显赫的女人去追逐一个卑微的人,生活中常有这样的事情,我们用不着为她的行动寻找更多的依据。而且,如果杨作新斗胆,说穿了他的真实身份,也不见得这顽强的踏访者就会突然翻脸,说不定,事情会得到一个大团圆的结局,但是我们知道,杨作新已经无心,也不愿去冒这个风险了。生活就是这样,它往往使一个人和另一个人,失之交臂。

好容易送走了赵督学,杨作新一时间变得心事重重,他明白如果这样长此以往,总有一天,他会支持不住,从而倒在这个女人的怀里,或者,她在频繁的踏访中,终有一天,她会发现自己的身份的。想到这里,他想离开这所学校,长期以来,他其实一直渴望着根据地那种痛快的兵刃相见的生活,而不愿在这里过得如此窝囊。但是,革命工作需要他继续留在这里,支撑这里的局面,投身革命即为家,身不由己,他的去留需要上边决定。

这时候,他想起了乡亲们为他物色的那两个对象,他觉得如果能够结婚,倒是一件好事,既可以断了赵督学的念想,又可以在这小镇,安生地住下去。这时候他想起了遥远的吴儿堡,他觉得自己是应该赶快考虑这件事情了,仅仅是为了想抱孙子的母亲,为了长眠在地下的父亲,他也该早早结婚才对。至于那两个女子,她们只给他留下了肤浅的印象,但是他明白,和她们中的任何一个结合,都是可取的,她们都会好好地和自己过日子的。既然自己,已经以这样平淡的口吻来谈论婚姻,那么,不论找其中的哪一位,其实都是无所谓的事情了。

杨老太太恰好在这个时候,推开了杨作新办公室的门。这样,她原来准备大干一场的打算,其实已经落空,杨作新将心悦诚服地接受母亲的训导和决裁。而作为杨老太太来说,她此行的目的,便不是成了来迫使杨作新结婚,而是成了在那业已选就的两个候选人中间,确定一位而已。

母子相见,自然是一场惊喜,知道是镇上的人将杨老太太接来的,杨作新对乡亲们的淳朴和热情,又是一番感慨,至于谈到婚姻,或者更准确地说,谈到荞麦儿,杨作新也是满口答应,并且说,其实他的心里,也倾向于荞麦,只是怕亏了那灵秀儿,惹她伤心,此刻心里,正二心不定哩。

杨老太太知道儿子的禀性,心想儿子当年是个没见过世面的念书娃时,就心高气盛,瞅不上灯草儿,这些年在外边闯荡,外边有的是花花世界,儿子一定早就看花眼了。因此,见儿子应承得这么利索,反倒起了疑心,以为杨作新是在哄她,打发她走了以后,再把这事搁下。想到这里,杨老太太说道,既然杨作新答应了,那么,她就看着杨作新把婚事办了,再回吴儿堡去。

有杨老太太坐镇督促,婚事很快就办了。有镇上这么多热心人乍舞,再加上学生们捧场,婚事办得很热烈。办完婚事后,杨老太太了了一桩心事,欢喜得好像猴儿一般。镇上的人仍然用毛驴将她送回吴儿堡。行前,骑在毛驴上的杨老太太,又将毛驴停住,把个没牙的嘴,附在荞麦耳边,就新婚应当注意的事项,絮絮叨叨,没完没了地讲了好一阵,直说得荞麦一阵阵脸红,才算罢休。末了,杨老太太又大声地对荞麦,同时也是对杨作新说,等着荞麦"有"了,就回吴儿堡来生,她要亲自看着荞麦把孩子生出来,她要服侍荞麦的月子。

镇上的人见事情已经撮合成了，心满意足，各人又忙各人的去了。夜来，这幢用作小学校的破庙里，杨作新搂着自己的新婚妻子荞麦，油灯吹熄以后，也不去计较什么白脸黑脸，夫妻也还恩爱。那赵督学，婚礼过罢的第三日，来了一趟，见了门上的红对联和窗花，脸上变了颜色，后来硬着头皮推开门见了荞麦，于是明白自己只有喝喜酒的份儿了。她倒也不失身份，屋子里坐了一阵，说了些在这种场合应该说的话，然后起身告辞。她把自己的所有恼怒和轻蔑，放在临告辞时。当只有杨作新一人在场，她说了一句话，那句话是："杨作新，我看不起你！"

赵督学回到肤施城后，派人送来了一盒当时还算稀罕的洋糖(水果糖)，算是礼节，从此在肤施城通往小镇的路上，断了她的踪影。赵督学的事，算是了了，杨作新却没有料到，他的这桩婚姻，却又得罪了另外一个人，这人就是灵秀儿。

满世界上，现在只苦了个自认为是小镇上"头道梢子"的灵秀儿。当初灵秀坐在箱子底下的时候，信心十足，胜券在握，觉得身边粗俗的荞麦，只不过是陪衬而已。顶多，杨先生将来不婚不娶，她和荞麦，只不过是演了一场戏，为贫乏的生活增加了一点笑料。谁知，杨老太太一番搅和，竟让荞麦占了上风，走了好运。灵秀儿现在觉得，她在众人面前丢了脸，她还觉得，杨作新其实心里喜欢的，还是她。现在，她想耍黑皮，脱了裤子，也到杨先生的床上挤一挤，可是又舍不下这个脸，不是怕文文雅雅的杨作新，更不是怕没见过世面的荞麦，她是怕学校里杨作新养的那一群活蹦乱跳的学生娃，出她的洋相，所以不敢过于造次。灵秀儿没了诀，每天，她就在家门口的畔上，对着学校，骂一阵脏话，唱一阵酸曲，吓得荞麦，红着脸，捂着耳朵，躲在杨作新的房里，不敢出来。

就这样好长时间后，来了个赶牲灵的。灵秀儿家和这小学校，隔着一条骡马大道，那赶牲灵的，听见畔上有人在骂脏话，叫一声"这女子好口才"，于是吆住骡子，跟灵秀儿对骂起来。一来一往，成套的脏话配合得十分默契，正像俗话说的"顺说顺对，斜说斜对"。灵秀见骂脏话和他只骂个平手，于是换了口吻，开始唱酸曲，仍旧是你来我往，不分高低。那支支酸曲，都直唱到挠人处，才算罢休。最后，那赶牲灵的找了个借口，说是要讨口水喝，便进了灵秀儿的暖窑。第二天早晨，天不明，一头大骡子，就把灵秀儿拐跑了。镇上人操起农具，撵了半天，也没见灵秀儿的踪影——两条腿哪有四条腿快！后来，镇上有人，在北草地见过她，说那灵秀儿，果然跟赶牲灵的结婚了，见到乡亲，不问长不道短，只一个劲地打问教书先生的消息。

灵秀儿跟人一跑，算是解放了荞麦，从此晚上睡觉偎着杨作新，才觉得瓷实了。杨作新的耳根，也觉清静了许多，偶尔想起这女子的痴情，也不无一丝憾意，只是天长日久，风云流散，该办的事很多，该记的事也很多，自然就把她忘记了。

于是这桩乡间喜剧到了尾声，接下来，就是安安生生地打发日月了。那时共产党的章程是"党内的事，上不告父母，下不传妻子"，因此，杨作新对于自己所从事的革命活动，也不便对荞麦说。那荞麦与杨作新同席共枕，时间长了，焉有不发现枕头底下的短枪的道理，只是看见了，也默不作声，只当没有看见，并不惊扰丈夫。有一段时间，局势紧张，杨作新为了叫荞麦有个思想准备，于是暗示了自己的身份，谁知荞麦听了，淡淡一笑，说见了枕头底下的枪，她已经约莫出七八分了，嫁鸡随鸡，嫁狗随狗，掌柜的是革命人，她就是革命的婆姨了，她虽然不识字，跑跑腿还是可以的，以后有用得着她的地方，只管说话。杨作新听到，心头一热，搂住荞麦，亲了个口口。

第十二章

20世纪20年代末期到30年代中期,革命以武装斗争的形式,在陕北这块荒凉而又贫瘠的土地上,如火如荼地风行。这里成为当时中国境内屈指可数的几块革命根据地中之一块,并且建立了并不逊色的一支武装。当时有一句流行的话叫"南有瑞金,北有照金;南有井冈山,北有永宁山",这话后来理所当然地被作为与中央分庭抗礼的地方主义而受到批判,但是我们至少可以从中感觉到,当时陕北地区革命武装斗争的规模。

这支队伍由最初的几个人、几十个人,发展到几百人,最后达到了数万浩浩之众,以两个军的建制活跃于陕北和陕甘边一带。他们也由最初的拥有大刀、长矛这些冷兵器,发展成为一支装备精良、骁勇善战的队伍。这其间有许多可歌可泣的故事,有许多可书可记的史诗,它们构成了中国革命英勇卓绝的斗争的一部分,而且由于这里的荒凉和贫瘠,闭塞和粗蛮,这种斗争显得更为残酷壮烈和更加勇敢豪迈。

我们所记述的收编后九天武装的经过,只是这红军草创期间,许多次斗争中的一件。其实,每一支小部队,哪怕是只有几个人的小部队的扯起旗帜,都有一番曲折的过程,每一个农民丢下犁杖,成为红军战士,也都有一个曲折的过程。"一人一马一杆枪,咱们的红军势力壮",百川归海,所有的力量凝聚起来,于是便在陕北高原,形成了一番大气候。

民国十八年(1929年)的大年馑,是这场革命得以在陕北大大风行的直接的契机。正如斯诺先生在他的《西行漫记》中,在目睹了饿殍遍野的悲惨景象后,问自己的话那样,大年馑中,那些坐以待毙的农民,也在用同样的话问自己,不过,他们将斯诺先生的"他们"这个词儿换成了"我们"。

"我们为什么不造反?"他们这样问自己,"为什么我们不联合成一支大军,攻打那些向我们征收苛捐杂税却不能让我们吃饱、强占我们土地却不能修复灌溉渠的恶棍坏蛋?为什么我们不打进大城市去,去抢那些把我们的妻女买去,那些继续摆三十六道菜的筵席而让诚实的人挨饿的流氓无赖?为什么?"

不要忘了这些头上用白羊肚子手巾扎成英雄结的人,曾是斯巴达克式的悲剧英雄李自成的直系后裔,曾是八大王张献忠的直系后裔,曾是高迎祥高桂英的直系后裔,在他们的血管里,澎湃着叛逆者的高贵血液,而祖先的光荣又在召唤着他们,激励着他们,引导着他们。当封建大一统在以儒家学说为核心统治和驯化这一块广袤的国土的时候网开一面,它遗漏了陕北。这当然不是为牧者的恩赐,而是在长期的历史进程中,这里一直处于民族战争的拉锯战局面,致使这种文化无力渗透或较少渗透而已。我相信我们的吴儿堡故事,已经准确无误地向读者告诉了这一点。这种独特的人文地理是这块土地显赫一时的重要原因，并且为不久就要到来的毛泽东以及他所从事的伟大事业的风行高原以至风行全国，准备了基础。

于是，成千上万饿得发昏的农民，开始抢粮，吃大户，打家劫舍，甚至绑票，而成千上万的人，则涌进陕北高原的几十座县城，冲进衙门，冲进粮行。许多人没有走到县城，就倒毙在路旁了，许多人进了县城，但是手指刚触到那囤积的白花花的大米、黄灿灿的小米，就挨了枪子儿，大部分人于是又重新回到乡间，守着老婆孩子和几孔破窑，等待着那不可避免的死亡降临。对"死去还是活着"这个问题上，他们思谋了很久，最后决定扯旗造反，走向革命，这样或许还有一步活路。

公允地说，如果没有共产主义在这块土地上的发生和发展，那么，在这个年代，在陕北高原，仍然不会安生，仍然会有人举旗造反，但那就是黄巢李闯式的农民起义了。共产主义运动适时而至，从而给这块土地，带来了希望，给这些愤怒的可怜的人们，带来了行动纲领，从而引导他们结伙成团，为自身的基本生存权利而斗争。

陕北高原的革命武装割据，在与国民党当局的围剿与反围剿的斗争中，日益壮大，大约到了1934年，达到全盛，控制了陕北高原一半的县城，并且成立了刘志丹将军指挥的中国工农红军第二十六军和谢子长将军指挥的中国工农红军第二十七军。一个以陕北与甘肃接壤的子午岭山系为依托，一个以陕北高原腹心地带、山大沟深的安定横山地区为依托，两块根据地互成掎角之势。当时，"正月里来是新年，陕北出了个刘志丹"和"红军游击队，老谢总指挥"的陕北民歌，宛如当年的"开了大门迎闯王，闯王来了不纳粮"的歌谣一样，唱彻了陕北高原偏远山区的山山岭岭。而尤其难能可贵的是，在国民党政府"先安内后攘外"的政策下，中国地面各个红色根据地都先后失陷之际，独有在这块偏远的陕北高原上，在这块中国的西北角，保留下了这唯一的一块，从而给历经两万五千里风尘之苦的中央红军，提供了一块落脚地，提供了一次恢复元气和东山再起的机会。

为了叙述的方便，我们愿意在这里，再引用一段斯诺先生珍贵的笔墨。当然倒不仅仅是为了省力，而是由于这一段历史，诸说纷纭，莫衷一是，而党史专家的琐碎考证，又使每一个试图再现这波澜壮阔一页的人，望而生畏，那么，我想我们得求助于斯诺先生，就是读者可以谅解的事情了。当然，斯诺先生的叙述，中间肯定也有许多的不周不到之处，但是大致的走向是正确的，况且那些现成的文字，是已为社会所认可的东西。

埃德加·斯诺写道："这个不法之徒的大胆勇敢、轻率鲁莽很快在整个西北闻名遐迩，传开了'刀枪不入'的神话……他们的行为很像普通的土匪。到1932年刘志丹的徒众在陕北黄土山区占领了十一县，共产党特地在榆林成立一个政治部来指导刘志丹的军队。1933年初成立了陕西的第一个苏维埃，设立了正规的政府，实行了一个与江西类似的纲领。

"1934年和1935年间，陕西红军迅速扩大，提高了素质，多少稳定了他们所在地区的情况。成立了陕西省苏维埃政府，设立了一所党校，司令部设在安定。苏区有自己的银行、邮局，开始发行粗糙的钞票、邮票。在完全苏维埃化的地区，开始实行苏维埃经济，地主的土地遭到没收，重新分配，取消了一切苛捐杂税，设立了合作社，党发出号召，为小学征求教员。

"这时，刘志丹从红色根据地南进，向省会进逼。他攻占了西安附近的临潼，对西安围城数日，但没有成功。一个纵队南下陕南，在那里的好几个县成立了苏区。在与杨虎城将军(后来成了红军的盟友)的交战中遭到了一些严重失败和挫折，但是也赢得了一些胜利。军内纪律加强，土匪成分消失后，农民就开始更加拥护红军。到1935年中，苏区在陕西和甘肃控制了二十二县。现在在刘志丹指挥下有二十六军、二十七军，总共五千人，能与南方和西方的红军主力用无线电联系。在南方红军开始撤离赣闽根据地后，陕西这些山区红军却大大加强了自己。后来到1935年，蒋介石不得不派他的副总司令张学良少帅率领大军来对付他们。

"1934年末，红二十五军八千人在徐海东率领下离开河南。十月间他们到达陕西南部，同刘志丹所武装起来的该地一千名左右红色游击队会合。徐海东在那里扎营过冬，帮助游击队建立正规军，同杨虎城将军的军队打了几次胜仗，在陕西南部五个县里武装了农民，成立了一个临时苏维埃政府，由陕西省'契卡'二十三岁的委员郑位三任主席；李龙桂和陈先瑞为红军两个独立旅的旅长。徐海东把这个地区留给他们去保卫，自己率二十五军进入甘肃，在成千上万的政府军包围中杀出一条血路来到苏区，一路上攻占了五个县城，把马鸿宾将军的回民军队两个团缴了械。

"1935年7月25日，二十五、二十六、二十七军在陕西北部的云长整编为红十五军团，以徐海东为司令、刘志丹为副司令兼陕甘晋革命军事委员会主席。1935年8月，该军团遇到了王以哲将军率领的东北军两个师，加以击败，补充了新兵和急需的枪支弹药。

"这时发生了一件奇怪的事。八月份陕北来了一个共产党中央委员会的代表，一个名叫张敬佛的胖胖的年轻人。据告诉我消息的人（他当时是刘志丹部下的参谋）说，这位张先生（外号张胖子）有权'改组'党和军队，他可以说是钦差大臣。

"张胖子开始着手收集证据，证明刘志丹没有遵循'党的路线'。他'审问'了刘志丹，命令刘志丹辞去一切职务。现在可笑的是，或者说奇怪的是，或者可以说既可笑又奇怪的是——不过，反正这是遵守'党纪'的一个突出例子：刘志丹不但没有反诘张先生凭什么权利批评他，反而乖乖地接受了他的决定，放弃了一切实际指挥权，像阿基利斯一样，退到保安窑洞里去发闷气了！张先生还下令逮捕和监禁了一百多个党内军内其他'反动派'，心满意足地稳坐下来。

"就是在这个奇怪的事情发生的时候，南方的红军先遣部队，即在林彪、周恩来、彭德怀、毛泽东率领下的一军团在1935年10月到达。他们对这奇怪的情况感到震惊，下令复查，发现大多数证据都是无中生有的，并且发现张敬佛不仅越权，而且本人受到了'反动派'的欺骗。他们立即恢复了刘志丹和他所有部下的原职。张胖子本人遭到逮捕，受到审判，关了一段时候以后，分配他去从事体力劳动。

"这样，在1936年初，两支红军会合起来尝试著名的抗日'东征'，他们过了黄河，进了邻省山西，仍由刘志丹任指挥。他在那次战役中表现杰出，红军在两个月内，在那个所谓的'模范省'攻占了十八个以上的县份。但是他在东征途中牺牲的消息，不像许多其他类似的消息那样不过是国民党报纸的主观幻想。他在1936年2月领导突击队袭击敌军工事时受了重伤，但红军能够渡过黄河靠他攻占那个工事。刘志丹被送回陕北，他双目凝视着他幼年漫游的心爱的群山，在他领导下走上他所坚信的革命道路的山区人民中间死去。他葬在瓦窑堡，苏区把红色中国的一个县份改名志丹县来纪念他。

"在保安，我看到了他的妻子和遗孤，一个六岁的美丽的小男孩[①]。红军为他特地裁制了一套军服；他束着军官的皮带，帽檐上

[①] 这个"小男孩"其实是小女孩。她叫刘力贞，是刘志丹将军唯一的遗孤。当笔者告诉她，斯诺的《西行漫记》描述有误时，这位老人说，这责任在江青。斯诺《西行漫记》中原文是"小女孩"，是在译成中文版时，由于江青的干预，改成"小男孩"的。

有颗红星。他得到那里人人的疼爱,像个小元帅一样,对他的'土匪'父亲极感自豪。

"但是,虽然西北这些苏区是围绕着刘志丹这个人物发展壮大的,但不是刘志丹,而是生活条件本身产生了他的人民这个震天撼地的运动。"

斯诺先生站在旁观者的角度,居高临下、准确生动地概括了陕北高原那一段历史。如果说要给他的缜密的叙述稍做补充的话,那么我们应当补充进去谢子长之死这个事件。谢子长将军是与刘志丹齐名的陕北红军创始者和指挥者之一,他死于1935年2月21日。1934年国民党的一次围剿中,他在河口战役中负了重伤,由于没有药物治疗,只好用南瓜瓤儿贴在伤口上。他在死前曾与刘志丹见过一面。谢子长死后,正如苏区将保安县改为志丹县来纪念刘志丹将军一样,苏区将陕北的另一个县安定县改名子长县,来纪念这位杰出的革命者。

如果还需要稍做补充的话,那就是刘志丹及其属下在那次所谓的肃反斗争中,所受到的迫害较之斯诺先生所说,更为严重。陕北红军中团以上干部,几乎全被活埋,刘志丹和一些高级将领,则被关在瓦窑堡,已经挖好了大坑,准备埋他,多亏毛泽东周恩来派人及时赶到,高喊一声"刀下留人"。有一个流传甚广的传说,说那些机会主义者派人送来了逮捕刘志丹的命令,送信的人不知道信的内容是什么,结果把信送到了刘志丹手里。忠诚的刘志丹看完信后,自动让人把自己绑在马上,前往瓦窑堡。如果说,事情发展到"退到保安窑洞里去发闷气了"的程度时就足以使人觉得既可笑又奇怪,那么,如果事实本身已经严重到这种程度的话,则更是令人对刘志丹将军的做法困惑不解了。然而,这个事情的本身,却也显示了刘志丹将军的高贵气质和对革命的愚忠般的虔诚。在这个20世纪的陕北人物身上，凝聚了那个时代的革命者的许多特征。

还需要对叙述订正一点的是，刘志丹膝下，是个美丽的小女孩，而不是男孩。也许她自己曾希望她成为一个男孩，好像父亲那样驰骋沙场，但是遗憾的是她确实是个女孩。她的光荣的名字叫刘力贞。

"江西上来了一群老共产党，一人一杆乌焰钢"，这首陕北民歌最初由与甘肃交界的吴起镇唱起，接着高一声低一声地弥漫了整个陕北高原，从而揭开了陕北高原一段划时代的历史，也揭开了中国革命一段划时代的历史，从而使杨作新及其他的领导和同志们在先前所从事的一地一域的斗争，有了直接的全国性的意义，从而使这块人迹罕至的高原，有整整一十三年的时间，成为中国革命的中心，同样的，从而使这部描述中国这块特殊地域的世纪史的小说，在一定程度上，实际上成了一部中国革命的世纪史。

这个经典世纪的经典时间是1935年10月19日，经典地点是吴起镇。在高原，那已经是个有些寒气的日子了，那天天有点阴，我们知道，那天的晚上，吴起镇下了一场初雪。作为南方人的毛泽东，作为长途跋涉刚刚在这里落脚的毛泽东，阅历已经使他见过了不少落雪的日子和积雪的大地。然而，当雪纷纷扬扬地落下来的时候，当积雪笼盖起这被斯诺先生认为是"疯神捏就的世界，抽象派的写生画"的高原地貌时，那雄伟的气象，仍给他以极大的震撼。加之，在飘飘白雪中，在吴起镇这个落雪的夜晚以及翌日玫瑰色的高原黎明，那个气质不凡的陕北人杨先生始终陪伴着他，作为陕北红军的联络员，喋喋不休地向他讲述着陕北，讲述着当前的斗争，讲述着诸如黄帝陵、扶苏陵、蒙恬陵、隋炀帝美水泉、杜甫鄜州羌村、赫连台、镇北台等等高原辉煌的历史陈迹，诸如此类，亦不能不给他的踌躇满腹的胸怀以激荡。

这些思想和感情恰好与眼底的雪联系在了一起，于是雪升华为意象，一年以后，在陕北的另一个地方，在倥偬的战争之间隙，在一个高高的山峁上注视北国原野、沉吟良久后，他回到了他下榻的清涧袁家村，在房东黑白氏的暖窑里，在黑寿山学习写字用的那张炕桌上，写下了那首直抒胸臆、雄视古今的泱泱大作：《沁园春·雪》——"北国风光，千里冰封，万里雪飘。望长城内外，唯余莽莽，大河上下，顿失滔滔。山舞银蛇，原驰蜡象，欲与天公试比高。须晴日，看红装素裹，分外妖娆。江山如此多娇，引无数英雄竞折腰。惜秦皇汉武，略输文采；唐宗宋祖，稍逊风骚；一代天骄，成吉思汗，只识弯弓射大雕。俱往矣，数风流人物，还看今朝。"

吴起镇是个只有六户半人家的小村子，坐落在一个半里宽的川道上，浑浊的洛河水自川道中间匆匆流过。它的地名可以令人想起遥远年代的当地驻军大将吴起，但是在漫长的岁月里，它更多地留给人们印象的，是一个荒凉偏僻的小镇，通往边关路上换马的驿站，《走西口》歌儿中那种"住店你住大店，莫要住小店"的行人小店。

这一天，从子午岭方向，顺着蜿蜒的黄土山路，走来了一支络绎不绝的队伍。他们衣衫褴褛，有的没有穿裤子，有的打着赤脚，而那些穿着衣服的士兵，他们的衣服也是千疮百孔，补丁累累。这些补丁是由男人粗笨的手匆匆连缀上去的，补丁的颜色不同，质地不同，也许是来自松潘地区的一片绵毡，也许是来自回民地区的一块白布；补丁累累，遮盖了军服原来的颜色。吴起镇是陕北最为贫困的地区了，这些士兵们的服饰较当地农民却还要差些。当第一拨人马在远远的头道梁上出现的时候，就引起了当地哨兵的注意，这条死气沉沉的道路通常是很少人迹的，他们最初以为这是一支迎亲或送女的队伍，他们是从服饰上这样判断的。接着，随着队伍渐渐走近，随着后边那不断涌来的、仿佛没有尽头的长阵，他们明白自己的判断错了。因为这群人中没有唢呐声和花轿，还因为随着视野的接近，他们看见了阳光下闪闪发亮的钢枪。这支身份不明的庞大队伍突然进入陕北高原，令哨兵吃了一惊。这里已经是刘志丹治下的陕甘边苏区了。苏维埃哨兵见状，立即搬倒了消息树，于是，消息立即传到了陕北红军驻地永宁山。

庞大队伍的先头部队在吴起镇停下。镇上的人已经跑光，队伍围住了一孔挂着吴起镇苏维埃主席团招牌的窑洞。看着牌子，抚摸着牌子，疲惫的士兵们有不少人哭出声来。"我们到家了！"他们喊道。队伍好容易从村里，找了个没有来得及跑的老乡，他们告诉老乡说，他们是红军，明白吗，红军！——走过漫长道路的中央红军。说话的人也许是湖南人，也许是湖北人，他把"红"字的音念成了"丰"字。陕北老乡不知道"丰军"这个名词，他很害怕，摇了摇头。"红军呀！"队伍中的人急了，有人指着自己头顶的红五星，还有人提到毛泽东这个名字。老乡这回明白了，是自己的队伍来了，不是张学良杨虎城，不是井岳秀，更不是马回回，而是红军呀！他先前听公家人谈论过神奇的毛泽东，这时又认出了士兵们头上的红星，于是他一个蹦子，攀上了吴起镇旁边的大山，扯开嗓子喊道："红军来了！中央红军来了！老共产党来了！"喊着喊着，喊声变成了歌声——"江西上来了一群老共产党，一人一杆乌焰钢！""毛泽东，势力重，麾下领着百万兵！"喊声起处，四面的"崖娃娃"一齐回响。

坦白地讲，在中央红军由甘入陕的这漫漫长途的最后一站中，有不少红军士兵没有熬到吴起镇，他们由于饥饿和寒冷，倒毙在了路旁，还有一部分掉队的红军士兵，被当地老乡在半路上，用镢头打下了山崖。老乡们不知道这是什么队伍，他们看中了士兵手中的枪支和背上的大烟土。由于缺乏给养,许多红军士兵的背上,除了枪支以外,都背着一包路途上收购来或没收来的大烟土,用作解决粮饷时以物易物的交换品。

在这庞大队伍的中间,有一副担架。担架上抬着正在患病的毛泽东。他面部浮肿,目光忧郁。他大约有半年光景没有理发了吧,凌乱的头发掩住了脖颈。他的面孔由于营养不良而显得异常消瘦、苍白,下巴很尖,下巴上的痣很明显,两只双眼皮的大眼睛也显得大得出奇。他在长征中有大量的时间是在担架上度过的,长龙般的队伍用脚步在行动,而他却是用思想在行动,极度的艰难困苦,随时都有陷入灭顶之灾的可能,再加上层出不穷的党内斗争,从而令这个系天下安危于一身的他,在这一年的行旅中,锤炼了意志,消磨掉了身上最后一丝书生气,成为一个讲究实际的、最了解中国国情的革命者,一个令一切政敌都不寒而栗的权术家和铁腕人物,一个以无限的爱心热爱他的事业和他的人民的人,一个在未来的岁月里将改变中国命运、改变世界进程的领袖,一个无可争议的中国革命之父。

鬼使神差,历史把这一次再造神州的殊荣,给了陕北高原,给了这块黄土地,给了这片轩辕本土。斯诺先生当年已经注意到了这种奇妙的巧合,他说,这块高原以及毗邻地区,曾经是中华民族最早发祥的地方,"中国最近发生的历史性变化——共产主义运动,竟然选择在这个地方来决定中国的命运,不可不谓恰当"。

按照传统的说法,毛泽东本人是一个法家,而按照同样的说法,陕北高原是一个"圣人布道此处偏遗漏"的地方。所以在这块剽悍而豪迈的高原上,毛泽东如鱼得水,深厚的大文化沉淀层有利于张扬他的个性,而有异于其他任何地方的自然景观和人文景观,有助于他独立思考的完成。从这一点来说,毛泽东踏入陕北高原,也许是一种天意。

他下了担架,他撩起有些浑浊的洛河水,拍在自己发烫的前额上。然后,他命令随行人员架起电台,给尚在四十里外、处于中军位置的彭德怀司令员发报,告诉彭,他同美髯公周恩来,已率前军,进入陕北苏区的门户吴起镇,命令彭就地扎营,部队走路太多,务必注意给养,休整部队,并注意游击来犯敌人。末了,请彭于第二日来吴起镇议事,彭部暂交叶剑英指挥。

尔后,他久久地站立在山坡上、他的那孔临时用作办公室兼寝室的窑洞门口,以忧郁的目光,注视着苍茫的陕北群山。一个一个像大馍馍一样的山头,奇形怪状,拥拥挤挤,向他压来,田地里的几根稀疏的庄稼已经收割,光秃秃的山城、山梁、沟壑,呈现出一片黄色或褐色,风从鄂尔多斯高原方向吹来,夹杂着沙砾和黄尘,掠过空寂荒落的山野,吹动他的有些破旧的衣服,和头上的长发。尽管行进在陕甘道上的时候,尽管在通渭河畔捡到了那张国民党的旧报纸,知道了刘志丹和陕北苏区的消息,从而决定在这里落脚的时候,他已经对这贫瘠与荒凉的李自成的故乡,有了心理上的准备,但是,眼前的一切仍然使他吃惊。面对这样的地形地貌,面对这一方人类之群的生活图景,不久以后到达这里的斯诺先生曾说,"人类能在这样恶劣的环境中生存,简直是一种奇迹",虽然作为农民的儿子的毛泽东,他不至于发出那样的布尔乔亚式的惊叹,但他毕竟在这注望的一刻,有些惊讶了的。那时,他对究竟能不能在这里站住脚,还持怀疑态度,即便是在见到刘志丹以后的一段时间内,他仍然将精锐的三五九旅,驻扎在吴起镇以北的三边地区,作为侧翼,并在三边建立一个特区,一旦在陕北高原不能立脚,就经三边而达内蒙古、蒙古——三边是一条退路。他那时候纵然有再丰富的想象力,也不会料到,他的一生的最辉煌的一段时间,他所从事的事业的最辉煌的一段时间,将在这重重叠叠的大山中度过,将在这土挖的窑洞、砖箍的窑洞、石砌的窑洞中展开,他的千秋霸业(准确地讲是阶级的千秋伟业)实际上是在这个金黄色的祭坛上奠基的。他在这里整整生活了十二年又四个月零四天,刨去去重庆谈判的七天,一共四千四百九十七天,占去了他生命的几乎六分之一的时间。1948年2月23日,当他从陕北高原的另一面吴堡县(有理由相信此处的吴堡,亦是"匈奴高筑吴儿堡"时诸多的"吴儿堡"之一,只是为了适应现代生活的节奏,它在20世纪缩写成现名)川口,东渡黄河,离开陕北后,他站在黄河东岸,满怀感慨、满面热泪地望着陕北,他说,"陕北是个好地方",他还说,"我们永远不要忘了陕北"。

这天夜里,毛泽东在吴起镇宿营。接到彭德怀的回电后,毛泽东又去电一封,详细告诉了吴起镇周围的军事态势,及各纵队驻营情况,并请彭务必第二日七时赶到吴起镇议事。电文刚刚发出,这时通讯员前来报告说,陕北红军派人联系来了,来人叫杨作新,现在是永宁山地区的工委书记,公开身份是永宁山小学的校长。毛泽东听了,将来人迎进窑。见了杨作新,详细地询问了当时陕北地区的军事政治形势,红二十五军、二十六军、二十七军的情况,并着重询问了前往红军总部下寺湾的路径。谈话期间,又接到彭总回电,电告毛政委部队驻防的摆布,并建议近日在吴起镇,进行一次战斗,伏击尾随的敌骑兵。我们知道,这场战斗在两日之后付诸实施了,这就是那场著名的长征路上最后一仗——割尾巴战斗。

原来这个匆匆赶往吴起镇的杨作新,正是那个我们熟悉的籍贯吴儿堡的杨作新。

正当杨作新在小镇小学过着他的平淡和担惊受怕的日子的时候,他接到了刘志丹将军的邀请。刘志丹邀请这个文武兼备的教书先生，担任他的秘书。这样，杨作新便辞别了小镇上那些热情的人们，离开了他的丈人村，带着荞麦，前往根据地。其时，杨老太太的谆谆教导发生了效益，荞麦已经怀孕了。面对难以割舍的小镇上的乡亲们，杨作新只能说，他此行仅仅是将有了双身子的妻子送回吴儿堡，他还会回来的。他也只能这么说，他怕看见乡亲们那失望的眼神。他最后一次地吃了一顿没有了"盐蛹蛹"的酸菜，便启程了。他在吴儿堡安顿好了荞麦，当他看见母亲像迎接一位尊贵的公主一样迎接身子已经显形的荞麦时，他感到一丝欣慰。他没有在吴儿堡停留，就匆匆地赶到了永宁山，投入了他梦寐以求的豪迈序列中去了。杨作新在刘志丹将军身边，只干了很短的一段时间。当时，苏维埃政府在永宁山成立了第一所完全小学，并命名为永宁山列宁小学。小学建成，急需一名校长，于是，刘志丹忍痛割爱，委派杨作新前往永宁山小学任职，并兼永宁山地区党的工作委员会书记。当然，杨作新后来才意识到，刘志丹要他离开部队，到地方任职，也许除了上面的原因之外，还有另一个原因。我们知道，不久之后，陕北红军中，大部分团以上领导人被活埋，甚至包括刘志丹本人，也被关押，而就在此刻，毛泽东与杨作新在吴起镇这孔窑洞里谈话时，刘志丹正被押在几百里外的瓦窑堡城里。所以说如果杨作新不离开部队的话，他本人也很难逃脱那场被后来的党史专家称之为"肃反扩大化"的厄运。鬼使神差，他留了下来，并且在毛泽东到达陕北苏区的第一天，就将这个消息吞吞吐吐地告诉了他，致使毛泽东在愤怒之中，发出了"刀下留人"的指示，并派员紧急赶往瓦窑堡，救出刘志丹，而美髯公周恩来，这位当年的黄埔军校政治部主任，亲自为他的军校第四期毕业生刘志丹，松了绑。

这天夜里，在吴起镇半山腰这孔简陋的土窑里，杨作新与闻名已久的毛泽东，进行了一次深谈。杨作新告诉他，早在自己上省立肤施中学的时候,就读过毛泽东的《湖南农民运动考察报告》。毛委员和朱总司令在井冈山岁月中那些神奇的传说,他也早有风闻,而中国革命的指挥权交给毛泽东,将是全党的大幸和中国革命的大幸。毛泽东耐心地听着这些话,既不表示同意,也不表示反对。但是,他认为目前最重要的,是多听这位陕北同志谈谈陕北。因此,在杨作新谈话的间隙,他适可而止地打断了他,将话题引到了杨作新的身世,引到了陕北的历史沿革、人文景观和自然景观的内容方面。他津津有味地听着陕北民歌、陕北剪纸、陕北唢呐、陕北腰鼓以及构成高原大文化的一切东西,他记住了"米脂的婆姨绥德的汉,清涧的石板瓦窑堡的炭"这句陕北俚语,他还对那个清代的翰林御史王培棻来陕北视察后所写的《七笔勾》发生了兴趣。毛泽东认为《七笔勾》中"圣人布道此处偏遗漏"一句是解开奇异的陕北大文化现象、了解陕北人强悍性格的一把钥匙。他说他可惜革命工作过于忙碌,要不,如果有闲暇,顺着这句话深入探讨下去,一定会揭示出一些属于民族文化传统的大奥秘来的。他叮咛杨作新说,有了空闲,请杨作新将《七笔勾》的全文,抄写一份给他。

  杨作新注意到了,拉话的当中,毛泽东时不时地将手伸进衣领里,或者裤腰里,摸出一个虱子来,然后当着杨作新的面,毫不掩饰地用两只指甲盖"嘎嘣"一声,将虱子挤碎。"又消灭了一个寄生阶级!"毛泽东自我解嘲地说。

  他们一直谈到深夜,一直谈到雪花在门外纷纷扬扬地下起。他们就要分手了,因为毛泽东行军了一天,而明晨七点钟就要和彭德怀司令员进行一次关于"割尾巴战斗"的重要的谈话;还因为杨作新要赶回永宁山,赶快组织各县各区各乡苏维埃安排解决中央红军的给养问题;并且,杨作新有些害羞地告诉毛泽东,他的妻子生孩子了,是个男孩,他临离开永宁山、前往吴起镇时,吴儿堡来人报了信。分手时，毛泽东向这位刚刚做了父亲的陕北同志祝贺，并祝愿那小生命在未来的岁月里幸福。他笑着问杨作新，为孩子起下名儿没有。杨作新告诉他，自从妻子有了身子以后，他就为孩子想名字了，他想将那个还未见过面的小生命，起名叫"杨岸乡"——一棵白杨傲岸地屹立在故乡的原野上。毛泽东听了，拍着手说，名字很好，听名字，将来恐怕会是个读书人的。最后，当杨作新踏着纷纷扬扬的雪花，已经向畔上走去时，毛泽东好像想起了什么似的，叫住他。毛泽东从桌上拿起一把自己用的德国造手枪，和用布包着的三十发子弹，递给杨作新，然后说，这支手枪，留给你做个纪念吧。

杨作新辞别了毛泽东，顺山路天明赶到了永宁山。他没有工夫回吴儿堡了，于是托人，给家里送去了一点资助和一个叫"杨岸乡"的名字，然后，便召集会议，发动群众，为中央红军筹粮。十多天后，共筹粮十万多斤，猪二百多头，羊一千多只，然后吹着唢呐，送给中央红军；并且在吴起镇至红军总部下寺湾一路，设立了二百多个欢迎接待中心站，以候中央红军前往下寺湾，与陕北红军主力会师。

第十三章

　　1935年10月19日,对陕北高原来说是一个重要的日子,对自那两个风流罪人开始的吴儿堡家族来说,亦是一个重要的日子。当毛泽东率领他的红色队伍,由甘入陕,那胶鞋、布鞋、草鞋,或者赤脚板儿开始隆隆踏响这块高原的时候,在距吴起镇不远的吴儿堡,杨作新的妻子荞麦,正感到腹部一阵阵剧痛。

　　按照民间的说法,贵人来临,必有大福。这块高原封闭得太久了,这块高原与世隔绝的时间太长了,在人们的记忆中,还从来没有过这么多陌生的面孔,从庄前的大路上匆匆经过,况且带着两万五千里遥远的祝福。所以说出生在这个时辰的这个孩子,委实不是个简单的人物。

　　荞麦的妊娠期,基本上是在吴儿堡度过的。尽管男人不在身边,但是善良的杨老太太和同样善良的杨蛾子,对她进行了也许是人世间对一个孕妇最好的照顾。当杨作新带着自己已经显形的妻子出现在杨老太太面前时,杨老太太精神突然为之一振,她明白自己不能再继续衰老下去了,因为有一件多么重要的事情需要自己去做。她的生命在暮年的时候放射出一阵奇异的光彩。从那一刻起,她就承揽了照顾孕妇的一切责任。做荞麦喜欢吃的饭食,拆洗荞麦替换下来的所有衣服,忙窑内窑外一切力所能及的活计。而当休息的时候,她的身子闲了,眼睛和嘴巴却没有闲住。她睁着昏花的老眼,跟踪着或在炕上坐着,或在地上站着,或在畔上晒阳阳的荞麦,根据自己的经验纠正着荞麦的所有不利于腹中胎儿的姿势。这时,她的脸笑成了一朵花。

在整个妊娠期间,除了吃饭需要自己张口以外,荞麦不干任何事情。她于心不忍,于是便帮婆婆烧一阵火,或者帮小姑子把一背柴从背上卸下来,或者偷偷地挑起水桶,到泉边去担水。每当发现她在抢着干活时,杨老太太便立即抢上前去,将她拉回窑里,接着便开始骂杨蛾子,她认为这是杨蛾子没有尽到职责。直骂得杨蛾子眼泪汪汪,才算罢休。荞麦见自己并没能帮小姑子干些什么,倒是常常惹她们母女俩怄气,于是就不再下炕了。她也是受苦人出身,坐在炕上闲不住,便央蛾子扯了些花布,开始针针剪剪,为那即将出世的小生命缝制小衣服。

这次杨老太太没有阻拦她,一则这些细活不会伤着肚里的孩子,二则这其实也是母亲的天职。见婆婆不再制止,荞麦就大胆地做起来,一边做一边红着脸唱歌。到后来,她的双脚因为妊娠反应而浮肿,穿不进去鞋了,从此便安安宁宁地坐在炕上。她先为那未来的小生命做了一身小棉衣,因为他或她降临人间时,就是冬天了,接着又做了一身夹衣。当衣服做完后,她又细针密线,为他或她缝制了一件红裹肚。最后,她还做了一双老虎鞋和老虎枕头,按照惯例,这两件,是当孩子满月的时候,由孩子的娘舅来送的,可惜荞麦家里没人了,所以她提前自己做。

这天早晨,太阳冒红的时候,杨岸乡出生了。一个通体粉红的孩子,正在接生婆怀里,伸胳膊乍腿。他的头发黑油油的,沾了些血迹和羊水,湿漉漉地贴在头皮上。他的眼睛还没有睁开,于是伸出小手,在脸上使劲地抓挠着,试图借助手的力量,将眼皮掰开。他急切地想知道外面的世界。他的眼睛睁开了,最初像在地里潜伏了很久的瞎狯的眼睛,渐渐地,眼睛变得明亮起来。

他看见他的母亲脸色苍白,下身满是血,疲惫地蜷曲在炕的一角,那神情,好像经历了一次路途遥远的长征,终于在吴起镇的一孔窑洞里歇了脚似的。他看见他的祖母正在笑着,神经质一样地笑着。他看见他的美丽的姑姑,正坐在灶火前烧水,火光映着她的脸,脸上出现一种和她的年龄不相称的严峻。接着,他听到剪刀一声响,随之感到一阵钻心的疼痛,于是扯开嗓子,大声地、毫无忌惮地啼哭起来。

接生婆麻利地剪断了脐带,将脐带的一头,塞进杨岸乡的脐窝里,另一头,放进胎衣。做完这一切后,她认为自己的任务已经完成了,于是坐下来,喘口气,吃了一碗杨老太太专门为她做的荷包鸡蛋。吃饭的时候,她用筷子指着那刚刚从杨岸乡身上褪下的胎衣,吩咐杨蛾子就在窑洞里挖个坑,将它埋了。她说杨家所有的人,都有责任看好这个衣包,并且为埋藏的这个地点保密,不能让孤魂野鬼知道,更不能让野物叼了去,这是规程。

吃完荷包蛋,接生婆接过礼钱,就要启程了。这时,她从怀里掏出一只已经刮得不成形状的鹿角,进行她接生工作的最后一道程序。她要杨老太太拿来一片新打碎了的碗的瓷片,开始刮那只鹿角。鹿角白色的粉末,纷纷扬扬地落下来,落在一只碗里。接生婆安顿说,将这粉末,用开水冲了,给娃他妈喝,催奶。

接生婆走的时候，出于一种职业的习惯，走到布包跟前，看了一眼布包里的婴儿。她的最后一眼是落在那小脚丫子上的。她注意到了婴儿左脚的小拇指是通红的、完整的一块，于是笑着说：一个匈奴崽子！

接生婆刚走，杨老太太便拿起接生婆刚刚用过的剪刀(剪刀刚才杨蛾子在锅里用开水煮过)，从荞麦的红裤带上，剪下一截头儿。她搬过一个凳子，将这红布条儿，挂在了窑门门楣的那个闩眼上。这红布条是个标志，表明这家有喜了，对于来串门的闲人来说，他不该再进这个屋子了，以防冲了月子，也提防孕妇的脏血带来晦气；而对于那些在山野间四处游荡，无家可归、无法托生的孤魂野鬼来说，这红布条则是对它们亮起的红灯：那生命尚且稚嫩，不许它们来打搅他。

当杨蛾子吭哧吭哧地挖地皮、埋衣包的时候，杨老太太出去了一趟，她央村里一位手巧的妇女，铰了一群手拉着手的"抓髻娃娃"，然后把这些"抓髻娃娃"，在窑沿的墙壁上，贴成一行。在贴剪纸的时候，她想起了她的第一个儿媳妇灯草儿，她没有忘记灯草儿曾是个剪纸的好手。

给永宁山捎了话，杨作新没有回来，只给家里捎来一点钱，还给这个红扑扑的小生命捎来一个大号。有这些就够了，窑里的三个女人知道，杨作新在外面干大事，他不回来自有他不回来的道理，所以她们没有埋怨他，彼此之间反而说着一些为他辩解的话。由于窑里没有男人，这桩庄严的事情，它的庄严成分显然显得不够，如果家里有男人就好了，即便他只蹲在窑门外抽烟，一句话也不说，一件事也不干，但只要有他的存在，好像有一堵墙立在那里一样，家里的其他人心里便会感到踏实。

荞麦喝了用鹿角粉末冲下的水后，奶水便像涌涌不断的山泉一样的了。奶水很多，很丰富，胸前鼓起了两个颤巍巍的大包。奶水除了满足供应杨岸乡以外，显然还有许多的剩余，所以涌涌不断的奶水，憋得荞麦的奶头生疼，鼓鼓的奶头，轻轻用手一碰，就"惊"了，如果荞麦的怀敞着，这奶水一下子会射出好远。

既然这里提到了奶头和奶水，而且是荞麦的奶头和奶水，那么，我们不妨插一句闲笔。未来的某一天，当杨岸乡推开肤施市群众来信来访办公室的门，为他的父亲杨作新的冤案奔走时，接待他的中共肤施市委书记黑寿山，记起了杨作新这个名字，并且谈到了记忆中的杨干大的许多事情。他当时还不知道这荞麦就是杨干大的妻子，他的杨干妈。当知道了这些后，他也谈到了荞麦的一些事情，并且着重谈了荞麦的奶头和奶水。

1947年著名的延安七天七夜保卫战中，黑寿山当时是指导员。那一次战斗损失惨重，他也负了重伤。火线上下来的伤员，要经过一个叫小镇的中转站，稍事包扎，然后分期分批转移到后方医院。伤员流血过多，口渴得难受，可是又不能喝水，一喝水，血又会汩汩地流出来；在没有手术之前，就会死去。于是，地方政府从周围村庄，召集了一群奶娃娃的妇女，分期分批给这些重伤员喂奶。这批妇女一共有二百名之多。黑寿山永远忘不了，一个面色黝黑的妇女，将自己干瘪的奶头，塞进他嘴里的情景。那时他正发着高烧，处在昏迷状态，嘴里不停地喊着"冲呀"之类的字眼，突然，他感到嘴里塞进了东西，那东西仿佛记忆中母亲的奶头，于是他停止了呼喊，开始拼命地吮吸起来。立即，一股清凉的、稍带咸味的汁液流进他的喉咙。他的眼睫毛被血糊住了，凝固的血又将上下眼睫毛结在一起，因此，当他清醒过来时，眼睛只能睁开一条细缝。透过细缝，他看见了一张黝黑的脸，看见了那脸因为痛苦而抽搐。后来，他用手在嘴角抹了一把，才发现他吮吸的原来是血。那女人的奶水也许早就被别的伤员咂干了，也许她根本就没有奶水，她所以应募而来，只是出于一位劳动妇女对革命的感情和对战士的感情。他记下了这个女人的名字，她叫"荞麦"。嗣后，大反攻时，他率领部队路经这个镇子，他打问那名叫荞麦的女人的消息，镇上人说，那女人已经害病死了。他打问荞麦埋在了哪里，他好去祭奠一下，可是，没有人能告诉他确切的位置。部队正在行进中，不便停留，于是，年轻的指导员同志，双膝跪倒在小镇石板街道上，"咚咚咚"地叩了三个响头，算是对这位陕北大嫂的遥祭。

不说那未来发生的事情了，那毕竟还有些遥远，而如果时间的流程流到那个时刻的时候，或者说，当我们的故事行进到那个时间空间时，相信我，亲爱的读者，我自然会浓墨重彩的，而此刻，我们说的是吴儿堡的事，是襁褓中的杨岸乡，是乳汁尚像山泉一样奔涌的这位年轻的母亲。

按照乡间的习俗，这侍候月婆子的事情，是由娘家妈来做。荞麦的娘家没有人了，这项工作便由杨老太太承担起来。对于杨岸乡，这个还只会啼哭的小生命，杨老太太也像当年他的外婆对待杨作新一样，从杨岸乡吃第一口奶的时候起，便开始对他施展起了家法。

陕北人的体型，颀长而又健美，两条笔直而又笔直的长腿，挺拔的腰身，很不突出的、几乎与腰身与大腿成一条直线的臀部，当他们在最初没有因为劳动而破坏体型时，给人以"玉树临风"之感。至于陕北人的脸形，我们相信由于上边对杨作新、刘志丹、谢子长的描述，以及读者心目中的那个横行天下的李自成的虚幻的印象，已经有大致的了解。但是我们对面孔的另一面，即脖颈、颈窝，以及后脑勺，还没有来得及细说。陕北人的脑后部分，其实也很耐看，他们一般没有颈窝，后脑勺也不突出，也就是说，从肩部，越过脖子，直达囟门，仿佛笔直的一条线，平整的一个大陆板块。因此给人的感觉,十分俊美,并且有一种男子汉的豪迈的成分。如果,如果再配上一头浓密的猪鬃一样的黑发,如果在头顶再用白羊肚子手巾扎成一个英雄结,那么,当这样一个男人,反剪着双手,跟在一个毛驴后边,腰身一闪一闪地向你走来时,你会想起苏格兰诗人彭斯那"我的心儿在高原,我的高原,我的漂亮的高原大汉"的诗句。

陕北人的这种体型特征,一个原因,当然是由于遗传因素,但是,另外一个不容忽视的原因,却在于当他们还处在哺乳期时,他们的体型便开始受到严格的控制。

杨老太太将杨干大当年衿的那条腰带,扯成一绺一绺的布条;将杨岸乡的两条腿并拢,两只脚并齐;然后用这些布条,嗖嗖地缠起来。这时候婴儿的骨骼,还没有变硬,因此,一段时间后,婴儿的骨骼定型,就成笔直笔直的了;两条腿并拢,中间连个虱子也爬不过去。对腿的部分如是处理,那么对头部呢?婴儿的头更软,脑门顶上,用手指轻轻一按,就是一个窝窝,透过半透明的皮肤,甚至能看见皮肤下面的血管和骨骼。那只荞麦缝下的老虎枕头,杨老太太没有用它,那只是装饰品、吉祥物,孩子能坐起来时,抱在怀里当玩具用的。她现在另外缝了一个小枕头,枕头里装上了小米。小米凉,这样孩子不会上火,小米又相对来说比荞麦皮坚硬,这样孩子枕着它时,可以使后脑把子变得平直,还可以挤压头部,使天庭饱满,而"天庭饱满四方平"被认为是一种"福相"。杨岸乡枕上这样的枕头以后,头形自然在向理想的方向慢慢变化,而杨老太太还不满足,担心荞麦不会管理,孩子在睡着的时候,头向两边偏,这样后脑勺便不会平整了。于是,她又找来些杨作新当年用过的旧课本,分成两摞,分别挡在枕头的两侧。

说话间满月到了,对于这个小生命来说,这是属于他的第一个节日。这天一早，荞麦将红裹肚、小棉衣、老虎鞋，找出来给杨岸乡穿上。然后，她自己也找了件干净的衣服穿上，抱着孩子，坐在了炕沿。衣服有些小了，紧紧地绷住她的身子。经过这一个月，这母子俩仿佛罩窝的母鸡小鸡，现在满了月子，该出窝了。

这天，村里几乎家家都来了代表，来为杨岸乡祝贺满月。有的人用粗布手帕，包了几个鸡蛋，有的人从腰里摸出几块铜板，有的人带来一张羊皮，有的人带来二尺白洋布。礼物都很轻，都有一些寒酸，但是乡亲们的心意是真诚的，他们真诚地祝福吴儿堡村添丁加口，他们为这个古老的家族，将又有一个顶天立地的男人诞生而高兴。

杨老太太也不吝啬，自从杨作新成了公家人以后，不管怎么说，她的经济来源，较村里人要宽展一些。杨岸乡满月，这是一桩大事，同时，也是一个显富的机会。杨老太太，从村里请来两个厨子，又让厨子在窑门口临时搭起锅台，杀了自家的一只羊、五只鸡，又让憨憨从集镇上买回来半扇猪肉，再用自己的两筐洋芋，换回来一捆粉条，就这么些吃食，交给厨子，尽意去做。待客的场所，放在窑院里，桌子凳子，是从前庄小学借来的。虽然已经是初冬了，可是这里地势向阳，中午时分，阳婆婆一照，倒是十分暖和。村上的人们，见杨老太太这样实心待人，也就不再拘束，面对满桌美味佳肴，放开肚皮，尽情享受。三杯酒下肚，猜拳的，行令的，唱酒曲的，异常热闹，间或，路过官道的要饭吃的，听到这里的嘈杂声，也赶来凑热闹，搅红火。要饭吃的，拄着根棍子，搭着个褡裢，站在桌子旁，眼睛盯着桌上的饭菜，嘴边一边流着涎水，一边倒核桃似的，说出一长串莲花落。杨老太太倚在门框上，听着这些祝福词儿，眼睛笑成了一朵花，她觉得自己真是活成人了。对于那祝福词，她耳朵背，只听出其中的两句——"生下女子赛天仙，生下儿子中状元",光这两句,就足以使老太太乐不可支。她忙不迭地唤杨蛾子,要她掬一碗肉粉汤,外加两个花点馍馍,给这位要饭吃的干大送去。"可惜死老汉命薄,看不到这些了!"杨老太太想。

杨老太太还破费两块大洋,请来了一班吹手。在陕北,即便家里再穷,即便这孩子命再贱,逢满月这天,吹手是不可少的,唢呐声是不可没有的。确实请不起的话,便由这孩子的父亲,举着自家的唢呐,站在畔上吹上两声。

按照一位民俗学家的考究,陕北人的一生,三次与唢呐结缘,一次是过满月,一次是结婚,一次是抬埋上山。唢呐那高亢的凄厉的辉煌的哭音,将三次在窑院里响起。三次吹奏,其实都是一个主题:我已生,我已死,我将婚将嫁,并添丁加口;我用这富有穿透力的唢呐声向这个麻木的世界宣告我的已经存在和曾经存在,张扬我的自我;我用这高亢的音律扩张我的渺小,从而不至于被这单调的背景吞没。从这个意义上来说,这三次吹奏其实是对恶劣的自然环境的三次抗议和威胁,人类在这宗教般的旋律中得到陶醉,从而继续迈着艰难的步子向前走去。

一班唢呐手,站在杨家窑院的畔上,对着吴儿堡川道,对着那条南达肤施城北达北草地的官道,对着眼前一山放过一山拦的拥拥挤挤的群山,运足气力,鼓出腮帮,猛烈地吹奏起来。他们擦得明光锃亮的铜唢呐,在初冬的阳光下闪闪发亮,唢呐把手上的红缨缨,像火苗儿一样在胸前荡漾。也许是因为刚才喝了两口开场酒的缘故,也许是因为现在太用力的缘故,血往头上涌,他们每人的脸色,都像猪肝一样,像成熟了的杜梨果一样,成了酱紫色,并且沁着汗珠。

唢呐声在满川道里回荡,唢呐声在浮山上回荡,唢呐声在这家三孔土窑的四周回荡。在这无处不传无疆不届的唢呐声中，荞麦抱着她的孩子，由杨老太太领着，挨着桌子，向前来贺满月的人回谢；而乡亲们，也同样报以吉祥的语言。

杨作新仍旧没有回来。他不回来不要紧，只是，有一件重要的事情，没有他的在场，无法解决。按照习惯，通常在这一天，为这个幼小的生命，指定一个"干大"。如果杨作新原来就有换帖儿的"拜识"，那杨岸乡的干大，不用说，就是那拜识了。他会主动的，在生日这天，备一份厚礼，再请细石匠，凿一个石锁，给孩子带上，当着众人的面，认下这个干儿。如果事先没有拜识，那么在这满月筵上，随便指定一个，也是可以的；好朋友会认为这是抬举他，当即就慨然应允。可是这天，杨作新没有回来。怎么办呢？荞麦和蛾子，自然都不懂这个礼势，独有杨老太太，见热闹的场面，缺了这个实质性的内容，心中不免着急。

事有凑巧，那个憨憨，受杨老太太差遣，上了镇子一趟，回来后窑里窑外，又忙活了一番，后来见众人落座，于是就拣一条旧些的凳子，坐了。吃饭的当口，他见来贺喜的人，都或多或少，手里不空，于是满身不自在起来。他说他要上茅坑，抽身回了趟家。憨憨的家里太穷，他在家里翻腾遍了，也没找见一件可以拿上席面的东西。正在着急，瞅见了地上扔着的一堆石刻，于是信手摸了一件，重新返回杨家窑院。

这是一件石锁。底下一个石座儿，上边是一头袖珍狮子，狮子的前后腿，蹬在石座上，中间的裆部，留下一个空隙，恰好是个旧式锁子的形状。原来这憨憨，虽然别的心眼儿塞着，可这一窍洞开，平日上山拦羊，闲着没事，找一块细青石，一个人躲在山圪崂里，又凿又刻又磨，所以手下出了许多这样的巧活儿。

众人见了这石锁，都喝一声彩，叫道："好手艺！"杨老太太接过石锁,也明白了,这是天意,杨岸乡的"干大",看来就是他了。随之叫过抱着孩子的荞麦,要她过来,让儿子给干大叩头。杨岸乡还小,自然不会叩头,这事就由荞麦代了。而荞麦在称呼憨憨的时候,也就借儿子的口吻,称他"他干大"。

干大在这个满月的时候,要做的事情,是给这石锁上,绑一道红绳,并且从此以后,每逢过年,都要加一道,直绑到十三根红绳,也就是孩子虚岁十三岁上,才算监护完毕。眼下,这红绳杨老太太早有准备,于是拿出来,让"他干大"给系在狮子的脖子上了。这桩事儿结束,憨憨重新找到自己的旧凳子,再去吃筵席,不提。

满月一过,生活重新归于平静。杨家窑院里,一切又恢复了原来的样子,全家人齐心协力,养家糊口,打发着沉闷的日月。只是较之以前,窑里窑外,有了孩子的笑声和哭声。这孩子给这三孔土窑,增添了难得的欢乐,也使这窑里人们的生活有了目标。"千里的雷声万里的闪,一朵朵红云飘得远"。中央红军来到陕北后,革命势力日重,陕北根据地和陕甘边根据地,连在了一起,夹在两块根据地之间的吴儿堡,一夜之间,也成了红区。镇上成立了苏维埃,村上有了革命政权指定的村长,这个偏僻的吴儿堡,也热闹起来。

说话间一年多的时间过去了。这一年多的时间内,杨岸乡七个月坐、八个月爬、十个月打能能、十二个月上走路,等到这时,已经会迈动小腿,扶着墙壁,窑里窑外地乱窜了。这时候杨作新捎来话。原来这时候,中央红军,已经和平接收肤施城,杨作新重新回到肤施,担任了职务。他在县城里,租了间平房,要荞麦领着儿子,进城去住。杨老太太接到这个信儿,心里自然舍不得孙子,可是转念一想,杨作新如今又红漾了,况且做了大官,如果荞麦不在身边守着他,难免这小子哪一天昏了头,又向吴儿堡发来一封休书。想到这里,就叫杨蛾子去找村长,以红军家属的名义,要村长派一个公差，用毛驴送荞麦母子上路。

这一年多的时间内，杨作新行色匆匆，几乎参与了中央红军进入陕北高原后的所有重大活动。当然他只是个跑龙套的角色，所以，在后来的那些回忆录和党史资料文献中，对他的名字很少提及。

儿子过满月那天，他原来是准备回家一趟的，可是中央红军与陕北红军在洛河川的象鼻子湾举行的会师典礼，他参与了筹备工作。典礼一完，这时候赶回吴儿堡还来得及，结果突然战事又发，蒋介石急令张学良所属五十七军、六十七军并骑兵军，趁中央红军初入陕北、立脚未稳之际，予以歼灭。于是，中央红军与陕北红军联手，由毛泽东亲自指挥，在子午岭旁边的直罗镇，组织了那场被毛泽东称之为"奠基礼"的直罗镇战役。几支部队协同作战，彼此原先都不熟悉，所以杨作新忙前忙后，四处奔跑，做了个联络官之类的角色。

这以后，以国民党重兵守卫的陕北第一重镇肤施城为圆心，红军纵横驰骋，在陕北高原上，兜了几个圈子。中共中央首脑机关，先后在谢子长的家乡瓦窑堡、刘志丹的家乡保安，建立起临时红色首都。东征战役时，毛泽东东渡黄河，得胜回营后，还在清涧袁家沟，小住过一段日子，并且正如读者所知道的那样，在那个小小的陕北高原山村，写下了一首关于"雪"的诗词，词牌名是"沁园春"。

1936年的"双十二"西安事变，成为一个转机。在此之前，张学良将军与周恩来将军，曾在肤施城南门坡的一座天主教堂里，秘密会晤，商讨东北军将其辖地肤施城，让给红军事宜。"双十二事变"的发生，促使这件事有了结果。于是，时隔一个月零一天后，也就是1937年的1月13日，张学良部撤出肤施，中共中央首脑机关进驻肤施。肤施城内的国民党地方政府和地方武装，见正规军走了，知道大势已去，于是站在肤施城头，放了两枪，然后仓皇逃逸了。中国共产党人的肤施岁月，于是从此开始。

杨作新就任了肤施市督学职务。原先的赵督学，据说在杨作新结婚不久，她就和肤施守军的头领结婚了。红军开进肤施城之前，我们知道，地方武装纷纷逃逸，那位守军头领，带了已经怀孕的赵督学，前往榆林，投了那里的同僚。榆林城位于陕北高原与鄂尔多斯高原、宁夏河套平原接壤地带，这里的军事辖制，却属北平冯玉祥管。那赵督学的丈夫，后来换防，到了北平。到北平后，听了赵督学的话，脱了制服，开始经商。他们的故事到这里没有结束，容后再叙。至于那"赵半城"，却在红军入城之初，在自家的门楼上，拴了根绳子，上吊死了。当时，女儿和女婿，劝他和他们一起走，他舍不得这肤施半个城的属于他的铺面和字号儿，决心与它们共存亡。女婿女儿无法，只好自己抬脚先走了。女婿女儿走后，剩下他一个人了，他坐在空荡荡的家里，想起国民党那些关于共产党杀人放火之类的宣传，越想越怕，就去寻短见了。其时鞭炮声已经响起，肤施城里的开明人士，由事先潜入城中的杨作新组织，出郭十里，迎接毛泽东一行入城。杨作新自然没有忘了"赵半城"这个人物，谁知来叩他大门的时候，看见的只是一具悬在空中的尸体，杨作新见了，嗟叹一回，心想他本来不该如此。

红军入城，张榜安民。肤施城里，不能没有地方官，诸多铺面商号，也不能没有管理的；肤施治下各类学校，也不能一日没有督学。至于以后体制如何变更，那是以后的事了，现在得有个应急措施才对。以杨作新的资历、影响和学识，担任这个督学自然合适，于是众位乡贤，公推他担任这个职务。杨作新觉得由他去接赵督学的手续，似乎有些滑稽。但这是革命需要，况且，上级也有这个意思，于是也就不便推辞。安顿停当后，便在肤施城内，租了一间民房，接来了荞麦母子。自此，杨作新每日忙于他的公务，勤勉工作，荞麦当她的干部家属，以带孩子为职业，一家人和睦相处，恩恩爱爱，相安无事。

现在，该接近那个最难堪的话题了。对于这一点，叙述者实在不想将它提及，因为这是个很难说清的事情。但是，怎么说呢？既然我们选定了杨作新，成为书中主要的人物之一，那么他的性格的完成，他的归宿，他的故事，我们总该有个交代才对。况且所有发生在杨作新身上的事情，都是曾经发生过的事情，并不是叙述者的随意杜撰。叙述者只是听命于他手中的笔，在重复历史而已。

长期以来，闭塞的地理环境，形成了陕北人狭窄的地域观念。这种心理特征甚至表现在那些最细小的事情上。举例说吧，山坡上长着一株木瓜树，山根下住着一户人家。这户人家认为，这株木瓜是长在他家的垴畔上的，所以是他的，他静静地等着这木瓜成熟，直到熟透后再去摘它。一个过路人偶然发现了这树木瓜，于是攀上山崖去打。作为过路人来说，他是正确的，因为木瓜是野生植物，而且是长在野山上的；但是作为这家土著来说，他也是正确的，因为从祖辈开始，这一树木瓜，从来都是由他们家来收获的，他对这不速之客的举动感到不可理解，认为自己受到了侵犯。两个想不开，于是发生了口角。

中央红军初入陕北，当时国民党张学良部与甘、青、宁四马四面合围，局势十分严重，于是，中央红军与陕北红军携手合作，接连打了几个胜仗，迅速扭转了局面。当时的情景，确实正如陕北民歌中唱到的那样："热腾腾的油糕端上桌，滚滚的米酒捧给亲人喝。"两支红军情同手足，陕北高原一片欢腾。但是，随着国共统一战线的酝酿，局势的好转，尤其经过整编，陕北红军的将领都几乎被任命为副职之后，矛盾便显露了出来。当时，陕北红军领袖谢子长，早已牺牲，另一位陕北红军领袖刘志丹，也在东征时罹难。

上卷・第十三章　255

这两个深明大义、目光远大的人物的去世，也使中央红军对陕北红军的控制和指挥，有所减弱。也就是说，陕北红军中的地方主义倾向，有所抬头。

　　这是事情的一个方面。另一方面，中央红军对陕北红军，也不能说没有戒心，前面谈到的将陕北红军的将领们，任命为副职，就是一例。记得我们在前面曾经说过，毛泽东曾派精锐的三五九旅，驻扎在三边盐池，并将三边辟为特区，以便在陕北高原站不住脚的时候，在那里留一条退路。此种考虑，当然是由于陕北土地贫瘠，不足以养兵的缘故，但不能不说也有上边的那种成分。尤其令陕北红军伤感情的是，东征结束后，陕北红军一部，取道延水关，渡黄河回根据地。部队来到黄河岸边，躲进岸边石崖底下一孔天然的崖洞里，派人凫水过来联系船只。这边中央红军的特派员，下令扣住船只，不准一只过河。三天三夜之后，悬崖顶上阎锡山的巡河部队，终于发现了这支红军，于是一阵乱枪打来。这支部队一百余人[①]，一部分被当时乱枪打死，一部分跳入河中，被水淹死，生还后回到陕北根据地的，只剩下五个人。那座山洞后来被当地老百姓称"红军崖"，在延水关对岸上游二华里处。五个生还者中的一个，1982年，叙述者曾经访问过他。他就在那一带居住，黄河岸边长大的，所以那天晚上凫水游到了这边。他目下是个农民，一边编着筐箩，一边回答叙述者的问话，眼皮耷拉着，一抬不抬。如果他现在还活着，年纪已经很大了。那地名叫北村。

　　原来这死难的陕北红军一部，正是当年后九天杨作新收编的那

[①] 这里1993年初版时是"三百余人"，现在根据中共中央党史办的审读意见，改正为"一百余人"。党史办的意见无疑是正确的，当时该营（营长叫冯德胜）的编制，看来不满员，这在陕北红军中是普遍的事。作者只是在记述这件事情，想其当然，以一个营三百余人来统计人数。

支武装。消息传到肤施城，杨作新听了，不免发几句牢骚。杨作新这些年在陕北各地奔波，军队里或者地方上，都有不少熟人。那些有情绪的人，到了肤施城，不免要到杨作新的家里去，发泄不满情绪。而不知好歹的杨作新，自命根基稳固，听了这些话，非但不加制止，反而表示同情。久而久之，杨宅以及杨作新本人便引起了当时已经成立的边区保安处的注意。乌云已经笼罩在杨作新头上了，可惜他还不知道。

这当儿，发生了一件惊天动地的事情。美髯公周恩来，应张、杨二将军之约，前往西安议事。于是他乘了一辆爱国华侨陈嘉庚先生赠送的旧卡车，携带张云逸将军并副官陈友才等人，离了肤施，前往西安。行至距肤施城五十华里的大劳山时，突然遇到一群土匪袭击。土匪明确的目标是周恩来。副官陈友才和几个警卫员冒死相救，全被打死在卡车前，周恩来、张云逸钻入大劳山丛林，得以逃脱。按说，山林是土匪的天下，纵然周恩来腿快，也如何得以逃脱？原来事有凑巧，那天副官陈友才的上衣口袋里，恰好装着周恩来的一张名片，土匪来到路上，从陈友才的口袋里，搜出名片，断定这就是周恩来本人了，于是不再追赶，重新缩回了山林。周恩来脱险后，找到驻扎在附近的八路军骑兵部队，被护送回到肤施，不提。

这桩周恩来劳山遇险案，当时在肤施城里，引起极大震动。事情后来虽然查清了，是一帮政治土匪所为，而骨干分子，就是被红军赶出城的当初肤施城中的国民党守城部队。但是在当时，边区保安处立案侦查以后，却把杨督学作为主要怀疑对象。个中原因，当然是杨作新当年在后九天时，曾经与陕北地面各路土匪，有过一段不清不白的关系。这时候，边区保安处同时查出，那支红军崖遇难的部队，竟是当年后九天改编过来的武装，诸种因素联系在一起，于是便决定对他下手。只是杨作新是陕北同志，又具有相当大的影响,因此在没有真凭实据之前,先没有动他,只是等待机会。

是年7月,蒋介石在庐山举办干部训练班。其时国共两党,已因西安事变为转机,达成"合作抗日"的谅解,所以这次训练班,也给肤施城分了一个名额。机会来了,通知到时,便由当时的神秘人物康生,直接与杨作新谈话,安排他去庐山受训。杨作新当时还蒙在鼓里,鼎鼎大名的康生找他谈话,他应该有所觉察,明白此行不同寻常。可是他毕竟见识短些,觉得这是一件光耀的事,于是慨然应允,稍事收拾,便直赴九江庐山。

第十四章

算起来，杨蛾子这一年，已经满二十三岁了。她像一朵山乡里风吹雨打的野花，在迎风怒放着，娇艳，健康，善良，美丽。爱神并没有久久地冷落她，它只是在等待机会，等待那合适的、杨蛾子可心的人来叩击她的门扉。前面说了，这个野姑娘，她继承了吴儿堡家族相貌上的一切优点：两只又黑又亮的大眼睛，一对双眼皮，白皙的面孔上，两个高颧骨，颧骨上停两朵红晕，尖下巴，有些消瘦的面颊上，时隐时现出两个酒窝。较之前两年，她的胸脯丰满了许多，皮肤上也呈现出一种羊脂般的光泽，繁重的体力劳动并没有磨掉她身上青春的光彩，反而由于劳动的砥砺，她的身上，出现了一种达观的人生态度。这更增加了她的魅力和气质。

荞麦母子前脚刚走，当地政府，给这一带疏散了一群红军伤兵。这些伤兵是东征战役挂彩的，还是西征战役挂彩的，或者是平型关与日寇打仗时挂彩的，上边没有说。吴儿堡也分来了一个伤兵，照着装束和身份看，可能还是一个首长，一只指挥打仗用的怀表，装在上衣口袋里，链儿拴在第二个纽扣上。一头高头大马驮着伤兵，一左一右两个警卫员扶着，来到吴儿堡，将他交给村长。村长于是将这个伤兵，分配给了杨老太太和杨蛾子照管。一则杨家是公家人的家属，可以信得过，二则杨家的偏窑闲着，正好可以让伤兵在那里居住。警卫员见安顿停当了，便留下一些药品，牵着马回部队去了。

那伤兵中等身材，消瘦面容，年纪在三十岁上下。他也把"红军"说成是"丰军"，因此可以断定是湖南人或者湖北人。他的伤是在胯骨上，一颗子弹，从屁股蛋子里钻进去，碰到骨头，便嵌进骨头缝里去了。在部队医院里，做了手术，取出了子弹，看着没有危险了，于是便疏散到老百姓家里，找一个安静的去处养伤。

伤兵在战场上厮杀惯了，习惯了东征西讨，猛不丁来到这个安静的偏僻的小村子，显然有些不适应。在这里，一切都是以慢节奏进行着的，太阳到了半早上，才懒洋洋地从东山出来，到了下午，又懒洋洋地落入西山那个垛口。一座座山丘死气沉沉地僵卧着，不见一丝绿色，好像害了浮肿病的病人的脸色。空气自然是洁净的，没有一丝硝烟，也没有一点噪音，但太静寂了，也令人生出一丝惊悸与不安。最初几天，伤兵显得焦躁，尽管杨老太太和杨蛾子做了最好的饭食招待他，但他只是吃很少的一点儿，筷子头动一下，就停了。有一次，蛾子劝得紧了，他竟使起性子，端起碗，摔在了地上，气得个杨蛾子，脸色煞白。伤兵也知道是自己的不对，赶快道歉，并且从口袋里掏出自己的津贴费，来赔这只打碎的碗。杨蛾子一甩手，抹着眼泪走了。

杨老太太待伤兵，像待亲生儿子一样。乡间老太婆，本来就是个菩萨心肠，加之这时候，她也以革命家庭自居，儿子杨作新在外，给共产党干事，那么杨作新的同志，从广义上讲，也就是她的干儿子。所以不管这伤兵如何烦躁、无礼，她只是小心侍候，尽自己的慈母心肠，生怕有一点慢待了同志。

自从那骑着高头大马的伤兵，在吴儿堡川道里一露头，杨蛾子的心就跳起来了。她的眼睛一直瞅着那骑马的伤兵，在村长家窑门口停下，才收回目光。这里也是一条交通要道，官道上常过队伍，所以杨蛾子最初以为，这大约又是过往的什么人，谁知，信不信由你，生活中果然有那种被中国人称之为"命"、被外国人称之为"命运"的东西，这骑马的人，不是过路的，是要在这村子住一段时间的，而几十户人家的村子，偏偏这个伤兵，来了杨蛾子的家。

杨蛾子有了这番心事，见了伤兵，反而显出一股矜持之意。这也是情理中的事，姑娘家毕竟是姑娘家。只是这个从来不注意自己服饰打扮的姑娘，自伤兵来到家里后，从头到脚，整天穿得干干净净的，这是春二三月，地里没活，所以一天到晚，脚上不沾尘土，她还拿出自己攒下的钱，下了趟镇上，买了双洋布袜子穿上，洋布袜子穿在里边，看不见，于是杨蛾子将裤角绾起，走起路来，故意将两个脚片子踩得有了响声。可惜杨老太太老眼昏花，看不见女儿的新奇变化，而那个伤兵，只一个劲儿地惦着自己的部队，整天不是发脾气，就是一个人坐在炕沿上擦枪，或者顶着这春二三月的寒风，站在畔上，手扶胯骨，望着大路发呆，杨蛾子的一番苦心，他竟没有发觉。杨蛾子这一番打扮，算是白打扮了，气得她背过人，直捂着脸哭。

伤兵的伤口，隔几天要换一次药。伤兵说他的创面已经结痂了，可以自己换，只让蛾子为他烧上一盆盐开水，洗伤口用。杨老太太却执意要让蛾子为伤员换药。杨蛾子前些日子当过一次担架队，抬过伤员，并且也为伤员包扎过伤口，所以说换换药，应当说不是一件难事，奈何这伤员伤的不是地方，所以杨蛾子见杨老太太说了，脸色登时红了起来，口里应承着，脚底下却不动。伤兵还是说，他自己能换，有盆盐开水，洗伤口就行了，说完，就回自己窑里去了。

杨老太太见支使不动蛾子，有些冒火，捡起一把扫炕的笤帚疙瘩，想打杨蛾子。杨蛾子说："好妈妈，我怕羞！"杨老太太说："权当是你哥哥，怕什么羞！'揽君是君，揽臣是臣'，咱们揽上这桩事情了，就揽到底。你哥哥在外边闹世事哩，咱们家里人，要给他争脸！"

话说到这个份儿了，杨蛾子也就不再推辞，开始烧水化盐。那伤兵的伤口，虽说已经结痂，可是仍然有血水脓水从里边沁出来，沾在外边裹着的纱布上。换药的时候，得先用盐水将纱布浸湿，揭下来，或者用在开水里煮过的剪刀，将纱布一点点地剪掉，然后消过毒后涂上新药，换上纱布。杨老太太估计对了，那伤兵虽然逞强，可是他确实自己给自己换不了药，除了上边说的伤势本身的原因之外，我们知道，这伤也确实伤的不是地方。

伤兵回到偏窑后，不等盐开水端来，便真的自己给自己换药了。大约揭纱布时揭得太猛，只听从那偏窑里，发出一阵呻吟。杨老太太耳聋，没听见，蛾子倒是听真了，呻吟声听得她一阵阵心疼，这时盐开水已经烧好，杨蛾子于是不再考虑，舀了一盆，匆匆地端进偏窑去了。

凡事开了个头，抹下了脸，接下来就容易了。从此以后，隔三过五，不等杨老太太督促，杨蛾子总是准时给伤兵换药。伤兵的伤势一天天好起来，饭食大增，面皮也渐渐变得红润。杨老太太见了，心中自然十分高兴。

我们的杨蛾子，自那一次开始，也就放下了自己的矜持，又变了一个天真可爱的姑娘家。每一次换药，对她来说，都不啻是一个节日，换过一次药后，她就兴奋地等着下一次。她以一个女儿家的全部的热情和爱心，为这个伤兵大哥换药和洗伤口。而在平时的时候，她总找各种话题，令伤兵大哥开心，怕他有丝毫的寂寞，怕他产生离开这里的念头。随着伤兵的伤势渐渐好转，她开始搀着伤兵，在窑院和村头转悠。

伤兵也喜欢上了这位姑娘。我们知道，在换药的时候，在吴儿堡村头散步的时候，在彼此长期的踢搅中，伤兵不可能不发现这姑娘惊人的美丽，而美丽和善良结合起来，不能不打动一个钢铁般坚硬的男人的心。伤兵应杨蛾子的要求，给她讲他所经历过的那些激烈的战斗故事，他还将自己的枪卸成零件，顺着炕沿，摆成一溜，然后闭着眼睛，用五十秒的时间(杨蛾子盯着表)，将枪全部装好。杨蛾子是个聪明的姑娘，她看过几遍后，也学会自己安装了，开始是睁着眼睛，一边听伤兵讲解，一边往一块对落，后来，她也可以闭着眼睛，一口气"砰砰啪啪"地，将这支短枪安装在一起了。

杨蛾子将伤兵的皮腰带，襟在腰里，将那支擦得锃光发亮的手枪，别在上边，裤脚上，再扎上伤兵的裹缠。她往地上一站，打个立正，问伤兵，看她威风不威风。伤兵笑着说：她很威风，只是，头上的扎着一根红头绳的大辫子，和这身装束不协调，如果——"如果怎么样？"杨蛾子追着问。伤兵说："如果剪成个短帽盖，那就是个地地道道的红军婆了！"

伤兵只是随便地说说，谁知，杨蛾子听了这话，不吱声，抬脚离了偏窑，回到自家的正窑里。她从针线笸箩里拿出一把剪刀，对着那只只剩下半块的玻璃镜子，只听"嚓嚓嚓"的一阵响声，大辫子就剪了下来。等到她再一次站在伤兵面前时，伤兵惊呆了，他瞅着眼前这个姑娘说："你真漂亮，杨蛾子！"伤兵情不自禁地抓住了杨蛾子的手，但是他立即意识到了自己的失态，赶快把手松开了。

"猴女子，你疯了！"窑外传来了杨老太太的骂声。原来，她发现了丢在炕沿上的大辫子,现在提着辫子,出来寻杨蛾子。

听到骂声,杨蛾子扳住伤员的肩膀,在他脸上,匆匆地亲了一口,然后转过身,一阵风似的跑了。

时令接近初夏了。天气慢慢地热起来。吴儿堡川道里的那条小河,开始发出淙淙的流水声。青蛙也在夜晚,不歇气地叫起来。青草开始露出地面,山冈披上了一层浅浅的新绿,在那新绿中间,往往会有一团鲜艳的红色,那是山桃花。牧羊人赶着羊群,在这嫩绿之间游弋,轻风吹来,送来羊只那撩拨人心的骚味。

这是一个美丽的晚上,喝过汤以后,蛾子陪着伤兵,在畔上的碾盘上坐着。最初是农人们吆着牲口,扛着犁杖,从那高高的山峁上,忽悠忽悠地过去了,接着是憨憨,赶着一群喧喧闹闹的羊只,从大路上进了村子,最后,一切便都静寂下来,只有那西天的晚霞,在垴畔上边的浮山上燃烧着,将它的玫瑰色的光芒,填满了这吴儿堡附近的沟沟洼洼,给这单调的景色,带来一种虚幻的梦境。星星也一颗接一颗地出来了,为数不多的星星,在那深不可测的遥远天际闪烁着,偶尔有一颗流星,斜斜地滑下来。

伤兵为蛾子讲了许多的战斗故事。作为对等原则,蛾子也为伤兵唱了许多的陕北民歌。他们之间的关系,现在已经十分亲密,亲密到可以唱那些酸曲的程度了。原来,在唱酸曲方面,杨蛾子也是一把好手。其实,在每一个外表一本正经的姑娘的内心深处,谁没有产生过非分之想,谁没有萌动过那种有些轻浮的念头呢?只是当她们在没有遇到可心的人以前,严格地把握自己,而将那些伴随着她们成熟过程的,给她们以耳濡目染的酸曲,毫不动容地装进心里,以便有一日对着心上人吟唱。

"那是一首叫《大女子要汉》的酸曲,我从十三上就会唱了,"杨蛾子盯着变幻无穷的夜空,深情地说道,"只是,我会唱是会唱,可从来没有给一个男人唱过!我只是晚上睡觉的时候,一个人躲在被窝,一边流眼泪,一边低声唱,或者,在山上受苦的时候,瞅瞅四下里没人,扯开嗓子吼上一阵。伤兵大哥,这歌酸着哩,你听了不要笑话我!"

蛾子说着,朝窑里瞅了一眼,看杨老太太不知在窑里忙活什么,并没有注意到她和伤兵,于是胆子大了,清清嗓子,唱了起来:

十七八女娃门前站,
公鸡倒把个母鸡断,
女娃泪不干。
哎哟,
女娃泪不干!

娘问女娃为啥哭,
没吃没喝有你大,
针线不会有妈妈。
哎哟,
针线不——会有妈妈!

每一段歌词完了后,都有一句撒娇似的"哎哟"作为副词。如果配上简谱,这"哎哟"是这样唱的:‖ 5632 1·3 ‖。伤兵听得有些呆了,从那柔美的声音中,听出了一种女性的温柔和渴求。他对陕北话应该说有一点顺耳了,只是,这个"公鸡倒把母鸡断"的"断"字,他不明白是什么意思,于是便打断了杨蛾子的歌唱,请教这个字。"这还不明白吗?"杨蛾子羞红着脸说,"断,就是'撵',就是'赶',就是想要……'踏蛋儿'!"杨蛾子咽下了最后一个字眼,她不说了。不

上卷·第十四章 265

过伤兵已经领会了她的意思,他说:"噢,女娃家站在自家窑门口,看见公鸡在撵着母鸡,于是动了心思。"

"你还让我唱耶不唱!平白无故地打断人家的话,我不唱了!"杨蛾子说。

伤兵见了,赶紧央告他,说自己再也不插杠子了。

"这就好!"杨蛾子说。说罢,续上前面的,又唱起来——

  叫一声妈妈你听话,
  奴家长得个这么大,
  不给奴家寻婆家。
  哎哟,
  不给奴家寻婆家!

  叫一声女娃我告诉你,
  一来为你真小哩,
  二来妈妈舍不得你。
  哎哟,
  二来妈妈舍不得你!

  叫一声妈妈我告诉你,
  我嫂嫂和我同年岁,
  人家妈妈咋舍得?
  哎哟,
  人家妈妈咋舍得!

  叫一声女孩你听话,

你大大回来寻个女婿，
秋后再出嫁你。
哎哟，
秋后再出嫁你！

叫一声妈妈我告诉你，
你和我大大同床睡，
我咋能等到秋后去？
哎哟，
我咋能等到秋后去！

叫一声女娃没黄水，
院邻家听见欺杀你，
不怕人家笑话你？
哎哟，
不怕人家笑话你！

叫一声妈妈你听话，
女娃我今年刚十八，
一心就想抱个娃娃。
哎哟，
一心就想抱个娃娃！

歪说好说你没血鬼，
你大大回来要打你，
妈妈我不拉你。

哎哟,

妈妈我不拉你!

三打两打尽他打,
人要眉眼做什么?
我的就儿妈妈。
哎哟,
我的就儿妈妈!

撩起个棍子拉下打,
叫你死在这个家,
不叫你寻婆家。
哎哟,
不叫你寻婆家!

　　唱到这里,杨蛾子的歌声停了下来。这次,不是人家伤兵插一杠子,又有什么问题要提,而是蛾子主动停了下来。伤兵正听得出神,见歌声突然停了,不知道是怎么回事,还以为是完了。"没有!"蛾子笑着说,"还长着哩,歌词太脏了,什么'坏了身子'呀,难听死了,你不怕羞,我还怕羞哩!不过——"蛾子接下来说:"有新歌词,刚流行起来的,革命内容,我把这个给你唱唱,好吗?"

　　"好,小妹妹!"伤兵答道。这次,他没有退缩,而是勇敢地捉住了蛾子的手,把她拉到自己跟前,让蛾子坐在自己那只没有受伤的腿上。夜色温柔,现在,那两个遥远的风流罪人所曾经体验过的感觉,不可遏制地来到了这两个身份迥异的年轻人身上。

杨蛾子继续唱道——

一蹦蹦在区政府，
进了个门来当地上站，
区长把我看。
哎哟，
区长把我看！

区长开言同志你听，
有什么问题你谈精明，
冤枉不办人。
哎哟，
冤枉不办人！

我大我妈老脑筋，
政府的号召他不听，
压迫得活不成。
哎哟，
压迫得活不成！

我人我妈要财礼，
给奴家寻了个疤女婿，
奴家我不愿意。
哎哟，
奴家我不愿意！

耳又聋来眼又花,
满嘴长一口大酥牙,
脊背上背个大疙瘩。
哎哟,
脊背上背个大疙瘩!

隔壁有个王大妈,
她的儿子十七八,
心里就有个他。
哎哟,
心里就有个他!

区里介绍县里批,
我们两个都愿意,
心里真满意。
哎哟,
心里真满意!

结罢婚儿拉回走,
我大大门口把我们看,
寻得一个穷光蛋。
哎哟,
寻得一个穷光蛋!

进你个门来拉上看,
脚底下只有一点炭,

灶火也搭不严。
哎哟,
灶火也搭不严!

两双筷子两只碗,
后面无锅盖石板,
怀前把小锅安。
哎哟,
怀前把小锅安!

叫一声丈夫把话听,
明天亲戚都来看,
这事情咋价办?
哎哟,
这事情咋价办?

叫一声丈夫把话听,
大街镇上买花生,
牢牢记在心。
哎哟,
牢牢记在心!

一条纸烟两把茶,
瓜子花生拿手抓,
腔子上又戴花。
哎哟,

腔子上又戴花。

政府给地二亩半，
叫我们二人好好干，
争取当模范。
哎哟，
争取当模范！

身上又穿烂布衫，
上下擦了个稀巴烂，
浑身出了汗。
哎哟，
浑身出了汗！

大锄锄来小锄砍，
人进庄稼看不见，
能打十来石。
哎哟，
能打十来石。

红旗绿旗满天飘，
锣鼓大钹一哇声，
天下都有名。
哎哟，
天下都有名！

酸曲到这里就唱完了。有些冗长，正如杨蛾子所说，这后半部分的革命的内容，是临时加上去的，这内容反映了当时根据地(后来叫解放区)老百姓的生活，也在一定程度上，为后来在解放区广泛开展的生产自救运动预兆了先声。当然，增加了这些内容后，它就使原先妙趣横生的题材，显得有点一本正经了，用杨蛾子的话说，就是不够酸了。这使杨蛾子有些担心，担心伤兵大哥的期望值太高，这首过于冗长的酸曲，他会不喜欢的。

　　杨蛾子的担心多余了，伤兵很喜欢它，经历了残酷的战斗，经历了出生入死的洗礼之后，现在，一位姑娘坐在他的腿上，并且用那柔美的女中音，为他哼着这些奇异的歌曲，光这一点，就足以使他满意了。他这时候的心已经完完全全地安静了下来，习惯了这安宁的平和的环境，和这世外桃源一样的生活，他甚至担心自己的伤好得太快，那样就会离开吴儿堡。

　　一个初夏的夜晚过去了。杨蛾子听见母亲在窑里唤她，这时她才意识到夜已经很深了，并且意识到自己是坐在伤兵的腿上的，于是她吓了一跳，她说："我得回窑里去了，伤兵大哥。明晚上我再给你唱吧！"说完，她从伤兵的腿上溜了下来。

　　杨蛾子抬脚要走，这时，她听见背后"哎哟"了一声，就像她歌词中的副歌"哎哟"一样。她回过头来一看，原来是伤兵大哥栽倒了。杨蛾子赶紧走过去，扶住他。她埋怨自己走得太急，忘了照顾伤兵这个责任。——伤兵在碇盘上坐得太久了，或者说，一只腿有伤，而另一只腿，被蛾子压麻了，因此，当他一闪身子往起站时，没有站稳。

　　蛾子扶着伤兵，向偏窑里走去。走到偏窑门口，她取出胳膊，就要离去时，伤兵拽住了她的胳膊。伤兵的眼睛在夜色中闪闪发亮，他用颤抖的声音对蛾子说："蛾子，你能不能到我窑里来，将那首酸曲——改编前的那一部分唱给我听。我不嫌脏！"

上卷・第十四章　273

听到这话,蛾子站住了,她转过身子,愣了一下,接着伸开胳膊,紧紧地搂住了伤兵。压抑了二十多年的少女的感情,在这个夜晚,在这个时刻,因了这句话,一下子喷发出来了。她搂住伤兵的腰身,将两片火热的嘴唇,紧紧地胶在伤兵的嘴唇上,最后,他们不是用手,而是用脚,将门轻轻地挑开,然后歪歪斜斜地,一个拥着一个,进了偏窑。

"我爱你,我要把身子给你!自从你骑着高头大马,在吴儿堡的川道里一出现,我就明白了,你是来勾我魂的!"窑里,传来杨蛾子的喃喃低语。

直到后半夜的时候,杨蛾子才偷偷地溜出了伤兵的窑洞,抱着外衣,回到自家正窑。母亲睡得正香,连灯也没有点,她拉开被子,黑摸着,睡下了。

一个处在这种年龄的女性,一旦爱上一个人,一旦初尝了那初夜的滋味,那情形是可以想见的。对于我们的杨蛾子来说,她将把自己漫长苦难的人生,分为两个阶段——遇到伤兵以前的阶段和遇见伤兵以后的阶段。她笑着,她那银铃般的笑声弥漫在杨家窑院内外。如果说在原先的笑声中,尚且有一种无所依傍的孤独的成分,那么从那个初夏的夜晚起,便变得充实而满足。女孩子为什么会笑?——这个愚蠢的问题,除了我们曾经解释过的那个答案外,它似乎还有另外一个答案。

杨蛾子觉得从那一天开始,她周围的一切,都变得像梦境一样的美丽。她想将自己的感受,告诉周围的人,可是她明白,这个幸福只能由她一个人独享,她是不能向任何人,包括吴儿堡和她一起掏苦菜的姊妹讲的,在这一点上,她不是一个傻姑娘。她只是憋得难受,于是就偷偷地一个人傻笑。连迟钝的杨老太太,也感觉到了蛾子身上的变化,她数落蛾子说:"你越大越傻了!龇着个嘴,光知道笑,莫非吃了喜娃妈的奶了!"

从那天晚上开始,每天晚上,蛾子在杨老太太睡着以后,都要爬起来,到伤兵的窑里去上一回。时间久了,杨老太太难免觉察。你想那杨老太太,不呆不傻,只是年纪大了,耳聋眼花,迟钝些而已。话说这一天晚上,杨老太太多了个心眼,睡下以后,假寐着,看杨蛾子的动静。果然,一会儿工夫,杨蛾子起了身,披上衣服,向炕边溜去。杨老太太那个气呀,羞呀,怒呀,就甭提了。她控制不住自己,打了声嗝。蛾子见了,吓了一跳,连忙蹲在炕边,两手抱住身子,一动不动。等了一会儿,见杨老太太的呼吸平缓了,以为她已经睡死,就下了炕,鞋也没穿,向伤兵住的那孔窑里跑去。

随着杨蛾子开门的"吱哑"声,杨老太太的眼睛睁开了。她坐起来,披上衣服,又摸摸索索地从背墙上找见洋火,点亮油灯,然后,从炕圪崂里摸起一把扫炕笤帚,向窑外走去。

一弯上弦月,斜斜地挂在东山顶上,山山峁峁,沟沟岔岔,满世界一片银白。这月光似水的初夏之夜,也许正是青年男女偷情的好时光。如果是两姓旁人,杨老太太绝不干涉,也许将会以宽容的欣赏的目光看待这一切,是呀,谁没有年轻过两天。可是,这件事发生在自己女儿身上,那就是另外一回事了,她不能不管:杨蛾子还没有活人哩,她怕坏了女儿的名声。

杨老太太的小脚,在偏窑门口停住了。她本来想踢开门去,用笤帚疙瘩在女儿的光屁股上,狠狠打上一顿,可是,来到门口,听到窑里杨蛾子那欢乐的笑声时,她停住了。

女儿无疑正处在幸福之中,她快乐地笑着,笑得上气不接下气。在杨老太太的记忆中,她的亲爱的女儿,还从来没有这样无忧无虑地笑过。自从她生下来后,生活所给予她的只是苦难和屈辱,杨干大和杨干妈,都从来没有给过女儿这种笑声,而她的哥哥杨作新,整天心思中只有他的工作,也从来没有为他的苦命的妹妹,动过一点心思。"可怜的女儿!苦命的女儿!"杨老太太想。她的眼眶里流出两滴冰冷的眼泪。她实在不忍心打搅女儿的欢乐,于是转身,提着笤帚疙瘩,重新回到窑里,和衣躺下。

不知道过了多长时间,杨蛾子回来了。窑外有窃窃私语的声音,一定是那个伤兵,恋恋不舍,将蛾子送出了窑外。现在,他们看见正窑里亮着的灯光了,于是明白事情已经败露。两个风流罪人,在窑外,耳朵对着嘴巴,说了好长时间。窑里的杨老太太,辗转反侧,自然是不能成眠。夜已静,她也隐隐约约听见了窑外的声音。直到后来,窑门"吱哑"一声开了,她才合上眼睛,不再动弹。

杨蛾子回到窑里,她怯生生地叫了声"妈妈"。杨老太太听了,只是不吱声。女儿便上了炕,一口气吹灭了油灯,钻进被窝里去。接着杨老太太听到,女儿用被子捂着头,在一声接一声抽泣,于是她咳嗽了一声。女儿听见咳嗽声,于是掀开被子,钻进了妈妈的被窝里,抱住妈妈的脖子,大声哭起来。

"妈妈,妈妈。"杨蛾子哽咽着说。

"你少叫我妈,我没有你这样的女儿。我嫌你贱!"杨老太太不动感情地说。

"妈妈,妈妈,是他想要我;不,是由不得我了!"

"哼,母狗不掉头,公狗不敢上身子,我看这事儿,和人家同志一点关系没有,是你太轻贱了!"

"其实,论起起根发苗,这事怪你,妈妈!是你硬要我给他换药,你知道,开始我多难为情。"

听了蛾子的这话,杨老太太有些语塞,便不再言语了。蛾子却不停下来,她接着郑重其事地对妈妈说:"妈妈,我们这不是胡来,他答应过我,要娶我的!"

"娶你？"听到这话，杨老太太追问了一句。既然有这话，那么这件事的严重性便减弱了许多。"只是，"杨老太太继续问道，"一个外路人，不知根不知底的，靠得住靠不住；再说，即就是他愿意，为娘的，心里也不踏实，他毕竟是个南蛮，明天说一声'开拔'，就抬脚走了。"

蛾子见母亲松了口，于是对母亲说，跟伤兵好，她是铁了心的，即就是将来被扔在半路上，前不着村后不着店，她也心甘情愿。她说这伤兵已经告诉了她他的大号，他叫赵连胜，湖北人，这一年二十九岁了，是个单身；明天早上，吃早饭的时候，伤兵会亲自向母亲求婚的。

"既然是这样，"母亲说，"那得明媒正娶，改天请族里人来坐一坐，给你们两个换了生辰八字，当然，还得到区上去登记一下，省得外人说闲话。"

"妈妈。你真好！"杨蛾子搂着母亲的脖子说。

杨老太太掰开了搂在脖子上的手，让蛾子到自己被窝去睡。

长话短说。第二天早晨，伤兵赵连胜，果然在吃饭的当儿，郑重其事地向杨老太太提出了这桩婚事。随后，又由杨老太太出面，请来了族里血缘近些的各位长辈，至于换生辰八字的事儿，一则公家人不兴这个，二则赵连胜多年在外，也不知道自己生于寅时卯时，于是这桩事就免了。接下来，便像《大女子要汉》的民歌唱到的那样，"区里介绍县上批"，大红戳了一盖，结婚证一领，蛾子和伤兵赵连胜，就算把婚事办了。随后请阴阳先生选个黄道吉日，在杨家窑院里，设了个不大不小的场合，请来三亲六故，拜过天地，吃一顿筵席，算是完婚。办事期间，打杂的角色，自然是杨家的那个干亲憨憨。

这时候，杨作新已离开肤施城，前往九江庐山去了。小姑子结

上卷·第十四章　277

婚,这是一桩大事,荞麦便领着杨岸乡,回了趟吴儿堡,算是代表杨作新,来行这个门户。她拿出攒下的一点钱,交给杨老太太。杨老太太说,钱花到明处吧,你去请一路唢呐,吹一吹,也叫村上人知道,这班唢呐,是哥哥为蛾子叫的,人家迎亲送女,都要有唢呐接迎,蛾子没这个福分,那么就骑上毛驴,让唢呐手跟着,在村子里转上一趟吧!婚礼过罢,荞麦领着杨岸乡,也就回肤施城去了,不提。

婚事就这样办了。不管怎么说,这是一件叫人高兴的事,杨蛾子的事情,总算有了着落。

在那孔杨作新的偏窑里,杨蛾子和赵连胜,在一起生活了一个月。如果可怜的杨蛾子知道,她将为这一个月,付出一生的代价,或者说这一个月的时间,挥霍了她一生的快乐的话,那么,她将要好好地享受这一个月,使用这一个月。

洋溢在杨蛾子身上的那种宛如鲜花怒放般的激情,在新婚之后,反而平息了下来。个中原因,当然不是杨蛾子和赵连胜之间,有了什么隔阂,而是好心眼的杨蛾子,看到赵连胜的伤情,经过这一段日子的折腾,非但不见好转,反而有些发炎,她心疼她的男人。自从将自己交给这个男人的那一天起,她也就开始承担起这个男人的痛苦了。

一个月以后,部队医生来这里探视伤兵的伤势。看了伤口,医生吃了一惊。他原来以为经过这一段时间的静养,伤兵已经好得差不多了。现在,看见那个像一颗红桃子一样的伤口,医生认为,需要马上进医院治疗,甚至不惜冒着危险,送这个伤兵去国民党占领区去;医生显然忽视了结婚这个原因,而坚持认为,一定是伤口里,还有没有取出来的弹片或杂物。

杨老太太的担心,不幸变成了现实。而作为杨蛾子来说,我们知道,从最初的接触时开始,她就预感到将来会有这样一个结局。

然而，怎么说呢？事情毕竟来得太突然了，太急促了，突然和急促得叫我们的杨蛾子，一点思想准备都没有。

窑里的空气突然紧张起来。吃饭的时候，三个人都默默不语，伤兵想找一点笑话说说，但是，三个人，包括他自己在内，谁也笑不起来。伤兵说，他这只是出去治疗，治好以后，他还会回来看蛾子的，如果蛾子愿意，他可以把她带出去工作，如今部队里和地方上，都有不少女同志。

那匹高头大马，还有随着高头大马的那两个警卫员，出现在了吴儿堡的川道上。

明天早上，伤兵就要离开吴儿堡了，这是他与蛾子的最后一夜。天气这时候已经很热了，因此，他们坐在窑院的碴盘上纳凉，一直到夜半更深。四周布满了凉意。这是他们彼此走近的地方，这是杨蛾子为他的心上人，唱那个《大女子要汉》的酸曲的地方。

为了打破这难堪的沉默，伤兵为杨蛾子唱起了，他新从蛾子口中学来的陕北民歌。他唱哪一首都可以，但是，他不该唱下面这首，这是那些没有法律约束，以"交朋友"的形式联系感情的情人们，在分别时唱的。伤兵的这首离别曲，为他们的未来作了预言。

——擦一根洋火点上一袋烟，
这回走了得儿天？

——叫一声妹妹不要问，
这回走了没远近！

这是一对野合的情人在一问一答。没有杨蛾子的配合，所以这一问一答，是伤兵一个人唱完的。唱完以后，看见杨蛾子脸色登时煞白，两道眼泪唰唰地流下来了，伤兵才知道这个酸曲是唱错了。

这天晚上，气氛再也没能回转过来。最后，他们两个回到了偏窑里。

第二天太阳冒红的时候，伤兵要走了。杨蛾子逮了家里一只老母鸡，用牛笼嘴装了，塞到伤兵手里。她扶着伤兵的马镫，一直送了二里多路。"不管你回来不回来，我都会等你的！"杨蛾子对伤兵说。

　　　　一碗凉水一张纸，
　　　　谁卖良心谁先死！

当伤兵走了很远的时候，还听见他的后边，传来一阵阵这样的信天游。他扭头望去，看见杨蛾子站在高高的山峁上，在有些凄凉地吟唱着，就像那些一代一代的陕北妇女，送丈夫走西口的情景一样。

伤兵抹了一把眼泪，扬了扬手。这时，他像记起什么似的，拨转马头，又回来了。

伤兵走到杨蛾子跟前，从上衣口袋里，掏出那只怀表，递给了杨蛾子。杨蛾子不要，她说："你领兵打仗，要它哩！"但是伤兵还是固执地将怀表塞到杨蛾子手里，然后拨转马头，急速地驰去了。川道上扬起一股尘烟。

第十五章

　　杨作新在九江庐山，参加了半个月训练班，听头顶光光的蒋介石，训了一次话；回程的路上，又用了半个月，当他回到肤施城的时候，正好是伤兵离开吴儿堡的那一天。

　　其实，杨作新离开肤施城的这些日子，肤施城早就传开了，说杨作新只身单人，下了陕北，去投国民党。这话一传十，十传百，不由你不信。加之，杨作新走得急促，接到通知后，他只匆匆地到单位上告了一个假，回到家里，又给荞麦母子，"能"了一回。许多的人突然发现肤施城里少了个活跃人物，又不知道他哪里去了，所以听了这个谣言，也就只有相信的份儿。

　　杨作新回到西安后，搭乘一辆国民党的军车，到了红白交界的界子河。军车停了，于是到老乡家里，租了一只毛驴，直奔肤施。多日不见，他比先前似乎洒脱了许多，一身质地良好的织贡呢长衫，一副金丝眼镜，一根文明拐，江南的水土好，他的脸色也光亮圆润了许多，粗粗一看，一副大文人的样子。

肤施城里的熟人，见了杨作新，有的像瞧稀罕一样，远远地瞅着他，有的瞅见他的影子，便躲开了。杨作新见了，有些纳闷，不知道在他离开肤施的这些天，城里发生了什么事情。他出了一次远门，见识了一场大世面，此刻正是踌躇满志，春风得意，因此也来不及细想，就匆匆地进了七里铺，穿过南关街，上了南门坡，回到家中。

杨作新前脚刚迈进家门，后脚就跟来了边区保安处的人，传杨作新到边区保安处问话。杨作新说，容他歇一歇，吃上顿饭，再去吧！来人却说，事情紧急，拉完话以后，再回来吃饭不迟。杨作新见说，以为有什么紧要公事，需要他调解处理，于是一撩长衫，跟上来人走了。

杨作新这一去，也就再没有回来。他被关在边区保安处的临时监狱里，整整关押了一年，直到一年后，头撞墙壁，自尽而死。

边区保安处，设在省立肤施中学院内(也就是杨作新的母校)，占了院子的一部分房间。关押杨作新的地方，是一孔窑洞。窑洞里支了一张床，放着一张桌和一把椅子，门口有两个哨兵把门。来人将杨作新领到窑洞门口，交给哨兵，对杨作新说，要他静养一段时间，闭门思过，将自己变节自首的有关问题，写成书面材料，老老实实地向组织交代。说完，又对哨兵安顿了几句，便扬长而去了。

杨作新听了这话，宛如晴天霹雳，登时就呆在那里了。待他清醒过来，就要去撵那来人时，哨兵拦住了他，把他推进窑里，然后把窑门锁上了。

"这一定是个误会！这一定是个误会！"被反锁在窑里的杨作新，起劲地摇晃着门，一个劲地喊道。直喊到精疲力竭了，见没人搭理他，于是便颓然地躺在了床上。

杨作新认为，这一定是个误会。他认为，只要有人传讯他，到了给他讲话的机会，他三言两语，就能把事情讲清的。所以最初的一段日子，他一直耐心地等待着，等待着传讯。他的内心十分狂躁，但是表面上不失风度。说来可笑，他这时候不是担心自己的生死，而是担心放出来以后，见了他的那些同僚们，见了那些习惯于评头品足的中学小学教师们，他的脸往哪里搁。

杨岸乡不明白父亲为什么被关在这里，妈妈的民间故事告诉他，只有老虎才被关进笼子里的。他请教杨作新，杨作新羞于回答儿子的问题，他告诉儿子说，他是好人，关他的人也是好人，世界很复杂，好人和好人之间，有时也会产生误会，不过，误会总会消除的，到时候，他就自由了。三岁的杨岸乡，当然不明白这些曲曲弯弯的道理，他只觉得父亲不能和他在一起了，这令他很伤心。"咱们回家，盛到咱家窑里去。晚上妈妈光哭，哭得怕死我了！"杨岸乡拉着父亲的衣襟，将他往外拽。

这时候，哨兵出来干涉了。杨作新怕吓着了孩子，于是斥责了哨兵两句，然后好言相劝，将杨岸乡哄得不哭了，又对荞麦使了个眼色，要她带孩子快走。荞麦母子走后，窑门又啪的一声锁上了。

外边在轰轰烈烈地闹世事，可是自己被关在窑里，死活动弹不得。杨作新觉得自己真窝囊。他急于想知道外边的情况，可是自从他被关起来后，便断绝了和同志们的往来（关于这一点，上级给哨兵专门做了安顿）。他能见到的，只有荞麦，可是荞麦一个家庭妇女、妇道人家，又能懂得些什么；她不在圈儿里，她仅仅能将街上看热闹看到的一些事情，合①给杨作新听。

三个月头上，仍然不见有人来传讯。杨作新的心情，现在算是

---

① 合：陕西方言，"讲"或"诉说"的意思。

平静了一些。他这时候才意识到这不仅仅是一场误会，这桩事情的背后，有着更为复杂和深刻的背景。为了使自己不至于在长期的禁闭中，精神崩溃，他用毛笔，在一张白麻纸上，整冠沐手，写下了"慎独"两个字，贴在墙上。

整天待在窑里，闲着无事，又不能出去，于是，杨作新央两位哨兵，到学校的藏书楼，为他借一些古书来。哨兵在请示了不知什么人以后，同意了，于是从藏书楼里，借来了不少古书。

那些侠客义士的故事，早在杨作新上吴儿堡前庄小学的时候，就读过了，而且由于与说书人瞎子的交流，那些精彩的段落能记得滚瓜烂熟。现在，在这样的情势下，重读它，回想起自己少年时的慷慨悲壮和豪情大志，杨作新的心中，自然十分感慨。他一边读书，一边回忆着自己的一生，想起杜先生，想起黑大头，想起永宁山岁月，他觉得自己这一生，过得还不错，像个男人处事，对得起天地鬼神良心。

除了读这些古书以外，他还要荞麦将家里那本《共产党宣言》拿来。这本书，是当年杜先生送他的。

一提到杜先生这个话题，杜先生临死前那一幕情景，又浮现在他的眼前；而他亡命出肤施时，在北城门口，面对杜先生时的那一段思考又回到了心中。是的，作为这一代人来说，作为杨作新来说，他们选择了共产主义，把马克思列宁的主张作为拯救百年积弱的中华民族、实现人类美好理想的阶梯和最终目标。他们只能这样选择。共产主义给这场东方革命以理论指导和行动纲领。共产主义给这个被各种绳索捆绑得奄奄一息的古老民族，注入了一股强大的生命力，使它犹如凤凰再生。人类已经走过了一段漫长的行程，人类还将有漫长的行程需要继续行走，不管这个摇撼整个旧世界根基的共产主义运动，将来的前景如何，命运如何，胜利或者失败，短暂的风行或者垂之久远,那些在这个过程中,为之奋斗过的人们,可歌可泣的业绩,它永远值得纪念,它有资格写进人类文明史那些辉煌的和最重要的篇章中,它是人类在寻找最合理的社会秩序和生存环境的斗争中,一次伟大而豪迈的尝试和实践。

有一阵陕北民歌的声音,从街上通过窗户传进来,传到杨作新的耳边。真正的拦羊嗓子回牛声,并且夹杂着骡子或毛驴的铃铛声,他们正唱着歌颂毛泽东的歌子。这是一溜一串从陕北高原北部地带,迁移下来开垦荒山的移民们在唱。他们在路上唱出的这个移民调《骑白马》,一些日子后,将由几位专业音乐工作者整理,易名《东方红》,先在陕北唱出,继而传遍整个中国大地。

"羊群走路靠头羊。"杨作新想。自从在吴起镇,在洛河畔那个荒凉的小山坳里,第一次见到毛泽东后,杨作新便对这个非凡人物,产生了深深的敬意。毛泽东身上那种像石头一样坚硬的意志力,令他折服,而毛泽东身上那种超然不群的伟人意识和非凡魅力,也使他着迷。对于长征以及长征以前的许多事情,他不甚了解,但是在中央红军到达陕北以后的这一些日子,由于他曾经经历了许多重要的事情,他明白,毛泽东是在群众斗争中,自然而然地产生出来的领袖。只有他具有这种凝聚力和号召力,一场革命,如果不产生出来公认的领袖,那么,它将是一盘散沙,一群乌合之众,它是不可能干成任何事情的。当然,这是一个领袖群体,但是非凡的毛泽东,是群体代表。

思考到这个份儿上以后,杨作新慢慢有些明白了,明白了自己被关押的原因。——因为在形成以毛泽东为核心的权力机构时,毛泽东的权威性受到了挑战,在武装力量形成一个统一的序列的时候,它的内部出现了离心力。联想到进入肤施城前后发生的事情,杨作新有些明白了。

从理智上，他不能不认为，关押他是正确的，也许在当时，这是既可以制止事态发展、防止地方主义情绪激化，又不引起一场轩然大波的最好的办法。只有这样，一个好的局面才会开始，革命才会以最小的损失，健康前进。然而从感情上讲，这却又是一件多么残酷的行动。

《西行漫记》的作者斯诺先生，他不了解中国人的思维方法，因此他对刘志丹的行为，感到惊异以至忿忿然。确实，中国人缜密的思维中，有许多很难解释清楚的东西，它们构成了这个民族的心理特征，而那种因了"忠义"这两个虚幻的字眼，拔刀而起、引颈相向的种种举动，又不能不被我们感慨万端地认为是东方美德。

杨作新想起了，他为毛泽东答应过的，誊抄《七笔勾》这件事。于是提起笔墨，暂停那没有意义的自我反省材料，开始凭借记忆，抄写这个。毛泽东对"圣人布道此处偏遗漏"一句，很感兴趣，因此，这一句，现在也引起了杨作新的思考。

陕北高原当然是轩辕氏的本土，位于高原南面的黄帝陵，就是佐证。随着文明的渐进，以火与犁为先导，轩辕东渐，向黄河中下游以至长江流域发展，才将这块初创文明的土地重新交付于洪荒。先秦两汉之后，罢黜百家，独尊儒术，偌大中国地面，遂形成了一个封建大一统局面，可是在陕北高原，这块轩辕本土上，由于连年的民族战争，由于在相当长的时间流程中，这块土地由游牧民族统治着，还由于民族交融、人种混杂的原因，儒家的各种观念只水过地皮湿，象征性地在这里留驻过一阵子。儒家学说的伟大功绩在于，在长达两千年的封建大一统岁月中，它产生了一种向心力和凝聚力，从而使我们这个东方文明古国，没有像另外三个文明古国那样，湮灭在历史的长途中；而它的罪孽亦在于，它束缚了生机勃勃的民族精神，限制了这个以聪明勤劳而著称于世的民族的创造力，而尤其是当历史进程发展到近代和现代之后，这种束缚与限制日见明显，明显到接近令民族窒息的地步。于是，偏僻的陕北大地，这块轩辕文化未被浸染的古老土地，这个"圣人布道此处偏遗漏"的地方，便仿佛横空出世，以强悍的姿态，向世界宣告，在这里，还有炎黄子孙奇异的一支。这些天生的叛逆者，这些未经礼教教化的人们，这桀骜不驯的一群，他们给奄奄一息的民族精神，注入一支强心剂。

毛泽东带着他天生的叛逆的个性进入陕北高原，仿佛龙归故渊、虎入山林，得到了那渊源久远的陕北大文化的滋养。他像民间传说的那种见风就长、一日三丈的巨人一样，在这块土地上迅速地成长起来。这是天意，这是中华民族的造化。斯诺先生注意到了这一点，斯诺先生说，这个东方民族最早的居住地和发祥地，就在这陕甘宁晋交界处的三角地带，时隔许多年以后，也许是一种巧合，毛泽东和他的战友们，又在这块三角地带，开始他的拯救民族，再造神州的伟大事业。

杨作新将《七笔勾》用白麻纸抄好后，托哨兵捎给毛主席；捎到没有捎到，他不知道。

他现在是彻彻底底地安静了。事情想开以后，他明白对于他的不杀不放，只是一种策略，等这一段时间过了，局势安定下来之后，自然就会对他有个交代。他已经被关押了近一年了，他想，大约快出去了吧！

这时候发生了一件事情，这件事情促使杨作新过早地结束了他的生命。

黑白氏的儿子黑寿山，这一年满十四岁；在家乡上完了高小之后，黑白氏领着儿子，路途迢迢，来到了肤施城，联系儿子上陕甘宁边区师范的事。

　　黑白氏早就听说,她的旧日的情人杨作新,在肤施城里担任督学职务,杨作新的牢狱之灾,她倒是没听说。这次来肤施城,她来找杨作新,名义上是为儿子报名上学,其实内心里,还是想见见他。她已经知道他有婆姨了,所以也没有什么非分之想,只是多年未见,想见个面儿,拉一阵话。

　　黑白氏骑着毛驴,后边跟着个半大小子黑寿山,黑寿山的铺盖铺开了,搭在驴背上。母子二人,咯咯拧拧,进了肤施城。进了城后,鼻子底下一张嘴,见了人就打问,打问杨作新的住处,随后,来到南门坡,杨作新家门前,槐树上,将毛驴拴了,然后上前叩门,到杨家投宿。

　　见了荞麦母子,一打问,才知道杨作新身上,竟发生了这样一场变故。黑白氏一下子恼怒得好像换了一个人,她想起杨作新离开袁家村时,她曾信口说了一句"血光之灾"之类的话,也是自己口臭,一句闲话,现在果然应验了。她问荞麦,这一年来,她都做了些什么,荞麦说,她一个妇道人家,又不识字,能做什么,只能一日两餐服侍好杨作新,慢慢看着,看将来事情咋发展,杨作新是被冤的,这一点,她可以肯定。黑白氏听了,当下就要去看看杨作新,荞麦说,把门的看得很严,外人不让见的。黑白氏听了,默默无语,"外人"这句话刺激了她。

　　当天夜里,黑白氏母子,便在杨家安歇。第二天一早,黑白氏领着儿子,先到陕甘宁边区师范,为儿子报了名,上了学堂。原来这考学十分容易,一个南方口音的女老师,问了黑寿山几句话后,又叫他写了一篇作文,就算录取了。黑寿山住进了学校,了却了黑白氏一桩心事,接下来,她就跑杨作新的事了。

　　黑白氏想以一个房东大嫂的身份,找一下毛泽东,诉一诉杨作新的冤情。这女人一向敢作敢为，凡事自作主张，她想到这一层了，遗憾的是没有直接去找。她想，得有个引荐的人儿才对，于是，便四处打问，去找她的娘家堂兄弟。我们知道，她的几个娘家堂兄弟，很早就参加了革命，熬到这个时候，也都或文或武，有了一定地位。黑白氏找到了一个，提出了自己的这宗事情。其实这宗事情的原原委委，渠渠道道，她的那个堂弟知道得很清楚，因此，他面有难色，他是陕北同志，担心这件事把自己牵扯进去了。最后，他还是答应了黑白氏的要求。

黑白氏在杨家，度日如年，又等了几天，天天去堂弟那里，听回音。最后，堂弟终于吐了口，说毛主席工作很忙，他说了，群众上访的事情，找信访部门处理。据推测，这个堂弟并没有去找，这是他自己的话。黑白氏听了，却信以为真，于是她失望了，就在堂弟那里，连人也不避，破口大骂起来，说到杨作新出生入死，一片诚心，最后竟落得这么个结局；说着说着，又哭起来。堂弟见了，赶快把她劝走了。

这期间，黑白氏试着去闯了几次保安处，但是正如荞麦说的那样，她都被警卫挡住了，最后一次，甚至连大门也不让进。一向有本事的黑白氏，现在才真正是傻了眼了，她怒从心头起，恶从胆边生，决定还是去找她的堂弟。堂弟是个领兵的，她要堂弟，领了自己的兵丁，砸了保安处，救出她的杨作新。堂弟听了她的要求后，张嘴笑了，说这事万万办不得的，纵然他愿意，手下人也不会跟他干的。黑白氏见状，要开了"黑皮"，赖着不走。双方磨蹭了好长时间，最后，堂弟答应，他去说一说情，让他的堂姐和杨作新见上一面，不过，不能声张，要黑白氏穿上荞麦的衣服，装作荞麦，去送一次饭。黑白氏见堂弟的忙，只能帮到这个份儿上，知道再求他，也没用了，于是应承了下来。

上卷·第十五章　289

探视杨作新的这一天到了。早早地,黑白氏就坐在镜子前,开始梳理自己的头发。黑白氏这种类型的女人,她们没有年龄,岁月不忍心在她们的小白脸和尖下巴上,刻下丝毫的痕迹。她的皮肤依旧是那种奶油白,一双削肩,她的身段,好像是专门为穿那种中国式大襟袄所预备的,那么妥帖、自然、洒脱。脸本来就够白了,可她还是给脸上、脖颈上,淡淡地扑了一层官粉,以掩饰眉宇间两点芝麻大的白麻子。头发仍然是黑油油的,她将头发,梳理整齐后,在脑后,绾了个盘龙髻,然后用一个银簪子,从盘龙髻上穿过。黑白氏在收拾完毕,最后一次照镜子的时候,才发现头上有了几根白发,于是她央荞麦妹子,为她将头上的白发拔掉。

荞麦在一旁,早就把饭盛在了篮子里,等着黑白氏动身。看着眼前的黑白氏,老实的荞麦,不能不生出一丝醋意。自从黑白氏母子,风风火火地闯进杨家,口口声声地要见杨干大,荞麦心里,就有底了。只是,黑白氏迈着一双小脚,为杨作新的事情,老着脸皮,四处奔波,又不能不使荞麦感动。自从结识杨作新的那一刻起,荞麦就深深地爱上和依恋上了杨作新,现在她才知道,除了她以外,世界上还有一个女人爱着他,而且感情甚至超过她荞麦。想到这一点,她就很伤心,并且断定,在他们结婚以前,杨作新肯定和镜子前的这个女人,有过一段不寻常的关系。"他们是般配的,比我般配!她白——'一白遮百丑'!"荞麦为黑白氏拔白头发的时候,从镜子边,看见了自己的面孔,她悲哀地这样想。

黑白氏好容易离开镜子,提起竹篮上了路,走了约有二里路的街道,来到了陕甘宁边区保安处。黑白氏去的这个时间,是堂弟提前告诉她的,因此,大门口的哨兵没有挡驾,窑门口的哨兵,也表现得很有礼貌,二话没说,就打开了窑门,还破例给了黑白氏一个微笑。黑白氏没有理哨兵,她哼了一声,径直提了篮子,进了窑门。

杨作新正站在墙壁跟前,盯着墙壁上的两个字出神。他明显地衰老了,背有点驼,他的头发很长,黑白氏明显地看见,他的囟门的那一块地方,有一撮头发变成了灰白色。他侧身站着,黑白氏看见了他的半个脸,脸上长了串脸胡子,大约很长时间没有刮胡子了吧?

黑白氏站在那里,饶有兴趣地看着杨作新,等着杨作新转过头来,好给他一个惊喜。杨作新早就知道窑里来了人,可是他没有动弹,他以为荞麦送饭来了,往日,荞麦总是在这个时候来送饭的。他不想吃饭,他没有胃口,而监狱里的生活,不管怎么说,使他的感觉迟钝起来了。

黑白氏见状,便放下篮子,踮起脚尖,上去用两只小手,捂住了杨作新的眼睛。"杨先生,别来无恙!"她笑着说。

听到声音,杨作新吃了一惊,他打了一个愣丁。其实,这悦耳清脆的像唱歌一样的上路话①,多少年来,一直回荡在他的记忆中。他无法忘记交口河那个月夜,无法忘记是这个女人完成了让他变成男人的过程。许多年来,他一直以为他把这个娇小的女人忘记了,其实,他不会忘记,他只是把她的倩影、她的声音,珍藏在了心中,像安放一位女神一样安放在心灵中最隐秘和最温柔的地方,并且时时在梦中和她交谈。

他已经明白她是谁了,但是还不敢肯定,于是,他问了一声:"谁?"在问的同时,他抓住了抬着他眼睛的两只手。手是那种聪明的女人所具有的富有感觉的手,手指纤细而修长,"这双手只有黑白氏才有的。"杨作新想。

背后的人儿,咯咯咯地笑起来。"一位故人!"她说,"当年你投后九天的时候,我的丈夫给你送了两句诗:'莫放春日等闲

---

① 上路话:指陕北北部无定河流域一带的口音。

过，最难风雨故人来'，今儿个，杨先生，此情此境，你得把这句话，回赠给我了！"

"黑白氏，你是黑白氏！"杨作新这下完全断定是谁了。他又惊又喜，转过身，伸出两只胳膊，抱住了黑白氏。而黑白氏，软绵绵地，靠在了杨作新的胸前。

"你怎么来的？你怎么进这个门的？"杨作新忙不迭地问。

黑白氏没有回答他的问话，她靠在杨作新怀里，仰起头来，细细地端详着她亲爱的人儿。她喃喃地说道："你受了不少的苦，他干大，这我看得出来。你的眉头上，原先只有一道抬头纹，现在变成了三道。原先你的脸，椭圆形的，白里透红，像个小相公，现在脸色成了黄褐色，双颧插天，腮帮深陷，两道络腮胡子，从鬓边一直串到下巴颏。不过这也好，你更像一个顶天立地的男人了。"

黑白氏说着，并且腾出手来，用她的富有感觉的手，在杨作新的脸上抚摸，一边抚摸一边深深地叹息。

杨作新微微合上眼皮，听任黑白氏的手掌，在他的脸上抚摸。记忆中，只有母亲杨干妈这样疼爱过他，于是他眼睛有些湿润。

"你没有变，黑白氏，你还是那么年轻、美丽，好像画上走下来的人一样！"

"我老了，傻孩子，记得我整整比你大七岁！你今年叫二十九[①]，我今年，三十六了，外表没变，其实我的心，已经苍老得不成样子了。"

黑白氏的一句"傻孩子"，不知怎么，竟说动了杨作新的感情。两滴泪花，一前一后，离了眼眶，掉了下来。这眼泪一掉，就

[①] 这一年，杨作新的实足年龄，其实是二十七岁。二十九岁，是中国民间的算法，叫荒岁，或虚岁。"叫二十九"，意即号称二十九，已经二十九了的意思。

收不住了,哗哗大作,纷纷跌在黑白氏扬起的面孔上。

想到这一年蒙受的屈辱和委屈,杨作新终于按捺不住,大声抽泣起来。

成年男人的哭相是很令人害怕的。面孔扭曲,身子随着抽泣,一下一个冷战。如果他能号啕大哭就好了,那样反而轻松一些和自然一些,可是,杨作新明白哨兵在窑外站着,他不愿意让哨兵听见他的哭声,更不愿意让哨兵看见他的软弱,于是,这经过压抑而发出来的哭声,便更加悲泣,更加令人感到害怕。

黑白氏不怕,她双手捧着亲爱的人儿的脸,看着他哭,鼓励他哭。她希望他能将所有的委屈屈辱,都吐出来,那样他将好受一些。

杨作新的抽泣终于减弱下来。他猛然意识到自己是在干什么,于是立即停止了。就在他停止的当儿,黑白氏掏出一只丝织的帕子,轻轻地为他拭去脸上的眼泪。然后说:"他干大,咱们吃饭吧!"说完,她伸出两只手,将紧紧地环搂着她的腰身的杨作新的胳膊,轻轻拆开。

黑白氏揭开竹篮的盖儿,将篮里的吃食,一样一样,摆在了桌上。有一只烧鸡,两个开花的猪蹄儿,还有一青瓷老碗正在冒着热气的羊杂碎。主食是一小盒黄米干饭。除了这些吃食以外,最后,黑白氏还从篮底儿,拿出一瓶烧酒。"趁热吃吧,他干大!"她又一次督促说。

哭过一场后,心里舒坦多了,杨作新现在感到,有了一点饿了。他谦让了一下黑白氏,算是礼节,随后就坐在桌前的凳子上,狼吞虎咽起来。

黑白氏站在旁边,盯着杨作新吃饭,看得认真极了,好像这也是一场享受。她还打开了酒瓶,用舌尖抿了抿,说了句"酒还凑合"，遂之把酒瓶递给杨作新。没有酒杯，她要杨作新就着瓶口喝。

吃饭的途中，杨作新突然想起了什么。"见到荞麦了？"他问黑白氏。

"见到了。我来肤施城，这些日子，就是住在你家。你那一个干儿，要上学，我领他到肤施，住了边区师范了。"

"你恐怕会笑话我的，荞麦的人样儿……"

"傻话！"黑白氏打断了杨作新的话，她说，"荞麦是个好女人，老实本分，过日子的婆姨。唉，袁家村一别，我一个人成天站在那棵树底下，咒你骂你，盼你找个瞎子瘸子，找个石女，找个臭汉①，谁知你杨作新有福气，有了荞麦，有了那么灵省的一个男丁。唉，见了你窑里有了女人，我只能高兴，我还能说什么呢？"

杨作新听了，不再言语，闷头吃饭。

他们之间的口角是在杨作新吃罢饭后开始的。口角破坏了窑里早先形成的那种融洽和温情脉脉的气氛。看了自己亲爱的人儿受罪，黑白氏不能容忍，她又动起了几天前在堂弟那里，说过的那个念头，不管怎么说，这个当年后九天寨子的压寨夫人，思想还停留在那个侠客义士的年代里，她不能看着杨作新在这里莫名其妙地受罪了，她要行动。如果通融的办法不能解决问题，那就只有刀枪相见了。这些年来，虽然她没有再过问江湖上的事情，但是只要抬出黑大头，抬出她这压寨夫人的名分，她想，她还是可以请来一些人马的，或者土匪，或者哥老会。而她，并不想大动干戈，只是要一股武装，轻装便从，瞅一个黑夜，劫了监狱，救出杨作新，就像当年，丹州城里，张三李四，去救黑大头的情形一样。

---

① 臭汉：腋窝里有狐臭的家庭，有遗传性。民谚云：宁找淫妇臭一辈，不找臭汉臭一门。

黑白氏压低嗓门，说着她的计划。杨作新心不在焉地听着，一边听一边应承，直到最后，他才幡然省悟。"怎么，你想劫狱？"

他吃了一惊。

黑白氏指了指窑外，让他小声一点，然后说："正是这么回事。出了监狱，海阔天空，哪里没有个安身的地方。你说呢？"

这可是个天大的事情！杨作新赶紧规劝黑白氏，要她取消这个念头。他说他的关押，实在是一场误会，也许革命工作，需要他在这里独处一段时间，以便别的矛盾的解决。他说他活着是共产党的人，死了是共产党的鬼，他万万不能干那种大逆不道的事情。他还说，也许要不了多久，他就会出来的，那时一切又会恢复了原来的样子。

"你说你出来？"黑白氏紧追不舍，"那么，你给我说上一个准日子，我到这牢房来，用八抬大轿，雇上吹手，来抬你回家。"

杨作新语塞了。

"小人作祟，你不会出来了，憨娃娃。"黑白氏说，"与其这样没年没月地蹲下去，老死狱中，还不如反出肤施城，逃一条活命去吧！"

"你这是害我，黑白氏！"杨作新听到这里，声音高了，"为公为私，我都不能走这条路。为私，我的半世清白，这下子就全完了，我如何面对杜先生他们；为公，我这事一出，连锁反应，谁知道接下来会发生什么事情，那样，我就成了千古罪人。我求你了，好嫂子！"

"我意已决！"黑白氏慷慨悲凉地说道，"我暂时离开肤施几天，去联系人马，到时候荞麦会通知你的。荞麦事先在饭篮里，给你带一支短枪和一包炸药，到时候外边枪声响起，你就点了炸药，往外冲，我在北城门外等你。"

上卷・第十五章　295

"不可！不可！"杨作新摇摇头说。

"我走了！他干大，你好自珍重！"

当杨作新扭头看时，黑白氏已经提着篮子，小脚迈出了牢门的门槛。"这下糟了！"他说道。

这黑白氏果然说到做到，几天以后，她从距肤施城最近的大劳山匪窠里，搬来一股精悍的土匪，说好当天夜里，劫狱救人。这天下午，荞麦的送饭篮来了，杨作新揭开盖子，也看见了里面的短枪和炸药，知道事变就在当晚，不由得脸色煞白。

这短枪的用途，大家知道，那么，这炸药是干什么用的。原来，土匪们多年来摸索出来一个逃脱的办法，如果被堵死在了窑里，出不去时，就脱光衣服，点燃炸药（其实是火药，习惯上称炸药），霎时一道白光，仿佛冲击波一样，蒙了人们的眼睛，身上由于没穿衣服，赤条条的肉色，这一瞬间，就是大模大样地从窑里走出去，围在外边的人，眼睛也看不见。这种办法通常用在白日逃脱，黑白氏所以在晚上也要杨作新这样做，是担心枪声起时，两个哨兵先下手为强，伤了杨作新，如果白光一起，他们就瞅不见人了。

荞麦告诉杨作新，是黑白氏让她这样做的。此刻的黑白氏，正在杨家，等着她的回话，那些土匪，已经鱼贯地混入城了。杨作新问荞麦，是哪里的土匪，荞麦回答说，是大劳山的。杨作新听了，倒吸了两口凉气。

吃饭的当儿，杨作新主意已决，决定自尽。吃饭时，他讲了许多的话，也许，这是他和荞麦结为伴侣以来，讲得最多的一次。

他谈到了杜先生，他说，如果他有什么不测，那本《共产党宣言》，就作为他的枕头，让他长久地枕着它吧。他谈到了吴儿堡，谈到了已经故世的杨干大，和健在的杨干妈、杨蛾子。他已经从荞麦的口中，知道了蛾子结婚的事，他真诚地祝蛾子幸福。他还提到了杨岸乡,他的亲爱的儿子,他说世事是他们的,要荞麦好好地管教他。对于黑白氏,他也表示了一种深深的眷恋之情,他第一次向荞麦透露了他和黑白氏的关系。他说,原来他只以为,黑白氏是他单纯的情人,现在才意识到,对于他来说,黑白氏具有母亲与情人的双重身份。最后,他谈到,肤施城设州造府以来,它的最辉煌的一页开始了,陕北高原自轩辕氏以来,它的最辉煌的一页也开始了,虽然他看不到这一切了,但是这里面有他的一份贡献,因此他很满足,他的不死的灵魂将附着在行进的事业中,伴随着过程一道行进。

荞麦似懂非懂地听着男人讲这一番大话。她还太单纯,不能和男人之间,进行如此深刻的感情交流,但是她隐隐约约地意识到,今天要发生一件大事,她很担心,很害怕。她笨嘴拙舌,不会说话,于是只是喃喃地、一个劲劝慰男人:"娃他大呀,你可不敢往瞎瞎处去想!"

吃罢饭,杨作新又提起瓶子,喝光了黑白氏送来的瓶子里的最后一滴白酒,然后突然对荞麦说:"娃他妈,你去看看,外边谁在叫我!"

心实的荞麦,见男人说了,于是调转头,向窑门口走去,还没走到窑门口,只听见后边沉闷的一声响声,伴随着杨作新的一声尖叫。荞麦赶紧扭头一看,只见杨作新,已经头撞石墙,死了。

他的天灵盖破碎,脑浆溅满了半面墙壁。他的手试图向上举,去捂脑袋,但是手在半途上,停住了,遂之耷拉了下来。他的一口气出在喉咙眼上,又咽了回去,喉咙眼里发出一声古怪的嗝声。

杨作新蜷作一团,倒在了墙根底下。他是彻底死了。

荞麦自然是一场号啕大哭。

黑白氏在家中,左等右等,不见荞麦,担心事情有变,枪支送不到杨作新手里，于是上街来打探消息。

消息传出，街上咯噪成了一窝蜂，都说杨督学寻了短见。黑白氏听了，叫一声："他干大，是我害死了你！"然后仿佛疯了一般，直奔保安处。

窑洞门口，只有一个哨兵，正惊慌地站在那里（另一个大约是回去汇报去了），见了黑白氏，倒也认得，正是那天来的那位，便也就没有执意阻拦。黑白氏进了窑，好个女中丈夫，先去那竹篮里，取了手枪，别在自己红裤带上，用大襟袄掩了。她怕这支枪给杨作新留下后害。这件事做严实了，然后走过来，跪在杨作新面前。

"天下多少条路，你为什么要走这一条！你要知道，这条路走过去，就回不来了。"黑白氏哽咽着说。

黑白氏劫狱的那个宏伟计划，自然成了泡影。荞麦没有经过世面，早软瘫了，因此抬埋上山的一应事理，均由黑白氏张罗。保安处派了一班战士，备了一口薄棺，要帮助抬埋，黑白氏摆摆手，拒绝了。她从街上，召来了几个揽工的，将杨作新的尸首，背回家里，设下灵堂。又将盘龙髻上的那只银簪抽出，变卖了，换了一口像样的棺材。最后，又从学校里，叫回了黑寿山，让他穿上号衣，星夜前往吴儿堡，为杨干大报丧。

按照规矩，暴死的人不能埋进家族公墓。因此，杨作新埋在了肤施城外的一处荒山上。至于后来，20世纪行将结束时，杨作新的灵骨，由他的儿子杨岸乡自肤施城启出，一路扶灵，回归吴儿堡祖坟，那是以后的事，这里不提。

人死得突然，一点准备也没有，丧事也就办得简陋。黄土堆前，引魂幡高高竖起，两个孝子，一个亲生儿子杨岸乡，一个干儿黑寿山披麻戴孝，跪在坟前。荞麦和黑白氏，一个白如雪，一个黑如漆，分列左右，像两个泪人儿似的。杨蛾子来得迟了一步，消息送到吴儿堡，杨老太太得到噩耗，登时翻了白眼，唤了半天，才唤回魂影来。杨蛾子先打发黑寿山前脚走了，等到母亲不要紧了，她才匆匆赶到；到了坟头，拥着黄土堆，放声大哭。

丧事一毕，杨蛾子放心不下母亲，安慰嫂嫂一番，匆匆回吴儿堡去了。黑白氏倒是多待了两天，后来见荞麦情绪渐渐安定，黑寿山的学校生活，也已经走上正轨，于是依旧骑上毛驴，回她的袁家村去了。

杨作新的案子，就这样无头无尾地了结了。后来寡妇荞麦壮着胆子，到边区保安处问话，问她的男人，犯了哪宗事情，问来问去，也没有个结果。办案的人说，杨作新的事情，查证落实的有三条，一是去庐山受训期间，有自首变节嫌疑，二是回来后，没有及时向组织汇报思想，三是思想消沉，看起古书来了。三条意见，连办案人员也觉得不足以服人，于是后来也就不再说了，但凡荞麦来了，只是婉言相劝，将她哄出门外了事。

说话间过了两三年光景，却说有一天，一群肤施城的野孩子，在南川河里耍完水后，兴犹未尽，于是来到边区交际处的大院内。大院里靠河滩的一侧，是一片菜地，菜地里种着西红柿，这些孩子，是来偷西红柿吃的。

正是夏日中午的午休时间，交际处大院里，静静的，只有一个外国人，在一棵大槐树的阴凉儿下，支了张行军床。他正在床上，鼾声大作。

菜地里的西红柿，正是成熟时节，阳光下红艳艳的，逗得这些孩子们直流口水。菜地外边，用酸枣刺一棵挨一棵，围了一圈，要想去摘西红柿，得钻过这一道篱笆。于是，这些孩子，公推他们中年龄最小，个头最小的一个，从枣刺与枣刺之间的一个缝隙里，钻过去，偷西红柿给他们吃。

这个孩子正是杨岸乡。其实，不要小伙伴们催他，他自己也在跃跃欲试，在篱笆外边徘徊着，寻找着缺口。缺口找到了，杨岸乡钻了进去，西红柿搭成了一溜二溜的三脚架，他在三脚架中出没着，挑那些大些红些的西红柿，往外扔。

最后，小孩子重新钻出了篱笆。一个个精着身子的伙伴们，现在人人都弄了个肚儿圆，嘴角上也沾满了西红柿红色的汁水。大家腆着肚皮，就要离开交际处大院。

这时候，杨岸乡又发现了一件好玩的事情。那个行军床上的外国人，穿着一件半裤，他注意到了，外国人交裆里的牛牛特别大，鼓囊囊的一团，仿佛要将裤子撑破的样子。于是，他喊了一声，小伙伴们听到喊声，就都跑了回来，围着这个外国人看。

杨岸乡从篱笆上，摘下一根又粗又硬的红牙枣刺，轻手轻脚地走到了行军床跟前。小伙伴们都明白了杨岸乡想干什么，心里有些胆怯，就哄的一声，跑到交际处的大门外去了，然后一边在墙头上瞅着，等着看笑话，一边做好逃跑的准备。

杨岸乡猫着腰，钻到了行军床底下，然后探出头来，伸手用红牙枣刺，在这个睡着了的外国人的牛牛上，轻轻地扎了一下。

这个外国人正是大名鼎鼎的马海德，当时他正在肤施城的保育院(后来又称保育小学、育才小学)当医生。马海德在睡梦中，感到下部火辣辣一阵疼痛，迷糊之间，伸手揉了起来，然后又睁开眼睛，朝四周看了看。

四周空荡荡的，一个人影也没有。那些围墙外边的孩子，早缩回了头，笑着捂住肚子，在地上打滚。

马海德以为大约是蜜蜂或者别的什么东西蜇了他一下。他摇摇头，嘟囔了一句，继续沉沉睡去。

围墙外边的孩子，见那个外国人又睡去了，于是又在墙头上，伸舌挠耳，指手画脚，怂恿杨岸乡再扎。杨岸乡受了怂恿，便又从行军床底下，探出头来，伸手要去扎第二次。

这时候，从交际处东边那栋小楼的门口，传来了笑声。杨岸乡听到笑声，吓了一跳，赶紧缩回了手。他搭眼望去，只见一个身材魁梧的首长，站在那里，正在望着杨岸乡笑。

"你过来，伢子！"这位首长说。

墙头上趴着的孩子，见有人发现了他们的恶作剧，喊了一声："快跑，大人来了！"登时就没影了。

杨岸乡想跑，可是不敢。那首长正一步一步地向他走来，于是，他就钻在了行军床下。他在床底，任来人怎么说，也不肯出来。

"你是毛主席，我认识你。我们家的墙壁上，挂着你的照片！"杨岸乡在行军床底下说。

"我是毛泽东。那么你是谁呢？谁家的孩子，这么淘气？"那位首长说。

这确实是毛泽东。那天，他到边区大礼堂开会，来到南关，因为下午还有会，于是中午时间，便在交际处休息用饭。这些孩子刚才摘西红柿的情景，他都看见了。孩子们的举动唤起了他的童心，他带着会心的微笑，注视着这一幕田园剧，并且阻止了警卫员的打搅。直到最后，杨岸乡用枣刺扎马海德的这一幕，才引起了他的不快，于是走出来制止。

杨岸乡见毛主席问他，答道："我大叫杨作新，殁了；我妈叫荞麦，我……"

毛泽东打断了他的话。毛泽东说："你先别说你的名字，让我想想：杨……白杨……一棵白杨傲岸地站立在陕北的山野上。你叫杨岸山，对吧？"

"不，我的官名叫杨岸乡！"孩子答道。

上卷·第十五章　301

"是的,是的,杨岸乡,一个好听的名字!"毛泽东说。他像想起什么似的,又说:"我认识你的父亲。我们是朋友。他是一个优秀的陕北知识分子,陕北才子。可惜他死了。他太脆弱了。"毛泽东还想说什么,可是话到嘴边,又咽了下去。

听说毛主席和他父亲是朋友,孩子不再怯生了。他从行军床底下爬出来,拽住毛主席的手。

"你不会处罚我吧?你不会给我娘告我吧?"孩子说。

毛泽东没有言语,他的脸色很严峻,他俯下身子,轻轻地抱起了这个只穿一条半裤,浑身尘土的小男孩。毛泽东详细地问了荞麦母子现在的情况,最后说:"我要你做一件事情,你愿意做吗?"

"什么事?"

"你应该上学了,伢子。我想介绍你到保育院去,你愿意吗?那里有许多孩子,当然他们比你大,有彭湃的女儿,方志敏的儿子,还有刘志丹的女儿,你愿意和他们一起上学吗?"

"那得问妈妈。"

"妈妈那里,我会派人去说的。"

行军床上的马海德,现在一场大梦,终于苏醒。眼皮还未睁开,他又下意识地,揉了揉自己的交裆。待要睁开眼睛,一眼看见站在身边、抱着孩子的毛泽东时,他为自己刚才不雅的举止,有些脸红。

马海德自我解嘲地说:"蜜蜂,这里的蜜蜂,叮人专会找地方!"

"是的,院子里有蜜蜂!"毛泽东的眼睛,朝空中望了一下,笑着说。

马海德问毛主席有什么事。毛泽东敛了笑容,严肃地说,一件大事,他怀里的这个孩子,是个烈士的遗孤,他要马海德,亲自将这个孩子,送到保育院去上学,安排在初级班。

"那么现在，亲爱的孩子，"毛泽东将杨岸乡放下来，拍拍他的后脑勺，说，"你仍旧从那个去处，去为我摘颗西红柿来；当然，最好是两颗，还有一颗，给这位大鼻子叔叔！"

第十六章

昨天晚上，我夜观天象，
看见北斗七星，正君临我们头上；
今天早晨，我凭栏远望，
看见吉祥云彩，正偏集西北方向。
于是，我偷偷地哭了，
我感受到我们居住的北方，
它的神秘，它的奇异，它的魔幻，
它的诗一般梦一般的力量。
……
那黄土高原千万条沉默的山冈，
像千万条黄牛昂首走向东方，
咬紧牙关，背后拖着冰山和草原，
喘息着，将干裂的舌头伸向海洋。

……
　　北方啊，我亲爱的北方，
　　我们在你怀里出生，又在你怀里死亡，
　　假如有一天离你而出走，
　　你会用北斗星夜夜为我导航。

——引自旧作

　　那静静地伫立于天宇之下的，那喧嚣于时间流程之中的，那以拦羊嗓子回牛声喊出惊天动地的歌声的，是我的陕北，我的亲爱的父母之邦吗？哦，这一块荒凉的、贫瘠的、苍白的、豪迈的、不安生的、富有牺牲精神的土地，这大自然鬼斧神工的产物，这隶属于九百六十万平方公里广袤国土中的一个不显眼的角落，这个黄金高原。

　　雄心勃勃的作者，欲为20世纪写一部编年史，于是他选择了陕北高原，选择了这荒落的山村，懒洋洋的小镇，尘土飞扬的盘陀路，以及金碧辉煌的肤施城，作为他的人物一展身手的地方。他选择了那深深沉淀于黄土颗粒中，或像"活化石"一样依然风行于现代时间流程中的种种陕北大文化现象，作为人物活动的诗意的氛围和审美背景。他带领你结识了一群人物，这些人物虽然令人眼花缭乱，但是细细梳理，你会发现，他们隶属于四个家世迥异的家族，即吴儿堡与最后一个匈奴联姻的杨氏家族，自宁塞川南入高原的回族后裔黑氏家族，那古老的自轩辕氏时代就在这里定居的白氏家族，以及被我们戏称的"赵半城"和"赵督学"（他们的后裔将在下一部几乎成为主要人物）——这自山西大槐树底下西跨黄河进入肤施城，又匆匆离开的赵氏家族。

　　当然，作者将他的主要的目光，放在了吴儿堡家族身上，或者说，放在了陕北才子杨作新身上。他怀着热忱和梦想，怀着善良的愿望和几分无可奈何的心情，为你介绍了一个贫苦农民的儿子，走向革命的历程，并且让他过早地结束了生命。当然，这结束生命的责任不在作者本身，而只能有一种解释：因为那是事实，生活中曾经发生过的事实。苛刻的读者也许会这样发难，他们认为作者应该给他们甜食吃，应该让一切都像伊甸园（假如没有蛇）一样美好，假如有死亡，那死亡也应当像电影中或小说中写的那样死在敌人的屠刀下，死在冲锋陷阵的战场上。

对于这种责难，我们怎么回答呢？也许作者觉得用一句现成的话来回答，比他自己的思考更有力："除了作者，谁还应说神圣的真话呢？你们怕深刻探索的目光，你们自己也怕用深刻的目光去看任何东西，你们喜欢用不会思索的眼睛浮光掠影地看一切事物。"[①]在那场至今还在以另一种形式继续的波澜壮阔的革命历程中，牺牲和献身，大部分当然是以豪迈的进行曲形式完成的，但是也有许多，是以这种凭简单的道理很难说清的形式完成的，他们同样修得正果，飘扬的旗帜上同样有他们殷红的一丝血迹，历史有权利、责任在他们的面前行注目礼。道理说到这样一个地方，那么作者认为他选择这样一个人物，无可厚非。同样的，无独有偶，作者也可能受到来自另一方面的责难，他们认为，这是一个过时的题材，应当由党史资料专家，而不是小说家在那里喋喋不休地讲述，新潮的小说家应当有他另外的题材。对于这种责难，作者只能说，刚刚经历过的这一切，构成了历史的一部分——陕北历史的一部分、中国历史的一部分、世界历史的一部分，构成了人类历史进程中无法抹杀的一个链条，构成了时间流程中不可跳跃的一页青史，而当作者，

---

① 引自果戈理《死魂灵》。

向那刚刚经历过的岁月回首溯望的时候，他透过雾蒙蒙的时间的尘埃，看到了英雄故事、美人传说，看到了这一方人类族群生活的广阔图景，看到了在命运的重轭下走向抗争、走向目标的芸芸众生，看到了大革命在这块苦难土地上发生和发展的过程，于是他热泪涟涟，于是他感受到了一种悲剧感和崇高感，继而，他像一位行吟歌手那样，行进在高原尘土飞扬的道路上，弹奏起他的竖琴。

杨作新悲惨地死去了，在高原那拥拥挤挤的坟墓中间，又增加了这壮志未遂的一座。在辽阔的北方原野上，古往今来，有多少这样的坟墓！当我们在北方原野上行走的时候，我们心中那种针刺麻醉般的感觉，就是这样的坟墓引起的吗？而北方黎明那魔幻般的暗蓝，早晨奇丽的霞光，也都与这些坟墓有关吗？据说人一生总要出天花，那些没有出过天花的人，躺在三尺地表之下，变成累累白骨的时候，他们的骨头也要出一次天花。如果这个说法成立的话，那么，宛如一颗没有爆发的原子弹的杨作新被埋在了地下，他能够安宁吗？在陕北高原的西部边缘，横亘着一条古老的子午岭山脉，子午岭的山脉之上，有一条横穿高原，走出陕北的"天道"。这传说中的道路，给代代的陕北儿女以梦想。让他们在寂寞无旁的日子里，在凄清悲苦的岁月中，常常停住手中的镢头，喊住行在路途的毛驴，用片刻的工夫，眺望和遐想。但是，一山放过一山拦，生生灭灭，世世代代，他们更多的是把遐想和梦想，重新带进泥土，而一生一世，不能超越高原，跨出高原半步。

按照遗传学的最新解释，获得性有遗传的可能性。这话是什么意思呢？这话的意思是说，在人类漫长的行程中，它获得的一切，经验、智慧、苦难、失误、成功、屈辱、思考、教养、吃过的咸盐、跨过的桥梁、晒过的太阳，等等的这一切，并没有在一个人躺进棺材的时候，完全地带走，深埋于地下，他有可能通过遗传基因,将这一切"获得",遗传给后世。

感谢杨作新,他在变成高高山上一抔土的同时,为我们丢下了一个杨岸乡。杨岸乡在成长,在行动,吴儿堡家族那千百年来的沉淀,最后沉淀到这个人身上,这个人便作为吴儿堡家族的代表,代表这个家族生存和行动在杨作新之后的年代里。

当然,眼下,他生活在保育院里,那个被人们善意地戏称为中共的"贵族学校"里,那个在后来的电影《马背上的摇篮》和电视剧《悬崖百合》中被出色地描写过的学校里,那个与彭湃、方志敏、刘志丹、毛泽民的后裔们共寝一室的战时孤儿院里。他在成长,从春到夏,从夏到秋,从秋到冬,他的亲爱的父亲,在临死前,曾经以一位父亲的口吻,向他深情地祝福,说将来的世事是他的;相信他的父亲,在被阳光烤得发烫的地下,仍然会这样喋喋不休地祝福。

而与此同时,在金碧辉煌的肤施城,这陕北高原的首府,历史,正进入它设州造府以来最辉煌的时期、轩辕东渐以后它的最辉煌的时期。杰出的毛泽东,和他的同样杰出的领袖群体,经过千锤百炼之后,正变成一个钢铁的机件,在迫在眉睫的救亡局势下,在为不久后将诞生的人民共和国的蓝图的草拟中,工作着和奋斗着,战斗着和牺牲着。正如我们前边所说,猛虎入林,龙归故渊,在辽阔的陕北大地上,北斗七星开始高高地照耀。

未来的一段时间流程中,时代的标志将以一个人的名字为标志,这个人就是毛泽东,这个时代就是毛泽东时代。毛泽东在陕北高原生活了十三年的时间,他的足迹踏遍了高原的山山峁峁,他居住过一个又一个的陕北窑洞,他在这块土地上,留下了许多的神话与传说。于是令这块神秘的高原,更加变得扑朔迷离,于是令父老乡亲的饭后茶余,多了许多的话题,于是令这块积蓄了几千年力量的土地，因为用力过甚的缘故，更加失血和苍白。

传说毛泽东在睡觉的时候，他的头一定要枕向北方；传说毛泽东在转战陕北途中，每晚睡觉时，他的床下要放一盆水——他是水命，他是真命天子，龙身，离不开水；传说在转战陕北途中，毛泽东经过葭芦河，刚刚过河，后边就发了山水，将胡宗南十万大军堵在河的对岸；传说毛泽东初入陕北，布置完割尾巴战斗后，嘱咐警卫员："我太累了，我要到半山上那棵杜梨树下，睡一觉去，枪声密集，不要叫醒我，枪声稀疏，赶快叫醒我！"

制造神话是人类的天性。对那些出类拔萃的人物，如果他们生活中有什么令人感到诧异或者迷惑不解的事件，人们就会如饥似渴地抓住不放，编造出种种神话，而且深信不疑，近乎狂热。这可以说是浪漫主义对平凡暗淡的生活的一种抗议。从另一个方面来说，经过这种有口皆碑有口皆传的民间的艺术加工，这些神话却又从一定意义上揭示了平凡和繁杂的生活所掩盖的事物的精核和本质。借一位英国作家的话来说，"传奇亦成为英雄通向不朽境界的最可靠的护照。"[①]

有一个最为精彩的传说，这个传说也是发生在转战陕北期间，地点是五百年古刹白云山。白云山位于佳县境内，号称陕北灵根。威赫赫的一座石山，屹立在黄河西岸，雄视远处的河套和近处的陕北，接纳鄂尔多斯高原与三晋大地的香客，山上楼宇鳞栉，古柏参天。毛泽东兵困白云山的故事，在陕北地面，流传甚广。

传说1947年，毛泽东转战陕北时，胡宗南部下骁将刘戡，率领重兵尾随其后，穷追不舍，发誓要提着毛泽东的人头，回西安向胡宗南复命。后来追到白云山，其时正降蒙蒙细雨，刘戡指挥大军，

---

① 此句引自毛姆《月亮和六便士》。

将白云山围得水泄不通，单等雨停后，上山捉拿毛泽东。毛泽东在白云道观，已成束手待毙之势，好一个真命天子，泰山崩于前而面不改色，他要道长拿来签筒，道一声"游戏文章，不可当真"，抽出一支签来。这支签是上上签，大吉大利，签名叫"日出扶桑"。"扶桑"者，中国之旧称也。这"日出扶桑"一句，正是陕北民歌《东方红》的古典解释。毛泽东看了签，大怒曰：如今此情此境，如何称得上大吉大利，如何称得上日出扶桑，遂一跺脚，将这签，掷到了地上。这一掷不要紧，只见天空"嘎嚓"一声响雷，雨点骤然紧了。如果单是下雨，也不打紧，要紧的是雨中夹杂着蝎子，而地面上的草丛里、石缝中，也纷纷有蝎子生出。这遍地的蝎子并不惊扰毛泽东一行，而专与刘戡大军为难。刘戡的兵，住的大约是帐篷，天上下蝎雨，平地生蝎，好端端的泥土，眨眼的工夫变出蝎子，密密层层的蝎子顺着士兵的裤腿，直往上蹿。刘戡将军见状，大惊，叫道："老天怒了！"急令部队后撤三十里扎营。瞅这个空隙，毛泽东率九支队，扬长而去。少时雨歇，蝎虫骤然消失，刘戡见黄土路刚能行走，便率兵直奔白云山顶白云观。到了山上，道观里已空空如也，只一群建筑物，香火缭绕，一个老道长领着一群小道童，正在洒扫庭除。刘戡将军以手加额，叹息曰："谋事在人，成事在天。"遂举起手枪，对着大殿正中正襟危坐的真武祖师塑像，开了几枪。这刘戡不久后死于著名的宜瓦战役。而踌躇满腹的毛泽东，在刘戡将军毙命之时，他正站在陕北高原的另一座山头上，让报务员架起电台，从容地向人民解放军各序列发出在全国范围内开始大反攻的命令，然后取道吴儿堡川口渡口，东渡黄河，前往河北西柏坡。

这是传说。这个传说有多少真实的成分，已无据可查。但是毛泽东在白云山抽签，抽了个上上签"日出扶桑"，毛泽东旋即发出大反攻的命令，这些事实相信是真的。后来有一个叫《巍巍昆仑》的电影，结尾正采用了这一事实，作为对一段历史进程的总结，和另一段历史进程的引言。

这个毛泽东与白云山的故事，还有一个结尾。据说1949年中央人民政府成立之日，白云山道观收到一桩布施。有当时进香的人看见了，说是红布里包着的是两根金条。到底是什么，白云山的居士们没有向外边说。施主献上布施，便坐上吉普车走了。童子见布施上得过于隆重，来得又有些蹊跷，于是面露疑惑之色。道长捻着长髯，笑道："有人欠我一笔人情，今天正是还愿的时辰。"再到后来，"文革"期间，中国地面上，诸多庙宇神殿、道观佛堂，被一荡而空，独这陕北白云山道观，接上峰指示，劫难中留存了下来，香火依旧，只是香客稀少了些而已。

俚语村言，原本也当不得真，可是说的人多了，而且说得活灵活现，有鼻子有眼，便由不得你不信。传统的民族心理的原因，毛泽东在陕北的诸多故事，便像秦皇驾着帝王之辇，时时在子午岭山脊的秦直道上隐现，刘秀被王莽所追，路经丹州圪针滩，喝令这里的酸枣刺不生倒钩一样，以口头文学形式流传下来，代代相袭，并且对碑载文化，给予补充。

杨老太太在杨作新出事后不久，就死去了。她本该在杨干大之后，就死去的，之所以在人世上，多延挨了一些时日，多糟蹋了一些五谷，完全是为了迎接杨岸乡出世的缘故，他不出世，她不放心，她无法在见到杨干大之后，向他交代。杨老太太已经过于苍老了，她的奶头已经干瘪成两张皮，紧紧地贴在瘦骨嶙峋的胸脯上，她的手指因为风湿或类风湿的缘故，已经变成了弯曲的难看的鸡爪。现在她好了，她躺在了她的男人身边，可以拉话，可以亲昵，可以不时地伸出手指，为男人捂住那永远不会停止流血的伤口。"先走为神,先入为主,看来,永生永世,你永远是我的统治者!"杨干妈对杨干大说。

荞麦是在人民共和国成立的前夕死去的。担任进军序列的一个连队的指导员的黑寿山,曾经有幸与她邂逅,向我们透露了些许她的消息。黑寿山后来重返小镇时,站在当街上,自然回想起来了,这个荞麦,正是他的杨干妈。儿子交给公家人以后,荞麦没有了牵挂,她可以放心地回到小镇,重过她的平淡的时光,可以放心地撒手长去——如果光阴不再挽留她的话。她的死还有一个原因,那就是在黑白氏离开肤施城时,曾经吞吞吐吐地,提出一桩事情,而她,荞麦,当时也稀里糊涂地答应了。这桩事情就是,她们两个,哪个先死,哪个就去陪杨作新。因此,荞麦抢了先,她安稳地闭上了眼睛,怀着胜利者的微笑回到了她的丈夫身边。高高山上一抔土,现在变成了两座相连的坟头,埋在一起的叫"合葬",并排躺着的叫"并葬",他们这个算合葬还是并葬,叙述者没有考证。

黑白氏活了很久,活到了我们的小说后半部开始的那个年代里。她依旧那么年轻和美丽,面白如雪,面红如酡。原先,她曾经准备早早辞世,以便去陪杨作新。当她听到荞麦的死讯后,她说:"上一次,我赶得早了点;这一次,我又赶得晚了点,看来这杨作新无论生死,与我无缘。罢罢罢,我还是过我的闲云野鹤的日子吧!"说完,放慢了时间节奏,款款地活下来,一直活到寿终正寝,老死袁家村。

这些都属于正常死亡。这些死亡,正如那最初的出生一样,无声而又无息,平凡而又平常,不值得为它花费太多的笔墨。几杆唢呐,一根引魂幡,世界上便少了一个生命,大地上便多了一个土包,如此而已。

另一个女性,杨蛾子却顽强地活下来了。她死死地厮守着吴儿堡，站在那三孔寒窑面前，站在畔上，日复一日，年复一年地打发着日月，等待着伤兵的归来。伤兵留下的那只怀表，在"铮铮铮铮"走着，走着时间，但是在杨蛾子的心中，自从伤兵走后的那个七月的早晨，生命之钟便在她身上停止了，她从此生活中唯一的目的，就是站在畔上盼望，她从此以后所有的工作，便是站在畔上唱歌。她凄婉地唱着："自从哥哥当红军，多下一个枕头少下一个人。"她身穿一丈青，头发梳得光溜溜的，以永恒的心等待着心上人的归来。她唱出的那首歌子，后来一位有心人曾经将它整理了出来，歌子里庞杂的内容和弥漫在歌曲中那刻骨铭心的思念之情，令收集者不敢冒昧地为歌子取一个名字，于是便冠之以泛称，叫作"信天游"。这支由一位陕北女儿以她的全部爱心和感情唱出的歌曲，我们在本书下卷将要一字不漏地提供给读者。

　　杨蛾子在停止不动的守望岁月中，在杜鹃啼血般的吟唱生涯中，曾经有一次，稍稍地移动了一下她的脚步。那是1954年，去了一次肤施城。当年的边区政府主席林伯渠，重访陕北。林老在肤施城里，在当年被胡宗南部队破坏了的边区大礼堂门口，正应管理人员之约，蘸饱墨汁，铺开纸张，为这个建筑重题"边区大礼堂"字样，这时，一位身穿皂青，相貌俊秀，风尘仆仆的陕北婆姨来到他面前，跪下来，请他出面，寻找她的丈夫。老夫子听完诉说，站在边区大礼堂门口，感慨地说：当年许多军队和地方上的干部，都找了陕北婆姨，他们很多人离开陕北后，都把婆姨丢了，他们应当为这件事谴责自己。林老答应，他将尽力寻找这个赵连胜，但是，林老走后，没有下文。而杨蛾子，她在拜见了林老之后，又匆匆赶回肤施，她担心在她离开吴儿堡的这一段时间内，伤兵突然回来了，炕是冷的，饭是凉的，那样，她的心里将会难受和心疼。

　　哦，陕北，我的竖琴是如此热烈地为你而弹响，我的脚步是如此的行色匆匆,你觉察到我心灵的悸动吗?你看见我挂在腮边的泪花吗?哦,陕北,我们以儿子之于母亲一样的深情,向自遥远而来又向遥远而去的你驻足以礼。你像一驾雍容华贵的太阳神驾驭的天车,威仪地行进在历史的长河中,时间的流程中。你深藏不露地微笑着向前滚动,在半天云外显露着你的身姿,芸芸众生像蚂蚁一样出没在你的庞大的支离破碎的身躯上,希望着和失望着,失望着和希望着。哦,陕北!

作为本文作者来说,他觉得他的饶舌到这里该暂停了,他用这一段饶舌向前一位主人公告别,并为下一位主人公的登场酝酿情绪。他觉得到此为止,杨作新可以安安静静地在那里休息了,而读者也许已经有了接纳杨岸乡的思想准备。"隐身其后,让人物登场吧!"他对自己说。

下 卷

第十七章

肤施城的名字，来源于一个古老的佛教故事。

传说释迦牟尼有一天路经此地，踩着趟石，过了延河，然后在半山上的一块突出的大石上歇息。这时天空传来了一阵凄厉的叫声。释迦牟尼抬眼一看，只见一只老鹰，在追逐一只鸽子。那凄厉的叫声一半来自鸽子，一半来自老鹰。鸽子在老鹰飓风般的翅膀的拍打下和尖利的嘴巴的鸽啄下，羽毛乱飞，疲于奔命。而强健的老鹰穷追不舍，非要把这口边的食物抢到手不可。释迦牟尼见了，双掌合十，叫一声"阿弥陀佛"，然后招一招手，让这只鸽子，落了下来，钻进他的袖筒里。老鹰见状，自然不依，一声长唳，也敛落在这块石头上。

释迦牟尼挥手驱赶老鹰。他对老鹰说："不应该杀生，不应该恃强凌弱；海阔天空，你们彼此都是平等的，都是上天宠爱的臣民，都有权利生存。"老鹰认为释迦牟尼的话自然有理，但是它说，道理虽然是这样，但是，它正处在极端饥饿之中，如果得不到这只鸽子做食物，它就要饿死了；这样看来，上帝仍然是不公平的，它注意到了事情的一个方面，却又忽视了另一个方面。

于是，一桩难题摆在了释迦牟尼面前。他不忍心看着美丽、善良而又弱小的鸽子，在他的面前，被这个凶恶的老鹰吃掉，那血淋淋的场面将会亵渎他的眼睛；同样，他也不忍心让勇敢而豪迈的老鹰软绵绵地饿死在他的面前，那他将会于心不安。

这个难题后来是这样解决的：释迦牟尼举起刀子，挽起衣袖，从自己的胳膊上割下一块肉来，喂给了老鹰。习惯的说法是这样的，即释迦牟尼割下来的是胳膊上的肉，但是我们想来，胳膊上的肉能有多少，岂能一饱饿鹰的欲壑，况且释迦牟尼又不懂得解剖学，胳膊上筋骨满布，一刀下去，伤了筋，动了骨怎么办？记得古典小说《三国演义》里，也有个类似的故事，一位房东见刘皇叔刘备饥饿难挨，家里又缺盐少米，于是将自己的妻子赤条条地吊起来，割了大腿上或屁股蛋子上的肉给刘皇叔吃。那大腿上或者屁股蛋子上的肉当然肥美多了，不知释迦牟尼为什么没有想到这一点。以上是插科打诨，笑谈而已，不可当真。

不管怎么说，老鹰吃了肉以后，不饿了，肉上大致还有一些血滴，因此也不渴了，于是离开了这块石头，扇扇翅膀，昂首飞上了天空。鸽子也得救了，它从释迦牟尼的袖筒里钻出来，用我们人类不熟悉，但是释迦牟尼熟悉的语言，致过谢意，然后飞上了晴空。

这个故事还没有完结。释迦牟尼割肉饲鹰之后，觉得有些口渴，于是离开了这块岩石，在岩石旁边一道不显眼的山沟里，找到了一汪泉水。释迦牟尼不懂得受伤后不能喝水，这样血会从伤口破裂处迸流的道理，低下头，美美地喝了一肚子泉水。在喝水的同时，大约是伤口过于疼痛，于是撩起泉水，往伤口上滴了几滴。泉水落在伤口上后，奇迹接着就出现了，血迅速地止住，伤口慢慢地愈合了。释迦牟尼见状，于是索性将胳膊伸进泉子里濯洗。结果，正如佛教故事所告诉我们的那个圆满的结局一样，释迦牟尼的胳膊，立即完好如初了。

释迦牟尼自己大约是不食人间烟火的仙身仙体。事情结束后，他就动身离开了这个地方，他当时大约还没有想到，因为他"割肤施鹰"的举动，使后来在这块地方兴起的一座城市，有了一个名字。

肤施城因此而得名。那块释迦牟尼坐过的突兀的岩石，后世称"仙人石"，从释迦牟尼到现在，不知道过了多少年月，还危若累卵般地悬在那里。释迦牟尼洗过胳膊的那眼泉子，后世称它"定痴泉"。至于那架大山，名之曰"清凉山"。后来，肤施城设州造府以后，一群好事的人，前后历经五百年，硬是刀劈斧凿，在山腰间濒临延河的一面岩石上，凿成一个方形的大房间。房间中间，立起三尊大佛，房间四壁，密密麻麻，凿出一万尊小佛，因此这间石房间，就称万佛洞了。这是北魏时候的故事。当时的地方治理，见岩石上方还有一点空余的位置，于是大笔一挥，题了"金刚胜境，苍生一望"八个大字。

清凉山位于肤施城东北方向。清凉山脚下，就是那条著名的革命河——延河。河的对岸，位于肤施西南方向的那座大山，叫凤凰山。还有一座大山，叫嘉岭山，在东南方向。三座大山，像三枚棋子，稳稳地站在那里。两条河，一条延河，一条南川河，一个自北，一个自南，从远处湍湍而来，在嘉岭山下汇成一股，然后直奔东南，于后九天附近地面，注入黄河。

三山对峙，二水交流，形成这高原名城的基本布局，奠定它龙盘虎踞的森森气象。时间到了20世纪70年代最后一年的时候，肤施城较之我们原先曾经描绘过的那样，自然又有了新的发展。由于河流得到了治理,大量的建筑物,从半坡上或者拐沟里,延伸到了河岸边。河流形成的这三条大川,自然也成了人口稠密、繁华热闹的地方。不过这时候的建筑,仍以平房和窑洞为主,因为有关方面认为,修筑现代风格的楼房,会破坏这座革命城和历史文化名城的总体风格和风貌。所以当时仅有的一幢小小的楼房,还是我们曾经见过的边区交际处那个小楼。不过,到了1979年这个时候,禁令已经取消,肤施城内,大量的楼房,正在奠基动工。不久之后,这里将是一座楼房林立、街道宽敞的现代化城市了。

我们的故事从这里开始。这一年一个初夏的晚上,夜已经相当深了,肤施城外,暮霭四起,群山显出它的苍茫的轮廓,肤施城内,那半月形窑洞窗户上的灯光、那四方形平房窗户上的灯光,随着夜的渐深,也一个一个地熄灭了。街上的路灯,因为电力不足的缘故,有些昏暗,不过街道上行人过于稀少,所以路灯不过是城市的点缀而已。延河自远方而来,横穿市区,发出一声声深沉的叹息。这时,在凤凰山麓,在毛泽东初入肤施城时居住的第一个旧居旁边,有一间平房的窗户里,还亮着灯光,而且异常明亮,并且从屋子里,传出一阵忧伤的俄罗斯抒情歌曲。

这是一群北京知青在聚会。北京知青,是这个时期的一个专有名词,对于肤施城来说,它准确的称谓应该是"1968年冬或1969年春来陕北地区插队落户的北京地区的初中或高中的学生",当然,它还有一个简单的带几分苍凉感的称谓,叫"老插"。当年,来陕北的北京老插大约有三万名,到了1979年,十年一觉蹉跎梦,这时大约只剩下七八千人了。一部分招工,一部分上学,一部分当兵,纷纷走了。特别是"文革"结束,高考恢复,大量的知识分子家庭出身的知青,考学回了北京;而大量的老干部家庭出身的知青,由于父亲或母亲的平反或复出,也有了回京的途径和条件,于是纷纷开拔。从陕北到北京，是一个艰巨的工程，对于有些人当然比较简单，对于有些人则需要用半生的精力来完成，随着时间的推移，这剩下的七八千人也将逐年递减，直至五千人，三千人，一千人，五百人，三百人，等等；直到有一天，地净场光，一个不剩地全部离开这里。他们每个人的插队和回城也许都是一个故事，但是，由于这部小说的主旨不在描写他们，因此说到这里，就适可而止了。

屋子的主人叫丹华，一个身穿牛仔服，有着两条野鹤般长腿的姑娘。她身高一米七三左右，当时的年龄是二十六岁。她的这间屋子，长期以来，一直是北京知青们聚会的一个场所，也许从插队的村子招工到肤施城的那天起，由于屋子主人的好客和热情，以及她的落落大方的人生态度，这间屋子便成了一个小小的中心。他们或者是北京时一个学校的同学，或者是插队时分在同一个县、同一个公社、同一个大队的乡邻，或者原先并没有什么关系，只是职业的原因，彼此需要互相照应，各讨方便。总之，各种原因把大家捏合到了一块，隔一段时日，大家来这里聚会一次。

房间的陈设简单到令人惊讶的地步，只一张单人床，一张桌子，一把藤椅，再就是靠着门的后边，有一只带着铁皮烟囱的火炉。床是主人睡觉用的，桌子则是写作和办公用的，藤椅是坐的，炉子做饭与取暖，兼而用之。那么主人总该有个盛衣物或杂物的家什吧，在为数不算太短的漂泊岁月中，总该有点行装吧。哦，有的，在房间的最里面靠墙的地方，有着一个十分巨大的白木箱子，那箱子最初的用途也许是一个货箱，因为它的外边还用几条铁箍缠绕着。主人的一应物什，想来都是装在那里的。总之，这个房间的所有陈设，加在一起，给人一种动荡不安、临时凑合的感觉，好像突然之间，汽车的喇叭声会在屋外响起，然后起重机的吊臂，将这个大得怕人的白木箱子，吊进汽车里去，只片刻的工夫，这间屋子的主人就从肤施城消失了。

主人像一个女王一样,永远坐在她的那把陈旧和有些发暗的藤椅上。她一条腿压在另一条腿上,脚尖高高跷起;两条胳膊,伸展开来,搭在藤椅的围圈上;屁股大约是结结实实地压在藤椅上的,因此,随着每一次的转身,屁股下的藤椅便吱吱哑哑直响。客人们则坐在床边,或者地上的小凳上。主人的床底下,仿佛能生长小凳似的,不管来多少客人,她都能应裕自如地,从床底下赶出与客人数目相等的小凳;她一脚一个地踢出来,好像在变魔术。

当然,时至今日,诸多的小凳子,已经没有它们的用场了,因为随着每一次的聚会,人数都会减少一些。有的人是前来打一声招呼,抱头痛哭,热烈拥抱一场,然后离开的,有的人是悄悄地,鸡不鸣犬不惊地悄然离去的。随着这些昔日的常客们纷纷离开,每一次聚会的热情度,都会降低一些,而到了这个晚上,简直——怎么说呢,甚至有一丝凄凉的味道,笼罩在这一群按他们自己的话来说———群孤儿或者时代的弃儿的头顶上了。

他们在唱歌。这首忧伤的抒情歌曲,它的情调刚好与现在的气氛吻合。随着夜的加深,加深后的寂静,这哀怨的旋律飞出窗外,传到很远的地方。"一条小路曲曲弯弯细又长,一直通向迷蒙的(遥远的)远方,我要沿着这个细长的(修长的)小路,去送(跟着)我的爱人上战场……"这首歌的歌名也许叫《小路》,也许不叫;是迷蒙的还是遥远的,是细长的还是修长的,是去送还是跟着,在这些问题上,他们的记忆不一致,因为这支歌是很久以前唱过的,老师没有教过,是他们随着父兄哼会的,所以在这些细枝末梢上,他们出现了分歧。分歧是没有关系的,重要的是他们现在需要它的旋律,加之现在他们都已经是大人了,懂得宽容地看待一切事情,所以在唱到那些有分歧的地方时,彼此的吐字,都变得模糊起来，以求达到统一。此一刻，这些曾经参加过中央人民广播电台少年合唱团或中央电视台银河少年合唱团的男声女声们，这些经历过生活、痛苦过生活、感受过生活的男人女人们，他们对旋律所理解的深刻程度，他们从胸腔中发出的那种深沉的叹息，也许，专业的歌唱家也难以望其项背。

歌声在细长的小路，在白茫茫的原野上飘浮了很久，终于由一声挣扎般的叹息，作为结束。没有人再起头，将它重唱一遍，如果有人起头，大家还会随声附和，跟着唱的，直到唱到精疲力竭为止。现在，既然歌声停息了，大家也就意识到，不应该再唱了，他们已经是大人，不应该再无休止地去唱那些给他们带不来任何实际内容的浪漫歌曲了。于是屋子里出现了片刻的宁静。

床上并排坐着一对年轻夫妇。孩子已经噙着母亲的奶头睡熟。因此，女人将孩子的嘴掰开，将孩子递给旁边的男人抱上，然后掩好自己的衣襟，并且用孩子吃过糖的一片水果糖纸，在叠一个穿着连衣裙的小姑娘。他们俩在北京的一个胡同里长大，一起上学，一起插队，又一起招工到市供电局，因此，两只从北京带来的白木箱子，自然而然地在有一天摞在了一起，两张单人床并在了一起；一张床腿高些，一张低些，于是，他们就给那低些的床腿底下，各支了两块砖头。他们已经有孩子了，但是还没有办结婚手续，没有办的原因是为了享受一年一度的探亲假。他们的积蓄的大部分，都花费在这一年一度的探亲上了，用他们自己的话说，都贡献给铁道部长了。

地上的小凳上，坐着一位异常美丽的姑娘，她叫姚红。她头上的头发，中部，劈开一道雪白的细缝，下边，分成两撮，每撮头发的根部，都扎着一个蓝色玻璃球一样的饰物。今天，她一改往日那倦慵的、随随便便的姿态，而是显得有些惊慌，因为对她来说，将有一件大事要发生：她就要离开陕北了。她这是最后一次来参加聚会。在她的左右盘桓的，是一个留着山羊胡子的青年，她的热烈的毫无保留的崇拜者。山羊胡子不停地献殷勤，为她倒茶水，取糖果。刚才，唱歌的时候，唱到得意忘形处，他还目不转睛地盯着她看，唾沫星子甚至喷到了她的脸上，使她不得不在唱歌的途中，皱了皱眉头。

刚才他们在炉子上做饭。现在，火炉还在燃烧，不过火苗已经很少，一副半死不活的样子。初夏时节了，还生炉子，这是陕北生活养成的习惯。陕北初夏的夜晚，还是有几分寒气的。等到天大热时，主人将把炉子搬到门外屋檐下去做饭。

靠炉子的地方，坐着一位留平头的青年。刚才唱歌的时候，那为歌曲伴奏的击打乐，是他用炉钩在炉子上击打而出的。他是一个偏远地方的公社书记，习惯了农村生活，所以坐在火炉旁，被火烤着，很舒服。在大伙儿的眼中，他是丹华未来的丈夫，现在的保护人。他刚刚从北京回来，参加完团十大，在团十大上，他的中央候补委员落选，而且，根据从内部得来的消息，因为在过去的年代里，他很走红，所以现在被列为清查对象，上级派来的工作组，也许不几日就要到达陕北。此刻，他很委屈，也很颓唐。公允地讲来，这些年，他出了不少的力，带领农民修水坝，修梯田，累了一身的疾病。但是，年轻人，生活就是这样的，此一时，彼一时嘛。

歌声一旦停息下来，话题自然就转到了回北京这件事上。

那一对年轻夫妇，他们是不准备回了；他们认为北京城里人太多，因为人多，自然也就人情淡薄了。他们在山沟里已经习惯，北京城里嘈嘈杂杂的快节奏令他们头晕目眩；加之，家中仅有的一点房子，已经拆迁，被弟弟妹妹拿去换了单元，他们不愿意回去去争究这些。那男的，说了这样一件事情。有一次探亲，一个晚上，十二点多了，他骑着单车，路过天安门，他觉得有些口渴，就到一个大碗茶摊，要了碗茶喝。这大碗茶的价钱，他是知道的，小时候常喝，五分钱一碗！谁知，喝完茶后，卖茶的小伙子，向他伸出五个指头：五块钱一碗！他说，你们宰人，宰到我这老北京头上了。双方发生了争执。原来，这是一伙从黑龙江插队回来的知青，没有找到安排的地方，靠卖大碗茶蒙人。说开了，都是"老插"，都是老北京，卖茶的大小伙子有点不好意思，摆了摆手，让他走人。他掏出了五块钱，往桌上一甩，什么话也没说，就骑上单车走了，心里很悲哀，为自己，也为那位黑龙江老插。夫唱妇随，那女的，也讲了一个类似的探亲故事。她说，有一次，一位邻居来串门，盯着她看了半天，然后问她母亲，"你们家什么时候认下了一门农村亲戚"。母亲怔了半晌，才说，"这是我二闺女呀，你不记得她了"。邻居很尴尬，找个托词，迅速地离开了，母亲则伤心起来，说女儿受到了委屈，而她，沉默地开始收拾自己的行装。"我已经被这座城市从心理上遗弃了。"她说。回到陕北后，她就和那位男同学同居了。这一对年轻夫妇，对他们目前的处境很满意。男的说，在陕北，无论他推开哪一户老乡的窑门，那一碗热米汤，是少不了的，他们两口管着一个变电所，大米白面，镇上人哪怕吃不上，总少不了他们的，有时镇上放电影，忘了通知他们，他们将电一掐，老乡们就赶快来请他们了。总之，他们觉得生活得很好，不愿意再挪窝了。

"世界上有些偏僻的角落，总是需要那些耐得住寂寞的人去填补的。可是，亲爱的朋友，你们做你们的扎根派吧，我却要走了。"这是平头在说话。说话的途中，他还看了丹华一眼，然后继续说："这次回北京，我顺便联系了一下工作，在郊县的一个老干局，找了份差使。我已经对政治厌倦了，对无休止的你争我斗厌倦了，我想找一个安静的避风港,找一个贤妻良母式的女子,度过这后半生。"

丹华有些惊讶地望着平头。平头的消沉她是知道的,但平头的这些话,却出乎她的意料,尤其是"贤妻良母"这几个字,刺伤了她。她想立即就反唇相讥,但是,没容她开口,姚红却抢先一步,开口了。

姚红不能放过这个适宜的机会,于是抢先开了口,"我也要走了!"她有些不好意思地说,好像她的离去对不起这个松散的小集体,对不起依然留在这块土地上的别的人似的。"我这是最后一次,来参加这个聚会,下一次,我在北京的家里,招待同学们吧!"

姚红的话音刚落,那个山羊胡子,立即紧张起来。他是因为姚红,才迟迟不走的。他每天以主要的精力,盯着姚红,然而这么重大的事情,他竟然一无所知,而且,时至今日,他的身份,也只配和大家一样,做个听众,等待姚红宣布这个消息。想到这里,他不由得有些愤愤然了。

姚红是个复杂的女性。关于她的那些传闻,不时出现在肤施城的街头巷尾。当然,嚼舌是人类的一种天性,尤其是对她这样引人注目的姑娘来说;说一句刻薄的话,男人的嚼舌出于想入非非,女人的嚼舌则出于嫉妒。据说,她在大队支书的土炕上,在公社主任的硬木床上,或者是工厂主任的长沙发上,都躺过,在她的目光的注视下男人无不臣服,而臣服的下一步就是接受她的驱使,为她奔波和效力。她们姊妹三个,一起来陕北插队,她是老大,老二老三,都先后由她出力,办回去了,她这是最后一个,如今,她也要起身了。

严格地讲来,这个小群体,对姚红的每一次光临,并不怎么欢迎。那些传闻,自然也传到了他们耳里。生活是沉重的,它对待每个人都同样沉重,但是,为了活得轻松一些,就非得那样掉价不可吗？姚红的走，对大家来说，也没有太大的震动，因为她有的是办法，她终究会走的，这个大家心里都明白。

姚红讲完后，久久地没有人搭茬儿，这使她感到不安。她知道大家的心思还停留在刚才自己宣布的那个消息上，并且根据这个消息，又在推测着那牢牢地跟随着自己的流言。她可怜地望了山羊胡子一眼，希望山羊胡子能打破这静寂，将她从窘境中解脱出来，但是，山羊胡子抗拒了她的目光，他将脸别了过去。

"其实，我今天来，是想说一番话的，"姚红突然一改自己刚才的窘态，口齿清晰地说，"是的，我活得贱，活得掉价，但是，我是出于一种毫不利己的高尚目的的，朋友，你们明白我的良苦用心，明白我的那种处境吗？父母在'文革'中死了，死在北京郊外的一所五七干校里。面对郊外盐碱滩上的那两座孤坟，我拉着大妹和小妹的手，对坟墓说，我起誓，我要带好妹妹，保护好妹妹，并且让她们以后幸福。我做到了这一点，朋友，她们完好无损地回到了北京，没有人动过她们一根指头，我给了她们我所能给的，虽然这付出了那么大的代价。是的，我贱，今天中午午睡时，为了给这张调令上盖最后一个公章，我还是在工厂革委会主任那张吱哑作响的木床上度过的。反正我是无所谓了。忘记我吧，朋友，不要再记着我了，我也许会以一副新的面孔出现在世界上，以后，你们见了我，永远不要提过去的事了；或者，干脆，北京街头匆匆一遇，装作互不认识，马路那么宽，各走各的路，好吗？"

姚红说，她来这里，就是为了说这几句告别词的，说完以后，她感觉到自己的力气已经用尽了，于是挪了挪小凳，将自己的身体，软绵绵地靠在山羊胡子的胸脯上。

屋里的人受到了感动，起码是山羊胡子，和坐在床边的那一对夫妇。那一对夫妇中的那个女性，温柔地劝解和宽慰着姚红，叹息着女人做人的艰难；山羊胡子则轻轻地用臂腕搂住她，腾出另一只手，用一个指头蛋儿，将她腮边的一滴眼泪抹去。

丹华突然莫名其妙地大笑起来，笑得上气不接下气，笑过之后，她略带嘲讽意味地对姚红说："难道，你就这样的给你的妹妹以幸福，好一个圣女！你想到没有，此刻，北京城里，你的妹妹，也许正和那些小流氓厮混哩！你千辛万苦地为她们保护下来的贞操，她们反而会认为这是一种累赘！"

屋里的人，都知道丹华的性格就是这样，所以对她的尖刻，也没有表示出太大的诧异。只是姚红，她哆嗦了一下。她和丹华，小时候就同在一个小学上学。记得一次，为合唱团唱一首什么歌儿担任领唱的事，她和丹华还闹了一段小小的别扭。多年来，她们俩实际上一直竞争着，当然，每次，都是姚红占了上风。时至今日，同是天涯沦落人，那种竞争的心理，早就没了，不管怎么说，都是知根知底的同学，她们还是亲近的。丹华刚才的那一段话，自然刺伤了姚红，但是，姚红今天能来，而且能主动地将那些不能启齿的事情说出，原本也是准备接受比这更难听的话的，所以，听了丹华的话后，她没有反驳。一想到自己快要回北京了，她反而感到一种释然，甚至有一种优越感；但是又一想，现在不是表现优越感的时候，于是又将刚刚露出的一丝浅笑收回去了；不管怎么说，她终归是一个悲哀的女人，凝结在面部深层的那种紫色的悲哀之色，始终未能消退。如此说来，释然、优越感，加上悲哀，这三种感情同一刻出现在脸上，从而带给她一种古怪的表情。

平头这时候接过了话头。平头问起了丹华自己的事情，他说："丹华，那么，你自己怎么办呢？走不走？我的未来的诺贝尔文学奖得主，你还在写作你那永远没有希望，永远只配重新扔进字纸篓的小说吗？这次在北京，我在废旧书摊上，看见了你在'文革'

期间出版的那本反映知青生活的长篇了，小说在书摊上，五毛钱一本，被当作废纸出售，我看了真寒心，赶快躲开了那地方。哦，你最近写的那个短篇，就是取名《最后一支歌》的那篇，怎么样了，有可能发表吗？"

"没有可能发表。出去旅行了一趟，又被一家刊物退回来了！"丹华用手拍了拍办公桌上那只大信封，淡淡地说，"雨果说过，'文学的第一排总是虚位以待的。'原来我以为，这话是给我说的，现在看来，这话不单单是给我说的，或者说，是给除了我以外的别人说的。也许，以这个短篇的被退回为转机，我将从此洗手不干了。不过，我至今还没有下这个决心，一想到，中国文坛也许将少了一位最优秀的小说家，我就为中国文坛遗憾！"

"你不写了，你报复它们（中国文坛），"平头愤愤地说，说着，瞅了大信封一眼，"那个《最后一支歌》，多漂亮，寄托了一种多么深刻和忧伤的感情呀！'最后一支歌'，'最后一支歌'，也许，为这篇小说命名的时候，你就打定主意，这篇小说如果不发表，它就是你的最后一件作品了。"

"你真聪明，是这个意思！"丹华说。她为平头的善解人意感到高兴，而平头所说的报复之类的话，虽然只是失败者的自我宽慰，并且有明显的奉承丹华的意思，但同样也使丹华高兴。他俩被大家认为是一对，而他们自己也有这么一点意思，究其原因，他们的思维往往能达到同步，不能说不是一个重要因素。

姚红这时开口了。她主动地和丹华搭话，以示对于丹华刚才的尖刻，并不在意。她问丹华，这次香港之行的感觉怎么样，能将那里的一些事情，给大家讲讲吗？

丹华的姨妈在香港。她最近探亲，刚刚从香港回来，她在北京，家里已经没有什么人了，因此香港的姨妈，屡屡督促她到那里去一趟，甚至提出，叫她到香港来定居。作为丹华来说，她迟迟下不了这个决心，但是最近，她还是应姨妈之约，去了趟香港。那套牛仔服，就是从香港穿回来的，这种服饰，就是当时在北京，也比较罕见，不过过不了多少日子，它就会在北京街头流行开来，接着迅速地传到肤施城。北京知青来到陕北，给肤施城带来的最大的变化，也许是在服饰上。北京街头流行红裙子，一个礼拜后，肤施的街头也就流行开了，北京街头流行黄衫子，马上，肤施街头，黄色蝙蝠衫便像一面面黄旗帜在人群中招展。男人们传统的大裆裤，女人们传统的大襟袄，由于北京知青的光临，在肤施街头逐渐绝迹。北京至肤施一个礼拜一次的航班，北京知青的大包小包里，装的大约都是为别人代购的衣服。

丹华穿一身牛仔，这身牛仔配着她的气质和身材，十分妥帖。脚下蹬一双白塑料底的布鞋，再配上两条长腿，因此显得落拓不俗。她的骨骼很大，手指细长，再配上面部那时而温顺时而讥讽的笑容，让人想起《体育世界》赛马节目中良种马那光洁细腻的皮肤和温良典雅的面部表情。本文作者曾与她比过一次手的大小，是她主动提议的，结果，这个粗壮的男人的手指，竟比她的手指短半个指头蛋儿，这真是一件怪事。她头上的头发，整齐齐地剪成一个"门"字，恰像一张门帘，框住鸭蛋形的脸蛋。这种日本小姑娘头型，也是香港理发师的手艺，她从那里带回来的。这种头型，后来也曾在中国风靡，继而由另外的时髦发型所取代，不过有个青年歌手，还十年一贯地理着这种发型。你要结识我们的丹华，去瞅一瞅那青年歌手吧，大致模样，几乎一样，尤其是气质。只是，丹华的身材更修长一些，脸蛋也更白皙、细腻，牙齿也更洁白、细密。当她上颚和下颚咬紧的时候，牙齿不留一丝缝隙，而两边脸颊上的肌肉，立即出现一种力量感和坚定感，而当她嘴唇张开，牙齿启开,舌尖顽皮地在上腭与下腭之间跃动时,又让人觉得,这是一个顽皮的、处在青春期的姑娘。总之,丹华是出众的、可爱的、讨人喜欢的,要不,为什么我们的杨岸乡仅仅瞅了她一眼,竟能引起那么强烈的震动,留下那么深刻的印象?

对于香港,丹华没有多说什么。她说那里既不像有些人说的那么好,也不像有些人说的那样坏,一个高度发达、高度膨胀的资本主义制度社会而已,那里同样也居住着人,而不是怪物,当然有好人,也有坏人,"凡有人群的地方,都有左中右之分,无一例外。"记得这话是一位大人物说的,这话也适宜于香港。高楼林立,人欲纵横,彬彬有礼,唯利是图,人与人之间那层虚伪的面纱揭开了,裸露出了人性的本质。在这里你能强烈地感觉到"他人即地狱"这句话说得多好,在这里你脑子里会时时浮现出革命烈士殷夫的"我在无数人的心灵中摸索,摸索到的是一颗冰冷的心"这句诗句。在这里,人与人的关系,即狼与狼的关系,不过这种狼与狼的关系,是在一种严密的法规保护下,是在私有财产和个人利益神圣不可侵犯的原则下维系着的。总之,丹华说,总体印象,就像我们小时候小学课本里学过的《小马过河》一样:河水既不像老牛说的那么浅,也不像松鼠说的那么深。

"也许,我真的要去香港定居的,不过决心还没有最后下定。"丹华说,"当然,我最终的目的地是北京。北京太难回了,我想先到香港,1997年,香港回归祖国时,我会以一位香港大亨的身份,昂首阔步地走入北京城。"

这话未免说得太大,太缥缈,而且其间也仍然没有少了那不可避免的苦涩。但是,屋子里其他的人听了,还是为丹华的这句话,热烈地鼓掌。不管怎么说,在这个人物身上,还残留着他们这个知青部落的最后一点浪漫精神和理想激情。

"那么，到时候，我专门叫一辆出租，到北京机场，迎接你这个红色资本家。"姚红有些带夸张口吻地说。

"那我怎么办呢？"平头说，"我是不是应当为你准备一篇欢迎词，迎接我的衣锦还乡的恋人；可是，你知道，我在老干局的工作是写悼词，到1997年，恐怕，我不会写欢迎辞了，那时，如果我的欢迎辞中出现'永垂不朽'或者'默哀'之类字样，你不要骂我！"

平头的话，把屋子所有的人都逗笑了。丹华也笑了，笑过之后，她说："其实，悼词你现在就可以写，为了埋葬过去。悼词之后，再写欢迎辞，欢迎你的'贤妻良母'光临，怎么样？要不要在致了悼词之后，再默哀三分钟？"

面对丹华的一张利嘴，平头也感到难以应付了。他自我解嘲地说，他所说的贤妻良母，只是随便说说而已。"今夜月光真美！"平头指着窗外，突然说。他明智地改变了话题。

月光确实很美。一轮白玉盘般丰满的圆月，当当地停在肤施城上空。空气有些污染，因此这月光是雾澄澄的，配着凤凰山脉那逶迤的轮廓，给人一种苍茫的感觉。粉白的月光，照耀着院子里那段矮墙，那矮墙外边靠山的地方有三孔窑洞，那就是毛泽东初入肤施时的第一个居住地。丹华的屋外，是几棵白杨树。最初栽的时候，大约是一排，现在只剩下几棵树了。白杨有两把粗，粉白的树身在月光下闪闪发亮，树叶在夜风中沙沙作语，月光将一棵树的树身，斜斜地投在丹华的窗户上。

于是他们改变了话题，开始谈论起一些另外的事情。他们回忆起了插队时的生活，不管怎么说，他们对那段艰苦的生活留下了美好的记忆，它使他们接触到了生活的最底层，接触到了苦难，经历了人类仅仅是为了基本生存这个并不高贵的目的，而与大自然所进行的伟大的充满悲凉意义的斗争，从而明白了马克思所说的"人们必须有了衣食住，然后才能谈得上社会活动"的道理——如果此生，他们还能有所作为的话，他们将毫不迟疑地认为，这得感谢插队生活的馈赠。他们还谈论起一起插队、现在回到城市的一些同学的情况，谁在卖大碗茶啦，谁在摆香烟摊啦，谁进了中南海啦，谁一句外语也不会说，却去美国某城的领事馆当了经济参赞啦，等等。

丹华又记起了，平头当年的一件事情。这些年，平头在她的心目中，始终占据一定的位里，也与这件事有关。那是"文革"期间，平头是首都红代会的常委，学校红卫兵的头儿。有次，学校的头儿们，在三楼的一间教室开会，这时候，一楼着火了。学校的老会计，从三楼，将那个装满现金的公文柜，往楼下搬，结果，公文柜磕在楼梯上，门儿开了，一大摞子十元的钞票，被风一吹，洒了满楼道。见状，学生们停止了开会，他们去扑灭了火，接着帮助老会计捡回了钞票。当钞票全部交到老会计手里时，老会计数了数，一张不短，只有一张，被火燎了一个角儿。丹华那时候还是个不起眼的黄毛丫头，她目睹了这一幕，她看见了平头在火光中那奋不顾身的影子，从此，她坚定不移地认为，在那场被称为"浩劫"的"文革"中，至少，有一个人是抱着真诚的目的，抱着"天下者，我们的天下，国家者，我们的国家，社会者，我们的社会。我们不说，谁说？我们不干，谁干？"的目的去参加的，这个人就是平头。

话题从这里，便开始了对毛泽东的评价。这是1979年，中国共产党十一届三中全会召开后不久的日子，中国20世纪史的一个经典时间。那一阵子，议论毛泽东，评价毛泽东，成为一种时兴，这个话题出现在家庭的饭桌上，出现在大学生们的周末恳谈会上，出现在火车上两个萍水相逢的旅客的交谈中。这些北京知青也不例外，何况他们本来就是过来人，是和毛泽东共同呼吸了几十年同一地面上的空气，在以毛泽东的名字而命名的那个时代成长起来的，接受了毛泽东的恩惠和失误的那一代人，所以，他们有权利议论、评判和思考，并且大谈特谈所谓的前毛泽东现象和后毛泽东现象。其时，由于毛泽东的逝世而造成的空虚感和失重感已经减弱，笼罩在毛泽东头上的人为的光圈也已经逐渐淡褪，代之而起的，是经过实践是检验真理的唯一标准的全民族的大讨论，人们在反思过去，总结过去，并且在反思和总结的同时也在重新审度自己。

知青部落的这些人认为，毛泽东是一位伟大的历史人物，不管人们承认不承认，都是无关紧要的，因为事实上，他的思想和意志，左右和影响了中国漫长历史的半个多世纪之久，并且还将继续影响下去，这个时代以他的名字为名字，他的阳光无所不至，因此，不提到他，你就无法解释中国20世纪的所有的重要和甚至是细微的历史现象，这些现象也包括他们的插队生涯在内。他们认为，毛泽东当然是个伟大的马克思主义者和唯物主义者，但同时，他的身上，又带有太多的封建色彩，两千年封建统治的阴影，不能不时有时无地遮盖住他庞大的身躯，也许他在陕北那个雪天完成的《沁园春·雪》就透露出了其中的些许信息。他们认为，毛泽东有两个遗憾，一是他脱离土地的时间太短，他的父亲是农民，而不是爷爷或者老爷爷是农民，因此他的身上，不可能不沾有浓厚的农民意识，他的思考问题和决策事情时，不能不或多或少地用农民的逻辑行事，尤其是在处理工业问题和经济问题时，应当在他的那些令人眼花缭乱的头衔和称谓后面，再加上一个"著名农民"。二是他不幸与中国历史上那位天才的权术家曾国藩为邻，这个权术家一定教会了他许多的东西。最后，他们说，毛泽东之后，在中国，甚至在世界上，这种号令一切，具有无限权威，被人们奉若神明的领袖人物，从此消失了，而且永远不会再出现了，领袖时代将让位于个性时代，正如尼采所说，"上帝死了"。从此以后，人类社会进入了个性高扬的时代，人人都是自己的领袖，人人都是自己的上帝了。思考到这一层，反过来再想，他们认为昨日的毛泽东的固定形象是时代造就的，是千百万人的意志造就的，是复杂的中国式的社会环境造成的，是阶级和阶级之间殊死决战必然的结果。历史进程制约了毛泽东，他不可能超越进程，当神的牌位和活着的帝王在中国的土地上某一刻轰然倒地的时候，两千年依赖所形成的这种惯性现在无所着落，人们迫切地需要一个崇拜物，这样晚上睡觉才能踏实，这样队伍向前进攻时才有旗帜，这样才不致使偌大中国变成一盘散沙，他们将目光对准了毛泽东，强使或者祈使毛泽东就范，而毛泽东也就顺理成章地、自觉地或不自觉地、情愿或不情愿地充当了这个角色。所以，他们认为，毛泽东的彪炳千秋的功绩和他的令人痛惜的失误，在自己承受光荣和承担责任以外，社会恐怕也应当承受和承担其中的大部分。

不管怎么说，对于毛泽东，他们崇敬和热爱他，尤其是在肤施城，在他的旧居旁谈论他时，那评价除了理性的思考以外，自然也带有感情的成分。当然，怎么说呢？他们目前这尴尬的处境，正是毛泽东的巨手一挥造成的。一想到这里，他们就觉得自己高高在上的学究式的评价，是不是有点太可笑了，他们不能原谅他，至少因为插队这件事。

那时候，家庭之间、同事之间、同学之间、朋友之间，经常进行这样自发的讨论，讨论的重点是毛泽东。他们每个人都把自己的出色思考，百虑之一得，慷慨地奉献出来，贡献给依然还要前行的社会、毛泽东之后的社会。当然，在思考的同时，他们自己往往是最大的受益者，他们通过思考在清理自己的思想，以便迎接正姗姗而来的历史新时期。

夜已经相当深了，月亮已经西斜，停在了凤凰山的山巅。讨论暂告一段落，以后再进行吧，现在，他们得分开了。坐在床边的那一对夫妇，最先告别，那男的，脱下自己的外衣，给孩子包上，把孩子抱在怀里，他们踏着月光离去了。接着，姚红站了起来，这次，她没有推辞，而是大大方方地把手臂塞进山羊胡子的肘窝里，半倚着他，离去了。"晚上住到我那里去！"她对山羊胡子说。

"那么，我怎么办呢？举目无亲！"平头最后一个站起来，他瞅了瞅狭窄的单人床，问丹华。平头的住处还在遥远的乡间。

"你嘛？是本城的红人，哪里没有歇脚的地方？你随便找个地方，委屈一夜吧！"丹华笑着说，一边说一边推推搡搡，将他推出了门。

"你什么时候去香港？走时，一定要给我打一个招呼！"平头回过头，认真地说。

"走不走，还说不定呢！即便走，还要先办一件重要的事情！"丹华说。

平头不知道这重要的事情是什么，也许是同他的关系吧？他想。他不想走。但是又不能不走，最后，还是悻悻地离开了屋门。

平头灰塌塌地向远处走去，他今晚将歇息在哪里，不得而知。看着平头那苦行僧一样的背影，丹华有些可怜和心疼他，她想喊住他，可是，还是克制住了自己。等到平头的背影，被街上的建筑物挡住了，丹华才回到屋子。

屋子变得冷清了，再加上地上的瓜子皮和糖纸，更增加一种寂寞的味道。地上有一个由糖纸叠成的穿连衣裙的小姑娘，很雅致，丹华弯腰捡起它，端详了一阵，就又轻轻地扔掉了。随后，她伸开长腿，开始把那些小凳，一只一只往床底下踢。

第十八章

丹华所说的"重要的事情",不是平头所认为的,和他的关系问题,而是另外的一件。丹华和平头的关系,这些年来,就这样不冷不热地过来了,洞察世情的人都知道,这对他们,尤其是平头来说,不是一个好兆头。双方都对对方熟悉到了不能再熟悉的程度,在看见对方优点时也看到了弱点,而恋爱是浪漫主义的,它需要的是假想中的白马王子和公主,即便知道这只是一种自我欺骗,但是仍然需要这种欺骗。从这一点来说,断定他们已经到了快要分手的时候了。

平头那天晚上的话刺伤了丹华的心。其实,长期以来,他们一直能像两座彼此守望的星座那样既借对方确定自己的位置,又从那里得到热量,但是又没有彼此靠近,这正是这种特殊的知青生活的产物。但是现在这一切该结束了。丹华突然看见了自己的对应物在发生位移,于是心境立即被搅乱了,她立即感到自己也找不着自己了。诚实地说来，她没有走的准备，除了她所从事的文学事业需要她从脚下这块土地汲取营养外，还有一个重要的原因，她的一位不太遥远的祖先，曾经在陕北高原生活过。她倒是准备老老实实做一个"扎根派"的，但是现在，随着平头的离开，她明白，她也该走了。

丹华所说的一件重要的事情，是一幅剪纸，或者准确地说，是这幅剪纸作品的作者——她还没有寻找到她。

有一年过年的时候，她从单位一位同志的窗户玻璃上，看见了一幅剪纸。贴窗花是陕北过年时的一种习俗，这没有什么异样之处，异样的是这幅剪纸中的人物，一位妇女，她那奇怪的造型，触发了丹华心中许多的想法。也许是受到了一种隐秘的启示，她征得主人同意，趁早晨窗户玻璃上有水汽的时候，将这幅剪纸，剥了下来，并且在探家期间，将它带到了北京。

剪纸是用一片普通的红纸铰成的，整个画面只有一个妇女，妇女拿着镰刀。妇女半弯着腰，稍稍地侧着身子，露出她这半面呆板的面孔，而令人奇怪的是，她的另半面面孔，一只细长的眼睛，一只耳朵，也出现在画面上，只是较之正面的这个，显得窄小一些。她大约穿着一件大襟的衣服，因为肘窝里，有布纽扣的痕迹，但是，怎么说呢？作者却将她的大襟袄里边，肚皮里边，怀着的那个婴儿，准确而清晰地表现了出来。如果粗粗一看，这只婴儿，仿佛是镶缀在大襟袄上的一件饰物，但是只要细细观看，你就会明白，作者确实是把剪刀铰进她的主人公的肚子里去了。

丹华给这幅剪纸，取名叫《孕妇》。尽管在上小学美术课时，她就明白了"透视关系"这个概念，知道了这幅奇异的剪纸，既不符合生活的常识，也不符合绘画学的透视关系，但是，在观赏它的那一刻带来的震动、震颤，那种奇异的感觉，以及它冷静地解剖刀式地揭示事实本质的那种手法，仍然使丹华明白，这是一件非同寻常的东西，一只艺术的怪胎。

丹华的母亲已经死了，如果她不死，这个美术馆勤勉的女资料员，也许会给女儿以有益的指示，并引导她走出这个艺术的迷津。但是母亲已经死了，死在"文革"中了，于是，丹华带着剪纸，去找母亲的一个同事、美术馆一位退休了的老研究员。

丹华记得，那是一个昏暗的、低矮的屋子，退休了的老研究员，正守着他的满满的一墙壁书籍，抱着茶壶，在家里闲坐。他感谢有人来打搅他，并且向他请教问题，何况这是他已故同事的女儿。他的这间充满了腐朽的书籍味和老鼠的味道的地方，已经好久没有年轻人光顾了。

老研究员看见了那幅剪纸，当他用手举着放大镜，在剪纸面前浏览时，他的惊异的程度不亚于当初丹华看见这幅剪纸时的情形。但是他立即就掩饰住了自己的表情，他没有忘记自己是学问家和鉴赏家，他是见过世面的，他不该在一幅来历不明的粗糙的艺术品面前失态。他在浏览的途中，问这剪纸是哪里来的，它的作者是谁，当他听丹华说起，这剪纸是一个陕北偏僻农村的小女孩剪的时，他这下真正地吃惊了。

老研究员对丹华说："你知道毕加索吗？这个20世纪风格的伟大开拓者，20世纪艺术的开端。如果，这件作品是一位接触过毕加索风格的新潮艺术家创作的，那它将一钱不值，它顶多不过是新潮艺术家们拙劣的模仿，是标新立异的产物。然而——"为了加重语气，老研究员拖长了一下音节，接着停顿了一下，"然而，如果，它是一个从来没有接触过毕加索艺术的人创造的，正如你所说，是一个居住在偏远山乡、足不出户、大字不识一个的农家小姑娘创作的，那么，它就代表一切，这幅剪纸就是一件稀世珍品，一件足以使我们为之震惊的奇迹。它告诉了我们什么呢？它告诉我们，美学思维在由三维空间向四维空间艰难突破的时候,在中国有一个人,她的艺术思维在某一刻与毕加索的艺术思维同步前进——这是毕加索的过渡期作品《阿维农的少女》,请你将它与这幅陕北民间剪纸作一对照。或者是不是可以这样说,当时间的进程走到20世纪的时候,人类在表现的领域,不止毕加索一人,接受了那隐秘的启示,勇敢地完成了一次艺术风格的革命,在东方,在中国的一个半封闭的空间,同样有人走到了这一步。这个人如果不是毕加索式的天才,那么,她就一定是生活在一个足以焕发她的艺术灵感的大文化氛围中,或者,她的表现手法,承袭了古老的鲜为人知的一种传统,总之,三者必居其一。当然,对于毕加索这样天分很高的人来说,他的艺术风格的确立,同样经历了几个时期,按照通常的说法,他是在红色时期,接触到非洲的木雕艺术,才完成他的向四维空间的过渡的;那么,是不是,他在接触非洲木雕的同时,也受到东方文化,或者直截了当地说,受到陕北民间剪纸的启示呢?"

丹华拿着老研究员递给她的那本毕加索画册,饶有兴致地翻着。当老研究员的话音落了以后,她将书合上,然后表示,她不太理解老研究员说的话,因为太深奥,太学者化。

"这主要是因为你不了解什么是20世纪风格。"老研究员说,"你知道梵高、知道莫奈、知道高更、知道塞尚这些19世纪的印象派绘画大师吗?他们在三维空间领域里,将绘画艺术表现到了极限。他们为后人、也为自己筑起了不可逾越的艺术的巅峰,而他们则站在峰巅之上,从历史的远处看着后世,看自他们之后,艺术将怎样发展,他们同时听到了人们由于摄影艺术的出现而惊呼'想象的死亡'。这时候,20世纪时代到来了,时间的概念、空间的概念、秩序、形状、规律,等等,突然在一个早晨被打破,它是被毕加索透视图式的'四维空间'概念打破的,毕加索用几根冰冷的线条、几个或圆或方的符号，赋予冷静的夸张和变形，从而冰释了印象派画家那美丽的狂热，代之而起的是建筑艺术的革命、雕塑艺术的革命，文学——以反印象主义为旗帜的现代派艺术的超现实主义的到来。普鲁斯特的《追忆逝水流年》、艾略特的《荒原》、乔伊斯的《尤利西斯》，等等，这些在毕加索立体主义艺术之前出现的作品，帮助毕加索走向和确立'四维空间'这个概念，而在毕加索之后出现的作品，则在他业已确立的这种思维中受益。当然，给毕加索以直接影响的，渊源还在那些前辈绘画大师，例如塞尚，为了进入更自由的创作状态，为了更直接和更深刻地揭示描写物的内在生命，塞尚在此之前已经做了精疲力竭的挣扎和努力，正如学者们所说，这个革命已经暗示在塞尚所画的一个盛草盆里。当然，决定意义的影响却在于一位物理学家，一位叫爱因斯坦的稀世天才，正是他的广义相对论的提出，帮助和护持着四维空间这个概念最后确立。综上所述，我们应当说什么呢？我们只能说，从远古而来的人类的思维活动走到了这一地步，各类学科深层次的探究同步进入了这个领域，它只是从毕加索这个符号身上表现出来而已。

"哦，丹华，你该有些明白了吧？如果还不明白，我这里恰好有一册名叫《第欧根尼》的国际交流杂志，杂志里有一段话，我把它翻译出来，你听——

"虽然产生了强烈的反作用，但实际上不能够忘记，1900年的建筑艺术和雕塑艺术，即所谓的20世纪风格，彻底搞乱了人们赖以思考人类在空间中的结构的观念，它以空前的、无与伦比的强度表达了'追求理想事物的愿望'，这种愿望在此之前虽然竭力回避，但至少已进入了文明的世界。正如萨尔瓦多·达里在1930年首次用热情的语言所表述的，'任何的集体努力过去都没有能创造出一个像这些现代风格建筑一样纯净和使人动情的梦想世界，现代风格建筑超越的建筑学,以其独特的方式成为上述固着化的愿望的真正体现,而追求最强烈的和冷酷无情的自动性的愿望痛苦地表达了对现实的憎恨和逃避进理想世界的需要,如同儿童精神病的状况一样。"

老研究员摇头晃脑地念完了这一段话,然后好像不愿意从这种艺术氛围里走出来一样,沉默了很久,才合上书本。他问丹华:"明白了没有",见丹华还是茫然不知所云,于是轻轻叹了口气。

丹华觉得自己明白了,又好像觉得还不明白,不过,她至少识得了两点。第一,艺术的纵深程度远远地超过了她最初的想象,她发觉自己时至今日,不过是在一个浩瀚的奥秘无穷的大海边缘兜兜圈子而已,她为老研究员为她展示的大海的瑰丽的狂涛恣肆的状态而震惊和胆怯。第二,她现在才明白了这幅剪纸所带给她的惊异的原因,呼吸着20世纪空气的人类,哲学的发展,物理学和数学的发展,医学透视学解剖学的发展,各类艺术门类的发展,使他们对立体主义这个概念,已经有了支离破碎的认识,所以,当这幅以"四维空间"形式出现的作品展现在她面前时,不能不引起她的震颤和省悟,不能不令她因为一件事物因被冷静地穿透从而引起快感,何况她自己也认为,她是一个聪慧过人的姑娘呢!

"你应该赶快去找她,明白吗,姑娘!研究这位稀世天才,研究上苍将这世纪性突破的角色放在她身上的缘由所在,研究产生出这种思维方式的那一块大文化氛围,也许,陕北,那一块在20世纪曾为人们的政治生活带来巨大影响的土地,会在今天,在文化领域里,在文学领域里,在艺术领域里,给我们民族以新的奉献。说一句斗胆的话吧,也许我们这个民族的发生之谜、生存之谜、存在之谜,以及它将来的发展之谜,就隐藏在这陕北高原的层层皱褶中,这轩辕部落的本土中。"

老研究员侃侃而谈。从他的神态可以看出,也许他想立即就离开这间等待死亡的陋室,前往陕北的荒山野岭,去做一番研究和探秘。但是,他的身体不允许他进行那旅途的颠簸了,因此,他在一边感慨着"我说过,我们这个民族是个伟大的民族"的同时,一边以鼓励的目光,看着眼前的目瞪口呆的姑娘,希望她去完成它,希望她抓住这个机会。

"那么说,我应当走了吗,金老?应当赶快去寻她!"

"是的,把这当作一件重要的事情去办,去寻她,越快越好!你知道,生活中什么事情都会发生的,越是天才,他们的生命力就越脆弱,而神秘的世界,当它偶尔地显露一下自己的灵性之后,也许立即就收敛了,后悔了,重新用平庸的一面将世人阻隔在外面。"

"我明白了。我这就走!"

当丹华向这位老研究员告别,向这间散发着腐朽的书籍味和老鼠的味道的房间告别时,老研究员叫住了她。老研究员有些害羞,木讷其词,像个小孩子一样,他提出了一项请求,想用自己墙壁上的满架书,来换取丹华手中那幅取名《孕妇》的剪纸。那些书籍是他用毕生的时间收集起来的。

"书我不能要,那是你的宝贝,至于《孕妇》,我留给您,做个纪念吧,金老。您也许是这个世界上,唯一懂得它的,因此您最有权利拥有它。感谢您今天为我上了一课,在这个时期,能像您这样透彻而深刻地讲这些道理的人是不多的。"

"能像你这样穷追不舍的人也是不多的,姑娘!对你来说,象牙之塔并不高!维克多·雨果说过:文学的第一排总是虚位以待的!"老研究员也用同样的礼仪回报丹华的话。

丹华将剪纸留下来,她走出了屋子。老研究员没有来送她,他又拿起放大镜,观赏起剪纸来了,不久以后,这幅《孕妇》将镶进一个考究的框子，挂在他的陋室里。

丹华不久就回到了陕北。本来，她是准备一回来，就直奔小姑娘的家，那个叫作吴儿堡后庄的地方的，但是读者知道，既然她在单位工作，那单位就有很多的事情，而任何一件细小的事情，哪怕是周六的打扫卫生，也比去寻找一个剪纸的小姑娘重要。那小姑娘算什么呢，那老研究员所说的玄而又玄的道理，也许只有丹华信它，如果你讲给丹华单位的领导听，他一定认为这是天方夜谭。所以丹华迟迟没有脱身，迟迟没有成行，迟迟没有见到那个神秘的农家小姑娘，而后来，丹华去了一次香港，就把这件事，彻底地耽搁了。

现在，丹华决定，一定要去寻找那个农家小姑娘了。去不去香港，那是另外的事，去的话，她一定得先找到这位农家小姑娘，不去的话，老研究员的托付，她也不能再耽搁了；那老研究员正眼巴巴地等她的回信。于是在临近仲夏的一个日子，丹华简单地收拾了一下，背了个黄挎包，登上了长途班车。

班车顺着延河河谷前行，走了半晌的路程，便盘上了山峁。放眼望去，满山遍野，已经是一片葱绿，一个一个的黄土包，经过这么些年的改造，已经变成一级一级的梯田，田禾地里，不时闪出一拨蒙着羊肚子手巾的后生的身影。拦羊娃挂着拦羊铲，站在山峁上，扯着嗓子唱歌。一会儿，班车又驶进了沟岔里，大的叫川，小的叫沟，其实都是山水冲成的沟渠而已，于是视野便被眼前壁立的黄色山峦挡住了，只有路旁一棵接一棵的白杨树，从丹华的眼前一掠而过。丹华想起茅盾先生的那篇《白杨礼赞》，许多年前，大约是1938年吧，茅盾先生正是坐在汽车上，在陕北高原旅行，被这挺拔笔直的树木所吸引，写出那个散文名篇的。

有一条道路直通吴儿堡，三天的路程，我们知道，当年的杨作新，曾经多次拖着双脚走过它。但是丹华这次没有走这条直路，她要绕道交口河，顺便到自己十年前插队的村子看一看。小说家们往往给这种回访，赋以无尽的诗意，作为丹华来说，她经历过许多事情，当然不会抱着那种诗意的想法，但是，不管怎么说，她对那孔知青窑，那面可以并躺下七八个女知青的农家大炕，那些热情的干大干妈，那个几乎吞噬了她的全部青春和梦想的小山村，还是十分怀恋的。

现代交通工具缩短了空间的距离，三四点钟光景，班车已经到了交口河。丹华喊叫了一声，她的清脆的北京口音引起了车上乘客的注意。班车随着喊声轻轻刹住，丹华挎起黄挎包，走下了汽车。班车开走了，其实，这段简易公路也快到头了，再往前走二里，是一家工厂，这条简易公路就是为这家工厂修的。班车到了那里，稍事停顿，就顺着原路返回肤施城了，一天一个往返。

随丹华一起下车的还有几个农民，他们立即像落入黄土地上的水滴一样，被大地吸收，刹那间就不见了，交口河旁，只剩下丹华孤零零的一个人了。两边都是高山，中间一条小河，较之当年黑白氏在这里洗濯那时代，如今这小河已经不太清澈了，那是因为工厂在上游污染的缘故。而左首，也就是西北方向的大山的山腰间，挂着一条细长的弯弯曲曲的小路，小路是白颜色的，一会儿，丹华就将沿着这条小路，翻过山去，到达她插队的地方，然后从那里，再走一段山路，到达吴儿堡，再到后庄。而此刻，丹华不想走了，她看到了路旁的一个行人小店，那窑洞外面墙壁上"陕北小吃"几个字吸引了她。她感到自己有些饿了。

这是一孔面西背东的石砌窑洞，它大约同这条曾经是古驿道的道路一样古老。用不规则的碎石片镶嵌在一起的窑洞，已经由于日晒雨淋，表皮变成了黑褐色，雨水也冲刷掉了石头上面覆盖的一层泥巴，露出石片尖利的锐边和石片之间深深的缝隙。窑洞外边栽着几个不知做什么用途的木桩，丹华揣摩了半天，也没想透。可是我们知道，这是拴马桩，我们曾经见过它。这个小小的行人小店，正是当年杨作新与黑白氏住过的地方，记得当时在他们之间，好像还发生了一点什么事情，就在那面大炕上。木桩旁边，有一棵沙枣树，这沙枣树是西口地面或者北草地那里的产物，那么，它是在什么年代，由什么人带到这里，从而在这里生长，并且是"且把并州当故乡"的。是一个戍边的士兵，歇脚在这行人小店时，突然觉得靴子硌脚，于是拔下靴子，倒出一枚沙枣核来，还是过往的脚客，他们的马，或者骡子，或者毛驴，拴在拴马桩上时，就地十八滚，从鬃毛上抖落的？这些，你去问岁月吧！

这种小吃店永恒的饭食是"荞面饸饹羊腥汤"，它时下的价格是五角钱一碗。丹华走进了窑洞，她打量了一下，看见靠窑掌的地方，一张方桌前，坐着一个男人。（当年的那面大炕已经拆除。）丹华进来的时候，那男人瞅了一眼她，不知为什么，这一眼瞅得她很不舒服，于是她就在靠着窑门口的地方，挑一张桌子坐了，然后吆喝着店家端饭。

其实小店经营的不是"荞面饸饹羊腥汤"，当热腾腾的一老碗浇着羊肉渳子的饸饹端上桌时，丹华才明白了这一点。

这饸饹和荞面饸饹一样，同样是黑黑的，细细的，但是味道不一样。那年月，荞麦这种低秆低产的作物，已经种得很少了，代之而起的是一种高秆高产的农作物，也就是人们通常说的"红高粱"。陕北高原大种高粱的事情，还得从前几年说起。1973年，周总理重踏陕北，看到陕北老乡的生活还很苦，要饭吃的很多，于是流下了眼泪，临行前，周总理提出，陕北地区能不能三年变面貌，五年粮食翻一番。当时，当地有关领导立下了军令状。陕北地区地力瘠薄，自然环境恶劣，五年粮食翻一番谈何容易，于是，决策部门便将寻找高产作物、调整品种布局列为途径，这样，高粱登场了。一时节，陕北高原，山山峁峁，红彤彤的一片。五年之后，粮食并没有翻一番，而家家户户，便吃上了高粱面了。陕北人忘不了饸饹，于是工厂便生产出了一种机器，高粱面和湿以后，送进机器，高温高压加工，压出饸饹丝来。当地老乡，不叫它高粱面饸饹，而视它的坚硬程度，叫它"钢丝饸饹"。

"钢丝饸饹"就"钢丝饸饹"吧，偶尔吃一次，还挺香的；这香的原因当然是羊腥汤的缘故。陕北老乡的羊肉好，手艺也好。店家把饭端上来后，立即有几只苍蝇，嗡嗡地飞来，和丹华抢食吃，苍蝇只是盘旋，并不俯冲下来，因为这一老碗饭正热气腾腾，丹华举起筷子，象征性地挥了挥，算是驱赶苍蝇，然后把口耽在碗边，细嚼慢咽起来。这时候，她听到窑外，传来一个小姑娘的歌声。

一位小姑娘从远处的山路上，踏歌而来。歌声越来越近，当丹华抬起眼睛朝门口看时，那女孩已经走到门口，一只脚迈进了门槛。

歌声停了，女孩站在了丹华的饭桌前，一动不动，开始瞅丹华吃饭。

丹华也瞅了那女孩一眼。这是一位普通的农家小姑娘，她年龄大约在七八岁到十一二岁之间（丹华缺少这种判断的经验），她的肤色是赤褐色的，眼睛很大，嘴唇稍有些厚，尖下巴，面孔可以说得上秀气，她的头发梳成两根小辫，小辫梢上用红羊毛线扎着，头发有些凌乱，奇怪地沾满了麦鱼儿，耳朵眼里也塞了几片麦鱼儿的细末。她的上身穿一件红裹肚，裹肚的正中，也就是肚脐窝里，有个兜兜，下身一件分辨不出颜色的裤子，打着赤脚。

丹华没有和生人搭话的习惯，于是，她继续吃她的饭。而那女孩，仍旧站在桌边，看着丹华吃饭，并且脸上开始露出了笑容，嘴

下卷·第十八章　347

唇笑成了一朵喇叭花。"女孩为什么会笑？"——又回到我们曾经探究过的那个题目上来了。

丹华在女孩的注视下吃饭，本来就有些不自然，现在看见了女孩的笑容，于是再也沉不住气了。"你是谁家的小孩？你为什么瞅着我笑？你怎么不到外边玩去？你找我有什么事情吗？"丹华停住了筷子，一口气连用了四个问号，等待女孩回答。

女孩并没有回答丹华的问题，她仍旧站在那里，瞅着丹华笑。

"你为什么不回答我的话，你是——""哑巴"这两个字眼刚刚出现在丹华嘴边，她就觉得这样问人家是不礼貌的，于是住了口，只用筷子，指了指自己的嘴巴。

这时候，坐在窑掌的那个男人突然说话了，他用带着浓重的陕北腔的普通话说："你难道不明白吗？她是讨吃的，她在等待着你的残茶剩饭。讨吃的就是乞丐。"

丹华回过头，瞅了那说话的男人一眼。在匆匆的一瞥中，她看见一双眼白过多的眼睛，和一身好久没有洗过的工作服。她匆匆地回过头来，没有去接那男人的话茬。

现在，她明白这女孩是干什么的了。

"哦，快乐的小女孩，既然你想吃，你就吃我这一碗吧，恰好，我也没有胃口了。"丹华说。说话的途中，将还剩下大半碗的饸饹推了过去。可是，正当小女孩伸手要接的时候，丹华又将碗拽了过来，"我有肝炎，吃了，你会生病的。这样吧，服务员，你再给我端一碗来。"

做饭的老头，平日听惯了顾客叫他"掌柜的""店家""店小二"，要么就是不带任何称呼的"哎——"，这叫"服务员"的时候大约是不多的，他对这个称呼感到很新鲜，因此，手脚也格外麻利起来，一会儿，一老碗热气腾腾的、谷堆山满的高粱面饸饹羊腥汤，就从窑外端进来了。他将老碗端在了丹华跟前，丹华将碗就势推给了小女孩，然后给"服务员"付了钱。

窑掌的那位男顾客，已经吃完饭了，但是他并没有要走的意思。他呆呆地坐在那里，瞅着丹华的后背出神。丹华的后背能感觉到这一点，而且，她的鼻子，也嗅到了从后窑掌传来的一股老鼠的味道。

现在，丹华该走了吧，前面还有好远一段路程，才能到她插队的那个村子，可是，丹华想再停一停，那个快乐的小女孩引起了她的兴趣。

那个小女孩现在开始猛烈地吃起来。她那喇叭花一样的嘴唇，现在已经顾不得笑了，两片嘴唇分别搭在老碗的内沿和外沿，筷子在手中稔熟地使用，或是挑，或是刨，暗褐色的饸饹，正一撮一撮地往嘴里塞着。饸饹塞到嘴后，不经过牙齿这个程序，而是直接被吸进喉咙，滑进胃里。女孩的胃里，好像有个虹吸装置似的，只见碗中饸饹，"呼噜呼噜"，一个劲地往她嘴里去；眼见得碗里的饸饹越来越少。间或，在虹吸的途中，她用筷子，飞快地夹起漂浮在汤上边的一截红葱，一片香菜，或者一块羊肉，填进嘴里。或者停止虹吸，端起碗来，大口大口地喝一阵汤。

随着碗里饭食的减少，女孩现在将她的小小的头，埋进了碗里，然后用左手扳着碗沿，让这只大老碗倾斜起来。丹华在旁边，看不见她的头了，只看见那只拿着筷子的手，露出碗沿，在飞快地刨动着。

丹华有些害怕。她说："小孩，你不能这样，这样会吃出病的！"

"不要紧！"女孩停下来，转过脸冲着丹华一笑，然后用手背抹了一把头上的汗珠，继续埋头吃起来。

"告诉我，你家里还有什么人吗？为什么一个人跑出来讨饭？

昨天晚上,你是住在哪里的?"丹华问。

小女孩尽管仍然贪恋碗里的吃食,但是她觉得,吃了别人的东西,她有责任回答人家的话。于是,她勉强地使自己的嘴唇离开碗沿,然后说:"家里遭了灾,大人们和我一样,都走南路来了,分开走,这样容易填饱肚子。大人们还要走得远,见有这么个吃吃店,就把我撂到这里了。也格晚上嘛,"说到这里,她瞅了瞅门外的那座山冈,用筷子一指,"是住在麦秸窑里的!"

丹华顺着女孩的目光,向山上瞅了瞅,看见半山腰上,以至山顶,果然有一个一个的麦秸垛。这些陈年的麦秸垛,是人们就地起场,打完场后,留在那里的。刚才,女孩下山时走的那条山路,弯弯曲曲,正好经过这些麦秸垛。看来,女孩已经在这里,住了一些时日了,打一个残忍的比喻,她仿佛窑洞里现在嗡嗡乱飞的苍蝇一样,也是瞅下了这个行人小店,依附着它而生存的。

"那么,你的家在哪里呢?不是麦秸窑,而是你下南路之前的那个家,受灾的那个家,你出生的那个家?"不知为什么,丹华突然产生了一种预感,她想到此行的目的,心中震颤了一下,于是这样问道。

小女孩张口要说,可是,话到嘴边,她又咽了下来。她警觉了起来:"你是公家人,我知道的,你是遣返队,你打问出我家的住处,要把我遣返回去的!"

"我没有这个意思。"丹华说。看来,这个小女孩大约有被遣返过的经历,她还保持着过去的经验,当然,也许是大人教她的,要她不要说出家庭住址,这样,遣返队就奈何不得了。"我确实是公家人,"丹华继续说,"但不是遣返队的,我为什么要遣返你呢?"

丹华还要继续追问,但这时,一件事情发生了。那女孩吃完自己碗里的饸饹之后,又将丹华剩下的大半碗饸饹,拖过去,开始吃起来。

"你不能再吃了，小孩！"丹华着急地说，"你会撑死的！"

丹华伸手去抢那只老碗，但是，女孩用两只手，紧紧地攥着碗沿，攥得真死，丹华用手掰了几掰，也没能掰动。

"我饿，我真饿，我好久没有这样吃一顿了！"女孩喃喃地说。她把头深深地埋进碗里，又猛烈地吃起来。

丹华看见女孩的红裹肚，已经像鼓一样鼓起来了，并且还在鼓着，她很害怕。"你会撑死的！"她无可奈何地说。

"'宁做撑死鬼，不做饿死鬼'，这是我奶奶说的。做了撑死鬼，下世，就再也不会饿肚子了！"女孩说。

女孩终于吃完了那半碗饸饹。她在吃最后几口时，有些艰难，大约饸饹已经堆在了喉咙眼上。

她现在站了起来，两手扒着桌子，屁股离开了板凳。她冲丹华笑了笑，算是感激，然后用两只小手，捧着鼓鼓的肚皮，摇摇晃晃地开始起步。"我想睡一觉去！"她说。她在迈过门坎时，身子打了个趔趄，差点栽倒，惊得丹华"呀"了一声，但她只是摇晃了一下，又站稳了，继续行走。

后来，丹华看着她，消失在了那条山路上。

天气真热，丹华感到自己的身上，也有些热汗淋淋了，于是她脱去了外边的牛仔上衣。里边穿了件半旧的白底红格的衬衣，她松松裤带的扣子，将衬衣在裤子里扎好，然后重新系紧。她后悔这次出门，衣服穿得厚了，原先考虑到山里冷，看来，气候是越来越热了，记得她插队那阵，这个时节，队里的拦羊老汉，还穿着光板子皮袄。她将外衣搭在臂腕上，将黄挎包的背带拎在手里，向后一甩，出了窑门。

出窑门时，她感觉到，窑掌的那个男顾客，正盯着她看——

等待她回头，礼节性地望他一眼。他已经准备好了迎接她的目光。丹华没有回头，她径直走了。从那身肮脏的工作服，她断定这是交口河附近那家工厂的工人，不过他又不像是工人，丹华记起他会说"残茶剩饭"这个成语。

"他好像没有睡醒的样子，或者说，精神上受到什么刺激，痴呆呆的；他坐在那里，呆呆的样子，好像在瞅你，又好像没有瞅你，而只是把眼光放在这个点而已，然而他的思想，此刻好像在思索着什么深奥的问题，或者是处在自己混沌的想象中。"丹华这样想。看来她眼睛的余光，刚才已经把这个人扫描过了。女人真厉害。这个男顾客的神态，令她想起一部电影中一个叫彼埃尔的人，不过，她接着又想："他怎么能和彼埃尔拉扯上呢？彼埃尔总是穿着一身笔挺而又笔挺的西装，而他……"丹华没有回头，她径直地走了。

这个人正是杨岸乡，我们熟悉的老朋友杨作新的儿子，吴儿堡家族这一代的传人。他怎么会到这里？他这些年的经历又是怎样的呢？容我们以后，再从容叙说吧。现在，让我们继续跟踪一段这头发剪成"门"字形的北京姑娘的脚步。

丹华离了这交口河行人小店，启程上路，一会儿，便顺着山路，上到了半山腰。这时，她突然听到前面传来一阵尖叫声，吃了一惊，定睛看时，只见在一个麦秸垛的旁边，刚才那个小姑娘，蜷作一团，正在地上打滚。丹华说声"不好"，赶快离了道路，向麦秸垛跑去。

麦秸垛贴近地面的地方，被小女孩用手撕开了一个洞穴，这大约就是她说的"麦秸窑"吧。撕下来的麦秸，摊在洞外边的地上。眼下，她正躺在这麦秸上，双手捂着肚子，打着滚，或者说翻着跟头。她的红裹肚的一根襻带掉了，露出了鼓鼓的光光的肚皮。

丹华走过去，从地上抱起女孩。也许女孩正疼痛得难受，所以抱她不住；她又踢又咬又喊，继而，像一条鱼儿一样，从丹华手里挣脱了。丹华力大，又一次俯下身子，抱住女孩，这次，没容她挣扎，她就把她紧紧地按在怀里了。

女孩脸色发青，嘴角抽搐着，流着涎水，她的额角上，汗珠一层一层地往外冒。

丹华不知道怎么办才好。她想，如果将手指塞进小女孩的嘴里，触动她的喉咙眼，诱使她恶心，呕吐，将刚才的食物吐掉，说不定女孩能够得救。于是，她腾出右手，伸出食指，从女孩的牙缝里塞了进去。

没想到女孩紧紧地咬住了丹华的手指。她的手指别说动弹，就是想重新抽出来，也办不到了。女孩狠劲地咬着，咬着，她的牙齿好锋利，丹华的手指被咬破了，汩汩的鲜血，从女孩的嘴角流出来。

丹华扬起头，朝附近看了看，附近一户人家也没有，别说医生了，离得最近的，恐怕还是要数自己刚刚吃饭的那个行人小店。丹华朝小店望去，只见窑门口，刚才那个吃饭的男顾客，正站在那里，朝她张望。

"喂——人——那个男人——你上来，你赶快上来！"丹华朝那男顾客喊道。那男顾客听到喊声，朝这边望了望，当明白丹华是在喊他时，思考了一下，便顺着那条小路，慢慢地上来了。

小女孩的牙齿，渐渐变得松动，最后完全没有力量了，丹华趁机抽出了手指。这时，她发现，她怀中的女孩的身体，已经不像刚才那样痉挛般地扭动，她的嘴角也不再抽搐，脸上的颜色已经由铁青恢复成柔和的褐黄，刚才那种极度痛苦的表情也没有了，代之而起的，是丹华所熟悉的那种笑容，而她的带血的嘴唇，重新变成了一朵喇叭花。

"我是撑死的,阿姨!你作证,我是撑死的!"小女孩睁着暗淡无光的眼睛,这样对丹华说。说完,眼睛闭上了。

"是的,是撑死的,小妹妹;或者说,是被阿姨的一老碗饸饹害死的。"丹华回答着小女孩的话,两滴冰冷的眼泪,掉在小女孩的脸上。突然,丹华像记起什么似的,她摇晃了两下,将女孩重新摇醒,"小妹妹,你还没有告诉我,你是哪个庄子的;现在说吧,现在不用怕遣返队了。"

小女孩重新睁开眼睛,她用浑浊的鼻音,艰难地吐出几个字:"后庄——吴儿堡后庄。"然后,头一扭,死了。

死去的小女孩,她永远不能明白,这几个字在这位"门"字形头发的姑娘的心中,所产生的打击力量。这力量彻底地把丹华打垮了,从而令她中止了刚刚露出地平线的文学事业,从而坚定了她出走的念头。现在,丹华静静地站在山冈上,站在那个麦秸垛的旁边,她面色是那样地严峻和哀愁,她心境是那样地凄凉和悲苦,山风轻轻地吹着,摇摆着她的门帘一样垂在面颊上的头发。有一撮头发被风吹进了嘴里,她用牙齿将它咬紧,嚼着。

一个普通的陕北农家女孩死了,一个小小的天才夭折了,一个曾引起那位饱学之士老研究员如此惊叹、如此崇拜的民间艺术家的生命,在新时期就要开始的时候完结了。一朵远远没有绽开的花,一条刚开始奔腾就干涸了的河流,一个谜,一个未知数。她重新回到了天国,带着我们曾经熟悉的微笑,注视着尘世,看着在尘土飞扬的道路上苦苦挣扎的我们。"很遗憾,你们无缘与我相识;这责任不在我,在你们!"小女孩将这样说。是的,她带走了那个巨大的秘密,后来的研究家们,对着《孕妇》,只能像对着出土的甲骨文一样,做无凭的猜测了。

山顶上有一棵高大的杜梨树。它突兀地站立在山顶上,点缀着这高原荒凉的风景。此刻，正是杜梨树树荫笼盖，枝叶婆娑的时节，起风了，杜梨树受风的一面，发出一阵阵呼啸般的响声。

正当丹华抱着女孩，站在山腰间，做着不着边际的想象时，那位男顾客赶到了。

那位男顾客用手试了试小女孩的呼吸，又掰开她的眼皮看了看。"她已经死了！"那男顾客说。

丹华没有言语，她从那女孩鼓鼓的兜里，掏出一把旧年的梨树叶，一把精巧的小剪刀。她本来想将这些，作为留念，留给自己，但是，考虑了一下，又将这些东西，重新装回女孩的兜里。"它们是你的一部分！"丹华对女孩说。

丹华问那男的，现在应该怎么办，要不要报告当地政府，要不要找一个医生什么的来验一下尸。男顾客说，算了吧，省事些吧，即便再兴师动众，她是再回转不了了，安安宁宁地，这土里来的，让她再回到土里去吧。

他们在山顶上，找了个拦羊人或者耕田人躲雨用的小土窑，将这小女孩，埋在了窑里。

在将小女孩往窑里放的时候，丹华用手指为她梳理了一下头发，摘掉了落在头发上的麦鱼儿，并且用手绢，为她揩了揩渍满汗迹的脸蛋。她注意到了，女孩的耳垂上，有两个耳朵眼儿，这耳朵眼儿是谁给钻的，奶奶还是妈妈，在钻耳朵眼的时候，她们对这个小生命，赋予了多少爱，给予多少梦呓般的祝福呀！但是她死了，她的两只耳朵眼，大约还从来没有戴过什么饰物吧！

将孩子放好，摆平，丹华又用自己的牛仔上衣，轻轻盖在了孩子身上。衣服很长，连孩子的面孔都盖住了，这令丹华满意。这件牛仔，说心里话，丹华还没有爱够，但她还是坚决地将它给孩子盖上了。

下卷・第十八章　355

那个男人，手脚并用，从场坎上向下刨土，一会儿，就将洞口封住了。

太阳已经停在远远的山垭上，将落未落。杜梨树长长的树身，它的影子的顶尖像个箭头刚好落在这个小土窑旁边。丹华记下了这个位置，并且记下了时间。这个情景，正像一部著名的侦探小说中所说的那样：树荫顶巅所指示的位置，隐藏着一宗古老的奥秘。

随后，丹华便迎着高原的辉煌的落日，朝山的那边走去。杜梨树底下，留下杨岸乡，仍旧站在那里，怅怅地望着丹华渐渐隐入暮霭中的背影。

第十九章

那山顶上站立的确实是杨岸乡，我们的小说中走失了的人物。那么，这些年来，他是怎样度过的，他又是如何流落到这交口河的呢？记得，上次我们分手的时候，是在几乎三十年以前，是在肤施城那有着该城唯一的小楼的边区交际处，记得，他当时似乎要到保育院去，我们和他生活在一起，曾经向他深情地祝福。时间过得真快呀，这一切，恍惚昨日。

杨岸乡1964年毕业于大西北一所著名的高等学府，随后留校任教。这时候他已经是一个小有名气的业余作者了。他的文学活动是从中学时代就开始的，当时，他在《肤施日报》发表了他的第一首诗作。那时候，他爱好语文课，对他来说，每堂语文课都不啻是一个节日。他就要上大学时，语文老师像哥哥一样搂着他的肩膀，用一种异样的声音说："飞翔吧，年轻的鹰，送你两句老掉牙的古语吧：海是龙世界，天作鹤家乡！"在大学校园，他同样是老师和同学们的宠儿，大家都以惊讶的目光，注视着他的才华，并且预言着他的无限的前程。

从保育院开始，他就一直生活在无忧无虑中，他的童年时代、少年时代，以至青年时代的前半部分，都可以说是在欢乐和幸福中度过的。作为一名烈士的子弟，一个父母双亡的孤儿，他的衣食由政府供给，衣来伸手，饭来张口，冬天有棉，夏天有单，他的家庭背景更是从来没有人怀疑过——谁会怀疑一个六岁半时就被送进保育院的孤儿的身世呢？杨作新早就从人们的生活中消失了。这种环境自然有助于他的艺术天性的发展，同样的，这种环境也令他产生了一种盲目的虚幻的优越感。因此，当风暴骤然而降时，他目瞪口呆，他几乎一下子被打垮。

事情是从他任教时开始的，当时，他向组织递交了一份入党申请书，并且在填写履历表时，理所当然地出现了"杨作新"这个名字。他当时是如何填写的，我们已经无从知道了，总之，组织在审查履历表时，发现了这个疑点。即使履历表上并无疑点，外调也是当时必不可少的一道程序，于是，组织派人来到肤施城外调。接着，就发现了杨作新之死的一系列疑点，其实，只要提出杨作新是自杀的这一条就够了，因为按照党内不成文的规定，自杀的人，通常以叛徒论处，更何况杨作新是死在自己人监狱里的。时过境迁，当年的情形，已经没有人能说清楚了，这样的一个人的儿子是怎么混入保育院的，也没人能说清了。于是，杨岸乡入党这件事，被搁置下来，而他也因隐瞒家庭出身，被悄悄地打入另册。至于他，还根本不知道这些情况，他只是觉得入党申请书早就填了，却迟迟不批，似乎有些蹊跷，有些不对头。至于如何蹊跷、如何不对头，他也自恃根基深厚，懒得去问。

他至今也不明白，自己是怎样碰撞了生活，或者说，天网恢恢，疏而不漏，生活终于找见了这个早就不应该继续逍遥的他。那时，他按照天性所指引的方向，正无忧无虑地发展着，在为自己未来的艺术帝国奠基着最初的基石。他那时候多么年轻呀！在他眼里，花儿不是在春天，而是一年四季都轻快而热烈地开放着。星星每夜每夜，都透过窗帘那个缝隙，向他羞涩地微笑。他从一片树叶的抖动中体味到了诗歌的韵律，他从一座桥梁的建造中通晓了小说的框架，他从山峰的突兀中明白了，将艺术的某一特征穷尽到极端才有可能在这条长廊上留下自己的痕迹，他从田野上眩晕般的太阳和两行通往远处的树木身上感受到了和谐这个概念，而学校围墙的墙柱和墙壁则教会了他什么叫规则和节制。举例说吧，他不懂得音乐，但是他的一篇音乐评论却使省城的一位权威慑服，那权威发誓说这是一位有着五十年音乐素养的人写的，它的作者一定是个名家的化名，后来，当杨岸乡站在他面前时，权威吃了一惊，眼镜差点从鼻梁上掉下来。

在这期间，他还曾经与诗人郭小川通信。在研究了郭小川的《白雪的赞歌》以后，他指出，这首叙事长诗的发表是由于受了苏联解冻文学的影响，它与肖洛霍夫的《一个人的遭遇》是几乎同时发表的，诗人从虚泛的政治抒情转入对人类命运的热情关注，这真是一件了不起的事情，所以他高出他周围的许多人。接着，他又发现，从1954年到1958年，郭小川曾两度访苏，一次是作为作家，一次是作为政府官员。他把自己的这些见解都告诉了诗人，并且在一份文艺研究之类的杂志上撰文说："假如任何小说家都必须站在马克思的唯物史观上描写人生的话，那么任何诗人也必须站在哥白尼地动学说上歌颂日月山川。代替'太阳西沉'而说'地球旋转几度几分'，恐怕并不总是优美的。"这话当时给他带来了喝彩，过后又给他带来了灾难。不过，当有关方面最后为他"定性"的时候，突然发现，这话是一个叫芥川龙之介的日本人说的。当然是杨岸乡抄袭芥川,而不是芥川抄袭杨岸乡,因为芥川半个世纪以前已成古人。这样,杨岸乡的罪名就明显地减轻了,只要他承认是抄袭。但是,当办案人员向他指明这一点时,杨岸乡矢口否认,办案的终于明白,五十年前一个外国作家的灵魂,附在一个中国青年的身上了,于是不再怀疑,量度给刑,秉公办事。这是1966年的事。

到了1969年,肤施城,在一个叫交口河的地方办了一家造纸厂。造纸厂正在筹备,恰好从遥远的边疆地区,一纸公函,介绍回来一位刑满就业人员,这个人名字叫杨岸乡,当时的年龄是三十四岁。

这家工厂之所以建在交口河,是由于交口河的水质,有别于陕北高原的其他地方。其他地方的水流,或浑或浊,唯独这里,河水十分清澈。一条小河,可以提供足够的工业用水,又可以将废水,排放到河道里来,不致造成污染。这里的缺点是距肤施城较远,交通也不方便,所以愿意去那里的人并不多,而这个杨岸乡,总得给他有个安排的地方,于是,便被分配到交口河造纸厂,充个人数去了。

这家造纸厂,它的准确的称呼应当叫废纸再生厂。每天每天,从远远近近的盘陀路上,汽车、拖拉机、人力车,一批一批地将那些旧书废纸拉到这里,一些日子后,它们便变成洁白的纸张,重新投放于社会了。个别的纸张被利用以后,也许将会进入永恒状态,起码来说是要持久一点吧,大量的纸张还会匆匆忙忙地回到这里,再来一次大循环。这就是废纸再生厂的作用,说一句调皮的话,当代作家如果知道他们的近旁还有这样一个铁面无私的所在,知道当他们本人还健康地活着的时候,他们的作品却要接受一次地狱的考验,那么,他们的下笔就会慎重得多了,他们的菜园子里再不敢开放着谎花了。

进行着这项残忍的工作的是一只大蒸锅。说是锅,其实是一个圆铁球,内芯是空的,像地球仪一样高悬半空。它工作时,半肚子是热气，半肚子是废纸，它缓慢而有节奏地旋转着，一锅完了，再吃一锅。

杨岸乡上班了。他就是往这个大铁锅里填书的操作工。那时，"文革"大约还没有结束，各式各样抄来的、收来的、扫四旧扫来的书籍，纷纷被送到这里，回炉再造。也许，处理这些"文革"中的战利品，就是这家造纸厂应运而生的最初的原因吧。

我们看见，杨岸乡穿上了当时流行的那种蓝灰色粗纤维的工作服，最初一段，大约还有一些别扭，但很快地工作服洗过两水之后，就适应了，工作服就贴身了。经历了那一场劫难之后，杨岸乡已经彻底垮了下来，他的灰白的眼珠常常久久地望着一个地方，令人惊骇。他彻底和他的文学梦告别了，那是一件多么遥远和可笑的事情呀！如果没有别的什么事情打扰，他将在陕北这块生身热土上，走完他生命的后半程，最后，在一块平庸的山坡或山峁上，用曾经反复使用过的、曾经葬埋过他的先辈们的一抔黄土，遮住自己伤痕累累的身子。

让我们说一说杨岸乡在厂里的情况。

杨岸乡的工作，平心而论，是全厂最优秀的。多少年来，他一个人实际上默默地承担着几个人的工作。最初，厂领导对他是满意的，因为这是一个靠得住的劳动力。但是时隔不久，厂领导对他不满意起来，他们觉得，能将这样一个人收留下来，在某种程度上有一种恩赐的味道，所以，他应当做牛做马来报答才对，他的勤勉只是他的本分。他们对杨岸乡提出了更高的要求，然而，杨岸乡却冥顽不化，距离他们的要求差之甚远。其实，这些要求也很简单，属于合理范围，例如，公共场合，能递上一支烟来；买饭的时候，主动将领导让在前边；在厂区相遇时，主动打招呼；领导讲话的时候，在鼓掌结束之后，最后一个停止，并且两手摩挲，做出兴犹未尽、深受感动的样子。是的，这些要求是不过分的，杨岸乡在经历了以后的漫长道路时，将会发现这是作为一个像他这样的人占据三尺地面所必须付出的起码的东西，一个人立身的常识，他所遇到的实际上是些不错的好人。可是，遗憾的是，我们的杨岸乡做不到这一点。第一，他不抽烟。第二，他一见领导就紧张起来，紧张的结果表现在这些知识分子身上，不是谦卑地一笑，不是说几句谁也碰不着的官话，而是马上像斗架的公鸡一样挺直发红的胸脯和脖子，让领导顿生疑窦，埋下头来思谋半天。第三，他爱面子。我们可以设想，那些爱面子的人一般都有着一种极其强烈的自卑感，这自卑感与脆弱的易于伤害的自尊心互为补充，他们也许在某一次打招呼时没有得到相应的反应，于是自尊心受到了伤害，愈加自卑了，他们在下一次与你相遇时会用缄默来维护自己那一点可怜的尊严。第四，他萎靡不振，衣着邋遢，头发永远干燥和零乱地在头顶上笼罩着，特别是最后几年，读者已经知道，他身上散发着一种老鼠的味道。他还在一个人沉思冥想的时候，眼睛毫无内容地盯在一个地方，神经质地傻笑。这些，自然令人生厌。更有甚者，在放逐农场的日子，他的白眼仁不知为什么多起来，并且常常放出一种狂乱的光。中国有两句不算太老的成语，一句叫"青眼相看"（或者说"垂青"），一句叫"白眼相看"（或者叫"翻白眼"），看来，杨岸乡之于人类，是必须彻底地"白眼相看"了，这样，他怎么会使别人感到舒服。庆幸的是，直到目前还没有发现他这个人的弱点，因为他只是在学校里照过镜子，到了造纸厂后，不知是把人类这个发明忘了，还是羞于照它。

　　进厂三年之后，杨岸乡的模型便这样造就了。领导含蓄地提醒过几次，见他并不理会，也就明白这个人生性愚钝，不可救药，永远成不了先进分子，于是也就听之任之了。不过，有时闲来无事，翻腾起其人的档案，见其当年聪慧如斯，便摇摇头，表示不可理解，疑心是把别人的档案错装给他了。

不可理解归不可理解，杨岸乡的工作，却经过几次调整，更重起来。领导知道他是不会吱声，除非他某一天病倒了不再爬起来。

领导加重杨岸乡的工作，也是出于迫不得已。杨岸乡的同事，一个活跃而愉快的长腿小伙子，与领导的女儿爱恋了，爱恋的结果是得到了一个上大学的机会。小伙子走后，一时人不凑手，领导也不愿意声张，小伙子的工作，就交给杨岸乡了。另一个同事是个女的，不知为什么，她经常往城里医院的妇产科跑，满年四季，班上难得见她几次泛白的脸，于是她的工作便也就由杨岸乡代劳。这道绳索，是杨岸乡与那位女同事的事，双方人情，于领导无涉。

开始，大家以为杨岸乡从姑娘身上得到了什么好处，于是对这个老青年，不免又生出几分下看。准确地说，下看的只是一部分人，另部分人呢，却不知为什么，对他倒生出敬意来，上班下班，杨岸乡倒听到几声招呼。这种局面没有能维持多久，有一次，那领导酒后失言，说这姑娘虽然平时文文雅雅，木木讷讷，脱起裤子来却特别快。这样，杨岸乡得以解脱。社会真是奇奇怪怪，事情水落石出之后，那些原来下看他的，又恢复了对他原来的看法，而那些产生过莫名其妙的敬意的，则收回了他们滥施的敬意。这样，我们知道，可怜的人儿还在原来的位置上。

杨岸乡倒不觉得可怜，亦不觉得耻辱，他生活得那样平静，平静得像一个只知道低头拉套的哑巴牲口一样。他勤勉地工作着，以自己的劳动，领取这六类地区的每月三十七元五角的工资。他从工资中，每月拿出十元，寄给吴儿堡的姑姑杨蛾子，其余的钱便存起来。他生活中省吃俭用，每月的花销只半筒牙膏，和九元的生活费，洗衣粉、肥皂以及工作服之类，有劳保解决。如果有奢侈的

下卷·第十九章　363

话，他的奢侈在下面一点：工厂食堂的伙食有点差，有时，他也去交口河那个小吃店里，吃上一顿高粱面饸饹羊腥汤，调剂调剂生活，但是绝不花工资中的钱，他去吃饭，是每月的加班费加上一点奖金，杨岸乡觉得，这些钱是额外的收入，花起来不心疼。

是的，如果没有后来那一系列的事情的发生，杨岸乡也许将在这偏僻的工厂里，活完他的一世。不久以后，当钱攒到一定数目之后，他会在工厂里，或者工厂附近的农村里，找一个姑娘或者寡妇，生一个或者一群孩子，他将像所有那些在他之前"心比天高，命比纸薄"的高原后裔一样，在麻木和沉默中被唢呐领上山去。

就在那个气质高贵、头发剪成"门"字形的北京姑娘，和杨岸乡相遇之前，我们的杨岸乡，正在他的十平方米的房间里，与一只老鼠，在展开一场人鼠大战。到了那个时节，他的人鼠大战，实际上已经进行了三个年头，难怪丹华嗅见了，他的身上，有一股老鼠的味道。

三年前一个寒冷的冬天，一只母鼠，贸然地闯进了杨岸乡的房间。它是感到了外边的寒冷，还是来这里寻觅食物的，或者是感觉到了风景这边独好，不知道！老鼠也要生存，这是能够理解的事情。按照一般规律，买两包老鼠药，或者借来一件捕鼠器械，这个问题也就解决了。可杨岸乡不，他几次上班走时，都敞开了房门，请先生上路，可到了晚上，房子里依旧有吱吱的叫声。也许，如前所说，老鼠感到风景这边独好，不愿离去；或者，它已离去，奈何又饥又寒，便又在杨岸乡下班前，反身回来了。杨岸乡这下动了气，从此将一应食物全部锁好，先绝了老鼠的生计，又每次出门入门，务必顺手将门带上。前面提到，这是一只母鼠。它每月发情一次，情欲亢奋，难觅同类，便以爪挠门，痛苦不已，而我们的杨岸乡，高枕而眠，并不理会。那老鼠吃食，也十分可怜，只是将些旧的纸张，翻来覆去咀嚼，以维系生命。

这样，杨岸乡与鼠类展开了一场旷日持久的意志战。他想通过这件事证明自己还是一个高级动物。尽管生活已经一塌糊涂了，没有了理想，没有了灵性，没有了尊严，不久，死气沉沉的暮年就会到来，埋葬他父亲的浮土又会盖到他的身上。"我还是有一点意志力的，这就是一个高级动物与低级动物的基本的区别。"他说。当然，为了这项不为人知的证明，他也付出了代价。工厂旁边的村子里，有许多待嫁的老姑娘，她们的择偶条件低得令人顿起怜悯之心，她们以找一个公家人作为自己孜孜而求的目标和归宿，可是，她们没有一个肯委身嫁给这个据说是大学生的人。"他不光怪，而且，身上有一股老鼠的味道。"姑娘们捂着自己的鼻孔说。

正是在这个时候，丹华突然闯入了杨岸乡死气沉沉的生活，并且给这单调的风景，强刺激般地带来了一丝亮色。

那天事有凑巧，杨岸乡恰好领到了这个月的加班奖金，于是他顺着公路，步行二里，来到了这家经常光顾的小吃店。那时他已经吃完饭了，他正静静地坐在窑掌，回味着羊肉的膻味和辣椒、花椒的麻辣味，吧嗒着嘴巴，像反刍的老牛一样。他抬了几下身子，但是没有走，对他来说，生活的节奏是缓慢的，唯其缓慢，才具有了耐力，在这一点他也适宜用牛来打比方———条慢吞吞的拉车的老牛。这时候，我们知道，那位北京知青姑娘走进来了。

她的"门"字形的发型引起了他的注意，并且引起了他的遐想。那光滑而整齐的头发像一只门帘一样吊在两颊之间，上面齐着眉头，整齐地剪成一横；下边，头发的梢儿，稍稍向前翘着，仿佛古老建筑风格那种高挑的屋檐。这种头型类似大革命时期，闹红的妇女们剪成的那种"短帽盖"，也就是陕北民歌中"头发剪成短帽盖，像个交通员"那样的短帽盖，只是短帽盖要短一些，只齐耳根，下垂的头发，是笔直的和驯服的，没有这种充满挑衅色彩的翘角。

丹华背对着他坐着，只留给他一个背影，这就给他造成了仔细观察她的头发的机会。他从这种发型上想到了他的姑姑杨蛾子，时至今日，杨蛾子还留着那种"短帽盖"。杨岸乡觉得眼前的这个姑娘，和他的姑姑有些相似，除了同样相似的发型外，还有她那旁若无人、不为尘世所扰的气质，还有那白净而明朗的前额，只是她们的年龄，自然相差得太远，而且，姑姑那初看白皙的面庞，细细一瞅，便可以看见那布满面庞的密密麻麻的细碎的皱纹。

他同时也听到了丹华的声音，从那清脆的韵味十足的卷舌音中，他知道这是一位北京知青，也是在他回到陕北高原的几乎同时，他们来到这里的，当然他是回乡，他们是插队。那纯正的北京口音十分悦耳，特别是由这样一位姑娘用女中音道出，仿佛歌唱一样。声音除了悦耳，还有一种宁静的成分，它足以使一个心不在焉的人在这一刻感到一种慰藉和心旷神怡。

也许，丹华只叫了一声"服务员"，只说了几句在这种场合大家都会说的再普通不过的几句话，便引起杨岸乡那么多的遐想，并且，将置身事外的我们也牵扯进去了。不过，声音确实是一种奇妙的东西，那些情侣在漆黑的夜晚，像两只落在枝头的小鸟一样叽叽喳喳、喋喋不休，乐此不疲一直到夜半更深，你可以想见他们的沟通与传递物——声音的伟大了。美国作家欧·亨利借助他小说中的一位人物，这样来谈论声音——"我把它当作一个有千万根弦的竖琴那样运用自如……我用我的声音来体现诗歌、艺术、传奇、花朵和阳光。"

随后那个唱着歌儿的小精灵进了这孔窑洞。和杨岸乡一样，最近一段时间，她也是这家小吃店的常客，只是取得这五角钱一碗的高粱面饸饹羊腥汤的方式不同，前者是用钱，后者是用尊严。

小精灵没有来打搅杨岸乡，她知道杨岸乡不会给她，即使给一点，也不会太慷慨，于是她选择了门口坐着的那位阿姨。这样，我们知道了，她提供给了杨岸乡与那北京姑娘搭讪的机会。尽管杨岸乡的声音，干燥，嘶哑，一点也不动听，就像他那因为缺少必要的血液滋润，而显得零乱和干燥的头发一样，但是他总算发表了他的声音。

　　"你连这个都不明白吗？她是讨吃的，她在等待着你的残茶剩饭！"说完，他又补充了一句，"讨吃的就是乞丐。"

　　说完这句话后，他期待着，丹华能接住这个话茬，和他搭话。他也正饥渴着，和那个小精灵同样饥渴，不过对于杨岸乡来说，这是一种精神的饥渴。他渴望与人交流感情，他渴望有人能够注意到躲在一个角落的渺小的卑微的他，注意到他的存在。他没有更多的奢望，他仅仅是希望她能和他交谈两句，像问那个小精灵那样，也问问他的身世；如果连答话的这种可能都没有的话，那么，她能够望他一眼，以友善的平等的人类之于人类的眼光看他一眼，在看的同时，眼睛顺便说："这男人多么忧郁呀，多么痛苦呀，他一定有许多不平凡的事情！"仅仅有这一点，杨岸乡就满足了，他将长期地沐浴在她的目光下。

　　但是，正如我们知道的那样，丹华没有搭茬，也几乎没有真正地去看他一眼。她关闭了通往这一条道路的通道。她一向就鄙夷男人，何况眼前这个不修边幅的男人也值得她鄙夷，乖巧伶俐的丹华，从她那频频扇动的鼻孔上，我们已分明看到，她已经准确无误地闻出了什么气味，而且，如果我们设身处地地为丹华着想，那么，在这个空旷的地方，在这个孤寂的小店里，坐在窑掌里的这个男人也确实使她有些害怕。

　　不管怎么说，生活不算是太吝啬的，它使这两个将来要发生联

下卷·第十九章　367

系的人，在丹华就要离开陕北的日子，终于有缘一晤，尽管是在这样寒碜的地方、这样尴尬的情况下晤面的，但是下一次见面时，他们都有资格称对方是"故人"了。

此刻的丹华，思维仅仅在杨岸乡身上，停留了片刻，便迅速地转移到那个小精灵身上了。因为那个小精灵，已经猛烈地开始海吃海喝。

杨岸乡当然也注意到了她，并且明白像这样的吃法、这样的饭食，她的胃一定会承受不了的。但是他没有阻挡她，他认为这也许是一种天意，他从心眼儿里可怜她，看到她沉醉在自己那饕餮的快乐中时，他不忍心将她从梦中唤醒，不愿夺取她苦难生活中一次难能可贵的快乐，特别是当他听到她说出"宁做撑死鬼，不做饿死鬼"这句话时，更彻底打消了前去劝阻的念头。

小姑娘终于腆着肚子，走了；随后，这个气质高贵的姑娘，在整理了一下自己后，也离开了。

杨岸乡殷切地期望着，期望她在身影闪出门坎的那一刻，能回过头来，仅仅是出于礼节，出于曾经对共同在一间窑洞里就餐的同类的一点尊重，回过头来，瞧他一眼。但是姑娘没有回头，好像忘记了窑洞里还有另外一个人似的，这使杨岸乡深深地失望，这使杨岸乡刚刚产生的一点愿望，死水中的一点微澜，又沉寂了下去。作为他，他是没有力气打招呼的，他曾经试着张了张嘴，结果他发现自己在这一刻患了失语症。

姑娘走了，现在这家小吃店里，凄凉如同坟场。小吃店里只剩下杨岸乡一个人，还有那些平日已经稔熟的常客——嗡嗡作响的苍蝇。他把头沉重地低下来，萎缩身子，在饭桌上趴了一会儿，后来，开了饭钱，离开了这孔窑洞。

他没有望那洒满阳光的山坡，虽然他明白，那姑娘迈动两条长腿，攀登山路的样子，一定很美，那斑斓的辉煌的阳光洒在她身上的样子一定很美，但是他没有去看。他明白，相逢已经结束，现在，他得赶快地恢复自己，让思维重新进入迟钝，以便继续跋涉漫长的岁月。宛如一条拉着车的老牛一样，他之所以以永恒的速度和耐力，走在道路上，是因为他能永远地使自己保持一种心如止水。但是这时候，他听见了姑娘在喊他，声音中并且有一种惊恐，于是他停住了脚步。

于是他帮助这位姑娘，在那个高高的山冈上，掩埋了那个幸福的小女孩。在从事这个并不经常从事的工作中，和这位北京姑娘激动的样子相比，杨岸乡表现出了出奇的平静。他也注意到了那坟墓的位置，当那杜梨树树影的顶巅像一个指示标指着这坟墓的时候，正是《福尔摩斯探案集》中曾出现的情节，他想将自己这一感触告诉这位北京姑娘，但是嘴唇动了几下，没有出声。当他用手指刨土，去封那个洞口的时候，指甲掰了，流出了血，他也没有吱声。

最后，北京姑娘披着一身绚丽的晚霞，向山的那一边走去了，而他，站在杜梨树下，看着她走远，看着她消失。残忍的姑娘，在她离开时，连一声最简单的礼貌用语、蜻蜓点水般的一瞥都没有，就自顾自走了。

杨岸乡一直在山顶站了好久。夜风中，杜梨树发出一阵急风暴雨般的喧嚣，夜幕里，杜梨树黑色的剪影奇形怪状，这喧嚣声将他惊醒，而那黑色的轮廓又令他惊骇不已。他仰头望了望杜梨树，随后顺着上山时的道路，下山去了。

阳光炙烤着高原，它触目所及的一切，都感受到了这种热辣辣的爱抚。树木在蓬勃地生长。庄稼在成熟。田野上的野花，在招人眼热地开放着，一茬败了又是一茬。羊群刮风一样掠过一个又一个山头，给它所有路经的地方，留下一股撩拨人心的膻味和骚味。

自从那个伤感的高原黄昏，在那高高的山峁上，杨岸乡目送着北京姑娘，消失在山路的尽头之后，回厂的路上，他便扑入了一个女人的怀抱。

那是一个乡村妇女，那天她站在自家窑前窥视了很久，最后确认了这是她的猎物之后，便毫不犹豫地迎上前去。杨岸乡感到，她是用她的大襟袄，将自己裹进她的窑洞里的。

女人将他放在自家的炕上，放肆地剥他的衣服；她的耷拉下来的奶头擦拭着他的面颊，褐色的奶头嘴差点要掉进他的嘴里。

"谁欺侮你了，孩子？其实，你用不着为我们女人伤心，如果你是男人，你就应当让女人为你伤心，这样，你才能得到她。女人天生的贱骨头，需要征服，但不是用眼泪，而是用鞭子，我们的祖先用的则是剑！"

这女人安慰他，像安慰一个孩子。她还时不时地用手背拭去杨岸乡脸上的泪水。

"你笑一笑！"女人在逗他。

杨岸乡身不由己，他好像被这女人施了魔法似的，咧咧嘴，笑了笑。

"这就对了！"女人说着，紧紧地抱住了他。

当一切都已经完事了以后，当杨岸乡从沉沉的噩梦中醒来以后，他睁开眼睛，问身边这个不知姓名的年龄可以做他的老祖母的妇女，这一切是怎么回事，她为什么要这样，她图什么。

"我图嗅公家人身上的洋胰子味！"女人说。女人还说："从此我可以在村子里的姐妹们面前逞能了！"

心灵中那种狂暴的激情平息了，但仅仅只平息了一刻钟，女人的这句话又撩拨起了他新的欲望，他们再次做爱。如果说第一次是那女人主动占有他，那么这一次就是他主动占有那女人。他泪流满面，痛哭失声，他的痛苦的神经得到了暂时的麻木和麻醉，他的狂暴的激情暂时得到了平息，他的出窍的灵魂暂时回归了寓所。

这以后又连续了几次。

直到他感到身心极度疲惫，骨头像散了架，身子像从水里捞出来一样，他才从窑洞里出来。他像喝醉了酒，深一脚浅一脚，向工厂方向摇摇晃晃地走去。

"你想来，你就来，我啥时都给你留着门！"女人在身后说。

"我大约是不会再来了！"他的心绪由刚才的亢奋，立即转向了另一个极端，现在他沮丧到了极点。那被诗人和小说家美妙地描绘过的第一次，在他身上竟是这样进行的，这使他在一瞬间对自己充满了鄙夷。接着，他又看见了在垴畔上招摇风姿的女人——她其实还很年轻，于是，他粗暴地朝她呐喊了一声——"回窑去！"

幸亏没有人看见。于是杨岸乡顺着公路，赶回了工厂。

他回到了他的十平方米，并且紧紧地关上了门。当一个人静静地坐在凳子上，面对自己时，他又后悔又后怕。回想起刚才自己赤身裸体的样子，他感到自己的可耻——行为的可耻和思想的可耻。他现在恨不得将自己这个身子扔掉。他用鼻子细细地嗅了嗅自己的皮肤，是的，有一点洋胰子味，但更多的是老鼠的味道。

这时候他记起了那只老鼠了，于是打开了房门，用脚狠狠地在地上跺了两下。只见 只老鼠，尖声叫着，从床下废纸堆中钻出来，跑出门去。杨岸乡重新将门关死，随后，他躺在床上，拉开被子，很快就睡着了。

杨岸乡在平静中度过了一天。他努力地克制住自己的欲望，努力使自己不去想那个可耻的念头，但是当黄昏到来的时候，当空气中弥漫着一层似雾似烟的东西时，他又克制不住自己了。他怀着一种罪恶感向那孔窑洞走去。在动身的时候,他记起了"洋胰子"这句话,于是用一块香皂,将自己的头发,和裸露在衣服外面的身体部分,认真地洗了洗,以至他自己也感觉到,那种老鼠味再没有了。

陕北人称这一类事情为"串门子",或者叫"交朋友"。前面说了,一部厚厚的《陕北民歌集成》,那里面大约有多一半的篇幅讲的这一类事情。"半夜起来黎明走,哥哥像个偷吃狗","三十里明沙四十里水,五十里路上瞧妹妹","手提上羊肉怀里揣上糕,三十里路上把妹妹瞧"之类,比比皆是。在荒落的陕北山村,每一个村子,大约都有一个半个这种女人,她们给这沉寂的生活人为地掀起一阵波澜,给那些翻来覆去的老话题中增加了新鲜的内容,给苦难的生活以一种过于粗俗的点缀。

杨岸乡怀着一种古老的激情向寡妇的怀抱走去。他又在那暧昧的、散发着酸菜水味道的窑洞里,度过了一段时辰,接受着女人的性启蒙。在简短的交谈中,他知道了女人的丈夫,在当年修交口河水库时,大塌方死了。他知道的仅仅只有这一点,至于女人是不是以这种生活为生计手段的,他不知道,起码在与他的接触中,女人不是以这个为目的的,因为在枕着他的散发着香皂味的胳膊时,女人又重复了这一点:她仅仅只是为了闻他身上的洋胰子味而已。

后来杨岸乡知道了,除了他以外,女人确实还有别的男人,那些大部分都是农民,前庄后庄都有。那里面当然有利益的因素。但是与杨岸乡的相好,那女人确实是真诚的:她渴望得到一个公家人!接着,杨岸乡还知道了,如果说女人在与杨岸乡的接触中,曾经得到过什么的话,那也是确实的。

——女人明白无误地告诉她的那些相好们,她的魅力和力量可以迷住一个身上散发着洋胰子味的公家人,从而提高了女人的身价和知名度,让那些相好们更加爱她。

陕北人将女人的这种小小的伎俩叫"能"。这个"能"是向人逞能，显能，能不够，能棍棍的意思，由于谈的是这一类事情，所以有一种"卖俏"的色彩。一个并无多少姿色的婆姨，早晨起来搂柴生火时，急不可待地站在垴畔上和人拉话，说下乡的公社干部昨晚歇息在她家，她脸上的种种神秘色彩告诉你，除了借宿以外大约还发生过别的什么事情。其实什么事情也没有发生过，但是在一旁洗耳恭听的婆姨们，会在一瞬间对这位讲述者产生妒意。于是这位讲述者便怀着满足，回家生火做饭，这种自我陶醉的心情会保持很久一段时间，直到别的婆姨们的"九天的奇事"开始。

这个发现令杨岸乡一瞬间对那个女人产生了强烈的厌恶，并且对自己也产生了厌恶。他看不起这个女人了，在看不起的同时也看不起自己。如果说在此之前，他还有一种神秘感，一种执意作恶的念头的话，随着这女人的四处张扬，他剩下来的就只有羞愧难当和对那女人的愤怒了。

他最后一次走向那孔黄土洼上孤零零的窑洞时，带去了他一个月的工资。他决心从此两清。当事情索然无味地结束以后，趁女人睡着的时候，他轻轻地从身上取下女人按着的胳膊，溜下炕来，趿上鞋。他将工资放在枕头上那个自己的头刚才压下的枕窝里，悄悄走了。

但是杨岸乡无法将自己从那梦魇中挣脱出来，稍有闲暇，他的眼前便浮现出那个站在垴畔上的女人影子；她一定像叫魂一样站在垴畔上叫他，呼唤着他的流浪的灵魂。严格地讲来，在他们的接触中，他并没有得到多少感官上的快乐，那是粗暴的占有，是狂暴的生命激情在左盘右突之后寻找到的发泄口和发泄形式，而当这一切是在一种自我谴责和罪恶感的思考中进行时，尤其是这样。

他如果能够对那苦乐参半的做爱过程进行一番因式分析的话，

他将会发觉,这一声是对青春岁月的祭奠,那一声则宛如他流放荒原的日子里那野狼的嗥叫,而另外的一声,则是他在交口河十年被压抑的岁月中那苦苦挣扎的哀鸣。他的身体在这一瞬间忠实地反映了它走过的过程,不管它的主人愿意不愿意。

那一孔窑洞杨岸乡再也没有去过。他勇敢地遏制住了自己的欲望。他曾经不由自主地顺着公路走了很长一段时间,直到看见那孔窑洞,那窑顶上长着的星星一样的波斯菊,那垴畔上的一棵开着黄花的向日葵为止。

孤零零的向日葵,在垴畔上凄凉地开放着。一个绿色的茎秆托着一个花盘,一串碧绿的叶子成对称状烘托着它。花盘承受着夏日的阳光。那顺花盘边缘绕成一圈的黄色花瓣,在微风中,像一圈向你招手的黄手帕。黄色是一种鲜黄,随着它的走向成熟,颜色将会逐渐加深,变成褚黄、焦黄,黄得惹人沉醉,惹人流泪。后来,当杨岸乡在一次画展上,看见梵高那幅著名的《向日葵》时,他在画前凝视了很久,他怀着一种复杂的感情,回忆起了那个第一次让他懂得男女之爱的乡村女人。

杨岸乡永远地将那孔窑洞,留在生活的后边了。

但是异性无处不在,她们不停地给杨岸乡以诱惑,况且在这个不算太大的工厂里,上班下班,吃饭打水,总有那人类的一半出现,而有夏娃的地方,草丛中往往有蛇。早晨,他被一个女人丰满的胸脯所吸引,于是,这一天中,他把她想成世界上最美丽的女子;第二天,一个女人变换了一下发型,于是,这发型又使他想入非非;第三天,另外一个女人穿上了一件裙子,而不知趣的风又当着杨岸乡的面,撩起裙子,缠在女人细长的腿上,按照前辈作家们的说法,那脚踝以及脚踝以上部分最令人着迷,于是杨岸乡便不能自持了,他的世界在这一整天便填满了一个女人的脚踝。

用这种无聊的话题打搅趣味高尚的读者,真是一种罪过。但是杨岸乡就是这样走过来的,如果不如实地记录下来,这个人物便谈不上圆满。这一点作者只能听命于手中的笔。不过快了,故事将很快地从这个危险的话题中走出来。

第二十章

既然一棵树睡得正好,
又何必去把它摇呀摇。

——王蒙《再见》

交口河小吃店里的事情,过了两个月之后,在陕北高原,时令已经进入初秋了。这两个月时间,世界上发生了多少事情,我们不知道,我们只记录了发生在杨岸乡身上的事情。

这是一个炎热的中午,交口河造纸厂,正是午睡时间。按照作息时间表,这是一年的最后一次午睡,从下一天开始,时间就改为秋季作息时间了。天气毕竟有些凉了,暑气渐渐减退,烦躁不安的杨岸乡,这一天中午,却睡得很安稳。吃过中饭后,碗也没有洗,他就和衣躺在床上,睡着了。

突然,一阵尖利的汽车喇叭声,将杨岸乡从睡梦中惊醒。

他想爬起来，却怎么也起不来，迷迷糊糊的。他想自己是在什么地方，想一想是在床上。为什么是在床上呢？原来是在午睡。对了，这是今年的最后一场午睡，是他进入生命的四十四岁大关的最后一场午睡。他生在1935年10月。在陕北高原，那是一个特殊的日子。

　　那么为什么醒来了呢？噢，是被汽车喇叭声吵醒的。那喇叭声真亮，真尖，就像刮胡子的刀片从脸上立着割过去一样。车上拉的是什么，是书吗？看一看去！不，还是睡觉吧！

　　杨岸乡还是坐起来，经过这一番打搅，他已经睡意全消。他嘟囔了两句，说不清是骂车，还是骂自己，随后出了房门，来到了院子。

　　车间门口堆下了一大堆书籍，这是刚才来的汽车留下的。就在杨岸乡迷迷糊糊的那一阵，车下完货，走了。只有这一堆书证明它曾经来过。

　　离上班还有半个小时，杨岸乡便在书堆里翻起来。

　　十年来，翻书成了杨岸乡的一个习惯。由于"文革"，大量的珍贵书籍被送到了这里，然后再经杨岸乡的手，送进大铁锅。那些好书在送往大铁锅之前，杨岸乡往往要截留一阵。十年间，这只大铁锅一共吞噬了多少废旧书籍，我们不知道，我们只知道，靠这样废旧书籍的滋养，杨岸乡简直可以称得上学富五车的先生了。——"学富五车"是一句套话，但是作为杨岸乡来说，他阅读过的书籍确实是以卡车来计算的。对此，我们能说什么呢？我们只能怀着苦涩的、嘲讽的微笑说，大自然为了塑造一个巨十，考虑得真是无微不至，当外面的世界在天翻地覆、闹得不可开交的时候，却把他安排在这个安静的角落里填鸭，以便给热闹之后的世界派上一点用场。

　　书堆在阳光下熠熠发光。这个从千家万户收集来的废纸堆，正如杨岸乡所预料的那样：没有好书！现在不是"文革"的年月了，不会有人把好书往废品收购站送了。太阳当顶,天气炎热,一棵白杨树的影子,随风在书堆上来回摆动。杨岸乡用手拍了拍身上的尘土,准备上班了。其实拍与不拍一个样,沾满灰尘的手和多日不洗的工作服一样脏。

就在这时,一摞纸页发黄的书籍引起了杨岸乡的注意。那汽车喇叭尖厉的声音,还在他耳畔萦回,他总觉得今天要发生点什么。

他停下来,望着这捆书。

书是压在一摞纸页发白的书上面的。上面的书还散发着油墨味,显然是从印刷厂到书店,在书店占了几年地方后,又到这里报到的。这种循环的每一个环节,都为人们提供了就业机会,这真得感谢这些纸张的利用者们,或者说印刷品的制造者们。

他抓住这摞书,摇晃了几下,肩头一扛,哗——,书摞倒了。突然,仿佛奇迹般地,从书摞倒下的地方,飞起一只蝴蝶来。蝴蝶吓了他一跳。

这是一只大大的、漆黑的、长着火红色花纹的蝴蝶。恰好有一股带着苦涩味道的旋风起了,蝴蝶借着旋风,在他头顶旋了一个圈,他一展手,那蝴蝶便静静地敛落在他手心了。

"你飞呀,飞呀!"杨岸乡有点惊讶地说。可是蝴蝶没有飞。怎么会飞呢?原来,这只是个蝴蝶标本。它夹在那发黄的书页中,随着书摞倒下,书页哗哗掀开,轻盈的它被掀出,又被书摞倒下的气浪吹得飞起来的。

"是哪个爱幻想的姑娘,在一个春天的日子里,为了纪念什么事情,扑下这只美丽的蝴蝶,然后把它当作书签的?——光为了这只蝴蝶。今天也该起来得早些的!"杨岸乡想。

他像人们通常说的抢救遗产一样,向那捆书扑去。——当然是纸页发黄的那捆。那里面有但丁,有巴尔扎克,有拜伦,有普希金，有你的书架中经常能见到的那些已成定论的世界名著。看来，这些书籍的原来的拥有者似乎偏爱俄罗斯文学，普希金之外，这里还有莱蒙托夫著名的《当代英雄》，屠格涅夫的《春潮》，陀思妥耶夫斯基的《被欺凌与被侮辱的》，托尔斯泰的《战争与和平》，俄苏近代作家中，则有那位忧伤的大自然的歌手叶赛宁的几个薄薄的诗歌单行本，还有巴乌斯托夫斯基的《金蔷薇》。

这些书杨岸乡都看过，岂止看过，他对那些书中精彩的部分，简直可以说倒背如流，如数家珍，他对每部书中所弥漫的那各个不同的诗意成分，也都有着深刻的感受，因为大铁锅将这些书籍鲸吞之前，饥饿的杨岸乡已事先将它鲸吞一遍了。所以这些获得并没有给杨岸乡以太大的震动；随便地翻着这些书，他只轻轻地摇了摇头。他为这些书原先的拥有者惋惜，现在不是"文革"期间了，没有必要将这些珍贵的书籍往这里送了。

在每本书的扉页和与书脊相对的那个截面（杨岸乡不知道那叫什么），都盖着一个红色圆形戳。杨岸乡仔细辨认了一阵，认出那是两个篆字：丹娘。这丹娘一定是这堆书原来的拥有者了，看来，她不光喜欢俄苏文学，还为自己取了一个俄罗斯风格的名字。

杨岸乡对这个"丹娘"，摇了摇头。尽管已经许多遍地看过这些书籍了，他还是决定将这些书籍留下来，搬到他的十平方去，再看一遍，让这些书，陪伴他消磨一段时光。

在拿巴乌斯托夫斯基的《金蔷薇》的时候，从书中掉下来一个大信封。它害得杨岸乡只得又弯了一次腰。

信封里装着的是一份揉得皱巴巴的小说稿。杨岸乡一看就知道，这是一篇经历过无数编辑之手，被退过无数次的稿件。它的第一页是崭新的。那是作者撕掉了被判定命运的第一页，而重新抄写的缘故。

小说的篇名叫《最后一支歌》，作者的署名是"花子"。杨岸乡由此判断，这个叫"丹娘"的人，同时也是一个文学爱好者，或者用我们通常的话说叫"业余作者"。这"花子"显然是她的笔名。

　　他匆匆地浏览了一下这篇小说稿。浏览仅限于第一页，即像人们所传闻的那些掌握生杀大权的编辑的通常做法那样。当然对于杨岸乡来说，他的浏览仅仅是出于好奇，或者说无所事事。小说是以"'六一'儿童节"这句话开头的，这句话决定了它的文笔的稚嫩和限定了思考的深刻程度，但是，杨岸乡还是耐着性子，看完了第一页。他的目光在第一页的最后几行停住了，那最后几行是："我独自走着，只觉得千头万绪，百感交集。我并不老，才二十六岁，可却像老人似的，已经有许多值得回忆的事了。"

　　这第一页的最后几句话触动了杨岸乡，从而决定了他没有将这篇小说稿重新扔到废纸堆，去充填那个现在已经吃不饱了的大铁锅的胃口。他将小说稿重新装进了大信封，夹在《金蔷薇》中间，然后连同《金蔷薇》在内的这一摞书，抱到他的十平方米去。

　　这时候上班铃响了。杨岸乡拉好房门，上班去了。

　　这天晚上，在自己的房间里，杨岸乡拿起了这篇小说稿。一拿起稿子，就放不下了，小说稿不长，他一口气读完了它。

最后一支歌

花子

　　"六一"儿童节这天，我坐在电影院里，同孩子们一起看一个儿童故事片。孩子们的欢笑声，像一股股热浪，包围着我，冲击着我。也许是岁数大了，我并不像孩子们那样，为银幕上的情节所感染、激动、不安。连我自己也说不清我在想什么。偏偏在这时,我听到了一支歌,影片中的一支插曲。

"啊,是她唱的!"

我的心陡然收缩了。嗓子哽咽了,好像卡了一块鱼骨。我终于悄悄离开了电影院,我实在不愿意把我这不正常的情绪传染给欢乐幸福的孩子们。

六月的天空,晴朗无云。街上仍然是一群群穿着新衣服的孩子们。我独自走着,只觉得千头万绪,百感交集。我并不老,才二十六岁,可却像老人似的,已经有许多值得回忆的事了。

我想起了我的儿童节,时间过得好快,那已是十六年前的事了。

那一天,好像全世界的大人都在为我们忙碌。那真是欢乐幸福的日子,用了孩童的无限盼望,焦躁和等待。我们联欢,演节目,跳舞唱歌,接受同学、老师、父母、亲人的礼物。

就在这一天的一个全市儿童的大联欢上,我认识了她。

随着报幕员的下场,她走出来了,带着喜人的微笑。

她一张嘴,那歌声像一股清泉,源源不断地流淌出来,柔和而轻巧,一直流入每个听众的心房。

我被感动了,我们全体儿童都被感动了。

她感到了那歌声的力量。用她又喜又怯的眼神,回敬着观众。两片红红的嘴唇,一张一合,那带着神奇力量的歌词,便轻轻地迸发出来。

"小河小河你慢点流,让我洗洗脸让我梳梳头……"

她的头轻轻点着,无限娇柔又无限自豪。那曲调一经她清脆的、甜蜜的嗓音熔炼,就像一匹训练有素的小马,潇洒自如地或信步河边,或飞腾高山。

我发誓我从未听过这样美的歌。我不喜欢上音乐课，因为我总是把7唱成i。可今天，这音乐使我痴迷了。我只感到眼前、四周，有无数条五彩缤纷的彩带，在飞舞，盘旋。那一停一顿，一起一落，把我的心完全激荡起来。我哭了，不是喜不是悲，完全是那神奇歌声的力量。它使我欢喜若狂，激情澎湃！

歌声像旋风似的转得又急又高后，便戛然而止了。我呆呆地忘了鼓掌，儿童的心里，仿佛第一次体验到若有所失的空虚之感。我又发疯似的鼓起掌来，我希望她再唱下去，一支、两支、一百支……不要中断，我希望在我的一生中，这朝霞色或玫瑰色的歌声永远陪伴着我，不要有须臾的离开。

她又回来谢幕了，太阳似的带着一身光辉。听众的热烈的掌声，使她兴奋得涨红了脸。那双聪明秀敏的长眼，弯曲地笑着。她穿着肩膀上带有宽带的红裙子。雪白的白衬衫，像只蝴蝶似的，飞来又飞走了；热浪将她的红裙子的腰身以下部分，鼓成一个椭圆。

当报幕员开始报下一个节目时，我当时真是气愤万分。我拼命地鼓着掌，希望掌声能挽留住她。但她还是退到幕后去了。

后来，我才知道，她就是这个电影插曲的演唱者。

从此，我对唱歌有了一种疯狂的爱好。对小歌手的崇拜，高涨到一种吓人的程度。当家里人评论起歌唱家时，我便向他们庄严宣告，如果谁不承认她是中国的第一流歌唱家，便一辈子也不同她说话了。

这是我见到她的第一面。

为了纪念这一次见面，这一年的夏令营，我采集了一个最美丽最漂亮的蝴蝶标本，偷偷地夹进书里。只有我自己知道，这只蝴蝶是为谁采集的，为什么事采集的。

五年后，我又见到了她。

那时，我在陕西插队。在一次全公社召开的公审大会上，押着十个犯人，九男一女。当那引人注目的女犯抬起头来时……我不能不停顿一下。我实在不愿意这个在我心中，同样也在读者心中留下美好的印象的小姑娘，变成台上戴着手铐的罪犯。可是，生活是真实的，它不容我用这支笔写下皆大欢喜的结果。她也许应该成为一个很优秀的歌唱家，可是，应该是应该，生活是生活。那个平日用作演戏放电影的土台——台上的罪犯确确实实是她。她与小时无多大变化，因此使我仍能一眼认出。她似乎变得更漂亮了。一双大眼，两道细长浓黑的眉。脸是苍白的。九个粗俗龌龊的男犯都垂着头。独有她，高高地、骄傲地，昂起她那美丽的公主般的头。

陕北的老乡多是善良心软的。他们啧啧为这年轻漂亮的姑娘惋惜，有人还在为她掐手指头，计算刑满后的岁数，以及预测她将来的生活。

我震惊而又万分不解，心头好似被清冷、尖硬的巨石，重重压迫着。我木木地望着她，望着她的眼睛。小时候那温柔、善良、喜人的光不见了，只剩下那与她相貌、年龄不符的一种敌视，厌恶，甚至还带着狼一样凶恶的光。

她被宣判为盗窃犯，判五年徒刑。

这一天，对我真是个刺激。我的心中，有一股说不出来的滋味。像委屈，又不像，像她出卖了我的少年，又像我出卖了她的童年，总之，百感交集，难以名状。当时，我什么事情也不能够为她做的，我只是格外小心地保护着我心中那童年的美好形象，不去看她，也不去想她，我能为她做的仅仅这一点。

然而，我还是出于一种奇怪的心理，打问了她详细的情况。

据说,她有个很美满的家庭,父母都是知识分子,只这么一个女儿,视若掌上明珠。家中并不缺乏物质享受。

可是,她竟偷起东西来了,从北京偷到陕北,简直成了偷窃狂,见什么偷什么。在一次回家探亲的时候,她的家里住上了新的人家,没有家了,于是回到火车上。她是在火车上过年的,随后,便在火车上流浪。

细想起来,她如此这般也是有原因的,在那个给全中国人民带来无穷痛苦的时期,她的家庭也未能幸免。平和、温暖的家突然被破坏了,父母成了反动学术权威。因为受不了那非人的待遇,他们丢下了十五岁的女儿,双双自杀。人人都歧视她,骂她"狗崽子"。

假如她身边再有一个亲人,一个以诚相待、相爱的亲人,她也许不会走上这条路。但她什么亲人也没有了。十五岁的年龄,正是心中盛开着花朵的年龄,突然遭到这样的厄运,社会的全部压力向她压来。在温柔富贵中长大的她,承受不了这突然的变故;结识了社会上的坏人,带着对整个社会的抵触情绪,一步步走上了犯罪的道路。

她的这一切,只引起我一阵长久的深思和感慨,一种受伤的感觉,就过去了。我也再没有深究此事的心境了。

可有时候,有些事情,正如人们开玩笑说的,有一种"缘分"。大概正是这种缘分,使我们又第三次见面了。

这是不久以前的事。我到一个生产队搞一份"四人帮"破坏农村经济的材料。一天傍晚,在一群收工的婆姨中,一个一闪而过的面孔,那样特殊的面孔,使我不由得多看了一眼。

"是她!"

这相遇,令我又惊又慌。我不由自主地跟在她后面,默默走了一程。按时间计算，她应该是刑满释放后的第三年了；看身材体态，她大概结婚了，将在这个普普通通的小村庄，长久地居住下来。

天渐渐地黑了，四周迷迷茫茫。一行雁在空中匆匆飞去。我在原地打着转转，不知该到哪里去。

我犹豫了半天，终于鼓足勇气，顺着她的行踪，来到她的门口，推开了窑洞的柳木门。

这是一次不寻常的冒昧造访，我的心有些慌。我不知是因为我过去爱过她、崇拜过她的一种慌，还是因为对于那曾经戴过手铐由此而生的戒心和厌恶所引起的慌。

她正在灶火口做饭，那火光照亮了她的脸。

她老了，眼角是缕缕鱼尾皱纹，脸是农村人的那种黑红，眼睛仍很大。只要看到这一双眼睛，便会明白那一切，它告诉你，她生活过、经历过、痛苦过。

我笨拙地用一个谎言，掩饰了我唐突的来访后，便开始了我们之间的谈话。

她用一口道地的陕北话跟我聊天。这表明，不管你知不知道她的经历，她是绝不想同你谈到北京及过去了。

她结婚了，丈夫是个老实可靠的庄稼人。有一个女儿，刚刚满两岁，叫延延。

我很想同她挑明，从"六一"儿童节讲起，从那个"小河小河你慢慢地流"讲起，从那身白衬衣和红襟带裙讲起，从我至今还夹在书页中、用作书签的蝴蝶讲起，我想问她，这些年是怎么过来的，她脸上的皱纹，是否因那痛苦的经历造成，她的嗓子还能不能唱歌，自从那个公审大会以后，她是否回过从小长大的故乡北京。

我不明白，她为什么不提北京，不在我这个北京老乡面前叙叙乡音。难道，是因为她生活在陕北，这生活给了她新的内容，而忘掉了北京吗？难道是因为那伤害了她及全家的事发生在北京，而恼恨北京吗？还是因为，正是因为深深悔恨了自己的过去，而把那犯罪的过去，永远地埋藏起来了呢？

我真是无从判定。

我坐了很久，直到见到她的丈夫和女儿，一前一后地从野外归来。——我又见到了小时候的她——她长得跟母亲小时候像极了。我忘乎所以地抱起了延延，突然说了句也许永远不该说的话。我逗着她那咿咿呀呀的小嘴说："延延，你也会唱那'小河小河你慢慢地流，让我洗洗脸，让我梳梳头'吗？"说完，我自己不由得唱起来。当然，我仍然把了唱成i。

她惊愕了，用一种猛然受到惊吓的眼神望着我。突然，脸上又闪出一道光，那被童年生活照亮的光。猛地，她扔下手中的面盆，趴在炕上，"哇"的一声哭了。

那内心被鞭笞的疼痛，胜过一切皮肉的痛苦。

第二天，我一早准备离开这里。她抱着延延在路口等我。她显然一夜未睡，眼睛发青，面容有些憔悴。她像对恩人一样地感激我，感激在这个世界上，还有记得起她童年的人。她说，她过去像鸟儿一样欢乐的时候，很爱唱歌，后来就再不唱了，不过，如果我不嫌弃，她很想为我唱一支。她说："这算是最后一支歌吧！"

她是再不能唱"小河小河你慢慢地流"了。

她唱的是另外的一支，声音很小，只刚够我一人听清。过去一切声音的美妙都消失了。我只被那挠人肺腑的词调弄得心神不安。

"时光像流水,生命匆匆归,那旧日的苦难,但愿永不复回……"

是的,时光像流水,那失去的时间,或许还可以在加倍努力的奋斗中,获得补偿,那失去的生命,又如何能挽回呢?

我们虽无她那样的悔恨,可是,我们不也曾因轻视知识,而无为地消磨了时光吗?我们不也为错误的真理而盲目过和狂热过吗?我们如今,不也为仍没有一项专业特长而苦恼吗?我们不也多少沾染了那个时代的痕迹吗?也许,正因为我们经历了,所以,我们才更加奋发,更要追求,更需让生命放光。

让旧日的一切,随着她那一支歌,永远地埋葬吧,永远地消逝吧!让那些害了她以及整整一代人的"四人帮"时代,永远地一去不复返吧!假如那失去的生命还有灵魂,还能说话的话,这便是它的呼声。

不论青年,不论老年,不论幼儿,不论妇孺,我们每个人都有权利、有信心,开始我们崇高而有意义的新生活。

杨岸乡认真地读完了它。在阅读的途中,他将头深深地埋进纸里了。他在阅读中体验到了一种快感的痛苦。"悲剧不是不幸,麻木才是不幸。""悲剧可以使人变得崇高。""悲剧就是把有价值的东西毁灭给人看。"在阅读的途中,这些不知道是杨岸乡自己独立思考的话还是先他就有的经典作家已经说过的话,一直嗡嗡地在他耳畔回响。在阅读的途中,他好像听到一位远方的姊妹在向他呼唤,侃侃而谈,呼唤一种心灵的理解;于是他明白了,在世界上,在世世代代走不完的漫长的道路上,大家都在走着,他有他的同类。

也许,当第一个猴子直起身子,走出森林的那一刻起,一种渴望表现的痛苦,一种来自心灵深处的孤独感,便伴随着人类迢遥的行程。人生过程本身就是一种痛苦，而随着人类思维向深度和广度的延伸，随着人对自身以及外部世界的知之渐多，这种痛苦便愈加强烈。只有白痴是幸福的，幸福得如同那尚未直起身子的猴子一样。对于人类来说，第一个猴子走出森林，是一种幸运还是一种不幸，真是一件说不清的事情。

当我们以释然的宽容的态度回溯那隐现于远处的人类的昨日的时候，我们看到了人类为了超越自己、实现自己、释放自身能量而进行的苦苦挣扎，我们听到了英国哲学家培根那"万物不达其位，则狂奔突撞，既达其位，则沉静自安"的话。目光浅近的人看不见这些，他们将压制人才的责任归咎于时代，他们忘记了司马迁在《贾谊论》中所发的感慨，他们忘记了王勃在《滕王阁序》中所说的"冯唐易老，李广难逢。屈贾谊于长沙，非无圣主；窜梁鸿于海曲，岂乏明时"这些话。其实，任何时代都埋没人才，只是程度不同而已。人类最大的不幸和痛苦，也许就在于它不能在有限的生命过程中最充分地完成自己。按照马克思的观点，只有在未来的理想社会实现的时候，每个人的个性才能得到最大自由的发展，而这种发展，便成为理想社会到来的最重要的标志之一。

从这个意义上讲，《最后一支歌》的作者是稚嫩的，她过多地把责任归咎于时代，而对未来将要发生的事情，她又考虑得太简单和太单纯，以为从此将永远阳光灿烂，人生从此将又可以洒脱地信步河边或飞腾高山。她的阅历还太浅，她还不懂得"我们必须学会哭泣，也许，那就是最高的智慧"这句话。她的那些稚嫩的想法表现在小说的那些议论和插叙中，而从艺术的角度讲，这些议论和插叙也削弱了情节所带来的悲剧力量，使这个悲剧性题材变得浮浅和缺少纵深感，或者说，反而限制和缩小了它的主题。

但是除了上边那些瑕疵之外，读完全篇，杨岸乡还是被深深感动了。那个带几分奇异色彩的悲剧故事,那感伤的和沉思的气氛,那叙事语言的简洁、准确、生动,都给他留下了很深的印象。从作品联想到作者,他想这位"花子",是一位有思想、有独立思考的人。她肯定是北京知青,如果不是北京知青,她对主人公的把握,不可能那么准确,她对那一段的时代气氛以及插队前后的许多现象,也不可能在选择细节时那么简洁和准确。

由此,他联想到了他在交口河小吃店里遇到的那位。他记起了她的"门"字形的头发,和酷似他的粗纤维工作服的那一身服饰,以及她和那个讨吃的小姑娘之间,发生的故事。他想,那件故事,该又是一篇小说题材了。同样具有震撼人心的力量,同样是悲剧题材。

所有的这些夭折在路途中的天才,所有的这样催人泪下的故事,它们之所以从不同的角度,以不同的形式,来打搅杨岸乡,是不是这是大自然冥冥之中的一种安排?也许,我们的主人公将要勇敢地走出高原了,他吸收了这么多人给他提供的养料,他仿佛像非洲原野上那些大嚼腐肉的野狮一样,那些倒毙在路旁的先行者就是他的食物,他正在变得日益强壮。这些人中有他的光荣的父亲,他的饱经磨难的姑姑,有那个剪纸的小精灵,还有以这种奇特的方式寄给他,让他为之动情的那个小歌手的故事。当然,在谈论这些人的时候,我们不要忘了《最后一支歌》的作者,正是她,正是神秘的她,摇醒了这座沉睡的生命钟,诱引他、强使他、鼓励他勇敢地走出高原,带着陕北人代代那湮灭在路途中的梦想。

杨岸乡看完了小说,他翻到了最后一页,他的热泪滴在了业已合住的小说稿的背页上。

"这篇小说是为我写的!"说完,他像扔掉一把火一样,将这篇小说扔到了床上。

很久很久,他才从小说所描绘的那种感伤气氛中脱身出来。他仿佛觉得无意之中踏入了冬天的大门，领略了刺骨的寒风和飘飞的雪花。为了使自己的情绪回转过来，他推开门，走了出来。

秋高气爽，繁星满天，正是一年中陕北高原最美好的季节。农人们把这个季节叫"陕北八月天"。空气中飘来一阵阵成熟的糜谷的浓烈的香味。厂区的那排高大的白杨树的叶片，在夜色中闪闪发光、斑斓无比。一轮又圆又大的月亮，从东山的顶巅正缓慢地升起来，远远望去，像停在东山之巅的一个发亮的大车轮子。星星渐渐地减弱了，收敛了光芒，让位于冉冉升起的月亮。月色很白，很亮，它安详地照在大地上，将它的光芒毫不吝啬地施予力所能及的地方。整个世界因为这中秋月的出现，仿佛像俄罗斯作家笔下那种"白夜"式的情景。

"我把它投出去！"他对自己说。他不忍心看着这样的东西被大蒸锅吞掉，就像不忍心看着那些好书被大蒸锅吞掉一样。那些好书即便被吞掉了，还有别的版本在世上流传，这篇手稿如果没有了，就永远地没有了，谁也不会知道那个凄清而奇异的故事了。

想到这里，杨岸乡感到一种后怕。如果那天他撒一下懒，或者在翻寻书的时候，没有注意到这篇手稿，那它就算是彻底地消失了，那也许会是文坛的一个无法弥补的损失。想到这里，他又对那个如此不慎重地处理自己作品的陌生人，感到愤慨了。"她在糟蹋自己，"他想，"在她身上，一定发生了什么变故，促使她将这些珍贵的书籍，这篇还没有变成铅字的手稿，送到了废品收购站。"

主意拿定，他就开始想往哪里投好。

根据当年的经验，他最后选定了黄浦江畔那座城市，那里有一个青年文学刊物。当年，杨岸乡在大学就读的时候，曾在那家刊物上发过稿子。

还应该有个寄信人的地址，可是，"花子"在哪里呢？他苦笑了一声。

他将那只随手稿一起来的信封看了看。信封上空空如也，没有一个汉字。他推测，作者在将那决定命运的第一页重抄之后，又装进信封里，也许是想寄出去的，可是，怎么说呢？什么事促使她改变了主意。

他连夜将小说封好，第二天就寄走了。他用的是交口河造纸厂的公用信封。

他本想附上一封信去，后来又取消了这个想法。原因是不知道那边选稿的编辑是什么脾气。如果信中的口气大一点，摆出个名家的样子，结果有可能造成编辑的反感；如果摆出一副学生的样子，开口闭口赐教字样，结果又可能使编辑看轻自己。所以最好什么也不说，听天由命吧，这样反而能给编辑造成一种神秘感。这也是杨岸乡昔日的经验。

第二十一章

一辆风尘仆仆的北京吉普，驶进了交口河造纸厂。吉普显然在高原上转悠了好一阵了，车的篷布上、轮胎的钢圈上，扑满了厚厚的一层黄尘。车停在了院子当中那个水管跟前，车上走下来一位老干部，和一位夹着皮包的年轻人。司机开始打开水龙头，拉出一截自备的红色橡胶水管，接在龙头上，往车上喷水，而那一老一少，进了厂领导的办公室。

这名老干部叫黑寿山，是新上任的肤施市委书记，那个夹着皮包的小青年，是他的秘书。

黑寿山这一年，已经五十五岁了。他显得比他的年龄要老一些。面容消瘦，头发灰白，适中的身材，身上满年四季，总是一件灰色的中山装，脚下总是一双圆口布鞋。他的身材和气质方面，继承了他的母亲黑白氏的特征：聪明、细致、警觉。他的肤色，是黑大头和黑白氏的综合：面皮是那种沉着的焦黄，仿佛香烟燃过之后，熏在指头上的颜色。他的脑袋很小，稀稀拉拉的头发温顺地倒向一边，与黑大头的硕大的酱菜疙瘩一样的大脑袋、和猪鬃一样坚硬的头发茬子，形成一种反差。多年来的基层工作经验，已经将他锻炼成一个机敏能干的领导干部了。

黑寿山到交口河造纸厂，仅仅只是路经而已，没有什么实际的目的。走马上任之后，他要了一辆吉普车，到陕北农村跑了一趟，用通行的行政辞令说，这叫"调查研究"。"下车伊始，哇哩哇啦"是领导干部的一个大忌，黑寿山十分地明白这一点，所以来到肤施城后，他仅仅只是去报了一个到，接着就下来了。他此行的目的是想系统地研究一下陕北高原的农业，看在这样恶劣的自然条件下，如何能够扭转目前的这种贫困局面，首先解决"喂脑袋"的问题。至于工业，那将在第二步展开，"无工不富，无粮不稳"，工业是要抓的，不过眼前的当务之急，是农业；事情得一步一步地来，仗得一个一个地打，不可能指望一个早晨吃成胖子。

建国以后，黑寿山便转业到了地方。他在陕北高原与鄂尔多斯高原接壤地带的一个县份工作，先后担任过团县委书记、副县长、副书记、县长、县委书记等职。"文革"开始时，他已经是这个县的县委书记了，后来，便从这个县又调到另外一个县担任县委书记；换了好几个地方，不过一直是在这陕北高原北部边缘地带。这块地域，地理学家将它叫"长城沿线风沙区"。

黑寿山在这块土地上，干了一件堪称是功德无量的事情，这件事就是治理沙漠。

土地沙化已经成为一个世界范围的问题，而对于陕北高原来说，这个问题尤为严重，它不是书本上或理论上的概念，而是一件出现在家门口的迫在眉睫的事情。千百年来，鄂尔多斯高原上的漫漫黄沙，仿佛一位冷酷的、法力无边的巨人，正迈着迂缓的，然而又是坚实有力的脚步,以每年几公里的速度,以几百公里乃至上千公里的扇面,吞噬着陕北高原。金灿灿、亮闪闪的沙砾,填平了黄土地的沟沟壑壑,将这块古老的土地,日益纳入自己的黄色版图。

根据令人信疑参半的说法,位于长城脚下的榆林城,由于黄沙的进逼,它在历史上曾有过三次搬迁,最后一次搬迁,修筑在这驼峰山下、榆溪河畔。可是如今,在驼峰山靠近鄂尔多斯高原的那一面,黄沙已经将山坡快要填平,因了驼峰山的阻挡,黄沙眼下还没有力量吞噬掉这高原第二名城,可是,它绕过了城池,以扇面继续向前推进,这样,榆林城便被沙漠围在了核心,它的被吞噬,它的下一次搬迁,只是指日可待的事情了。站在驼峰山上,向东北方向望去,只见天苍苍,野茫茫,寂寥的风景下,只有几棵沙柳和骆驼草,细细的流沙在风的作用下,像一条条小蛇,摇头摆尾,向榆林城游来。

如果说榆林城的三次搬迁,目前尚正在考证之中,那么位于"西口"路途的那座著名的赫连城,它被黄沙活活埋掉,就是确确实实的事情了。当年,不可一世的大夏王五胡十六国之一的胡——据信是王昭君与匈奴所生的一个后裔的赫连勃勃,当他反了汉室,率领他的数十万铁骑,行至这里时,见这里古木参天,水草丰盛,湖光潋滟,气候湿润的样子,掷了马鞭,叫道:"我走了天下这么多的地方,还没有见过这么好的去处。"遂征民夫十万,日夜施工,大兴土木,历经六载,建起一座"高构千寻,崇基万仞"的繁华都城。据说筑城所用的土都是蒸过的,畜血搅拌,并杂以蒸熟的软米面,筑成一段,便令监工,用锥子去刺,刺进去了,杀筑城的民工,刺不进去,便杀持锥的监工。赫连说:"朕方一统天下,君临万邦,可以统万为名。"遂号新落成的都城为统万城。魏灭夏后,由于这里水草丰美,还用来作牧场。到了唐代,赫连城已经受到风沙的威胁。大历年间诗人李益到夏州一带，曾在诗中写道："汉家今上郡，秦塞古长城，有日云长惨，无风沙自惊。"在另一首题为《登夏州城欢迎行人赋得六州胡儿歌》中唱道："故国山河无限恨，风沙满目堪断魂。"据《新唐书·五行志》载，唐"长庆二年（公元822年），十月夏州大风，飞沙为堆，高及城堞"。咸通年间有个诗人叫许棠的也在《夏州道中》一诗中有"茫茫沙漠广，渐远赫连台"的句子。诗人戴叔伦当年也曾登上该城城楼，触景生情，写下一首长诗，从其中"沙头牧马孤雁飞""风沙满目断征魂"的描写来看，这里的沙害已经十分严重了。宋代的赫连城因已在沙漠腹地，这才由朝廷下诏予以废毁。从此，有三百余年历史的赫连城渐渐人烟稀少，日益沦为废墟，最终消失在一望无垠的沙海中，不为世人所知。如是者八百年后，清道光年间榆林太守授命怀远县知县，亲自勘察这座久已湮灭的北方古都，知县广阅资料，走访民间，方确认治下这湮灭在黄沙中的、被老百姓称为"白城子"的一片废墟，就是当年显赫一时的大夏国统万城。赫连城于是又被从丢失了的历史中寻找了回来，出现在人们的话题中。如今除了关于筑这座名城时的那些骇人听闻的传说，除了留下那些"千古帝王今何在"的叹息之外，这座古城废墟留给人们的，便是作为陕北高原日益被沙化的一个活标本，一个触目惊心的事实，出现在那茫茫天宇下、出现在人们的话题中了。

随着沙漠的南侵，随着陕北高原日甚一日地缩小，"沙子"这个词汇开始出现在人们的日常用语中，继而从日常用语中，又进入民歌、进入小曲以至酸曲中。"三十里明沙四十里水，五十里路上瞧妹妹"，这四处为人传唱的民歌，五十里瞧瞧妹妹的道路，跋涉那沙漠地带，就用了五分之三的路程。至于在那被沙漠困住榆林城，以沙子为内容的民歌酸曲更是不绝于耳："榆林有三宝，沙子打墙墙不倒，干大来了狗不咬，姑娘嫁汉娘不恼。"这"沙子打墙墙不倒"，是用沙子来打墙，还是将墙打在沙子地里，两种说法，没有细考。还有一首有关沙子的酸曲，令人听了酸掉大牙，我们仅仅是取它关于沙子的描述，以示沙害的严重，至于其他的内容，权当左耳听了，又从右耳出来，一阵风吹走算了。这首酸曲只有两句，是这样的："榆林城，四面沙，不卖屄你让老娘吃甚嘛？"试想象一下，一个半老太婆，用两只手掺掩着大襟袄，站在驼峰山的半山腰，拉下脸来，对着眼前的这漫漫黄沙，毫不脸红毫无顾忌地这样大声唱着。话丑理端，对着这寸草不生一毛不拔的漫漫黄沙，你让她喝风屙屁吗？

于是，从20世纪50年代后期开始，鄂尔多斯高原与陕北高原接壤的这块狭长地带，便开始了治理沙漠的工作。一位作家的散文特写《一支没有出唇的歌》，就是记载这一方人类与大自然搏斗的盛况的，文中提到的那个领导人，就是黑寿山，而"榆林城的三次搬迁"之说，大约就始于这篇文章的考证。这是一场人民战争式的大会战，黑寿山便是这场大会战的总指挥。治沙工作到20世纪70年代以后，达到高潮，同时也做出了卓有成效的实绩。昔日"沙进人退"现在成为"沙退人进"。沿沙漠边缘一线，栽下了高高低低一道一道的防护林，高的是白杨，不高不低的是沙柳，趴在地上的是臭柏。昔日那些寸草不生的一座座沙丘，现在都被浓密的沙柳遮掩住了，沙柳的根部固住了流沙，使流沙不能随意流动了，沙柳的茂密的枝条减弱了风势，挡住了北来的流沙，而那些遍地生长的取之不竭疯生旺长的沙柳柳条，也为柳编工艺提供了原料。天阴下雨，冬闲时节，家家户户都在自己的窑里，干起柳编的营生。过一段时间，贸易公司来收购一次。这些柳编工艺品远销欧美，为国家换来了外汇，也改善了当地人民的贫困生活。

到了20世纪70年代，遏制住了沙漠的南侵后，接着，人们就开始大反攻了。几百个、几千个治沙专业户，在沙漠的腹地驻扎下来。沙漠还在这个寸草不生的地方流动着，沙子里的水分也种不活沙蒿和沙柳，于是，聪明的农民想出了一个固定流沙的办法，他们背来了一捆捆的谷草、糜草和稻草，用铁锹将这些庄稼秆一根一根地戳进沙子里，将沙丘分割成一格一格的方框。沙子停止了流动，沙粒间开始有了贮存的水分，假如这时候有一场透雨，于是家家户户，背着草籽出动了，将这些草籽撒在方框里。而天上，轰轰隆隆，"安二"飞机也掠过一个又一个沙丘，那是飞播造林。

最壮观的，也是最艰苦的，同时也是最可靠的治沙大战，是从正面开始的，是在那些流沙南侵的锋头上。有沙漠的地方必然有沼泽，沼泽变干了又形成盐碱滩。沙漠里不能种庄稼，沼泽地和盐碱地同样不能种庄稼，沙漠里是因为缺水，而沼泽地和盐碱地是因为盐碱太重，庄稼无法生长。但是，如果将二者结合起来，沙子地里因为有了一定的土壤，便能储存住水分了，而盐碱地因为得到了稀释，因为盐碱随沙子渗入地下了，便成为可以耕种的土壤。这种改良办法叫"移土捂沙"。先将沙地弄平，最好引水措施跟上，然后，用担子担，用驴驮，用架子车拉，将盐碱地里的土壤，覆盖到沙地上去，覆盖的薄厚以二十厘米为度。这种"移土捂沙"的办法，虽然笨，但是靠得住，而改良后的沙地，当年可以耕种，立即产生效益，从而也给人以鼓舞。于是在这长城沿线风沙区，治沙的队伍一字儿摆开，以"蚂蚁啃骨头"的精神，以"愚公移山"的气势，向沙漠反击。千百年来，沙漠以每年几公里的速度，向陕北高原推进，从这个时候开始，人类便又以每年几公里的速度，向沙漠反击。

陕北高原治理沙漠的工作，得到了联合国环境保护组织的高度重视，在进行了实地考察以后，他们认为这是人类在与大自然搏斗中产生的一个奇迹。在地球沙漠化日益严重的情况下,在地球的植被每年以数百公顷数千公顷数万公顷被沙漠吞食的情况下,陕北高原遏制沙漠、治理沙漠的经验,为那些处在同样自然条件下的地区,提供了一个可资效仿的榜样,为忧心忡忡的人类的明日,带来了一丝光明的前景。

接着,联合国环境保护组织,将这里作为世界范围内的一个治理沙漠的试点基地,拨来专款予以资助,并派遣长驻观察员就地观察,并且组织了一些国家的有关专家来这里学习经验。

在国内,这里的治理沙漠,自然也是声名远播,特别是在后来东北、西北、华北三北防护林带的建设中,这里的经验受到普遍的重视,榆林城成为治沙的一个桥头堡,一个先行一步的示范。那些一个接一个的表彰会、经验交流会、现场观摩会、考察评比会,等等等等,名目繁多,恕这里不一一细表。上级各部门也纷纷在这里整理典型材料,有的部门认为这是抓思想政治工作抓出的结果,有的部门认为这是抓生产和生产力标准抓出的结果,有的部门认为这是重视科技人员的作用的结果,有的部门认为这是加强民兵建设、民兵队伍发挥了主力军作用的结果,有的部门认为这是重视半边天、调动了妇女积极性的结果,有的部门认为这是共青团……总之,各取所需,总结经验,形成一份份典型材料,报了上去。

这样,政绩卓著的黑寿山,便被调到肤施城,升迁为肤施城市委书记。上上下下,希望这位务实的阅历丰富的领导能像治理沙漠一样,为陕北黄土高原的综合治理,拿出办法,拿出行动,改变这早就应该改变的面貌。

深感压力的黑寿山,便这样来到了肤施城。正如我们前边所说,报了到后,他要了一辆北京吉普,然后顺着陕北高原,以肤施城为中心,转了一个大圆圈。他走的正是当年杨作新转的那个圈子，所以，有一天转到了交口河。

每到一县，黑寿山便召集县上六套班子，汇报工作。汇报会上，他一言不发，深藏不露，只掏出一个笔记本儿，在上边画着干条条。这种汇报，一是为使自己了解情况，二来也是看各县领导的水平，准备酝酿成熟后，行政上动刀子。除了听取县上文牍形式的汇报外，他更多时间是深入到农民家中，与农民交谈，请教老农。当然，他把主要的精力，放在那些地域特征明显的地区，例如黄河沿岸地区、无定河流域地区、洛河流域地区、陕北高原腹心白于山区，他想找出这些地区的共同的规律和各自的一般规律，然后对症下药，综合治理。他明白，新中国成立以来，这里的农民和干部，不是没有大干，不是没有流血流汗，他们确实大干了，那一座座被修成梯田宛如天梯一般的大山，那横亘在大大小小河流上的一座挨一座的拦水坝，就是证明，但是问题是，力气出了那么多，大家依然饿肚子，这到底是怎么回事。

每到一县，他便要文书，借来县志，细细地阅读。这是他多年来养成的一种习惯，县志给他增加了一种历史感和沧桑感，扩大了他的视野。黑寿山懂得"为官一任，富民一方"的道理，他觉得共产党的官，最起码地要做到这一点：让人民吃饱肚子，让人民安居乐业。在烈士谢子长的故乡，那个已经被废弃了安定县旧城里，他从县志上查出了"廖公桥"这个建筑，县志中说，这是一个姓廖的县太爷治理安定时修下的。于是他要当地干部陪着他，去看这个"廖公桥"。这哪里是座桥，分明是在一条小河沟上修起的一孔窑洞！桥宽不过一丈，横跨在河沟上，将居住在山坡上的人家和川道里的人家连成一气。桥是用不规则的碎石片砌成的，经年经月，石头已经风吹雨淋，变成黑褐色。黑寿山在这廖公桥上，来来回回走了几趟，不由得感慨万端：你仅仅做了这么一点修桥铺路的好事，人民还记着你,地方志还给你留几行位置!

崖畔上开花崖畔上红,受苦人盼的是好光景。

在黑寿山考察的日子里,汽车所到之处,都能听到山上劳作的人们这样歌唱。陕北人将在田野上劳动的人叫受苦人,而不像别的地方叫"庄稼人""庄稼汉"或者种地的。"受苦人"这三个字,包含了多少内容呀!作为在这块土地上土生土长的干部,他热爱陕北,热爱这些淳朴的乡亲父老,他对这块土地以及它的人民怀有一种深沉的感情。那两句信天游唱得多好呀!是的,"崖畔上开花崖畔上红,受苦人盼的是好光景",这从闹红时期就开始唱红了的句子,一直唱到今天了。这些农民兄弟们一生苦苦劳作,东山日头背到西山,他们唯一的奢求,是填饱肚皮,是有"荞面饸饹羊腥汤",这样的光景好过,他们的要求并不高,那一碗"荞面饸饹羊腥汤"便是他们的全部梦想。

然而在许多年中,我们连这最基本的东西也没有能够给他们。

他想起战争年间,陕北人民用小米养活革命的日子。他永远忘不了,1947年延安七天七夜保卫战中,当他身负重伤,停在小镇的临时救护所时,一位面色黝黑的妇女,将自己干瘪的奶头,塞进他的嘴里的情景。

后来,部队撤到陕北高原北部,他在袁家村养伤的时候,不止一次地给他的母亲黑白氏,提到过发生在小镇的这件事,提到"荞麦"这个名字。黑白氏说:"那荞麦,该不是你杨干大的婆姨吧,她也叫荞麦!按辈分说,你该叫她杨干妈才对。她救了你,这真是一种缘分！"黑白氏细细地想了想，接着又说："肯定是她，我记得你杨干大说过，她是小镇上的姑娘；你杨干大在小镇当教书先生时，娶下她的。杨干大还有个儿子，大号叫杨岸乡，荞麦回到了小镇，不知他怎么样了，该不会失弃①了吧。小山子，你该去打问打问的，去照顾一下你杨干妈，如果那杨岸乡命大，还活在人间，小山子，你要好好地招呼他，你比他大！"

再后来，大反攻的时候，他路过小镇，找到当地老乡一打问，才知道荞麦已经死了，惹得他十分伤心。关于杨岸乡，他也没能打问出什么结果来，有人告诉他，杨岸乡上了保育院，这是听荞麦生前说的。黑寿山知道，保育院后来改成了保育小学，又改成了育才小学，大撤离时，这个学校也撤出了肤施城，如今不知去向。到了肤施城后，黑寿山又四处打听，才知道育才小学已经东渡黄河，一拨去了北京，一拨去了西安，一拨又绕回到肤施，至于杨岸乡，没有人能告诉他确切的消息。新中国成立以后，工作忙碌，他抽不出一点空来考虑这事；等到后来，黑白氏一死，没有人在耳畔唠叨，这事便彻底地丢在脑后了。今天，如果不是触景生情，他也不会突然从记忆的深处，拉出这些事情。

在陕北高原转了一圈，完成了一次实地考察，通过和许多人的接触，通过对几条流域的踏勘，通过对各县历史地理的研究，黑寿山的心中，已经有几分踏实了。他认为陕北地区之所以长期处于食不果腹的境地，主要在于两个"恶性循环"。

治黄委员会提出的数据表明，黄河的百分之七十的泥沙，来自陕北高原以及与其隔河相望的山西晋西北地区，黄河因此而被称为

---

① 失弃：方言。死了，早夭了，满世界找不着了。这是民间对死亡的一种含蓄的别称，通常用于未成年人。

黄河。在遥远的年代里,陕北高原还是一块平整的林木茂盛的高地平原,由于植被的破坏,造成水土流失,于是形成了这支离破碎的山梁山峁,沟沟壑壑,出现了山冈和平川这些概念。陕北高原每年年平均降雨量为三百毫米,但是有二百多毫米,集中在夏天的几场大雨中。倾盆大雨落在地上,砸实了的黄土,不能立即被吸收,于是变成"攻山水",流了下来,千百条沟渠,便汇成一条蠕动着的泥浆河,注入黄河中。大雨一过,火辣辣的太阳一蒸,地皮马上就变得干裂起来。而这攻山水带走了土壤中好容易蓄积下的、或经人工施入的一点肥气,使本来就瘠薄的土地更加瘠薄。这样的土地是长不好庄稼的,春天撒上一二十斤种子,秋里收获五六十斤粮食,没有办法,农民只好拼命地开垦生荒地,荆棘林,连那些七十度左右的陡坡都耕种上了,人均占有耕地面积达到七八亩以至十二三亩。可是这样,仍然解决不了温饱,粮食不够吃,于是又盲目开荒,这样,水土流失更加严重,土地更加瘠贫。

这是第一个恶性循环。要解决这个恶性循环,只有下决心退耕还林,退耕还草,改变这种"广种薄收"的局面。将保留下来的这一部分耕地,实行精耕细作,加大农业投入,努力提高农作物单产量,以满足农业和非农业人口的基本口粮为标准;退耕下来的这一部分耕地,开始大量种植乔木、灌木和野草,这些种植的主要目的当然是为了防止水土流失,但是在主要目的之外,它同时还会带来三个好处:一是造成小气候——这些林草繁多的地区,降雨量明显增加,气候也较别的地方湿润;二是乔、灌、草本身亦具有经济价值,如果能大面积地发展果木,经济效益将会更大;三是随着林草的生长,将会刺激畜牧业的极大发展,要知道陕北高原,曾经是农耕文化与游牧文化的结合部呀!

要解决这个"越垦越穷,越穷越垦"的问题,黑寿山认为它的症结，还在于增加农业投入，就是说，眼下，得有一笔可观的资金，投入到这块疲惫不堪、失血过度的土地上去。你总不能让农民一边饿着肚子，一边等着地里长树长草，而畜牧业的发展、经济作物的发展、土地的作物和化肥农药薄膜籽种等等，都需要资金。在过去的年代里，这个土地的问题，不是没有人想到，只是没有把它列入问题的核心位置，也没有足够的资金来给农业输血。"现在，该是彻底地解决这个问题的时候了。"黑寿山想，"而资金，只要多跑一跑，多想些办法，四处叩头，总是可以解决的。"

第二个"恶性循环"是生育问题，即"越生越穷，越穷越生"。

哈！你不知道这些陕北的长腰婆姨们，多么能生，记得一篇小说的一个女主人公说：她真贱，不敢沾男人，一沾男人就怀，就有了双身子。陕北的婆姨们也是这样，她们有着极强的生殖能力，极发达的生殖器官，第一胎可能难生一些，到了第二胎、第三胎、第四胎，以至以后的生育，那简直就像拉一泡屎一样容易，说声生，喀哩马嚓就屙下一个，比牛下牛犊还来得便当。有一婆姨，一年生两个，年初一个，年尾一个。她们的这种繁殖力，大约与这里恶劣的自然环境有关，与那种古老的"生殖崇拜"观念有关。在苦难的人类历程中，在与恶劣的大自然、与瘟疫和疾病、与战争和杀戮的斗争中，人类为了保持种族不灭，唯有以这种方式进行抗争。这种情形，与动物界中那些善良的无能的兔子、没有防御能力和食物保证的老鼠差不多。兔子和老鼠是以一月一窝的令人惊骇的繁殖力和世界抗争的，这一方人类之群，也采取了类似的办法。他们发达的嗓音在呐喊和歌唱，他们发达的双手在黄土地上像鸡一样刨食吃，他们发达的双脚走西口或者下南路，他们发达的生殖器官为这块土地源源不断地提供着人力资源。

当然人口的盲目出生，急剧增长，最初的责任还在那些蒙着羊肚子手巾的短腰汉们。这些受苦人，在田野上劳作时累得连腰都直不起来了，但是到了夜晚，在那温馨的窑洞和暖炕上时，他们仍然强支身体，在那半月形窗户灯光的明灭中，快乐上一回。这是一块多情的土地，数不尽的民歌和酸曲已经向你论证了这一点，而按照一位县委书记的解释，这种性生活，其实也构成了陕北大文化的一部分，在没有电灯，没有电视，没有收音机的夜晚，在这闭塞的一村一户被远远隔开的荒山野上，夫妻间的温柔，成了他们夜晚主要的文化活动。

但是在既往的年代里，由于有战争和瘟疫，由于几乎没有医疗设备，所以出生率虽然很高，但是人口的发展是缓慢的。按照官方资料的统计，婴儿的成活率仅是百分之二十到百分之三十，也就是说，一个婆姨生十个孩子，通常只能养大两个到三个。但是新中国成立以后，随着医疗卫生条件的改善，随着人民群众生活的相对提高，婴儿的出生率增加，成活率也增加，一直上升到百分之九十以上。于是在这块土地上，人口呈现膨胀趋势，并且这种趋势还以更猛烈的几何级数增长。

1943年期间，当时著名的陕甘宁边区的人口是五十万人（陕甘宁边区辖陕北高原的大部分和甘肃、宁夏与陕北接壤的一部分），而到了1979年这个时间，仅陕北高原上的人口，就达到近五百万人（准确的统计数字是四百六十万）。这一块贫瘠的、精力已经耗费殆尽的土地，它如何能满足供应这五百万张嗷嗷待哺的嘴巴，难怪各种令人痛心的事情在这里屡屡发生。

在考察的日子里，无论推开哪一户农家的窑门，如果恰逢吃饭时间，看到的几乎都是满满当当的一窑孩子。这种现象令黑寿山震惊。他在一个僻远山村访问时，问这个村的村长，有没有这样一户人家，家里只有一个或两个孩子。在陪同的县委书记的暗示下，村长说:"有。"就是他自己家。中午的时候,他们在村长家吃派饭。村长事先将他的一大堆孩子,打发到外边去要,家里只留下一个男孩一个女孩。黑寿山见了这情景,倒也喜欢,谁知吃饭的途中,从外边溜回来一个小孩,趴在村长的膝盖上,叫声"大",要他鞠一口菜①给她吃,这个吃完了,抹着嘴跑了,又进来一个。这样三番五次,黑寿山看花了眼。他盯着村长,摇了摇头,村长则面红耳赤,尴尬极了。在另一个村子,他还遇到这样一户人家,家里一共十三个孩子。十三个孩子,一个比一个高半寸,齐刷刷地站成一排。家里穷,没有钱买碗,或者曾经买过碗,但是被这些孩子们打碎了,于是父亲从子午岭上,砍下来一棵大树,又用凿子,在树身上掏下十三个窝窝。这棵大树就横亘在窑院的台沿上,吃饭的时候,一溜十三个孩子,按大小个排列,跪蹲在大树旁边,父亲端着个盆子,母亲拿着个勺子,挨着个儿,给这些窝窝里打饭。"这是什么事呀!"黑寿山见了这情景,脸色难看地说。

这种盲目生育有一个规律,那就是,越穷的地方,孩子的出生率越高,越穷的人家,生的孩子越多。相反,那些相对富裕的地方,相对富裕的人家,孩子的出生率反而低些、有节制些。

那些孩子多的人家,光景实在可怜。孩子从生下来到七八岁时,基本上不穿衣服,大的抱小的,一个哄一个,整天爬黄土,像放羊一样。七八岁以后,他们就该帮大人劳动了,等到十二三岁的时候,男的就成了全劳力,女的收上两千到五千块钱聘礼,嫁到外村,然后用这聘礼,给男孩子问上一个媳妇。他们基本上不上学,在他们从婴儿到少年这一段成长道路上,家长也不必付出太多的投资;而一旦他们成人后,便是一个上等的好劳力,所以对这样的人

---

① 鞠菜:陕北方言,夹菜的意思。

家来说,"计划生育"这个概念,他们是无法接受的,起码不能够马上接受。他们不知道外边的世界,因此也就不明白自己处境的可怜;他们自以为生活得很幸福,很满足,因此,对计划生育采取了敌视的态度;他们尤其不能理解的是,自己生下来的孩子自己养活,政府为什么还要干预!

看来,要扭转陕北地区的贫穷落后面貌,抓住这一个恶性循环,也是一个关键。

通过这次实际考察,黑寿山对如何解决陕北地区的农业问题,虽然说不上是胸有成竹,但也可以说是有几分把握了。他在回程的路上,已经盘算开了,准备回去后,以解决两个恶性循环为重点,写一份考察报告,提交市委常委会讨论,如果常委们同意的话,就将这个考察报告,以市委文件的形式,下发各市直单位、各县委县政府讨论,然后在讨论的基础上,召开一次市、县、乡三级干部会议,着手部署,着手行动。

关于工业问题,黑寿山眼下还来不及考虑。"无工不富",陕北高原的经济发展,最终的决战当然还在工业,有那么一天,工业的生产总值超过了农业生产总值,那就是一个讯号,标志着这里的经济开始呈现出腾飞势头。可是眼下,主要的精力还得放在农业上,先得解决五百万人的吃饭问题,长期以来欠的债太多了,积重难返,所以事情得一步一步地来。

在考察的日子里,黑寿山在一个偏僻的深山里,恰好遇到了一批勘察队员。勘察队队长、一个矮矮胖胖的关中人向他小声透露了一个秘密。陕北高原厚厚的黄土层下面,是一个大煤海,其厚度在一米至几十米不等,这样大的煤海,这样厚的煤层,在世界范围内也是罕见的。这个煤海,自北向南,呈倾斜状态,它与中国的煤都——山西的大煤田相连,不过在山西的部分,距地面较浅,随后就越倾斜越深，一直到陕西的关中平原边缘，随着海拔的降低，才进入地表浅层，形成现在的铜川煤矿。因此，陕北大煤田的开发，将会给这里的经济带来巨大的影响。与煤海相依相伴而生的，是几块蕴藏量丰富的油田和油气田。勘察队长认为，这些煤田和油气田的产生，可以追溯到一亿五千万年以前的侏罗纪时代，那时陕北高原还是一块古木参天的林海，这时，从昆仑山方向吹来的黄尘，在这里堆积成一块黄土高原，从而将那些树木埋在了地下，形成了现在的丰富矿藏资源。勘察队长说，这个秘密目前还在进一步勘探，还没有向新闻界公开，属于高度保密状态，但是，他事先向市委书记同志透露一下，以便让这位地方首长，为即将到来的大开发做好精神上的准备。

这个消息令黑寿山欣喜若狂。当然在表面上，他是不会露出这一点的。他看望了勘察队的全体队员，并嘱咐当地政府，要安排好他们的衣食住行，要为他们的工作提供一切方便，随后，就和队长握手告别了。坐在车上，他仍然很兴奋，一面为自己亲爱的故乡而自豪，另一方面，他明白适逢天时地利人和，对于陕北高原来说，一个经济腾飞的黄金时代就要到来了。

到交口河造纸厂歇脚，仅仅是出于一种偶然。他听秘书说，这里有一家市属的工厂，于是提出到这里看看。他有些累，想在这里歇一歇，轻松一下，他明白，一回到肤施城，这只驾辕的老马，就塞进套子里了，那他就得昏天黑地地忙碌了。他毕竟当了大半辈子领导了，有这方面的体会。

交口河造纸厂的领导，见新任市委书记同志，突然大驾光临，有些吃惊。按照常规，这样的视察，得先由市委办公室提前三至五天，电话招呼一下，以便让该厂在这几天，准备汇报材料，搜集数据，以应付领导同志的检查。类似这种不打招呼的突然袭击，通常有两种情况:一是这个厂子的一把手该倒霉了,领导这次是前来寻衅,找岔子;二是这家工厂的一把手,可能由于人们所不知道的关系,要受到重用了,领导来这个厂子仅仅是向四周放一个讯号。当然,通常,前者的可能性居多。交口河造纸厂的领导,心想自己和这位手握着生杀大权的人物素不相识,也不会有人在这么短的时间内推荐他的,因此迅速排除了第二种可能。于是他面带笑容,先提出汇报工作,目的是想试探试探黑寿山的口气。

黑寿山给他们吃了一个定心丸。他告诉厂领导,他来造纸厂,纯粹是路经,没有别的意思。厂领导听了,还是半信半疑。

汇报总是要进行的,这是规矩。在车间里视察了一番后,黑寿山便回到会议室,听取汇报。

黑寿山兴趣不大地听完了交口河造纸厂的工作汇报。汇报结束,在七零八落的掌声之中,在厂领导的一再请求下,黑寿山从宏观方面,作了几点指示。他要大家认真地学习中共十一届三中全会文件,领会十一届三中全会精神,特别是要记住"全党应当将工作重点转移到以经济建设为中心的主渠道来"这句话,并且为即将到来的改革开放,做好心理上的准备。对于交口河造纸厂,黑寿山认为,目前市委的工作重点是农业,但是不久就将转向工业,所以市属的各家工厂,目前情况下,要对自己管理的企业进行研究,寻找增加效益、搞好搞活的办法。至于交口河造纸厂,他觉得,这种原材料来源不足、技术力量薄弱、设备原始的中小企业,是否应当考虑转产问题,比如改为化工厂、化肥厂或者石油裂化炼油厂。当然,这只是他个人的设想,不一定对,但是,作为一个工厂的领导人来说,应当有这个思想准备、有一定战略眼光的。

中午,厂里安排了一桌饭,招待黑寿山。黑寿山提出,他要和工人一样,到饭堂里,排队买饭吃。厂领导一再解释,纯粹是一顿便饭，严格按上级的规定，四菜一汤，也没有上白酒，只几瓶易拉罐。黑寿山摆摆手，还是拒绝了，他有他的想法，新到肤施城，第一脚一定要踩稳，要注意影响，而第一印象往往是很重要的。

排队打饭的时候，他的前边站着的，是一个穿着工作服的、四十岁上下的中年人。刚才在车间里视察的时候，他曾经见到过他，在机声隆隆中，他曾经上前去，拍了拍他的肩膀，因此现在再见到他时，也就算是认识了。

利用排队打饭这一阵工夫，他和这位中年工人交谈起来，询问他的生活情况、收入情况，并且理所当然地问到了他的名字。中年人说他叫"杨岸乡"。黑寿山听到这个名字，觉得很耳熟，他想他在过去的岁月中，一定听到过这个名字的。说不定他认识这个人。他注意到了杨岸乡高高的颧骨，有些灰白的面皮，也觉得这面孔很熟。可惜他一生经历的事情太多了，脑子里塞的内容太多了，一时半刻，想不起来这位就是杨干大的儿子，就是当年杨作新死时，和他并排跪在那座黄土包前的人。

这时候挨到杨岸乡打饭了，打完饭后，下一个是黑寿山。那一桌饭没有吃，结果，厂里仍将菜中最好的一碟菜，通过这个窗口，打给了黑寿山。黑寿山是个精明人，他一眼就看出了这一点。他有些憋气，有一种受了欺侮的感觉，不过他没有声张，他不想再给厂领导难堪了。

黑寿山原来想等打下饭后，和杨岸乡坐在一起，再拉一拉。谁知打下饭后，四下一瞅，不见杨岸乡了，倒是厂领导，也从家里，拿来一只碗，跟在黑寿山后面，打下一份饭。"就在这桌上坐吧！"厂领导殷勤地说。黑寿山无奈，只好在饭堂的饭桌上，坐下了。

吃饭的时候，黑寿山问起他前面排队的那个人的情况。"哦，他叫杨岸乡,是个内控对象!"厂领导回答说:"不过,人还老实,工作也舍得出力气。他是十年前建厂时进来的老工人,据说到造纸厂以前,蹲过几年大狱。"厂领导简短地为他的这个工人,作了一个口头鉴定。

黑寿山听了,闷头吃了几口饭,说:"过去我们有许多事情,都办错了,或者办过头了,现在,从中央到地方,都成立了落实政策领导小组,解决这些遗留问题。即便是确实是有历史问题的,我们也不应歧视他们,要注意调动这一部分人的积极性。"

厂领导听了,认为黑书记讲得很好,很有政策水平,这个杨岸乡,听说原先还是个大学生,他一直考虑,想将他调到厂部,搞个材料什么的,就是怕人说他阶级阵线不清,用了坏人,今天,有了书记这句话,他就敢放心地使用了。

黑寿山听了,没有再说什么。

吃过中饭后,黑寿山躺在床上,稍微迷糊了一阵,就叫起秘书,坐车回了肤施城。回到肤施以后,他立即以全身心,投入到他的雄心勃勃的振兴陕北的计划中了。

第二十二章

　　黑寿山的突然光顾交口河，并没有给杨岸乡留下太深的印象。从建厂的第一天起，就不断有大大小小的领导，来这里视察和检查，在杨岸乡的印象中，他们都是这样，行色匆匆的。不过他觉得这个老头，态度要和蔼一些，平易近人一些。那天吃饭的时候，他也有心思，想和这位领导多拉一阵话，结果看见厂领导来了，于是他就知趣地躲开了。他不知道这是黑寿山，即便知道，他也不会知道黑寿山是谁。

　　杨岸乡仍然一门心思，等待着那封冒昧寄出的稿件。他掐着指头，一天一天数着天日。他这下可有事干了。他相信自己的判断力，他认为这篇被编辑屡屡退回的稿件，它的不能发表的原因是没有遇见好的编辑和好的刊物，用一句文绉绉的话说就是"明珠暗投"。他认为这样的作品如果不能发表的话（尤其在总体水平并不高的中国文坛上），那就是文坛的损失，社会的损失，而且是对它的作者"花子"的不公正。

二十天以后,一封带着黄浦江潮汐味的信件,来到了交口河造纸厂。信件薄薄的,好像只有一张纸。信封上的收信人姓名,写的是"花子同志收",收信人地址,写的则是"交口河造纸厂",因为杨岸乡是用厂里的公用信封发去稿件的,所以,信理所当然地回到了这里。"幸运的花子!"杨岸乡连信也没有拆,就激动地说。他要去上班,他把信装到裤兜里,来到车间,疯狂地干起活来。一直干到下班。

"如果是厚厚的一沓,那就是退稿;如果是薄薄的一页纸,那就是用稿通知单!"他想。这是他昔日的经验。

杨岸乡想得不错,小说发表了。编辑部以压抑不住的喜悦,为他们发现这个文学新人而高兴。70年代末80年代初的中国文坛,群雄四起,新人辈出,说不定在什么时间、哪个地方,突然就冒出个令全国瞩目的人物。那些三四十年代就有广泛影响的作家,那些因1957年被错误地打成右派而蛰伏在祖国辽阔边疆和广大农村的人们,那些"文革"中受到挫折,动荡中变得成熟的青年,还有那些"文革"中一跃成为时代的宠儿、随之又被发落到最基层最偏僻的农村的插队知青,都力图把自己对于生活的思考,对于时代的思考,慷慨地奉献出来,贡献给社会的进步。

而那时候的编辑部、杂志社,几乎都以发现文学新人为己任,以推出能引起轩然大波的作品为荣耀,那是文坛一个值得怀念的光荣的时刻,那一阵子的文坛还没有被庸俗的市侩气氛所笼罩。它呈现出一时之盛。

来信是以"尊敬的花子同志"开头的。信中说,他们编辑部传阅了这篇小说,尽管小说需要展开的地方还没有展开,结尾也似乎应当更好一点,但无疑,这是一件真正的艺术品,是从作者心灵深处发出的命运的声音，是对已经过去了的那个年代的一份总结。

读到这里，杨岸乡失声痛哭了，大颗大颗的泪珠滴在纸上。尽管，这一切他已有所预料，但当它从预料变成活生生的事实以后，仍然令他激动不已。温暖的南方，谢谢你！春风先绿江南岸。写信的一定是个青年人，或许是个曾经插过队的知青吧，他或她一定是在激动得难以自持的情况下写这信的。

信的末尾提出了警告。编辑部认为，小说作者应当立即从她所描绘的那种感伤气氛中脱身出来。这是他们刊物发的最后一篇"伤痕文学"了，时代已经呼唤那些新的、强有力的、能够左右自己命运，并且影响别人命运的新人形象了。信中说，去了解那些理想还没有泯灭、心灵还没有被荼毒的小歌唱家们去吧，去看他们现在在做什么，他们准备怎样走完下面的路。

编辑部还要求花子珍惜自己的才华。如果她把才华浪费了，那无疑是一种罪过。"你的艺术感受力是过人的，你对素材的取舍是靠一种艺术直觉去指引的，这一点难能可贵。很多作家辛辛苦苦一生，也没能找到你现在的这种感觉。"

后面这些话，仿佛是给杨岸乡说的，仿佛是在含蓄地指责他。是的，当年，他也曾听到这样的话。他现在受到了猛然的一击，随之意识到一种虚掷生命的恐惧。他这时候想起了叶赛宁的两句诗，这两句诗仍然令他热泪涟涟——"金黄的落叶堆满我心间，我已经不再是青春少年！"念叨着这两句诗，他下意识地用手抓着自己的头发：不见有金黄的落叶落下来，倒是他的头发，有几根掉在了床单上。"叶赛宁像我这个年龄时，早已尸骸化为腐骨、坟头荒草萋萋了！"他不知为什么想到了这些。这天晚上，杨岸乡不敢再那样无所事事地闲待了，他取出了那支平时写信时才用的笔，又到会计那里吸了墨水，便在一沓旧纸上，胡乱涂抹起来。

刊登《最后一支歌》的那期刊物不久就来了。一笔相当于杨岸乡三个月工资的稿费单也来了。小说中配了个题图，画着一位正在电影院门口沉思的姑娘——修长身材，眼神忧郁，漆黑光亮的短发，像个"门"字，匀称地框住轮廓分明的脸庞。眼睛很大，额头光洁而富丽。整齐的牙齿紧紧地咬着，使得下颌的肌肉，带有一种力度的美。总之，插图上的这位姑娘，与杨岸乡在交口河小吃店遇到的那个，十分相似。

"这是怎么一回事呢？美术编辑是不会知道我在心中描画出来的花子的形象的。是小说中有第一人称的肖像描写吗？也没有，只言片字都没有。那么，是他们读罢小说后，凭借自己的艺术感觉想象出来的吗？也许是的！"杨岸乡惊讶地张大嘴巴，盯着题图，足足看了有三分钟。

其实，平心而论，题图仅仅是用炭笔，勾勒出来几根线条而已。它留下大量的空白，让读者根据自己的想象去填补，这正是现代派艺术的特点。如果说这题图上的姑娘，与杨岸乡心目中的姑娘有相似之处的话，那仅仅是在发型上。大约这个时候，这种日本小姑娘式"幸子头"发型，正开始在那座大都市流行，于是美术编辑信笔一挥，将这个头型，送给了题图上的姑娘。

但是看了三分钟题图之后，接下来，杨岸乡就惶惶不安了。左手拿着稿酬，右手拿着杂志，他不知道该怎么办才好。至此，他才发现自己干了一件荒唐的事情——你把人家一份扔掉的稿子拿去发表了。现在，你到哪里去找花子？找见了花子，你又该对自己的这些举动做何解释？据说——仅仅是据说而已，肖洛霍夫就是把人家一部《静静的顿河》的著名小说署上自己的名字，拿去发表了。"不过，我署的是花子的名字，而且，我相信自己会找到花子的，那时候，我将解释一切。"

就在杨岸乡四处打问花子的时候，编辑部也收到了大量的读者来信。许多读者是噙着热泪读完这篇小说的。小说像一块石头扔进水里，激起了四面回声，刊物也因此而发行量增大了、知名度提高了。

于是，编辑部给杨岸乡打来了长途电话，约他谈创作体会。他慌了，再三分辩说，这不是他写的。"那么是谁写的呢？"对方问。杨岸乡就在电话里讲了起来。也不知道是他的口才不行（一般说来，长于动笔的人总是拙于动口），还是电话里声音不清，对方笑了，说杨岸乡是在谦虚，是在讲一个离奇的故事，他们也多次遇到过这种情况，作品发表了，作者本人却不愿意承认，或者不愿意声张，这往往是由于单位上压制人才，作者怕树大招风的缘故。"你们那里还是'凡是区'，我知道的！"电话里的声音这样说。杨岸乡急了，再三分辩，可是对方已经笑着把电话挂断了。

这还不是全部。各刊物的约稿信雪片似的飞来了。他们以恭谦的口吻，希望笔名叫花子的杨岸乡同志（他们是从发表《最后一支歌》的那家杂志得悉这一情况的），能支持一下他们的刊物。他们读到了那篇令人难忘的小说，他们遗憾的是这篇小说为什么不是发在他们的刊物上。

杨岸乡开始写信给他们解释。处理这些约稿信的时候，杨岸乡有些尴尬，但是不管怎么说，他还是有些高兴的，这是为曾经受到过冷落的《最后一支歌》高兴，为那个神秘的花子高兴，这雪片纷纷的约稿信就是对她昔日冷落的一种报偿和补充。从这一点来说，生活总的来说还是公平的。

有些约稿信写得太动人了，杨岸乡真不好意思回绝。这时候他已有几篇小说脱稿了。小说写得很差，陌生了许久的这支笔，现在突然使用起来，显得很沉重，而歇息了十年的思想，现在还没能正常运转起来，从而将它强制地纳入形象思维的轨道。而就目前的水平而言，他的试笔之作甚至达不到《最后一支歌》的水平，这一点杨岸乡是十分清楚的。抱着试一试的想法，他随信将那些试笔之作寄去，并再三说明，如发表，请务必署上"杨岸乡"这几个字，因为小说和花子委实没有任何关系。

但是小说都发表了，而且无一例外地都赫然署着"花子"二字。杨岸乡去信询问，刊物来信说，他们约稿，就是为得到这两个字，来招徕读者，如果不这样，他们何必要费神约稿呀！

真是讲不清的逻辑。

就这样，阴差阳错，杨岸乡的笔名变成了花子。就连工厂的大大小小的人们，都知道了他们身边的这个人，原来是个文化人，而且有个十分女性化的笔名。杨岸乡哭笑不得，只得默认。老实说，连他自己也给这一切搞糊涂了。

"那神秘的真正的花子，你在什么地方？你应当看到刊物了吧？你为什么一声不吭？你仿佛像一个玩恶作剧的人，将一个替身推到了前台，看他出洋相，而你，躲在幕后，笑眯眯地看着这一切的发生和发展！"

这些天来，一封意料之外的信件，常常会引起他的冲动，他会拿起信，飞快地拆开，首先看最后的署名。一个事先没有预约的电话，也会引起他的冲动："你是花子？"他拿起话筒，劈头一句没头没脑的话。电话里的对方，往往会隔上半天，然后像回声一样，仍旧将"你是花子？"这句话弹回来。这回轮到杨岸乡发噱了，停顿了一阵后，他才回过神来，无可奈何地承认他是花子。

尤其令人好笑的是，对那每天到来的旧书废纸，他都要细心地翻一遍，他还记得那篇手稿来到他手中的方式，他想："也许，花子还会以这样的方式，给我寄信哩！"

那天，在那座有着一棵巨大的杜梨树的山冈上，丹华在杨岸乡的帮助下，埋葬了那个剪纸的小女孩，然后，背起黄挎包，蹬开大步，向山下走去。掌灯时分，她回到了她曾经插过队的那个村子。

乡亲们像欢迎一位出远门的女儿一样地欢迎她，这使她的灰色的心情得到一丝慰安。乡亲们还记得她，并且在劳动的时候，还常常谈论她，有时候，如果他们去肤施城办事，还会去丹华那个小单位，去看一看她。乡亲们用最好的饭食招待她，希望她晚上能在他们家就宿，丹华婉言谢绝了。这天晚上，她要歇息在知青窑里，她对那孔窑洞充满了感情，如同对插队生涯充满了感情一样。

那孔大窑洞是当年北京市革委会拨的专款，专门为知青点修建的。知青们全部走后，这孔窑洞就被一家农户占了。这家农户最初以为丹华是来要这孔窑洞的，起码是准备收一点费用的，所以有些不够热情，在丹华走进窑院那一刻，甚至还放出狗去咬她，后来见丹华确实是出于感情，来看一看的，没有别的意思，于是立即热情了起来，并且对自己刚才的见识短浅，表示了歉意。

"咱们这里的狗，见惯了穿烂衣服的，不咬；见了你这个穿囫囵衣服的，瞧着稀罕，就不由得汪汪两声。姑娘你别见怪！"主人有些不好意思地说。主人还说："你们公家人，是吃四方的人，不会总记着这孔破窑洞的，这我们知道。"

这时候新玉米已经下来了，新洋芋也下来了。主人用新玉米，为丹华熬了一顿喷香的大玉米仁。洋芋是在锅里浑煮熟的。煮熟以后，使用一个盘子，拾到了炕上。吃饭时，主人请丹华在炕上坐，这是待客的礼节，丹华不会蜷腿，主家说，你尽管伸开腿吧，权当是在自己家里。主家的婆姨还抱来一床被子，垫在丹华的背上，这样，坐起来舒服点。洋芋也十分好吃，只是，丹华不能像这家的所有人那样，将粗糙的洋芋皮也一起咽到肚子里。"哦，城里人的喉咙眼儿细，哪像我们这些乡棒！"主家婆姨说，于是她停止了吃饭，开始为丹华剥洋芋皮。

当天夜里，丹华就在这孔窑洞里，靠窗子的地方，香甜地睡了一觉，第二天一早，她就登程上路了。上路之前，她挨门挨户，向这个村子里的干大干妈告别，因为她明白，这次一去，以后回来的可能性就不大了。

也许，自从在交口河小吃店里，遇见那个剪纸的小女孩以后，丹华已经没有必要再去后庄了。可是，丹华还是执意要去，她还抱有一丝侥幸心理，再说，她也应当对北京的那个退休了的老研究员，有个交代才对。

她又步行了一天的山路，这天晚上歇息在了吴儿堡。她的房东是一位无法判断年龄的老妈妈。

一进吴儿堡村子，丹华就远远地眺见她了。老年妇女站在垴畔上，头发梳得光溜溜的，手里拿着一只鞋底，一边纳鞋底，一边往公路上张望。她上上下下收拾得很干净，很利索，一尘不染的样子。大襟袄的一长溜布纽扣，从下巴底下穿过胳肢窝，一直到右胯，扣得整整齐齐。她的头发梳成了大革命时期那种"短帽盖"，短发齐及耳根。当丹华向她走近时，看见了她的眼神，那眼神很单纯，很明净，宛如秋水，她的脸上，也呈现出一种孩童般的幼稚、善良，和令人怀疑是弱智的表情。两个女人后来面对面地站定了，现在丹华看清了，那眼神中，除了刚才看见的成分以外，还蒙着一层淡淡的忧伤，而现在，在认清了大路上的来客不是她所期待的人时，那忧伤中，还增添了一丝失望的成分。

"能让我在你家住宿一晚吗，干妈？我是公家人，到前面村子有点事情。"丹华说。

老年女人点点头。她从窑里，拿出个笤帚疙瘩，细细地为丹华扫了一遍衣服上、裤脚上、鞋帮上的黄尘。扫完以后，请她进屋。

等到丹华在炕沿上坐定，歇气的时候，老年女人从窑外边，抱回来一把枯树枝。她站在锅台前，慢悠悠地，开始将这些筷子粗细的枯树枝，掰成一拃长一节的引火柴。一会儿，掰了一把，她把柴火扔到灶火里，生着了火。火旺以后，加进了几块石炭。接着，"刺啦"一声，为锅里添上了水。

老年女人的大襟袄的第三个纽扣上，系了个银色的小链子，小链子的另一头，在衣服里揣着。当老年女人俯下身子，往锅里添水的时候，丹华注意到了，那链儿的另一头掉了出来，原来那头上，系着一个沉甸甸的荷包。老年女人像怕人看见似的，随手又将荷包塞进衣服里去了。

水很快就滚开了。陕北人将烧开水叫"滚水"。老年女人端来一个茶杯，给茶杯里加了点白糖，然后用滚水冲了，放在背墙上。她用下腭示意了一下，请丹华喝水，然后，她自己又在案上忙开了。她在和面，她想给丹华做揪面片吃。

自从丹华冒昧地闯入这孔窑洞后，到了现在，这位老年女人还没有和丹华说一句话。这令丹华有些纳闷。老人不像嫌弃她的样子，这从她的脸色上可以看出来。也许她不愿意和生人说话吧！丹华想。在丹华看来，这个老人和她通常遇到的陕北婆姨，没有什么两样，只是，她好像有些神色恍惚，她干净得也似乎不合常理。"她家里还有什么人呢？"丹华几次想问，但都不好贸然开口。而自从看见她怀中的那个荷包之后，她隐隐约约地意识到，这个老人一定有一段不平凡的经历，那个荷包，也许是她的情人送的，而她在坂畔上，那种痴呆呆地守望的样子，一定是在等待什么人，或者就是等当年送她荷包的情人吧！

老年女人在擀面的途中，小声地唱起歌来。丹华毕竟在这块土地上，生活了十多年了，因此对这方言味极重的民歌，它那大同小异的曲调和鼻音很重的吐字，能够听得清楚。她仔细地听了几句后，断定自己刚才的猜测是正确的。

老年女人在擀面杖有节奏的击打声中，悄声细语唱道——

前沟里糜子后沟里谷，
哪达儿想起哪达儿哭。

半碗黑豆半碗米，
端起饭碗想起你。

端起碗来想起你，
眼泪儿滴在饭碗里。

墙头高来妹妹低，
墙头堵着照不见你。

骑红马来穿灰衣，
错把别人当成你。

想你想个灰塌塌，
人家吵咱害娃娃。

天上下雨地上滑，
自己跌倒自己爬。

青杨柳树十八条川，
出门容易回家难。

骡子走头马走后,
撂下妹妹谁收留?

长杆烟袋手对着口,
丢下妹妹叫谁搂?

羊肚子手巾包冰糖,
窝了哥哥的好心肠。

人在外来心在家,
家里丢下个一朵花。

花想我来我想花,
领导人管得不得回家。

想你想个灰塌塌,
想你想得难活下。

我有心喝了洋烟死了吧,
知心人儿撂不下。

……

歌声到这里中断了,因为那老年女人的面条已经擀好。老年女人将面条切成二指宽的面片,然后把面片拎在手里,绕到胳膊上,来到了滚水锅前,开始用另一只手,大拇指与食指,一拽一拽,往开水锅里揪面片。水滚着，半寸长的面片，往锅里一落，立即就熟了。这种面条又叫"开花面"，意思说它的荏儿是张开着的，故而见水就熟。

丹华听得入了迷。她无论如何没有料到，这位老年妇女，竟能唱出那么美妙的歌声；而她的内心世界，竟是那么深沉而丰富，宛如一片汹涌着波涛的海洋一样，这与她静若止水的外表多么不同。如果不是偶尔听到她的歌声，那么，她一定会被她的面貌所欺骗的，以为她只是一个简单的女性。

那优美的"比兴"手法的歌词，也令丹华惊叹不已。纯文化人是无论如何也创作不出这种东叨一个具象、西抓一个象征，既有强烈的表现力，又妥帖简洁的妙语如珠的歌词的。

她本该把这歌词记录下来，可是，掏出笔和小本以后，她光顾了听歌，忘记了记录，直到老年女人已经停止了歌唱，已经把做好的揪面片，端到背墙上，示意丹华吃饭时，她才突然惊醒。

她根据记忆，哼了哼这支信天游的曲调，又甩手在空中挥动了几下，定好调儿，然后匆匆地在笔记本上，记下了它的曲子。上一句的曲调是：$2\cdot\overline{22}|\overline{55}\cdot|\overline{15}\;\overline{532}|1—|B$，下一句的曲调是：$C\overline{555}|1\;2\cdot|\overline{21}\;\overline{653}|5—|$，四分之二节拍。记完这些后，丹华才动筷子吃饭。

"老人家，你贵姓？"丹华一边吃饭，一边问话。

那位老年妇女在回答问题时，的确显得有些精神恍惚。她眼睛瓷登登地盯着丹华看了一阵。丹华只得将刚才那句话，又重复了一遍，老人这才明白。

"姓杨！"老年妇女轻声说。声音很小，像蚊子的嗡嗡声一样。

"杨干妈，你唱得真好！"丹华的嘴很甜，"你能为我再唱一遍吗？我想记一记！"

"你都听见了，女子！"老年妇女听了丹华的话，吃了一惊，一团红晕霎时飞在了白净的脸上。接着，她害羞地用手捂住了自己的眼睛，那模样儿，活像个小姑娘。

任丹华反复请求，那老年妇女，是再也不唱了。心中只属于自己占有的秘密，现在被一个毫不相干的人窥见了，她有些害羞，也有些恼怒。

接着，我们的丹华又有了新的发现。她听到窑洞里，有一种"铮铮铮铮"钟表走动的声音。她下意识地往自己的腕上看了一眼，她的腕上是一块石英表，去香港时姨妈送她的，这种表没有响声。那么，声音是从哪里传来的？丹华的听觉，最后专注于那老年女人的胸口上了，她听出这声音，是从那胸口上传过来的。

这当然不是心脏的声音，心脏的声音只有戴着听诊器听，才会有这么响亮。那么说，在她的衣服下边，装着一块表。丹华又看见了那个银色的小链儿，她想起革命样板戏《红色娘子军》中，党代表洪常青戴的那只怀表。她想，那个荷包里，莫非装着一块怀表么？

到了这时候，聪明的读者一定猜到了，丹华在吴儿堡遇见的这位老年妇女是谁。是的，她正是我们久违了的那位美丽而多情的杨蛾子。

自从伤兵赵连胜走的那个早晨，自从埋葬了杨干妈的那个黄昏以后，杨蛾子便单身一人，守着这三孔寒窑过日子了。她绣了一个荷包，将伤兵送给她的那只怀表，装起来，小心地拃在胸前。怀表在"铮铮铮铮"地走着，一个钟点又一个钟点，一直从那遥远的年代里，走到今天，但是对这位痴情的陕北妇女来说，自从丈夫走了的那个早晨，她的生命的钟点就停止走动了，永远处在那个时间状态中了。

她接下来唯一做的一件事情，就是痴呆呆地站在垴畔上，看着眼前的官道，注视着往往来来的行人。她期待着那个穿灰衣、骑红马的伤兵，突然在她的视野中出现。她用她的整个生命燃烧起来的激情，在创作一首歌曲，这首歌曲就是引起丹华深深诧异的那支陕北信天游。

乡下人将杨娥子的这种精神状态，叫"迷"了，或者叫"魇"住了，说这是三魂出窍的缘故。

她的生活，一直是靠她的侄儿杨岸乡供养着。每月十元钱的生活费，这在农村，光景算是上等的。有时候，单位上发上些劳保糖、劳保肉之类，侄儿也辗转托人，给他的姑姑带回来。

那三孔自老辈子手里传下来的窑洞，现在自然是更破旧了。窑口依然没有接上。杨娥子在中间这孔窑洞里居住，两边的两孔偏窑仍空着。正窑的门框上，仍然挂那串红辣椒。当然不是当年的那串，当年那串，等到新辣椒下来的时候，早就吃光了，这是后来挂上去的，一年一茬。鲜艳的红辣椒串，给这破旧的窑洞，带来了几分生气。

这天晚上，丹华反复地启发和诱导，希望她的房东，这位神秘的老年妇女，能继续为她唱一遍那支信天游。丹华断定，这位老人，一定有许多不平凡的经历，她的头上那几十年一贯的、大革命时期的"短帽盖"，就是明证。她断定这只怀表，肯定有一个动人的爱情故事。说不定这爱情故事，和她的那首信天游有关。她想这位老年妇女的当年的情人，说不定会是个红军的，或者八路军的指挥员，因为这只怀表，还因为她在饭前听到的信天游中，有"骑红马来穿灰衣"和"领导人管得不得回家"这两句话。从"回家"这个字眼上。丹华又想到，看来那个一去不返的指挥员，和这位陕北妇女，不仅仅是情人，说不定还是夫妻，要不然，她不会用"回家"这句话的，如果是这样，那么这个罗曼蒂克的故事，它的浪漫成分就减弱了许多，而悲剧色彩加浓了许多。

在丹华插队的那一处地面，也有一个类似这样的"短帽盖"老太婆。据说她做女的时候，家里来了一位养伤的首长，也许正是那《大女子要汉》歌声的诱引，他们走到了一起，并且确实明媒正娶过。你道这首长是谁，原来是大名鼎鼎的林彪。半年以后，伤不见好，于是林彪离了小山村，去苏联治病，而当他病愈归来时，回到肤施城，已经有一个娇小的叫叶群的女人在等他，于是，交口河附近那个唱着幽怨情歌的女人，便永远地留在他的身后了。给这场传奇带来重要的一笔的是，1966年冬，"文革"初起时，一个串连的红卫兵曾从延水关黄河渡口过河，来到这里，找到这位老太婆，交给她三百元生活费。后来，人们推测说，这个年轻人，也许就是林立果。

这个故事的真实性是不容置疑的，起码它的前半部分是不容置疑的，党史资料专家曾经用了大量的人力物力，对它进行过琐碎考证。

丹华不是党史资料专家，她也对那种琐碎考证没有兴趣，这个故事带给她最初的感觉，除了将眼前那个普通而又普通的农家妇女，和那个抑或留下恶名抑或留下骂名抑或还曾经是一位天才军事家的历史人物联系在一起所产生的惊愕外，就是脚下这块高原的深厚、博大、诡谲四布、玄机四伏，所带给她的惊骇之感了。

现在，在这个夜晚，在老炕上，丹华将话题转到荷包上，又从荷包转到怀表上，她希望能撬开这位老年妇女的嘴巴，希望能从她的嘴里，再听到一个与上面类似的故事。

这一次，丹华是失算了。因为一提到怀表，那老年妇女突然警觉起来。看来，这怀表一定是她生活中最重要的东西。睡觉的时候，老年妇女虽然脱了衣服，但是她将大襟袄叠好，压在了枕头底下。看来,她对接待这个生活中突然的闯入者,已经有几分悔意了。

不过在这天晚上,在丹华迷迷糊糊睡觉的时候,她听到了这支信天游,并且听完了它的全部。作为那个老年妇女,她也许是睡梦中,在精神失控的状态下唱的。而丹华尽管迷糊了一阵,但是随着歌声响起,她立即被惊醒了。她没有敢翻身,更没有敢往小本上去记,她明白自己哪怕是最微小的一丝响动,都会惊动这位老人,从而令她停止了梦呓般的歌唱。

那信天游后半段的歌词是这样的:

> 白日里想你饭不吃,
> 到夜晚想你偷偷哭。

> 白日里想你纫不上针,
> 到夜晚想你吹不谢灯。

> 前半夜想你不吹灯,
> 后半夜想你翻不转身。

> 想你想成病人人,
> 抽签打卦问神神。

> 问大神神神不应,
> 倒灶的庙童刮怪风。

> 哥哥走了几十年,

拉上白山羊许"口愿"。

有朝一日回了家,
拉下青山羊谢神灵。

稠秫高来黑豆低,
想你想在阴曹地。

稠秫地里带红豆,
难也难在心里头。

六月黄瓜下了架,
巧口口说下哄人话。

二道道韭菜擩把把,
忘了你的人样忘不了你的话。

一碗碗凉水一张纸,
谁卖良心谁先死。

一碗碗凉水一炷香,
谁卖了良心就见阎王。

花椒树上落雀雀,
一对对丢下了单爪爪。

人家成双我成单,
好像孤雁落沙滩。

鹁鸪落在灰堆里,
灰的日子在后头。

丹华在老年妇女那梦呓般的歌唱声中,又沉沉睡去。她不知道那歌声后来停止了下来,还是一直喋喋不休,歌唱到第二天早晨。那歌声好像催眠曲,走了一天山路的丹华,在歌声中睡得很甜。

丹华一直睡到日上三竿的时候,才醒来。她发现她是被那老年妇女唤醒的。老年妇女已经滚好了米汤,米汤里熬上了老南瓜。她请丹华用早饭。

吃完饭后,丹华恋恋不舍地离开了这位老年妇女,她真想在这孔充满神秘色彩的土窑洞里,待上几天,认真地和这位老年妇女培养感情,掏出她心中的那些秘密,记录下她那神奇的信天游歌词。可是,后边还有一堆事在等待着她,她已经没有时间和耐心,在这里羁留了。于是她扬了扬手臂,向仍然站在垴畔上的这位杨干妈,挥手告别。

丹华来到了后庄,来到了那个剪纸小姑娘的村子,按照单位同志介绍过的方位,她找到了那架坐北向南的山坡。

三孔窑洞还在,只是门窗没有了,山坡上,只剩下三个曾经烟熏火燎过的黑窟窿。

陕北人的习惯,如果出门讨吃,觉得出去的时间可能要长一些,于是在临走时,把窑洞的门窗刨下来,埋在窑门前的黄土里,啥时主家回来了,再从土里刨出来,重新安上。这样,在主家不在的时候,门窗就不至于被人盗走或被动物破坏。

见门窗没有了,丹华明白,这家人肯定是准备在外边待很长一段时间了,甚至说不定迁移到了别的地方了。

对着空荡荡的山坡,她很伤感。她问村上的人,果然,人们说,这家全家起营,走南路了。

结局就是如此。

不管怎么说,作为丹华来说,她了却了一桩心事,她想她可以对那位老研究员有所交代了。

丹华离开村子,顺着山坡,慢慢地踱上高高的山顶。四周静寂得异样,一个一个大馍馍一样的山头,在丽日蓝天下,缄默不语,凝重而深刻。几朵白云,那永恒的流浪者,那仿佛被上帝判定须得终生流浪的吉卜赛人一样,在天空哀恸地飘着,一任往来无定的风将它们吹向下一个目的地。而在那天与地相接的遥远的天边,那视力所及的地平线上,苍茫的山冈,横亘的云层和斑驳的阳光,组成一幅奇异的风景,那叫"山现",通红一片。陕北民歌中"登上山顶把妹妹看,看不见妹妹看山现",说的就是它。

丹华在这高高的山顶上,站了很久,直到日近黄昏,"山现"出现。她的西边,是那座横亘在陕北高原西部边缘的逶迤的山脉,陕北最高的山——子午岭。"山现"就是在那里出现的。太阳正在落山,红得像一个烧透的煤球,这正是诗人所津津乐道的那远山衔日的瑰丽景象。红日的更西边的地方是一簇簇黑魆魆的山脊。山脊靠红日的中间地带是一匹又一匹蓝缎子般的浮云。日头快挨近浮云了,霎时间,浮云便变得金碧辉煌,显化出一处又一处的亭台楼阁,显化出杂乱错落的村镇,显化出星罗棋布的羊群,显化出奔腾的河流,显化出飞天的人物。在那辉煌的霞光中,子午岭黑色的岩石,参天的古木,甚至那些衰微的小草,都在这一瞬间异常清晰,荦荦可见,仿佛梦中情景。

传说在子午岭那隆起的鱼脊般的逶迤山脊上,有一条宽阔的、横贯高原的道路,老百姓称这条道路叫"天道""圣人条",而史学家则称它为"秦直道"。这古老的神秘的道路,早已湮灭在战乱中、湮灭在时间的流程中了,它仅仅只存在于传说中、歌谣中和地方志几句简短的记载中。然而,这古老的道路,闪现在茫茫的远山,每每伴着这大自然奇异的景观——"山现",显现一下它的身姿,从而给代代的陕北儿女以梦想,激发出他们走出高原、走出这半封闭环境的野心。

据说法国杰出的小说家罗曼·罗兰,他的一部著名长卷的创作,就是源于自然景观的一次神秘启示。罗曼·罗兰在半是混沌半存理性的创作冲动中十年徘徊以后,有一天,乘兴登上山顶,抑或是看见了辉煌的日出,抑或是看见了辉煌的日落,于是,久久地酝酿在他心中的那个孤独的奋斗者约翰·克利斯朵夫的形象,突然出现在天边,出现在那一方奇异的风景线上:那么清晰、那么逼真、那么栩栩如生。罗曼·罗兰泪流满面地向他走去,牢牢地抓住他,热烈地拥抱他,并将他变成了他的长卷中的主人公。

我们的丹华像罗曼·罗兰一样,在看见了这大自然的神秘谕示后,同样地泪流满面,耳畔产生魔笛般的音乐,心头生出无穷的幻觉。而这个匆匆的在人世间行走的身体,敏感而哀恸地接受着八面来风的身体,那所有的感觉和印象,所有的原型和细节,在这一刻,仿佛十月怀胎的婴儿正接近于分娩,等待着她给它们血肉和灵魂。那时它们将呼啸而出。但是,丹华止住了它们,她在这一刻让创造的死敌——理性,重新抬头,从而将那些夺路而出急于表现的幽灵,统统地赶回到她身体中它们原来停驻的那些地方。

生活中毕竟还有许多另外的诱惑,何必在一棵树上吊死呢?再说,你那渺小的声音又能给社会多少补益呢?罗曼·罗兰固然不凡,但是,他呕心沥血创作出的那部长篇,却是孕育1957年中国一代"右派"的一个重要的原因。尽管这些可爱的幼稚的被错划成"右派"的人们现在又在接受平反,接受生活和他们开的这个玩笑。哦,罗曼·罗兰,请接受我对你的诅咒。

聪明的丹华已经或多或少地感悟到大自然的用心良苦了,但是,正如我们已经知道的那样,她没有接受抛过来的这个球,而是反身一脚,又将它踢回去了。她已经没有时间和耐心,在这里羁留了,她已经被寂寞的感觉压倒了,或者说打败了,她想尽快地从寂寞中逃出,而最近接踵而至的一连串事情,更坚定了她远行的决心。

"地球上有些偏僻的角落,是需要那些耐着寂寞的人去填补的!"丹华想起了平头这富于哲理的话。这话对极了,是的,让那些耐得寂寞的人留在这里吧,厮守这一块土地吧,可是我得走了,我已经寂寞了十年了!

丹华一直坐在山顶,等待"山现"彻底地消失,等待暮色四合。随后,她回到后庄,她在后庄随便地找了户人家,歇息了一晚,第二天,就来到公路上,挡了一辆开往肤施城的拉盐的卡车,坐在驾驶室里,回到了单位。

回到单位后,她即着手办理前往香港定居的手续。

她将那些多年来伴随她的旧衣物,妈妈留给她的书籍,还有那些带着耻辱味道的被退回的稿件,扔了一地。那篇叫《最后一支歌》的小说,这次高原之行之前,她已经将那被那一家刊物的主编签了"不用"二字的第 页,撕下后重抄了,又自己糊了个牛皮纸信封,准备查上一个地址,再寄出去。这时,她看了一眼,也将它扔了。随着信封落地的声音,她感到自己获得了某种解脱。

拉拉杂杂那只白木箱子里,只装了半箱生活的必需品。

临离开肤施城的那一天,她看见传达室的老头,在她的门口探头探脑,于是用手指了指地上,她让他将这些破烂玩意儿统统拿走。

这样，我们知道了，传达室老头将那些旧书，连同那篇退稿，送到了废品收购站，最后，那些东西又到了交口河造纸厂，继而，由杨岸乡延续了那个《最后一支歌》的故事。

丹华在肤施城范围的手续，是平头帮助她办的。平头毕竟大小算一个领导，官虽不大，知名度却很高，一代知青风云人物嘛，所以在上层熟悉一些。他也要走，只是目前在接受审查，他想等审查完了再走，免得将来屁股后边留个尾巴。丹华离开肤施城的那个早晨，平头帮助她将那只白木箱子，抬上了卡车，然后依依不舍地和她告别。在告别的时候，平头像突然记起什么似的，对丹华说："你不是委托我打问一个叫黑寿山的人吗？现在，这个人出现了。他刚刚调来肤施，担任市委书记。"

"是黑白的'黑'吗？"丹华问，"一个很奇怪的姓！"

"是的，正是这个'黑'。我是在办手续时，听那些部门领导说的。"

丹华点点头，算是对平头向她提供消息的谢忱。

平头还想说什么，这时，司机按响了喇叭。司机已经有些急不可耐了，因为从肤施城到西安，还有整整一天的路程。丹华见了，再一次伸出手，说了声"谢谢"，就钻进了驾驶室。汽车缓缓地起步了。

在汽车加快速度的那一刻，丹华从车窗里探出头，冲平头挥了一下手，并且说——"忘记我！"

平头觉得，那匆匆一闪的脸色很难看，而那"忘记我"三个字，好像是哪一位伟人临终前的最后的遗言。

第二十三章

生活在进行着，就像杨蛾子怀中那块铮铮作响的怀表，走着它的里程。它有时候吝啬，有时候慷慨，它在你志得意满时突然施与你痛苦，它在你陷入绝望时又猝不及防地赐给你欢乐。

所有的痛苦与欢乐，便构成了你斑斓多彩的人生。如果没有这痛苦，你也许永远不会长大，永远处于初生儿的弱智阶段，永远不会具有穿透世界的目光，是痛苦给你提供了苦涩的然而是营养丰富的乳汁。当然，生活中也必须有欢乐，即便是一点，也应当有，要不，人生未免就太沉重和枯燥了。

所以我们不是一个悲观主义者，也不是一个乐观主义者。或者二者都是，但只是二者的二分之一，然后再将这两个二分之一综合起来，构成我们自己对世界的看法。

说了一阵，等于没有说。那么，我们还是回到自己的故事里来吧。将玄学留给理论家们去说。

杨岸乡发现自己一夜之间成了名人。

交口河造纸厂的大人小孩，都知道他发表了一篇小说，并且拿到了一笔相当于两个月或三个月工资的稿费。大家都注意到了，这个从来得不到信件的人，现在，每天都可以收到一封到两封信件，有时候，还有从远处打来的长途。

造纸厂附近农村，有几个中学毕业返乡的年轻人，还专门来拜访他。这些返乡青年，在劳动之余，经常写一些文学作品和新闻作品，投寄出去，偶尔，有一小篇豆腐块文章，甚至会在《肤施日报》上见报。他们明白自己不会有大的发展，但是他们愿意这样做，就像那些放在地窖里的白菜、葱头一样，一到季节，不管有没有阳光和土壤，它们都要抽薹。当然，如果运气好，他们的努力往往也会收到一点实效。最初谋个民办教师的工作，接着招聘到乡镇文化站去，最后，飞得再高一点，到县广播站当记者、到县委通讯组当通讯干事，等等。而这些最初的发端，往往是由于那一篇"豆腐块"。这些散落在乡间的人类的优秀分子们，突然知道了《最后一支歌》的作者，竟与他们为邻，于是理所当然地来拜访。他们最初称他"花老师"，后来，由于杨岸乡的一再说明，他们才改口称他"杨老师"。当然，杨岸乡最初的气质和服饰，以及他的莫名其妙的解释，曾使他们失望，但是，当杨岸乡激动以后，当杨岸乡坠入他那冥冥的艺术思维以后，他的渊博，他的口若悬河，他的狂放不羁目空天下，又令他们吃惊。

从厂长到工人，人们开始以新的目光看待他。

厂长（厂领导的称呼这时候由革委会主任改为厂长）见到杨岸乡时，脸色和蔼了一些。他找了几次机会，谈到当年他曾经怎样冒着触犯上级的危险，将这个有背景的人收留了下来。当然，厂长对杨岸乡态度的改变，那篇小说是一个原因，而更重要的一个原因是，那天市委书记同志来本厂视察时，似乎有意无意地，对这个工人表示了好感。

行政上的事情很微妙，也许他真的认得杨岸乡，说不定还是亲戚，但是假装不认识，而以"重视人才"为借口，向你抛出一个球来，看你接不接。如果你接了，用起了杨岸乡，那么，其实市委书记同志什么话也没有说，他只是说了一句任何有水平的领导人在这种场合都会说的一句话，你绝不会抓住他的把柄。如果你不接，你置若罔闻，你像一根木头一样一撞三不响，你将领导同志的话当作耳旁风，那么，下面就有你的好戏看了。

但是，市委书记的话，毕竟说得过于含糊，连"点到为止"这样的程度也达不到，因此，厂长决定看一看再说；在看的同时，适当地为杨岸乡安排一点社会活动。

厂长态度的突然改变，令杨岸乡受宠若惊。他是一个欠了别人人情晚上睡不着觉的人，因此，总想找机会还债。在厂区里，遇到厂长，他咧咧嘴，尴尬地一笑，算是招呼。吃饭的时候，上厕所的时候，也都招呼，以示亲近。中国人招呼人的话，通常只有一句——"你吃过了？"如果这话用在吃饭时，比如饭前，比如饭后，比如饭前饭后一段不太久的时间，都还说得过去，但是，如果用到从厕所里出来以后，这就有些令人尴尬了。

有一次，偌大的一个厕所里，茅坑上只蹲着两个人：他和厂长。他感到一阵压力。这时候，他感到腹部一阵紧缩，再也拉不出屎来。其实，这时拉屎已经成为第二位的东西，当务之急是，他应该找到怎样的一句话，和厂长搭讪。"你吃过了"这句话已经溜到嘴边，他将它收回去了。当杨岸乡提起裤子，挪动步子时，他说了这么一句："你在，我走了！"——这句话把厂长逗笑了。他在心里说："我不能老是在这儿，我也要起来呀！"笑归笑，不过厂长的自尊心得到了满足,他觉得这个人蛮可爱的。毛主席的辩证法嘛,他觉得绝对不能把一个人看死,看成静止不动的。

杨岸乡决心彻底清理一下自己。他身上那股老鼠的气味,虽然洗了,但仍然存在。嗅到了这一点后,他因此而脸红。他不明白这些年自己是怎样在这污浊的空气中度过的。他没有那种曾经战胜老鼠的成功者的喜悦了,而是为自己身上的气味羞涩。

他托人到城里捎了一套中山装、一套新衬衣、一双皮鞋。他用整整一个礼拜天的时间,在工厂的那个洗澡池里浸泡和揉搓自己的身体,以致洗澡水颜色发黑,水面上漂起一层油腻,池壁随着水波的涨落,沾上一道条状或片状的垢痂。洗完澡后,他穿上了新买的衣服,而将原来的那些破烂,统统地塞进了垃圾桶。

他想整理一下房间。对顺着墙壁高高摞起的那一堆书,没有更好的处理办法,于是他找来一辆小推车,将它们统统地推到了车间,交给了那口悬挂的大铁锅。听着中国的和外国的经典作家在大铁锅里抱怨,杨岸乡双手一摊,表示他实在没有另外的办法,他的十平方米容纳不下他们。——不过他确实曾经像一个蛀书虫一样,顺着每一行字爬过一遍,所以不能说他不恭。

随后,他从工厂的一个角落,找来一些基建用剩下的白灰,将墙壁粉刷了一遍。

社会要抬举一个人,原来可以随时找到借口。杨岸乡的这个举动,引起了厂长的注意。厂长认为在废品收购站已经不能保证供应原材料、大蒸锅整天处于饥一顿饱一顿的情况下,杨岸乡将自己的藏书贡献出来,帮助生产,无疑是一种爱厂如家的表现。于是他号召每一个工人都这样做。号召归号召,工人们能够拿出来的废旧纸张,寥寥无几。这并不是大家不想拿,而是在过去的年代里,实在没有能够积攒下多少,即便有一些,也生炉子生灶火用了。然而厂长已经满足了,因为他的本意原本不在这些书籍,而在找一个借口抬举杨岸乡。

杨岸乡开始红漾起来。

厂里的季度性总结和年终总结,在会计完成数目字的罗列、文书完成开头的一段大帽子后,具体的写作特别是文字修饰,通常都要找杨岸乡完成。厂大门口过劳动节、过国庆节、过元旦和春节时必贴的红纸对联,现在也由他撰稿和书写。而开水水管前的"严禁用桶提水,违者罚款"、男女厕所墙壁上的"大便入坑,小便入池"几个毛笔大字,也出自他珍贵的手笔。

"人尽其才!"厂长颇有几分得意地说。

话说这一年年底,厂里要举行一次春节联欢晚会,而且要从晚会中选出优秀节目,参加肤施市工业系统的职工文艺调演。这样,杨岸乡责无旁贷地成为各节目之间串联词的撰写者和其中几段说唱节目的撰稿人。

他缓慢地将自己从最初的那种精神状态中解放出来,开始与社会交流,开始进入生活并成为其中角色。或者说,社会开始重新接纳他。

他在这所谓的排练节目中找到了一点乐趣。

当年在肤施市,曾经成立过一个文艺班,招的都是十一二岁的男孩子女孩子。当剧团和文工团被作为"封资修"的工具统统遣散之后,社会曾靠这些小人儿承担过宣传和娱乐的任务。后来"文革"结束,老艺人都从旮旮旯旯跑回来了,于是这些已经长成大孩子的少男少女,除了个别有突出天赋的,留了下来,其余的,便被招在这个工厂当工人。

这些人现在成了春节文娱活动的骨干。

其中有几个姑娘,十分漂亮。看着漂亮的姑娘在自己身边翩翩起舞,总是一件愉快的事情。而如果其中的一个有意无意地瞅上自己一眼,那简直就是一种幸福。

"他这人有些古怪!"这是姑娘们的一致看法。这种看法妨碍了她们进一步接近他。她们有自己的圈子,那圈子里有同年等岁的少男少女,她们都不乏自己的崇拜者,因此,假如在高跟鞋的帮助下,从杨岸乡的身边凛然不可侵犯地走过去,走过时顺便挺挺还不甚丰满的胸膛,或者在排练的途中,见缝插针,给杨岸乡说上几句尖刺的话,在她们看来都是并不过分的事情。她们还年轻。

所有骤然而至的小打击并没有使他难堪,反而使他感觉到了生活在人群之中。毕竟有一群鲜活的少男少女,在自己身边。毕竟有音乐,尽管这音乐是由蹩脚的业余乐师演奏出来的。比起自己孤独的历程来说,现在仿佛从望不见边缘的沙漠走入了一座小镇,尽管四周布满了庸俗的气氛,但是他感到自己毕竟生活在同类之中,就像一只狗之于一群狗一样。尽管这一群狗不愿接纳它,嗅出了它身上异于它们的气息,但是这毕竟是同类。杨岸乡不由得想起了他的与鼠为伴的岁月。

有一个出奇漂亮的女孩子,她明显地不同于她的肤浅的集体。

她没有骄气,也没有娇气,当别的人大肆喧闹的时候,她总是懂事地躲在一边,并瞅上杨岸乡一眼,好像在为她们这一群人的肤浅,向杨岸乡表示歉意。她身材纤巧,面色端庄姣美,脸型和整个气质,让人想起一位故世的叫上官云珠的电影演员。

据说她曾经得过一种病,这种病叫白血病,或者叫血癌。这种病生存下来的希望是百分之一。结果她活了下来,成为这难得的百分之一。

她是独唱演员。在那次春节联欢会上,她独唱的歌子是一支老歌,歌词的第一句是"月亮在白莲花般的云朵里穿行",下来的一句是"晚风吹来一阵阵欢乐的歌声"。这本来是一首不甚深刻,但是充满悠扬情调和安谧气氛的抒情歌曲。演唱者不知为什么充满了忧伤,从面容到声调里;因此在演唱中,将这支歌处理成了一支类似俄罗斯民歌那种"噙着眼泪的微笑"的味道。这种处理加深了歌子的深度,也取得了意想不到的舞台效果。

她听说杨岸乡有一篇发表了的小说,是描写一位小唱歌家的。她很想看一看,于是主动地踏进了他那十平方米。这大约是十年来,第一个踏进这间小屋的女性。

女孩子的肤色很白。不是那种养尊处优、涂抹过许多增白粉霜以后形成的那种美艳的白色,而是一种纤弱的营养不良的苍白。她伸手接过杨岸乡递给她的杂志时,杨岸乡接触到她的手指。她的手指出奇地冰冷。

这个女孩后来参军走了。在他们相处的这一段时间内,或者准确地说,在女孩后来还这本杂志的时候,杨岸乡曾经吻了一下她。他感觉到她的嘴唇也是冰冷的。即便她的情绪处在一种热烈中,她的肌肤仍然那样冰冷,像个冰美人。这一点杨岸乡始终也没能想透。

她通体的血是在患了白血病以后,被全部换过一次的。但这不能成为她冰冷的原因。

在那一段日子,杨岸乡迷恋上了这个女孩。这件事构成了他生命里程中的一段小夜曲,一次狂暴的激情与另一次狂暴的激情中间的一段相对平稳的蓝色时期,一次灵魂的游隋。

在排练节目的时候,他静静地躲在一个角落,缩成一团,长时间地痴呆呆地注视着她。看着她的丁字形皮鞋,她的像两条火车道一样笔直的裤缝,她的时而盘在头顶、时而垂在颈部的两根接近亚麻色的发辫,她的每一次的投手举足。

他已经习惯了这种思维方法,即顺着一条直线想下去,一头扎进自己的想入非非。在那片臆造的意境中所呈现的各种景象，反而比此时此地凡胎肉躯所接触和感觉的一切更加栩栩如生。

这样，在神情专注于一处，想入非非的时候，眼前的一切，便视而不见了。所以他给人的感觉是呆头呆脑、木里木讷，不善于交际，不能应付场面，说话的时候，做事的时候，注意了这个忽视了那个，不注意掌握分寸，不时地出现偏激，于是不觉地常常顾此失彼，磕谁碰谁。

这个习惯是无法改变了，长期的孤独已经给他身上留下烙印。

但是，如前所说，他毕竟从一种危险的精神状态下挣脱出来，回到正常人的生活状态中了。可以毫不夸张地说，如果没有生活的这一番打搅，让他的灵魂继续放逐在那没有边际的谵想中的话，精神病学也许又增加了一个临床病例。

人是伟大的。尽管博学的哲学家们，在用放大镜和望远镜观看了过去、现在，以至未来的人类的生存状态后，悲哀地认为：生命过程本身就是一种痛苦过程；这是一种与意识孪生的本能的痛苦，它于第一个猴子直起身子，走出森林，开始产生思想时，就附着在了人的身上；圣殿之所以尊贵庄严，就是因为它是人们共同哭泣的地方。然而，在这苦难的舟子之上，勇敢者仍然扬起他不屈的旗帜，他手抓着行囊的背带，时刻侧耳倾听着命运的召唤，风暴的喧响，他有一个坚强无比的胃，他汲收着苦难的乳汁，以不可抗拒的力量强大起来。

杨岸乡还年轻，澎湃在他心中的激情和精神力量，帮助他向生活的下一幕走去。用陕北的土话说："你还没有活人哩！"所以，生活不允许他过早地就糟蹋了自己。

"如果安排一切的不是上帝，那就是女人！"那些日子，杨岸乡脑子里时常回旋着这句话。

这句话是在杨岸乡以热烈的目光，长时间地注视他的女神时，那女孩子回眸嫣然一笑，接着又用下腭一翘，暗示他"你失态了"时，他骤然想起来的。

杨岸乡很为自己的这句话得意。但是，不久后，他就发现，这句话仍然出自一本书，而不是他的独立思考。他有些扫兴，他深切地感觉到，前人对世界的探究，曾经深刻和广泛到什么程度，旮旮旯旯都没有放过，你自以为你又发现了一块思想的新大陆，其实，你只是在拾人牙慧而已。

女孩的名字叫艾芳。回到他的十平方米后，杨岸乡常常情不自遏，念叨着女孩的名字。他开始尝到了一种恋爱的味道了，这对一个四十多岁的人来说是一件可怜的事。

女孩的眼神总有一丝忧郁。这忧郁将她和那些眼睛里没有内容的女孩区分开来。她一定有过什么不平凡的经历。白血病当然算一个，但是除了白血病之外，肯定还有。她的服饰是朴素的和简约的，这一点杨岸乡后来才明白。女孩子能用很少几个钱就将自己打扮起来，而为了保持裤管的笔直，她在上班的八个小时之内宁肯站着，也不愿在小凳上坐一会儿。一件不管什么样的衣服穿在她的身上，她总能将它收拾得干净大方，而这件衣服如果落入一位村姑之手，立即就会走形。这些习惯大约是文艺班时期形成的。杨岸乡还注意到她吃饭的时候，打的总是最便宜的饭菜，那么说她是将工资的绝大部分寄回家了，她家里大约还有什么人，身边的老父亲和老母亲吧！难怪那些大手大脚的姑娘们和小伙子们，总是有意无意地，对她表示出一点轻蔑。白血病成为他们经常谈论的话题，他们总是用白血病这件事来抵消她的美貌，为自己平庸的面貌找到一丝安慰。

女孩将饭盒塞进了灶房那卖饭的窗口。

没等她开口，头脑光光的大师傅已经知道她要的是最便宜的菜。砰砰啪啪，勺碰锅底的声音，接着，一份洋芋丝或者醋熘白菜，递了出来。"五分！"大师傅粗声粗气地说。女孩不卑不亢地接过饭盒，转过身。

杨岸乡的饭桌上只有一个人，也就是说只有他一个。自从他身上老鼠的气味彻底消失以后，自从他开始在厂里成为一个人物以后，他吃饭的桌子上，会有一个老工人或者偶尔下厂的干部，和他坐在一起。平日，老工人都有自己的窝，年轻人又不屑于与他为伍，因此，这个饭桌，几乎成了杨岸乡的专席。

他的眼睛，又投向了那个端着饭盒的窈窕身影。他多么希望她能坐到自己的桌子上来。他在心里明白这种想法大约是一种奢想，但是眼神没有听命于心灵，他的眼神中闪现出几朵希望的火花。

女孩在行走的途中放缓了步子。她犹豫了一下。按照常规，她是该坐在他们那一伙中去的。但是她注意到了杨岸乡眼神中的火花。她微微一笑，只有杨岸乡才看出这微笑是对自己美貌的自负。随后，她有些挑衅似的瞅了他们那一群一眼，然后拐了个弯儿，坐在杨岸乡的桌边了。

女孩坐定，立即，一股青春的气息向杨岸乡袭来。

杨岸乡没有料到女孩会真的坐过来。他一点思想准备都没有。他有些发窘，他有些脸红，大约还有点儿手足无措。他挪动了一下屁股底下的凳子，这个挪动可以作两种解释：一种是为女孩腾出位置的表示，礼仪动作，表明他注意到了她的光临，尽管这种挪动是没有必要的，因为桌旁只有他们两个人；另一种解释是，躲开这女孩，和她拉开一段距离。

"你的小说真好！我看了三遍。那个故事是真的吗？"女孩主动搭话了。

"你说的是……"

"《最后一支歌》。杂志上领头的那篇小说。"

杨岸乡的心跳得很厉害。心跳影响到发音器官,因此,声带发涩,说不出话。他的脸憋得通红。他偷偷地抬起头来,看见了女孩细细的眼睫毛和眼睫毛下两只纯情似水的大眼睛。一想到这样一位美丽的异性和自己同坐在一张桌子旁,而她的全部注意力在这一刻集中到了他的身上,令他连个躲藏的地方都没有,他更紧张了,鼻尖上这时候大约已经有热汗沁出。

女孩宽容地笑了笑。她大约生平还没有遇见过这样腼腆的男人。杨岸乡的拘束感染了她,她也有些拘束。当她明白杨岸乡是因为她坐在跟前而自惭形秽时,她生平第一次对自己的容貌不满起来;此刻,她宁肯自己再平凡一点,以便使身边的这个男人减轻一点负担。

"真的,我被小说感动了,被那位女歌手的命运感动了。生活真不公平。"女孩紧紧地盯着杨岸乡的斑驳面容,真诚地说。

杨岸乡想说这小说不是他写的,但是他没有勇气说出来,他只咧了咧嘴,向女孩难堪地一笑。不过他在此刻对自己说,总有一天,他会写出比《最后一支歌》更好的小说的,不为别的,仅仅为了女孩这句真诚的话,为女孩今天这个和他坐在一起吃饭的行动。

误会有时候是一种动力、一种机缘、一种社会强加于你的任务、一种冥冥力量对你的暗示和导引。杨岸乡记起自己小时候游泳的一件事,那是他第一次游泳。(还记得那个从南河里出来,光着屁股,跑到边区交际处大院偷西红柿的小男孩吗?)他不会游泳,确实不会,不会的原因之一是他是在吴儿堡那块高原上出生的。但是,当一群孩子来到河边,当他们纷纷脱了裤裆,冲杨岸乡喊"你怎么还不下水,你肯定会凫水,你这么勇敢的人哪能不会凫水"时,他脱下衣服跳进了河里,并且一直游到对岸。当然,他喝了几口水,他有几次被浪头盖过了脑袋,灭顶之灾,但是他终于游到了对岸,抓住了岸边伸向水里的一枝柳条。他就这样开始学会了游泳。这事有些奇怪,也有些令人后怕。当他后来细细分析这件事时,他想,除了那种不可知的精神的原因之外,大约还有一个客观原因,那天南河正涨水,水很浑,稠乎乎的,这种水有浮力。但是不管怎么说,他从此会游泳了,清水里,浑水里,都应裕自如。

女孩开始吃饭。

杨岸乡松了口气,他赶紧把头埋进自己的碗里。

在吃饭的途中,他几次抬起眼睛,偷偷地看了一眼女孩。他看见了她的削肩和细长的脖子。女人是神秘的,按照弗洛伊德的观点,恐惧来源于陌生,是的,他对女人的恐惧心理其实也是出于一种陌生,一种神秘感,尤其是对那些漂亮的蓝精灵来说。

后来,杨岸乡将会接触一个又一个女性,经历一个又一个女性,他像一个冷酷的向着既定目标奔跑的机器一样,需要时时从生活中寻找营养和动力,他残忍地践踏着一个个心灵,从横陈的玉体上大踏步地跨过去,在跨过去时连头也不回一下。那时候,陌生感与神秘感同时消失,他通过对这人类一半的认识加深了对人类的整体认识,但同时一种最美好的感情也从他心中消失了。

"你和所有的人都不一样,你注意到了吗?"这是那女孩的声音。

"是吗?"正在同时吃饭和同时沉思的杨岸乡,从遐想中醒来,回到饭桌上。

"你好像生活在另一个世界的人,那里有你真实的生活;而日常的这一切,包括此刻的吃饭,对你来说,倒像在梦中。看见你那神不守舍的样子,常常令我想起一个人!"

"一个人？"

"是的，一个人。我喜欢看小说，包括那些厚厚的长卷。你一定看过《战争与和平》吧！你知道那个贵族……私生子……"

"彼埃尔！"

"对的，叫彼埃尔。你多像他那神不守舍、心不在焉的样子。假如在酒馆，你一边喝着闷酒，一边低头想心事，那么，每一个从你身边匆匆而过的女人，都会在心里对自己说：'瞧，这个男人多么忧郁呀！'只是，比起彼埃尔来，你还缺少……"

"缺少什么……"

"一件白西服，一架金丝眼镜，还有……"

女孩说到这里，不言语了，脸颊上迅速地飞过一星红晕。

"还有什么呢？"杨岸乡顺着她的思路，不由自主地、不解地问。

女孩向邻座的喧闹的人群望了一眼，悄然说："对娜塔莎的一丝柔情！"

说完这句话后，女孩不再言语了。当她明白自己刚才说了什么时，她很为自己的话吃惊。于是杨岸乡听见了勺子磕碰饭盒的声音，这是女孩用吃饭来掩饰，而大约手指有些颤抖，因此磕击出了声音。

女孩的意思再明显不过了。最起码的解释是，她对杨岸乡有好感。仅仅有这一点，杨岸乡就满足了。

杨岸乡现在重新以另一种目光打量她。他现在从她的削肩上，看出的不但是线条，还有一种叫人爱怜的味道，这削肩需要靠在一个男人的肩膀——彼埃尔那样的可靠的宽肩膀上，需要保护，即便这保护来得粗暴一点，她也准备心甘情愿地接受。杨岸乡这时候阳具突然勃起，他记起了自己是一个男人。

分手的时候，女孩说了句，晚上她来还书。所以在下午的当班中，杨岸乡的心情一直处于一种激动状态。他傻乎乎地笑着，卖力气干活，他的行动引起了车间里的诧异。一位女工以深刻的目光看了他一眼。记得我们曾向读者介绍过那个女工。

但是随着黄昏的到来，杨岸乡的信心又变得不足。他觉得这也许是自己的自作多情。那女子根本没有别的意思，她仅仅是来还书。而她在饭堂里脱口说出的那句话，仅仅是一个毫不相干的人对另一个毫不相干的人的评价，一句谈资而已。她从各方面来讲，都与自己相距甚远。他明白女孩和他的接近只能使她的身价降低，他无法给她带来什么，他也不会成为她意想中的彼埃尔。女孩只是在怜悯他，就像一个拥有许多珍藏的人，信手将其中的一件丢给一个过路的乞丐。

看来又不像是那样。不管怎么说，女孩表露的是真情。那么这又是怎么一回事呢？是不是整个世界串通一气，想要迫害他、捉弄他，于是打发这个女孩作为诱饵，以便像小说中或电影中所经常出现的情节那样，当事情发展到一定的火候，守候在外边的人们便破门而入。

难为杨岸乡了，一件小小的事情，在他的头脑里，竟变得这样复杂，难怪他行动起来那么缓慢，难怪他总处在谵想中。我们不是病理学家，但是，一点点的医学知识就够了，这知识告诉我们，杨岸乡患的这种病症叫作"臆想狂""偏执狂"或者"迫害狂"。这是发生在大学里的那件猝不及防的事情的后遗症。这类病人总感到四周充满了陷阱，世界在通过各种方式算计他，他的投手举足，一笑一颦，都在周围空气中数不清的眼睛的监督之中。

严格地讲，每一个真正意义上的作家，都是上述病症的患者。只是他们有自制能力，当思想的马儿在放纵地奔驰时，能及时勒住嚼子，制止它的失控。他们的区别只在于，有的病症重些，有的轻些；有的是先有这种病症才成为作家的，有的是在从事作家这种职业时染上这种病症的。

当然，也有失控者，也有走入那种绝对境界中的。这些人往往成了独步一时的大家，这些人往往以自杀为自己被激情燃烧得快成枯木的生命，画上一个句号。——他们用身体内残留着的最后一点理性，命令自己完成这件事；在完成的时候他们将这次行事也当成了一次艺术创造和人生挑战。

闲言少叙。黄昏终于不可遏止地到来了。这是一个高原美丽的黄昏。时令大约是春天。高远明净的天空，涂抹着几朵线状的白云，交口河在山谷间潺潺流淌。不久前曾经下过一场雨，因此山峦披上了一层浅浅的新绿——草色遥看近却无。在山坡的某一个地方，有一树的山桃花先开了，在阳光下它是一团耀眼的鲜红，而在黄昏，它变成了一种凝重的绛红。

下午，杨岸乡没有到灶上吃饭，他怕遇见那女孩。他尽量地把自己害怕的事情往后拖。

他又来到了那个三岔路口的小吃店里吃饭。我们记得，正是在这里，他与那个不可接近的漂泊者相遇的。所以这一次吃饭的时候，他又想起了那件事，想起了像一块心病一样埋藏在他心中的那个安息在山顶的小精灵。1979年秋天的收成不错——用黑寿山的话说，"政策好，人努力，天帮忙"，所以这时小吃店的饭食，又恢复成了"荞面饸饹羊腥汤"，不过"高粱面饸饹"还在，它是作为一种调剂食品出现的。

黄昏来临了，女孩穿着一件红色的夹克衫，脚下穿一双平底圆口的带布鞋，腋下夹着那本杂志，嘴里嗑着葵花子，进了杨岸乡的房间。

当杨岸乡意识到她已经来临的时候,她其实已经在房子中间站了好一阵了。她笑盈盈地打量着杨岸乡,打量着这间房子。葵花子大约是新炒的,所以她满嘴喷香,嘴唇上也沾了些葵花皮的紫颜色,因此像涂了化妆品一样,显得面孔更为白皙。

"你连让座的一句话都不说吗,杨师?"女孩埋怨道。

杨岸乡连忙喊,"请坐请坐"。屋里只有一张床,一张桌子,一条凳子。这只凳子现在正由杨岸乡坐着,因此,女孩轻轻地一翘屁股,半个屁股搭在了床沿。女孩落座以后,杨岸乡暗暗庆幸,那天的床单刚刚洗过。

杨岸乡为女孩泡了一杯糖水。这是"降温糖"。平日,糖发下来以后,他总是让人捎回吴儿堡,给他的姑姑,他觉得自己享受不了这种奢侈。这次,还没有来得及捎。

水很烫,连杨岸乡这种感觉迟钝的手,也感觉到了,对于女孩那纤弱的手来说,就更烫了。因此,当把水端到女孩手边,碰到她那冰冷的手指时,杨岸乡说:"晾一阵吧!"说完,将水杯放在桌子上。

女孩伸出她的手掌,请"杨师"吃她的向阳花籽。她说这是她自己炒的,相信不相信,她炒的向阳花籽很好吃,她从小就会炒。

"我父亲是摆摊卖向阳花籽的!"女孩说。

女孩说,父亲的摊就设在她家门口,她吃完中午饭后,就来到小摊前,替换她的父亲回去吃饭。街道上住着些公家人,有个大男人很喜欢她的向阳花籽,常常来买,而且总是瞅她顶替的这一阵儿。向阳花籽一角钱一两,他将一角钱扔进篮子里,就在女孩就要提起小秤的时候,他说:"算了吧,抓一把吧,""抓一把就抓一把,"女孩同意了。——"哎哟,杨师,你不知道,他的巴掌那么大!"——女孩在后边喊起来,可是,那男人笑着离去了。

杨岸乡饶有兴趣地听着这个女孩小时候的故事。他从女孩小小的手掌里，捋起几颗葵花子，在牙上嗑掉皮，慢慢地嚼起来。

葵花子果然很香，有一种焦煳煳的香味。越嚼越香，满口生津。一会儿工夫，这间小屋便弥漫起一种温馨的香味。

"不错不错，这葵花籽的确很好吃！"杨岸乡赞叹道。

"这叫向阳花籽，你为什么叫葵花子呢？"女孩问。

杨岸乡笑了。他说中国的地方很大，一样东西有多种叫法，例如我们的洋芋北京人叫它土豆，河北人叫它山药蛋，而植物学家又叫它马铃薯一样，关于葵花子，其实，我们两个的叫法都不对，它的公认的叫法叫向日葵子。

女孩也笑了。她说："那么，葵花子的叫法你是从哪里得来的呢？"

杨岸乡停顿了一下，回答："是一个很远的地方——远在天边！"

"那里这种植物多吗？我是说向阳花。不，我是说你的葵花子。"

"当然很多，多得一望无际。用当地的哈萨克语说，就是'科木科木的'。那里的向日葵，不像咱们陕北，是种在庭院里、垴畔上、地埂和大路旁，零零星星，一棵一棵的，它是大面积种植，几十公顷、几百公顷，甚至几千公顷。茫茫的戈壁滩上，挑一块平整一些、沙砾中含土质多一些的地块，再引来水，就可以种植了。"

"那得多少劳力呀！"女孩为这和自己毫不相干的事，担忧起来。

"用的是机械。播种的时候用的是条播机，收获的时候用的是康拜因。人的管理，只是隔一段时间浇一次水，或者，当向日葵长出枝杈的时候，打掉枝杈。"

"几千公顷！那是一种多么壮观的景象呀！铺天盖地的一片金黄，像铺在天边的一块丝绒地毯。微风吹来，掀起一层一层的波浪。特别是当太阳出来的时候，同一时刻，千万棵向日葵一齐扬起

下卷·第二十三章　449

头,向太阳行注目礼,然后它们一齐转动头颅,追逐着太阳,一直到这一天结束,太阳沉入西方地平线为止。"

杨岸乡被女孩的想象力感染了。他接着女孩的话,用一种心驰神往般的语调说:"是的,是这样的。葵花盛开的季节,你如果骑上一匹马,顺着葵花地中间的小道,或者水渠的渠沿,信马由缰地走过去。一会儿工夫,你就会感到,自己被溶化在这一片铺天盖地的金黄中了。你的心中汪得难受,你不由得想流泪,你不由对大自然,对世界,对人类,对自己的生命本身,产生一种热爱,并且情不自禁地唱起一支热烈的赞歌来。而在远处,在水渠的某一个分闸口,一个黝黑的中亚细亚少女绾着裤管,挂着一张圆锹,正站在水里,让水从她的脚面上没过。看见你以后,她从头上扯下丝绸质地的花手帕,向你挥舞!"

"你曾经经历过这一切吗,大朋友?在那个称向阳花为葵花子的地方,也曾经有一个光脚丫子的女孩子,向你挥动着花手帕吗?"

女孩的话将杨岸乡从梦中惊醒。

他不愿意让女孩失望,告诉她他虽然到过那个地方,也见到过那一片铺天盖地的金黄,但不是骑着马信马由缰经过那里,而是被装在囚车里的,而且在那花海里,也没有什么姑娘,那里轻易不会碰见一个人,即便碰见一个,也是和他一样蓬头垢面目光狼狈的囚犯。但是杨岸乡没有说,他不愿意告诉女孩这些,他担心他的经历会将她吓跑;他还不愿意让她知道,世界上曾经有过这样一种存在,并且这种存在和他发生过关系。

见杨岸乡低头不语,女孩明白自己的话问得唐突了。"我不该问这些的,"她说,"那是你的一段不愉快的经历,全厂人都知道的。"

"没有关系!"杨岸乡安慰她,在安慰的同时自我解嘲——"经历是一笔财富,假如你有能力动用它的话!"

"你很深刻。这样深刻的男人现在世界上越来越少了。"女孩热烈地说。她一反往日在大庭广众下那淡漠的神态，话语中充满了热情，"你一定受过不少苦，你的饱经沧桑的面容告诉了我这一点。"

杨岸乡无言以对。他抬起头，认真地端详了一眼床边倚床而立的女孩，他想起《最后一支歌》中的那段话，这段话现在恰好适合于他：她千恩万谢地感激我，感激在这个世界上，还有记得起她童年的人。

关于向日葵的话题应当结束了，因为熄灯的铃声像知了一样在屋外响起。

女孩站起来，她说："我该走了！"说完，向门口走去。当手接触到门的把手时，她又转过身。看着怅然若失的杨岸乡，她说："你愿意吻我一下吗？我长得不算丑，是吗？上文艺班那阵子，我们一群男孩子女孩子，常常玩这种小把戏，我们称它为'无害的游戏'。"

"我服刑的那个地方的小女孩，也常常玩这种游戏。我这里指的是距荒原农场不算太远的那座兵团小城。放学归来背着书包的女孩子，愿意让人在街上吻她，吻一次，给她五角零花钱。确实是一桩'无害的游戏'。不过，这与我们这些穿着竖条服装的特殊人群无缘，女孩儿像惧怕那些从荒原上来的狼一样惧怕我们。"

杨岸乡走过来，用两只手捧起女孩的头，轻轻地，在那喷香的、绛紫色的嘴唇上碰了一下。

"我还要，再长一些！"女孩咽了咽唾沫，并且翘起了脚跟。

这一次，杨岸乡将自己的嘴唇，紧紧地贴在女孩潮湿的嘴唇上。这一次，他吻得既长且久，而且充满了温柔和典雅，有一种电击一般的感觉，从他的头顶直贯脚底，他的双手也无意识地从女孩的双肩，滑下去，接住了她的腰肢。

现在他们紧紧地贴在一起，彼此吮吸着对方的嘴唇，像两个在沙漠里跋涉了很久的人，现在面对一汪泉水所应该做的那样。对于杨岸乡来说，那电击一般的感觉消失以后，接着是一个冷战。当冷战结束以后，便是一种无可名状的舒适之感，长期绷得太久而已经有些钝了的全身神经，现在开始松弛，开始像琴弦一样弹奏起音乐。

普希金在他的天才的小说《驿站长》中，曾经记述了主人公的一次接吻，他说，"他"生平有过许多次的接吻，可是，没有一次能够留下这么温馨的记忆；那么，对于杨岸乡来说，他从来没有体验过接吻这种人类情感交流的方式，而这第一次的接吻，那种沁入骨髓的欢娱的感觉，以后再也不会遇到。

由于是面对面站着，由于贴得太紧，以至谁也看不见谁。没有了被人注视的危险感，杨岸乡的窘意消失了，他感到他得到了放松。

不知道过了多长时间，也许很久，久到地老天荒，也许很短，短到只流星匆匆一闪，那女孩轻轻地伸出手，摘掉了杨岸乡环绕在她腰肢间的胳膊。"我该走了！"她说。她用粉红色的舌尖，舔了一下嘴唇，然后，打开门，突然地消失了。

她留给了杨岸乡一个辗转反侧、难以成眠的夜晚。

他们后来还有过几次接触，除了在这小小的屋子会面以外，他们还到山上去，去折那些盛开的山桃花或者刚刚挂果的青酸的杏子。他们的感情交流仅仅到接吻这个限度为止，用一句现成的话说，衣冠周正，举止节制，没有越雷池半步，没有最后残酷的一幕。

在远离这个女孩的时候，在威胁暂时离去之后，杨岸乡躲在他的房间，像一个困在笼子里的猛兽，他的双臂无意中向空中搂去，他的嘴唇念叨着那个名字，他对自己说一旦相遇，他们一定要将最后一步走完。但是，当女孩出现在他面前时，当接触到她的敏感的、会说话的、冰冷的手指时，一切便化为冰释。

他们不明白，他们之间这其实不是爱情。

以婚姻为最终目的的情爱，是以适度的放纵、适度的谨慎、适度的理智为推进手段的，以需要和愉悦为目的的情爱，是以为恶的念头和放纵的欲望为推进手段的。这两种他们都没有。他们只是——只是什么呢？只是两个感到孤独和寒冷的心灵在寻找相互慰藉，在以对方的火光照亮自己，以便看清自己的灵魂。而在彼此感情摩擦中所产生的火光（好像两件化纤衬衣摩擦），将平等地给双方以温暖和热能。于是，两个生命便能够继续前行了。他们只是匆匆的一遇，然后又急匆匆地各人向各人的目标走去。

女孩后来当兵走了。特招。部队要招文艺兵，从茫茫人海中注意到了她的上官云珠式的面孔，从千百个百灵鸟一样的女中音中注意到了她的歌声多一丝深刻。

女孩临走时，给杨岸乡留下了一封信，信中说她将在心灵的殿堂里立一个牌位，珍藏这一段友谊。信中还说，他真的像彼埃尔，假如再有一套白西服、一架金丝眼镜的话。

一些年后，大约是在这个世纪的最后几年里，当时，已经是国内知名的作家和学者的杨岸乡，偶尔从一份综合性青年杂志上，看到一首署着她名字的小诗。小诗放在补白的位置、《橄榄枝》栏目，这是这家杂志的一种风格。女孩的诗是这样的：

> 过去的每一个淡泊的日子
> 都似一颗颗饱满的种子
> 生动得令我们流泪。
> 你大概，已从地球上逝去
> 不然，怎么收不到你的波段
> 我的呼吸，一个个坠毁深渊
> 忍不住送你一个吻
> 竟把你整个淹没。

第二十四章

黑寿山在省城里,参加了省委工作会。他在小组会上的发言,引起了与会者的强烈兴趣。小组会休息的间隙,采访会议的省报、省台、省电视台的记者,专门赶到他下榻的房间,做了专题采访。记者们要他详细地谈谈"两个恶性循环"问题。于是,黑寿山将他的考察和思考,如实地跟这些记者们谈了,谈罢之后,他深情地说:"再有四年,我就'踩线'了。我想在离休之前,踏踏实实干几样实事,为家乡父老做几件好事。"他的话引起了这些记者们的强烈共鸣,不等会议结束,他的小组发言的内容,已经用"大会花絮"的形式,见诸报端,而电视台在新闻栏目里,给了他足足一分钟的位置。

会议结束,踌躇满志的黑寿山,回到肤施驻省城办事处。他的秘书和司机在这里等他。他准备第二天一早,就返回肤施城去,可是,就在他刚刚进了房间,端起一杯茶的时候,桌子上的电话铃响了。

作为肤施市委书记的黑寿山，他每天需要接的电话太多了。现代通信设施缩短了空间的距离，它给人带来了方便也带来了烦恼。黑寿山尤其头疼电话，它不比来信，也不比来访，在你工作正忙碌的时候，在你晚上睡眠正香的时候，在你抑或是高兴抑或是烦恼的时候，它可不管你这一套，不期而至，爱来就来。不管你愿意不愿意，你都得伸手去接：假如是一个重要的电话呢？你的脑子里被应接不暇的事情塞得满满的，可是在拿起电话的那一刻，你得让脑子里的一切都暂时停止，来对付这个闯入者。因为你是市委书记，所以你必须高度警觉，任何一句哼哼唧唧，不太明确的答复，都可能为你酿成后果。对方也许已经为你布置下陷阱，正在电话的另一头微笑呢！是的，如果是来信，你可以不必直接面对写信的本人，从容一些地处理。如果是来访，你起码在房门打开到落座的这一刻，有所思想准备，甚至以"今天的天气""吃了没有"之类来做开头。可是电话就不同了，你需要面对的是本人，可这又不是本人，你想以无关紧要的话来使自己缓冲一下，可是电话局在收费问题上人人平等，即使是公费，过长时间的占线也是一种不文明的表现。

桌子上的电话铃响着。黑寿山有些累，几天的会议下来，比干一场力气活还累。"谁知道我在这里呢？"他有些纳闷。他的步履迟缓了一下。可是电话铃顽固地响着，声音紧促而又刺耳。黑寿山无可奈何地摇摇头，放下茶杯，伸手拿起话筒。

你在拿起话筒的一刻，是以怎样的措辞开始搭话的，是以"喂"，或者"你好"，或者"哪个"，或者"谁呀"等等，这一点各人有各人的习惯，虽然这习惯并不重要，重要的是随之出现的内容。

黑寿山拿起话筒。干练的他省略了前面的虚词，首先自报家门，然后问对方是谁。于是，电话线的另一头，传来一个年轻女人愉快的声音。年轻女人没有直接回答黑寿山的话，而是卖了个关子，她让黑寿山猜猜，她是谁。"你也许会听出我的声音的！"她说。

对于黑寿山来说，这声音确实很熟悉，他在听到声音的那一刻就意识到了。是一口纯正的北京口音，纯正、清晰、准确，好像女播音员的声音。只是，较之播音员的声音，这其间又多了一些热情和抑扬顿挫。这声音对他来说是熟悉的，终生难忘的，在过去的年代里，这声音和他之间，一定发生过什么重要的事情，而他在漫长的人生旅途中，他感情中最温柔的部分，其实，一直在期待着这声音，期待着它的呼唤。

但是黑寿山经历得太多了，而这一切又来得如此的猝不及防，因此黑寿山在接通这个电话的那一刻，在听到那年轻女人的话语时，他在一瞬间怔住了，没有能及时地回答。

话筒那边命运的声音继续响起来。"哦，你听不出来吗？这真叫人失望。她说过，你一听到这声音，就会立即抛弃了一切，顺着电话线，奔来的！"

黑寿山脸色苍白，他已经有几分约莫，知道对方是谁了，但是他还是不敢肯定。因为事情来得太突然了，要将他从刚刚结束的会议上，从他的雄心勃勃的振兴陕北的计划中，拖出来，拖到另外一件事情上，真不是一件容易的事。

"让我想一想！"他用这句话，想延缓一下对方的攻势，为自己争得一点时间。

"让我背一段话给你听吗，老黑？"话筒里的声音说。说完，声音换了另外一副腔调，开始背起一个著名小说中的一段话来："克利斯朵夫也知道，在他心灵深处有一个不受攻击的隐秘的地方，牢牢地保存着萨皮纳的影子。那是生命的狂流所冲不掉的。每一个人的心底都有一座埋藏爱人的坟墓。他们在其中成年累月地睡着，什么也不能惊醒他们。可是早晚有一天,——我们知道的,——墓穴会重新打开,死者会从坟墓里出来,用她褪色的嘴唇向爱人微笑;他们原来潜伏在爱人胸中,像儿童睡在母腹中一样。"

话筒里的声音吐完了它的最后一个字。当那拿腔捏调的声音,在朗诵般地讲话的时候,黑寿山就知道她是谁了,对方的话音一落,他立即紧迫地说:"是你吗?丹娘?我听出你的声音了!你现在在什么地方?你怎么知道我在这里的?你还是老性格,突然闯入,就像从地底下钻出来一样,咱们——咱们有二十六年没有见面了吧!"

黑寿山说话的声音,对方听出来了。他这时的情绪大约很激动,这种激动正是对方所期待的,它缩短了二十六年的距离。话筒里的声音笑了:"刚一搭上话,你就提出那么多问题。你们男人哪!"话筒里的声音说,她到西安来,只是想见见黑寿山,她问黑寿山,还记不记得,他们经常约会的那个地方,黑寿山回答说:"记得。"话筒里的声音又说,黑寿山大约还没有忘记,最后一次约会,黑寿山失约了,她问黑寿山,还愿不愿将那次失约,弥补回来,虽然时间已间隔了四分之一世纪。黑寿山认为,还是到他下榻的这个肤施办事处来会面吧,彼此都不年轻了,没有必要那么多的罗曼蒂克,况且这座城市又大,那地方又远。话筒里的声音说,之所以选择那个地方,是出于对一段感情的尊重,对一位女士的尊重,她想黑寿山是能理解的。黑寿山点点头,认为她说得很对。

"那个地点,那个时间,你确实记得吗!"当说完这一切后,话筒里的声音,提高了音调问。

"雁塔路第一百零一棵梧桐树。晚上七点半。"黑寿山回答。

"我为母亲骄傲,你确实没有忘记她!"话筒里的声音说。

"你说什么?我不明白!"

"我该给你的激动降降温了，"话筒里的声音又恢复了最初的愉快腔调，"我不是你的丹娘，我是丹娘的女儿丹华。黑叔叔，我和你开了一个玩笑。这样，你还愿意见我吗？"

"我来！"

黄昏来临了，是经典作家笔下那种我们年轻时才有缘一遇的美丽而奇异的黄昏。太阳收敛了它的强光，变成了一个圆圆的大球，停在了陕北高原那圆状的或条状的山巅上；一轮洁白的月亮，从终南山东南那高高的尖顶上被挑了出来，那最初的一瞬，仿佛是搁在山尖上一样。日光与月光，平分这古老的冲积平原，这富饶的渭河河谷。而位于平原中心地带的这座八水环绕的北方都城，也在这一片奇异光芒的笼罩下。

随后就是日光和月光收敛了光芒，而让位于满街的路灯与霓虹灯。这座几十里方圆的北方都城，被人类自造的光源照耀得如同白昼一样。灯光除照亮了城市的旮旮旯旯以外，还直射到天空几百米的地方去，造成一片立体的光雾腾腾的情景。

一位老者踩着斑驳的树影，步履蹒跚地踏上了雁塔路。他让司机将他送到雁塔路口，就找了个托词，说，明天就要回肤施城了，司机大约还有没办完的事情。司机领会了他的意思，开着车走了，现在，只他一个人，市委书记同志，向第一百零一棵梧桐树走去。

轻微的晚风，斑驳的树影，昏黄的灯光，倒退着的树木，这一切都给人一种虚幻感。而远方是朦胧的，朦胧的远方啊。他简直不知道自己是向什么地方走去，他只机械地默数着一棵接一棵的道旁树。一首歌儿在空气中颤抖，"来也匆匆，去也匆匆，是这样风雨兼程……"歌手公然蔑视传统的表现手法，声调轻松自由而不拘形式。这位行走者听惯了那些节奏明快铿锵有力的进行曲，因此感觉到这伴随他行走的歌声很不顺耳，不过他不能不承认，这歌声确实正在准确地表达他目前的情绪。

　　整整二十六年前，也就是1953年，那时他从部队转业后，在陕北北部边缘的一个县担任团委书记。团中央在西安，在距雁塔路不远的一个地方，办了个西北团校，正是在团校里，他和那位美丽的北京姑娘认识了。他们产生了爱情，但是，这个爱情后来以悲剧形式结束。产生悲剧的直接原因，是黑寿山当时已经结婚了。既然已经有了事实上的婚姻，那么这种婚外恋，当然是不应该的，尤其在那个年代里，尤其在那样严格的学校里。女主角丹娘是资本家的女儿，况且有海外关系，这更增加了事态的严重性。当黑寿山的小脚妻子，来团校大闹一场后，学校抓住这个典型，将它看作是资产阶级思想对陕北老区下来的年轻的老干部的一次腐蚀。棒打鸳鸯，这样两个人就分开了，从此各奔西东。丹娘不等毕业，就拿了个结业证，走了。学校对被腐蚀者，这位老干部采取了保护性措施，允许他正常毕业，然后，回到他来时的那个县城。对于市委书记同志来说，这是他年轻时的一件荒唐事，而对于生活来说，这是一个陈旧而又陈旧的故事。

　　许多年过去了，正如丹华在电话里以拿腔捏调的声音朗诵出的那段话一样，丹娘的倩影一直埋藏在他的心中。他觉得自己欠了这姑娘许多情分，他觉得由于自己的轻率而毁掉了姑娘的前程，而尤其令他不能原谅自己的是，他没能去赴那最后一次的约会。那次约会是丹娘提出来的。吃罢饭打水的时候，姑娘拎着一把壶，腋下夹着一本书在水管前面徘徊，她说了句"还你的书，某页有一张条子"之类的话，然后匆匆地走了。回到宿舍，他将书翻到这一页，看到用红笔勾出的丹华现在朗诵过的那段话，看见有一张条子。这条子提的正是那次约会，因为丹娘第二天就要走了。但是，黑寿山没有能去，没有去的原因并不是出于胆怯，而是当他就要走出大门的时候，班里的党小组长挡住了他，要和他谈心。长期以来，黑寿山一直惴惴不安，他一直想寻找一个机会，给当年的情人解释这一件事情。他想：她从此一定是看不起他了，以为他没有赴约是出于懦弱，出于薄情寡义。

　　黑寿山默数着梧桐树，向前走去。

　　城市的夜晚，是属于年轻人的。路旁的花圃的栏杆上，林荫树下，一对对青年男女，簇拥在一起，还有的紧紧依偎着，旁若无人地走在马路上，与黑寿山擦肩而过，而黑寿山只是轻轻地避开。和夜晚属于年轻人的一样，城市将它的早晨，给了老年人，当青年人还在蒙头酣睡的时候，老年人早早地就醒了，开始跑步，开始在公园里、在护城河边、在城墙顶上打太极拳或者做气功。黑寿山现在感觉到，他的出现和这夜晚的格调多么不协调，这时的老年人，大概都正在家里看电视、拉古话，而他，却掺和在年轻人的行列中，向他年轻时候的一个地方走去。但是他只有硬着头皮往前走。不过，第一百零一棵梧桐树就要到了，而那树下，确实站着一个身穿白色连衣裙的姑娘。

　　姑娘穿着连衣裙，或者是套裙，对于女人的服饰，黑寿山是个外行。她的两手插在裙兜里，背对着马路站着，只留给行人一个背影。她剪着短发，裙子的领开得有点低，因此露出长长的一截脖子，像一匹马一样。她和当年的丹娘多么相似呀！因此，黑寿山在看到她第一眼的时候，就明白她是谁了。他走到树下，用一只手扶住树。

　　"你是丹——丹华吗？"他问。

　　"那么，你是黑叔叔？"白色的背影转过身，微笑地望着他，并且伸出一只手来，"你好，我妈妈的朋友！"

　　她微笑的神情也像她的母亲。她握手的样子也像她的母亲——

一只手倾斜地伸过来，大拇指成为一面，四个倾斜的、靠拢的手指成为另一面，与其说和你握手，倒不如说将手伸过来，礼节性地让你一握。在这一瞬间，黑寿山简直有些惶恐了。但是一想到自己灰白的头发和满脸皱纹，他就明白，这确实是另一代，不会是他的丹娘了，他的丹娘如果此刻站在他面前，大约也像他一样，是一个老态龙钟的老妪了。

他们开始攀谈起来。最先涌到他们嘴边的话题，而且贯穿他们谈话始终的这个话题，当然是那个没有在场的人，由于她的因素，才产生了这场会面。但是，当黑寿山询问起故人的消息的时候，询问起她为什么没有亲自来的时候，姑娘轻轻地叹息了一声，她告诉眼前的这位老者，她的妈妈已经死了，死在"文革"中，那是七八年前的事。

于是这个话题霎时间变得沉重起来。

作为黑寿山来说，他曾经在他的心中，许多次地描绘过他们有一天会面时的情景，但是想不到会面是在这种情形下进行的，而且她本人已经作古，她打发她的代表者来进行这场谈话。为那次失约，他曾经准备了足够的解释，但是现在这一切都没有必要了，她不会听见了。

"能尽量多地告诉我你的妈妈吗？她的工作，她的婚姻，她死时的情景，她的一切的生活细节。你知道，这一切对我多么重要。你知道的，我是爱过你母亲的。而且，我这一生，只有过这一次爱情，但是它却是以这样的形式结束的。"

"我明白你的话，我的妈妈的朋友。谁说过，'不经历一次深刻的感情，就等于空活一世'。所以你的要求是合理的。作为我的母亲——丹娘来说，她这一生，也只经历过这一次，所以，她也和你同样地珍惜。朋友，她是爱你的，始终不渝地爱你，当你听我一字不错地背出罗曼·罗兰那段名言时,你就会毫不怀疑地相信这一点了。当她卧榻病床的时候,当她弥留之际,她口中反复念叨的,正是这段话。朋友,她其实是在你的陪伴下,在我的陪伴下,走完她生命的最后的日子的。这下,你该满意了吧?"

"她没有提起过那场失约吗?她没有怨恨过我吗?"

"她提到过那场失约,但是没有怨恨你。她找出了各种理由,为你的失约解释,即便是你出于懦弱,没有前来,她也原谅你了。她不止一次地给我说,在这个世界上,有一个男人,一个爱她的人;尽管她在这个世界上,已经一无所有了,但是她拥有一个白马王子,而有了他,一切就足够了。她说,只要她一声召唤,不论他在什么地方,不论他干什么,他都会放弃一切,向她走来的。说着这些的时候,她仰头问我:'你相信这些吗?'我在心中充满了怀疑,但是为了不使妈妈失望,我深深地点了一下头,装出坚定相信的样子,于是妈妈笑了。现在,黑叔叔,你果然像我妈妈说的那样,因此我从心眼儿里感激你,并且代表我的妈妈感激你。我的妈妈如果地下有知,她一定会像一个小姑娘那样地笑的。"

接着,应黑寿山的要求,丹华开始讲述丹娘的故事。

丹娘出生在北平的一个资本家的家庭。她的父亲姓唐,母亲姓赵。她是家里的老大。北平解放前夕,父母带了几个小一点的孩子,去了香港,那时的丹娘,正在上初中,父母走的时候,她从家里跑了出来。她当时是学校的同情革命的积极分子。北平解放后,正好西北团校招生,满腔热情的她,便报考了这所学校,来到西安。

"我妈妈那时候很漂亮吧?"丹华问。从黑寿山的眼睛中,得到证实后,她继续说,"她比我漂亮,这我知道。即就是她老了,她仍然那么整洁、利索,起居有止。她说过的,她第一次见到你时，你在校园的小路上，月光下的小路，那天她穿了一件白色的连衣裙。"

"是的，她穿了一件白色的连衣裙。那是刚刚入学时候的事。知道彼此是同学，虽然还不知道姓名，就互相点了一下头。我记得，那夜月光很白，她的头发剪成当时流行的那种短发，短发的右侧扎着一个蝴蝶结，月光下像一只高雅贤淑的白天鹅。她有点羞涩地笑了一下，就侧过身走了。但是，我没有走，我注视着她的背影，一直到那背影在小路的尽头消失。那个月夜和月光下的她，便永远地贮存在我的记忆中了！"

"我知道的！我能理解当时的你，妈妈的魅力你是抵挡不住的。但是我不能理解妈妈。我不能理解她，为什么在茫茫人海中，在一大群崇拜者中，选择了你。你并不出众（原谅我的直率），况且你当时已经有了妻子。我自个儿曾经反复地想过这个问题，后来，我想穿了，年轻热情、充满了幻想的她，爱屋及乌，将自己对革命的感情，和对一个从陕北老山上下来的革命者的感情，混淆起来了。这既是她的初衷，也是她后来历经岁月磨难，而心中那种感情越来越固执，或者说越来越理想化的缘由所在。是这样吗，黑叔叔？"

黑寿山听到这里，无法回答丹华的问话，因为他从来没有想到这一层去。

丹华也没有要求黑寿山回答的意思，她继续说："那么，黑叔叔，你们是怎样的，你们曾有过——接触，这我知道。这一切究竟是怎么发生的，请你能直率地告诉我。正像你认为丹娘后来的所有的细节对你都十分重要一样，这件事对我也十分重要。"

这些话令黑寿山稍稍有些不快。但是，他还是没有拒绝丹华的这个要求。这个姑娘能这样地提问题，大约正如她所说，有她的理由。

于是黑寿山开始讲述了。最初，他只是以一个讲述者的口吻，惆怅地回首着往事，但是随着谈话的深入，随着年轻时候那一幕幕情景的再现，特别是，当讲述到农历1953年那场春节联欢会时，他再也不能用刚才的平静口吻了。

"如果说有的话，那只有一次。哦，我好像此刻正在给党小组长汇报思想。事情发生在那场春节联欢会之后。"黑寿山说，"是的，防线正是从那天晚上崩溃的。放假了，同学们都回家了，你的母亲无家可回，我本来是准备回去的，可是大雪封山，公路不通，只好作罢。再说，我也不忍心将你母亲一个人孤零零地丢在学校里。大年三十这天晚上，我们应邀去参加了共青团举办的全市青年联欢。联欢会上，你母亲走上台去，唱了一支歌。是伊萨科夫斯基的。那年头，我们正崇拜他。不过，唱的不是他的那首著名的《喀秋莎》，而是另外一首。我不知道这歌的名字，但是我会唱。你愿意听我唱一唱吗？"

见丹华点了点头，黑寿山便用嘶哑的声音，唱起来——

黄昏时分，有一位青年，
他拉着手风琴，在窗前盘桓。

小伙子，你爱上哪个你就说吧，
为什么搅得满街筒子的姑娘都不安！
……

"联欢会上，她正是唱着这样一支歌。唱歌的时候，她的眼眶里涌出了泪水。她在所有的处于狂欢状态下的人们都没有觉察到的情况下，用饱含责备的目光，瞅了我一眼。我注意到她的目光了。你知道我当时多么痛苦。联欢会散了，我们回学校去。是一个大雪初晴的晚上，满世界一片银白。我们的鞋子踩在雪地上，发出'刺喇刺喇'的响声。两个人谁也不说话，只默默无语地走着，挨得很近，手梢不时和手梢相碰。大约她滑了一下，身子打了个趔趄，于是我抓住她的手；待到她平稳以后，我松开了，谁知，就在我松开的一刹那，她反而更紧地抓住了我的手。街上一个人都没有，所有的人都躲在家里过年，于是我们大着胆子，手拉着手，在雁塔路上行走。

"那是一个多么难忘的夜晚呀，那么白，那么静，好像整个世界都退避三舍，生怕惊扰了这两个温情脉脉的人。后来，路过一家小铺时，丹娘说她有些饿了，于是，我们要了几块面包、一瓶小香槟，就着柜台，你一口，我一口，将小香槟喝光，将面包吃光，连掉在柜台上的面包屑，都拣着吃了。最后，我们进了团校的大门。

"女宿舍里，只有她一个人照门；男宿舍里，那时好像也只有一个我了。我陪着你的母亲，先到了她的宿舍里，那时，还没有暖气，也没有炉子，生的是木炭火——张思德烤的那种木炭。我先将这里的木炭火生着了。天有些冷。'烤一烤再走吧！'你母亲说。其实，我也实在不想走。我们围着火盆，张开手，烤了一阵，你母亲将她的北京带来的一条毛毯，盖在我的膝盖上。可是，我终于得走了。我得回到我的男宿舍里去。当我终于艰难地站起来，将毛毯还她，迈向门口的时候，她说了一句话。她说：'有必要去再生一次火吗？'听到这话，我回了头。"

黑寿山的话，说到这里停了。面对一个晚辈，接下来的细节，他没有说。不过这件事情的经过，他可以说已经说得还算圆满了。这是他生平第一次，向人这样细致地说起他和丹娘之间的事情。当年就是党小组长再三启发，他也没有谈这些细节，他只是笼统地将责任，完全揽到自己头上，将铸成的那件错误，归咎于那一瓶香槟酒。今天,他之所以感情脆弱起来,是因为这是丹娘的女儿,还因为当事人之一已成古人,因此在谈论起它便少了几分顾忌、多了几分追忆之意。当然,最重要的原因是,丹华要求他说出那一切时的口吻与字眼。——"这一点对我也十分重要",敏感的黑寿山,从这句话中,似乎嗅到了点什么。

"一个缠绵的故事,一个冬天的童话。"丹华笑着说,"在我的印象中,你们这些老干部,总是扣着风纪扣,板着面孔,浑身铠甲,坚硬如铁,金刚不坏之身,想不到,在心灵深处,还有这么缠绵的一块地方。是的,也许只有这样,才构成一个完整的人,而我们只看到了一半而已。那么,黑叔叔,我现在还有一个迫切需要知道的问题,就是,当我的母亲和你接近的时候,她是不是知道,你已经有妻子;特别重要的是,在那件事以前,她是否知道了?"

"她最初是不知道的,我有意无意地隐瞒了这一点。其实,当时同学中,结婚的人很多,谁也觉得自己没必要将这事对别人张扬,尤其是对一个女同学。最后,当我的感情已经不能自拔时,我明白,只有说出这件事,也许才可以造成一座屏障,终止我们的来往。但是,当我终于鼓足勇气,在一次约会中,手扶这棵梧桐树,说出来时,她半天没有言语。'你为什么不等等我,再结婚?你为什么早生了那么多年?'她最后说。自那以后,她照旧我行我素,和我来往,只是,言谈举止,从此便罩上了一层不祥的气息。她是由于最初的没有设防,才坠入情网、不能自拔的,这责任在我,我任何时候都不想否认这一点。可是,姑娘,你为什么迫切地需要知道这些,难道,你有什么事情需要告诉我吗?"

"我没有什么要告诉你的,"丹华机智地拦住了黑寿山的话头,"我仅仅是出于一种好奇,一种对妈妈的关心。正像你也关心她一样,虽然你只是个两姓旁人。"

"两姓旁人"这个字眼刺伤了黑寿山。这个字眼表明了丹华决心将眼前的这个人拒之千里之外，也表明了她不打算告诉他什么。

说这话时，黑寿山注意到了，丹华的嘴唇闭合了，腮边的肌肉出现一种力量感。"这一点她不像她的母亲，"黑寿山想，"她的母亲总是那么温柔，温柔得近乎腼腆的她干什么都是小心翼翼的，生怕撞着了谁，生怕谈锋伤着了谁。"

"责任不在你，也不在她，"丹华说，这是命运。命运是一种看不见的、摸不着的，在黑暗中左右一切的令人恐怖的东西。既然有男人和女人，就免不了在他们中间，要有那么几场悲喜剧。如果真要追究责任的话，责任也许在亚当和夏娃，自从他们偷吃了禁果以后，世界就不太平了。"

他们继续交谈。为了满足丹华的好奇心，黑寿山又向她谈起了自己的妻子，谈起了当年那一场错误的结合。那是他刚刚从部队转业到地方时的事。他的直接领导，将自己的一个堂妹介绍给他。他没有细加考虑，就同意了。他是将这当作一件政治任务来完成的。婚礼进行得很隆重，动用了当时县城仅有的一辆吉普，县妇联主任亲自担任伴娘。但是，当伴娘陪着他的平凡的妻子走下小车时，他在一瞬间翻心了。但是，在讲述这一切之后，黑寿山认真地对丹华说，当老境渐来的时候，他开始一定程度地爱上了他的妻子，他希望丹华能理解这一点。她为他生了三个男孩了。她像黄土地上那些世世代代的劳动妇女一样，将她的全部给了丈夫和孩子，有一年，由于政治上的原因，黑寿山罢官在家，他气得病倒了，老伴端屎端尿，端吃端喝，一句多余的话也没说，侍候了他一个月。他从那一刻起被感动了，他抚摸着妻子粗糙的手，流下了眼泪。

丹华也向她的黑叔叔，叙述了丹娘后来的情况。她离开学校后，就去了甘肃，受到处分的她，已经不适宜做团里的工作了，于是被分配到一家出版社当文字编辑。她在甘南待了三年,后来联系回了北京。回到北京后,就一直在美术馆工作,担任资料员,一直到她去世为止。香港的父母亲,不知道从哪里知道了发生在丹娘身上的事情,他们写来信询问,并且希望丹娘,能去香港,和他们团聚,如果她不愿意定居,能去香港,让他们看一眼也好。信中还寄来了他们以及和别的孩子在一起的照片,并且希望丹娘能寄一张自己和孩子的合影,给他们。丹娘见了信后,只回了一封简短的措辞冷淡的信,告诉他们她生活得很好,他们听到的只是谣传而已。她也没有寄自己的照片给父母,对着从香港寄来的照片,看着弟弟妹妹的服饰,她觉得自己穿得太寒碜了,她不愿意让他们看见。她只寄了一张丹华的照片,那是丹华上幼儿园的那一天,她特意给照的。后来,丹华谈到了母亲的死亡。自然,在"文革"中,由于她的出身,由于海外关系,由于她年轻时候的那件事情,她受了不少的罪。而最严重的一次,大约是她脖子上被挂两只破鞋,游街和接受批斗。但是丹华没有谈到这些,那一切毕竟过去了,而她,也不愿提起那些,给眼前的这个人再增加内疚心情。

阅历丰富的黑寿山,自然也能想见丹华没有说出的那一切,所以他现在深深地内疚。他问丹华,她们生活得这么艰难,那么,为什么不和他联系,丹娘应该知道他的地址的。

"她就是这么一个人,她的脾气你是知道的。她不愿意打搅你的宁静的生活,不愿意过去的那件事再找到你!"

盘桓在黑寿山心中的那一层疑惑,现在又浮现在了他的心头。他试探地问:"丹华,在你妈死去的时候,还有什么人在她身边吗,除了你以外?"

"没有了。就我一个。"

丹华回答完这句话以后,猛然意识到了这句问话潜在的含义。

她抿了一下嘴唇，瞅了黑寿山一眼。她发现黑寿山也在看着她。

四目相对时，两人的心都跳了一下。

"走一走吧，这样站着多别扭！"

在丹华的提议下，这一老一少，离开了那棵梧桐树。当他们开始行走的时候，丹华轻轻地挽住了黑寿山的胳膊。在这一瞬间，黑寿山的心中，突然涌出一种父亲般的感情。他突然明白了，这个突如其来地出现在他面前的女孩子，一定是他的女儿，是当年他和丹娘那一次错误带给世界的礼物，要不然，女孩子不会以这样的形式来找他，而在他们分手以后的那些年月，丹娘也不会那样喋喋不休地向她讲述那么多他的事情，她是在给孩子讲她的父亲呀！他能够想象得出，在离开他的这些年，她们母女所受的痛苦和屈辱。是的，他不是两姓旁人，他其实是她们的亲人，然而，当她们受苦受难的时候，当她们需要帮助的时候，这个男人跑到哪里去了呢？如果说，在原先的谈话中，黑寿山仅仅是作为一个友人、一个故人，在倾听和感受着那些时，那么，想到这一层以后，他实际上已经是一个生活中的介入者和责任人了。黑寿山因此而陷入一种深深的自我谴责中。

黑寿山只有三个儿子，没有女儿。他曾经希望妻子能为他生一个，结果没有生出。他即使有再丰富的想象力，也想不到，这个神秘的电话，这个不速之客的造访，会带给他一个女儿。人类的感情，少了哪样都会是个缺憾，他现在体味到了一种父女之情了。但是这仅仅只是他的猜测。挽着他的胳膊的女孩子，她是知道这个秘密的，敏感的黑寿山完全明白这一点。但是她没有说透谜底，也许她不屑于说透，她有理由对从没有给过她父爱的眼前的这个人表示蔑视甚至仇视。既然她不打算说出，黑寿山也不好贸然发问。

黑寿山在头脑中盘桓了半天，终于按捺不住，不过，他找到了一个巧妙的话题。"你今年多大了，丹华？"黑寿山问。

"你对这个感兴趣吗？"

"是的！"

"原谅我不能告诉你。这是一个敏感的话题，尤其对女孩子来说。黑叔叔，西方有一种礼节，不要去问女士的年龄，因为那是不礼貌的。"

"可是，这是在中国！"

"对不起，我就要出国了。"

"你在开玩笑？"

"不是开玩笑，这是真的。不过，准确地讲，不是出国，而是去香港定居。我已经办好了一切手续，明天就要走了。"

丹华见黑寿山还是不信，就简短地将香港那边的情况，大致地说了说。她自然也就谈到了她在陕北插队的情况。直到这时，黑寿山才相信了，丹华确实要走，而且这么些年来，他和他的女儿，其实是生活在同一块高原上，近在咫尺的地方。可是，生活没有提供给他照顾她的机会，现在，刚刚见到她，谁知又要得而复失了；他不能够让她走，他希望能够继续将她挽留在那个地方。

丹华不听黑寿山的劝阻，她说她的心已经走了，如果早一个月，如果没有那次凄凉的高原巡礼，她也许会同意留下来的，但是，现在，开弓没有回头箭，她的决心已经下了。

黑寿山又颇有惶惑地谈到香港。作为一名共产党的市委书记来说，他表示了对这件事的不可理解。

丹华笑了，她说："出去走一走有什么不好，市委书记同志。马克思还自称他是'世界公民'哩。我真的想走了，不独在香港，我还想到世界各地去看一看，到法国英国德国，甚至到美国，去看一看外面的世界。我想到马克思主义形成的故乡去走一走，寻找这些巨人思想产生的原因,我想,当你漫步在泰晤士河或莱茵河边的时候,你想象着,一百多年前,一位给后世带来巨大影响、给人类进程带来巨大影响的思想家和行动家,曾经像你一样,也这样走走停停,那情景一定很有趣。"

丹华咽了一口唾沫,继续说:"不要再说这件事了,黑叔叔。这是命运,记得我们今天的谈话中曾经出现过这个字眼。我也许是一个天生的漂泊者,一个在流浪中才能感觉到安宁的人。每个人都有自己不同的命运,他们只有遵从着命运的指令行事。每个人的人生道路都是不相同的,我相信你能够理解这一点。"

丹华犀利的谈锋令黑寿山惊异。他发现了一位可以与自己相匹敌的谈话能手,一想到这也许是他的女儿,他就在心里为她高兴。他想起自己的三个儿子,他们从来不能平等地和他谈话,即便给他们一个平等说话的机会,他们也没有能力和他进行这样深层次的交谈。

"我有保留地接受你的观点。在出国这个问题上,我不打算再饶舌了。可是,孩子,在走之前,你应当将你心中的话说完。有几次,你话到了嘴边,可是没有说出,这一点我感觉到了。"黑寿山说。

黑寿山继续说:"虽然你不愿意告诉我你的年龄,可是我知道,你的插队经历泄露了你的年龄。我接触到的到陕北插队的北京知青,他们年龄最小的也是1953年出生的。你明白我这句话的意思吗?我希望你能告诉我,如果你理解这是我求你的话,也可以。我明白,你在心里怨恨我,你有理由怨恨的,但是,我仍然求你……"

丹华注意到了,当说这些的时候,这个男人的呼吸有些急促,她挽着的这个胳膊也有些颤抖。在这一瞬间她注意到黑寿山已经有些苍老了,他的背已经明显的有些驼了,于是她的心中,涌出了一股有些酸楚有些怜悯的感情。她有些控制不住自己了,真想张口将这层窗户纸捅破,但是在这一瞬间,她想起了自己受苦受难的母亲,于是压抑住了自己的感情。

丹华换了另一种口吻,淡淡地说:"你真的想知道什么吗,黑叔叔?其实我的裙兜里,什么也没有,该掏的都掏出来了。我没有告诉你任何事,不是吗?如果你要想入非非,那只是你自己的事。"

黑寿山说:"不,你已经告诉了我许多了。你的行动告诉了我,你同样激烈跳动的心告诉了我,你之所以把临走前的最后一个黄昏给我,因为我现在是你唯一的亲人了。我现在只是希望,你能证实这一点。"

"我不会告诉你什么的,为了妈妈,为了我。起码,今天晚上不会告诉你。这一切太突然了,对于你,对于我,都太突然。需要时间来完成彼此的互相接受,需要时间来冲刷那旧日的一切!"

"你这话的意思,实际上已经等于承认了!"

"不,我没有承认任何事情,我母亲的朋友、黑叔叔、市委书记同志!"

长长的一段雁塔路走完了。在谈话的工夫,他们从第一百零一棵梧桐树开始,倒着走,现在已经走到一个路口,走到了当初黑寿山开始数起的第一棵梧桐树下。

他们就要分手了。丹华住在一个分配到西安的同学家中。分手的时候,黑寿山提出,丹华如果有什么需要他帮助的话,那么,他将感到愉快。作为丹华来说,她荆棘满布的道路上,确实有许多的事情,需要黑寿山的帮助,在就要离开的这一瞬间,她的心里甚至有一种空荡荡的感觉,她真有点不想走了,想靠在他的坚实的肩头,歇息上片刻。随之,她又坚决地否定了自己的想法。对于黑寿山帮助之类的话,她也只浅浅地表示了谢意而已。后来,她记起了平头的事,于是将这个说给了黑寿山,她说她了解平头,给他解脱算了,不要再把人像煎饼一样,里边烤了烤外边,没完没了地整治了。黑寿山很认真地掏出一个小本,记下了丹华说的这件事情。"我们都叫他平头,他的大名叫金良。"丹华说。

分手的时候,黑寿山提出,第二天,用他的车将丹华送到机场去。丹华同意了。但是她提出,只车来,黑寿山不要来了,如果他硬要来,那她就不坐车,提前让同学用三轮车将她送到机场。

第二天一早,丹华走了。她坐上飞机,平稳地飞上了天空,她不知道,此刻,在黄尘升腾的陕北高原上一个叫杨岸乡的人,正手中挥舞着一本刚刚收到的杂志,大声地问这个世界:谁是花子?

第二十五章

这是那个女孩参军不久以后的事。

杨岸乡突然接到了一纸通知。通知是他原来上学继而供职的那所大学通过肤施市有关部门寄来的。通知说，原先的给予他的处理实际上是一场误会，他的身份现在应当恢复过来，恢复成干部。如果他对现在的工作满意的话，他可以继续在这家工厂工作；如果他愿意重回大学的话，学校将考虑接收他的问题。

这叫平反，或者纠错，反正字典里有的是这类名词。那一阵子的中国，这类事情成为一种风潮。各级党政部门专门成立了落实政策办公室，负责处理这些各种运动中或各种不正常气候影响下形成的冤案错案假案积案以及处罚过量的案件。于是在一段时间内，几乎人人都在回顾过去的自己，看自己有没有资格也去凑一凑这个热闹，能不能领取那一大摞补发的工资以及随之而来的子女工作安排、家属户口解决等等好事，有的甚至遗憾自己的一生为什么这么平淡，以至在这类事情面前，只配做个观众。而各种气质迥异服饰迥异的人们，立即从四面八方，涌入了就近的落实政策办公室，踢塌了那里的门槛。

世界不管怎么说还是公正的，这一点令杨岸乡感动。厂长也表示了对杨岸乡的关怀，说明仍然希望他留在厂里，并要调整一下他的工作，搞搞"政工"什么的，他现在做炉前工显然不合适了。

杨岸乡现在有一种如释重负的感觉，一种被驱逐出羊圈的羊重新回到羊圈回到羊群的感觉。假如你是从那个时代过来的人，你当然明白这件事本身所包含的意义，对于一个人来说，这无异于等于结束他的苦役或大赦他的死刑。此刻，处于百感交集中的杨岸乡，远没有想到他的去留问题，对于从"炉前工"改为"政工"，他也觉得那是件意义不大的事，他倒是从那体力活中找到了乐趣，有那么一大堆人陪伴着他；现在重要的问题是，他和所有的人一样了，这是最重要的。他现在想要做的第一件事情，是将这个消息告诉他的远在吴儿堡的姑姑杨蛾子，自从母亲过世之后，这是他唯一的亲人了。

这样，他回到了吴儿堡，在故乡作了短暂的停留。回去时，他走的大约就是丹华上次走过的道路。古老的三孔窑洞的背景下，杨蛾子还是孤独地站在垴畔上，等待她的不可能出现的伤兵。当侄儿杨岸乡那稍稍有些驼背的身影，出现在吴儿堡川道时，这位老人难得地露出了笑容。

对于侄儿报告的消息，杨蛾子并没有太大的震动。作为一个一生都厮守在吴儿堡的人，她不明白平反不平反对杨岸乡有什么区别，反正都是吃的公家的饭，领着公家的俸禄，在一个农村人的眼里，走出吴儿堡就算在外边了，对于工作么他们不管，除非是掏大粪或者当总理这些明显的差别。

下卷·第二十五章　475

她倒是希望她的哥哥能够平反,许多年前的那一幕在她的心中留下了永生难以抹去的印象。她是他哥哥的崇拜者,同时也是她哥哥事业的崇拜者。她的头发至今还留成大革命时期的"短帽盖",除了说明她的思维还停留在那个历史空间外,同样地说明了她的迷乱的心灵还保留着昔日的崇拜与激情。

生活本该不是这个样子,但是它最后成了这个样子。精明能干的杨作新突然不明不白地死去了,给这个正在上升的家族以致命的打击,如果他死在战场上,死于冲锋陷阵,或者死于敌人的牢狱,那么作为他的家人,作为热爱他并继而热爱他所从事的事业的家人,将为此而自豪。在这一点上,陕北人是慷慨的,因为他们明白一个人的出生正是为了叫他有朝一日去迎接死亡。在战争年代,每一个家庭都平均为中国革命献出过一个亲人。然而他是死在共产党的监狱里的,而且死得那么不明不白,这个打击是不是过于沉重了一点,沉重得叫这个女人无法接受。

还有那猝然离去的伤兵,那带走了一个少女最美好的梦幻的伤兵。他曾经给这个小小的天地带来了欢乐。但是接着,他给这个女人后来的人生时间,留下了空荡荡雾蒙蒙的一片。因为他,陕北民歌那个厚厚的长卷中,又增加了陕北女人一把鼻涕一把泪吟出的柔肠寸断的一支。如果他早早地死了,那么愿他安息和托生,愿葬埋他的那一处山冈也像所有浸染过鲜血的土地一样叶绿花红,那么,我们钟情的杨娥子没有辱没他,她从他离去的那个早晨,便开始的这个孤独的守望,便是为亡人的最好的祭奠。如果他如今还在人世,如果字典上还有"道德"这个词的话,那么,他应该接受诅咒,而这个陕北女儿的孤独的守望,便是在惩罚和折磨自己的同时对这个薄情儿的无言的谴责。

杨岸乡在姑姑的大炕上愉快地打滚,并且亲昵地、孩子气地和姑姑开着玩笑。和姑姑相处总使他感到愉快和轻松，感到自己是一个永远可以撒娇的孩子。——"我想吃肉粉汤！"他说。——"我给你做肉粉汤！"姑姑说。

他是在吴儿堡的土炕上出生的，他不能忘记这一点。他出生后吸进肺叶的第一口空气是这山野清新的空气，他第一眼看到的是这简陋的窑洞以及窑洞墙壁上贴的"抓髻娃娃"。而在他多灾多难的人生路上，当他像一个兔子，被生活的狩猎者四处追赶的时候，他的心是踏实的，因为有个吴儿堡，有个不为世事纷扰而永远固定的所在，在眼花缭乱、变幻莫测、吉凶难卜的世界上这里永远是他心灵的寓所；他知道不管什么时候，即便是在生活中一败涂地的时候，当他一拐过山峁，便会看到守望在垴畔上的亲人，他的或荣或辱，她都视而不见，她认为重要的一点是立即将他纳入她的怀抱，并像他小时候走夜路受了惊吓时，她做的那样，用手摩挲着他的头发，嘴里"心肝宝贝"地惊叫着："哎哟，都爹起来了，孩子你不要怕，有我在！"一边说，一边朝门外的大路上吐唾沫。

他不认为姑姑有病，因为姑姑在与他的谈话中，总是入情入理。那种面对岁月心不在焉神不守舍的特征，那种只把自己的行动和感情投入到大事情上，而对眼前的庸物琐事不屑一顾的特征，那种喜则大喜悲则大悲的偏激情绪，也许与这个家族的形成和经历有关。这个家族一半的灵魂属于马背上的漂泊者，另一半灵魂属于黄土地上死死厮守着的农人，漂泊的灵魂永远追求陌生的地方，而农耕文化哺育出的则是家园的顽强的守护者。两者奇妙的结合，便形成了这个陕北高原上的吴儿堡家族。两种灵魂轮番统治着这个家族，它们很难达到平衡，一会儿这一半灵魂占了上风，一会儿又另一半灵魂占了上风。于是生活中便出了现实主义者和浪漫主义者，出现了战战兢兢的农民和不安生的叛逆者。杨贵儿是一种类型，杨作新则是另一种类型，至于杨蛾子，她从本质上讲是随父亲的，但是偶傥不群的哥哥，给她以极大的影响，有哥哥在前边引路，又适逢那个张扬个性的年代，于是她的心野了，眼高了，她渴望哥哥那样辉煌的人生，然而当她战战兢兢地开始迈步时，一场悲剧发生在她的身上，于是她被打倒了，她从此以后以这样的姿态出现在人们面前。

怀着亲人之于亲人的心情，杨岸乡总是为姑姑辩护。她的思维是清楚的，她的心里明得像镜子一样，虽然她的面孔和眼神有些呆傻，但是老实说，在成年累月与迟钝的环境和负重的生活为伍中，很难使那个属于荒野村落的农家妇女，她的面孔会时时浮现出一种生动的表情。大自然必须强制她，强制她与大自然本身粗糙的面貌达到一致。

父亲的事同时也是杨岸乡的一块心病。现在姑姑提出了它，这令杨岸乡羞愧，因为他只顾为自己的事儿高兴。他当然也明白，父亲的平反才是最重要的事情，父亲本人已经不能为自己鸣冤叫屈了，但是作为儿子，他应当为父亲出头，借现在这股潮流，还他老人家一个清白之身。

杨岸乡对姑姑说，凡事得有个过程，回到工厂后，他先给落实政策的部门写封信，询问这事由哪个具体部门管，因为当时的陕甘宁边区保安处，已经撤销了，不过只要共产党在，总有一个管事的地方。

这话令杨蛾子高兴。

"肉粉汤"大约是陕北最好的饭食。鸡肉、羊肉、牛肉，三样肉掺和在一起，肉煮好后不能动刀，是用手撕的，一条一条撕成细条儿，再配上金针菇、木耳、生姜、萝卜、白菜、豆腐，等等，各样都是三种。陕北人没见过世面，不知道世界上还有比这"肉粉汤"更好吃的东西,吃上一回"肉粉汤",就等于过生日了,并且一边吃一边念叨着"皇帝老子,又能吃上什么好东西!到这个份上恐怕也就尽了!"

杨蛾子在做肉粉汤,杨岸乡挑起水桶,到泉水去担水。路途中,不断遇见村上的人,于是不停地点头,笑着招呼。至于谁是谁,他有些分辨不清。他是"白搭话",不带称呼。担足了水,杨岸乡开始吃饭。吃罢饭后,他上了一次垴畔上的山冈。这个举动表明了他从本质上讲还是一个文人。

山冈上除了梯田之外,剩下的便是遍布狼牙刺和蒿草的、坡度很陡的空地了。吴儿堡人在这些空地上建起了乡村公墓。杨岸乡曾经许多次从姑姑嘴里,听到过那遥远年代的两个风流罪人的故事。每一年的春节回家,当该拉的话题已全部拉完的时候,姑姑便从踩场的小姑娘开始,从失落到高原上的最后一个匈奴开始,讲述她的家族童话。姑姑的话是不可当真的,因为她毕竟有些异于常人的地方,还因为在夜半更深,在年节的爆竹一声一声爆响的时候,姑姑的这些话更像呓语。但是那个梦幻般的家族童话,不管怎么说,总能给杨岸乡以浮想联翩。而每一次回家,乘兴登上山头的时候,这山头总给他一种奇异的感觉。当年被扶上山的那两个风流罪人,他们的坟墓如今已湮灭在黄土中了,或者说他们从来就不曾有坟墓,或者说从来就不曾有他们,那个美丽的家族童话,只是人们在闭塞的空间中所产生的一个玫瑰梦。遍布这山梁沟峁间的,是一座座真实的坟墓,这些亡人是近几百年间去世的。杨岸乡在这些坟墓之间,可以轻而易举地找到他的爷爷,也就是当年的杨干大、杨贵儿的坟墓,每年春节回家,姑姑都要带着他,来这儿祭祀。

他的父亲杨作新也是一位亡人,但是这些坟墓中没有他的。今天,在登临山头的时候,杨岸乡突然意识到了这一点。父亲(还有后来去世的母亲）的坟墓在肤施城周围的荒山上，在杨岸乡流落边疆的日子里，陕北高原上正大搞农田基本建设，这些坟墓被平掉了。杨岸乡想到，应该找到它的，将那一把骨头拾回来，葬到垴畔上这座山上，不应该让父亲和母亲再做游魂野鬼了。

那棵古老的杜梨树还在，它像一位老人一样，耸立在山顶的吴儿堡村这一侧。它的树皮像老人的皮肤那样粗糙，树根裸露在外边，不过伞状的树冠上，枝叶婆娑，并且挂满了青青的杜梨果儿。这是姑姑所叙述的、那位年轻的匈奴士兵拴过马的那棵树吗？倒是它，给这个家族童话增加了几分真实性。但是，在陕北高原光秃秃的山头上，几乎每一个山头，都会长有一棵这种树木，以它的春天的白花、夏天的绿荫、秋天的浆果，点缀着这一块荒凉的土地。因此用它来作为凭据，显然也是不可靠的。

杨岸乡下山了。

夜里，吃罢晚饭后，当一轮磨盘大的月亮，从东山的山巅突然跃起的时候，在杨家的正窑里，已经聚集了不少的人。人们有的坐在炕沿上，有的坐在板凳上，还有圪蹴在门槛上。猴娃娃们跑着，在屋里的人群中穿梭，不时骑在自家大人的脖子上，招来一阵骂声。

窑里烟雾腾腾。每次杨岸乡回来，别的可以不带，好烟好茶总要带一些的。门户不到，是失面子的事。而乡邻们所以到窑里来坐，其中一个原因，就是来过过烟瘾、茶瘾。

杨蛾子的头梳得光溜溜的，穿了件干净些的青布衫子，纽扣扣得整整齐齐的，盘脚坐在炕上。她的脸上洋溢着一种幸福的表情，眼神中透出一种孩子般的喜悦。她爱这种热闹红火，侄子的每一次还乡，对她来说都是一个节日。不过，在这种场合，她从始到终，都一言不发，只用眼睛看着，用全身心享受着这一切。

海阔天空般的乡间夜话，它的开场白总是从那些生活琐事开始的：谁家嫁女，谁家迎新，谁家的猪下了一窝猪娃，谁家的羊掉进了天窨里了，等等。因为这些琐事明晃晃地摆在谈话者的眼前，遮住他的视线，构成他这一阵子最重要的东西。但是，随着谈话的深入，随着更多的谈话者的加入，话题便逐渐地从这些事情上摆脱，而进入了那些大家共同关心的内容。

那时大家最关心的事情大约是联产承包责任制。村里的有线广播一日三次，宣传着实行这种责任制的好处，一个叫黑寿山的市委书记，通过有线广播，讲了几次话，而乡上和县上的工作组，也到村里调查了几回。这是一种关系到所有农民的大事。想当年，从单干到互助组，再到农业生产合作社，最后到人民公社，每一次组合都伴随着一次激动，一次对前途的憧憬，但是现在猛咯拉嚓又要从大集体的生产方式恢复到以各家各户为单位的生产方式中去了，这不能不给所有的人一次震动。"大锅饭"并没有给大家带来益处，这是大家都明白的事情，但是从感情上来讲，对过去总是难以割舍，毕竟为那一切激动和憧憬过，毕竟把自己的热情，给了那些事情。否定自己是艰难的，面对现实是艰难的。

有人说这种联产承包责任制，是变相的单干，革命革到头来，又回到老路上去了，想一想，真叫人寒心。有人说，地号在自己头上，一滴汗一份收成，下苦也下得心里舒畅。人们争论不休，谁也说服不了谁，后来他们请教窨里这个公家人。杨岸乡在这个问题上，懂得的还没有乡亲们多，他只从宏观的方面，谈了自己的看法。他认为，衡量一种生产方式的先进与否，关键是看它是否刺激生产者本人的积极性，是否给生产带来发展，如果说生产已经到了难以为继的地步，那么变变花样也是可以的。

在向人民公社化制度告别的时候，人们自然怀念起了毛泽东。陕北父老对这个人的感情，令杨岸乡吃惊。几乎所有的人，同意联产承包责任制的人和反对联产承包责任制的人,都对这位故世的半人半神,表示了崇高的敬意和怀念。吴儿堡村几个好事的人,已经在原先山神庙的旧址上,搭起一座简陋的、象征性的庙宇,称"三老庙",里面供奉的神灵正是毛泽东和他的战友朱德、周恩来。

曾经有十三年的时间,这个人和他们共同生活在这块高原上,成为他们中间的一分子。他留下了许多传说,他的出现,令漫长的暗淡的生活有了一丝亮色。他用自己的行动,告诉人们一个人应该做什么和能够做出什么。而以他为旗帜和时代标志的那些年月,曾经给这块土地带来怎样的梦想和活力呀!如今他死了,他葬在了一块举世瞩目的地方,不论这个安寝之所的选择是出于他的本意,还是后人强加于他的,总之,他玉体横陈,伴随着时间前行,而无论何人,无法将他从历史进程中抹掉。

现在,在吴儿堡的这个窑洞里,在油灯下,人们一遍一遍讲述着他的故事。

从毛泽东,他们又谈到了杨岸乡的父亲杨作新。这是20世纪吴儿堡最叫得响的一个人物,乡亲们的骄傲。"那才是真正的文化人——'大文化'哩!穿着青布长衫,戴着金丝眼镜,拄着根文明拐,要文文得去,要武武得来,肤施城里杀秃子,丹州城里取人头,谁见过那阵势。唉,杨作新现在要是活着,那官现在该做到中央了,说不定一条火车路,现在也通到吴儿堡了。"

和杨蛾子一样,乡亲们对杨作新平反这件事,也表示了特别的关注,他们希望做儿子的杨岸乡,能够尽自己的孝道,完成这件事情,还父亲的一个清白之身。

他们为杨岸乡想了许多办法,例如等市委书记的车子经过街道时,跪在路上,拦车告状。例如在街上设一个地摊,白纸上写上冤情,向世人诉说。这些点子反映了人们渴望公道的心理,同时表现了吴儿堡人那种强悍性格与无赖心理相结合，即如我们前面所说的那种"黑皮"特征。自然，这些点子是白出了，因为后来杨岸乡遇上了黑寿山。但是，我们笨想，在缺少一个强有力的人物关照的情况下，以杨岸乡卑微的身份，要解决如此棘手的问题，这些也许是最行之有效的办法。

出主意的人，大约就有那个拦了一辈子羊的憨憨，也就是当年从山梁上背回来杨干大的拦羊娃，也就是当年杨作新上前庄小学时，接杨作新牧羊铲的那个人。我们知道，在杨岸乡过满月的那天，他有幸成为杨岸乡的"干大"。此刻，我们过于吝啬的笔墨，能不能在他的身上，多停留上片刻的工夫，哦，这个若明若暗、时隐时现、贯通整个故事的人物？

憨憨一直是个光棍汉。最初是问不起老婆，后来，伤兵赵连胜走后，剩下杨蛾子一人守活寡，他就承担起了照顾杨蛾子的义务。去泉边担水，到山上的场里背生产队分给杨蛾子的粮食，等等。孤傲的杨蛾子，平日里不许任何男人走进她这孔窑洞，但是由于和憨憨沾了点干亲的缘故，允许他踏进这个门槛。不过仅仅是允许他尽这些义务而已，从来不让他沾自己的身体。她还思念着伤兵。

在未来的岁月里，憨憨将成为吴儿堡的一个人物。他有凿刻那些袖珍石狮子的手艺，在开放搞活的年月里，他的这个手艺将得到极大的发挥。他凿刻的石狮子成为工艺品，销往国内各地，甚至将来肤施市委书记黑寿山出国访问时，这些袖珍石狮子被他用来作为礼品。憨憨成为吴儿堡村的第一个"万元户"。

这天晚上，憨憨蹴在炕边，吧嗒吧嗒地抽着旱烟。他守着杨蛾子，不让旁人靠近她。在漫长的岁月中，这已经成为他的一项习惯和专利。

第二天一早，杨岸乡回到了交口河。他首先做的第一件事情，是写一封申诉书，要求有关部门调查和重新审理杨作新一案。从此，他开始了自己马拉松式的告状活动。当第三封申诉书仍然杳无音信的时候，他开始启程前往肤施城，一次又一次叩击"落实政策办公室"的大门。第一次叩击大约还有点胆怯、怯生和害羞，第二次则变得踏实和理直气壮，第三次，则带有一种挑战或者挑衅的性质了——我不找你找谁？你不管这些事要你这个机构干什么？

那年月，负责这个办公室的，一定是个面目和善、处世老到的老同志，然后再配上几个年轻人。他们以细致、耐心和深思熟虑，处理着那些仿佛永远也处理不完的积案。他们在处理这些积案时既要做到基本的公允，又要有个限度，既要贯彻上级的政策，又不至于触犯当年造成这些积案的、如今还在台上的当事人。他们懂得掌握火候，哪些事应当一抓到底，做出成绩；哪些事应当半推半就、查查停停；哪些事应当装聋卖哑、置之不理。他们一般说来都是些有政策水平的人、作风正派的人和敢于负责的人，起码，在大部分问题的处理中，能做到这一点。

据说办公室曾经经手过这样一个案子。

一位五十多岁的农民推开办公室的门，要求为他当年的一桩案件平反。当年，他还是个风流小生，在一个政府部门当文书，或者秘书，或者干事之类的工作。一天，他和打字员姑娘，正在办公室里，做那些男女之间经常做的那类事情，这时门外传来了脚步声。伴随着脚步声，大约还有我们在《小二黑结婚》这个故事中读到的那"捉贼捉赃，捉奸捉双"的呐喊。听到喊声，姑娘紧紧地抱住了小伙子的后腰，并且发出了"来人呀"之类的呼救声。小伙子被抓住了，姑娘成了这桩奸情的受害者。姑娘一边提裤子，一边声泪俱下地控诉了小伙子非分于她的事。小伙子被姑娘的话惊得目瞪口呆，他或者是当时惊得说不出话了，或者是内心深处还保留着对姑娘的一丝柔情，总之，当时他缄口不语。于是，这桩事以强奸罪论处，小伙子被判刑三年，刑满后遣送原籍劳动改造。

这桩案子几乎可以一口判定是冤情，因为来访者以无可辩驳的事实，证明了在这次被抓住之前，他们还曾有过多次接触。而饱经沧桑的办公室主任也明白，在这类事情上，没有一方的默契配合，另一方是很难不经折腾就进入那狭窄的去处的。然而，作为办公室来说，他们认为这桩案子不宜平反，不宜平反的原因是那女人如今还在，而且已经是某领导的夫人，如果旧事重提，如果把那女人这种不道德之外又加上一层不道德的事揭露出来，夫人同志将无地自容，领导的威仪也将受到影响。

当然，这些考虑是私下里的，不能摆在桌面上。摆在桌面上的推托之辞是："公检法独立办案，党政部门不得干涉；解铃还须系铃人。这事既然原来经了法律，他们除了向受害者表示同情外，不宜插手。"遁词可以找到多种，桌子上的厚厚一沓来自上级各级部门的名目繁多的红头文件，一方面可以找到能办成任何事情的依据，一方面又可以找到任何事情都不能办的依据，主动权在那个面目和善、处事老到的当家人手里。

"解铃还须系铃人"这句话，令这位老农民想起了当年环绕在他腰间的手臂。他后来铤而走险，在一个下午，当领导同志全家坐在一起吃饭的时候，他闯了进去。进去以后，便双膝跪倒在这三室一厅里，请求领导夫人看在当年的情分上，救他一救。

好汉怕赖汉，赖汉怕死汉，人逼急了，抹下脸皮来要黑皮，连阎王老子也怕他三分。

那女人先是一愣，接着从那一身破烂不堪的服饰下面，看到了当年的修长身材，从那满脸尘灰、胡子拉碴的脸上，看见了当年的小白脸。女人又羞又恼。她羞红了脸，摆出领导夫人的架子，喝令这不速之客滚出去。

大约是子女满堂,大约那儿子也是个愣头青之类。儿子见母亲动了真怒,于是放下筷子,过来动手,要将这满嘴胡言乱语的人拉出去。

倒是领导同志在这一刻显示了风度。他用威严的目光镇住了儿子的不礼貌举动,又意味深长地瞅了夫人一眼,然后请这位不速之客一起就餐。

"应该解决了。这么多年,你受了这么多的苦,如果不解决,世事也就太不公平了。"领导同志对这位老农民说。说完,又将目光转向了他的妻子,"你考虑吧,大度一些,给人家写个证明,完了后把这事忘掉。当然,我这只是建议,决定权在你。"

领导说完,将筷子甩到桌子上,一个人抬脚出去了。那些儿女们,现在才看出这事不像他们想象的那么简单,鸽子笼似的楼阁住宅,千家万户,他单单地跪向了这一家,一定有他的缘故,而从这位老农的谈话中,可以看出,他不仅仅是个不速之客,在过去的年代里,他一定和他们这个家有过什么扯不清的事情。于是,他们也一个个离开了屋子。

屋子里现在只剩下了这一对宝贝。夫人现在再也不能冷若冰霜了,她怀着一种复杂的感情,瞅了男人一眼。男人也觉得自己刚才的举动有些过分,有些下作,一点也没有骑士风度;他低下头去,不敢看这光彩依旧照人的昔日的情人。

夫人拿起一沓纸,在纸的首页,用圆珠笔匆匆地画了几句,然后把纸交给了这位老农民。

"事情到了这个份上,由别人去想,由别人去说,由别人去指脊梁骨吧!反正我的脸皮也老了。"夫人自言自语地说。她号啕大哭起来。

老农已经拿起纸,就要走,见夫人哭了,于是迟疑了一下,想安慰上她两句。

"你走！你走！你赶快滚。我这一辈子再也不要见到你了！"女人带着哭声喊。

于是，那老农细心地将"证明"叠好，装进兜里，走了出去。

这件事最后以喜剧形式收场。

既然领导同志的夫人出于一种高度的责任感，开来了证明，证明他们当年的那一桩事情，是双方责任，两相情愿，既然公检法将这个皮球踢回来了，那么，这桩案子看来是非解决不可了。于是落实政策办公室发了一个文件，宣布将这位老农民收回，收回的概念是重新吃商品粮，重新回到干部队伍，重新成为公家人。好在这人一直是孑然一身，因此也没有类似家属户口、子女安排之类的事情烦人。至于对原先的案子，文件中只字未提"强奸"或"通奸"之类刺激人的字眼，都没有在这个高贵的文件中出现。文件中只说，当年对某某某同志问题处理的那个文件，应予撤销、收回、销毁，以现在这个定性为准，并且建议公检法部门，在尊重事实的基础上，采取类似的行动。这就叫领导艺术，或者说中国人处理问题的方法。这样的处理，保全了夫人的面子和领导的尊严，避免了给社会再增加一条桃色新闻；而对于那位老农来说，"通奸"或者"强奸"都不是什么光彩的事，他的主要目的是将自己"收"回来，因此，对这个文件也没有异议。

在一切结束后，落实政策办公室负责人将那个"证明"——证明不是人家强奸她而是她和人家通奸的证明，小心翼翼地从案卷中抽出来，拿回家去，压在自己家箱子底下。他留下这一手，是担心领导有一天报复他；当然仅仅只是担心，"防人之心不可无"而已。

闲言少叙，我们不该忘了我们主要关心的是杨作新的平反问题。

负责人以同样的职业热情接待了杨岸乡。这时候大规模的平反工作已经告一段落，留下来的只是些遗留问题，因此，负责人有时间认真地听取了杨岸乡的叙述。听完叙述后，他首先谈到了杨岸乡自己的事，他说，杨岸乡的平反，正是通过他们，通知到交口河造纸厂的，他们本着对党负责、对同志负责的精神，认真地处理着每一件积案，这一点请杨岸乡放心。

开场白之后，接着便进入了正题。当说到"杨作新"这个名字时，负责人有些为难地敲了敲自己的脑袋。他说这个案件发生的时间太久了，背景又十分复杂，以落实政策办公室的权限、人力和财力，是无法外调和复查这桩案子的，接到杨岸乡的申诉状后，他们曾发函与有关部门联系，零零星星收到一些返回来的材料，材料证明，当年拘捕杨作新时，证据是不充分的，他去庐山受训，是党组织委派的，而在受训期间，也没有发现有自首、变节或叛党的行为，而杨作新的"读古书"，是在关押起来以后，而不是以前，因此"思想消极，读起古书来了"的罪名似乎也是不能成立的。负责人说，当年发生的事情仿佛是一个谜，错捕的事情通常是有的，但是发现搞错了，纠正过来就是了，可是，杨作新竟被关押长达一年之久而无人过问，这到底是怎么回事？而且，在杨作新自杀之后，这桩案子便不了了之了，没有书面上的结论，连个口头上的交代也没有，这也是不合常规的、叫人纳闷的。关于结论的事，他们曾去函询问过一些老同志，据他们回忆，确实未做结论，因此，如今这未做结论的事情，你如何为它平反？你依据什么为它平反？本来就没有为你作出什么结论嘛！

负责人表示了对申诉人的理解和同情。他说他是小镇人，杨作新曾是他的启蒙教师，因此他多么愿意帮助他，但是他不能以感情代替政策。他认为这是一个很难翻过来的案子，除了上边说的"未做结论"这个因素外，还有两个原因：因为杨作新是死在共产党的监狱里，而不是死在国民党的监狱里的，这是其一；其二，杨作新是自杀，而按照党章中不成文的规定，自杀就表示了信念的丧失，就必须以叛徒论处。

看到杨岸乡失望的目光，负责人说，落实政策办公室的直接上级是肤施市委组织部，为了慎重起见，他们将专门将杨案向组织部做一次汇报，看看上边的意见如何，作为他来说，这也算负责到家了。他将杨岸乡先前寄来的三份申诉状拿出来，连同他们的外调材料一起，装进一个卷宗里，要杨岸乡回去耐心等待，看看最后研究的结果。

这时候，又走进来一个新的来访者，负责人将头别过去，和来人搭碴儿。杨岸乡明白他该告辞了。

这个案件后来又拖了很久。肤施市委组织部召开部委会进行了研究，认为杨案当时是由边区保安处处理的，陕甘宁边区虽然已经撤销，但它后来成为现在的省委的前身，因此，现在的省委组织部应当负责这个案子。肤施所以将这个案子踢出去，除了确实觉得这个案子大而无当，自己力不从心外，还基于另一个原因，担心杨案的平反将要补发一大笔抚恤金，并引起诸如家属户口、子女安排等等问题，鉴于市财政十分困难，他们没有必要硬把这事往自己身上揽。皮球踢到省委组织部以后，省委组织部则认为，这个案子理应由中共中央组织部来处理，因为最初这个案子是由他们一手经办的，底下的人只是遵令行事而已。中共中央组织部则认为，杨作新当时的组织关系在肤施市委，他是肤施市委管辖的干部，因此这个案子理应由肤施市委了结。于是球又踢回了肤施。

我们没有必要叙述这个公文旅行的过程了，面对这样一个奇怪的年代久远的积案，说一句老实话，谁见了也会感到头疼的。

随着落实政策的事情逐渐减少，这个办公室也就撤销了，代之而起的是"肤施市群众来信来访办公室"。根据市委书记黑寿山的提议，该办公室实行周三领导同志接待来信来访群众的制度，各常委轮流值班，处理问题。据说这个制度曾作为一个密切联系群众的经验，在《人民日报》上介绍过。在交口河等了太久的杨岸乡，瞅一个星期三，斗胆闯进了"信访办"，而那天值班的恰好是市委书记黑寿山。

黑寿山认真地听完了杨岸乡的申诉，接着又打电话调来旅行回来的那一大沓材料，细细地翻了一遍。"信访办"那条长凳上，杨岸乡的后边，还排着好几个人，因此，黑寿山克制住了自己的感情。他告诉杨岸乡说，这件事他一定要管，而且要一管到底，对于那些为革命作出过重要贡献的同志，我们一定要对他们的政治生命负责，这为了死者，也为了生者。

黑寿山请杨岸乡先待在那里，等着他下班。下班以后，当最后一个来访者离开办公室后，他站起来，走到杨岸乡跟前，和他紧紧拥抱。"好兄弟，随我回家去吧，今天晚上，咱们慢慢地聊。"黑寿山声音有些哽咽地说。

事情到了黑寿山这里，便算解决了一半。黑寿山将用他的全部的聪明才智，多年从政的经验，以及手中的权力解决这件事情。

黑寿山还记得他的"杨干大"，当年杨作新死后，就是他披麻戴孝，前往吴儿堡报丧的，而杨干大的婆姨荞麦，她在小镇上救护伤员那一幕，也给黑寿山留下了深刻的印象。想不到他与杨干大的儿子杨岸乡，是在这种场合见面的，这真应了"世界真小"这句话。

这天夜里，在黑寿山家中，两兄弟促膝长谈，直到东方透亮，自后九天开始以至今日的许多事情，历历在目，不提起倒还罢了，一旦提开头来，便再也放不下了。其间许多细节，不一一细表。

黑寿山将杨作新一案的所有的材料，细细研究，深感事情难办。这确是一桩棘手的无头无绪的案子，它的起因以至结束，都有些奇怪。加之陕北党和陕北红军的历史，历来被党史专家视为畏区，多少人在这个问题上不明不白地栽了跟头，黑寿山在风里浪里摔打了这么多年，焉有不明白的道理？因此，要想翻这个案子，还杨作新一个清白之身，确实不是一件容易的事。

黑寿山拿着杨岸乡的那三份申诉材料，字里抠字，看到杨作新去庐山之前，康生找他谈话一节，终于眼前一亮，找到了解决杨案的关键所在。

康生当时是个神秘人物，平日深藏不露，紧要时候总有过人的表现，以整人为他的基本职业。将罪名加在这个整人老手的头上是妥帖的，或者，他确实就是制造杨案的幕后人物。

黑寿山要求杨岸乡重写一份申诉状，他将把这个申诉状，批给肤施市委组织部，要他们尽快处理。在写申诉状时，避实就虚，也就是说避开问题的实质，因为这一切实在纠缠不清，而将罪责归结到一个人身上。这个人就是康生。

这样，这桩由康生制造的冤案自然在平反之列。

杨岸乡自然言听计从，一切照办。更有甚者，当听说抚恤金问题亦是不能平反的一个重要原因时，他在申诉状中专门强调，他要的仅仅是父亲的清白，抚恤金以及一应问题，一律不再向组织提出。杨岸乡的这个明智之举打消了市委组织部的最后一丝顾虑。

三个月后，杨岸乡接到这样一份文件。

中共肤施市委组织部文件

肤市组发198×年第××号

关于对杨作新同志政治历史问题的结论

杨作新，男，汉族，肤施市吴儿堡村人。1910年生，1925年在肤施省立第四中学加入共青团，1926年至1927年间加入中国共产党。1937年,受中共肤施市委的派遣,到庐山受训,回肤施后,被当时的边区保安处拘留审查,关押一年,于1938年病逝狱中。

1925年,杨作新同志在省立第四中学上学期间,受党的地下党员×××、×××、×××等同志革命思想的影响,学习进步书刊,宣传进步思想,积极参加学生运动,被吸收加入共青团。1926年圣诞节时,因参加"非基运动周"活动,被伪县政府逮捕入狱,关押七天。出狱后,他的思想更加激进,斗争更加坚决。1927年当选为肤施市农民自救会委员,并与×××、×××等人参加了陕西省第一次农民代表大会。1928年冬,肤施区委为了加强保安县党组织建设,发展壮大党的力量,特派杨作新等六位同志到保安工作,经刘志丹同志提议,安排杨作新同志到永宁山高小任教,并担任该校校长、党支部负责人。在此期间,他深入农村,宣传进步思想,带领群众反对苛捐杂税,对于贪官污吏、地主老财,则利用贴无名告帖的方式进行警告,使他们不敢轻易去欺压老百姓。在刘志丹同志的领导下,杨作新同志负责组织革命队伍,在保安、安塞等地,打土豪、分粮食、筹集粮款,为壮大革命队伍,推动陕北革命形势的发展,做了大量的工作。1931年,永宁山支部遭到破坏,杨作新同志和其他同志一道重回肤施,在反动势力残酷镇压进步人士、白色恐怖笼罩陕北大地的形势下,他冒着生命危险,以肤施第一完小校长、肤施教育局督学、民教馆馆长等身份为掩护,继续从事党的地下工作,在艰苦的斗争环境中,他对党、对革命前途充满了信心。在学校他公开在学生中宣传共产主义,讲共产党抗日救国的主张,宣传革命思想,勤奋工作,为肤施教育事业的发展做了不懈的努力,并为党培养了一大批革命的骨干力量。1936年12月红军进城时,他以我党肤施支部负责人的身份,联系×××、×××等同志,并带领学生去欢迎红军。1937年1月党中央进驻肤施,他作为教育界的代表和×××、×××、×××等同志到杨家湾迎接毛主席。

1937年7月,受党的派遣,杨作新同志到庐山受训半月有余,回肤施后,边区保安处以"杨对市委未做主动汇报,思想有些变化,读起古书来了"等嫌疑对其拘留审查,关押一年,于1938年病逝狱中。当时由组织通知其家属,并将其埋葬,但一直未做结论。

近几年来,杨的家属、子女多次申诉,要求对杨作新的历史进行调查,并予以结论。

据查,庐山受训,是国共两党合作期间,蒋介石为争取、培养中层干部的一种训练,其内容包括军事、政治两个方面,军事是以一般军事知识为主,政治则是伪政府首脑人物的讲话。庐山受训,凡是县一级的机关干部都去,并不是特务训练。杨作新同志去庐山受训,是党组织批准的。在受训期间,没有发现有自首、变节或叛党行为。

据查,杨作新去庐山受训之前,代表组织与杨作新谈话的是康生。因此,有理由相信,这是康生一手制造的一起冤假错案。

经中共肤施市委组织部研究认为,杨作新同志是大革命时期我们党的早期党员,是当时肤施政界、教育界的知名人士之一。杨作新同志在陕北早期党的革命活动中,思想进步,斗争坚决,勇敢顽强,不怕牺牲,为陕北早期革命斗争作出过重大贡献,为培养和造就一大批革命的骨干力量付出过巨大的心血,是党的一名好党员、好干部。因此,应当为杨作新同志恢复政治名誉,并以他的政治历史清楚予以结论,将他的名字载入陕北早期党的史册。

中共肤施市委组织部（盖章）
198×年×月×日

　　文件中对杨作新的履历介绍，与我们的故事稍有出入，时过境迁，世事沧桑，说不上哪种说法更准确一些。不过，当然要以红头文件为准，所有的逸闻野史只是逸闻野史而已。

　　文件的撰稿人明智地取消了杨作新在狱中碰壁自杀这一细节，而以"病逝"搪塞过去。这样，就避免了许多的麻烦。

　　按照杨岸乡从一张报纸（1925年国共合作期间国民党省党部出版的《秦声报》）上查到的情况，杨作新在1925年，即是中共肤施支部的负责人，然而在这份文件中，杨作新的入党时间是在1926至1927年之间，这个明显的纰漏是出于以下考虑：

　　现在的肤施市八一敬老院的老革命中，资格最老的是1926年入党的。如果将杨作新的入党年份定在1925年，将使这位健在的老革命不愉快，所以，在入党年份这个问题上，以这位健在的老革命的入党年份作为杨作新的入党年份。

　　你看，红头文件有时候也一样具有伸缩性。

第二十六章

贯穿本书的有一样我们陌生而又熟悉的东西，这东西就是"时间"。它从20世纪初开始，从吴儿堡"老人山"上那个放羊娃开始，仿佛我们的书页哗哗地翻动着一样，仿佛杨蛾子荷包里那块怀表铮铮走动着一样，在你游堕的工夫，在你厮杀的工夫，在你梦想的工夫，在你忧伤的工夫，它以命定的节奏向前走去，向世纪末走去。

这个最平常的东西令老人们惊骇，不管这老人属于一位帝王或者一个平民，当他有一天摸着苍苍白发时，他感到恐怖和惶惑，他第一次感到时间出卖了他，他感到这貌似平常的东西中，有一种花岗岩般坚不可摧的东西。这东西就像不久后将压到他身上的冰冷的石碑一样。而对那些朝气勃勃的青年来说，时间是他们的最好的同盟军，他们的希望的参与者和投资者，时间将迅速打发走上一茬客人，以便腾出位置，请他们就餐。他们的桌前杯盘狼藉。他们在夏天就开始挥霍秋季，他们在秋季就开始对镜悲叹，他们或者挥霍得有理，或者挥霍得无益，那是他们自己的事情。他们这时候还不懂得时间。

但是谁又能懂得时间呢？一个美国作家在一个故事中说，对于一位女人来说，时间就是一月一次按期而潮的月经。然而他刚刚为自己的这句话得意了不到一分钟后，他接着戛然打住，脸色煞白地说，他不敢侈谈时间，他惧怕这个庞然大物的东西，他也没有勇气使自己掉进玄学的泥淖。

我们恭谦地去请教田野上生长的树木，那么，对于树木来说，难道它的春天萌发的叶芽，秋天飘落的黄叶，是时间吗？是的，这是时间，但是仅仅这一点并不是全部。一圈一圈的年轮是时间，斑驳的树皮是时间，那曾经经受过雷击的枝丫是时间，而那黄叶从离开树枝，落入地面的这一刹那，更是一个充满悲剧感和辉煌感的时间过程。黄叶在空中翻飞着，像蝴蝶一样飘飘洒洒的是它的身姿，间或还因为风的缘故，发出叹息一般的呼啸声，这声音令我们想起"天鹅一生只歌唱一次，是在它行将辞世的时候"这句西方俚语。

生性愚顽的我，常常产生这样一种念头，我想给自己的衬衫的背部，印上这么一句话——"拜托了，请告诉我，什么叫时间？"然后，我赤脚地像寻找终极真理一样行走在大地上，就教于每一条"此次所涉，已非前番之水"的河流；就教于每一座"相看两不厌"的山冈；就教于每一个朝生暮死的蜉蝣和每一颗倏忽一闪的陨星；就教于每一只只闻其声不见其形的草丛中的蛐蛐；甚至就教于我的这张十年一贯的僵死的书桌；就教于昨天还在我的头上、接受我的爱抚和梳理、成为我身体的一部分、但今天已经非我非它、归宿无定的见弃于垃圾桶中那根断发。是的，我们尽可以动用我们的全部积累，来参悟和诠释这个命题，但是在我们徒劳无益的探索中，不要忘了，时间正在一分一秒地出卖着我们。当然它自己并不这样认为，它认为自己只是在运动着自己而已。

闪闪发光地立于中国西北角的陕北高原，仿佛是一座横亘在天际远处的雕塑群。这件雕塑是水泥建造的，当水泥还没有干的时期，匆匆而过的时间的风，在它身上留下了时间的痕迹。当你欣赏黄帝庙中，轩辕氏那两个印在石头上的一尺多长的脚窝时，你一定会留下这种感觉。

杨作新在本书的上卷，曾经如数家珍地向风尘仆仆的毛泽东，介绍了这块高原上他所能知道的所有的历史陈迹。那招摇于沮水之滨、桥山之巅的轩辕黄帝陵，那子午岭上神神乎乎时隐时现的秦直道，那葬着扶苏与蒙恬的将军山和呜咽泉，那深陷于万顷黄沙中的大夏王赫连勃勃所筑的统万城，那隋炀帝美水泉，那杜甫鄜州羌村，那被当时的守军范仲淹以"长河落日孤城闭"所描绘过的肤施城，那雄踞于高原北部门户的镇北台和绵延的长城，当然还有横行天下的、斯巴达克式的悲剧英雄——无定河边的李自成，以及他的建在蟠龙山上的闯王行宫。我们知道，这些被梦想、传奇、典故和英雄业绩的光环所环绕的历史废墟，当它们经杨作新之口，排山倒海地向毛泽东涌来时，它们给毛泽东以深深的震撼，继而成为他写出《沁园春·雪》的最初的动因。

哦，那是谁？一个瘦瘦的、衣冠周正的中年人，在清凉山的后山低头寻觅着什么。从一个山坡奔到另一个山坡，从一个山峁奔到另一个山峁。他的手里捏着一张刚刚收到不久的平反通知书，他想尽快地将这事告诉给当事者本人，可是，仅仅只有四十余年的光景，土包已经从山坡上消失了，代之而起的是一阶阶的梯田。这个人在山坡上行走着，他在这一刻是不是也感觉到了"时间"这个奇怪的东西，于是，他边走边吟唱着。他行走和吟唱的同时，他还不时垂下头来，采撷着山坡上熏人的野花。他的吟唱信口道出，杂乱无章,如果我们稍稍梳理一下,再押上韵脚的话,它大约是这样的——

> 不可能士兵洒下的每一滴鲜血,
> 都被庄稼吸收了化作营养;
> 不可能历史落下的每一星尘埃,
> 都被山水冲入深深的海洋。
> 应当有一部分留下来,
> 即便是废墟,也留在大地上,
> 当人们轻松地走过时,
> 陡然一惊,开始沉重地思想。

在本书的上卷,伴随着革命苦难而又庄严的行程,我们注意到了,有一个若隐若现、时有时无,然而却又不可或缺的副线,始终贯穿其中,这就是陕北大文化现象对这场革命的影响。它影响着革命的发生和发展,影响着活动在这块地域的每一个革命者本人。败军之将不可言勇。然而,当毛泽东率领着他的二万五千里长征归来的疲惫之旅,进入这块土地的时候,他有一种龙归故渊的感觉。他感到空前的轻松和自由,他感到自己和巨人安泰一样,重新从这块土地上获取了力量。他开始和他的战友们一起,在这块金黄色的圣坛上建起阶级的千秋大业,他像民间传说中的那种见风就长、一日三丈的巨人一样出现在时间进程中。

1987年,来自陕北安塞的腰鼓,去了一次京城。五百农民,在一个偌大的广场上,出了一回风头。那急急如雨的鼓点,那勇猛剽悍的动作,那咄咄逼人的气势,那一股蛮动、狠劲,那一番龙游虎走、龙腾虎跃,令看台上的观众看花了眼。其实,较之在黄土地上自得其乐的舞蹈、得意忘形的踢踏，场地上的表演，不知逊色了多少倍，然而它还是赢得了满堂喝彩。一位美国观众，专程来到陕北高原考察，他说他想不到温良敦厚的、以歌舞升平见长的中国民间传统舞蹈中，还有这样类似美国西部舞蹈的剑拔弩张的一支。如果，我们将这句话延伸下去，那么是不是说，在温良敦厚的民族性格中，还有这个性高扬的一种性格。

是的，是这样的。儒家学说在一统中国时，网开一面，留下了陕北这个空白点。当然，这种网开一面，并不是为牧者的恩赐，并不是它预见到有朝一日，我们这个民族气息奄奄、窘于窒息之时，仿佛横空出世，这块横亘在大西北的闪现着金黄色光芒的轩辕本土，那些从千万条山冈一起站起的衣不蔽体、食不果腹的陕北汉子，会给我们的民族精神，注入新鲜的、生机勃勃的豪迈力量。不是的，它的网开一面的原因，是由于历史上的陕北，长期处于边关要地、民族战争的拉锯战之间。加之，民族交融的结果，使这块高原成为一种各种文化现象互为补充互为妥协互为依赖的地方。纵然儒家文化自长安、自中原、自黄河东岸的山西，气势汹汹而来，但是，它只留下很肤浅的影响，水过地皮湿而已，特有的陕北地域文化仍然顽强地生长着和完成着。

在前面的叙述中，我们提到那个《七笔勾》，提到"圣人布道此处偏遗漏"这句话，那么，能不能允许我们完整地阅读一段这个《七笔勾》，特别是当我们正在讨论陕北地域文化的时候。

  万里遨游，百日山河无尽头，山秃穷而陡，水恶虎狼吼，四月柳絮稠，山花无锦绣，狂风阵起哪辨昏与昼，因此上把万紫千红一笔勾。

  窑洞茅屋，省上砖木措上土，夏日晒难透，阴雨更肯露，土块砌墙头，灯油壁上流，掩藏臭气马粪与牛溲，因此上把雕梁画栋一笔勾。

没面皮袭，四季常穿不肯丢，纱葛不需求，褐衫耐久留，裤腿宽而厚，破烂亦将就，毡片遮体被褥全没有，因此上把绫罗绸缎一笔勾。

客到久留，奶子热茶敬一瓯，面饼葱汤醋，锅盔蒜盐韭，牛蹄与羊首，连毛吞入口，风卷残云吃罢方撒手，因此上把山珍海味一笔勾。

堪叹儒流，一领蓝衫便罢休，才入了黉门，文章便丢手，匾额挂门楼，不向长安走，飘风浪荡荣华坐享够，因此上把金榜题名一笔勾。

可笑女流，鬖发蓬松灰满头，腥膻乎乎口，面皮赛铁锈，黑漆钢叉手，驴蹄宽而厚，云雨巫山哪辨秋波流，因此上把粉黛佳人一笔勾。

塞外荒丘，土靿回番族类稠，形容如猪狗，性心似马牛，嘻嘻推个球，哈哈拍会手，圣人传道此处偏遗漏，因此上把礼义廉耻一笔勾。

上面正是那个《七笔勾》，光绪皇帝特史、朝内翰林院大学士王培棻来陕北高原北部一带视察后，回去写给清廷的类似我们今天的"采风录"之类的东西。以上所述，主要是北部，也就是黑寿山治沙的那一带的风物，高原南部与关中平原接壤地带，景观或有不同，肤施城则位于腹心地带。不过，陕北高原是一个统一的地理板块，因此诸多风情，差异固然有之，却也不会太大。

马克思说过：民族交融有时候是历史发展的一种动力。

然而，怎么说呢？在陕北，不论是哪个民族，不论它以何种的方式交融，这些所有的开头最后都终结到了一点：那就是如今的现在时的陕北，那就是斑斓多姿的陕北大文化现象，那就是每每与你狭路相逢的那些高颧骨、长腮帮、鼻音很重的陕北佬。从这个意义上来说，《最后一个匈奴》这个命题也许是一个妥帖的命题，因为给这块高原以最重要的外部影响的，也许正是那神秘地流失于某一个高原早晨的匈奴部落，而种种陕北大文化现象，甚至包括王培棻以不屑的口吻概括出的那种种人文景观，溯本求源，也许只有以这样的解释才得以透彻和明了。

伟大的20世纪的巨人毛泽东，正是在这样的一块大文化氛围里，完成他哲学思考的成熟和性格的成熟的。他是一位天生的叛逆者，一个无法无天的人物，一个被打发来为两千年的封建统治画句号的人。他不止一次地称自己是"法家"，以示和两千年正统思想的决裂。他从密不透风的世俗的氛围中走出来，进入一个神清气爽的天地，他开始用高原的泥巴来铸烧着他的大厦。"陕北是个好地方！"这句泛意的概括表达了他对这块土地由衷的感激和全面意义的评价。也许，"圣人布道此处偏遗漏"这句话，正是在偌大的中国地面上，红色割据只留下这一块金色高原的全部奥秘所在。同样的，也许，这也正是中国革命以这里为大本营，继而取得全国胜利的全部奥秘所在。

在本书的上卷，在那个20世纪的二分之一时间中，我们把我们的全部梦想、热情和最善良的祝愿，给了杨作新，我们同时借助了跟踪杨作新这个人物，表现了革命在这块土地上发生的过程和发展的过程。

一位可敬的苏联作家在谈论自己的作品时说："在这个世界上，只要还有一个人在受苦受难，我的书就是为他写的，我的同情心就是因他而发。"如果他的话不算错的话，那么我即是怀着这样的心绪,在谈论我们的杨岸乡。

况且在我的忧郁的目光中,确实看到了进程中的人类,他们生存的痛苦、奋斗的痛苦和渴望表现的痛苦。我以心度心,敏感地感受到了这一点。人类的一切苦难都与我息息相关。当我们在街上行走的时候,我们听到了教堂里的钟声,我们不必问这个世界上又有谁死了,我们不必问丧钟为谁而鸣,某一个人的痛苦同时也就是我们人类全体的痛苦。

那个天才的剪纸小女孩死了,她带走了那个永久的秘密。她将生存的任务卸给了丹华。她宛如霞光从云层中倏然一闪,为你指出一个高度,为你留下一个谜语,然后那乌云又适时地闭合了。丹华又将这个球扔给了杨岸乡,然后明智地脱身。

那个小女孩之死是一种偶然又不是一种偶然。生死路上没老少,并不是生活特别地苛刻于她,责任也不纯粹在于丹华,在那一段时间内(按照政治家们的说法,经济几乎到了崩溃的边缘),这类事情的发生相信不止一起。由于有了丹华,我们才知道这小女孩手里握着一桩秘密,那么,同样的大奥秘也许还存在于别的撒手长去的人的手里,只是丹华不知道,我们不知道而已。

是的,裸露在众目睽睽的大庭广众之中的历史沉淀物,仅仅属于大文化的一部分。在广袤的土地上,在古老的高原上,"过去时"究竟给我们留下多少大神秘,那还是一个很大的未知数。剪纸只是其中的一件而已。

陕北民间剪纸,它是来自遥远年代的一个个神秘符号。作为这块轩辕本土,当碑载文化挂一漏万地记载历史的时候,剪纸艺术却以其神秘的色彩,依靠农家妇女的手中剪刀,为我们展示出条条迷津。记得我们的杨作新曾经为灯草儿所剪的太阳老虎和麻钱老虎而惊讶不已,其实,这种原始的象征符号,只是宛如一年级算术题中的一加一等于二的基本知识一样。

你见过那幅叫作《合欢树》的剪纸么。那是一棵树木，陕北的树木，它的名字叫杜梨树。不过在进入剪纸以后，它已经变形，变得轮廓丰满，树干低矮，整个树冠成为一个桃状。成群的野物在树上栖息着、嬉戏着，唱着欢乐的生命之歌，各种各样含意明显的图案，例如《猴子坐莲花》，例如《蛇盘兔》等等，表明这是一幅赞美生殖崇拜、描绘交媾情景的艺术品。树干中分，树干左右的两个主角，一个是玉兔，一个是三足乌鸦。这令我们想起古典小说中"金乌西坠，玉兔东升"之类的话。一阴一阳，在这幅剪纸中，达到了完整的统一，组成了一个和谐的世界。最深奥的哲学命题，最浅显的生存图景，在这里同时得到了圆满体现。

而杨岸乡出生时接生婆婆为他剪出的那幅"抓髻娃娃"图案，据那位活得太久的老研究员的考证，它是我们民族的护身符或者说守护神，他甚至继而推而测之，认为"抓髻娃娃"图案也许最初是黄帝部落的图腾。当然，前一种考证得到了学术界普遍的认可，而后一种推测则被认为仅仅只是推测而已。

未来的某一天，这位老研究员还会颤巍巍地拄着拐杖，踏上高原。他将在杨岸乡的陪同下，来到交口河旁边那架大山上，按照杜梨树阴影所指示的方向，在那个剪纸小女孩的坟前静静地待上一会儿，表示一位健在的学问家对一位故世的创造家的致意。

"我们这个民族的发生之谜、生存之谜、存在之谜、腾飞之谜，也许就隐藏在这黄土高原的层层皱褶中。"站在墓前，老研究员以一种奇怪的口吻，对坟墓，同时也是对杨岸乡说。他继续说道："对着那幅毕加索式的剪纸，我常常想起陕北。我觉得它宛如一条船，一架阿波罗太阳车，一乘帝王之辇，缓慢而又笨拙地行进着，从远古走向今天。怀着儿子之于母亲般的虔诚心情，我在它的斑驳面容上细细查找，试图找到它秘而不宣的一切。我怀着焦渴的心情，久久期待着，期待着某一天早晨或者黄昏，天开一眼，它神秘地微笑着，向你显灵，慷慨地展示它的全部。至于如今，我只能说，我对它究竟了解多少，连我自己也没有把握。"

说完之后，他就以杖点地，离去了。

在20世纪剩下的这为数不多的时间中，作为陕北高原的儿子的杨岸乡，他将在精神的领域里，在创造的领域里，肩负起苦涩的使命，而他的亲爱的兄长，那个黑寿山，将在物质的领域里努力。他们的行为，代表了革命的夺取政权的形式完成之后，在建造的领域里的两个方面。从这个意义上来说，他们所有的工作，其实正是20世纪上卷所进行的工作的继续。

杨岸乡调回了肤施城，这给他的发展创造了条件。具有讽刺意义的是，他调入的那个单位正是丹华原来工作的单位，他现在是彻底地顶替了这个人物的角色了。他的调动一半是由于黑寿山的关照，一半是由于父亲问题的平反，作为落实政策因素，对子女进行照顾和安抚的结果。

第二十七章

　　杨岸乡调入的这单位，或者说丹华原来工作的这个单位，它的全称是"肤施市历史文化研究所"，简称是"文研所"。什么是历史，什么是文化，而历史和文化相连缀，又是什么？所以说这是一个模糊的概念，而概念的模糊又带来工作性质的模糊。总之，怎么说呢？国家出事业费、人头费，养活几个闲人，你们去干你们喜欢的营生而已，只要不给社会添乱就行，只要让上级知道肤施市对历史文化的重视以至重视到成立了专门研究机构就行了。

　　离开交口河造纸厂时，杨岸乡掉了几滴眼泪。不管怎么说，他对这个他工作了十五年的厂子，还是有感情的。他已经习惯了这种当一天和尚撞一天钟的生活了，他担心自己对城里的嘈杂不能适应。

　　为他办手续的还是原来的厂长。厂长希望他在方便的时候，在黑书记面前为他美言几句。"咱们两个没有什么吧？"厂长问。他点点头。黑寿山最初的暗示现在已经见了眉目，这家工厂将要改成一家炼油厂。随着厂子的规模增大，在肤施市工业生产中地位的重要，它将升格为县处级班子。原来的厂长肯定不能再当厂长了。一批专业人才和几位领导干部，已经启程前往加拿大观摩学习，并预订那里的成套炼油设备，很明显，他们将来将是这个炼油厂的班底。厂长现在谋求的是协理员职务，并且已经有点眉目。虽说升迁到此为止了，但是在行将退休之前，能进步到这个档次，他也心满意足了。"我早就看出，这杨岸乡与黑寿山之间，是有一点瓜葛的。果不其然！"他说。他希望杨岸乡在见到黑寿山时，能将他的这件事再靠实一下。

杨岸乡本来没有必要，也没有责任去管厂长的事。他不欠厂长什么！但是，他总觉得答应人家的事，不管顶不顶用，说一说也好。于是，来到陕北历史文化研究所上班不久，有一次，他去看黑寿山时，结结巴巴，有些脸红地将这事提了出来。

黑寿山正在忙碌。

一个投身政治的人对政治所表现出的狂热，不亚于一个投身艺术的人对艺术的狂热。这也是一门技巧，一门艺术，一个需要呕心沥血才能创造出杰作的事业，一项该残酷时要残酷到家该仁慈时要菩萨心肠的工作。在中国的环境中，每一个管理三个人以上单位的领导，都是一个掌握时间掌握火候通晓权变的哲学大师。

黑寿山先用了一年的时间，不显山不露水，以"不了解情况，不宜表态"为由，搞调查研究，与各部门领导谈话，组织自己的班底。一年后，根据他的提议，市长升迁，上级为他委派了一个黑寿山提议的年轻同志来当市长。黑寿山在欢迎宴会上，水酒一杯，祝福前任市长前程无量，然后酒席一撤，即着手他的大刀阔斧的改革计划。他先召集市直县处级以上干部，开了个动员大会，动员六十岁以上的干部全部离休，五十五岁以上的干部可部分离休。动员大会一毕，立即通知组织部门，着手谈话、实施，老干局配合。于是，短短的三个月时间，市直大院，三分之一的面孔换了，一些资历很老、文化水准低、思想僵化的老干部退了下来，代之而起的，一批年轻有为的、有学历的干部走马上任。市委两个主要部门，组织部、宣传部的所有干事科员之类，几乎被提拔一空，接下来，他开始实施他的经济改革方案。

黑寿山没有忘记丹华推荐的那个人儿。他将这个叫金良的北京知青，找来谈了一次，认定这是一个人才，决定起用他。平头见领导对自己很是器重，于是也就不好意思再提调动的事了。黑寿山最初想将他用到交口河炼油厂去，因为那个工程一旦上马，一旦吃饱以后，每年将会为市财政拿回两亿，但是后来，考虑到金良同志主要熟悉的还是农村工作，而恰好有一项十分重要的工作，目前还没有一个靠得住的人选，于是决定将他用到那里去。

黑寿山有一个大胆的设想。这个设想就是，选择一条水土流失最为严重的山沟，然后将这条山沟全部封闭起来，种草种树。居住在这条山沟的农民，他们的口粮供应全部由国家解决，他们的劳动，其实只有一件事情，就是种草种树和从事管理。在考察陕北高原的日子，他甚至已经选择好了这样一条山沟。这条山沟是那条著名的革命河——延河的一条支流，全长大约一百华里，流经沟底的那条小河叫杏子河，因此这个流域就叫杏子河流域，这个工程就叫杏子河流域治理工程。

这里是那个遭杨作新枪杀的可恶的秃子的家乡。如果不忌讳的话，这里也是当年张思德烧木炭的地方。烧木炭用的是树木，张思德能在这里烧木炭，证明在那个时期，这里大约还有不少的森林，这里的水土流失大约还不至于像现在这样严重。迫于当时的情势，张思德的行动自然无可厚非。但是，当进入建设时期以后，作为建设者来说,他们却需要为这些事情花费心血了。人们常常说陕北为中国革命付出了太多的代价,这也许就是代价的一部分,人们常常说这是一块失血的土地,这也许就是失血的个中原因之一。

几万农民要在一夜间改吃皇粮,这可不是一件容易的事,市财政根本无力支付这笔巨款,于是,黑寿山想到了当年治沙的事。

他将手伸向了联合国世界粮食计划署。现在,与联合国方面的谈判还在继续,不过,他们对黑寿山的魄力和战略眼光表示钦佩,因此看来,这个计划的实施是指日可待的事情。而现在需要的是一个能干的具体领导,来实施这个计划。这样,黑寿山想到了这个留着平头的北京知青,并且指示组织部门进行考察。

组织部的考察在进行中。这时,联合国粮食计划署的官员来陕北进行可行性勘察,于是,黑寿山要求金良同志担任陪同。

杨岸乡正是在这个时候,为一件微不足道的事情,闯入市委书记同志的办公室的。

黑寿山正在和一个留平头的北京知青拉话。他们这是在商量下午汇报的事。见有人闯进来了,他有些不高兴,看见是杨岸乡,脸色才缓和了下来。他皱着眉头,听杨岸乡结结巴巴说明了来意,他表态说,炼油厂班子的事,他心中有底,对那个厂长的了解程度,他不亚于杨岸乡,他要杨岸乡安安稳稳地去搞学问,不要为这些不着边际的事来打搅他了,看不见他忙着。说完,黑寿山掉过脸去,又和平头拉起来了。

大约是过于熟悉的缘故,大约是黑寿山将杨岸乡看作是弟弟的缘故,所以他才会这样不客气的。假如换了别人,即便再忙,再觉得烦人,精明的黑寿山,也会礼节周到地将来人应付走的。

然而杨岸乡却感到自己受了轻慢。他一言不发地离开了市委书记办公室,回到他的"文研所",从此,他和黑寿山疏远了。

"如果父亲还在，那该多好！"杨岸乡想。人真是奇怪，就杨岸乡来说，交口河造纸厂那样的卑微的生活，他竟然无知无觉，而此刻黑寿山一句稍嫌怠慢之意的话，竟然引发出这么多的怨艾。

杨岸乡怀着一种委屈的心情，投入了工作。

他很快就喜欢上了文研所的工作。他发觉这个工作的全部内容，就是什么工作也没有。国家提供给你人头费和紧巴巴的一点事业费，把你养起来，听任你的自由发展。这情景宛如旧时代孟尝君他们所养的那种"食客"一样。不过不同的是，孟尝君的门下，心里不管怎么想，口里却常常要念叨着"花为悦己者容，士为知己者死"的话，做做乞巧卖乖的姿态，而这些现代的食客们，则认为这一切是天经地义的事情，他们一边吃共产党的"皇粮"，一边骂共产党的老娘。"比起交口河造纸厂，这真是一个天堂般的地方！"杨岸乡对自己说。

说起"他们"，其实连杨岸乡在内，只有三个人。另外嘛，还有一位领导，他是兼职，轻易不过问文研所的事。一个是会计，每月发工资的时候露一次面。还有两位在外边某大学接受成人教育的，干脆从来没有来过单位，他们本来就不是单位的人，只是他们原来工作的单位，不允许在职干部去上大学，于是，他们转到了这里，等到学成期满，文凭到手，他们仍旧调回到原单位去，去做第三梯队，他们如今的工资，是会计按月给某大学寄去的。

三个中的另外两个，一个是鼎鼎大名的张梦笔，他主要研究的课题是陕北唢呐，间或还制造一点桃色新闻。除了研究学问以外，他经常做的事情，是坐在办公桌前，对着一面小镜，用夹报纸的夹子在夹自己的胡子。夹住一根了，猛地一揪，然后嘴里"匪匪"地小声嘟囔着，同时用另一只手在疼的地方扑朔两下。这样长此以往，他的下巴便变得像毛泽东的下巴一样干净光洁。他平时总板着面孔,一副莫测高深的样子,走起路,腰板挺得笔直,轻易与凡人无话。他是"文革"初期的大学生,因此推算下来,他的年龄大约小杨岸乡七岁。他平日自鸣得意的事情有两件,一件是上大学期间,邱会作的老婆来大学为林彪的女儿林豆豆选女婿,他曾经荣幸地进入过初选名单,只是由于一不精外语,二不会骑马,标准男子七项条件少了两项,才被淘汰。他所以经常提出这件事情,主要是为了证明他当年确曾人模狗样。他的另一件自鸣得意的事情,是省革委会成立时,本省给毛主席和党中央的致敬电,他是执笔者。那篇才华横溢的高呼"延安精神永放光芒"的文章,除上广播,除登报纸,除被认为是所有省市自治区的致敬电中最好的一篇外,还被选入过中学语文课本。张梦笔所以时时提出这件事情,也不是出于什么别的目的,而是要向周围证明,他的稀世才华,是在大学时代就已被证明了的。

　　剩下的那个三分之一,名叫李文化。和张梦笔不一样,这李文化没有上过几天学。他是风吹大,雨打大,山野里的信天游熏陶大的。尽管没有上过几天学,但是,高小课文里的一篇叫《渔夫和金鱼的故事》,却深深地震动了他。记得,读了课文的他,精天晌午地,赤着脚来到黄河边,望着河水发呆,渴望那普希金式的金鱼从波涛中出现,改变他的命运,帮助他脱离这苦难和贫贱。那金鱼自然没有出现。这样,孩子哭着,又回到他的平庸的土地上,继续打他的牛屁股。后来,一件事情更是叫他睁开了眼。那天,他正赶着毛驴,往山上去送粪,看见前面的山道上,走着一个城里的女人。他牵着毛驴,在后边跟了很久。原来,这是一个考察团,他们这次考察的目标是秦直道项目。考察团恰好需要一个脚夫。这样,李文化就想也没想,一把掀掉了驴背上的驴驮子,然后驴背上载着这姑娘,在子午岭高高的山巅,顺着秦直道遗址走了半月。他们走了，但是李文化的心里从此不能安宁，他更深一层地意识到自己的处境卑微和贫贱。于是他尝试着写一些四六句子之类的东西，往外面投。好在有小时候就受过熏陶的民歌底子给他以帮助，因此写这些顺口溜也不费劲。这样，就有一些豆腐块一样的东西，在报纸的一角，害羞地发表了出来。几年之后，他成了方圆地面的一个小人物。这时候他来到肤施城里，开一个文学方面的会。这是他第一次进肤施城。肤施城的锦绣荣华，带给他的不是激动，而是仇恨。"你们为什么活得那么好？""天底下的好地方，为什么都叫你们占了？"站在街头，一边看景，一边这样说。李文化还顺手摸起一块半截砖头，想向街上鸣着喇叭的小汽车扔去，只是怕被警察逮着，没有敢扔。在肤施城徘徊了三天，这李文化，知道自己该怎么做了。他回到他遥远的乡间，被子叠成个轱辘子，毡从外面一卷，然后用背柴的绳子把铺盖扎好，一背，二回来到了肤施城。这次，他径直来到文研所门口，打开铺盖卷，睡在那里。"这么几十万人的大地方，容不下我个李文化！"他说。说完用被子蒙住头，开始睡觉。他这一伟大的举措，立刻引来了围观者，不久便成为肤施城的一条新闻。大家见拉他拉不动他，打也不敢打他，只好赶快向上级报告。领导是个浪漫主义者，来问了问情况，就说："好！有个性！算个人物。就让这李文化留下来，吃几天皇粮吧！"这样李文化便进入了肤施城。后来随着时间久了，也就熬成了一个人物。

杨岸乡紧张的神经常常等待上班铃下班铃起床铃作息铃响起，但是生活中已经没有了这个切割时间的声音了。第一天上班的时候，他坐在办公桌前，等待着铃声。铃声始终没有响起。他按捺不住，来到了院子，他产生了想干一点力气活的愿望。院中的白杨树落下了一些叶片，于是他从传达室扛来一把扫帚，扫起院子来。就在他握住扫把愣神的那一阵，传达室老头要走了他的扫把。"让我来,这是我的生活!"老头说。

交口河造纸厂的历史已经成为过去,他进入了一个另外的环境中了。他现在是研究所的研究人员,他抱扫把这件简单的事情在交口河造纸厂,可以被认为是一件刑满释放人员理应干的事,而在这里,传达室老头会认为这是在晾他,使他难堪,而同事们会认为他不是一个学问家,而是一个另有所图的人。想到这里,他笑了起来。他将扫帚交给了传达室老头。

他从此开始变得懒散,不拘小节,睡眠时间和工作时间颠倒。他上街用一个月的工资,买了一身牛仔,穿在身上。那件替换穿的中山装,风纪扣也不再扣得严严实实的了。他的头发也留得长一些了,并且有些蓬蓬乱乱。他的言语也不像原来那么谨小慎微,谦恭备至,上气不接下气,而是开始音节清晰,言辞犀利,用丹田气说话了。这时候,肤施市区范围的文学青年们,纷纷来看他,并且要称他为"老师",从而使这位可怜的人儿,脸上放出光来。

老实说,以杨岸乡的出身、才禀,他本来就不是个懦弱庸碌的人,他的天性中有一种狂放不羁的东西,他的血液中无时无刻不在澎湃着激情,而他的阅历和学识,又注定一旦生活松开缰绳,任他奔驰,那将是一件不可预测的事情。因此,杨岸乡很快地就恢复成了原先大学时的形象了。

黑寿山这时候记起了杨岸乡。

那次他工作太忙,因为一项重大决策正处于关键阶段,心情也有一些急躁和不安,因此在和杨岸乡拉话的时候,大约有些失礼。看着杨岸乡一言不发地退出他的办公室,看着杨岸乡已有些佝偻的身材,他突然意识到了自己做得不对。是的,他和杨岸乡之间那种深刻的感情几乎要超过亲兄弟的。他不知道杨岸乡明不明白这一点。因为下午还有重要的工作,因此市委书记同志克制住了自己的感情,也没有张口叫住他,不过他想,一有闲暇,他就去看他。

闲暇现在来了。两个小时的闲暇。一次会议和一次会议之间可怜的一段间隙,他要司机备车,他要看杨岸乡去。

杏子河流域治理工程已经上马。指挥部开始办公,总指挥由黑寿山兼任。指挥部下设办公室,具体负责实施事宜,办公室主任正是那个被生活的波涛冲来冲去,现在又在杏子河的一间平房里开始办公的北京知青平头。

一百华里长的一条河沟已经全部进入封闭状态。这条大河沟又是由一个挨一个的小沟,一个挨一个的山梁山峁组成的。从现在开始,杏子河流域的时间状态停止,这里的两万多人口也全部变成植物人。他们的口粮全部由杏子河治理工程指挥部拨给。他们的全部工作,除了管理野草和林木之外,就是静静地坐在家门口,看着这些野草日甚一日茂盛,看着这些树木日甚一日高大,看着这里的地皮全部铺上一层厚厚的绿色,看着时间以它缓慢的节奏完成这一切。

这件工程,与当年"回回乱"以后,陕北高原上成片的次生林成长起来的情形大致相同。我们知道,三五九旅之所以能找到南泥湾那块方圆数百里土地肥沃、荆棘丛生、次生林茂盛的地域开荒,张思德之所以能在这杏子河流域找到树木烧木炭,正是由于那场民族战争,造成许多无人区的结果。黑寿山的这项决策,其实也是这样,异曲同工,当然现在的情况,不能用战争手段了,而只能用这种行政的经济的手段。"换得群山回翠色",这就是口号。

按照黑寿山的雄心勃勃的设想,十年为一个单位时间,十年以后,这里的植被生成,小气候形成,生态环境恢复平衡,到那时,就可以开始有节制地农耕和畜牧,以及从事经济林木开发,而工程则随之转向另一条流域。

与联合国方面的合作是愉快的。粮食计划署对该工程给予了大力支持。而世界环境保护组织也从保护生态环境、保护人类生存环境，以及防止海洋污染等方面考虑，对这项工程大加赞赏。不过他们很精明，没有提供资金，而是提供口粮，每一个农业人口每年以一千市斤计，并且要保证这些口粮发放到农民手里。这些口粮主要是从美国、加拿大调拨的。日本方面鉴于黄河入海口的淤积面积越来越大，也担心黄河泥沙对海洋的污染，担心这淤积的锋头说不定会某一天直抵它的家门口，因此，自愿出资，经联合国同意，给这项工程赞助了一些测试仪器之类。

现在，各项工作已经铺开，测试仪器已经安装到位，而联合国调拨的第一批粮食，已经到达连云港口岸，因此，黑寿山感到一阵难得的轻松，和干成一桩事情后的成就感。

黑寿山来到了文研所，叩开了杨岸乡的陋室。蓬松着头发，脸色发青，披一件牛仔上衣的杨岸乡出现在门口。"两个小时后来接我！"黑寿山打发走了司机，然后进屋落座。

市委书记亲自光临一个无足轻重的单位的一个无足轻重的干部的办公室，这件事大约在肤施市是不很多的。但是，杨岸乡并没有表现出过多的受宠若惊或者诚惶诚恐。杨岸乡的这种态度令黑寿山高兴。他常常感慨自己被各种谄媚围绕得太多了，他缺少平等对话的伙伴，平等交流感情的伙伴，在家里和社会上都是这样。他想这杨岸乡不愧是杨干大的儿子，世家子弟，才短短的几个月时间，新的环境就将他改变了。说实话，第一次在群众来信来访办公室接待他时，他那种唯唯诺诺恍恍惚惚的样子，给他留下了深刻的印象。

话题是从"昨晚上熬夜了"开始的，这表明了黑寿山对知识分子工作习惯的了解。他详细地询问了杨岸乡的工作和生活，询问了吴儿堡杨蛾子的情况。他说他有机会的话，一定要到吴儿堡去看一看这位老人。他随杨岸乡的叫法，也将杨蛾子叫姑姑，这使杨岸乡在一瞬间，感觉到了一种确确实实的手足之情。

黑寿山还说，吴儿堡已经有了一个农民万元户，叫憨憨，靠凿刻石狮子起家，这个人已经被树立为肤施市劳动致富的先进模范。他问杨岸乡认不认识这个人物，杨岸乡回答说："认识。"杨岸乡本来还想说，这个人是他的干大，可是话到嘴边，咽了下去，憨憨做他的干大，他有些羞于出口。

听说杨作新的墓地始终没有找到，黑寿山有些黯然神伤。他说杨干大的墓地应该找到的，连同荞麦的墓地一起，他们有理由埋进肤施市的烈士陵园里，接受着一代一代人的敬仰和祭奠。

在寻找墓地这件事上，杨岸乡和黑寿山的意见是一致的。但是不同的是，杨岸乡认为，墓地找到以后，应当埋到吴儿堡的老人山，埋进家族公墓里去，和自那两个风流罪人开始的那些一代一代的老人们，埋在一起，杨作新和荞麦，有责任和有资格归队了。

由于这是杨岸乡自己的事，两人之间，毕竟内外有别，所以，在搬埋这个问题上，黑寿山没有再说什么。况且，所谓的搬埋，只是一句空话，谁知道能不能找到墓地。

在谈诘的途中，黑寿山动手为杨岸乡叠着零乱地摊在床上的被子。"你去理一理头发！"他说。他还瞅了杨岸乡一眼，表示对他的装束有些反感："穿衣戴帽，反映一种精神状态，一种道德情操……"

这时候，屋外，有一个人的朗诵声打断了黑寿山的话。隔着窗户，黑寿山见那人捧着一本竖排的古书，一边走一边唠叨着，言辞听不甚真，似乎是"余幼好此奇服兮，年既老而不衰。带长铗之陆离兮，冠切云之崔嵬"云云。

杨岸乡听了，抿着嘴笑。

黑寿山有些不快地问道："外面的是谁？"

"张梦笔，我的一个同事。"杨岸乡回答，"这是笔名。'梦笔生花'听说是一个典故。"

"这个典故我知道。"黑寿山不以为然地打断了杨岸乡的话。

"你和他们不一样，岸乡。你要对得起你父亲。"黑寿山把声音压低一些，摸了摸自己本来就扣得紧紧的风纪扣，继续说，"你应当有出息。这也是我的责任。我想，等你在这里适应一段时间后，再给你压压担子，干一点重要一点的工作。"

杨岸乡听了，抬起眼睛看了看黑寿山，沉吟不语。

"是的，你受了很多苦，这我知道。这也就是我不仅从咱们的情分上，也从一个共产党的市委书记的身份方面考虑，想把你安排得好一点，想给你创造一个好些的环境的原因。我感到欠你的情。我不愿让人说杨作新的儿子是个窝囊废。"

"饶了我吧，黑书记！"杨岸乡突然叫起来，他说，"我有我的专业，我会尽我的努力去做我喜欢做的事情的。在我有了我父亲那样的经历之后，在我有了我前半生的那些经历之后，黑书记，你说，我还有勇气去政治的风浪中去沉浮吗？两千年的'官本位'的思想，我想，到了我们这一代，是不是应当蔑视它了？还有，黑书记，我总觉得，在你们的身上，甚至包括您这样的有水平的领导干部身上，对知识分子总怀有一种轻蔑之意，一种不信任感。"

杨岸乡继续说："当然，我需要保护。我没有能力和精力保护自己。在这个险恶的世界上，没有设防的堡垒是不多的，但我没时间和精力来保护自己了，我需要赶快全身心地投入工作（说这话时，杨岸乡挥手指了指桌上厚厚的一沓手稿。）你如果真为我好的话，黑书记，你就不要打搅我。"

话不投机。杨岸乡的这一番话，使黑寿山有些后悔自己刚刚那个愚蠢的建议了。

黑寿山想起了丹华。他很清楚这个房间原来是由谁居住着的，因为在见到丹华以后，回到肤施，他专门找了个借口，到文研所视察过一次工作，并且以领导人的口吻，问了一些丹华的情况。不过他是个很严谨的人，确实如丹华所说，有一种"浑身铠甲"的味道，在陪同的部局领导刚刚感到他对这个房间似乎有某种感情的时候，他就坚决地封住了嘴巴，封住了这感情的闸口。

"我这是为你好！我确实想帮助！你知道，我已经老了，快踩线了，趁我说话还算数的时候……"黑寿山喃喃地说。

"我知道你是好意。我知道你的话对我的未来意味着什么，一切都会接踵而至，一切都会唾手可得。多少人因为这句话将感恩涕零呀！可是，唉，怎么说呢？我没有办法使自己那样做。况且，我也不是年轻人了，古人说，'四十不仕而不仕'，我今年按荒岁计算，都平五十了！"杨岸乡说。意识到自己刚才的冲动，他现在的语气变得和婉了些。

黑寿山久久没有说话。后来他说："岸乡，我们相差十岁，但是我总感到，我们好像已经是两代人了。"

"你是对的，你的思考对你来说是对的，但是对我来说，我却应该有我自己的选择。黑书记，你知道这些天来，多少前尘往事，倒海翻江一样出现在我脑海里。有一种声音呼唤着我，要我前行，有一种表现的欲望，在燃烧和炙烤着我的心，要我将自己感受到和经历过的这一切，表现出来，记录下来，作为一种财富，留给人类，作为一份遗嘱，留给后世。它们告诫我，要我把握住自己，要我明白自己在干着一件何等重要而又庄严的工作，不论什么样的诱惑，都不该用眼睛去看它。我感到自己快要疯魔了,我感到自己快要不是自己了。据说世界上有一种东西,它会在冥冥之中左右着你,我现在就正在受着这种东西的左右。哦,黑书记,我大约不该和你这样说,和一位共产党的市委书记谈论这种唯心的东西是愚蠢的!"

黑寿山有些感动地看着杨岸乡,他不明白他到底怎么了,但是,他知道杨岸乡是真诚的,而且,他觉得按自己目前对人类的认识还不能认识这个人,于是他说:"我不甚懂你的话,因为我与艺术一向无缘,但是,你的意思我大约还是可以参透的,因为不久前,有一个人也曾经这样教训我,她说:'每一个人都有自己各异的命运,他们只有遵从命运的指令行事。'"

"是一个怎样的人呢?他不至于敢教训你吧?不过,这确是一句很好的话。"

"是一位姑娘,一位很好的、很好的姑娘,"黑寿山回答。他本来还想说,"是这间屋子原先的主人",但是话到嘴边,他咽了下去。

屋外响起了喇叭声。两个小时很快就过去了。黑寿山起身向杨岸乡告辞。

当杨岸乡将黑寿山送到屋外的时候,黑寿山问他,他还能为他做些什么。杨岸乡说,他十分感激他的光临,这件事的本身就是对他的帮助。杨岸乡还说,为他题一幅字吧,挂在屋里,好像一副护身符一样,有它在,猴神碎鬼就不敢上身了。

黑寿山笑了,他答应满足杨岸乡的要求。

临离开文研所的时候,黑寿山突然觉得应该顺便去看看另外两位,即那个叫张梦笔,另个叫李文化的人。张梦笔刚才的咏读分明是在提醒他注意自己,而那个蜷在铺盖卷里撒泼的李文化,当年也给他留下了深刻的印象。

这样，黑寿山又礼节性去看了张李二位。或者用这两位的话说，是党的阳光在照耀杨岸乡的同时，也顺便照耀在了他们身上。

这个羁留还是值得的。从张梦笔和李文化的口中，黑寿山才知道，他们两人的父亲，正是当年先做黑家长工，再落草后九天为寇，继而为营救黑大头，死在丹州城的那两个短枪手张三李四。

"世界真小！"黑寿山感慨地说。

告别时，两位提出，要书记同志也为他们题一幅字，做了留念。黑寿山听了连连点头。

第二十八章

没有铃声切割的时间,原来比那些有规有矩,被切割成方方正正一块一块的时间过得更快。

这以后,生活的步伐明显地加快了。对杨岸乡来说,不知不觉就是一天,不知不觉就是一个月,他长久地沉湎在自己的梦中。如果说从交口河到肤施城,他是从一种梦魇中走出来的话,那么,他仅仅只是平衡了为数不多的一段时间,情绪又进入一种偏激状态,心灵重新为一种梦魇所掌握。

不过这一次与上一次的状态明显地不同了。上一次是一种压抑和饥渴,一种在无谓的岁月中的昏昏欲睡,这一次却是异常的清醒,脑子里像闪电一样划过一道一道茔缕可见的形象,胸中所有的沉淀物所有经年积累的块垒纷纷撕扯着他的身体,潮水般的要求夺路而出。他不知道自己到底是生活在梦境还是白天,所有臆想中的事物比真实的存在更鲜明。

他有许多话要对人说，他有许多话要对世界说，他觉得有责任把自己的思考慷慨地献给人类。他用洞察一切的目光看见了人类生存的艰难，他的阅历使他能更深切地体会到这一点。在人类的庄严的充满悲剧意义的行程中，人们因为痛苦而思想，因为思想而痛苦。越过国度，他将目光投入到世界的领域里，他发现人类尴尬的处境遍布每一个角落，他听见弱者在哭泣，他看见良心在堕落，他感觉到恶行在四处肆无忌惮地行走。

他从本质上讲是一个敏感的人，每一个毛孔里都充满了感觉，敏感得像稍有一点气味就会蜷曲的含羞草一样。在既往的昏昏欲睡麻木不仁的岁月中，毫无疑问，他受过许多伤害。他原先以为自己并没有感觉到什么，或者即使当时感觉到了什么，但是很快的时间的手就把它拂去了。可是现在，那些伤害，那些哪怕是最细微的伤害，都突然像刚刚发生在昨天一样出现在他的眼前，那样栩栩如生，伸手可触。他发现他的全身布满了伤疤，或者说布满了箭镞。

这时候他记起了一个叫《米豪生奇遇记》的二三流读物。书中有一个有意思的故事，说是一个猎人在林中打猎，遇见了一只梅花鹿，这时候猎人的子弹已经没有了，于是他从地上拣起一枚樱桃核，装进枪膛里，射了出去。樱桃核准确无误地打进了梅花鹿双角中间的脑门上。鹿跑了，几年以后，猎人在森林里重新遇见了这只鹿。他发现鹿的双角之间，长了一棵樱桃树。猎人伸出手，去摘那树上的樱桃，他发现这樱桃很好吃，有樱桃的味道，也有鹿肉的味道。

杨岸乡的满身的伤疤和箭镞其实就是他的樱桃树。是在年复一年的岁月中被生活之箭射中的。他拖着它们，在这个世界步履蹒跚地行走，他在体内，成年累月地、有耐心地培养着它们，用自己的血和泪年复一年浇灌着它们，终于使它们成为一棵一棵美丽的樱桃树。

如今，樱桃成熟了，它们有的苦涩，有的甜蜜，有的平凡，有的奇异，它们本身有樱桃的味道，也有杨岸乡的浓烈的个人色彩，这是杨岸乡的身体结出的思想的果实啊！呵，收获时节！他把它们摘下来，献给人类，这个人类包括那些曾经射击过他的猎手们。他在奉献的时候，热泪盈眶地说：感谢了，生活！

这样，他的第一本散文集问世了，散文集的名字就叫《樱桃树》。

这是一本深刻而机智的书——思想的深刻和语言的机智，仿佛是思想家用竖琴弹奏出的袖珍的思考，又仿佛文学之树结出的一枝哲理之花。它表现的无疑是生活，但又不是普通意义的生活，而是变形了的、升华了的、熔炼了的、赋予某种命意的。从这个意义上来说，现今流行的大部分的出版物，充其量不过是一堆生活原材料的堆积，或者仅仅是猴子变成了人，但是尾巴还没有蜕掉的半成品而已。

你看，在《樱桃树》中，仿佛经一根哲理的魔杖，将生活这一大堆杂碎搅拌了一下，于是一切都带上了磁性，并且构成它们固定的磁场，一切单调的风景在这里都放射出罂粟花那样惊世骇俗的美，一切普通的事物都好像被除去锈的铜质一样突然发光。

流水开始诉说思想，树叶开始表达情感，坟墓开始阴郁而傲慢地张开大口，让所有不安宁的灵魂在同一刻复活。连杨岸乡也不明白，落在纸上的笔会源源不断地写出这些。从题材上讲，它属于我们通常意义上所说的"散文"，从篇幅上讲，它每篇也就是千字左右，他不知道自己是如何呼唤出这些一个个小精灵的，他为这些东西不符合章法而有些害怕。但是，当离开创作状态以后，当以一个事外之人的目光来审视这些袖珍文章时，他发现这里有培根的影子，有兰姆的影子，有蒙田的影子，有屠格涅夫的影子，而那口若悬河的雄辩，一泻千里的浪漫激情，元气的郁结，以及呛啷作响的、玄机四伏的语言，却得力于中国古典散文的深厚根基。

"这是你吗,杨岸乡?"他拍着自己的脑袋说。

但是这种满足的心情,自我陶醉的心情,自我感觉良好的心情,只存在了一个礼拜。心灵安宁了一个礼拜,风暴平息了一个礼拜,神经和肌肉松弛了一个礼拜,熠熠发光的眼神安详了一个礼拜,心驰万仞的想象的翅膀收敛了一个礼拜,疯狂旋转的陀螺停歇了一个礼拜。是的,仅仅一个礼拜之后,他突然变得胆怯,心中忐忑不安。他试着提起笔来写字,但是一个现成的句子也写不出来了。一句话说完,句号应当在后引号外边还是里边,他甚至也弄不清了。他突然对自己的才能产生了怀疑。

这一个礼拜的停歇是必要的和重要的,它表明杨岸乡还能够掌握住自己,表明这个飞行的航天器还没有失控,表明他虽然具有精神病患者的因素,但是从本质上讲还是一个正常的人,一个有自制能力的人。

但是随之出现的创作危机是怎么一回事呢?

这表明他已经进入了一个陌生的领域,超越了一个新的高度,宛如一个人在爬上一棵擎天大树的中途,反身向地面上看时,随之产生出的那种眩晕的和胆怯的感觉一样。他正在走向高度,同时也正在走向孤独,因为能够与他同行的人太少,因为四周的空旷和蛮荒在紧紧压迫着他,迫使他回头,而身后的庸俗的然而又是如此亲切的昨日又在召唤他归来。

敢于走向成功,这也许是每一个成功者走向成功时最需要克服的心理障碍。中国之所以没有足球,就是因为中国的足球辞典里没有"成功"这两个字。

杨岸乡没有被击败,杨岸乡没有反身回来,他占领住了这个业已攻占的高地。他已经不是当年的那个大学讲师杨岸乡了,他的斑驳面容和他的以卡车计算的书籍帮助了他。而同时给他以帮助的,还有那些早已故世的大师们。普希金站在那里愁容满面地说："青春呀，随着我的不可靠的才华消失了！"最初，杨岸乡不明白这位大师为什么要这样说，后来，他突然悟出来了，这是在提醒他，告诉他假如真有"才华"这个东西的话，它也是不可靠的，来时不唤自来，走时不请自走，他同时告诉他，连我这样的人物也时时处在一种自我怀疑中，所以你大可不必为自己一时的惶惑而气馁。

想到这里，杨岸乡微笑了。他也同时为大师这种说话方式所折服；他们从来不教训人，他们明白一摆架子就先失败了一半，他们只是真诚地道出他们的困惑和他们的愿望，但是正是这种深刻的心灵剖析和平等的交谈征服了读者。

杨岸乡感觉到自己的心灵空间明显地扩大了。感到自己的肚子像大肚佛一样具有了某种包容性。世界上的万事万物，它微笑地将它们纳入中间，既不因某些东西过于丑恶而义愤填膺，也不因某些东西十分美好而过分激动。即就是那些猝然临之、躲闪不开的东西，他也能够应付自如地将它们中和、化解。原先，每一个小小的构思、袖珍式的营造，都先在肚子里有了血胎，有了骚动不安的心情，有了回肠荡气的感觉，然后援笔而出，但是现在，没等作品在肚子里成形，没等气韵饱满血脉畅通，"扑"的一声，他放了一个屁，于是体内重新阴阳平衡。屁放得太多，这不能不使杨岸乡有些尴尬，"放屁是一种胃功能良好的表现"，对此，杨岸乡只好用不知从哪里拾的这句话用以自嘲。

就这样过了一段时间，他感到那些经历过的东西又开始汹涌在他的心中了。他感觉到它们已经不满足于这种袖珍式的、小摆设式的营造，也讨厌了给每一个朴素的生活场景套上理性的笼头，挖掘出诗意和命意，引申出道理和哲理，它们渴望以与生活同样朴素、同样多样性和同样多义性的状态表现出来，渴望用突兀的峰巅与和谐的构建支撑起更大的空间；而作者本人思想的旗帜也渴望招展在更空阔的领域里，或者说有一块更广阔的草原，以便作者精神上的驰骋。

到了这个时候，杨岸乡明白，他不该再待在业已占领的这个高度，他该继续攀岩了。

每占领一个新的文学高度，往往不是靠技巧，而是靠积累，或者更明了地说，是靠阅历在冥冥之中给你以帮助。

他这时候开始抽烟。第一口打了一个喷嚏，第二口感到脑门有些发晕，待到第三口吸下肚后，全身都有一种松弛和麻木的感觉。他的无旁的心灵在抽烟中找到了一种慰藉，他的不握笔的另一只手也找到了自己的差使。写作的途中，他吐出一个一个烟圈，他看见他释放的一个一个魔鬼在烟雾缭绕中离他而去。他开始轻松了下来，他叼着香烟，看着这些昨日还在折磨着他，使他步履沉重，使他无法安宁的天使们，现在向世界飘去，去叩击一家一家的门扉。

"我把重负卸给你们了，我轻松了！"他说。

但是，随着这些老朋友的离去，他还是有一种若有所失的感觉。他有些舍不得他们，他毕竟和他们度过了那么久的日子。

在写作的过程中，他体味到了一种从未体验过的感觉。好像这本来是一件成熟的艺术品，他在梦中读过，他在懵懂不知的孩童时代听人说过，他现在只是根据回忆将它复述一遍而已。特别是写到那些最为山神人化的章节时，他感到方块汉字变成了音符，他感到自己好像一座狂吐烈焰的火山，他觉得世界在这一刻退避三舍了，眼前只有一个他，一盏孤灯，然后在夜晚的星空下，在他的头顶的高处，有一个不知名姓的高人，正在一字一顿，向他口授。

获得性是可以有遗传的可能的。

也许在我们的体内，真的有许多的遗传的基因，它们来自我们上溯的每一位祖先的生命体验。大自然将这些获得储存了下来，经过不知怎样的积淀淘洗，在一定条件下，可能将它交给家族中的某一个以便去应付挑战。

杨岸乡惊奇地发现，这件以梦游般的创作状态写出的《荒原故事》，里面充满了规则，充满了他以前从未使用过的技巧，语言像金属一样仓啷作响，色彩是那样地摇曳多姿，活生生的人物吟唱着像精灵一样从稿纸上飘过。而整件作品，又是一个饱含深意的关于生命的故事，里面充满了对善良感情和美好事物的渴望，充满了对人类未来的深情祝福，和对丑恶的鞭挞。

而那些或者被他称为魔鬼或者被他称为天使的人物，他们既不是魔鬼也不是天使，他们是被自己命运的咒符所掌握的活跃在人生舞台上的芸芸众生。即便是最丑恶的人物，他也在字里行间为他的行为辩解，为他的行为的合理性搜肠刮肚地寻找最充分的行动根据，即便是最善良的人物，他也没有把他们写成一个理想人物，他用调侃的揶揄的口吻，嘲笑着他们的无所作为。

小说写完以后，他没有去看第二遍，就像达吉雅娜给奥涅金写完信后，"甚至不敢去看第二遍"的情形一样，他只是合上了稿件，抽着烟，头脑将小说回忆了一遍。

他哭了。

《荒原故事》寄走以后，很快就在首都一家大型刊物发表了。评论界认为，《最后一支歌》的作者进入了第二个爆发期。评论界还认为，他在将传统表现手法和现代艺术的杂糅方面，他作品中弥漫的那种人类意识，都为中国当代小说的创作提出了许多新的话题。评论界还说，小说艺术难道与人类的艺术实践者和理论总结者开了个大玩笑，在经过几个世纪的探索以后，又不可避免地走成一个圆，转回到"讲故事"这个起点上去了吗？起码，花子同志的

《荒原故事》在一定程度上证明了这一点。

《荒原故事》的责任编辑叫姚红。这是一个我们似曾相识的名字。

小说发表不久，杨岸乡应杂志社之约，去了一趟北京。他当年上大学时曾去过一次，那时北京十大建筑正在建设，他这次去是第二次。这是1987年的事。他这次来京，除了见一见杂志社的编辑家之外，还有一件事情，就是签订将《荒原故事》改拍成电影的合同。小说发表后，几乎国内所有的电影厂都来信、来电，或者干脆来人提出购买电影改编权的问题，但是，北京一家电影厂捷足先登，以地利之便，使他们将这部小说首先抓到了手里。远在小说还是清样的时候，他们就找到了责编姚红，而杨岸乡接到姚红的信后，几乎没有考虑，就同意了。他没有不同意的理由，他觉得这是人家看得起他。

在北京逗留的日子里，杨岸乡受到了热烈的欢迎。他感到自己生活在一群最好的人中间，不管他们彼此的关系如何，他们的政治见解如何，但是都以同样的热情和坦诚欢迎他和爱他。在杂志社的办公室，责任编辑姚红的上三年级的女儿正在为大家背诵她发表在《北京晚报》上的一篇少年习作，听到闯进屋里的这个风尘仆仆的男人自报家门以后，姚红立即要女儿停止背诵，她说在大作家的面前你不敢再卖弄了。头上扎着两根羊角辫的女儿兴犹未尽地咂了咂嘴巴，而杨岸乡在一瞬间竟不知说什么才好，一丝窘意爬上了他的脸颊。"我很卑微！"他说。

他的卑微和谦恭的态度在最初的一瞬间，使得大家都有些不安。杂志社大约经常和这些地方上来的作者打交道，或者说他们的智商和涵养使他们能够洞察人的心理，因此，他们知道这个手脚不知道往哪里放，一颗心坠悬在空中的来客，是个敏感的易于受到伤害的人,是个经历了长途跋涉带着满身伤疤终于有一天走到这里的人,于是他们小心翼翼地和他谈话。

他不知道什么时候变得自然起来的,他不知道什么时候将一副窘迫的表情丢开的,他不知道什么时候突然成了一个滔滔不绝的演说家的,他不知道什么时候从性格的一个极端跳到另一个极端的。

他开始讲他的陕北,讲那个横亘在北方天空下的北斗七星照耀的地方,讲那块天雨割裂的支离破碎的土地,讲曾经反复出现在他的真实的梦境和虚幻的存在中的高原的一切。他说几千年的岁月令这种高原布满了史诗与传奇、陈迹与掌故,他说当你在高原上行走的时候,你感觉到行走在历史中,你的脚下一步一个典故,一步一个传说。他如数家珍地向这些虔诚的听众历数那些陈迹,而当讲到斯巴达克式的悲剧英雄李自成的时候,他想起他的这位亲爱的乡人,曾经走入过北京,走入过紫禁城,并且张弓搭箭,在紫禁城的牌楼上留下他射出的箭镞的深深痕迹。

在叙述的途中,他还应邀,唱了几首陕北民歌。他们希望他唱那些酸曲中最酸的句子,于是他唱了"赶快把腰搂定,醒来是一场空",唱了"隔窗子听见脚步响,一舌头舔破两层窗"这些句子。在唱完这些以后,他并且解释,陕北的妇女从本质上讲是纯洁的守节的,她们所以这样露骨地言情,是因为一种精神的饥渴和性的饥渴,业已获得的通常交给缄默去珍藏,接吻的嘴唇没有工夫唱歌。

杨岸乡的这个观点却没有得到大家苟同,他们认为他遮遮掩掩,认为他是在寻找理由为这块风流的土地遮羞,认为他远没有坦率地唱出那些酸曲的精髓。

杨岸乡突然从他的叙述中惊醒,他发现自己是在中国境内一个最具权威最高规格的杂志社里。他觉得自己有些过于没有节制,过于放浪形骸,他不明白自己从进门到出门这一段短暂的时间内,为什么会判若两人。他生怕自己自我扩张式的叙述会引起在座的反感，而那种火山喷发式的激情会惊吓了大家，或者说这种坐井观天夜郎自大式的自负会遭到嘲笑。他怕失去这些高层次的朋友和这家杂志，他们曾经帮助过他，如果失去他们将会使他痛苦，而在以后的岁月里，他还指望得到他们的帮助。

但是杨岸乡多虑了。

他们每一个人都对他那么好。他不明白他们平日怎样，但是在对待他这件事上，他们的心灵像天安门广场那样宽广博大包容万物，他们欣喜这只雄狮在他们的刊物上咆哮，他们真诚地祝愿他在那块故乡的高原上建立起自己的艺术帝国。

"感谢你们对我的关照！感谢你们从茫茫人海中注意到了我的不谙人事的面孔！"杨岸乡说。

"不，是你支持了刊物！"他们说。

当走出这间办公室的时候，杨岸乡百感交集，他不知道怎么来回报这一群戴着眼镜的或穿着连衣裙的或白发苍苍的各位。他想自杀。

这天中午，编辑部在烤鸭店里包了一桌饭，算是请他。有着一头富丽堂皇的银发的副总编和他的责编姚红都到了。总编是一位深居简出的文学界的泰斗，他打来电话向他问候，但是人没有来。

席间有三个人抽烟，一个是副总编，一个是姚红，一个是他，因此在上啤酒饮料之外，额外地上了三盒高档云烟，放在三个烟民面前。吃罢饭后，副总编将桌上三个大半盒香烟收起，塞进杨岸乡的口袋。杨岸乡不要，因为他看见副总编也是个嗜烟如命的人，而姚红的档次也不在他俩之下。但是，副总编还是一边隔开他的手，一边将烟塞进他上衣的口袋了。

在北京的日子里，杨岸乡还挨门挨户，拜访了文学界的那些泰山北斗。他向他们表示了一位晚辈的出自肺腑的敬意。他们在创作上达到了时代进程允许他们达到的高度，他们已经尽力，他们有理由生荣死哀。杨岸乡在上学的时候，就大量地读过他们的作品，因此在和他们的相处中，他感到很亲切，感到是在和长辈拉话。而那些功成名就的老作家，也表示了对他的期望——我们知道，这种期望是对每一个慕名而来的晚辈都会说的，并不单单偏爱杨岸乡一人。尤其是那些曾经在肤施城生活的"老延安"们，听说他从那里而来，他曾经是保育院的学生，于是大动感情，开始充满感情地回忆旧事，并且询问陕北高原今天的情况。

他还和那些新潮艺术家们进行了广泛的接触。他们大都是些青年，是些出言不逊目空天下的人物。他们聚在一个沙龙里，盘腿坐在地毯上，一边端着啤酒瓶一边指天说地。他对他们的许多艺术观点表现了浓厚的兴趣，和他们的接触使他大开眼界，真有"与君一席肺腑话，胜我十年萤雪功"的感觉。不过，他不同意他们那些偏颇的说法，例如否定传统，例如把艺术的某一个特征夸张到无限，并且试图用这种特征概括一切。他毕竟五十岁了。

引起他浓厚兴趣的，就有关于"过程"这个哲学概念的讨论。是的，过程贯穿在每一个运动着的事物中，地球的产生与消亡是一个过程，政党的产生与消亡是一个过程，人类的产生与消亡是一个过程，单个的人，从生到死也是一个过程。在这一点上，"过程"与杨岸乡对时间的沉思所得的结论相同，或者说两个概念基本上是一回事。但是，当"过程就是一切"，当"一切都是过程，目的是没有的"的命题提出之后，杨岸乡突然感到，这也许是揭示出事物本质和事物内在奥秘的一个重要的发现。远在他上大学的时候，就接触过这些东西，但那是从书本上接触，是以一个涉世不深的青年的目光接触，而此刻，经历了许多人生后，他的理解中有了许多成年人的思考。

当然,对于这样或那样的流行的理论,他只是浅尝辄止而已,他缺少时间和他们进行更深入层次的交流和探讨。这对他来说是一件遗憾的事情。不论对某一项理论最后得出的是否定还是肯定,那都是有好处的,探讨的本身就是一个受益的过程,而那种轻松活泼的沙龙气息则更是令人留恋。

抽空儿,他还到天安门广场溜达了一阵,照了张相。他想到天安门城楼上感觉感觉,只是舍不得十块钱门票,没有上去。最后,他将黑塑料包寄存以后,随着人流,前往毛主席纪念堂,去拜谒这位20世纪的伟人。

毛泽东静静地安卧在鲜花和绿草中。他的隆起的肚皮上覆盖着镰刀斧头旗帜。他的身材显得矮了点,要么是床太大,要么是身体收缩了。算起来,他已经失去思维十多年了。他的脸色很安详,给人一种寿终正寝的感觉,美容师给脸上稍稍地涂了一点油彩,不过不细心看不出来。他下巴上的那颗痣不像生前那么明显了,痣靠血养着,可是血已经不再流通。

杨岸乡稍稍地放缓了脚步,以便多看几眼他。萧条异代不同时,有幸和这样一个伟大人物同顶过一片蓝天,同呼吸过一片空气,他因此而感到荣幸。

无论从哪个角度讲,他都是伟大的,他思想的力量和性格的力量驱使千百万人为他们所信仰的真理去牺牲,去前仆后继,他明明白白地指出前面是死亡,但是,千百万人唱着豪迈的进行曲,像宗教徒一样面不改色地向死亡走去。他相信他所信仰的是真理,他用六位亲人的牺牲来证明他对信仰的坚定不移。他的意志像花岗岩那样坚硬——记得马克思的父亲也曾经惊奇地发现儿子的头脑中有一种花岗岩般坚硬的东西。他的感召力又是那样的强烈,以至不只同时代的人臣服在他的脚下，就是在他之后成长的青年一代，也被他迷住了，被他的魅力征服了。他们以困惑不解的目光看着这一20世纪现象，他们不明白他作为政治家的同时为什么竟又是天才的诗人和书法家，上帝为什么多给了他那么多。

　　历史是一个链条一个链条地连接的，从遥远的年代按部就班地连接到今天。从这个意义上说，不管你愿意不愿意，高兴不高兴，你都无法将毛泽东时代从进程链条上取掉，你都无法将毛泽东本人从进程链条上取掉。他在中国的最招人眼目的一块地皮上建起自己的陵墓，而他的卑微的父母的陵墓则是建在中国的最不显眼的一个角落，他生前是强人，他死后仍是强人，从农民的眼光看来，仅仅这一点，就足以使他们诚惶诚恐顶礼膜拜了，而用新潮艺术家的说法，他实现了人生价值，他在为全体人类利益的奋斗中同时也实现了自己。

　　杨岸乡想起在许多年以前，在肤施城的陕甘宁边区交际处，毛泽东抱起满身泥污的他的情景。"你去为我摘个西红柿来。不，两个！还有一个给这位大鼻子叔叔！"毛泽东说话时的音容笑貌，历历可见，如在昨日。于是，注视着安卧在鲜花与绿草中的毛泽东，杨岸乡突然涌出两滴眼泪。

　　如果不是穿军装的守卫人员来干涉，杨岸乡也许还要磨蹭一阵子的，但是守卫人员有些粗暴地挥了挥手，叫他快走，因为他的迟缓已经在门口造成了人流堵塞。

　　当杨岸乡从这间厅堂式建筑走出来的时候，外边的阳光令他眩晕。他靠在人民英雄纪念碑的白色栏杆上，歇息了一阵，才慢慢地离开了这里。

　　杨岸乡乘火车离开了北京。

　　路经省城时，他回了一趟母校，并应母校团委和学生会之约，做了一次文学报告。他的报告的主题词是：感谢生活。做完报告以后，他就回到肤施城，回到他生活和工作的这个位置上来了。

可怜的人，在经过这许多的磨难，有了这许多的历练之后，他现在可以较为从容地生活了。他经历过许多事，他看见过许多人，他这前半生像个害怕中枪的兔子一样窜着。现在，他有些从容了。

那种渴望表现的欲望现在又开始强烈地攫着他的心。他有那么多的过去。他的那个家族，以及与他父亲同时代的那些人们的故事，现在在他少了生存的压力，脑子有些空闲的时候，便一幕一幕地闪现出来。那些老故事一直装在他的脑子里，并且随着他的身体成长而成长。如今，这些故事已经老得快从树上掉下来了。不赶快着手摘它，它就会掉下来，以至消失。过去，在我们的笔墨那行色匆匆的叙述中，我们忽略了，或者说不屑于去注意一个少年的感受。例如边区保安处那杨作新血溅墙壁的情景，例如葬埋杨作新时那凄风苦雨的时刻，等等等等。我们没有介绍，但是并不等于这个少年没有感受。而且，少年的心灵也许更为敏感，那浓重的历史阴影也许更为沉重地罩在他的身上。

"对于刚刚过去了的那一代人，必须给予他们更崇高的东西！"杨岸乡说。

他开始写作——像一个专业的写作者那样写作。

这天黄昏，他一个人信步登上了窑洞后面的山冈。这时候一轮辉煌的落日，止停驻在莽莽苍苍的大山之巅，整个世界笼罩在这一片虚幻的红光中间。树木，山头，杜梨树，蜿蜒的山路，都给人一种梦幻般的感觉。杨岸乡静静地坐在山顶的一截旧战壕边上，坐了很久很久，直到暮色四合。两滴冰凉的眼泪挂在他的腮边。"我要写我的重要作品了。这件作品的名字就叫《经典世纪经典家族经典人物》。我要树一个文字的纪念碑，给刚刚过去了的那个时代。"

盯着落日沉入西地平线的那一刻，他说。

他开始着手搜集这方面的资料。他开始挖掘自己头脑里的那些恍恍惚惚的记忆。但是说是一回事，要把它形诸文字，要把它有规则的排列，要把它用一部长篇小说所具有的容量和跨度来飞翔，杨岸乡还是觉得自己力不从心。他试图写了一些，但是，作品像挽毛线蛋蛋一样铺展不开，而语言有着夹生的学生腔。"向伟大的生活本身求救吧！"有一天他突然悟出了这一点，于是他明白了，得沿着那个叫杨作新的人，在陕北高原走过的道路，重新踏勘一次。

这样在一个秋天的日子，他准备了一身朴素的行装，背上背个旅行包，手里拉一根拐杖，开始他的陕北游历。尽管现在已经是有汽车的年代了，但是拗脾气的他，决心徒步行走。他出了肤施城的北门。北门已经没有了，当年那曾经捆绑过光荣的杜先生的地方，如今已经荡然无存。日本人曾经对肤施城有过十三次袭炸，这城墙，这城门，正是在袭炸中消失的。"那一代人已经永远不会再有了，他们是时代的产物！未来假如说还要出现这种类似俄国十二月党人，类似法国烧炭党这样的人物，他们会以另一种形式出现的。"对着空荡荡的如今还被叫作北门口的这地方，杨岸乡感慨地想。

接着他溯延河而上。走了一天以后，第二天，翻过一座山冈，进入洛河流域。他这是要奔他的家乡吴儿堡。在吴儿堡，他陪姑姑杨蛾子住了几天，上山奠祭了杨家祖先，和村上的乡亲们拉了几个晚上那当年的事情，然后拖着拐杖继续。他的下一个目的地是永宁山，刘志丹将军的故乡。这地方叫金丁镇，坐落在子午岭向南伸出的一条山腿上。灰黄色的河水绕过寨子汨汨地流着，子午岭的梢林经霜以后，漫山遍野红得滴血。杨岸乡对着山野，吼叫起来。"你们在哪里呢，昨天的人们？"杨岸乡喊道。山冈发出隆隆的回声。但这不是昨天的人们在应答，而是山的回声。杨岸乡叹息了一声，他继续往前走。

他的下一个目的地是吴起镇。他在吴起镇延挨了一些日子，主要是为了采访当时的老人。黄昏的时候，他会登到胜利山山顶去，眺落日。这胜利山就是毛泽东的红军举行长征最后一仗——割尾巴战斗的地方。山腰间的那棵老杜梨树还在，它看起来并不是太沧桑。正是深秋，树上的杜梨果成熟了。因此落着许多的乌鸦。杨岸乡的到来打搅了这些乌鸦的宁静。它们离开树，扑棱着翅膀绕着树冠飞着，尖嘴发出"呜哇呜哇"的叫声。这棵树下是毛泽东指挥割尾巴战斗的地方。树还在，斯人已去了。杨岸乡的耳边，似乎还响着那充满执拗口吻的湖南腔："我要睡一会儿了。枪声稠密，不要叫醒我；枪声稀疏，赶快叫醒我！"杨岸乡摘了两颗杜梨果，填在嘴里。杜梨果很甜，紫黑色的汁子顺着他的嘴角流下来。

从吴起镇往北，又前行了几天的路程，来到柠条梁。这里是陕北高原的一个制高点。统领陕北高原的两大水系无定河水系、洛河水系，以这里为界分。杨岸乡原先是往西北方向走的，从这柠条梁，他转向东北，进入无定河水系。

群山环抱中的袁家村，他在那里停留了一下。毛泽东当年书写《沁园春·雪》的那个炕桌，如今已经被送进纪念馆了。这白家也已经没有人了，他们都干成了世事，如今都在外面工作。他们的下一代只在填写祖籍的时候，才会偶然地想到这个荒僻的小山村的名字。杨岸乡在那一刻想起了那个叫黑白氏的女人。他见过她的，是在肤施城杨作新蒙难的那些日子里。这个面白如雪面红如醉的小女人，曾给杨岸乡留下深刻的印象。她是那样突出。

在那个英雄美人列队走过的年代里，她仍然如此突出。杨岸乡问了问村上的老人，然后在指点下来到黑白氏的墓前。在杨岸乡像一个晚辈，或者说像一个孝子那样跪倒在墓前时，他想，那个叫杨作新的男人一定会赞赏他的举动。

他把他最后要去的地方放在后九天。这样离开清涧河，进入延河流域。后九天他只是耳闻，没有去过。黑大头、杨作新在后九天闹世事的年代，他还没有出生。顺着延河往下走，走到延河与黄河的交汇处，那地方就是后九天。

越接近黄河，山越高，沟越深，湿气越重。终于，在听了半天黄河那吼声如雷的涛声中，双脚把杨岸乡带到了后九天。九个山头一字儿排列，一座高似一座，像是一架天梯。和平年代，这地方早就被人们遗忘，因此这满世界静悄悄的一个人影也没有。杨岸乡叹息一声，拉着拐杖，摇晃着身子，向山上走去。

用了不知道多长时间，这个人终于登上了最高的那座山。空空如也，眼前只是一架空山，还有脚底下那些残砖碎瓦。杨岸乡倚着一棵古柏，站定。延河和黄河，像两条白色的带子一样，在山脚下挽在一起。那交汇处有个诗意的地名，叫"天尽头"，表明世界到这里，就到头了。而隔河望去，河对岸是三晋大地，史书上匈奴内附，设"河东六郡"的地方。背转身，就是苍茫的陕北高原了。从这里俯视，杨岸乡的眼前，陕北高原只是莽莽苍苍一片，那所有的人，那所有的事，那所有的村落和乡镇，甚至包括锦绣繁华的肤施城，都被抹杀，大而化之，成为虚无。

杨岸乡最后将他的目光，注视到了黄河。它勒一个渠儿，流淌着，从秦晋峡谷中穿过。千百年里，它就是这样流淌着，逝者如斯，不舍昼夜。它好像没有感觉似的，所有发生在它身边的那些痛苦那些欢乐，都不能令它动容。它走着自己命定的旅途。

杨岸乡向黄河的上游望去。那黄河在它湍急的流程中，突然绕着一座大山打旋，这样便留下来了一个湾子。杨岸乡知道，那湾子叫乾坤湾。据说，中华民族的阴阳太极图理论，就是受了这乾坤湾的启示。有一位古人,大约也像今天的我们的杨岸乡一样,站在这里,满腹惆怅,望着这腾烟的河流,望着这给人类以大昭示的乾坤湾。

接着,杨岸乡又将他的目光,向大河的下游望去。后九天往下四十里,就是那有名的壶口瀑布。那如雷的黄河咆哮声,其实就是来自那里的。而在此之前,所有的水流,所有的堤岸,所有的山势,它们做的事情,其实是为了给那场大爆发大激荡提供足够的力量。

杨岸乡倚着柏树。他掏出速写本,掏出笔,在上面写下"经典世纪经典家族经典人物"一行大字。写完,又用笔重重地在这几个字下面划了两道。

第二十九章

黑寿山六十岁生日那天，正式办了离休手续，开始担任肤施市委顾问。本来，按照上级的意图，考虑到在省人大或省政协，为他挂一个职务，这样年龄可以宽限到六十五岁。但是黑寿山拒绝了，他说几十年来，他将自己的一切，无私地奉献给了工作，现在，他该轻松一下了，该有一点时间由自己支配了。上级见了，于是不再勉强，为他办了离休手续，办手续之前，又安排他开开"洋荤"，出国访问了一次。

根据他的提议，市长从政府那边升迁过来，担任市委书记，而市委这边的常务副书记，升迁到那边，担任市长。

新任市委书记叫白雪青。读者还记得当年的那个黑白氏吗？还记得黑白氏为救杨作新，去搬他的娘家兄弟的事吗？黑白氏有许多的娘家兄弟，陕北高原上著名的高门大户白家，当年有许多子弟投红，白雪青的父亲就是这些人中的一个。也许这一个，就是当年黑白氏为救杨作新,去搬的那一个,也许不是,不必细究。他死于"文革"中,而白雪青是他的儿子。

从这个角度讲,新任市委书记是原任市委书记的表弟。

这正是黑寿山的聪明过人之处。从为公的角度讲,他的雄心勃勃的振兴陕北高原的计划,正在实施中,他不希望这个计划夭折,不希望他的心血付之东流,而从为私的角度讲,后任踢前任屁股的事多得很,他在市委大院,大刀阔斧地改革了一场后,得罪了不少的人,他希望有一个靠得住的人,掩护他撤退,起码叫他有一个清净的晚年。

表兄表弟这层关系,在任命之前属于高度机密,而在任命之后、既成事实之后,黑寿山则希望知道的人越多越好。

杏子河流域治理工程已经得到完全的实施。一百多华里长的一条山沟,完全被乔木、灌木、人工或天然草皮所覆盖。杏子河注入延河的水,已基本上做到清澈见底、不含泥沙。而这条山沟的气候,也变得空前湿润起来;天空但有云彩飘过,必定要在这里洒几星雨,才肯走。《肤施日报》在一版显要位置,登了一篇《狼又回到杏子河流域》的文章,以示生态环境正在恢复。文章登出,曾引起一阵玩笑。

经济林开始挂果。这里的苹果由于日照时间长和昼夜温差大的原因,广交会上经专家鉴定,其各种质量指数堪与世界第一果——美国蛇果媲美。现在当然只是小范围的种植,小规模的储藏和销售,但已显示出其诱人的前景。一亩苹果年收入可达七八千元,如果每人能拥有一亩果园,也就是说,每家每年仅苹果一项,可以收入三四万元的话,那将是一个怎样的景象呢?因此在杏子河流域,万亩果园工程正在进行,而销售渠道也已经畅通,由政府出面联系,分别在北京、深圳租了两个大储藏库,下一步的发展,则是通过深圳这个跳板,借船出海，销往香港、台湾和东南亚一带了。

绿色植被的发展促进了畜牧业。这块土地可以承担起一定限度的放牧了，于是畜牧专业户开始大量出现，养羊专业户、养牛专业户、养驴专业户，等等。陕北高原上，长期流传着一个"黄金分羊"的传说。传说全国解放初期，一位从陕北打出去的仅次于刘志丹、谢子长的第三号人物，从他管辖的东三省地区，调拨来一批黄金。这批黄金是从日本人的矿井中没收来的。这批黄金的用途是，用它买来几百群甚至几千群母羊，然后把这些羊群无偿送给陕北那些最贫穷的村落，一村一群，分发下去。羊群到了村子，不准分开，而是交给最穷的一户，由他家放养，限期是三年。三年之后，这群母羊又会繁殖出一群小羊，那么，繁殖出的这一群小羊留下来，算是你自己的，母羊群则交给下一户。对面价山上流河水，后山上下来一些游击队。这位领导人据说闹红前是一家大地主家的拦羊汉，这个想法大约跟了他好长时间，并且伴着他改变家乡面貌的梦想，而一旦有了条件后，即着手推行。这项工程后来由于合作化导致羊群充公，由于陕北高原草木日见稀疏，终于流产。而那位领导人后来从中国政治舞台的消失，导致"黄金分羊"这件事不复为人提起。黑寿山当时恰好在一个县上，抓这项工作，因此他还记得这事。从陕北高原走出去的人，真正为家乡办过一点实事的，这大约算一件。黑寿山觉得"黄金分羊"这个办法还是可行的，于是，他指示平头，申请一部分援建资金，用此类办法，推动畜牧业发展。

不是不宜动土，而是需要有个节制。川地可以耕种，坝地可以耕种，半山腰的反坡梯田也可以耕种。由于增加农业投入，由于小气候的原因，粮食单产直线上升，广种薄收的局面得到根本性改善，现在，少量的一部分耕地，就可养活这块地面上的农业人口了。那些祖祖辈辈与泥土厮打的农民，看到肥沃的土壤在草皮底下睡着，于是手心痒了，想抡起镢头挖上一气，种上一料庄稼，但是黑寿山制止了他们，他要求杏子河流域各级组织，一定要贯彻市委市府指示，将粮食作物的生产，维持到以满足人均口粮为限度。

金良同志在杏子河流域，整整干了八年。现在已经没有人叫他平头了，因为他的前额已全部秃顶。他已经结婚，女方是一个在杏子河供销社工作的北京知青。女知青原先有个要好的男同学，只是插队时，一个来了陕北，一个去了黑龙江，于是关系慢慢地淡了。杏子河是个很具诱惑力的地方，光花柳村这个地名就可以令我们想起"秃子"，想起许多事情。说陕北文化是"性文化"的观点，就是一个专家在考察了杏子河流域以后，同时也接触了那些想闻一闻公家人身上的香胰子味的农家妇女后得出的。因此这位北京知青终于不能自制，他在明白远走的丹华已经成为一只断线的风筝或者失控的航天器以后，他在因为生活必须经常和这位胖胖的热情爽朗的女售货员打交道以后，终于有一天，两只从北京带来的白木箱子摞在了一起，两只单人床并在了一起。两只床一张高些，一张低些，于是给这低的四条腿上，垫了四块砖头，然后买了一张床单，往床上一铺，两个人住在了一起。一年后，就在这张并起来的大床上，他们迎接来了自己的一个小女孩。按照政策所允许的，他们将这小女孩的户口上到了北京，上到了姥姥的户口簿上。

老乡们都称这位金主任是一位"真共产党"。在八年的岁月中，他付出了巨大的劳动和心血，而他的境界也得到提高，他超凡脱俗，大智大慧，他对世俗的一切都看得很淡，当年火热的政治热情也为一种沉静自安所取代。他明白自己在完成一件杰作，一件鬼斧神工的杰作，这项杰作将受益于陕北父老、受益于人类。人一生只能干一件事情。他想将这件事情干好。生命是一个过程，他不希望自己的呕心沥血能得到什么。第一是不会得到,第二是即使得到了,那得到的又能和自己的付出相等吗?"人生非常像一群猴子在抢一个空果壳,力气大的猴子抢到了,但是砸开一看,里面是空的。"不知谁的这句话时常翻腾在他的脑海里。但是这句话并没有带给他沮丧和空虚,而使他意识到了在这个唯一的过程中,他要对得起自己,他要使自己的生命之树,开一树绚丽的花朵。既然一切都以虚无作结,那么在这个流星一般短暂的过程中,何不炫目地燃烧一下,然后陨落。

他和杨岸乡成了好朋友。他们在黑寿山的办公室里,碰到过一回,而后来,为了出一本系统地反映杏子河流域治理工程的书,黑寿山曾推荐杨岸乡担任这本书的主笔,于是,杨岸乡来这里,居住了一段时间。书后来出版了,硬壳精装,一幅幅的陕北高原鸟瞰图,再配上杨岸乡的典雅优美的文字,加上黑寿山撰写的序言,从而成为一本高档次的读物。而为了照顾国外读者,作品的目录除用汉字排过以后,又用英语重排了一遍。

生活中的阴差阳错令平头吃惊。当《最后一支歌》在全国文学界引起强烈反响的时候,他为丹华高兴,他以为这是丹华自己将它发表的,是丹华在临离开陕北时,用这篇小说作为她的告别词的。但是最后,笔名叫"花子"的作者,作品一篇接一篇地发表出来了,他如同坠入五里迷雾之中,不知道这到底是怎么一回事,直到《荒原故事》的再次引起轰动,才使他明白了,这其实是另外一个人。他了解丹华的阅历和气质,他明白,作品是阅历的产物,而丹华是没有这种阅历的。

后来,当遇到杨岸乡的时候,当听完杨岸乡详尽地叙述完《最后一支歌》所产生的奇异故事时,他明白了,这其实是一种天意:既然一匹马溜缰了,生活就又抓来另一匹马,塞进辕里,用鞭子抽打着你继续拉着车走。车总是要前行的。看来这不仅仅是阴差阳错，而且是移花接木。

杨岸乡你找不出他的错，他将一篇就要变成纸浆的手稿抢救了出来，让它变为铅字，变为文学宝库里的一份不动产，如果没有他，这份手稿现在将重新成为白纸，也许不知道在派什么用场。如果说有错的话，他的最大的错误在于他用了丹华的笔名，侵犯了如人们所说的署名使用权，然而，是不是同时可以这样说，他其实是一直在为另外一个叫"花子"的人激动，他不但占据了她的房间，他不但继续她的思想，而且，用她的名义完成着那些本该属于她来完成的东西。

从这个意义上说，丹华反倒不是损失者，而是最大的受益者。

当然，抛开这些庸人之见，而将这件事放在一个更广泛的意义上来看，那么我们看到，生活的安排多奇妙呀，我们看到，造物主放射出了怎样的光彩呀！受益者不是你也不是他，受益者是人类整体。人类因为这些动人的竖琴手们，它的寂寞的路途不复寂寞。

丹华成了他们谈话中的一个重要的话题。

平头能告诉杨岸乡的是，丹华出走后，他仅仅收到过她一封信。那时她在香港，她先在一家报馆，找到了一份资料员之类的工作，后来由于语言问题，被辞退了，于是，她进了一家英语速成班学习。仅仅是这一封短函，由右及左，竖行写的，没有句多余的话。而且，来信其实不是用短函，而是用明信片形式寄的，这表明他们之间已经无秘密可言，只是平头出于一种失败者的自尊，没有将这一点说出。他只说自那以后，她就没有消息了。

杨岸乡希望平头能更多地告诉他一些丹华的事情，细枝末梢也不要放过。他一个劲地刨根问底，使得平头都有点不怎么高兴了。

对丹华过于关心的还有黑寿山。当退居二线，成为顾问以后，他觉得没有必要再忌讳什么，守口如瓶了。一种深深的歉疚之意，现在开始折磨这个自由了的人。他怀念他的那早年的恋人，他思念那个远走的他的亲人。他觉得他在生活中走错了一步，当弱小的她们需要一个男人的肩膀遮风挡雨的时候，那时他在哪里呢？他因此而永生不能原谅自己。他想，如果让他重新生活一次的话，他一定会做出另外的选择的。

丹华一去就杳无音信，甚至连给平头来的那样的短函也没有给他过，这使他伤心。从而，也使他判定了，她的处境并不好，她要么是为生活而疲于奔命，没有时间给他写信，要么是还记恨于他，不准备原谅他。

杏子河流域治理工程告一段落后，联合国组织投资国的代表、一些处于同样地貌的国家的代表，以及一些专家学者来考察和验收。肤施方面，由市委顾问黑寿山负责陪同。考察验收的时间大约在秋季。这是一年中陕北最好的季节。考察验收后，联合国对这项黄土高原治理工程，给予了很高的评价，表示了极大的满意。在这种情况下，黑寿山趁机提出，治理整个延河流域的要求，并申明这是受白雪青书记委托，提出来的。这个要求当即被接受了。

按照黑寿山的意见，还想请北京知青金良同志继续负责这项工程，但是，平头面有难色。

20世纪90年代初，按照政策，当年来陕北插队的北京知青，都可以返城回京，如果他们有当地配偶的话，也可以一同带回去。北京市也为这些回城知青安排好了单位。工种是两种，一种是环卫工人，一种是煤炭公司。消息传出，还留在陕北的为数不多的"老插"们，几乎一夜之间，全部变卖了家具，办好了手续，拔腿回城。平头思前虑后，又和老婆商量了几个通宵，终于决定回去。现在，他们已经和一家煤炭公司联系好了，平头回去做拉板车送煤球的工作，老婆则在公司里制作煤球。

"黑书记，仅仅是为了你的挽留——你看得起我，我又干了八年，现在，放一条生路，让我回去吧！我的力气已经几乎耗干，我觉得我对得起我自己、对得起这块土地了！"平头说。

平头依然称黑寿山为"黑书记"，这使黑寿山想起昔日大权在握那阵儿，他忍不住咂着嘴巴回味了片刻。只有那些最亲近的部下，才这样永远以这种称呼来称他。

"你的事情，我给白书记说说吧！"黑寿山模棱两可地说。他接着又补充了一句："我想叫你的结局更好一点。"

"我还是想回去！"平头继续说。

杏子河流域治理仅仅是一个先行一步的典范，一个征服自然的豪迈事业的序曲。一场堪与那场红色革命等量齐观的绿色革命，一个人类假自己的手改变自身生存环境的小小尝试。

而与此同时，在陕北高原上，绿色革命的进程同样在每个角落进行。这是潮流，所不同的是，有的地方进程快点，有的地方进程慢些而已。杏子河流域是"点"，别的地方是"面"，"以点带面"，这是黑寿山的一条工作方法。

从1979年开始，陕北地区连年风调雨顺，粮食生产年年增长，《肤施日报》每年照例要在年终截稿时，以"第三个丰收年""第五个丰收年""第十个丰收年""第十一个丰收年"之类的标题，来为国民经济发展的这一条战线做一番总结。而每年年初，在肤施市三级干部会召开的同时，那些交售万斤粮户，那些成就突出的养牛专业户、养羊专业户、养驴专业户、林果专业户、治沙专业户等等，都要被披红挂花，在肤施城的大街上，锣鼓助威，走上几个来回。

黑寿山在他行将退居二线之前，已经脱下了几十年一贯的中山装，开始穿一种带翻领和拉锁的夹克衫。他发现穿这种衣服有个很大的好处，遇见穿西装的上级领导时，他可以将拉锁拉得靠下一点，敞开脖子，这样，再配上两个扑扑闪闪的翻领，便仿佛西装了；而遇见穿着四个兜，风纪扣扣得严严实实的领导，他立即将拉锁拉到尽头、下巴底下那个位置，这样，便又和中山装派保持了一致。他这样做的目的，并不是取宠于谁，我们知道，他已经无心仕进，他纯粹是为了应付各种场合，一为明哲保身，二为不影响工作而已。

白雪青从上班的第一天起，就穿了一件笔挺的西装，并且扎了一条有些醒目的领带，从而表明他是一个坚定的改革派，表明不论遇到什么阻力，他都不准备回头。

人们认为白雪青是一个和黑寿山同样厉害的角色，同样地有大刀阔斧打开局面的本领。黑寿山的工作方法主要靠的是几十年积累的丰富的工作经验，而白雪青则是靠的年轻人的热情、驾驭全局的能力和不为任何羁绊所系的实事求是态度。

黑寿山将很快就发现，白雪青有他自己的一套，你用起来的人并不等于你能永远攥在手心，在肤施城，黑寿山时代已经过去。

白雪青计划用二到五年的时间，大抓工业。他明白工业总产值超过农业总产值的那一天，则表明这个以农业经济为主的闭塞地区开始它的经济腾飞。他决心在他的任期内为这个目标服务。

黑寿山关于工业方面的前期工作，为白雪青的实施创造了条件。在中央、省上各级勘探部门的辛勤努力下，陕北高原的煤炭储藏量已经基本探清。这是一个天文数字：几千亿吨。中国的最大的煤田在陕北高原，世界的第三大煤田在陕北高原。当推土机推开黄土山峁的表层，露出下面十几米、几十米厚的煤层时，所有的围观者在一瞬间都惊呆了。"长期以来，我们其实一直是端着金饭碗在讨饭吃！"白雪青说。

在煤炭资源探明的同时，石油和天然气资源在经过将近十年的勘探，在打了无数的废井之后，某一天，终于从一口井喷出了石油和天然气，燃烧的天然气照亮了高原半边天空。——除了中国最大的煤田在陕北之外，中国最大的油气田也在陕北。人们这时候才记起石油这个名字，最初就是北宋科学家沈括在陕北考察后，予以名之的——"高奴有石油，可燃"，等等，继而又记起，这里是中国第一口油井开钻并取得成功的地方，那是1905年的事。

交口河炼油厂的建成投产，使石油和天然气，不再作为单纯的工业原料出售，而是经过二度加工，裂化为各种工业用油，成为商品。仅此一项，每年将为肤施财政拿回几十个亿、几百个亿、几千个亿来。继而，他们又进一步进行三度加工，成立聚氯乙烯车间，生产日化产品。

附带说一句，那位杨岸乡当年的厂长，后来果然做了协理员，他把这归结于杨岸乡的说情。事实上，也是如此。黑寿山的刀子再快，但是研究到这个人的时候，他突然动了恻隐之心，他念及杨岸乡那一次尴尬的说情。所以说世界上的事情，只能做到个大致公平。

煤炭工业的发展，更是声势浩大。国家在这里设立"八五"重点项目，购进目前世界最先进的采煤机器，开始开掘作业面，以扇状的形式掀开地皮，取出煤层。而美国、日本的企业家，也纷纷赶来投资，并请求以开掘出来的煤炭予以偿还。部队也在这里征收地皮，建立煤矿。与此同时，肤施地区所属的几家市属煤矿、县办煤矿、乡办煤矿、村办煤矿、个体专业户所办的煤矿，也纷纷出现。

这些表面上的轰轰烈烈，其实并没有为肤施财政带来相应效益。正当煤炭开始大把大把地为肤施财政拿钱之际，黑寿山及时向白雪青提出了警告。黑寿山认为，煤炭是昂贵的不可再生的资源，祖先为我们积下的一点阴德，悠着点开吧，不要轰轰隆隆地大干一场，图一时的痛快，把地下掏空了，留一片废墟给我们的后人。黑寿山的这种想法，主要是听到了一个内部消息：日本的企业家将这些四方四正的煤块，运回国后，在海底挖了一个很大的地下储藏室，重新掩埋到地下，他们明白世界能源危机的来临将为期不远，到那时，即便燃料动力可以取得替代物，但是，煤炭为现代工业提供的化工原料，却是别的物质无法替代的。

　　对白雪青来说，这自然是一个忠告，这足以使他发热的头脑冷静下来，从而开始采取制约措施，控制煤炭资源的盲目开采，限制煤炭生产的进一步扩大，等等。

　　按照公文语言，石油和煤炭，成为肤施工业发展的两个龙头。

　　在工业和农业交替着步子前行的时候，下一个重要的迫在眉睫的事情，就是交通问题。白雪青号召所有的吃地方财政的单位，勒紧裤带，年财政费缩减百分之三十，用于铁路建设，并且动员广大民工，在当地政府的组织下，无偿为铁路修筑出力，为这条经济大动脉早一天横贯陕北高原尽力。在铁路叮当动工的时候，他又带领一群能言善辩的部门领导，跑中央，跑省上，四处叩头，八方拜佛，终于将这条铁路纳入计划项目，成为一条国家、省上、肤施财政三级各投资百分之三十的重点项目。时值1991年底，第一列火车进入肤施城，面对这座高原名城，汽笛足足鸣叫了半个小时。下一步，铁路将继续向北延伸，一直要横穿高原，与包神铁路接头，从而成为我国一条横贯南北的经济动脉。

　　当时间进入20世纪90年代之后，当肤施市的工业总产值第一次超过农业总产值以后，雄心勃勃的白雪青，又在思谋下一个经济发展战略。他计划将陕北高原，建成一个经济特区，而这个经济特区的发展，主要凭借轩辕黄帝陵这个旅游资源优势。

肤施市所属的黄帝陵，每年要接待大量的中外游客。

黄帝陵建在一个叫桥山的绿荫葱葱的山包上。这是一块风水宝地。桥山的东侧，是中华民族的母亲河——黄河，西侧，是横亘绵延的子午岭。轩辕黄帝头枕子午岭，足濯黄河，溘然安卧；而他的南边，右手的地方，是肥沃的渭河平原，八百里秦川，北边，他的左手的地方，是鄂尔多斯高原。同样属于他的苗裔的农耕文化和游牧文化，分列他的左右，他用双手将他们紧紧牵在一起，而安然高卧时，谛听着子孙们后来的脚步，并不时给他们以祝福。

中国人对墓地的选择，其重视程度甚至超过了对宅基地的选择。人们在行将就土之时，总希望选择一块风水宝地，作为最后的憩息之所。这种重视并不单单为了自身，而是为了这墓地带来的风水会荫及后人。这是他们带给后人的最后的祝福。

为了这些设想的实施，需要在北京建立一个常设机构，联络站或者办事处之类。

这时候，黑寿山推荐了平头，提议由他担任驻京办事处主任。白雪青同意了。本来，许多人都在争取这个差使，但是，白雪青认为，平头在杏子河流域治理方面的政绩，足以证明这是一个政治上可靠、工作上具有开拓气质、可以独当一面的干部，他希望平头能再接再厉，继续发挥他的聪明才智，为肤施经济的发展作出贡献。

北京市有关方面答应，为办事处人员解决户口问题，这就消除了平头的最后一点后顾之忧。他带着老婆，前去赴任。临行之前，他和黑寿山，和杨岸乡，垂泪相别。黑寿山对这一项事情，总觉得心里没底，几十年的正统教育，使他对每一件涉外方面的、又没有明确政策条文的事情，总是疑虑重重。不过从经济发展的角度考虑，他又不能不承认这是刺激陕北地区经济发展，缩短和经济发达地区距离的一条切实可行的办法。因此，他勉励平头努力工作，不过凡事要谨慎才对。

黑寿山是在20世纪90年代第一个春天办完离退手续，离开顾问岗位的。那一年他恰好六十五岁。他从此不再操心身外的事，而专心以书法学习为主。他报考了中国书法函授大学。他的书法还是不错的，尤其是"黑寿山"这三个字，一生中的签名和画圈，练得这几个字十分老到。他离退后的第一件事，就是写一幅书法给杨岸乡，这是他那年答应的事。

写的途中，他想起还给那两个叫张梦笔和李文化的也答应过写字。犹豫了一阵，他说算了，因为这已经不是市委书记的字，而是黑老的字了。

有一部电影叫《陕北牧歌》，它的主题歌中唱道："崖畔上开花崖畔上红，受苦人盼的是好光景。有朝一日翻了身，哥哥和妹子结个婚。"这块苦难的高原，沉重的高原，干戈消后五谷生，它现在进入它的建设期了。或者换言之说，"红色革命"现在转变为"绿色革命"。叙述者在这里对这场革命以应有的尊重，以不厌其烦的叙说，因为没有这个叙说，这部高原史诗就不够圆满。

第三十章

那个姓金的老研究员,居然奇迹般地活到了今天,并且变得精神矍铄。在他九十高龄的时候,带着一位助手,来了一趟陕北,他的渊博的学识和他的一大把年龄,使他所到之处都受到了尊重。然而,一踏上陕北高原,他却变得像一个小学生一样。他说他是来朝圣来了,这里是革命文化的圣地,这里是黄土文化的圣地。

粗心的姑娘,她说过她要将那个剪纸小女孩的死告诉老研究员的,后来不知是忘记了,还是怕老研究员知道了这事会伤心。总之,研究员全然不知,既不知丹华已经早就离开陕北,也不知道那个奇异的剪纸艺术家已经过世。等来到陕北,等找到丹华原来工作的那个单位,等听到杨岸乡的或清楚或含糊的叙述之后,他才明白,为什么丹华一去,宛如石沉大海,从此杳无音信。

这是一个学贯中西的学者。他能够对着万佛洞口那个俊俏的女菩萨,端详半天后,根据她肌肉的丰腴程度,判断出这是哪个时代的作品。他说从敦煌石窟到云冈石窟,再到龙门石窟,几千里的空间,中间得有个跳板才对,他现在在肤施城,终于找到了这块跳板。他说这增之一分则显肥、减之一分则显瘦的女菩萨,和这大小各异神态各异的一万尊石佛,它们的成型年代在北魏。他的说法刚好与史载吻合。

他还对古墓里挖出的一块砖头,产生了兴趣。他站在黄土坬上,伸出舌头,将这块砖头舔了一阵,直到舔出些花纹来。原来是个手舞足蹈的女性,可以明显地看出,舞蹈者的腰间有一个腰鼓。这座墓葬是汉代的,他由此推测出,腰鼓这个古老的民间艺术形式,汉以前就有了。它应当属于我们民族古老文化的一部分。

当然他以主要的精力,采访了那些民间剪纸艺术家,收集了许多她们剪刀下的活儿。这种民间剪纸艺术家俯拾皆是,每个村子几乎都有那么几位神神道道的,老乡们叫她们铰窗花的,或者剪人人的,正常的体力劳动之外一种业余而已,民间剪纸艺术家只是研究员对她们的称呼。

正像最初那幅毕加索式的剪纸给老研究员带来一场大惊异一样,剪纸艺术里面各种古老的象征符号,剪纸艺术本身的各种表现手法,剪纸艺术的内容中所揭示出的各种大奥秘,令老研究员感到他进入了一个应接不暇的神秘领域。他来不及考证和思考,他来不及分析和比较,他只是把这些剪纸艺术品尽可能多地搜集起来,打入行囊,以便回去细细研究。他对这些凭借农家妇女手中剪刀所保留下来的古老文化,有一个十分精确的比喻。飞机上有一件物什,叫"黑匣子",一旦飞机失事,这个被抛出舱外遗落地上的黑匣子,将是考察飞机飞行过程的一件备忘录。老研究员认为,陕北民间剪纸,正是一只历史遗落在黄土高原上的黑匣子,当碑载文化挂一漏万地记载历史的时候,剪纸艺术却依靠成千上万的陕北农家妇女的手中剪刀,更广泛意义和更深刻意义地记载了高原的历史,记载了人类的心灵史。

对那位早夭的天才，他怀着一种近乎宗教般的崇敬心情。因为在他收集的所有的剪纸中，类似那种毕加索式的表现手法不再有了，或者说有还是有，但是用刀并不明显，若隐若现而已。因此，他央求杨岸乡领着他，去拜谒交口河山上那一抔黄土，并且前往吴儿堡后庄，去考察了一番这个小人儿生长的那个环境。

记得我们曾经说过，杨岸乡做向导，领着老研究员，恰好在那一天日落时分，杜梨树树荫的顶巅直指一个小土包的时辰，去谒墓的情景。记得，对着那一抔黄土，老研究员感慨系之，哀叹天才人物生命的脆弱，哀叹无用的他还像一棵老杜梨树那样有年没月地活着。说一句老实话，这位老研究员本来还能够活得更久一些的，他之所以在回到北京以后，很快就去世了，个中原因，正是由于这一番感慨，惊醒了他体内的生命时间，而生命时间接受了这个暗示。

老研究员还希望杨岸乡领着他，去吴儿堡后庄，到小女孩出生和成长的地方去看一看。尽管没有她的存在，这一块地域一定显得荒凉了许多，但是老研究员坚持要去。这样，他们便成行了。作为老研究员来说，他本来已经做好了迎接那个凋敝的小山村的准备，但是，时代发展到今天，这里已经变得富有起来，单调的风景也变得色彩鲜艳了许多。那一户人家大约后来又逃荒回来了，鸡司晨，犬护家，一片安居乐业的样子。他们对故世的小女孩的怀念，远比这两个学者要淡漠得多，他们只说她没福，差一步没有跨过门槛，活到今天的好光景。当老研究员以一种孩童般的神秘口吻，嘴巴对着耳朵，告诉他们那个小女孩所代表的一切时，他们毫无表情地摇摇头，认为这几乎是无稽之谈，他们看着她落草[①]，看着她屎一把尿

---

① 落草：陕北土语中将婴儿出生叫"落草"。语出不详，大约流传于接生办法中，小孩出生是生在干草上或草灰上的。

一把地长大，他们能不知道她水深水浅？他们觉得她是一个无用的东西，仅仅连生存下来这一点都达不到，就证明了她确实不如他们的别的孩子能行。

在返回的途中，老研究员和杨岸乡，还有那位助手，自然在吴儿堡停顿了一下。他们见到了我们久违了的杨蛾子。

当杨蛾子听到他们此行的目的时，她笑了。她说后庄的那家，算起来，还是杨岸乡的一门亲戚。杨岸乡，你还记得在你的生身母亲荞麦以前，你的父亲杨作新，曾经有过一个妻子吗？这个妻子叫灯草儿，而后庄的那户人家，正是灯草儿的娘家。那个小女孩的祖母，说不定，当年，正是杨蛾子的四十块大洋聘礼换的。

杨蛾子的胡言乱语并没有到这里为止，她甚至认为，这个后庄，正是当年吴儿堡那两个风流罪人，前去避难的地方。"有一面山坡，沟底下淌着一股水。山顶像一个弓背。那石碇子，就是从山顶上滚下来的。巫神娘娘的红裹肚指给了他们这个地方。"杨蛾子说。

处在创造的激情中的老研究员，处在梦游状态下的老研究员，也许将会抓住杨蛾子话语中的只言片字，深究下去，从而从那两个风流罪人的身上，寻找出这个奇异的吴儿堡家族形成的历史因素，并且从吴儿堡后庄，从巫婆的红裹肚开始，发现那个人们叫作石峁城的轩辕部落遗址，继而，为剪纸艺术的种种奥秘，找到它的渊源。但是，当老研究员询问时，杨蛾子和她的侄儿之间，已经进入了另一个话题，他们没有听见老研究员的问话，而老研究员由于精力的原因，问了几声，没有得到回答之后，便靠在背墙上睡着了。助手开始挥动手帕为老研究员驱赶蝇子。

他们在谈论着憨憨的事情。

自从憨憨成为万元户以后，自从憨憨披红挂绿，在肤施城的街道上走过一圈之后，他来杨蛾子窑里献殷勤的次数更多了。他除了为她继续担水、搂柴、搬石炭以外,还从肤施城里,为她买了许多时兴的衣服,夜里,闲来无事的时候,他常常在杨蛾子的窑里,一坐就是半夜。"他摸我的奶奶!他还要和我亲口口!"杨蛾子有些脸红地对侄儿说。

这种现象叫性骚扰。——这是杨岸乡新近从报纸上学到的一个名词。

盯着姑姑苍老的憔悴的面容,杨岸乡不明白,一个人爱一个人,竟能够爱得这么专一、这么持久。这事真使他有些感动。他知道姑姑还在惦念那个伤兵,那个也许永远不会再出现的人,对憨憨来说,生活真不公平。他想,憨憨之所以至今还挚爱着杨蛾子,是因为杨蛾子那年轻时候的面容,永远地留驻在他的心中了,所以他能够对她的苍老视而不见。他还想,在垂垂老之将至时,憨憨突然开始他的攻势,大约是觉得,他现在总算活得人模狗样了,腰里有了几个钱,这使他有了信心,觉得他们之间的距离在缩短,杨蛾子再也不是那么高不可攀了。

杨岸乡劝他的姑姑和憨憨搬在一起算了,这样,她也算有个归宿;再说,憨憨这样的求爱者也真令人感动。

但是,侄儿的话激怒了杨蛾子。她的神采飞扬的面孔突然之间暗淡下来、表情凝固下来。"憨憨是你干大,你在偏向他!"杨蛾子说。

杨岸乡见姑姑真恼了,赶快截住了话头。

杨蛾子这时候又想起她的哥哥。她说她的侄儿,是个不孝的人。杨作新平反的事她已经知道了,她这里说的是"搬埋"的事。一想到哥哥没有回到峁畔上的老人山,杨蛾子的心里,就空荡荡的。她把这责任归咎于杨岸乡,嫌他不重视这件事,没有把墓看好。

"你得把那一把烂骨殖找回来。夜个晚上,我听见他爬在官道上哭哩,他想上老人山上看父母,小鬼拦着,不让上!"杨蛾子说。

我们的杨蛾子还是当年闹红时的那一身打扮,头发剪成短帽盖,像个宣传员。她高挑的身材,整齐的短发,面孔依然白皙,脖子细长,上身穿一件对襟的衫子,底下的大裆裤,裤角用裹缠裹着。她的嘴里偶尔还会哼出那些闹红时期的歌谣。如果我们乍着耳朵细细地听,能分辨出里面的几句歌词:"红军队伍里人马多,哪个马屁股上还驮不下个我。"还有几句歌词这样唱:"自从那哥哥当红军,多下一个枕头少下一个人。"

这是那场因民国十八年大年馑而掀起的陕北大革命的历史的回声。这回声将像"崖娃娃"的回声一样,长久地盘旋在陕北高高的山峁上,或低回的沟壑里,回荡在后辈们的心中,长久不去。

老研究员本来还想在陕北延挨一些日子,但是后来不得不离开了。他离开的原因有三个。第一,万佛洞那个俊俏的女菩萨的人头,突然有一天晚上失踪了,按照管理人员的解释,对这个菩萨最感兴趣的正是那位老态龙钟的老头,因此,他无疑成为主要的嫌疑。尽管后来经过有关方面的查询,老研究员明显的是受了不白之冤,但是,这事毕竟令老研究员扫兴。第二件是,他再也收集不上民间剪纸了,有一个流言,据说这一张"抓髻娃娃"剪纸,可以从外国人那里,换回一台彩电。这事怪老研究员,因为他对这些剪纸所表示出的重视程度,令人疑心。也许,他真的不经意地说过,一位外国人,想用一台彩电,换取他珍藏的一张陕北剪纸,云云。第三个原因,我们前面说过,老研究员带来一位助手。如果这助手是男性就好了,遗憾的是她是一位女性,而且黑长袜,白裙子,十分年轻。于是不断地有人揭发,这位老者与这位可以做他孙女的年轻女性关系暧昧。陪同者杨岸乡认为,这大约属于但丁之于比阿特丽丝式的恋情,因此理解并予以宽容。但是社会不这样认为。他于是四处遭到非议。事情最后弄清楚了,这姑娘竟是他的妻子——最初是他的农村户籍的保姆,后来成为正式的妻子。这事据说在那个遥远的都市里并不止这一件。这种违反大自然规律的古怪做法,于是更加引起人们的非议。所以说,老研究员最后几乎是带着他的助手,逃出陕北的。

老研究员回到北京后,曾经酝酿了一个大的举动,准备带着他的陕北剪纸,连同他的研究成果,以及他的黑长袜白裙子的妻子,去参加在法国巴黎举行的万国博览会,以便将这些古老的中国文化介绍给世界,但是,就在他即将成行时,突然病故。

死前,他强烈地怀念丹华,这个带他进入迷宫的人,他认为这些剪纸艺术的最好的解释者应该是她。但是她已经不知去向了。于是,退而求其次,他想到了那个陪同他北巡陕北高原的陕北才子。这样,他留下遗嘱,委托杨岸乡代表他,去参加巴黎万国博览会。如果可能的话,再带上几名陕北民间剪纸艺术家,为博览会做即兴表演。

为了证实自己的清白,他希望杨岸乡在参加完博览会后,将他收集来的所有这些参展的剪纸,统统交博览会承办机构收藏,因为它属于人类的共同财富。至于那幅当年丹华送给他的毕加索式的剪纸,他则要求殡仪馆在焚烧他的尸体的同时,将这幅剪纸作为他身体的一部分,予以焚烧。

这样,杨岸乡便带了几位剪纸的陕北老太婆,去了一趟巴黎。

匆匆一个月后,这些民间剪纸艺术家们出国归来,带回了坐飞机引起的眩晕,带回了对那个世界大都市的一鳞半爪的观感,带回了诸如生黄瓜、生牛排之类西餐引起的胃病,带回了黑人木雕艺术家回赠给她们的玩具式的木偶,还带回了因为出了一次风头而产生的虚荣。

巴黎是个易于激动的城市。巴黎在为许多事情激动的同时,也为这个来自东方国度的民间剪纸艺术而激动。最民族的同时也是最世界的。东方天宇下那一块凄凉的高地,那一块散发着死亡气息与神秘气息的焦土,刺激了巴黎人的想象。对于艺术家来说,他们希望从这原始的艺术中找到超前的东西,他们在创造的途中感到了表现手段的不足,渴望变革,而变革又需要依托传统,哪怕这传统已经不是本来意义上的传统,那也无妨。而对于那些普通的市民来说,他们仅仅是受了报纸上连篇累牍的文章的吸引,受了那些用套色胶版印出的剪纸图案的吸引,走入展厅的。他们不懂得汉字,但是,那些表示阴阳交媾的种种寓意明显的图案,令他们得到了感官上的满足,令他们为沙龙谈话找到了一个话题,同时为自己散淡的巴黎生活方式,找到了又一个依据。

  展览会的高潮在于那些穿着大襟袄的陕北妇女的即兴剪纸表演。普通的红绿纸,再加上一把或小如旅行剪或大如裁缝剪的剪刀,那些农家妇女灵巧的双手,就会剪出各种图案。这些栩栩如生的各类花鸟人物,是齐白石式的大写意和毕加索式的冰冷线条的结合。

  "抓髻娃娃"的图案最受欢迎。当人们听说,这是中华民族的守护神和吉祥物时,所有的参观者都希望得到这么一只。当然那种手牵着手的一连串的"抓髻娃娃"最好。不过他们要这些农家妇女即兴剪的,他们认为看了这个剪纸过程以后,得到的这件创造物才更有意义。在得到"抓髻娃娃"的同时,他们为这些持剪刀的妇女出了个难题。他们希望能得到几只猫头鹰,猫头鹰是他们的吉祥物。这确实是个难题。因为在中国民间,猫头鹰是一个最不吉利的鸟儿,一个预告凶兆的鸟儿,据说听到猫头鹰的叫声,人就会死去,而见过一次猫头鹰,也许紧跟着就有一场灾难。诸种说法,令人们对这昼伏夜出的鸟儿,怀着一种本能的恐惧。这几位老太婆,都没有见过猫头鹰,也没有听到过猫头鹰的叫声,她们如今还好端端地活着，就是证明。但是，如何来应付目前的这个难题呢？

你应当相信创造的力量，相信想象可以填补空白。杨岸乡的一句提醒，艺术家们骤然之间省悟了，不就是猫的头，老鹰的身子么？

她们的家里都养过猫，案头炕边，时常厮混，而那天空飞翔的鹰，也不是稀罕的鸟儿，在家乡劳动耕作时，抬起头来望天，几乎总能望到它。

于是，第一个开始剪起来，接着，大家都会剪了，甚至，剪到后来，将厚厚的一沓纸放在一起剪，一剪刀下去，就可以剪几十只。剪刀奇妙地几旋，猫头鹰出来了，两只占据很大画面的圆眼，两只支棱起来的耳朵尖，埋在身下的小小的爪子，整个造型，颇似猫头鹰，又像农家那种椭圆形的瓦罐，删繁就简，脱形得似，惟妙惟肖，呼之欲出，既具有装饰画的特点，又由于在剪纸的过程中，杨岸乡讲起了肤施城的来历——释迦牟尼割肤施鹰的故事，从而使这些猫头鹰的身上，平添了一种宗教的色彩。

"猫头鹰"令所有的参观者折服，猫头鹰的剪纸造型，第二天就出现在当地报纸上。

这次展出成功的一半原因归结于杨岸乡。事实证明了，杨岸乡不但是一个学识渊博的学问家，还是一位应酬自如的活动家。当身上那些沉思的神经亢奋起来，活跃起来，开始运用于应酬时，他变得灵巧，有风度和妙语连珠。他在记者招待会上的答问，他在观展途中深入浅出的讲解，他和那些最严谨的研究家和最挑剔的批评家们的谈话，他和那些填补空虚而来的参观者们之间幽默的调侃，都表明了他确实是个游刃有余的角色。而当由于偶然的话题，涉及陕北时，他的拜伦式的叙述，简直使那些听众对那块高原，顿生心向神往之情。当然，他是以渊博的知识为后盾的，不独对陕北，不独对生养他的那个东方国度，他对法兰西，对巴黎的艺术界，对塞纳河和红磨坊，同样熟悉，我们知道，他的这种熟悉主要来源于书本，他在交口河造纸厂的那十年没有白过。

巴黎万国博览会用我们中国人的话来说，是一个无所不包无奇不有的大杂烩，世界上所有的珍奇，似乎都来到这里展出。而作为杨岸乡来说，除了自己的工作以外，对他最具有吸引力的，恐怕是来自匈牙利的那个什么兄弟马戏团的演出。杨岸乡的兴趣不在演出本身，尽管那穿着比基尼的姑娘的空中飞人很迷人，尽管那呆头呆脑的大象能博人一笑，但是，他的兴趣在于，匈牙利这个名字令他想起那个古老的家族故事，那两个风流罪人中的一个的故事，正是由于有了那掉队的最后一个匈奴，正是由于有了场边茅棚里的遭遇，才有了今天的这个他。这事想起来真是奇异。

演员们的或白或黄皮肤、黝黑的眼睛和黝黑的头发，以及他们脸上出现的那种吃苦耐劳的表情，表明他们的血缘中有一部分来自遥远的亚细亚。只是经历了黑海和里海的严寒和酷热，经历了长途跋涉疲于奔命之后，他们的黑头发变得柔软而弯曲，他们的黄皮肤因为交融的缘故已略显苍白，而性格中那种游牧民族的冒险和勇敢好斗的精神，在欧洲文明的熏陶下变得稍有节制稍为驯良。

杨岸乡望着露天舞台上的那些人们，他想着这些从远古走到今天的、成为各种肤色各个国家各个民族的人类，他觉得他们仿佛像顺着河床从远方奔来的淙淙作响的河流一样，时而交汇在一起，时而干涸以至变成潜流，时而汹涌澎湃仪态万方地前进。

杨岸乡在一瞬间，突然热泪盈眶。他以迷蒙的眼光望着正在走下台去的两个滑稽演员，在经久不息的掌声和一阵阵的口哨声中，他走到了后台。

他不知道是怎么搭上讪的。总之，他让演员们知道了他的身份，并且用不太熟练的英语和他们交谈。巴黎的每一立方空气都弥漫着浪漫，但是，他的这个关于最后一个匈奴的故事，仍然使这些艺人们惊讶不已。"这么说，我们是兄弟姐妹，两千年前的一桩罗曼史，造成了我们如今天各一方。这是一件多么不可思议的事情呀！"那位迷人的空中飞人，披着一件大西服，一边打哆嗦，一边说。

他有些想家了。想家的原因是，好久没吃荞麦饸饹羊腥汤了。不过，很快地，生活将用另一件事来填补。这即将到来的事情是一件重要的事情，它甚至较之杨岸乡的这次参加博览会本身，还要重要。

这就是丹华的出现。

许多朋友告诫作者，认为应当让丹华的倩影，在上了飞机以后，就此消失。他们担心生活会打发来另一个面目的丹华，来损伤作者业已为他们介绍的那个孤傲的独行侠形象。他们担心她或者一贫如洗，流落在异乡的街头，她的"门"字形的头发也已杂乱无章，而她那些服饰和表情，以及在街头踽踽独步的样子，会令人联想到女人所曾经从事过的那个古老的职业。而另外一些人则担心，她会择木而栖，嫁给一个富翁，成为富翁西装大翻领上的一朵胸花。她珠光宝气，她的戴满各种名贵戒指的手指，像陕北高原上那些大骨节病患者一样，而她的谈话每一口都会吐出一块金子，就像格林童话中的人物。总之，她将自己交付于社会，听任社会塑造，那个昨日的我们的丹华已不复存在。

但是朋友们是多虑了，丹华还好好地活着，并且依旧那么高傲和漂亮。因此，作者决定还是记录下她与杨岸乡的这一次邂逅。

她成为一名职业妇女。她穿着一件适合她气质和职业的短裙，一双长筒的黑袜，大西服。她的头型视时尚而定，一会儿是披肩长发，一会儿是小男孩头，一会儿还会烫成那种有些古怪的炮弹头，不过她最近的头型是两根辫子，这种辫子有时候耷拉下来，辫梢缀两朵花，有时候盘在头顶，用发夹卡住。她仍然有恒牙咬合在一起的习惯，这样腮边的肌肉便带上一种力量感和青春美，她这是不经意而为之，习惯使然，个性袒露，并非故意的造作，这一点需要特别说明。

她的英语和她的汉语说得一样漂亮。这大约是记者工作锻炼的结果。她是不是像她出国前所说的那样，到莱茵河畔，到泰晤士河畔，到塞纳河畔，模仿马克思主义经典作家沉思的目光，双手插进兜里，走了一遭，我们不得而知。我们只知道，她一定经历了许多的事情，这些事情也许得专门有一本小说来写她。

"我是××电信公司的记者，我想占用你半个小时或者再多一点的时间，和你单独谈一谈，做一次专题采访，好吗？"

正当杨岸乡没有任何思想准备地从后台走下来，向这个露天剧场的外边走去时，一位年轻女士挡住了他。女士用纯正的北京口音说了上面的话，并且递上了她的名片。

"丹华！"盯着名片，他狐疑地望了她一眼。

"其实，你应当注意到我的。记者招待会上，我好像比我的同事要活跃一些。而这座城市的那些介绍陕北剪纸的文章，很多就出自我的笔下。"

杨岸乡有些心跳。人生何处不相逢，这真是电光石火般地撞击。他们一起走向了人迹稀少的草坪，后来，走进了一家小小的咖啡馆里。咖啡馆外边的装潢十分豪华，里边，却尽量追求一种简朴、原始的趣味，墙壁是用没有去皮的白桦树堆砌而成的。按照店主人的介绍，这些白桦取自枫丹白露森林，也许，正是这些白桦，当年曾经给过印象派大师莫奈和雷诺阿以灵感。

"你刚才多么忧郁呀！呆呆地站在那里，仿佛一个走失于街头的孩童。我在一瞬间突然产生了怜悯之心。我想和你拉一阵话。我的工作任务已经完成了，剩下的时间由自己支配了。"这位女士说。

"我刚才真的很可笑吗？不过，我却不这样认为。忧郁对一个男人来说，有时候表现了一种深刻，一种天性的自然流露。但是，如果这种病菌传染给一位女士或小姐，那却是糟糕的，忧郁令她离年轻越来越远。"杨岸乡说。他委婉地为自己刚才的失态辩护，并且以攻为守，暗示这位故作轻松的女士，内心深处也是忧郁的。

"你很会说话。当然，我之所以找你，也是为了我自己，在雷鸣般的掌声中间，除了你没有鼓掌以外，还有一个人没有鼓掌，这就是我。不知你注意到了没有？可是我却注意到了你。我不明白自己为什么没有鼓掌，我知道在座的许多人本来没有鼓掌的愿望，但是他们都效仿旁人掏出了自己的手。而当看见你的时候，我突然产生一种欲望，我想结伴和你逃出这一片喧嚣，找一个僻静的地方，叙叙乡情。"这位女士说。

"是的，我也没有鼓掌。我在别人鼓掌时突然哭了。"杨岸乡真诚地说。

这样，在第一个回合中，他们打了个平手。也就是说，当终于坐在莫奈或雷诺阿的这间小屋时，谁也不欠谁的情，他们彼此都是为了寻找一种慰藉而来。

他们的话题转到了中国，转到了1989年夏季那场北京风波。但是，这个敏感的话题很快就过去了，因为他们开始谈起了肤施城。

他们大约是从仙人石开始谈起的。因为正是这个释迦牟尼故事，使世界上有了这么一座城郭。当然，如果没有这个故事，甚至没有释迦牟尼，没有佛教，那么也会有一座城郭的。设州造府是一件必然的事情，不过这城郭就不会叫肤施城了。除了谈论释迦牟尼之外，他们还谈到"长河落日孤城闭"这句话，这是范仲淹《渔家傲》里的一句，是他在镇守这座高原名城时写的。坐在这个散发着巴黎香水味儿的咖啡屋里，谈论起范仲淹，总叫人感觉到和环境有些不搭。

但是话题总不能停留在范仲淹身上。说穿了,这只是一种迂回,一种谈话的艺术,一种为进入纵深而事先酝酿外围气氛。至少,杨岸乡敏感地意识到了这一点。

果然,这位女士的话题中出现了黑寿山和平头这两个人物。

杨岸乡记得,在肤施城的日子,正是这两个人,对丹华表示了异乎寻常的关注,虽然他现在还不明白其间的缘由所在,但是,他们起码和眼前的这位女士是相当熟悉的。

于是杨岸乡谈起了黑寿山,谈起他的政绩卓著,谈起他的急流勇退,谈起他如今穿一件夹克衫,胸前挂一枚"中国老年书法函授大学"校徽的有些滑稽的样子。他从心里对黑寿山有一种深刻的依恋之情,因此谈话中充满了热情,这一点眼前的这位女士注意到了。杨岸乡接着又谈平头:"平头,也就是北京知青金良同志,他创造了一件怎样的业绩呀!他用了整整八年时间,使一处荒沟秃山,变成了百里绿色长廊。那简直是魔术师的杰作。"

"他还是单身吗?"女士问。

"不,他结婚了!"杨岸乡顺嘴答道。说话的途中,他用深刻的目光看了这女士一眼,好像是窥见了她心中的一桩秘密。而女士也一改刚才的偶尔失态,重新平稳下来,她瞅了杨岸乡一眼,好像说,即便有一段感情,那也是前尘往事了。见状,杨岸乡继续说下去。他谈到平头怎样找到了那个穿着短袖、有着胖胖胳膊的北京知青,两只单人床怎样拼到了一起,谈到了他们所生的小女孩,并且谈到,平头现在成为肤施市驻京办事处主任的事。

"很好!"女士呷了一口咖啡,淡淡地说,"这正符合生活的逻辑!"

说这话时,她的脸上出现了一种马的表情。

这种表情突然刺激了杨岸乡，令他想起交口河小吃店的事情，令他想起那个如今掩埋在杜梨树下的小精灵。其实，当他们来到咖啡馆，共同坐在一张桌子上的时候，杨岸乡就断定，他见过眼前这位女士的，只是毕竟间隔了那么长时间，毕竟异域的风格使眼前的这位女士改变了许多，因此他的记忆是模糊的。然而现在，当女士那高贵的、超凡脱俗的表情突然闪电一般从她脸上掠过时，他一下子记起来了。于是他一改刚刚彬彬有礼的态度，再也不能自持了。

"我们认识，丹华！还记得一个叫交口河的陕北地名吗？那里有一个小吃店，卖着一种叫'高粱面饸饹羊腥汤'的吃食。"

"你是——那位——男顾客！"

"是的，正是我，坐在窑掌的那位！"

"用一双没有礼貌的眼睛盯着我看的那位！"

"又和你一起埋葬那个浑身沾满麦鱼儿的小女孩的那位！"

丹华的举着咖啡杯的手在半途中停住了。隔着桌子，她眯起眼睛，凝视着眼前的这个男人。那天，她其实并没有认真地看这个男人一眼，不过她博闻强记，有一种过目不忘的本领，因此，她还是记住了他的面部特征。此刻她凝视了很久。她终于断定了这确实是他。

"今天，你穿了一身白西服，上口袋里还插着一束花。而那天，你穿了一身工衣，而且，好像你的身上，有一种耗子，哦，老鼠的气味！"

"是的，有一种老鼠的气味。不去提它了，那是一个凄楚的故事！"

他们突然觉得他们之间离得这么近，至少作为杨岸乡是这样感觉的。而当他看到丹华的眼睛突然变得湿润时，于是所有的客套都消失了。他们原来曾经是故人，尽管是在那样尴尬甚至狼狈的情况下相识的。他们谈起了那个饕餮的小女孩，谈起了那幅毕加索式的剪纸，谈起了当六月的最后一天时，日落时的树荫恰好指着小女孩的坟墓，谈起了那位老研究员。

他们开始像两个偶然相逢在小酒馆的陕北佬一样，热烈地交谈起来。不知道是由于他们的提议，还是招待员的主动，不知什么时候，咖啡换成了啤酒，后来又换成了亚洲人的那种白酒。杨岸乡感到自己的面孔发红，眼神也开始变得大胆而热烈。他注意到了丹华也和自己差不多。

杨岸乡将那件最重要的事情，放在最后来说。这就是那个《最后一支歌》的故事。他告诉丹华，正是这个伴随着一只蝴蝶飞来的手稿，改变了他的命运。他开始叙述那个炎热的高原中午，叙述由《最后一支歌》的发表所引起的一切。他还由于他一直身不由己地用着"花子"这个笔名而深表歉意。

这接踵而来的许多事情，在这短暂的相会中一齐涌向丹华。一想到也许由于一时的怯懦或矜持，没有上前去主动搭讪杨岸乡，那样她将会失去这些时，丹华真有一点后怕。

如果说，前面所说的一切，毕竟还只是一些身外的事，毕竟还可以使这位精明干练的女记者不至于难以自制的话，那么，当杨岸乡将这件事告诉她时，她惊呆了，她好久才说出一句话，这句话是："生活，你是一个魔术师，你远比一个小说家的想象更为丰富和合理。"

"那么，你现在在事实上接替了我的笔名，接替了我的那个研究所的职业。而这一切，本该由我来完成的，可是，我却逃脱了。既然我逃脱了，那么，正如马克思所说的，历史为了体现出它的意志，它将塑造出另外的使命人物来，是这么回事吗？大约是的。但是，你必须明白，我是无法完成生活摊派给我的角色的。我缺乏耐性，我不能承受那苦役般的人生，我只是一个过路客，对陕北高原来说如此，对整个世界来说亦是如此，我是一个注定了要永生漂泊的女人。"

"我没有这个意思。我只是想有一天找到你，能向你做出合理的解释。应当受到责备的是我。但是，我的解释却产生了这样的效果，这使我很惶惑。"

"我们本身就生活在一个惶惑的世界上。"丹华说。

他们大约都已经半醉。因此，当走出这间咖啡小屋的时候，他们互相搀扶着。

"我一直单身。你呢？"丹华说。

"我也是！"杨岸乡回答。

"那么，我们都是自由的。杨岸乡，你愿意陪我度过这个夜晚吗？如果你走了，只剩下我一个人的话，我想我会彻夜不眠的。"

"我也是！"杨岸乡热烈地说，"我所以迟迟没有结婚，也许就是为了等待这一晚！我所以来到人间，也许就是为了经历这一晚！"

他们热烈地拥抱在一起了。

巴黎是一个浪漫的都市，埃菲尔铁塔上的霓虹灯，将塞纳河的波涛照耀得忽明忽暗。河流的岸边长着一行一行的梧桐树，这些梧桐树令叙述者的我们想起在这个长故事中，黑寿山沿着友谊路一路行走，数着那古城的101棵法国梧桐树的故事。

在拥抱的途中，丹华腾出一只手，招了招，挡住了一辆出租。

这天晚上，在丹华的住处，他们度过一夜。

对杨岸乡来说，这是刻骨铭心的一个夜晚。他感到他在思想上和他的作品中酝酿了太久的感情，都是为这一夜准备的。他因为痛苦而感到欢乐，他因为欢乐而加倍的痛苦。在接受丹华的爱抚的时候，他将嘴对着丹华的耳边，喃喃地说，自从他在交口河小吃店遇到她以后，他再也不能够忘记她。他当时感到他和她是多么遥远。

而他在这以后所从事的那些残酷的案牍劳动,从某种意义来说,也许就是为了某一天,终于能够平等地和她对话。说到这里时他哭泣起来。而哭泣之后则是更疯狂地爱抚她。在那天作之和式的做爱中,他有一会儿觉得他亲爱的人儿像一个圣母,那么温柔、宽容和善解人意,有一会儿又感到她是一个名副其实的火热的情人,或者入乡随俗,用巴黎的话说叫"荡妇",而当风暴平息之后,他感到她像他的天真烂漫的女孩,环膝而坐,让他在一瞬间感到征服者的威严。

那些热烈的无忌无讳的情话正是在这会儿说的。杨岸乡告诉丹华,他曾经遇到过几个女人,他虽然是单身,但这不是第一次。而作为相应的回答,丹华告诉他,她也有过许多男人,这在西方世界是普遍的事,不过她与男人的交往,有个前提,逢场作戏,分手就散,双方以互相取悦为目的,如果再加上附带的条件,那对双方都是一件可鄙的事情。杨岸乡听了,相信丹华说的"她有过许多男人"这句话,因为她在床上有着娴熟的技巧,他还明白,他们这只是一夜风流,丹华的话语里暗示了这一点。

他们第二天一早就分手了。

经过这一夜,所有的感情都冰释了,他们在分手时都稍稍有一点灰色情绪。丹华又成为精明干练、操一口英语的女记者,而杨岸乡则恢复得彬彬有礼,面孔严肃。

"这就是过程!"女记者感慨地说,"幸福和欢乐仅仅存在于过程之中。过程结束了,你得到了什么,我又得到了什么?"

临分手的时候,丹华拿出她的一点积蓄,装进一个大信封里,要杨岸乡带给黑寿山。

"他是我的父亲!"丹华简短地说。

"我猜到了。还有什么话捎给他吗?比如说,你的情况……我必须给他有个交代才对。"杨岸乡说。

"我很好，既不贫穷也不富裕，既不充实也不空虚，既没有过去也没有未来，仅此而已！"

杨岸乡的巴黎之行结束了。在临离开巴黎之前，他按照名片上的电话号码，给丹华的住处打了个电话，电话里有一个声音说："丹华不在，有什么话请留下来！"于是，杨岸乡对着电话说，他永远记着丹华，他永远站在故乡的土地上为她祝福，他永远注视她的远去的背影。打完电话后，兴犹未尽，他又给她供职的那家电讯公司挂了电话。丹华果然出差去了，电话中，丹华的一位男同事说，巴勒斯坦解放阵线执委会主席阿拉法特，在出访中东某国时飞机失事，丹华赶往那里采访去了。

第三十一章

那个风行于20世纪30年代的,以产业工人和失去土地的农民为主体所掀起的陕北大革命,不论它将来的结局如何,或垂之久远,或风行于片刻,那是历史的事。我们在这里更关注那些革命者的故事,那些类似于法国烧炭党人或俄国十二月党人的故事。他们那些可歌可泣的故事,那些奋不顾身的献身,将载入人类的编年史中去,载入高原的编年史中去。

对于刚刚经历了用血和泪写出人类历史上这最壮丽一页的这一代人,必须给予更崇高的东西。如果做不到这一点,我们将欠下20世纪一笔债务,欠下我们的父辈们一笔债务。

我们的故事选择在吴儿堡结束,正像它从那里开头一样。选择在那座老人山上,选择在当年那牛踩场的地方,选择在那棵曾经拴过马的杜梨树下。在明亮的唢呐声中,在人群的簇拥下,杨作新和荞麦的灵柩,将在这里下葬。

我们记得，远在杨岸乡接到父亲的平反通知时，就曾经只身一人，在肤施城附近那座荒山上寻找了好一阵，而在后来和黑寿山的讨论中，又多次提到寻找父亲尸骸的事。但是，时间之手只用短短的几十年的光阴，就将一切都抚平了。也许，它抚平得有理。老百姓说"哪里黄土不埋人"，既然他躺在这里了，并且与他诚实的妻子为伴，那么就让他安安宁宁地躺在那里吧，不要去惊醒他的酣睡，不要让亡人来打搅活人的安宁。但是，杨蛾子不答应。记得她曾经向她的侄儿表达了自己的这一思想，而从这以后，她更是时时聒噪这桩事情。"杨作新么，他夜夜给我托梦，满脸是血，在官道上走来走去。他抱怨说没有一个地方收留他，他说他的亲人们也不管他了！"杨蛾子活灵活现地说。

杨蛾子的话终于引起了一个人的重视，这个人就是我们的憨憨。这位过于年迈的骑士在听了心上人的唠叨以后，想到了那个号称陕北灵根的白云山。

白云山在陕北人的心目中的地位，我们已经有所耳闻。而毛泽东白云山抽签的故事，仅仅是属于白云山的那些神奇传说中的一件而已。这样，憨憨便蒙着个羊肚子手巾，拄了根枣木拐杖，迈着老年人的步子，上了趟白云山。为了表示自己的虔诚，他从自己的一万元存款中拿出一千元，作为布施，放在了真武祖师的膝盖上。他接下来长跪不起，希望无所不知无所不能的白云山祖师显灵，满足他的情人的这点小小的要求。他从此不再成为万元户了，但是他没有一点心疼的意思。

憨憨的虔诚令这些不食人间烟火不具备七情六欲的道人们也为之感动。他们开始敲响那只挂在台榭上的大钟。暮鼓晨钟，这只大钟只有当太阳从黄河对岸的山峦上冒红的一瞬间，才能敲击的，但是他们给了憨憨一个例外。

钟声当当地响着，轰鸣在苍茫的陕北大地上，越过一架山峦又一架山峦，跨过一条河流又一条河流。他们说如果那地下的亡人具有灵性的话，他一定听到了这召唤的声音。

这样，钟声罢停，憨憨带了一个道童，离开了白云观，回到吴儿堡。在吴儿堡作了一阵短暂的停留之后，一条毛驴，驮着杨蛾子，他们来到了肤施城。

远在肤施城的杨岸乡，也听到了这令人神清气爽的钟声，因此对这一行冒昧的来访者，并不感到意外。杨岸乡还引荐他们，见了黑寿山。

黑寿山已不再负责，因此，他对这种民间的活动也没有提出什么异议。自从杨岸乡的巴黎之行，带回来一个信封，带回来了丹华的确切的消息后，这位老革命已经好长时间没有按期邮寄他的书法函授大学的作业了，他开始处在一种老年人的怀念中。最初，他将那只信封扔到了地下，他说他要的是女儿，而不是别的；当杨岸乡解释道，这其实是女儿的一点孝心时，黑寿山才又接过杨岸乡捡起的信封，他将这些像宝物一样地珍藏起来。黑寿山试着按杨岸乡提供的地址和电话号码，给巴黎挂了几次长途，但是，电讯公司回话说，丹华小姐已经另有高就，离开这家公司了，她去哪里，无从知道。

黑寿山也随杨岸乡，把杨蛾子叫作姑姑。他要杨岸乡在寻找墓茔的时候，也叫上他去。他当然从心底里不相信这种迷信的做法，但是他想尽尽自己对杨干大杨干妈的一点心意。就感情而言，他认为他对这两个人的感情，甚至要超过他们的亲生儿子杨岸乡。

是一个高原的早晨，一个丽日蓝天的早晨，他们登上了肤施城外、清凉山背后的那座山岭。

站在山顶，一座座奇形怪状的山，莽莽苍苍，拥拥挤挤，尽收眼底。太阳刚刚升起来不久,它柔和的光线照耀着静静的高原。空气十分清新,能见度很好,几朵棉絮般的云彩,在深不可测的苍穹之上停驻着。

道童跪下来,从那只肮脏的黄挎包里拿出一撮香,辟出三根,然后用火柴点着。立即,袅袅白烟从三根香头上飘起,一股淡淡的香味在四周弥漫开来。

道童小心地用另一只手,将跟前的黄土团成一堆,然后将三炷香,一支一支,细心地插在小土包上。

道童用目光示意,跟在他后边的这一拨人跪下来。于是,他的身后,扑扑通通地传来一阵响声。最先跪下的是杨蛾子,膝盖刚刚落地,"哥哥呀,苦命的哥哥呀,你狠心丢下我早早走了的哥哥呀"的哭声,已经起了。最后一个跪下的是黑寿山,他的身份使他觉得自己不应该跪,当年,他的母亲黑白氏死时,他也只是鞠了三个躬而已,但是,在这种场合,在道童那具有震慑作用的目光的催促下,在杨蛾子的那抢天号地的哭号声中,他不禁双膝一软,跪了下来。

他们行的是三奠六揖九叩首的大礼。祭奠用的是一种廉价的白酒,这仍然是道童从那个黄挎包里掏出来的。他细心地将酒成一个横线洒在黄土上,随着酒的落地,黄土上溅起一些泡沫。

酒过三巡,祭奠完毕,道童挥了挥手,要身后的这些当事人起身。"礼到为止!"他说。道童将瓶子里的酒,仰起脖子,咕嘟咕嘟喝了两口,剩下的,全部倒在了一卷黄表上。然后,掏出腰间的宝剑,将黄表挑起,扎在宝剑头上。

他挥舞宝剑,作起法来。

"杨贵人,你听见那滚雷一样的钟声了吗?你不是日夜想回到吴儿堡、回到老人山去吗?我们这是来叫你,破费钱财,鞍马劳顿，孝子用诚心，亲人用眼泪，召唤你回去。你若有灵，你就应了，乖乖地跟我们上路，你若无意，你就照旧做你的游魂孤鬼，只是，今时今日之后，你就不要再打搅阳间了！"

道童神色肃穆，满脸虔诚，在念念有词之际，将那宝剑尖上的一卷黄表，点着了，摇了摇，待纸烧旺时，宝剑猛地一挥，黄表离了刀尖，向空中飞去。

有徐徐的小风吹来，这风也许是燃烧的香表带来的，也许不是。只见黄表在他们的头顶，徐徐地飘了一阵，燃烧了一阵，最后变成了一团灰烬。

这团灰烬没有散开，而是像一个小小的黑色的降落伞，自山顶，自他们站立的地方，停停走走，摇摇摆摆，向山底下飘去。

道童倒提着宝剑，举眼向天，看着这团灰烬，拖着一双百纳鞋，磕磕绊绊地跟着跑，一直向山下跑去。

"杨贵人，我们寻你来了！"道童边跑边喊。

刚才，杨岸乡对着头顶飘过的那炫目的火光，死眼看着，因此看得眼睛有些花，头也有点晕。恰好，有一团灰烬落下来，落进了他眼里，他揉了揉，这样，视觉便有些模糊，眼前飘过金星阵阵。因此，当现在眼光跟着那顶黑色降落伞，跟着道童磕磕绊绊的步子时，他突然看到一幅景象。

在党史教科书中，在领导人物的谈话中，曾经不止一次地说过这样一句话，这句话就是：陕北为中国革命付出了太多的代价。是的，亲爱的朋友，这不是一句普通意义上的溢美之词，这句话不光有它字面上的意思，还有它实际的内容。从土地革命到解放战争结束，按平均计算，陕北每户家庭为中国革命付出了一个亲人的代价。这或者是妻子的丈夫，这或者是母亲的儿子，这或者是将牛锁停在地头、从此再也没有回来的庄稼人，这也许是投身革命即为家的杨作新这样的读书人。革命造就了多少个寡妇，陕北的哪一个山村，没有传出过"自从哥哥当红军，多下一个枕头少下一个人"这样的凄凉歌声，而在有些号称是"寡妇村"的村子里，这种歌声是以女声合唱的形式进行的。你去问问那长夜不灭的麻油灯吧，问它陪伴了多少个寡妇辗转反侧的夜晚；你去问那"多下来的枕头"吧，这枕头哪一天夜晚不被寡妇的眼泪泡得快要漂起来。

这就是陕北，20世纪的陕北，庄严而又苦难的革命行程中的陕北。这种痛苦的感觉将长久地印在高原上，印在白发苍苍的母亲的脸上，印在每一个寡妇每一个孤儿的心中。当他们以哀婉的歌声在怀念和祭奠他们的亲人的时候，原谅他们的脆弱吧，他们曾经坚定地活过来了，活到今天，他们在最初的日子里，曾经抱着丈夫的人头或者父亲的人头走过三十里山路而没有倒下，因此他们现在有权利痛哭。

我们的杨岸乡看到了。他看到了在黑色降落伞飘过的山坡上，一个接一个地堆着许多的石头。这些石头有圆的，有方的，它们或者横卧在地上，或者被歪歪斜斜地竖起来。这些石头上都用毛笔匆匆地写下如下字样——"战友小王牺牲于此""陈连长，江西人，死于此""三班长牺牲处""机枪手大个刘牺牲处""甘肃人老郭牺牲处"，等等。

黑色的降落伞在继续飘着，掠过山坡。黑寿山的充满感情的声音，在杨岸乡的耳畔响着。黑寿山说，七天七夜保卫战中，这架山坡，当时是一块侧翼阵地，但是，战斗同样很激烈，我们的尸首，敌人的尸首，摆了整整一架山坡。死了许多的人，死了许多的战友，死了许多的结过婚和没有结过婚的青年士兵。

听到黑寿山的自言自语，杨岸乡明白了，他看到的不是幻觉，而是真实的存在，不过这已经是许多年前的事了。"跑反"结束后，他随保育院的孩子，重返肤施城，他记得，他在一个假日的时候，来这里为双亲扫墓的情景。在那满架的山坡上，四处摆着这样的大大小小的石头，这是那些重新占领肤施城的解放军战士摆的，他们撤走的时候只记得自己的战友死在这一块位置，尸首摆在这一块位置，如今，当他们打回来的时候，山坡已经变得空荡荡的了。于是，在假日的时候，在清晨或者黄昏的时候，他们从延河岸边，悄悄抱来一块石头，放在这个位置，寄托他们的感情。

是的，山坡上摆满了石头，简直没有人下脚的地方，而在那石头与石头之间，一片一片黄色的野菊花开得多么热烈。一个小男孩跳跃着，从这些石头上跨过去。保育院《识字课本》上学过的字，足可以使他认得这些石头上的墨迹的。他很好奇，他那时候还不懂沉重，他用清脆的童音一个石头一个石头地念过去，最后一直走到他的父母——杨作新和荞麦的双头墓前。

但这些都是遥远的往事了。它闪电般地划过杨岸乡的沉沉记忆，又闪电般地离他而去。眼前仍然是黑色的降落伞和追逐它的道童，眼前依然是那座梯田状的平俗的山坡。杨岸乡不明白，那些石头都到哪里去了，或者被山水重新冲入了延河，或者在时间的流程中变成了粉末，或者被割草的孩子捡回家去用来磨镰刀了，或者在农田基建中被用作了这些反坡梯田的堤堰？总之，它们消失了，消失得仿佛它们不曾存在过一样。

那团黑色的降落伞，在半山坡的一块洼地上，落了下来。

道童走到跟前，停顿了一下，看它会不会重新飞起。但是，它纹丝不动，牢牢地停在那里了。于是，道童顺过宝剑，从这团灰烬的圆心部分，扎下去。

"找到了，就在这里了！"道童转过身，朝山顶上喊，"雇人来挖吧，就在这儿，没错！"

这天下午，他们雇了几个工人，然后顺着宝剑扎下去的位置，一直挖下去。埋得并不深，或者说是由于后来农田基建的缘故，土层被起浅了，总之，当挖到一米深的地方时，出现了棺木。两个棺木是并在这一起的，这叫"并葬"。棺木打开了，两个亡人已成白生生的骨骸。其中一个天灵盖碎了，这打消了杨岸乡的最后一丝怀疑，明白了这正是当年他的碰壁而死的父亲。

这时候发生了一件怪异的事情。这事情至今还在肤施一带流传着。传说，在男主人公的两腋下，在那白生生的骨骸中间，卧着两只蟾蜍。蟾蜍是书面名词，在陕北人的口语中，它叫癞蛤蟆。它们是如何出现在这密封的棺木中的，这是一个谜。不过，杨作新的灵魂不得安宁，一定是因为他的两腋被胳肢得难受的缘故。而老乡们则进一步解释说，杨蛾子之所以一直长久地沉湎于谵想，杨岸乡之所以历经百劫，以至这个吴儿堡家族多灾多难、难以发迹，皆是这癞蛤蟆作祟的缘故。这当然是俚语村言，不足为凭。那么，蟾蜍是怎么进去的呢？原来，穿山甲穿透了棺木——穿山甲嗅到那些柏木的气味，立即就会逃走，这就是老人们希望得到一副柏棺的原因，而杨作新的棺木是柳木的，这一点我们记得，所以穿山甲毫不犹豫地立即洞穿了这薄木棺材，以便吃到里边亡人的脑浆，而等穿山甲离去后，蟾蜍便从这个洞中钻进来，将这里当作了它们的凉爽而又潮湿的下处。

蟾蜍全身疙疙瘩瘩，呈黑褐色，仿佛鳄鱼一样的皮肤，十分丑恶和肮脏。在此之前，它们大约还在沉沉的梦中熟睡，现在，皮肤感觉到了阳光的刺激，它们醒了过来。翻开白眼，看了看围在一旁惊慌地看着的人们，它们互相捅了捅，挪动身子，想要逃去。

道童没有让这一幕继续下去，他用宝剑的尖儿，将两只蟾蜍挑了出来，扔到了地上，然后，又让人砍来些狼牙刺和半干的蒿草，架起火堆，将蟾蜍烧掉。

随着那火焰哔叭叭爆响，黑烟升腾，立即，一股难闻的味道，弥漫了整个山坡。蟾蜍身上有油，因此，火势很旺。

最后，火慢慢地熄灭了，蟾蜍也被烧成黑炭。道童端起铁锨，将灰烬洋洋洒洒地撒在山坡上。灰烬铲净后，地下留下一摊乌黑的油腻腻的痕迹，那是蟾蜍的毒汁。

这个小插曲结束以后，在如何搬埋的问题上，他们听取了憨憨的意见。

憨憨认为，搬埋老人是一件大事，按照乡俗，它不亚于抬埋老人，因此，需要做一些准备工作，例如箍墓、打碑、打石桌、过事情这些，要不，既对不起老人，四乡八里的也会笑话的。所以需要从容些才对。反正墓已经找见，不怕它会重新飞了。

这样，他们将尸骸重新埋好，又给上边堆了个大大的土包。为了稳妥起见，第二日，杨岸乡又拿来一个塑料袋，里边用纸片写上双亲的名字，扎好袋口，埋进土里。继而，道童自回他的白云山向道长复命，而杨蛾子与憨憨，在肤施城里转了几圈以后，谢绝了杨岸乡与黑寿山的挽留，仍然是一个骑驴，一个牵缰，颤颤悠悠地绕着山路回了吴儿堡。

杨蛾子回家不久，捎回话来，她和憨憨结婚了。

经历了这一场以后，杨蛾子仿佛大梦初醒，变得灵醒了。是不是应了蟾蜍的那个迷信的说法，我们不知道。我们只知道，杨蛾子突然之间，混沌的心里，变得清澈明朗。她忘掉了伤兵，开始真诚地爱上了憨憨。她心中那种好高骛远的想法，那种浪漫而又固执的念头，开始消失。她觉得憨憨很好，足以配过她，而他的那种专一就是铁石心肠的女人也会为之动情的。因此，在一个普通的夜晚，当憨憨又叼着烟袋，圪蹴在她的炕头时，她告诉他说：今黑个不要走了，咱们搂怀怀睡觉。"搭伙计搭在大门口"，看来，这个歌儿是有些道理的。

在捎话的同时，她还捎来了那块怀表，委托杨岸乡将它送到革命纪念馆去。这样，那块怀表后来便在纪念馆作为文物展出。

随后，在吴儿堡，便由憨憨督工，开始箍墓，开始凿造石碑、凿造供桌。憨憨自己已经老了，干不动这些石活了，这些石活是由他的那些徒弟们做的。有憨憨督工，所以这些石活做得很细。自从憨憨干不动活了以后，他的这门手艺并没有失传，手艺由这些弟子们继承下来了，吴儿堡的袖珍石狮子、袖珍石龙柱，声名远播，村中不少人家成了万元户。

供桌叫"龙凤桌"，桌面上刻着双双碗碟，碟里盛着鸡鸭鱼肉，而在桌子的两侧，刻着一副现成的对联，一面是：儿哭一声惊天动地，一面是：女啼三声五神落泪。两位贵人入土之后，这供桌将永远地摆在他们坟前。

石碑亦称"龙凤碑"，正如供桌称为"龙凤桌"一样，因为这是一个男女主人合葬墓的缘故。石碑上额一个大大的"奠"字，两旁各刻一龙一凤。龙凤碑中间的字，却不能随便乱刻了，这得看主孝杨岸乡的意见。

话捎到肤施城后，杨岸乡和黑寿山坐着小车，回了一趟吴儿堡，一则为碑上的字，二则庆贺杨蛾子与憨憨的珠联璧合。

庆贺之事不必说了，碑上的字，杨岸乡考虑了很久，为他的父亲杨作新想起一句话来，这句话叫"他陨落得如此辉煌"。黑寿山十分同意杨岸乡这种革除旧习的想法，他认为这句雄壮的诗句正可以概括杨作新。

无独有偶，黑寿山也为他的干妈荞麦，想了一句，这一句是："她生存得如此平易。"这句话也得到了杨岸乡的同意，他认为一阴一阳，一张一弛，互为补充，相得益彰，确系透彻深刻的语言。

碑子的背后，他们也取得了一致的意见，那就是将杨作新与荞麦的生平，各占一半，凿刻上去。

字是黑寿山直接用笔、悬肘写到碑上去的。写好以后，石匠照着墨迹去刻。老年书法函授大学的学生，真草隶篆都蛮像那么一回事。

红白喜事都是喜事。更兼这是搬埋，因此，整个工作的过程中都有一股欢快的气氛。当石碑与石桌全部刻好，坟墓顺利地箍好，杨岸乡为这些石匠开工钱的时候，石匠们诙谐的性格和他们的职业语言，惹得在场的人都忍不住发出笑声。

石匠们坚持不要工钱。憨憨对杨岸乡说，不要工钱，在理，但是"花红"是要的，不要坏了规矩，"工钱没多少，花红喜钱不用搞"，给他们每人四块"花红"吧。见杨岸乡有些发呆，憨憨就从杨岸乡手里接过钱。

憨憨接过钱，给每个工匠跟前放四块，一边放一边用年节时唱秧歌的调子唱道："我给你放个四季发财！"匠人们看着这钱，只收两块，将那两块用手背推给主家，口里依然用同样的调子唱道："我收下你一个两人相好！"说完以后，主家和匠人，拍掌大笑，算是双方都有面子。后来工匠们一人叼上一支香烟，带上一应家什，离去了，说好有需要帮忙的事，再吭声。

搬埋的事情选择在秋天。

杨岸乡用了一个小小的柏木匣子，将父母的骨骸装进去。"父亲母亲，咱们回家吧，儿子要亲手扶你们上老人山！"杨岸乡说。

肤施市委和市政府，十分重视这件事，认为对这位陕北早期的共产党员，理应为他举行一个隆重的迁坟仪式，为死者正名，并借以激励生者。市委书记白雪青同志建议，将杨作新埋入革命烈士陵园，以志永远纪念，但是，杨岸乡正像上一次拒绝黑寿山一样，这次也拒绝了白雪青的建议，这样肤施市委市政府，便在那架山坡上，由白雪青主持，举行了一次公祭仪式。成群的少先队员，挥舞着花束，向这位故世的革命者致意。在哀乐声中，白雪青宣读了肤施市委组织部下发的那个文件。这个文件我们先前曾经谈过，因此这里不再赘述。公祭仪式结束后，小木匣子被装上卡车，下来就是民祭了。

卡车缓缓地向吴儿堡驶去。它走在杨作新曾许多次走过的那条从吴儿堡通往肤施城的道路上。驾驶室里坐着杨岸乡和黑寿山。黑寿山的几个虎头虎脑的儿子，坐在车厢里压车。而在路的另一头，在吴儿堡，杨蛾子憨憨，以及吴儿堡家族的所有的人，都站在村口迎候。憨憨的手里拿着一串鞭炮。

窗外的景色真好！

正是秋天，诗人们笔下的陕北八月天。在陕北，这是一年中最美丽最富饶的季节。唯有这个季节，高原才一改往日的吝啬，向人们宽厚无私地奉献出果实和收获。八月的高原，一个一个大馍馍一样的山头，一块一块，一条一条，被长在它身上的田禾涂上各种颜色。糜谷是黄灿灿的，高粱是红彤彤的，荞麦是绛紫色的，玉米亮开金黄色的肌肤，烤烟敞开青油油的胸脯。五彩斑斓的秋色，错落有致地填满了沟沟壑壑，山山湾湾，川川畔畔。轻风刮过，庄稼的穗子在摇曳，叶片在碰撞，发出沉甸甸的鸣响；而立即有一股甜蜜的气味，弥漫开来，从汽车打开了的窗户吹进来。田野上最后几株迟开的向日葵，也是黄澄澄的，远远看去，十分醒目，像少女的黄裙子在灼灼燃烧。

向阳的地块现在已经开始收割了。受苦人大约是从那瓦灰色的黎明开始，就起身上山了。现在，在高高的山峁上，一家人聚成一摊，围着饭罐，正在歇晌。不安生的孩子，在崖畔上、坡圪上、枣刺窝里窜着，摘着山果。疲惫的汉子仰面朝天，躺在割倒的糜谷上，伸展着自己酸痛麻木的腰。会过日子的婆姨，即便在这短暂的歇息中，也忘不了干点什么，地头上长满了一嘟噜一嘟噜的小蒜，她用手指剜着，准备用这菜下一顿给男人下饭。汉在喊婆姨，婆姨走了过去。"不要胡来，孩子在跟前！"婆姨警告说。但是婆姨是多虑了。原来，汉看见了婆姨头发上沾着几颗苍耳，他坐起来，把婆姨的蓬乱的头搂在怀里，开始笨手笨脚为她摘着。草草地休息一下，便又开割了，田野上便又出现了镰刀的沙沙声和庄稼叶的沙沙声，并且夹杂着收割者那丰收的喜悦和劳累的叹息。

一片一片庄稼割倒了。一簇簇火炬般的红高粱簇起来，一行行金黄闪亮的糜谷拥起来，一扇扇绛紫色的荞麦码起来。这就算收割完毕了，下一步，就是等冬闲时节，在这地头上起一块场，碾打了。那时，火烧连枷将呼啸而起，牛群、羊群也会被赶来踩场。

突然响起了噼噼啪啪的鞭炮声，接着几十杆唢呐一齐长鸣，卡车已经开进吴儿堡。

在那架高高的老人山上，在杜梨树的树旁，他们安葬了杨作新和他的妻子荞麦。他俩现在可以安宁地休息了，可以和一代一代的人们团聚了，在他们的头顶不远的地方，那两个遥远年代的风流罪人，正在守护着他们，而那棵高高的杜梨树，顶天立地，为这一块安息之地遮风挡雨。

那块"她生存得如此平易，他陨落得如此辉煌"的石碑，立在双头坟的中间，那只龙凤桌，安放在坟前。

整个搬埋都十分顺利，唯一一件值得一记的，是在"领牲"时发生的一件事。

"领牲"是搬埋或者抬埋时必须进行的一项仪式。总管牵来一只羊，放在供桌前，请求亡人来领。什么时候羊打上一个冷战，这就说明亡人已经有所感知，他领了牲了，他的灵魂附在羊身上，得以超度了。如果羊迟迟不肯打战，那就只好给它身上泼凉水，给它耳朵里灌凉水，强使它打战，以便结束这项仪式。

杨作新和荞麦的陵前，总管牵着羊，一声吆喝："是不是放心不下儿子？你咋领了！"

陵前的所有戴白孝的儿子辈、孙子辈，戴黄孝的重孙辈，戴红孝的重重孙辈，一齐叩头，嘴里喊道："你老咋领了！"

羊纹丝不动。

总管又喊："是不是放心不下你妹妹？你咋领了！"

众孝子跟着再叩一个头，喊一声。

羊仍然不动。

吴儿堡家族的这一门，人丁不旺，事故不多，因此，喊完儿子和妹子后，总管没诀了。他不知该再喊什么，于是想从头再喊。

这时，杨蛾子突然记起了圈窑的事。当年，父亲杨贵儿临死前，给杨作新托付下两件事情，真难为哥哥了，他还记得。

杨蛾子走向前去，她说："哥哥，你莫不是还记着圈窑，怕见了'大大'后不好说。这事，有杨岸乡，你就放心去吧！"

杨蛾子话音刚落，羊愣丁一下，大大地打了一个冷战。

孝子们见了，长舒一口气，说声："领了！没说到机会上，说投机了，老人家就领了！"

总管见状，翻腕一刀，将羊宰了，三下五除二，一只开膛剥皮的全羊，献到龙凤桌上了。献的时间是一炉香。一炉香完了，这只羊便可以背回家下锅，给赶事情的亲戚们吃了。

从这一刻，这桩事情彻底地变成了喜事。唢呐手开始吹起了欢快的《得胜令》，孝子们开始脱去身上的孝服，夹在胳肢窝里，亲戚们流着涎水，等着回去吃炖羊肉。

搬埋的事情结束后，杨岸乡便留下来，重新招来那些工匠，用了半个月的时间，将这三孔窑洞的石口接好，将窑内粉刷一新。接口用的都是细石料，工匠们也做得专心。接口石窑果然漂亮，光光堂堂的，从官道上过来，转过山峁，一眼就可以看到它的。

接石口的时候，村上的人说，家里都没有人，接这石口干什么。杨岸乡听了，动情地说，什么也不为，只为告诉这个世界说，父亲的儿子大了！

窑口接好，杨岸乡才回到肤施。黑寿山当天过完事后，就回去了，不过他留下了自己的小儿子，要他帮忙打杂，反正他满身都是力气。圈窑的工钱是全部由杨岸乡出的。本来，憨憨想出，但是杨岸乡拒绝了，他认为这是他自个的事。

我们的故事，到这里就结束了。

杨岸乡回到肤施城后，便继续他的文字生涯，他能在这个领域走多远，那得看他的命。或者用陕北人那饱含宿命色彩的话说："看他的命里有没有！杨家的祖坟是不是在冒青烟？"杨岸乡的婚姻还没有动静，这叫他的姑姑杨蛾子着急。而杨岸乡倒不着急，他说："姑娘正在娘家里长着哩！长大了就会来找我！"杨岸乡的话后来果然应验。至于黑寿山，他的书法后来又有了长足的长进，曾经有过作品入选《老年书画选》的记录，而肤施市委老干部活动室的室名，据说也出自他的手笔。他的继任白雪青，后来升迁，现在，在一个边疆省份任主要领导工作。吴儿堡住进新窑里的那两位老者，他们一直活到现在，相亲相爱，令人羡慕。他们有时候也谈起那个伤兵，谈到丹华告诉杨蛾子的那些话。有一次黑寿山加入了他们的讨论，黑寿山感觉到，丹华也许了解一些内情，说不定她虚指的那个伤兵，正是杨蛾子的这位，她是在进行暗示。而那位远走的丹华，后来我们再也没有得到她的消息，好像她说过，1997年，香港回归的时候，她会以一个香港大亨的身份，走入北京的；1997年还没有到，所以，很难说，保不定她会在那时出现的。

尾 声

赫连城的婚礼

我们把好事情放在最后来说。在经过长久地延挨之后，杨岸乡的婚事终于有了动静，或者用他自己的有些张扬的话说："太阳今天终于照在我老杨家的门楼子上来了！"那么这婚事的女主角是谁？说出来你大概不会相信，她是一个流落到欧洲的匈奴人的后裔，一个布达佩斯国立大学的研究生。那姑娘，骑一匹骆驼，从遥远的地中海出发，翻过了无数的山冈、河流、沙漠、草原和干草原，然后，在一个早晨或者黄昏，走到杨岸乡的身边。"兄弟，我的遥远的兄弟！"这个叫索菲亚的姑娘拥抱着杨岸乡说。——"姊妹，我的走失了的姊妹！"杨岸乡则同样以这样的语调说。

那么这一切是怎么发生的呢？事情得从一本叫《第欧根尼》的杂志说起。这本杂志在某一期，发表了一个介绍匈奴人留在这个世界上的唯一都城，即位于陕北高原与鄂尔多斯高原接壤处的赫连城的专辑。这专辑上有着如今已为黄沙半掩的赫连城遗址的照片，还有当地政府为修复赫连城，用电脑模拟出来的赫连城当年兴盛时期的照片，并配有一个叫杨岸乡的陕北籍学者所写的介绍性质的文章。

这个叫杨岸乡的人，在参考了中国人的史书、土耳其人的史书、俄罗斯人的史书、欧美人的史书后，以翔实的内容，言之凿凿的依据，饱蘸才华的文笔，写了匈奴这个伟大的东方游牧民族，它的发生、发展、强盛、盛极而衰，以及消失在历史进程中的经过。杨岸乡还亲自踏勘，为赫连城遗址的照片配了说明。如果我们在这里不揣冒昧的话，不妨将配在赫连城照片上的这段说明引用一下。

> 赫连城——一代枭雄赫连勃勃所筑的匈奴都城。赫连城依地势而筑，雄伟壮丽。城设四门，南门叫朝宋，西门叫伏凉，东门叫招魏，北门叫平朔。它的城墙是用糯米汁、白粉土、沙子和熟石灰掺和而成。虽为土城，但具有石头一样坚硬的质地。老百姓说，当年筑城时，筑好一段，赫连便让监工来验收。监工用锥子刺墙，刺进去一寸，杀筑墙的民工；刺不进去，杀使用锥子的监工。因此这赫连城的坚固，可见一斑，而赫连勃勃本人的残忍，亦可见一斑。如今，城已经千余年的风雨侵蚀，流沙掩埋，仅剩断壁残垣而已。因为这历史的残存呈灰白色，当地人称"白城子"。英国人大卫·沃克说，这是世界上唯一遗存的匈奴都城。

这位女研究生看到了这份杂志，而杂志上诸如此类的内容叫她热血沸腾。原来，索菲亚主修的课程正是匈奴史，而她的毕业论文就叫《第一次跃上马背的匈奴人打碎了世界文明各板块并且重新组合》。索菲亚为了完成她的学术论文，在世界范围内搜索有关匈奴人的资料，只言片语也不会放过。这样，她接触到这份叫《第欧根尼》的著名杂志，并且从这里知道了赫连城，知道了杨岸乡，就是顺理成章的事情了。

由于没有文字，所以这个历史上伟大的游牧民族，在它神秘消失之后，留给世界的只是一个称谓，一些散落在欧亚大平原上的陶器铁器铜器残片，或一些或虚或实的传说。所以，所谓的匈奴史研究，更准确地说只能叫作匈奴史猜想而已。

但是现在好了，历史有意给我们留下了一座辉煌的匈奴都城，作为实物凭证至今还矗立在那里。它作为实证竖立在遥远的东方，竖立在农耕文化线与游牧线交界的地方，像一块活化石，像一块纪念碑，像一座实物的阿提拉羊皮书。这些，怎能不叫这个研究生激动，并对它产生一种深深的向往呢？

任何事情都有一个缘由的。原来，索菲亚是匈牙利的匈族人，据代代相传的民族传说，他们正是伟大的阿提拉大帝的后人，或者换言之，是从亚洲高原过来的牧羊人的后裔。他们的血管里，流淌着祖先那不羁的血液。

匈牙利人一直坚定不移地认为，他们就是传说中的匈奴人的后裔，阿提拉的后裔。这情形正如匈牙利伟大民族诗人裴多菲在他的民族史书中吟唱的那样：我的光荣的祖先啊，你们如何在那遥远的年代，从亚洲高原，从黑海里海荒凉的碱滩，来到多瑙河边，找一块水草丰茂的土地，建立我们的公国。

我们的索菲亚正是匈族人。

于是乎，处于激情与罗曼蒂克思想中的索菲亚，忽然有了一个大胆的想法，她想骑着一匹马，或者一匹骆驼，顺着匈奴人当年走过的道路，重走一遍，用她的双脚来重走一次丝绸之路，用她的双脚来写好这篇研究生论文。当我们的索菲亚将这个想法说出时，立即得到了另外几个女研究生的热烈响应。她们虽然主修的不是匈奴史，但是同样是匈族人，同样地对祖先那遥远的过去着迷。于是事不宜迟,她们四人便联名给市长写了封信。

没想到她们的信得到了市长的热烈支持。市长不但同意了她们的请求,而且,还从一家大企业拉来赞助,作为她们这次行程的经费和奖励。市长还指示电视台,为她们配备了一套卫星传输系统,要求她们将沿途之所见拍摄下来,每晚准时传送,然后由电视台即时播放。

这一天,是布达佩斯的一个节日,有本城的四位年轻的姑娘,骑着马,骑着骆驼,要沿着匈奴人当年的足迹,去访问遥远的赫连城了。布达佩斯举行了隆重的欢送仪式,市长讲话,电视台直播。全城的人列队,站在城门外欢送她们,姑娘们穿上了节日的盛装,铁匠则用锤子击打出进行曲。

这样,索菲亚和她的同伴上路了。

而这时,在遥远的东方,在陕北高原上,我们的杨岸乡还不知此事,不知道她的新娘正骑着一匹骆驼,晓行夜宿,沿着欧亚大陆架,一步一步向赫连城走近,向他走近,来赴这命定的姻缘。

杨岸乡不好好写他的小说,怎么突然地迷恋起了赫连城,迷恋起了匈奴史呢?说起心理因素,这当然与他心中那种历史情结有关。前面我们说过,获得性具有遗传性,在既往的岁月里,那遥远的祖先的遗传并没有丢失在路途,而是在一代一代人的基因中沉睡着,而今天,在杨岸乡的身上,它突然爆发了,被激活了。

而世俗的原因则是黑寿山带来的。

黑寿山早已离休,离休的他在家赋闲,靠写书法来填补空虚,来打发剩余的风烛残年。这时,肤施城在开发赫连城项目上,需要找一个承头的人,这个人需要有水平,这个人还不能给班子添乱,这个人还要有一定的影响力和活动能力,后来大家异口同声地说,这事让黑寿山干吧,也算余热利用。

原来肤施城方面，是想将这有一千六百多年历史的匈奴都城立项，向联合国教科文组织申报人类历史文化遗产，就像业已成为遗产的秦始皇兵马俑、万里长城等等一样。当地政府觉得这座塞外古城若能被联合国批准成为人类历史遗产，一则是向历史致敬；二则可以拉动旅游业，将这个资源最大化；三则，也算本届政府的一项政绩。

黑寿山领命以后，先没有应允，说他到实地去看一看，再决定答应不答应。其实他心里早就愿意了，这叫拿架子。黑寿山带了几个随从，开了一辆越野车，翻越了几座山，又走了百十里的大沙漠，最后来到这民间传说中的赫连城。

一番踏勘后，黑寿山应承下来了这事。他说，既然揽了这事，揽君是君，揽臣是臣，既然上了贼船那就当个好贼，不把这事办好，不是我黑寿山的风格。然而，一个好汉三个帮，要把赫连城这事办好办漂亮，光他不行，还得需要两个高人的帮助。

这两个人一个是我们的杨岸乡，一个是我们的丹华。这样杨岸乡被临时抽调到这个机构，给了"副处"的待遇，为黑寿山跑腿。而丹华呢？此刻的丹华，已经成为香港香江边的一个大富婆。黑寿山之所以提到她，是想亲自到香港跑一趟，从那里拉些赞助回去。没钱什么事情也办不成的。

这样，黑寿山先去趟香港，老着面皮，将这事给丹华说了。丹华听了，欣然同意，愿意出资两千万，赞助这项公益事业。原来，丹华在广东东莞，融资盖起一条街道，齐刷刷两排三十栋楼盘。原来这楼盘是准备卖的，后来一算计，这楼盘天天涨，地皮天天涨，不如不卖，先把它租出去，这样既可以收到一笔可观的租金，又可以坐拥这不动产升值。这三十栋楼一年的租金恰好是两千万，丹华正与平头商量，想用这笔资金，为插队的陕北知青做些事情，恰好这时黑寿山来了。于是这事一说就成。

黑寿山虽然拿到了钱，但是心里酸溜溜地想，这世事真他妈的就是忒怪，有钱人三捣葫芦两捣瓢，又变成有钱人了，而穷人任你万般折腾，到头来，却还是穷人。夜来，他睡不着，将杨岸乡的电话接通，先报了资金已经筹到了两千万的好消息，接着将自己上面那段感慨说出。

杨岸乡在陕北那头，电话上听了，淡淡一笑说：这丹华老根上就是山西人，晋商的后代，莫忘了她的外爷是当年肤施城那个"赵半城"呀！门里出身，自带三分。黑寿山听了连连称"是"。

那么行文至此，我们先不说筹得钱来的黑寿山，开始乍舞这赫连城的重修事宜，申报世界人类历史文化遗产事宜。不说那杨岸乡，每日或登上赫连城那高高的土城之上凭吊，或埋头于古籍里寻找匈奴民族的只言片字。更不说那索菲亚姑娘与她的同伴，晓行夜宿，顺着古丝绸之路，叮咚而来。我们现在这里，找个空子，将这赫连城的主人赫连勃勃，介绍一二。

亲爱的读者大约还记得，在这本书开头的时候，在那个被称为"楔子"的东西中，阿提拉大帝站在高高的喀尔巴阡山之巅，一面注视着他脚下的欧罗巴草原，一面回首来路，望着匈奴人的故乡地，向他的独眼女萨满问事的情景。

是的，女萨满的那只独眼熠熠发光，鹰一样地越过条条河流和条条山冈。越过这称之为欧亚大平原的辽阔境域，然后把那时在中国发生的事情，告诉给阿提拉。她说，整个中国境内像开了锅一样，胡尘狼烟起自四方，内附的匈奴人开始掀起中国历史上最为混乱的一个时代，完成他们对定居文明的一次总攻击。

她说，那最先起事的人叫曹毅，是匈奴右贤王，他被安置的地点是陕西黄陵县。几乎与此同时起事的是匈奴的左贤王，他叫刘渊,被安置在山西的离石。

她说那刘渊建立的大汉国先是一统山西,继而进入中原,占了西晋的首都洛阳,迫使西晋灭亡,晋王朝跨过长江,在南京建立东晋政权。这刘渊则继续挥师向西,占领了长安。

这样,中国历史上的五胡十六国时代开始了。

这个独眼的女萨满还以赞赏的口吻,谈起那个自鄂尔多斯高原辗转而来,在陕北高原筑城搭塞的草原来客赫连勃勃的故事。并说这赫连勃勃正是那出塞美人王昭君的直系后裔。

女萨满没有说错。她看到的正是中国境内正在发生的事情。而她说的赫连勃勃,正是我们下面要说的这位。

一位将军,从辽远的草原上来,来到鄂尔多斯高原与陕北高原的接壤处。那时这里是一片古木参天、牧草丰盛、溪流潺潺的去处,北望,是一望无际的毛乌素大沙漠;南望,是一个山头接着一个山头的雄浑高原;东望,东跨黄河之后是当时南匈奴的老巢山西太原;西望,是宁夏河套和腾格里大沙漠。将军登上一个高处,挥动马鞭往四下一指,以手加额,赞叹曰,他走过天下许多地方,还从来没有见过这样好的去处,这地方是上苍为我刘赫连准备的啊!于是不再走了,征十万民夫,在这里修城筑塞,建立他的霸业。

这座从地面上"无中生有"而生出的城市,六年即告竣工。这样,留在原居住地的匈奴人,便有了他们的最后一次辉煌。赫连将他建立的这座都城叫"统万城",意即"统一万邦,君临天下"之意。它还将姓氏中这个"刘"字去掉,因为这个刘姓是当年大汉国的皇帝赐给他的六世祖先刘豹子的,带有安抚性质。在去掉刘字以后,他以"赫连"为姓,并在赫连后面,加上"勃勃"二字,以示张扬。他又把他的国家,称为"大夏国",因为他认为,匈奴人是中国历史上第一个王朝,"夏"王朝的后裔。

赫连勃勃的家世渊源，这里再交代一下。

三国时期，内迁山西太原的匈奴右贤王去卑，与鲜卑女子婚配，从而产生了一个新的部族，史称"匈奴铁弗部"。

魏晋时期，铁弗部的活动区域在山西雁北一带。十六国时期逐渐迁徙到河套地区。河套地区又称朔方，朔方乃"北方"之意。事实上从那以后，这个部落就在这块地面上称王了。匈奴汉国建都长安以后，刘渊曾经封当时的铁弗部首领刘虎为"楼烦公"，并赐"刘"姓予他。这就是后来这个部落以"刘"为姓的原因。而在匈奴汉国灭亡以后，铁弗部首领刘卫辰投靠前秦王苻坚，并被封为西单于，管理这一块地面以及左近地区各少数民族，并在今天的内蒙古鄂尔多斯境内，筑代来城，令其囤聚。这样，铁弗部逐渐强盛了起来。

赫连勃勃正是这西单于刘卫辰的第三子。

那一阵子，大夏王朝达到全盛时期。赫连勃勃铁骑所向，赫连城四面八方的割据势力，望风而降。大夏国的版图囊括了整个的陕北高原，整个的鄂尔多斯高原，渭水以北的大半个关中平原，整个的河套地区和腾格里沙漠，整个的陇东高原，以及包括太原在内的大半个山西。以一座塞上孤城为出发地，完成他的对北中国的占领梦想，赫连成了中国历史上，深深刻下印迹的一个人物。

我们匆匆的笔触，只能对那一段纷乱的历史描绘出一个大概模样。我们枯燥的叙述，完全是为了描绘这个伟大的游牧民族在中国最后消失的图景。

两位末代大单于几乎是在同一个时间灭亡的，或者换言之，相距数万里的空间的南北匈奴，几乎是在同一个时间灭亡的，人民茫茫然而不知所终。说起来，这真是一件蹊跷的事。

公元407年左右，赫连勃勃建大夏国。公元417年，赫连勃勃攻占长安。公元425年,一代枭雄赫连勃勃死去。死去第三年后,赫连城为北魏所破,大夏国亡。南匈奴结束。

公元441年时,阿提拉在今天的匈牙利草原建立大汉国。公元452年时,阿提拉率三十万大军围攻罗马城,随后与罗马公主敬诺利亚结婚。公元453年时,阿提拉死去。随后北匈奴结束。

两股汹涌不羁的潮水几乎是在同一个时间,停止它的奔流的。相隔了那么远,而那又是个不通音信的年代。这就是匈奴人那万劫不复的宿命吗?我们不知道,我们真不知道。你去问那为黑暗所掩的苍茫岁月,你去问那冷静得近乎冷酷的历史吧!

但是它没有死亡,它那不羁的血正在另外的民族身上澎湃着。当亲爱的姑娘索菲亚,正骑着骆驼,风驰电掣般地向赫连城行走,去赴这千年之约时,她就有这种感觉。

她的骆驼的大蹄子踩着青草,踩着沙砾,穿越那一条一条季节河或大河,翻越那一座一座山冈,每一步都会令她的心为之悸动。那是遥远的祖先当年一步一步丈量的地面啊!而在这十个月的日子里,欧亚大平原上的每次日出与日落,那种辉煌的感觉都令她陶醉得每每迷路。尤其是面对那落日时,她甚至想,当年的匈奴人并不是在溃逃,也不是在迁徙,而是为这落日的辉煌壮丽,一步一步去追赶这美景,从而一直走到多瑙河畔的。

面对那些黑松林,索菲亚会想,一千多年前匈奴人那迁徙的队伍曾在这里燃过篝火,扎过营帐,停过勒勒车,那松塔的枝头曾闪过冷月,闪过夜哨兵那刀剑的寒光。面对那些一年一枯的青草,索菲亚又会想,你们是匈奴人的牛羊当年曾经啃过的青草吗?如果是,你们已经有过一千六百多次的一生一发,一荣一枯了。

而当索菲亚从欧亚大平原上那些年代久远的坟墓群前经过时,她总要停下来拜谒。这坟墓是谁的?是哪个匆匆而过的民族的?她不去管它。面对它们,她有一种亲近感。她觉得它们是她的共同的祖先,而她是它们打发到20世纪阳光下的一个代表。

这样十个月的餐风饮露,十个月的晓行夜宿以后,索菲亚一行来到了陕北高原,来到了赫连城旁。她看见在高高的城垛上,正站着一个人。"你是杨岸乡吧,我知道的!"索菲亚从头上摘下红纱巾,在空中舞动。于是,在城垛上站着的那个人,快步走下来。

杨岸乡扶这位远方来客走下骆驼。那来客双膝跪倒,向赫连城致敬,向历史致敬。杨岸乡在旁边为她牵着骆驼。

杨岸乡其实已经知道这事,外事部门通知了他。索菲亚此次长途跋涉,要穿越许多的国家,所以背后有许多人为这事忙碌着。

原谅我们,我们的故事就到这里结束吧!索菲亚后来与杨岸乡结婚,成为赫连城申报世界历史文化遗产项目的一个专家。她主要的工作是和联合国教科文组织以及欧亚各国联系。由于她和她的同伴们的这次洲际穿越在布达佩斯电视台播出,从而轰动了整个欧洲,也等于为赫连城"申遗"项目做了一个广告。

"这桩婚姻是不是合适?纵然我有再丰富的想象力,也不敢相信这件事!"当索菲亚征求项目负责人黑寿山的意见时,黑寿山这样说。

索菲亚说:"此次旅行已经将我变成了一个世界主义者。亲爱的朋友,不要把我当外人,权且把我当作一个穿着大襟袄大裆裤的陕北婆姨吧!"

杨岸乡倒是平静地接受了这事。因为他觉得他和索菲亚身上,有如此多的共同点,他们已经亲密到不可分离,他们彼此都因对方而燃烧起来。这种燃烧不仅仅是指感情的燃烧,而同时指身体中的那些沉睡部分。

记得我们曾不止一次地在前面说过,获得性具有遗传性。那古老的家族遗传,它一直在一代一代人的身上沉睡着,现在,这遥远的撞击将那些沉睡了千年的基因激活。

那是一种怎样的刻骨铭心地撞击呀!

这一天黄昏,两个人在赫连城那高高的城垛和角楼上,坐了很久,耳鬓厮磨了很久以后,终于克制不住了,他们的感情爆发了。在暮色中,在千古旷野上,在这座历史的废墟上,两个人野合了。女人斜斜地躺下,勇敢地撩起自己的裙裾,将头遮住,而男人这一刻也完成了作为一个男人在此刻该干的事情。

在交合的那一刻,他们感到,身子下面的这座千年废墟也在这一刻颤抖起来。它像一个僵卧千年的怪兽一样发出低沉的叹息。这一刻,鲜花开始开放,流水开始潺潺,石头开始说话,一切都在复苏,一切仿佛又有了灵性。

那种积蓄了一千多年的感情,跨越了数万公里的空间,从而完成的这次撞击所带给他们的快感,叫他们幸福得几乎眩晕。

此刻,在这星球上,这个小小的乱哄哄的世界上,也许正在发生许多事情。比如政治家在电视机前作秀,宇航员在太空向人间招手,克隆牛克隆羊出现,等等等等。但是我想说的是,它们哪一件事情,也比不上这一对兄妹越过千年的时间与万里的空间的这一次交合,辉煌和美丽。

杨岸乡和索菲亚的婚礼,定于赫连城修复工程竣工之日举行。那一天来了许多人。在我们这本书出现过的人物,许多都来了。婚礼是由黑寿山主持的。丹华与平头也从香港赴来,一来是为这对新人祝福,二来是为落成典礼剪彩。而尤其令人高兴的是,赫连城申报世界历史文化遗产的事情,也取得了重大的进展,联合国教科文组织的一个专家考察团,将不日抵达。

唢呐声热烈地吹奏起来。一个陕北人,一生中三次与唢呐有缘,一是出生时,一是婚嫁时,一是死亡时。读者大约还记得,杨岸乡过满月时那吴儿堡村头的唢呐声吧。如今,这陕北的唢呐是第二次为我们的杨岸乡而吹了。唢呐声高亢而明亮,有一种宗教般的崇高感。唢呐声传遍了这座辉煌的塞上城郭,然后向吴儿堡飞去,向肤施城飞去。而这块高原用经久不息的回声来祝福这一对新人。

　　杨岸乡牵着毛驴。毛驴上驮着索菲亚。索菲亚头顶红盖头,脚踏绣花鞋。他们顺着这赫连城,绕了三个大圈子,最后走入洞房。

后 记

本书旨在描述中国一块特殊地域的世纪史。因为具有史诗性质，所以它力图尊重历史史实并使笔下脉络清晰，因为它同时具有传奇的性质，所以作者在择材中对传说给予了相应的重视，其重视程度甚至超过了对碑载文化的重视。

作者试图为历史的行动轨迹寻找到一点蛛丝马迹。作者对高原斑斓的历史和大文化现象，表现出极大的热情，这主要是因为他受到了一位批评家朋友的蛊惑，按照这位批评家的说法，我们这个民族的发生之谜、生存之谜、存在之谜，就隐藏在作者所刻意描绘的那些自然景观和人文景观中。在这部书中，作者还以主要的精力，为你提供了一系列行走在黄土山路上的命运各异的人物，他在这些人物，尤其是吴儿堡家族人物身上，寄托了自己的梦想和对陕北，以至对我们这个民族善良的祝愿。

还没有哪一部作品，能对20世纪中国的行程，进行一次全方位的巡礼。这是一件遗憾的事情。当我在陕北高原穿行时,当我深入地进入每一个历史大事件时,我每每为之惊骇。法国作家雨果说:"对于刚刚经历过用血和泪写出的人类历史最奇特一页的这一代人,必须给予更崇高的东西。"我则想说的是:"较之雨果所宏大叙述的法国大革命,发生在中国20世纪的由产业工人,失去土地的农民,以及他们的同盟者所进行的这场革命,更见其悲壮、崇高、宏伟和持久。不管这场革命将来的走向如何,或垂之以久远,或风行于片刻,这些都不是最重要的。那最重要的是,有那么多年轻的梦想家们,仿佛法国的烧炭党人、仿佛俄国的十二月党人那样,将他们的全部的激情、全部的真诚、全部的憧憬投入到这场事业中去。他们有理由赢得永远的尊敬。"

我还想着重说:"无产阶级有理由写出自己的史诗。如果做不到这一点的话,它将欠下20世纪一笔债务,欠下自己本身一笔债务,并且欠下人类总体利益一笔债务。"

再者,关于《最后一个匈奴》这个书名,有许多朋友问我。那么这里我把在另外场合说过的一段话,在这里重说一下,算是对这个书名的解释:

"站在长城线外,向中原大地瞭望,你会发觉,史学家们所津津乐道的二十四史观点,在这里轰然倒地。从这个角度看,中华民族的五千年文明史,是以另外的一种形态存在着的。这形态就是:每当那以农耕文化为主体的中华文明,走到十字路口,难以为继时,于是游牧民族的踏踏马蹄便越过长城线,呼啸而来,从而给停滞的文明以新的'胡羯之血'(陈寅恪先生语)。这大约是中华古国未像世界上另外几个文明古国那样,消失在历史路途上的全部奥秘所在。"

本书的动笔从1989年开始,但是它的最初构思却比动笔早了十年。1979年春,省作协恢复活动后,在西安那个有历史意义的地方开了个"新作者座谈会"。会上,一位年轻的女同胞以她的谈吐、风度令整个座谈会生辉。今天的省作协的老头子遇见我,还像偶然记起什么似的,问起她的去踪,可见她留给人们的印象之深。在开会之前,我们素昧平生,但因为同是来自陕北的缘故吧,会议中,我们约好要合作写一本书,并且谈了大致的构思。这就是本书后半部分的内容。这位女士后来远远地走了,在留下一丝惆怅的同时,这书便由我独力完成它了;而她却变成了书中的一个人物,细心的读者也许会认出她的。再者,小说动笔之后,受一位作家朋友的委托,我又占用了为数不少的时间,深入一个陌生的领域,为他的父亲"翻"一个有些奇怪的案子。案子后来是翻过来了,于是它也就成了我小说中的一些素材,这就是本书前半部分的内容来源。本书是应作家出版社之约而写的,他们从熙熙攘攘的人群中注意到我的不谙人事的面孔,这使我诚惶诚恐,于是只有勉力为之才是。然而写作途中,我又糊里糊涂地在文代会选举中得到了一个职务。职务同时又是责任,这责任使我几乎半途而废,使我们差点少了一个不算太蹩脚的小说家。幸亏尊敬的约稿编辑朱珩青女士一再督促,并在百忙之中,来到我这荒僻的居处,打上门来索命,于是拨冗去赘,乃有这本书的完成。以上是写作过程。

该说的话本来都说了,谁知小说稿完成后,节外生枝,又发生了一件重要的事情,因此也许有一记的必要。

1991年8月中旬,小说稿基本完成。这时,我接到中国作家协会通知,到西安领1991年度庄重文文学奖。行前,我将手稿交给一位朋友,请他看一看,提点意见,西安回来后我即着手誊抄。结果,朋友将手稿丢了。那真是一个悲哀的秋天。我孤独地回到了我的居室。我痛苦地哭泣了,我甚至疑心整个世界都在算计我。可是，我没有被打倒，我决心凭借记忆，将它重新写出来。我从1991年10月6日动笔，到今天，也就是1992年1月31日，我的三十八岁生日这天，将它全部写完。当最后一个句号画完时，这个可怕的事件，也就变成一个无足轻重的小插曲了。

1992年1月31日

修订版后记

第一,迄今回忆这本书的创作过程,我仍然不寒而栗。这本书断断续续地写了十年,后来的统稿又用了一年。这期间,发生过许多的事情,例如手稿丢失,例如父亲去世,例如在统稿的一年中,我掉了十三斤肉、掉了三颗牙齿,等等。而当这本书出版后,又发生过的大喜大悲的事情,更是枚不胜数。那么这里就不说也罢。作品一经出版,它便有了它自己的命运,那么,潇洒地挥手道别,让它自己去经历。

第二,这部作品最初的构思,是在1979年4月陕西作协恢复活动后的第一次座谈会上。当时,我与北京知青作家臧若华女士讨论共同写作这本书。后来她匆匆去了香港,于是这书就由我独立完成了。作为纪念和敬意,我在这本书中引用了她早期的作品《最后一支歌》。虽寥寥数千字,足可以令读者见到她当年的才华。1993年版《最后一个匈奴》出版后,我曾寄香港请她指正,她回信说:简直是一场梦一样。特此记此，以资纪念。

第三，本次修订中，我将第二十七章的部分文字重写了一遍，以抹掉一切有可能容易引起"对号入座"的痕迹。这里也作说明。

第四，本次修订中，我新写了两章，即《楔子·阿提拉羊皮书》和《尾声·赫连城的婚礼》，这样使作品更为厚重一些，历史感更深厚一些。它是画蛇添足，或是锦上添花，我现在还不能判断。

第五，在本次修订中我不揣冒昧，画了些插图在里面。我想把自己脑子里那些反复出现的、陪伴了我几十年的人物形象，用画笔展现出来。几十年来，它们一直如魔如幻地盘踞在我的心头，呼唤着要夺路而出。作为我，只是顺应它们的愿望，将它们援笔引出而已。

第六，本修订本的策划编辑张引墨女士，1993年的时候，曾在西安省作协大院采访我。这次联系出书时，她拿来我当年签名的书和她与我拍摄的合影。对着书和照片，我在一瞬间百感交集。于我，于她，这十三年来世界上发生了多少事情啊！张女士十三年前还是一个高中生，也是一名少年杂志的特约学生记者，如今，已经在世界游历一圈后，回到北京，成为一名作家和编辑了。

第七，我还想深深地感激我的所有读者们。我永远记得在西安钟楼前签名售书的情景。队伍顶着酷热，排了有一里多长。我觉得，这是对一个写作者的最高的褒奖。

第八，《最后一个匈奴》修订版完成了。那么，让它去经历它的命运吧！我这里是再也不去管它了。我再也不会重新去看这本书了，一个字也不看了。我们这一代人行将老去，这场宴会将接待下一批饕餮者。不过我在这里想说的是，未来的一些年以后，当后世的人们从尘封的书架上偶尔翻到一本叫《最后一个匈奴》的书时，他们也许会说，千万不敢小觑了那个年代，那个时代还是有一些深度的！

2006年农历正月初八凌晨四时一刻于西安

高建群小传

高建群，男，汉族，1953年12月出生，祖籍陕西省西安市临潼区。国家一级作家，著名小说家、散文家、画家、文化学者，"陕军东征"现象代表人物，被誉为当代文坛难得的具有崇高感和理想主义的写作者，浪漫派文学"最后的骑士"。历任陕西省文联第四届、第五届副主席，陕西省作家协会第四届、第五届、第六届副主席，陕西文化交流协会名誉会长，西安交通大学、西北大学客座教授，西安航空学院人文学院院长，大秦印社名誉社长等。享受国务院政府特殊津贴。被《中国作家》杂志社授予当代最具影响力的作家，陕西省委省政府授予终身艺术成就奖等。

其代表作有《最后一个匈奴》《大平原》《统万城》《遥远的白房子》《伊犁马》《我的菩提树》《大刈镰》等。长篇小说《最后一个匈奴》在北京研讨会上引发中国文坛"陕军东征"现象。据此改编的35集电视连续剧《盘龙卧虎高山顶》在央视播出。《大平原》获中宣部"五个一工程奖"，名列长篇小说榜首；《统万城》获新闻出版广电总署优秀图书奖，名列长篇小说榜首，其英文版获加拿大"大雅风"文学奖。高建群也是第一个在凤凰卫视"世纪大讲堂"演讲的内地作家。

高建群履历

1976年，以组诗《边防线上》踏入文坛。

1987年，以中篇小说《遥远的白房子》引起文坛强烈轰动。

1989年，担任延安地区文联（代）主席兼《延安文学》主编。

1993年，当选为陕西省作家协会副主席。

1993年，长篇小说《最后一个匈奴》出版，被誉为中国式的《百年孤独》，陕北高原史诗。

1993年至1995年，挂职黄陵县委副书记，专职创作，其代表作《最后一个匈奴》即为挂职期间所作。

1997年，参与央视十频道开播策划，并与周涛、毕淑敏共同担纲央视纪录片《中国大西北》总撰稿。该片荣获中宣部"五个一工程奖"。

2002年，当选为陕西省文联副主席。

2005年至2007年，挂职西安高新区党工委委员、管委会副主任。长篇小说《大平原》即在此期间酝酿成型。

2013年7月，被聘为西安航空学院文学院首任院长。

2017年9月，被聘为西北大学丝绸之路研究院研究员。

2020年5月，被聘为大秦印社名誉社长。

2020年7月，西安高新区文联成立，当选为第一届主席。

高建群创作年表

《边防线上》（组诗）：发表于《解放军文艺》1976年8月号，责任编辑：李瑛、纪鹏、韩瑞亭、雷抒雁。

《0.01——血液与红泥》（诗歌）：发表于《延河》1979年2月号，责任编辑：汪炎。

《将军山》（诗歌）：发表于《延河》1979年8月号，责任编辑：闻频。

《杜梨花》（短篇小说）：发表于《延河》1980年2月号，责任编辑：杨明春。

《很久以前的一堆篝火》（散文）：发表于《延安日报》1984秋，责任编辑：杨葆铭。

《人生百味》（诗歌）：发表于《星星》诗刊1985年，责任编辑：叶延滨。

《五月的哀歌》（叙事诗）：发表于《叙事诗丛刊》1985年，责任编辑：潘万提。

《现代生活启示录》（系列散文）：发表于《文学家》1985年，责任编辑：陈泽顺。

《新千字散文》（散文集）：1987年，陕西人民教育出版社出版，约稿编辑：陈续万，责任编辑：赵常安。

《遥远的白房子》（中篇小说）：发表于《中国作家》1987年第5期，约稿编辑：朱小羊，责任编辑：陈卡。《中篇小说选刊》《小说选刊》《小说月报》《新华文摘》《解放军文艺》等进行了转载。2013年，台湾风云时代公司出版繁体单行本。2014年，陕西师范大学出版总社出版简体单行本。

《给妈妈》（诗歌）：发表于日本《福井新闻》1988年3月17日，责任编辑：前川幸雄。

《骑驴婆姨赶驴汉》（中篇小说）：发表于《中国作家》1988年第6期，责任编辑：杨志广。

《伊犁马》（中篇小说）：发表于《开拓文学》1989年第3、4期合刊，责任编辑：叶梅珂。2007年，四川文艺出版社出版单行本。

《老兵的母亲》（中篇小说）：发表于《中国作家》1989年第5期，责任编辑：杨志广。

《雕像》（中篇小说）：发表于《中国作家》1991年第4期，责任编辑：杨志广。

《为了第一个猴子开始的事业》（创作谈）：发表于《解放军文艺》1991年第8期，约稿编辑：周政保，责任编辑：丁临一。

《东万金蔷薇》（散文集）：1991年，陕西人民教育出版社出版，责任编辑：田和平。

《陕北论》（散文）：发表于《人民文学》1991年，责任编辑：韩作荣，《散文选刊》转载。

《你们与延安杨家岭同在》（散文）：发表于《人民文学》1992年第6期，约稿编辑：崔道怡。

《史诗与二十世纪》（创作谈）：发表于《文学报》1992年5月，责任编辑：李俊玉。

《达摩克利斯之剑》（短篇小说）：发表于《青年文学》1992年第10期，责任编辑：康洪伟。

《最后一个匈奴》（长篇小说）：1992年，作家出版社出版，责任编辑：朱珩青。

1994年，香港天地图书公司、台湾汉湘文化发展公司分别于香港、台湾出版繁体版。2006年，北京十月文艺出版社出版，2016年再版。2011年，陕西人民出版社出版四卷本"高建群大西北三部曲"，《最后一个匈奴》（上下册）为其中两卷。2012年，长江文艺出版社出版，2014年再版。2012年，台湾风云时代公司再版繁体版。2013年，太白文艺出版社出版。2014年，陕西师范大学出版总社出版《最后一个匈奴》（手稿版）。2014年，陕西人民出版社出版《高建群图画最后一个匈奴》。

《我从白房子走来》（文学自传）：发表于《陕西日报》1993年6月，责任编辑：刘春生。

《出国的诱惑》（中篇小说）：发表于《延安文学》1993年第2期。

《我如何个死法》（散文）：发表于《美文》1993年第7期，责任编辑：刘亚丽。

《一个梦的三种诠释形式》（中篇小说）：发表于《飞天》1993年第5期，约稿编辑：孟丁山，责任编辑：刘岸。

《家族故事》（中篇小说）：发表于《漓江》1993年，约稿编辑：王蓬。

《祭奠美丽瞬间》（散文）：发表于《文友》1993年，责任编辑：王琪玖。

《茶摊》（中篇小说）：发表于《延河》1993年第7期，约稿编辑：陈忠实，责任编辑：张艳茜。

《白房子人物》（系列散文）：发表于《西北军事文学》1994

年第2期，约稿编辑：王久辛，责任编辑：张春燕。

《匈奴与匈奴以外》（创作谈）：1994年，陕西人民教育出版社出版，策划编辑：张继华，责任编辑：刘孟泽。

《张家山幽默》（短篇小说系列）：发表于《延河》1994年第4期、第9期，责任编辑：张艳茜。

《陕北剪纸女》（散文）：发表于《美文》1994年第9期，责任编辑：刘亚丽。

《女人是巫》（散文）：发表于《女友》1994年第8期，责任编辑：孙琪。

《大顺店》（中篇小说）：1994年，陕西人民出版社出版。1995年，发表于《小说家》第1期，约稿编辑：闻树国。1995年，改编为同名电影，北京电影制片厂出品。

《六六镇》（长篇小说）：1994年，陕西人民出版社出版。2007年重新修订，易名《最后的民间》由文汇出版社出版。

《丹华的故事》（系列散文）：发表于《深圳风采》1994年第10、11期，约稿编辑：吴重龙。

《马镫革》（中篇小说）：发表于《小说家》1995年第2期，约稿编辑：闻树国。

《女人的要塞》（散文）：发表于《女友》1995年第2期，责任编辑：孙琪。

《古道天机》（长篇小说）：1998年，中国文联出版社出版，责任编辑：叶梅珂。2007年重新修订，易名《最后的远行》由华龄出版社出版。2011年，陕西人民出版社再版。

《愁容骑士》（长篇小说）：1998年，中国文联出版公司出版。2000年，广州出版社再版。2000年，台湾逗点公司出版繁体版。

《我在北方收割思想》（散文集）：2000年，四川文艺出版社出版，责任编辑：林文询。

《穿越绝地——罗布泊腹地神秘探险之旅》（散文集）：2000年，湖南文艺出版社出版，责任编辑：龚湘海。2014年，修订后易名《罗布泊档案：罗布泊腹地探险之旅揭秘》由陕西师范大学出版总社再版。

《白房子》（小说集）：2002年，陕西师范大学出版社出版。

《西地平线》（散文集）：2002年，上海人民出版社出版。

《惊鸿一瞥》（散文集）：2002年，群众出版社出版。

《胡马北风大漠传》（散文集）：2003年，上海东方出版社出版。2008年，在台湾地区发行繁体版。

《刺客行》（小说集）：2004年，太白文艺出版社出版，责任编辑：韩霁虹。

《狼之独步：高建群散文选粹》（散文集）：2008年，东方出版中心出版。

《大平原》（长篇小说）：2009年，北京十月文艺出版社出版。2016年该出版社再版。2012年，台湾风云时代公司出版《大平原》（繁体版）。2014年，陕西师范大学出版总社出版《大平原》（手稿版）。

《统万城》（长篇小说）：2013年，太白文艺出版社出版，责任编辑：韩霁虹，2016年该社再版。2013年，台湾风云时代公司出版《统万城》（繁体版），责任编辑：陈晓琳。2014年，陕西师范大学出版总社出版《统万城》（手稿版）。

《独步天下》（书画集）：2013年，陕西人民出版社出版。

《生我之门》（散文集）：2016年，未来出版社出版。

《我的菩提树》（长篇小说）：2016年，北京十月文艺出版社出版。

《相忘于江湖》（散文集）：2017年，北京时代华文书局出版。

《大刈镰》（长篇小说）：2018年，三秦出版社出版。

《我的黑走马——游牧者简史》（长篇小说）：2019年，陕西师范大学出版总社出版。

《中国文化密码》（图文集）：即将由陕西师范大学出版总社出版。

《来自东方的船》（散文集）：即将由陕西旅游出版社出版。

《丝绸之路千问千答》（文化读本）：即将由西北大学出版社出版。

社会评价

我劝大家注意，高建群是一个很大的谜，一个很大的未知数。

——著名作家 路遥

我一直想找机会请教一下高先生，匈奴这个强悍的骁勇的游牧民族，怎么说消失就从人类历史进程中消失得无影无踪了。

——著名作家 金庸

大家说高建群骄傲、自负、目空天下。我这里想说的是，中国这么大，有这么多人口，如果没有几个像高建群这样自信心极强的作家，那才是不正常的。

——中国社会科学院文学研究所研究员 蔡葵

春秋多佳日，西北有高楼。

——著名作家 张贤亮

高建群是一位从陕北高原向我们走来的略带忧郁色彩的行吟诗人，一位周旋于历史与现实两大空间且从容自如的舞者，一个善于讲庄严"谎话"的人。

——中国作家协会副主席　高洪波

高建群的创作,具有古典精神和史诗风格,是中国文坛罕见的一位具有崇高感和理想主义色彩的写作者。《大平原》把家族史兜个底掉,看后让我很感动,也很心痛,唤起我对故乡、对农村的情感,唤起我强烈的根的意识。我没想到高建群在"潜伏"多年之后突然拿出如此有分量的作品。

——中国作家协会副主席　高洪波

《大平原》有内在的惊心动魄,写家族的尊严、生存的繁衍史,实际上是写我们民族强韧的生命力。这部长篇淋漓尽致地发挥了书写"命运"的优势,不是写一个人的命运,而是写了三代人的命运,厚重感非常强。

——著名评论家　胡平

高建群对《大平原》中的女性人物都满怀敬意和温情。为了家族立足,高安氏骂街骂了半年,成为一道风景。用这种方式起到的威慑作用,来捍卫高家人生存的权利。顾兰子是书中的灵魂式人物,也是这部书苍凉的体现。

——著名评论家　雷达

《大平原》基于高安氏、顾兰子等乡村女人的坚韧形象,这部新"乡土女性小说"中女人比男人强,乡土文明决定了女性在乡土生活里面所具有的支配性。

——著名评论家　孟繁华

《最后一个匈奴》进京的盛况如在目前。二十七年了，它远远跳过速朽期！二十七年了，它的风采依旧！二十七年了，人们——特别是陕西读者没有忘记它，了不起啊！

——著名文艺评论家　阎纲

作为延安的一位文艺战线上的老战士，听到介绍，《最后一个匈奴》这部长篇小说写了大革命时期以来的三代人的命运，直到现在的改革开放时期，这还是过去没有人写过的重要题材，我很高兴！我祝贺这部作品出版，并获得成功！

——原文化部副部长、中国文联党组副书记　陈荒煤

二十七年前，《最后一个匈奴》在北京引发轰动一时的"陕军东征"，至今在文学界仍是一个历史性的重要话题，一段难忘的记忆。

——《人民文学》杂志原常务副主编　周明

高建群的《遥远的白房子》，给我们许多启示，它也许预兆了小说艺术未来发展的某些趋势——难道，小说艺术在经过了几百年的艰难探索，它又回到讲故事这个始发点上了吗？

——北京师范大学教授、中国当代文学研究会理事　蒋原伦

如果不把《最后一个匈奴》这部中国当代文学的红色经典，变成一部电视剧，那是我们影视人的羞愧。

——央视著名制片人　李功达

《大平原》能拍一部大电影。我把中国的导演，脑子里过了一遍，最合适的这个导演叫吴天明。《大平原》中描写的那些事情，我全经历过。我父亲是解放后第一任三原县委书记，我自小就是在那一片土地上长大的。

——著名导演　吴天明